U0032069

# Porno

厄文·威爾許—作　但唐謨—譯

何穎怡　企劃選書

美國康乃迪克大學外文系兼任助理教授
紀大偉　審定／導讀

「如果少了殘酷，就沒有節慶了……」

——尼采，《道德的系譜》第二篇第六節

# 〈導讀〉比大小

紀大偉

《春宮電影》這部小說是傳奇名作《猜火車》（*Trainspotting*）的續集。《猜火車》在一九九三年出版，書中眾多角色闊別多年之後，又在二〇〇二年出版的《春宮電影》中團圓，也就是說，「開同學會」。而這場同學會的主要任務，就是要拍春宮電影。

在進入「比大小」這個主題之前，我先回應幾個一定會出現的問題：「讀者該先看《猜火車》還是先看《春宮電影》？如果先看《春宮電影》再看《猜火車》，有沒有關係？」「應該先看《猜火車》的電影版，還是先看《猜火車》的原著小說？」目前，又多了一個問題：《猜火車》的電影導演丹尼·鮑伊（Danny Boyle）又因爲近作〈貧民百萬富翁〉（Slumdog Millionaire）翻紅——那麼，該先看〈貧民百萬富翁〉還是先看〈猜火車〉的電影版呢？

該先看哪一本小說，該先看電影版還是小說原著——老實說，悉聽尊便。甚至要在同一段時間內，交叉並讀《春宮電影》、《猜火車》以及電影[1]，也可。小說作者厄文·威爾許在這兩部小說中都展現了以下特色：（一）敘事的觀點不斷從某個角色跳到下一個角色，然後再跑到另一個角色（既然作者和讀者可以遊走於不同的角色之間，那麼讀者也可以遊走於不同的書和電影之間，而不必「從一而終」）；（二）敘事過程中不斷引用別的書、音樂、流行文化（也就是說，就算讀者打算專攻《春宮電影》，也必須三不五時去聽一下書中提及的歌曲，翻看一下書中提及的其他書籍——「專心一口氣讀完

---

1 包括〈貧民百萬富翁〉——我認為〈貧〉在很多地方（如影像風格、敘事方式）類似〈猜火車〉。

一本小說而不分心」反而是不實際的妄想）；（三）小說中的角色不時被藥物、酒精或情緒起伏而擺布，讀者不必百分之百信任這些角色，反而大可以欣賞他們的「語無倫次」。總而言之，既然這兩本小說的特色就是挑戰「按部就班」的習慣，讀者也就不必「按部就班」依序讀書。

如此說來，好像讀者可以隨心所欲亂讀一通？——又不盡然。我建議讀者在面對《春宮電影》和《猜火車》的饗宴時，不妨多留心「非主流」，而不要一味跟著「主流」走。這種多注意非主流的呼聲，正是這兩本書的精神。坦白說，電影版的〈猜火車〉雖然歌頌「非主流文化」，可是它在過去十幾年來實在太紅了，反而很吊詭地變成很主流的電影。[2]相較之下，《猜火車》的原著小說還比較非主流，也就更値得留意。我在《猜火車》的導讀之中討論過，小說之中的言語特色，在電影之中大多流失了——電影版恐怕就是爲了打進主流，而把小說原有的非主流語言加以「割捨」或「馴服」。那麼，《春宮電影》和《猜火車》原著小說何者比較主流呢？答案很簡單：比較有名氣的商品往往就比較主流。

以上「主流」、「非主流」的較勁，在《春宮電影》之中，就是「比大小」的問題。我剛才說，《春宮電影》等同《猜火車》的同學會，而同學會——在台灣也一樣——向來就是比大小的場合：老同學在一起比賽誰的房子大，車子大，面子大。同學會之中，一定有人是混得比較好的贏家（主流派），以及混不好的輸家（非主流派）。當然，有些人混得太好了，衣錦不必榮歸，根本不屑參加同學會；也有人混得太遜，沒面子參加同學會。同學會就是血淋淋的比大小屠宰場。

比大小，並不只局限在個人身上。酒吧業者之間在比場子大小；足球隊之間也在比；球團之間也在比。書中人物的心思往往——自覺或不自覺地——纏繞在這些大小較勁上。擁抱主流固然是西瓜偎大邊，可是有些耍酷的角色卻偏偏覺得上主流連鎖酒吧太遜、支持非主流的球隊才夠勁。書中的場景又是蘇格蘭愛丁堡旁邊的雷斯港，於是，雷斯比愛丁堡小、愛丁堡比蘇格蘭另一大城格拉斯哥小、愛丁堡比倫敦小、蘇格蘭的面子比英格蘭小——這些自卑的心結，也是書中角色揮之不去的。自卑容易變形爲自大——這是我們熟知的人之常情。

書中主要的自大又自卑角色，應是「變態男」賽門、「懶蛋」馬克，以及妮姬。三者之中，變態男的鋒頭最健。滿腹心機的他從倫敦回到雷斯創業：他很自大——因爲他本來是混倫敦的，他回雷斯形同衣錦榮歸；吊詭的是，同時他也自卑——他如果在倫敦混得很好，爲什麼不留在倫敦呢？而懶蛋從荷蘭偷偷回到雷斯——他大可以出鋒頭，可是他偏偏要低調。懶蛋和變態男的對比，是此書之中的主線之一。懶蛋從小就和變態男有心結，原因之一是他和變態男「比大小」比輸了（變態男的性器官比懶蛋大，變態男也比懶蛋擅長釣女人上床），但年紀老大之後（書中的變態男三十六歲，懶蛋應該也是差不多年紀），除了性器官之外，就有更多較勁的舞台。懶蛋比較沉潛，而變態男一味愛比較，仍然不時認爲他自己比懶蛋更有男「性」魅力——可見，變態男是個很沒有安全感的男人。

變態男和懶蛋都是在《猜火車》就出現的老角色，而妮姬這個怪咖是《春宮電影》中才出現的。她是個英格蘭出身的年輕女學生，卻偏偏要到蘇格蘭讀大學（雖然她就讀的愛丁堡大學是知名學府，但是英國大部分名校畢竟是在英格蘭）。她性欲旺盛，企圖心強，寧可眞正下海拍春宮電影，也不要留在學校教室裡研讀電影理論。以往，小說作者威爾許在作品中幾乎都把重心放在男性角色上，女性角色往往都只是陪襯；這一回，威爾許精心打造出妮姬這個不時跳起來跟男人搶麥克風的強悍女孩，似乎是在彌

2 小説作者威爾許對於《猜火車》的「主流化傾向」很有意見。小説的封面圖本來是幾個戴骷髏面具的無名氏，可是電影走紅之後，小説封面就改成電影主要角色的照片。後來，有些新版本的小説根本就只凸顯懶蛋這個角色（由伊旺·麥奎格主演；「伊旺」一名的正確讀音應該是「尤恩」）。威爾許覺得《猜火車》這部小説本來是他自己的，後來變成導演丹尼·鮑伊的小説，更後來卻又變成伊旺·麥奎格的小説。但是大家都知道，正是因為麥奎格和電影走紅，小説家自己也連帶紅遍天。小説家雖然不爽，也不好意思嗆得太大聲。

補他以往的性別歧視。

然而書中最讓我驚艷的角色卻不是以上這三位喜歡比大小的大咖，反而是一個在比大小競賽中接連敗北的「屎霸」丹尼．墨菲。早在《猜火車》中，屎霸就是縮頭縮腦的小人物，而在《春宮電影》中，他更窩囊了。如同英國喜劇演員賽門．配格（Simon Pegg）在僵屍喜劇〈活人甡吃〉（Shaun of the Dead）裡一再說的台詞：「只是在苟且偷生啦！」（surviving!）[3]。變態男本來就很大小眼，也就特別看不起非主流的屎霸了；懶蛋聲稱他最要好的雷斯老友是屎霸，可是他——身爲另一個大咖——也擺高姿態，並沒有眞正關愛屎霸。屎霸的人生殘破，他的語言也是——然而，全書中語言最具詩意的角色就是屎霸。屎霸的語言肢離破碎，卻具有宛如靈視（vision）的質感和能耐；他可以看見主流人士汲汲營求而忽視的生活細節，他也看見被主流社會所忽視的非主流歷史。

此書叫做「春宮電影」，並非光說不練。我想指出：把性行爲拍攝下來，並且（合法或非法地）廣爲散播，事實上絕對不只是性的行爲而已，而往往是（自覺或不自覺的）向主流社會抗議的動作。也就是說，搞春宮，也可以是一種非主流文化的實踐。整個二十世紀的文學、電影、搖滾樂，台灣和中國的電影，以及二十一世紀不時出現的神祕光碟或網路爆料，一旦描繪露骨性行爲，經常就是對主流社會秩序的抗議。我們的世界在主流之外也需要非主流，也因此，我們不可能割捨各種春宮。

（本文作者爲美國康乃狄克大學外文系駐校助理教授）

3 在這裡提及〈活人甡吃〉（二〇〇四）並非偶然。在近十幾年來，英國非主流電影成功打入美國市場——以及全球市場——的例子有限，而〈猜火車〉和〈活人甡吃〉是其中兩部代表作。兩者在呈現當今英國青年人如何掙扎拚經濟。兩片給美國一般觀眾的印象都是「很酷很屌」，不過我認為，兩者也都曝露了英國嚴重的資本主義社會危機（年輕人的高失業率與低成就感等）。

# 目次

〈導讀〉比大小　紀大偉　003
人物表　010

## 第一部　種馬　013

❶第18732個念頭　14　❷「屌的男主人才是問題」　25　❸第18733個念頭　32
❹「幫男人打手槍，打得很混」　42　❺第18734個念頭　48　❻「頑皮的祕密」　56　❼第18735個念頭　64
❽「只有一個鏡頭」　69　❾第18736個念頭　83　❿諮商　86　⓫「醜」　91　⓬沙皇與杭士　97
⓭阿姆斯特丹的婊子們　第一部　105　⓮第18737個念頭　108　⓯阿姆斯特丹的婊子們　第二部　117
⓰「不必管亞當．斯密的大頭針工廠」　119　⓱出獄　127

## 第二部　春宮電影　131

⓲同性戀看的色情書刊　132　⓳朋友　142　⓴第18738個念頭　151　㉑阿姆斯特丹的婊子們　第三部　163
㉒媽的大公寓　165　㉓第18739個念頭　170　㉔阿姆斯特丹的婊子　第四部　179　㉕愛丁堡圖書室　184
㉖「色魔」　190　㉗腦袋好緊張　200　㉘第18740個念頭　208　㉙「一打玫瑰」　219　㉚包裹　230
㉛「被切掉一邊的屁股」　237　㉜第18741個念頭　244　㉝洗乾淨　248　㉞第18742個想法　252
㉟小額零用錢　260　㊱第18743個念頭　264　㊲「政治正確的炮友」　270　㊳第18744個念頭　284

39 「奶子的問題」 291
40 第18745個念頭 298
41 雷斯不會消失 321
42 「他的老二折斷了」 330
43 第18746個念頭 334
44 「破紀錄的人」 340
45 逍遙騎士 345
46 第18747個念頭 357
47 「無所不在的薯片」 364
48 阿姆斯特丹的婊子們 第五部 368
49 小鬼當家第二集 378
50 「一道砂鍋魚」 384
51 第18748個念頭 389
52 快克婊子 405
53 「還沒有勃起，就超過一呎長」 409
54 第18749個念頭 416
55 阿姆斯特丹的婊子們 第六部 420
56 「牠搭在我的肩膀上」 427
57 豎笛 433
58 幸運好康 439

## 第三部 亮相

59 阿姆斯特丹的婊子們 第七部 448
60 「賽門．大衛．威廉森電影作品」 453
61 退稿 465
62 阿姆斯特丹的婊子們 第八部 472
63 「如果你可以放慢一點」 479
64 只是玩玩 484
65 第18750個念頭 493
66 阿姆斯特丹的婊子們 第九部 500
67 天空頻道的足球賽 504
68 第18751個念頭 519
69 警察 525
70 開車兜風 529
71 阿姆斯特丹的婊子們 第十部 532
72 「起伏的海浪」 543
73 第18752個念頭 550
74 「要人命的膀胱炎」 556
75 牌局 569
76 阿姆斯特丹的婊子們 第十一部 573
77 回家 576
78 阿姆斯特丹的婊子們 第十二部 579
79 「易捷」 585
80 第18753個念頭 591

# 人物表

主要角色：

・變態男（賽門・大衛・威廉森）：在書中三十六歲，本來是蘇格蘭愛丁堡附近雷斯港出身的人，去倫敦混了幾年之後，又回雷斯港，開設「日光港口」酒吧。愛女色，愛嗑藥，很勢利眼，愛陷害別人。他在《猜火車》中是重要角色。他並不喜歡別人叫他「變態男」；他希望別人叫他本名，以示尊重。

・懶蛋（馬克・藍登）：當年背叛蘇格蘭的朋友，躲在荷蘭，開夜店。他在《猜火車》中是重要角色。變態男一直慫恿懶蛋回蘇格蘭發展。

・卑比（法蘭哥・卑比；變態男喜歡用法文叫他的名字：「方斯華」）：暴力分子，因爲殺人（受害人爲唐納利）而坐牢。大家都怕他。他在《猜火車》中是重要角色。

・屎霸（丹尼・墨菲）：生活潦倒的三十多歲男子，和愛麗森同居生子（他們的兒子叫安迪）。因爲他日子過得太失意，愛麗森就把他甩了。他在《猜火車》中是重要角色。

・愛麗森：曾經是變態男的女友。後來在變態男開設的酒吧打工，惹得屎霸很不放心。

・妮姬（妮可拉・富勒－史密斯）：英格蘭出身的年輕女生，卻不在英格蘭念大學，而在蘇格蘭愛丁堡大學念書。她對性事很大膽，在一家色情三溫暖打工。她並沒有在《猜火車》出現。

・黛安：妮姬的新室友。是碩士班學生，正在寫碩士論文，專門研究色情業，因此和妮姬很合得來。她在《猜火車》中，曾經和懶蛋上床。

・蘿倫：妮姬的室友。

・雷布（雷布・畢瑞爾）：年紀稍大的性感大學男生，是妮姬的同學。雷布的女友查琳，爲雷布懷孕生子。他的弟弟比利，是酒吧界的紅人。他並沒有在《猜火車》出現。

・油水泰利（泰利・羅生）：一個熱愛拍色情片的男子。他並沒有在《猜火車》出現。

・麥蘭妮：常和油水泰利一起拍色情片的女孩。她並未在《猜火車》出現。

・寇帝斯：口吃又其貌不揚，常被同儕欺負的少男，但是變泰男發現寇帝斯擁有不得了的天賦。

次要角色：

・柯林：大學教授，是妮姬的男友。他喜歡在女學生之中找小妹妹把。

・麥可克萊蒙特：是妮姬在大學的教授，常愛刁難她。他的特色是很爲蘇格蘭文化感到光榮。

・比利・畢瑞爾：雷布的弟弟，在酒吧工作。

・新手小子：一個當紅的夜店ＤＪ。

・奇仔：一個色狼，曾經和屎霸一起坐牢。

・第二獎：爲卑比、懶蛋等人以前在《猜火車》中的酒肉朋友。他在《春宮電影》中變成一個狂熱的宗教信徒。

・巴比・基慈：一家暗藏春色的三溫暖老闆；妮姬是他的員工。

・珍恩：妮姬在三溫暖的同事。

・柯維爾：一家倫敦酒吧的老闆。變態男住在倫敦的時候，在柯維爾的店裡工作。

・卡羅塔：變態男的妹妹。

・路易莎：變態男的另一個妹妹。
・吉娜：常和油水泰利一起拍色情片的女孩。
・烏蘇拉：常和油水泰利一起拍色情片的女孩。
・克雷格：常和油水泰利一起拍色情片的男子。
・朗尼：常和油水泰利一起拍色情片的男子。
・馬丁：和懶蛋在荷蘭開夜店的合夥人。他們的夜店名叫「魯奢麗」。
・賈德琳：懶蛋在荷蘭的女友，兩人的關係很緊張。
・米仔：懶蛋在荷蘭的朋友，從事色情影片發行工作。
・摩拉：年紀稍大的女子，在變態男開設的酒吧中工作。
・菲力普：一個小流氓，欺善怕惡，常和寇帝斯混在一起。
・列克索：本來和卑比一起開家具店。後來卑比坐牢的時候，列克索自作主張，把家具店改成泰國餐廳。
・蒂娜：列克索的女友。
・凱特：麥蘭妮的朋友，卑比的新一任女友。
・君恩：卑比的前女友。

# 第一部

# 種馬

# 1 第18732個念頭

克羅科西奮力爬著樓梯幫我搬完了最後一箱唱片，他身上流了很多汗。總算他生平第一次不是因爲嗑藥而大汗淋漓。這時我整個人癱在床上，茫然又鬱悶地張嘴看著乳白色的木頭牆壁。**這裡**，就是我的新家。一間十四呎乘十二呎的小房間，連接著走廊、廚房和浴室。房間裡面有一座沒門的衣櫥，一張床，剩下一點小空間，擠進了一桌二椅。在這裡，我根本沒地方坐，蹲監獄可能還好一點。我他媽的乾脆打包回愛丁堡去好了，用這間寒冷的爛公寓交換卑比正在蹲的牢房。

克羅科西身上的菸臭味，飄散在這個封閉的空間，叫人窒息。我已經三個星期沒抽菸了。可是，因爲在他身邊，所以我一天就吸了三十根二手菸。「口眞渴啊！喂，賽門，去皮普斯喝一杯吧？」[1]他興致高昂地說著，幸災樂禍似的，精心嘲笑賽門．大衛．威廉森也有這麼一天。

某方面來說，從倫敦馬爾街一路走去皮普斯酒吧，實在他媽不是個明智的抉擇，會讓每個人私底下竊笑：「賽門啊！又回來黑克尼了唷！」[2]不過，哎！人總是需要朋友啊。耳朵一定要委屈了，有人要放屁就讓他們放個夠吧。再說，克羅科西需要透透氣去除霉味。想要在他身邊戒菸，就像是在一群毒鬼之中戒毒，怎麼可能啦。

「能找到這間公寓是你走運，」克羅科西說著，幫我卸下箱子。走他媽個狗屁運！我癱在床上，一輛開往利物浦的特快車呼嘯經過黑克尼車站，整間公寓被震得轟隆轟隆。我的廚房窗口離車站大概只有一呎。

我很想好好靜一靜，但是我仍然要出門。於是我們小心翼翼地走下破敗的樓梯，樓梯地毯好破爛，就像冰河的邊緣那樣危險。外面的街道下著凍雨；我們走向馬爾街和市政府的時候，到處都是節慶宿醉的鬱悶氣氛。克羅科西以完全不帶諷刺的語氣跟我說，「黑克尼區比伊士靈頓區來得好，每個地方都比較好，伊士靈頓區已經沒落好多年了。」[3]

你到底還要當多久叛逆小子啊？克羅科西應該去倫敦的克倫肯威爾或蘇活區當網站設計師，不該在黑克尼佔據沒人住的公寓辦派對。我將這個蠢蛋導入正途，並不是爲了他好，而是因爲我覺得他不該再去融入那個沒有搞頭的文化。「不對，我搬到這裡，是退步，而不是進步。」我對他說著，朝著自己的雙手吐出熱氣；我的手指頭呈粉紅色，看起來像是還沒下鍋的豬肉香腸。「對你這種二十五歲的叛逆小子來說，黑克尼區已經不錯了啦！至於一個向上流社會邁進的三十六歲企業家呢，」我指了指我自己，「還是該在伊士靈頓住才行。」如果我在蘇活的酒吧看到很正的馬子，我怎麼敢給她我的地址？如果馬子問我：「離你家最近的地鐵站是哪個啊？」我要怎麼回答？

「這裡的高架路還不錯吧？」[4]他指著浮腫天空下方的鐵路陸橋。一輛三十八號公車慢吞吞經過，吐出毒煙。這些倫敦運輸單位的混蛋，有錢去印一堆漂漂亮亮的傳單，告訴大家開汽車有害環境，卻隨便惡搞我們大家的呼吸系統。

「不錯個大屁，」我發起飆：「簡直是狗屁。這裡將是北倫敦最晚建地鐵的地方。連他媽柏蒙賽那種爛地方都有地鐵了，媽的！他們把地鐵建在愚蠢的馬戲團帳蓬附近，那種地方根本沒有人會去，卻不

1 皮普斯，是倫敦的酒吧名，取名自古代名人。
2 黑克尼，是倫敦的一區，一般認為名聲不好。上述的馬爾街就是在黑克尼區。
3 伊士靈頓區是倫敦市內的一區。
4 指這一帶的捷運也都是高架，而不是地下化的。

肯建在這裡。爛透了！」

克羅科西的一張窄臉擠出了個笑容，兩個凹陷的大眼瞪著我，對我說：「你今天心情不大好吧？」一點也沒錯。這種時候我會去做的事，就是用酒精來麻醉我的鬱卒。那一群混酒吧的人，柏尼、夢娜、比利、坎蒂、史蒂夫和迪，全部都在酒吧。我告訴他們：「黑克尼只是我的臨時中途站，別以爲我會在這裡混一輩子。我不可能一輩子待在這個鬼地方。抱歉，我才不。各位，我還有遠大的計畫呢。」沒錯，我一直跑洗手間，但不是去拉屎撒尿，而是去吸好東西。

雖然我把毒品鏟進鼻孔裡，但是我很清楚悲哀的眞相。我已經厭膩古柯鹼了，我們全都覺得古柯鹼沒意思了。我們是一群過氣的老骨頭，待在一個我們厭膩的酒吧，住在一個我們痛恨的城市，假裝自己還活在世界的中心，用一些爛藥來把自己搞得更爛，拒絕承認好日子是發生在別的城市，而不是在我們這個城市。我們心裡都明白，我們都只是耽溺在自己的偏執心理和幻滅感當中。但是我們都太漠然了，我們無法戒掉虛無的習慣。因爲，很可悲呀，如果我們戒掉毒品，之後又有什麼可以吸引我們呢？講到這一點，聽說布瑞尼拿到一大票古柯鹼，而且好像有好一些已經在市面上流通了。

一轉眼，又是另一天。我們去了一個公寓抽快克古柯鹼。史蒂夫一邊炮製快克，一邊嘮叨他花了多少錢買這批貨，阿摩尼亞的味道充斥空氣中，我們吝嗇地撈出皺成一團的鈔票，當可怕的菸管一碰到我的嘴唇，一陣噁心感從我體內湧上，我好挫敗，可是我吸入的快克古柯鹼漸漸把我帶到房間的另一個角落：我變得很酷，夠冷，很滿足，充滿信心，可以高談闊論控制全世界的計畫[5]。

然後我晃到街上。不知不覺就回到了伊士靈頓。我漫無目的東晃西晃，然後我碰到了一個女孩子，拿著一份綠線公車的地圖，套上手套的兩手，正手忙腳亂地想把地圖攤開。我用一口難聽的嗓音問她：「迷路了嗎？寶貝兒？」但是我那要哭要死的聲音，以及聲音中的情緒、期待，甚至那份失落，把我自己都嚇了一跳。我一驚，退縮了一下；連手中的酒瓶也讓我嚇了一跳。這他媽是什麼鬼東西啊？誰把這酒瓶子放到我手裡的？我是他媽怎麼到這裡來的啊？其他人都死到哪裡去了呢？我感嘆幾聲，猶豫再三，走進了寒冷的雨中，於是……

這個女孩的態度非常僵硬，硬得像我褲襠裡那根肉做的布雷克普棒棒糖[6]。她破口大罵：「滾開啦……誰是你的寶貝兒！」

「對不起啊，美眉，」我匆匆忙忙地向她道歉。

「我也不是美眉，」她又提出指正。

「親愛的，那是妳的看法。妳要不要從我的角度來看妳呢？」我聽到了自己說話的聲音，但是聽起來好像是別人的。從她的眼神中，我也看到了我自己：一個發臭、骯髒、酗酒的混蛋。但是，我有工作啊，手上也有幾個女人可以搞，甚至銀行裡還有一點錢，我也有相當稱頭的衣服，比我這身髒臭的毛衫、舊毛帽、舊手套體面得多。他媽的，賽門，既然我的條件還不錯，為什麼會搞到這種下場啊？

「去死啦！性變態！」這女孩說著轉身就走了。

「我想，我們剛才有點小誤會啦。改進是唯一之道，不是嗎？」

「滾你媽的蛋。」她從背後轉過頭，對我又吼又罵。

小女孩，總是朝著壞處去想。我眞是有夠笨，居然忘了女人都是這種脾氣。我認識一些這樣的女人，但是我的老二總是擋在我和女人之間。我，女人，以及我的深刻想法，都被屌擋住了。

---

5 賽門在此看起來好像是在哈大麻，其實並不是。「rock」是「crack cocaine」，即「快克古柯鹼」，是古柯鹼加工之後的產物，比較便宜，成碎裂晶體狀，因此俗稱「rock」。如果要給古柯鹼加工，就需要用到阿摩尼亞，加工後的古柯鹼用鼻吸，在加工過程中產生的快克則用菸管抽。後者比較便宜。所以此處的菸管不一定是指吸食印度大麻的水菸管，也是吸食快克古柯鹼的用器。

6 布雷克普為英國地名，靠近曼徹斯特。布雷克普棒棒糖為當地賣給觀光客的硬糖果。

我開始回想，試著重新整理我扭曲的、燒過頭的腦袋，把腦袋拉扯開來，再切成一小塊一小塊，以方便思考。我想起來，我其實回家過。早上，我曾經沮喪地回到我的新家。那時候，我吸完最後一點古柯鹼，開始冒汗，對著報紙上希拉蕊的照片打手槍。照片上的她穿著一件女強人套裝，正在競選紐約州參議員。我正在告誡她，不要理會那些猶太人啦。她還是個美人兒，蒙妮卡．路文斯基根本沒得比。路文斯基當初有甜頭吃，只是因爲柯林頓下面的小頭在癢。然後，我和希拉蕊就開始做愛，希拉蕊滿足地熟睡了之後，我又到隔壁房間，原來蒙妮卡正在等著我呢。我和她結合，就等於我的家鄉雷斯和比佛利山結合，這場性愛眞是化解疏離感的妙方。然後我帶著蒙妮卡回去找希拉蕊，要她們倆做愛給我看。她們剛開始的時候很不願意，但是，我顯然說服她們了。我倒在克羅科西給我的破爛椅子上，放輕鬆，一邊觀賞這場精彩的實況演出，一邊享受一根哈瓦那雪茄——噢，是一細條巴納德拉牌雪茄。

一輛警車在亞柏街呼嘯而過，要去追捕笨蛋市民，加以淩遲。我一下子又被拉回了現實世界。剛才那個很單調卻又很低級的性幻想，讓我有一點沮喪。不過，經我分析，在藥效退了的過程中，難免會有低級的念頭出現。低級性幻想本該一閃即過，現在卻縈繞不去，妨礙我工作，逼我非得面對它們不可。讓我暫時沒法去想古柯鹼——不過話說回來，我短期內也沒有錢買古柯鹼。可是呢，當我眞的在用古柯鹼時候，手頭有沒有錢根本不是我擔心的問題。

我漫無目的地隨意遊走，不知不覺地從天使區，沿著下坡路走向列王十字區，一條先天絕望的路。我走到了潘頭村路的賽馬投注站，看看有沒有熟人，但是每個人我都不認識。近來十字區的小混混的面孔變化很快，難怪四處巡邏的警察也到處都是。他們就像穿梭在骯髒沼澤中間的快艇，迅速驅離了小混混；但是，警察只是撥開、移開沼澤世界滿滿的垃圾，從來沒有眞正清除或處理有毒的垃圾。

這時，我看到坦雅走進賽馬投注站，滿臉嗑過藥的樣子。她瘦削的臉上一片慘白，但是她一看到我，眼神就興奮了起來。「親愛的……」坦雅把用手臂環住我。她旁邊跟了一個瘦小的男人，但是我發現，那個小男人，其實是個女的。「這位是娃兒，」坦雅用倫敦毒鬼的典型鼻音說道：「好久好久沒有看到你來這裡了。」

有什麼好問的啊？「是啊！我回黑克尼了。只是回來住一下啦。週末剛哈了些大麻。」我對她解釋。這時候，有一夥瘋狂的黑人擠了進來。這群長手長腳的黑鬼，滿臉的凶相，讓人感覺很不舒服。我懷疑，他們是眞的來賭的？我不喜歡這裡的氣氛，於是我們走人。那個叫做娃兒、看起來好像貧血的怪女人，跟一個黑人交頭接耳。然後我們走向列王十字區的車站。坦雅吵著要抽菸，我本來不想抽的，但是沒辦法，我一定要來一根。於是我伸進口袋找零錢。我買了一些菸，就在地鐵站呑雲吐霧。然後一個腦滿腸肥的白豬列車官員多管閒事，跑了過來；他身穿倫敦運輸部的新式淺綠色制服，看起來眞像同性戀衝鋒隊員。他要我把菸熄掉，指著牆上的一個看板，上面說有多少人因爲有人亂丟菸蒂而被火燒死。他說：「你是白癡嗎？你對這種事一點也不關心嗎？」

這個小丑以爲他在跟誰說話啊？「不關心！我他媽一點也不關心。那些人被燒死是活該。出門在外，就是要承擔風險。」我對他劈頭發了一陣飆。

「王八蛋，我的一位好朋友就是這樣死掉的，」那個廢物憤怒又激動地對著我吼。

「他有你這種人渣爛朋友，遲早也會倒大霉，」我也對他大叫，但同時，我把手上的香菸熄掉了。我們搭電梯往下進入月台，坦雅正在大笑，那個娃兒更是笑到不可開交。她根本就是笑瘋了。

我們搭地鐵到卡登區，要去伯尼的公寓。「你們這些女孩子，實在不應該在列王十字區鬼混，」我笑著說，心裡很明白她們爲什麼要去那種地方。「而且更不應該跟那些黑鬼來往，」我對她們說：「那些人只想釣白種妞，然後把她們賣去當妓女。」

叫做娃兒的小女人聽了就笑了。坦雅卻大發雷霆：「你怎麼可以說這種話，我們現在要去找伯尼，他是你最好的朋友，他也是黑人啊！」

「我當然知道他是黑人。我並不是在擔心我自己，我的黑人朋友是我的好兄弟，我的好同胞。我的朋友其實都是黑人。我擔心的是妳們。那些黑人不會把我賣去做妓女，可是黑人說不定會把妳們女人賣掉呢！我告訴妳，如果伯尼想要賣女人，他也辦得到。」

那個不男不女的小娃兒又咯咯笑，聽起來古怪又撩人。坦雅卻在一旁嘟嘴，臉很臭。

我們三個一路走向伯尼的公寓。我一時糊塗，忘了他家到底是在這個悲慘地段的哪一條街上。我現在大白天來到這裡，還真不習慣。我們驚擾了一個窩在樓梯轉角處的酒鬼[7]，這個人倒在自己的尿裡。「早安……」我故意用高昂歡愉的語氣對著他大喊。這酒鬼喉嚨發出了一陣介於呻吟和咆哮之間的聲音。我嘲弄他道：「你說得比唱得好聽。」女孩子們都笑了。

伯尼還沒睡，他也才剛從史帝夫家回來。伯尼非常亢奮，身上掛著一堆金色和黑色的鏈子、牙齒，和各種紀念品。我聞到了阿摩尼亞的味道，確信廚房裡一定有好東西。他給我呼了一管。我用力吸了長長的一大口。他用打火機燒著快克古柯鹼，一雙大眼睛裡充滿狂熱鼓動的情緒。我屏住氣息，然後慢慢地吐氣，感覺自己胸腔內那股骯髒菸熏的灼燒感覺，也感覺雙腿突然虛弱。但是我趕緊抓住桌沿，享受那股酷炫的快克古柯鹼的熟悉快感。我像強迫症的人一樣，看清楚了每一粒的麵包屑，鋁質水槽裡每一粒水滴。我應該會覺得想吐，但是我沒有。然而我卻感到快克古柯鹼發上來，把我的心神帶到了房間裡最寒冷的一角。伯尼根本沒有閒下來，又在那骯髒的湯匙上燒了另一管藥，他在錫箔紙上放了一層大麻，然後把快克古柯鹼放進去，好像父母親把小嬰兒放進娃娃車一樣輕柔。我把打火機移到定位，驚訝看著他吸藥的力道：他用力極猛，卻又把力氣控制得很好。伯尼告訴過我，他曾經練習在浴缸中屏息，以便增強自己的肺活量。我看著那把湯匙，看著那堆裝備，然後心不在焉的想著自己過去的那段海洛英歲月。不過，他媽的去死吧！我現在更成熟了，也更有智慧，而且海洛英是海洛英，快克古柯鹼是快克古柯鹼嘛。

我們面對面談著些狗屁話題，他和我的兩張臉相距不到一吋，我們的交談就像在互相咆哮。兩個人的手緊抓著桌沿，好像〈星艦迷航記〉中站在艦橋的一對高階軍官，當受到敵艦光束攻擊，船身大力搖晃的時候，抓住東西保持身體平衡。

伯尼談到了女人，就是搞他整他的那些婊子。這可憐傢伙的一生，都被這些婊子給毀了。我又何嘗不是如此。然後我們又談到了男人，那些搞我們整我們的男人，然後談到他們將來也會跟我們同樣下場。我和伯尼都很厭惡一個叫做克萊登的男人。這個人本來都是我們的朋友，但是現在，他搞得眾叛親離。每當我們的談話出現冷場低潮，就會開始一起討伐克萊登。如果生命中沒有對手，沒有敵人，就要去發明一個敵人，這樣生命才有戲劇性，才會出現結構，才會有意義。「他的情況一天比一天糟，」伯尼說著，口氣中竟然帶著一份假惺惺的誠意。他敲敲自己的頭，重複地說：「一天比一天糟唷！」

「是唷……那個叫做卡爾梅的女人，克萊登還在跟她搞嗎？」我問道。其實我自己一直很想跟她來一發。

「沒有了！她滾回老家了，好像是回到納丁罕，還是類似的那種鬼地方。」伯尼拉長的聲調，簡直可以從牙買加一路拉到北倫敦，再響著汽笛拉回布魯克林[8]。然後他露出牙齒笑著說：「你就是這樣

---

7　英國公寓大門外的樓梯，還可以往下層至地下室，中間轉彎處的幾階常是流浪漢避風雨處。

8　伯尼使用牙買加的黑人腔調。這種黑人腔調一路從牙買加蔓延至倫敦，而後停駐在紐約的布魯克林。多數倫敦或紐約黑人的牙買加腔，是學習自牙買加移民帶到這兩個地區的雷鬼音樂，英國的雷鬼音樂啓蒙了後來的舞曲，而布魯克林區的雷鬼音樂啓蒙了嘻哈音樂。

子，蘇格蘭佬。你在街上看到了一個沒見過的女人，你就會想知道她是誰，她有沒有男朋友。就算你有漂亮老婆，有小孩，有錢，可是當你看到了美女，你還是一樣會忍不住要問。」

「這是熱心公益！我必須關心社區福祉，就只是這樣啊！」我一面笑著說，一面打量著隔壁房間沙發上的女孩們[9]。

「博愛社區……」伯尼笑著重複說道：「保持博愛的精神關心社區福祉，眞是不錯啊！」

伯尼又回頭去炮製毒品，「你也享受生活的樂趣吧，」我咯咯笑著，走向了隔壁房間。

我走進房間的時候，坦雅正把手伸進上衣，抓著自己的手臂，顯然她正在經歷海洛英的退藥階段。她承受的痛苦也很邪門地被我傳染到我身上，我的眼睛也開始顫抖。我很想大幹一場，讓身體流汗，以便把身體裡的一些毒素排放出來；但是我不喜歡和海洛英鬼打炮，因爲她們都像死魚一樣不會動[10]。而那個像個小男生的女人，幹起來不知道是什麼滋味；可是我還是抓住她的手，把她半推地拉進了廁所。

「你要幹嘛？」她詢問的語氣中並沒有抱怨，也沒有抗拒。

「幫我吹吧！」我眨眨眼對她說。她看著我，眼中毫無懼色，只是掛著一抹微笑。我看得出，她很想取悅我，因爲她就是那種女孩，被搞爛的那一型。她們只想取悅人，卻不懂得如何討人喜歡，永遠都學不會。她在人生舞台上的角色只有一個：等著被不爽的人痛扁她的臉一頓。

於是我們進入廁所，我把老二拉出來，我的老二堅硬勃起，翹得很高。她跪在地上。我抓著她油膩的頭，拉向我的胯下，讓她吸我的老二，那感覺就像……其實，並沒什麼特別的感覺。那其實沒有關係，但是我很討厭她那雙眼珠子不斷向上看我，她想確定我有沒有被吹得很爽。在這種節骨眼，她的想法眞是荒謬至極。更糟的是，她在吸我的時候，我竟然分神去想一件事：早知道，我就把啤酒帶來了。

我往下看到那顆灰色的頭顱，那雙瞄著我的萎靡眼睛。更重要的，注視她一口大牙，牙齦都退化了

——這是嗑藥營養不良，而且又沒有看牙醫的後遺症，所以她的牙齦爛爆了。我覺得自己好像電影〈鬼玩人〉（The Evil Dead）第三集〈魔誡英豪〉（Army of Darkness）ＮＧ鏡頭中的布魯斯．坎貝，被一顆殭屍頭纏住。布魯斯會把那顆一敲即碎的頭砸得粉碎。在我把這女人的頭打碎之前，我一定得趕快抽身，免得我軟化中的老二被這女人的兩排爛牙咬成碎片。

我聽到有人開門進來的聲音。我覺得刺激又驚恐，聽到克羅科西獨一無二的嗓音，他又回來續攤了。可能布瑞尼也跟來了。我想起我的啤酒，如果別人無意間喝掉了我的啤酒，我會氣死。對他們來說，我的啤酒沒什麼大不了的；但是對我來說，我的啤酒就是一切，意義非凡重大。如果我現在不採取行動，我的啤酒就會他媽的不見了。我把娃兒推開，緊急行動，老二塞進褲襠，一面拉拉鍊，一面走人。

啤酒還在啦。嗑藥的效力已經退了，我現在又好想再嗑一管。我癱倒在沙發上，沒錯，剛剛進來的人正是克羅科西，他的樣子糟透了。布瑞尼看起來卻非常有精神，但是他很納悶自己是不是錯過了什麼找樂子的好機會。他們又買了更多啤酒回來。眞奇怪，看見那些新買過來的啤酒，我並沒有因此而提高興致。既然有新啤酒，我剛才又何必特別珍惜自己的啤酒呢？眞是無聊又無趣，我再也不想喝那杯啤酒了。

但是，酒還是要喝的！

我們又喝了更多啤酒，調配了一些怪配方，還有更多的快克古柯鹼現身。克羅科西從一只又舊又怪的檸檬汁瓶子裡中拿出了一根菸管，想要報答布瑞尼的款待。過了一會兒，我們全部都動彈不得了。小

---

9 此處指賽門老把自己看成性愛之神，可以照顧眾多女人。

10 這裡的毒鬼，特別是指海洛英毒鬼。海洛英屬中樞神經抑制劑，所以才會做愛時一動也不動。

女人娃兒又滾回來，她的樣子像個剛剛被趕進難民營的難民。我覺得她根本就是個難民。她向坦雅使了個眼色，兩個人起身離去，一句屁話也沒說。

我注意到，伯尼和布瑞尼之間發生了口角，兩人的爭執越演越烈。我們的阿摩尼亞用完了，現在得用小蘇打來炮製，這是一個需要更高超技術的工作。布瑞尼責怪伯尼，怪他浪費用具[11]。「你他媽的！又搞成這樣！」他說著，露出一口又黑又黃的爛牙。

伯尼反駁了幾句，我卻在想，等一下得去工作，現在一定要先小睡一下。我走到客廳，打開了大門，聽到背後的吼叫和砸爛玻璃碎片的聲音。我停了一秒鐘，想回頭看看發生什麼事，但卻想到，我只要一介入，就會讓他們已經很糟的情況更加複雜。於是，我安安靜靜地溜了出去，關上身後的大門，那些尖叫和暴力從此與我無關。我全身而退，走到馬路上。

回到了現在應該稱之為「家」的黑克尼狗窩。我滿頭大汗，渾身發抖，我咒罵著自己的愚蠢和懦弱。這時，從利物浦街到諾維治的大東線火車，又把整棟房子震得搖搖晃晃。

11 炮製過程可以用阿摩尼亞，或者小蘇打。

# 2
# 「……屌的男主人才是問題……」

柯林從床上爬了起來。我看見他的剪影立在三角窗旁。我的眼睛注視著他垂軟的屌。那根軟屌看起來簡直帶著罪惡感。柯林打開了百葉窗，月光呈三角形映照在他的屌上，「我眞不明白……，」他說，當他轉過身來，我就看見他露出企圖化解難堪的尷尬微笑。月光下，他濃密的暗色鬈髮泛出銀光。在月光下，我也看到他雙眼下的眼袋，以及垂在他下巴底下的難看肥肉。

柯林是誰？他是個中年老混蛋。他的社交價值在下降了，智力衰減了，現在性能力也直直落。賞味期限已過。老天啊，這樣的賞味期限過了吧。

我在床上伸展身體，雙腿覺得很冷，然後扭了扭身子，想驅散身上最後一股挫敗的感覺。我背轉向他，膝蓋縮到胸口。

「我知道這樣講可能有點陳腔濫調，可是像今天這樣的狀況眞的從來沒有發生過。這個……今年，系上那些混蛋，叫我每週多花四個小時主持小組討論，還要多花兩個小時講課。昨天晚上我整晚沒睡，忙著改學生的報告。我老婆米蘭達也不給我好日子過，我的小孩又媽的要求一大堆……我根本沒有**自己的**時間，我根本沒有時間當柯林．艾迪生，但是誰在乎呢？有誰在乎柯林．艾迪生呢？」

我正準備跌出意識，好好睡個覺，卻隱隱約約聽到這個男人在哀怨地解釋他爲什麼硬不起來。

「妮姬，你在聽我說話嗎？」

「嗯……」

「我在想……我們的關係必須正常化。我和妳在一起，並不是只在追求一時的刺激而已。我老婆米蘭達和我，已經沒有搞頭了。喔，我知道妳要說什麼，對啦！妳會說，我也可以去找別的女孩，別的學生，當然也是有可能……」他現在說話的語氣恢復了自滿。男人的自尊心可能非常脆弱，但是根據我的經驗，男人也可以很快速恢復自尊。「……但是她們都只是十幾歲的小孩子，跟她們玩，只有一種虛浮的趣味。重點是，妳比較成熟，妳已經二十五歲了，我們之間的年齡差距**比較小**，而且，我對妳的感覺很不一樣。我們的關係不只是……我的意思是說，我們之間是一種眞正的關係，妮姬，我希望我們的關係是這個樣子，就是……**眞正的**關係。妳知道我在說什麼嗎？妮姬！妮姬！」

柯林．艾迪生的學生炮友一長串，我是其中之一，卻能夠升格爲正牌情人，我眞應該覺得可喜可賀。但是我並沒有快活的感覺。

「妮姬！」

「什麼呀！」我呻吟道，轉身坐了起來，撥開臉上的頭髮說：「你在吵什麼啊？如果你沒辦法好好幹我，至少讓我好好睡個覺，可以吧？我明天早上有課，晚上還要去那個狗屎三溫暖打工呢。」

柯林坐在床沿，呼吸沉重。我看到他的肩膀上下抽動，他彷彿是黑暗中一隻受傷的野獸，牠不知道現在應該反擊，還是應該棄守。「我不喜歡妳去那種地方工作。」他呼出一口氣說道，口氣充滿任性和專制的氣味；**他**最近都是這樣的死德性。

時候到了，我想，是時候了，我的時刻來臨了。幾個星期來我對他的尊重和服從，現在終於到達了我再也懶得去鳥他的臨界點，我知道我終於有權力給這個臭男人致命的一擊。「現在，恐怕只有在三溫暖裡面，我才能夠被男人好好地幹到爽！」我冷冷解釋。

空氣死寂了，黑暗角落中的柯林沉默了，我知道我終於擊中了他的要害。他的動作突然急速了起來，緊張忙亂地走向放衣服的扶手椅。他匆忙穿起衣服。在黑暗中，他的腳好像絆到什麼東西，大概是椅子的腳還是床角吧，這個男人輕輕罵了一聲：「幹」，急忙要抽身離開。可是，他通常都會先淋浴再走，因爲他不想讓他的老婆米蘭達發現身上的體液，但是這一次，他什麼濕黏的體液也流不出來，所以他覺得不洗澡就直接回家也無所謂吧。至少他還懂得禮貌，沒有把燈打開，對於這一點我非常感激。他在穿牛仔褲的時候，我看著他的屁屁，看得津津有味，不過這或許是最後一次看他的屁屁了。性無能，當然是壞事；黏人的個性，也很惱人——如果性無能再加上黏人的個性，就讓人抓狂。叫我去當這個老笨蛋的隨身奶媽呀？叫我死了吧。不過，眞可惜，我會想念他的屁屁的。我一直很喜歡屁屁堅挺有彈性的男人。

「妳現在這個樣子，眞是不可理喻。我再打電話給妳吧！」他嗆聲說，套上運動上衣。

「不必打來了！」我冷冷地對他說，一面拉上床單遮住我的乳房。我在想自己爲什麼要這樣做。這個男人曾經吸吮過我的乳房，曾經把他的老二插在我的乳房之間摩蹭，曾經玩弄、撫摸、搓揉、啃咬我的奶子，我有時候鼓勵他多玩我的奶，有時候問他幹嘛一直玩我的奶。在這個有點昏暗的房間裡，我突然不想再讓他任意看見我的奶子了——我在防他什麼呢？問題的答案就在於，我的內心說：柯林和我的關係，已經是過去式了。沒有錯，賞味期限過了。

「什麼啊？」

「我說，不必了。不用打電話給我了，你他媽的，不用了！」我告訴他，眞希望現在手邊有一根香菸。我很想向他要一根，但是覺得在這個時候向他要菸好像很不識相。

他轉過頭來看我。透過百葉窗的銀白色月光，再次照亮了他愚蠢的八字鬍和嘴巴。我一直要求他把鬍子剃掉。他的眼睛仍然藏在黑暗中。我看到他的那張嘴對我說：「好！去你媽的吧！妮姬，妳是一個笨女人，一個自以爲是的小母牛。妳以爲自己很了不起，但是我告訴妳，但是如果妳不願意長大，不願意進入社會，妳的生命就會出現他媽的大麻煩了。」

在我心中，我又想發脾氣，又想表示幽默感，兩種心情互不退讓。在這樣情緒失調的狀態下，我能夠說出來的話只是：「像你一樣成熟嗎？別逗我笑了。」

柯林走掉了。我聽到他摔臥室房門的聲音，又聽到了他摔大門。我的身體覺得解脫，漸漸舒展了開來，然後我心煩地想，大門必須反鎖才行。我的室友蘿倫非常注重安全。再說，我剛才和柯林這樣一鬧，一定把蘿倫給吵醒了。我赤腳走在寒冷的客廳亮光漆地板上，很滿意地把門閂關上，然後回到臥室。我想，如果我去窗前看看，或許會看到柯林下樓梯，走到大街上的樣子——但是我想，我們兩人都已經表明立場了，關係已經切斷了，又何必多此一舉呢。切斷，這個詞特別讓我開心。切斷什麼？我在想像——當然只是開玩笑啦——如果把他的屌切斷，然後寄給他老婆看，不知會怎樣？搞不好他老婆收到的時候，根本認不出那是他的屌。男人的屌，都一樣啦，除非你的屌很大，很髒，很軟，或是很老。只要女人的陰道夠猛，就可以到處打炮吃透透，嗯，幾乎什麼屌都逃不掉。屌本身並不是問題，屌的男主人才是問題。是屌的男主人惹人厭的程度，大小各有不同。

蘿倫穿著天藍色的袍子走出來，她睡眼惺忪，頭髮凌亂，擦了擦眼鏡然後戴上，對我說道：「沒事吧！我聽到有人在吼叫。」

「只是一個性無能更年期男人，在大半夜裡可悲的哀嚎。妳女性主義的耳朵聽到這種聲音，應該是非常美妙吧！」我開心地對她微笑。

她慢慢走向我，張開雙臂把我抱在懷裡。她真是個徹徹底底可愛的女人，她對於我的憐愛和瞭解，永遠超過我所應得的。她總認為我用幽默感來掩蓋傷痛，用嘲諷的口氣來掩蓋脆弱。她總是用探索而認眞的眼神看著我，彷彿要尋找表象之下眞實的妮姬。蘿倫覺得我很像她，但是相對於她的熱情，我卻是個比她冷血好幾倍的女人。蘿倫雖然抱持尖銳的政治理念，但她基本上是個甜美的孩子，她的身上很好聞，有薰衣草肥皂味，很清新。「眞是遺憾……我知道我曾經告訴過妳，希望妳不要和教授談感情嘛；我這樣說，是因為我知道妳會受到傷害啊！」

我發抖了，我眞的在她懷中顫抖搖晃，而她說：「好啦好啦……沒事了，一切都過去了……」但是她並不知道，我是因為**大笑**而顫抖，我笑她以為我在乎那些無聊的事。我稍微抬起頭繼續笑，馬上又覺得後悔了，因為她是那樣的一個可人兒，而我現在卻有點在糟蹋她的關心。殘酷有的時候是一種本能。人不該傲慢，但是人不長眼，就不對了。

我的手按摩她細長的脖子，安撫著她，但還是忍不住笑。「哈哈哈……妳弄錯了。是那個男人被我甩掉的，受傷的人是他啦。和教授談感情？哈哈哈……妳的口氣怎麼和他一樣。」

「那麼，妳如果不是和他談感情，妳和他是在幹什麼呢？他已經結婚了啊！妳和他不是在搞婚外情嗎……」

我慢慢地搖頭說道：「我和他談婚外情？哼，我只是在搞他！或者該說，我以前，是在搞他啦。但是一切都是過去式了。妳聽到了那個男人裝模作樣的聲音，表示他再也搞不到我了！」

蘿倫露出了一個快樂，但是有點罪惡感的小微笑。這個女孩子太正直，太有教養，太容易關切別人的不幸，即使是她所不喜歡的人她也要關心。柯林特別看不慣蘿倫的好心腸，可是我也最討厭柯林的這種俗氣心態。柯林不喜歡蘿倫，因為柯林只看見蘿倫表面上的客氣，卻看不透蘿倫內心的善良。不過那是柯林的問題，他就是水平太低。

我拉回羽毛被，對她說道：「過來吧，好好給我一個擁抱。」

蘿倫看著我，眼神避開了我的裸體，害羞地說：「妮姬，不要這樣啦！」

「我只要一個抱抱，」我努起嘴，朝她靠了過去。她發覺，她和我的身體之間畢竟隔著她厚重的睡袍，而且她又不會被我強暴，於是她給了我一個僵硬而不大甘願的擁抱，但是。我並沒有善罷甘休，我把羽毛被掀了起來，把我們兩人罩在被子裡。

「哎呀！妮姬，」她說著，但是我覺得她很快就安分下來了。我陷進了甜美的睡眠，薰衣草的清香在我身邊，鑽入我的鼻孔。

一大早，我醒了過來，身邊沒人。廚房傳來忙碌的聲。是蘿倫在做早餐。每個女人都應該有個年輕甜美的妻子才對。我從床上爬了起來，裹上睡袍走進了廚房。咖啡機發出了嘶嘶的聲響，熱騰騰的咖啡透過濾紙流進咖啡壺。我聽到她正在淋浴的聲音。回到了客廳，答錄機的指示燈閃著紅燈，告訴我該檢查留言了。

我要不是低估了柯林，就是高估了柯林。他竟然在答錄機上留了不少留言。

嗶……

「妮姬！打電話給我。這樣太愚蠢了。」

「哈囉，愚蠢先生，」我對著電話的方向說話，彷彿有人在接聽似的：「我是妮姬啦。」

柯林的留言很不錯，我是說，很有喜劇效果。

嗶……

「妮姬，我很抱歉。我昏了頭。我眞的很關心妳。我是眞心的——這是我唯一想要對妳說的話。明天來我辦公室吧！來找我吧！妮姬！」

嗶……

「妮姬，我們不要就這樣結束好嗎？我帶妳去教授俱樂部吃午餐吧！妳很喜歡那個俱樂部啊！來找我吧！打電話到我辦公室來吧！」

年齡會讓大部分的女孩轉變成女人，但是年紀卻不會讓男孩變成男人。這一點，眞的很讓我羨慕男人，他們愚蠢幼稚，自我耽溺，我眞想跟他們看齊，因爲老是承受他們的愚蠢幼稚，實在有夠累。

3

# 第18733個念頭

走到了蘇活區最後一塊爛地方。這個地方狹小又俗氣。廉價香水、油炸食物、酒精，以及路邊裂開的黑色垃圾袋——混合成刺鼻的臭味。在晦暗的細雨中，一排排刺眼的霓虹燈慢慢地、幾乎困獸猶鬥似地，劈啪劈啪起死回生卻又要死不活，販賣著過氣徒勞的希望。

三不五時，會在眼角餘光中看見，那些爲帶來「無上」歡樂的使者：店家門口，方下巴，剃光頭，穿著套裝或外套的怪胎；徘徊在店家樓梯口，爲了搞快克古柯鹼而下海的業餘妓女。妓女們的臉被赤裸的燈泡照得病態暈黃。她們的臉，招攬疲累的嫖客、緊張的遊客、髒臭的酒鬼，以及酒醉邪笑的年輕人。

這裡雖然不堪，卻是我覺得最像「家」的地方。我大搖大擺走過酒吧夜店門口，我認識的強壯朋友是看門的，他昂貴的大衣在風中拍打著。看了他在風中拍打的大衣，我就明白了：這可代表了我走過的漫長升遷路。以前我在蘇格蘭雷斯地區，只能跟三溫暖都不要的貨色一起做生意，替海洛英婊子拉皮條，這些毒鬼婊子爲了嗑藥，給誰幹都沒關係。

巴士亨利點頭說道：「賽門，我的好哥兒們！」我微笑著，試著控制我那不由自主的鼻孔，希望我的鼻孔不要張太大；以前我只要我看到這種胸大無腦、買一打只要一元的猛男，我的鼻孔就會不由自主張得很大。現在，我得依賴這種人了；如果我表現出紆尊降貴的模樣，他們馬上會發覺。於是，我的臉擠出一個很乖的微笑。「亨利，你好啊！老兄，我現在有點累。」我找了許多女人口交，都沒能爽到。

亨利嚴肅地點點頭，我們鬼扯了一下。我看到他猿猴似的頭顱上那雙冰冷的眼睛，正不時盯著我的肩膀後方，觀察我後方的動靜。只要一個兇巴巴的眼神，就可以撲滅小型火種，免得小火燒成大火[1]。

「柯維爾今天有來嗎？」

「沒！還好沒有！」亨利告訴我。這下子安全了！我們都對老闆深惡痛絕。我一面跟亨利說待會見，一面走進了酒吧，腦子裡卻想著麥特．柯維爾的老婆。趁那傢伙不在家……嘿嘿嘿！我應該把坦雅找過來這裡，讓她在這裡做點生意。我打手機給她，但是出乎意料，自動語音系統告訴我，她的電話停話中。對啦，又嗑海洛英，又嗑快克古柯鹼的人，怎麼可能記得去付電話帳單。這下子又沒搞頭了。別人的疏忽，經常間接帶給我麻煩，眞不爽。每次發生這種事，我就很心寒。

柯維爾沒來，只有杜瑞在當班，我就是老大了。麻可和藍尼今天有班，他們都是熱心苦幹的員工。也就是說，我只要當交際花就夠了。我通常坐在酒吧右邊，控制著全場，只有當熟人、足球隊員、流氓，或者非常性感的女士（每個我都會顧到）走進酒吧的時候，我才會站起來招呼一下。下班的時候，我去魯道夫的店，買了一疊男同性戀的色情書刊，打算以匿名方式寄給我一個老朋友。然後，我找個平凡無奇的咖啡吧坐一下[2]，喝杯啤酒。下班時，我都很想趕快滾離我工作的夜店，找別的地方小歇一下，這樣就好像好好洗個澡。這家咖啡吧還算可以，室內的感覺好像是宜家家具擺出來的，一副溫吞吞的感覺，這也證明了大家很沒有想像力。這就是蘇活區，不過現在也像世界其他沒特色的地方一樣。

我有點累，訝異自己居然能熬過這一晚。我以爲我的時機已經過去了，我甚至又開始覺得自己愚蠢

1 這個壯男顯然是酒吧門口常見的守衛，專門負責過濾出入夜店的客人。

2 咖啡吧，風格類似台灣各色義大利式咖啡店，只不過店中一半地方賣咖啡，另一半賣酒。

又脆弱。我太脆弱，簡直要和克羅科西同歸於盡了。我用他的貨車、公寓，用他的肌肉幫助我搬家，他就覺得有權利用二手菸殺死我嗎？他沒出息啦！他們全都沒出息。坦雅那個頭殼壞去的笨婊子，我想把她找去夜店釣凱子撈點現金，她卻在列王十字區鬼混。懦弱！年紀越大，懦弱的代價也越高。

但是，我幹嘛一直抱怨我自己啊？想想看，我總算輪完班了，正在蘇活區的一家酒吧，和一個熱情漂亮的套裝女郎在一起。這個妞名叫瑞秋，從事廣告業，剛剛搞定了一個重要的簡報。她有點醉了，因為她的簡報搞得不錯，她一直說，「喔！我的天啊！」我先在吧台和她眉來眼去，交換了殷勤和微笑，然後我把她從她喝醉的朋友之中救出來。當然，我在伊士靈頓的家還在整頓，我現在被迫窩在朋友的爛套房裡。幸好我穿了一身亞曼尼西裝；花這筆錢治裝實在非常值得。於是我建議，還是去她位於卡登的家吧？她卻說：「喔！我的天啊！我的室友現在帶人回家呢！」

現在，我只好獻醜了。我把我見不得人的地址，告訴小計程車司機小弟。至少媽的他很給面子，願意載我們去我那鬼地方。如果是開高檔黑頭車的司機，就不會願意去那裡了。如果黑頭車的司機竟然還願意去我那個鬼地方，他們八成是用他媽的社工人員態度來關愛我——他們只跑五、六哩的車程，就要跟人收走二十鎊。就連這位看起來是阿拉伯人還是土耳其人的司機，也喊價十五鎊。

我偷偷斜眼看著這位瑞秋。偷窺她在談話空檔的表情，看得出來，計程車通過了一個又一個的紅綠燈時，她對今夜的期待越來越低了。可是她非常愛說話，而週末夜的凶猛宿醉正在襲擊我，所以我很難專心對付她。此外，好貨既然已經搞到手，原本的興奮指數也就下降了。我已經把她搞上，她也願意跟我回家，照理該不會再有其他的烏龜鳥事，剩下的就是令人沮喪的照表操課了。我開始說一些廢話，然後把話題轉到電視喜劇演員班尼．西爾（Benny Hill）。然而現在，最困難的任務，是要我去聽她講話。這也是最重要的任務。這個任務很重要，因為我看得出來，她比我更假仙：我們的最終目的就是打一炮，就只是滿足獸慾嘛；可是她卻要假裝我們是在進行社交，而不只是（至少有可能不只是）性交。可是我只想說：閉上妳的臭嘴好嗎，給我剝掉內褲吧，我們以後再也不會見面，如果有一天妳和我在路上遇到了，我們會用禁慾的態度和故作冷漠來掩飾重逢的尷尬，而我也會惱怒地回憶起，妳在被幹的時候所發出來的噪音，以及妳第二天清晨掛在臉上的懊悔表情。只有負面的情緒才會突顯出來，忘也忘不了。

但是現在已經來不及了，因爲我們已經上樓，走進了我的公寓。我向她抱歉：屋子「很亂」，而且抱歉家裡只有白蘭地。她喃喃地發出了些聲音。我一面拿酒，一面回答：「是的，瑞秋，我是愛丁堡人。」我很開心發現，屋子裡有一組全新的白蘭地專用酒杯，還沒開封。

「喔！愛丁堡很可愛啊！我幾年前去過那裡參加藝術節，玩得很開心呢！」她說著，眼睛看向一邊，翻看我那好幾箱黑膠唱片。

對於出身蘇格蘭國宅區的我來說[3]，她的話其實很粗魯，很令人憎恨。但是，我一面搖晃酒杯裡的白蘭地，她的話聽在我的耳中，感覺竟然很悅耳。我欣賞著她的優雅，她柔嫩的肌膚，她露出一排亮白的牙齒說道：「……巴瑞・懷特（Barry White）……王子（Prince）……你的音樂品味很好啊……還有好多靈魂音樂和車庫搖滾呢！」

她從髒污的茶几上拿起白蘭地，美酒映紅了臉，我覺得小腹上好像有一條想像的拉鍊開始打開了。我想，**現在**就是時候了。現在，戀愛的時刻到了。只要打開我肚子上的狗屁拉鍊，讓我肚子裡的愛情器官呑沒我們倆，進入狂亂銷魂的狀態，讓蠻牛和母牛搭上愛之船。兩個人像白癡一樣深情凝視，講些無

3 在《猜火車》和這本小說中，出身蘇格蘭國宅的角色是很常見的。他們屬於中下階級，穿著俗麗，絕不上流。

聊的狗屁話，然後變得越來越肥。不過不行。我還是得依照慣例辦事，把性愛當作破壞愛情的手段，我要突然抓住她，享受她戲劇化的震驚表情，然後接吻，脫掉衣服，互相舔咬，做愛，打炮，大幹一場。

在此之前，我已經探知了她的收入、在公司的職位，以及背景——我發現，她的條件原來並沒有我原本想像的那麼好。她只是個炮友，如此而已。有時候，必須努力不要去了解別人才行。

睡了一會兒之後，我們一大早又做了一次愛。我的屌又硬了，我把她拉了起來，背對著我，隨著七點二十一分開往諾維區的快車呼嘯通過黑克尼車站的轟隆聲響，我猛力地衝刺抽插，彷彿這列火車要把我們捲到東英格蘭大學站去，她叫著：「喔……我的老天……賽門……賽……門。」

瑞秋睡著了，我從床上起來，留一張字條，告訴她我一大早有事，我會再打電話給她。然後走到過街的咖啡廳喝茶，等著她下樓。一想到她美麗的臉，我就有點浪漫了。我幻想著自己跑回到樓上，說不定還帶著一束玫瑰花呢，敞開我的心胸，對她宣誓我堅貞的愛，我要讓她的生命不一樣——我就是她的白馬王子啊！這是一個男人的幻想，也是女人的幻想。不過幻想也就只是幻想罷了！一種讓人作嘔的失落攀住了我。人們總是比較容易去愛、去恨一個不在身邊的人，或者一個你完全不了解的人。我個人就是這方面的專家。可是，如果要去愛，去恨一個就在身邊的人，那就困難極了。

然後，我就像一個跟監嫌犯的警探，眼睜睜地看著她走下樓離開。她的動作緊張倉促，跌跌撞撞地想要保持自己的端正，看起來像一隻落下鳥巢的小鳥，又醜、又笨、又粗俗，完全不像昨夜那個被酒精烘托出來的性感炮友，那個曾經和我分享床舖，短暫和我分享生命的那個人。我打開了《太陽報》的體育版。「我覺得英國隊需要一個蘇格蘭的總教練。」我對咖啡廳老闆，土耳其裔的伊凡說道，「例如他媽的朗尼．科貝（Ronnie Corbet）[4]，或是那一類的人。」

「朗尼．科貝喔……」伊凡笑著重複我的話。

「一個強伯混蛋[5]，」我對他說，然後把加了糖的熱茶，端到嘴邊。上樓回到家之後，我發覺瑞秋在我骯髒的房間裡留下她的氣味，聞起來非常宜人。但是她也留了一則短信，信的內容就不大宜人了。

> 賽門，
>
> 眞可惜，今天早上沒有機會跟你打招呼。我很希望再見到你。打電話給我吧。
>
> 瑞秋，
>
> X[6]

唉。和別人分開時，如果對方說很想再見到我，聽起來當然很甜——因爲，總有一天，對方會改口說，不想再見到我了。眞是歡樂滿人間啊。我把字條揉碎，丟進了垃圾桶。

在我的慾望地圖上，瑞秋根本沒有一席之地。當我從倫敦森林門[7]的那個窩開始打拚的時候，便下定決心要往西發展：我先搞上了艾薩斯[8]的妞兒，再搞上北倫敦的猶太娘們，最後又搞上了倫敦西區的

4 蘇格蘭喜劇演員。

5 強伯族，是一支球隊的俱樂部。這個俱樂部在《猜火車》中常被提及。強伯族支持哈茲隊，而賽門和他的朋友們支持西伯隊。哈茲隊和西伯隊是死對頭，因此賽門等人討厭強伯族。

6 在英文書信和電郵中，「xxoo」等字母代表「吻你抱你」的意思。

7 森林門，為倫敦的住宅區名稱。

8 艾薩斯為英國地名。

上流馬子[9]。她們很清楚自己要什麼。艾薩斯的女人和我上床，是爲了替生活增添點活力；猶太女人和我上床，是爲了要治療她們的神經質；倫敦西區的淑女和我幹翻天，只可惜這些有錢女人不會和我結婚——她們都許配給雙下巴的有錢肥仔了。媽的，那些有錢的鄉巴佬女人，天生就是封建腦袋，只跟門當戶對的男人結婚。所以我再也不必去讀教人進入權貴世界的入門書《德布瑞》[10]了，我還是回去漢士德[11]罷。

現在，坦雅在找我了。根據我的分類法，我和她根本上不了第一壘。她打電話到我的紅色手機，告訴我她要過來。我想到她枯槁慘白的臉，她像吸血鬼一樣不見天日的面孔，她浮腫的大嘴唇，好像做過很糟糕的整容移植手術，想到了她病態的骨架以及瞪大的暴眼。這些嗑快克古柯鹼的婊子，她們還有哪裡可以去呢？

我看了看釘在床頭板上的大東線火車時刻表，坦雅來的時候，一切都應該準備好了。她告訴我幾天前的晚上，那個豬頭麥特．柯維爾把她趕出了酒吧。看看她的大眼睛，這個女人分明只想要嗑男人的藥，而不是要吃男人的屌。我告訴她，她是個不知感恩的廢料，我幫她安排好了一切，她卻寧可在列王十字區的低級旅館，讓長瘡的老二幹她的屁眼；卻不肯來蘇活區娛樂業發達的光鮮酒吧從事交易。「我那麼努力地幫你，卻一點也沒有用。」我不屑地對她說，心裡想著，曾經有多少人對她說過相同的話，她的父母、社工、醫護人員，全都對她耳提面命啦。她承受了我的咆哮，崩潰在長椅子上，雙臂環繞著身體。她望著我，彷彿她的下巴和整顆頭顱分離了，鬆垮垮地吊掛在皮膚上。

「可是他把我趕了出去，」她呻吟地說道：「他媽的柯維爾，把我趕了出去啊！」

「那也難怪！看看妳。妳看起來像個格拉斯哥的爛貨。這裡是倫敦啊！妳他媽的有點文化水平好不好。難道只有我一個人在乎水平嗎？」

「對不起，賽門。」

「沒關係啦！寶貝。」我把她從沙發上拉了起來，摟在懷裡，驚訝地發現她的身體是如此的輕盈。

「我今天的脾氣不大好，因爲這個週末實在太爛了。來我的旁邊躺著吧……」我把她拉到床上，眼睛盯著櫃子上的鐘：十二點十五分。我開始撫摸她，她的嘴唇漸漸開始抽搐，衣服被脫掉丟在地上，我壓在她的身上，然後插了進去。她的臉因爲不舒服而扭成一團。我在想……那個該死的火車怎麼還沒有來？

十二點二十一分。

該死的火車，該死的英格蘭鐵路，或者是什麼公營轉私營的狗屁單位。十二點二十二分，爛火車……現在應該已經開到這裡了啊……「妳眞美，妳眞棒，」我用謊言激勵她。

「啊啊……」她喘息著。

他媽的！如果她現在嘴裡能夠吐出的，只是這一點狗屁東西，她實在應該去廚房學做漢堡，因爲如果要從事色情業，憑她的技藝，根本就沒有未來可言。

我咬緊牙關，死撐著又努力幹了悲涼的五分鐘，直到十二點二十七分，混帳火車終於飛過了車站，把整棟公寓震成碎片，她開始大聲尖叫，宣告她永恆的愛。

「眞是精彩的結尾啊！」我對她說，試著用足球教練泰瑞．范納保的教育球員方式，就是：打好基礎，提醒球員他們都是很棒的噢。只要正面的鼓勵，不必吼叫，不必生氣。「但是你需要更投入。我這樣說，全是爲了妳好。」

9 倫敦西區的女人，意味上流社會的淑女。查爾斯王子的妻子黛安娜王妃以及卡蜜兒王妃都是倫敦西區的代表性名人。

10 英國一直有教導民眾認識貴族生活的書刊。

11 位於倫敦中央，以藝文出名。

「謝謝你，賽門。」她微笑著，露出了她的大爛牙，牙冠沒了，牙縫好大。

「不過我現在有事，必須請妳走了！」

她的臉又沉了一下，但她還是用一種很哀傷的動作穿上了大衣。我給了她十英鎊，讓她坐車買菸。她對我說了再見，走了出去。

她離開之後，我把昨天在蘇活區買的一疊男同性戀色情雜誌整理好，塞進一個大信封，上面寫著收件人的地址：

法蘭西・卑比
囚犯編號：6892BK
索頓皇家監獄
索頓／愛丁堡／蘇格蘭

我每次回去蘇格蘭，總是會寄點東西給我的老哥兒們卑比。當他收到東西的時候，會看到當地的郵戳。我在想，他會幹譙，是誰寄這種東西給他呢？或許他會以爲，每一個在蘇格蘭洛錫安[12]的人都會寄這個玩意給他吧！我向我的家鄉進行小小戰爭；我惡整卑比，就是這場戰爭的一部分。

我用一大堆吉伯牌牙膏，刷掉坦雅留在我嘴巴裡的髒東西，然後跳進淋浴間，把我剛才幹的那隻毒蟲留在我老二上面的毒素刷掉。我不說大概沒人知道，我有個弱點：只要一聽見電話鈴聲，我就會忍不住去接。現在，電話響了，而我的答錄機又沒打開。我只好圍上一條浴巾，跑去接電話。

「嗨，賽門啊……」

我停了一、兩秒才認出對方的聲音。原來是我在愛丁堡的寶拉姑媽。

12 洛錫安，為蘇格蘭東部行政區，首府就是愛丁堡。

4

# 「……幫男人打手槍，打得很混……」

每次選修新課程時，我都會覺得很挫敗。對我而言，大學裡的課程，感覺就像男人。即使最有魅力的課，也像最有魅力的男人一樣，上過一陣子就膩了。現在耶誕節過了，我又變回單身女性。不過，選修新課程也不是太壞啦，如果轉學或是去別的城市念大學，可能才更糟吧。我在愛丁堡大學念了一整年，覺得很滿意，嗯，幾乎快一整年了。當初，說服我改變學科，從文學轉到電影與媒體研究的人是蘿倫。「電影，是新的文學形態，」她從某個可笑的雜誌上看到了這樣的說法。當然，我告訴她，這個世代人們從什麼地方學到說故事的方法？並不是從書本，也不是從電影，而是從電玩遊戲。講到「夾述」的手法[1]，如果眞的想要搞前衛、時髦、激進、先進，我們應該去南區的「強尼娛樂世界」[2]，和那些面無血色的宅男，搶著玩電玩。

然而，我還是必須專攻一門文學科目，我選擇繼續修蘇格蘭文學，因爲我是英格蘭人。英格蘭和蘇格蘭是死對頭，我就更有理由去搞蘇格蘭文學[3]。

麥可克萊蒙特正在講課，聽課的學生一小撮，都是蘇格蘭的基本教義派，以及想要從英格蘭人變成蘇格蘭人的人（老天爺，其實我自己去年就是一個想要從英格蘭人變成蘇格蘭人的人，只因爲從未謀面的某個曾祖母以前都去基馬諾和唐巴頓度假……希望我們可以快快把這個情結拋到腦後……）[4]。這個老師滔滔不絕地發表民族主義的宣言時，你幾乎可以聽到背景響起蘇格蘭風笛配樂。那，我幹嘛選這堂課啊？這又是蘿倫的點子，她覺得這堂課很好混。

嘴裡的口香糖越嚼越沒味，嚼口香糖所需要的力道，讓我的下巴又酸又痛。我把口香糖拿出來，黏在書桌底下。我**真的**餓了。昨天晚上，我幫男人打手槍，打得很混，賺了二百英鎊。把手伸進男人圍的浴巾裡，幫他們打手槍。那些肥胖的紅臉，想入非非地盯著我看，而我卻看穿了他們，並且裝出他們期待看到的表情：你希望我是冰冷、冷酷的婊子，我就是；你希望我是天真大眼睛，嘴唇微張的小女孩，我也就是；我什麼樣子都做得出來。這些情慾對我來說，都好遙遠，事不關己。我想起小時候，我和哥哥幫家裡的小狗「孟弟」打手槍，看著牠努力地在沙發上射精的樣子。

我想，要好好的幫男人打手槍，並不簡單；我想著男人的老二，過了一會兒，麥可克萊蒙特下課了。蘿倫做了好幾頁「蘇格蘭人移民血淚」的筆記。坐在我們前面的「美國髒鬼」，洛斯，筆記裡寫著英格蘭對蘇格蘭幹過的殘酷和不公義；他的牛仔褲裡面大概硬得像個石頭。我們同時闔上多孔式講義夾，起身要走。我正要走的時候，麥可克萊蒙特看到了我。他的臉好像貓頭鷹，蠢！我不知道鳥類學者會怎麼說，但是眞正的猛禽專家——放鷹的人、處理鷹的人——都會說，貓頭鷹並不聰明。貓頭鷹是掠食性鳥類中，最呆的一種。

「富勒—史密斯小姐，我可以跟妳談一下吧？」他拘謹地說。

我轉過身，把臉上的頭髮撩到耳際。很多男人都無法承受這樣的誘惑動作，這種處女的邀約暗示：

---

1 「夾述」，指同一故事之內分有兩條故事線，各有各的主角。

2 指一家電玩店。

3 英國北方為蘇格蘭，南方為英格蘭；雖然南北早已統一許久，但是南北仍有情結。在「英國人」這個認同之下，還細分為英格蘭人、蘇格蘭人、威爾斯人、北愛爾蘭人等等。

4 基馬諾、唐巴頓，都是蘇格蘭地名。

撩開新娘的面紗，掀起面紗。麥可克萊蒙特是個犬儒、削瘦的酒鬼，所以他特別容易完全被我操控。我站得太靠近他了一點。對這樣一個基本上很害羞，實際上卻有獵豔心態的男人，我知道該使出什麼絕招。我的絕招對柯林很管用，管用得不得了。

他的眼鏡後面，永遠處在驚嚇狀態的黑眼珠子，又再閃爍了一下。那頭稀疏、像被雷電擊中的頭髮又拉長了半吋。可笑的墊肩西裝看起來更挺了；他正不由自主地呼著氣：「我好像還沒收到妳的第二篇作業。」他帶著一點挑逗的語氣對我說。

「因為我還沒開始寫啊！我晚上都要上班。」我微笑說道。

麥可克萊蒙特如果不是太有經驗（他會讓我這麼覺得啦），就是他的賀爾蒙都被放乾了。他竟然沒有咬住我下的魚餌。他陰沉沉地說：「下星期一，妳一定要交，富勒—史密斯小姐。」

「叫我妮姬吧！」我側著臉，露出牙齒，笑著對他說。

「下星期一喔，」麥可克萊蒙特哼了一聲，開始整理東西；骨瘦嶙峋的手，僵硬地抓起桌上的講義，胡亂塞進了他的公事包。

堅持才能致勝。於是我再放電一次：「我眞的，眞的很喜歡你講的課。」我對他笑。

他抬起頭，鬼頭鬼腦笑了一下，簡要地說：「很好！」

這種小小的勝利，讓我臉紅了。我和蘿倫一起走向餐廳。「電影研究讀書會喔？都是哪些人參加啊？」

蘿倫蹙眉，臉色不好看。她想了想可能會出現的麻煩鬼，會來我們公寓參加讀書會的人，有些人不修邊幅，假裝博學的人，還有些人可能會胡鬧。「有一、兩個人還算正派，我平常都會和一個叫做雷布的男生坐在一起，他年紀稍微大一點，差不多三十歲，不過他人倒不壞。」

「能『幹』嗎？」我問。

「妮姬，妳眞是變態！」她搖著頭說道。

「人家我現在名花無主啊。」我回她。我們喝完咖啡，走回教室。

討論課的老師是個激昂的男人，手臂很長。他細長的骨幹和渾圓的肩頭，把他的身體扭成一個高難度姿勢，簡直可以和他的肚臍大眼瞪小眼。他說著一口低沉柔軟的愛爾蘭南部口音。課程進行中，我們看了一部俄國短片，片名念不出來。這部片根本是狗屁。看到一半的時候，一個穿著義大利名牌外套的男子走進教室，向老師簡單點個頭，爲遲到致歉。然後他對蘿倫揚起眉毛笑了一下，一屁股坐在她旁邊。

我看了他一眼，他也很短暫看我一下。

上完課之後，蘿倫介紹他就是雷布，個性很友善，但是並不裝腔作勢，剛好是我喜歡的性情。他大約五呎十吋高，並沒有過胖，淺褐色的頭髮和褐色的眼睛。我們來到活動中心喝東西，討論剛才的課。這個雷布並不是人群中很顯眼的那一型，這很奇怪，因爲他其實很帥。他的帥氣是傳統式的；在騎驢找馬換男朋友時，我就會搞上這種人。喝了幾杯啤酒之後，他去洗手間。「他的屁屁很翹啊！」我問蘿倫：「妳喜歡他嗎？」

「他有女朋友呢，而且懷孕了！」蘿倫繃著臉，不以爲然地說道。

「我並不想知道他的履歷表，」我說：「我只是問，妳是不是喜歡他。」

蘿倫用手肘用力推我，說我傻。她在很多方面都是清教徒式的，有點過時、老古板。我喜歡她幾乎透明的肌膚，她的頭髮向後梳得很整齊，眼鏡非常性感，手的動作也優雅合宜。她是一個苗條、優雅，有自信的十九歲女孩。我有時候會想她有沒有認眞交過男朋友。我的意思是，她有沒有眞的跟人幹過。

當然啦，因爲我非常喜歡她，才沒有對她說出我心中的話。我眞正想對她說的其實是：好妹妹，妳是個鄉下小鎭出身的拘謹女孩，卻又需要好好被幹一頓，所以才會去信女性主義的政治啦。

她很習慣地跟著那個叫做雷布的傢伙一起去喝酒，討論電影，抱怨上的課。現在，我們卻成了「三人行」！雷布見過世面，一副什麼都嘗試過的樣子。我想，他欣賞蘿倫的成熟和聰慧。不知道他是不是也喜歡蘿倫，因爲蘿倫顯然喜歡他，我站在一哩外都看得出來。不過，如果雷布喜歡成熟型的女人，那好，我快二十五歲了。

雷布從洗手間回來，又點來了一盤酒。他說他爲了賺零用錢，在他弟弟的酒吧打工。我告訴他我有幾天的下午和晚上，會去三溫暖打工。他有點好奇，就像大部分人的反應一樣。他把頭移到一邊，探詢的眼神掛在臉上，他整張臉都變了：「妳該沒有……妳知道我問什麼吧……」

蘿倫翹起她的薄嘴唇，很嫌惡的樣子。

「跟我的顧客上床嗎?才不呢，我只幫顧客捶捶打打！」我一面解釋，一面用手做出砍人的動作。「當然會有些顧客提出這樣的要求啊！不過那是違反公司政策規定的。」我騙他們啦，故意表示我很守紀律的樣子。「其實我有做過……」我暫停了一秒鐘。他們兩個張大嘴巴，充滿期待，我覺得自己好像講床邊故事的老祖母，對著幾個天眞無邪的小朋友，正講到可惡的大野狼快要出現的關鍵時刻。我繼續說：「我有一次幫一個很甜的老先生打手槍。他說他很想念去世的妻子。我並不想賺他兩百英鎊，但是他卻堅持。然後他說，他看到我是個好女孩，而且衷心地對我道歉，不該讓我幫他做這種事。他眞的很甜。」

「妳怎麼可以這樣做呢?妮姬，」蘿倫低聲對我說。

「親愛的，妳是蘇格蘭人，妳不必擔心錢，妳上大學有公費[5]。」我對她說。蘿倫也知道她沒有什麼權力干涉，正合我意。說白一點吧，我幫很多很多男人打過手槍啦。我那樣做的理由只有一個，就是爲了錢而已。

5 這句話言下之意是：「親愛的，妳是蘇格蘭人，妳不知道我的苦衷。可是我是英格蘭人。妳在蘇格蘭上大學有公費，可是我沒有公費，我需要錢。妳不知道我必須賺錢。」在蘇格蘭，蘇格蘭人和英格蘭人的學費是不同的。

5

# 第18734個念頭

我已經準備好面對柯維爾了，還好坦雅事先把柯維爾的動態告訴了我。柯維爾早就想攆我走了，現在這痞子終於逮到了機會。當然，我絕不會乖乖走人，一定會先大幹一場。再說，過去這一年中，他在哈樂維的家早就被我從裡到外摸得一清二楚。

他一直等到我下班才出手，當然囉。今天晚上本來很冷清。後來亨利和成吉思帶著幾個男孩過來了，他們都喝得很醉。原來這些人之前和另一幫人起了爭執，他們洋洋得意，交換彼此神勇的故事。他們說，亞伯丁和托登罕兩幫人結盟了。「我才不要跟那夥人混，他媽的，誰要付酒錢啊？」我笑著說，「媽的，可能是酒保吧！」有幾個傢伙也跟著我笑。我現在當班，用老闆的名義請人家喝了好幾杯酒，我在這裡當家的日子也不多了。

說起來，要跟這家店分開，實在悲哀。這裡是我的第二個家，一個可以讓我打入圈子的地方，我在這裡認識了一些我一直很想認識的人；但是，畢竟有限。換舞台前進的時候到了！在這種地方替人工作，永遠不會有搞頭。要自己當老闆才行。我的眼角瞥見琳西來了，正對著我眨眨眼，她就要上台表演了。

唉，這個地方的裝潢，全是塑膠、金屬，看起來很晶亮，就算氣氛再融洽，還是可以聞到客人法蘭絨衣物腐臭的菸味和精液味，女人的廉價香水味，加了水的啤酒味，以及病態的絕望氣味。

琳西很聰明。夠世故，絕對不是那種碰上了爛約會，完畢之後來這兒打發時間的悲情角色。她非常小心謹愼，從來不會對那些傢伙露出輕蔑的臉色；像她那樣一個聰明又有學歷的女性，通常都會擺出高傲的姿態。我們都喜歡自以爲與衆不同，我們對這個垃圾世界都有獨特的處理方式，我們都有自救不求人的特殊幽默感。不過，她**眞的**很特別，她也很有想法。她在自己的網站上，貼出自己拍過的猛男色情片，也得到了一點名聲；現在她只不過轉移陣地，把她的全部招數帶來，跑來這裡跳脫衣舞。她沒有皮條客男友；每次只要有男人超過警戒線，她臉上認眞的微笑馬上就會凍成冰。她有自己的主張，從來不屈從別人。所以，她對我一點用處也沒[1]。

眞是可惜！看著她在台上，以運動員的水準扭動著下體，如果坦雅這種毒鬼賤貨做這種高難度動作，鐵定馬上被送進加護病房。我沿著她晒過人工日光浴的大腿，一路往上看到銀色的迷你裙，我就像付了錢的顧客一樣認眞，我想我應該把她拍的東西找來看看。

我料的沒錯。下班的時候，杜瑞臉上帶著壞學生的白癡傻笑跑了過來。「柯維爾要你去他的辦公室，」這討人厭的痞子，簡直高興得要唱歌了。

我知道要發生什麼事情。我走進了辦公室，沒人叫我坐，我就一屁股坐在柯維爾對面的椅子上。柯維爾蒼白、虛僞的臉上那雙瞇瞇眼，盯著我看，好像我是水中蜉蝣生物。他把桌上的一個信封挪到我的前面。這痞子身上的那件蠢笨的西裝外套翻領上沾了髒東西。這麼邋遢的男人，難怪他老婆會……

「這是你的解雇書和遣散費，」他用小孬種的語氣對我說，「你合約的工作時數是一〇四個星期，你只做了一〇二個星期，所以我不用付你補償金。不信你可以去查。我一切都按照法律規定。」他好笑著說。

我故作認眞對他說：「爲什麼這樣對我？麥特？」我假裝受傷地問他：「我們合作了這麼久！」

1　因為賽門是拉皮條的，而這女人不靠皮條客。

這招並沒有奏效，我的眼神無法激起他的同情。麥特痞子還是面無表情，他的背倒回椅子上，慢慢地搖頭說道：「我警告過你，要你準時，我要一個可以準時上班的領班。更可惡的是，我警告過你，要你那個小賤婊子朋友別來這裡釣客人。她前幾個星期竟然想要釣我們一個老客人。」麥特嫌惡地點頭說，杜瑞發出偷笑聲，這痞子現在和麥特一樣爽得不得了。

「據我所知，老男人也都有屌啊，」我對他微笑。又聽到後面有人在偷笑。

柯維爾身體向前傾，他的臉變得很嚴肅。這是他的場子，他不希望鋒頭被搶走。「你他媽的少給我要聰明，威廉森。你以爲你是老大嗎？在我的眼中，你他媽只不過是一分錢就可以買十個的黑克尼痞子罷了！」

「我是伊士靈頓區的人啦，不是黑克尼區的，」我很快地告訴他，他說的最後一句話還眞傷人。

「管你從哪來的。我需要的是一個可靠的領班，幫我做生意。我不要有人拿這個地方搞他自己的爛污勾當。你把這個地方搞得全都是垃圾人渣：妓女、犯罪的小混混、足球流氓、販賣色情的、煙毒販子。你知道嗎？這些鳥事都是最近兩年才發生的，就是從你來這裡工作開始。」

「這裡只是一個鋼管舞的狗屁酒吧啊，他媽的脫衣秀場啊！當然會吸引一些阿貓阿狗來店裡嘛。這裡本來就是搞低級勾當的啊，」我氣沖沖地抗議道：「我帶來了很多忠實的顧客，他們都是花錢的大爺啊！」

「你他媽的給我滾！」他指著門說。

「就這樣嗎？叫我走？」

柯維爾笑得更爽了：「沒錯，而且我可以不要臉地向你坦白說，這樣子打發你，我覺得很爽！」

杜瑞笑得更大聲了。時候到了，我揚起眼睛，直視著柯維爾說：「好吧！現在，我把事情攤開來講吧，過去這八個月，我一直在搞你老婆唷。」

「什麼……」柯維爾看著我。我感覺到在我後面的杜瑞嚇到僵住了，然後他擠出一個藉口，匆忙離開了。柯維爾震驚得說不出話，持續了一兩秒。可是他輕輕發抖之後，露出一個小小的、謹慎的微笑，皺起了他的薄嘴唇，搖著頭不屑地說：「你眞是個可悲的垃圾，威廉森。」

「我過得好得很，」我根本不理會他，繼續說：「你去查查你老婆的信用卡紀錄吧！旅館、名牌服飾，多得數不完。」我指著我身上的凡賽斯襯衫說：「老兄，這一件可不是用我的薪水買的。」

他的眼中又出現一陣恐懼的抽搐，然後變成輕蔑的憤怒，說道：「可憐的王八蛋，你以爲講這些屁話，就可以傷害到我嗎？你這個可悲的……」

我站了起來，從外套內袋裡掏出一疊拍立得相片，丟在桌上說：「或許照片可以傷到你吧。」我一直留著這疊相片，以備不時之需。照片勝過千言萬語。我眨眨眼，帶著驕傲轉身，倉促地離開了他的辦公室，穿過酒吧。走到街上之後，一波焦慮感驅策我快步走離，但是並沒有人在跟蹤我。我放聲大笑，走過蘇活區的後街。

走到了查令十字街，突然感覺一陣強烈的失落感，我失去了我最固定的收入來源。我不必再爲爛事操煩，可是我也要想，這樣是賺到了，還是賠了？我要思考目前沒工作的新狀況，會帶給我多少機會，多少威脅。我在利物浦街車站搭上中央線的高架鐵路，轉車到了黑克尼公園站，然後在公園車站下車。下車之後，視線越過月台的牆，就看到我家後窗。我幾乎摸得到骯髒的玻璃。沾滿灰塵、油污和污垢的玻璃，混濁到根本無法看透。大東線鐵路那些混蛋拿了錢就該把玻璃清乾淨。都是他們的爛柴油火車把環境搞爛的。離開車站回家的時候，我拿了一份新的大東線火車時刻表，這是今天剛剛發行的最新版本。

回到了我的公寓，從我小斗室的前窗望出去，地產公司把這種小斗室稱之爲「套房」。英文就是有這個妙處：徹徹底底的冠冕堂皇，笑死人。誰會扯這麼一個大謊，把這種國宅水平的房子美化成「地產」這個詞？雷斯的大便房地產公，坑死，咬死，搞死了賽門．大衛．威廉森囉。我透過窗口向下看，一個年輕的母親，推著一輛折疊式娃娃車，正走過藥房。看了她的眼袋，我知道，她可能曾經是個模特兒，爲新秀麗皮飾公司拍過平面廣告[2]。看到了她的眼袋，我想到了：我離開家鄉，南下五百哩，結果淪落到這個狗屁的三岔口。突然之間，這棟樓房又開始震動搖晃，快車呼嘯過我家的後窗，駛向諾維克。我看了看鐘，時間是六點四十分，按照鐵路局軟腳蝦的說法就是十八點四十分。準時到達。

只要一有機會，媽的我就想要做生意。我前幾天想把這件事告訴伯尼，但是那天我興奮過度，沒有講得很清楚。要敢投資，才是成功的關鍵。這個關鍵，決定了誰是贏家，誰是輸家；決定誰有做生意的腦袋，而誰只會是粗活小弟做得也不錯的白癡，報紙和電視一直很愛報導那種本來當碼頭工人、潛水夫等等雜七雜八的人後來成功的故事。媒體一直在渲染成功人士當年出頭天的事蹟，但是在現實世界中，我們都知道這些成功人士只是冰山一角而已，因爲我們也都看到輸家了。我就像枯坐在酒吧裡的那些肉腳一直在嘰嘰歪歪，說要不是因爲好工作被某某某、某某某、還有某某某搶走了，他早就可以吃穿不用愁了。反正肉腳就只會責怪別人，而不會反省自己，以爲只要靠他自己就可以一步登天。伯尼最好當心一些，因爲他也開始有點像這種肉腳了。反正人生再衰也不會衰一輩子，總是要回頭看準自己的錢，好好把錢投資出去（當然啦，要夠好運，才會有開頭的這筆錢），不要把老本當作洨亂射一通。如果不聽明一點，就只能淪落到酒吧當個愛抱怨的死老頭，滿嘴「想當年——就好了——」，甚至變成一個藥鬼還是酒鬼，更不值。

我需要有投資標的，現在我要去找亞曼達[3]，這隻老母牛有很多很多資金可以丟出來，卻到現在還在壓榨我。

寶拉姑媽的建議，差點讓我在電話中朝這個可憐老娃娃的耳朵狂笑了。但是呢，越想卻越有搞頭。

我有任務在身，我得搭巴士和火車換車轉來轉去，去高門大喊「亞曼達——我來了——什麼事都交給我吧」。我的任務是每星期帶孩子出去，並且給她四十鎊贍養費，這些錢最後會全部花在那孩子的胃裡。這個孩子，根本就是肥。上一次我帶他去蘇格蘭看我的母親，她用義大利蘇格蘭口音說：「他……就像你小的時候一樣呢！」和我小的時候一樣；這個小子常常弄得全身瘀傷，而且肥得像豬——在公園裡的兒童遊樂區和馬路上，那些瘦又壞的賊孩子最愛欺負這種小豬仔。感謝青春期，感謝賀爾蒙，只有青春期和賀爾蒙可以把人從發胖的地獄救出來。我對這個孩子的感覺很矛盾，大概是因爲這可憐的小子讓我回想起了自己年輕的歲月，那段沒那麼酷的歲月。但是我還是不相信，我小時候會像他那樣。他的肥胖應該是遺傳自他的胖猶太外祖父，也就是亞曼達她老爸。

現在我們正在西區逛大街，我們要去漢利玩具商城買耶誕禮物。當然耶誕節早就過了，現在是新春大拍賣的熱潮期。我給他百貨公司的禮券，希望他盡快學習「自己決定買什麼東西」的觀念。可是亞曼達卻一直沒把禮券給他，堅持要我陪孩子買東西，也就是不准孩子自己一個人出門去買。我們在牛津廣場下了公車，並沒有走少多路，雖然寒風刺骨，這小子卻在抱怨、走路一直落後、並且搓他的腿。他是個電玩狂，他寧可留在家裡玩PS。雖然現在充滿節慶氣氛，可是他看我不順眼，我也看他不順眼。我們走進玩具城，我繼續憋著不說話，希望可以在商店街看到些馬子。

冬天就是這麼煩人，女孩子都把全身包得緊緊的，除非你回家把她們剝光，你根本不知道她們的身

2 原文是用眼袋來跟這家皮件公司開玩笑，因為眼袋一字也表示手提袋，這裡是雙關語。

3 亞曼達是賽門離異的妻子，她的小孩就是賽門的兒子。

體是什麼樣，到時候也來不及退貨了。耶誕節。我先檢查白色手機的留言——我平常會把這支手機號碼給我還沒搞到的女人。然後再檢查紅色手機——會打這支手機的都是二手貨。綠色手機完全是用作生意往來。但是，三支手機都沒有任何留言。

商店，人擠人的場面，手拎著大包小包垃圾的感覺，全都讓我突然開始覺得情緒低落。至於這個孩子……我們之間完全沒有交集溝通。我嘗試過了。沒什麼大不了，只要是在我可以忍受的範圍之內就好了。出來逛大街這件事，對我和他來說，都是責任。在任務最後，我吃了一堆垃圾食物，又脹又油膩，錢也都花光了。這樣做，何必呢？爲了盡一份像是爲人父母的責任？還是爲了促進人與人之間的互動？

這樣做，到底有什麼好處？

我看著亞曼達蠢蛋，辛酸地想起幾個星期之前，我帶著班（取這個名字是她的主意）去杜莎夫人蠟像館。我滿腦子想到的都是她，都是因爲她想要和她自私的夢中雅痞打炮，於是苦了我。她說，我把班帶出去，對她和她的雅痞友人比較好。他們可以獨處。每星期付四十英鎊，還得帶他出去，這樣她才可以無牽無掛地打一場炮。我應該在額頭上刺青，刻上三個字：「大—笨—蛋」。

送班回家時候，我必須承認亞曼達的氣色好了很多。自從她生了班之後，過去這一年我第一次發現她的身材變好了。我本來以爲她終究會變得暴肥，就像她媽的其他家人一樣，但是她並沒有肥起來，她的樣子好得很。她早該在我們還有肉體關係時就減肥、運動，這樣，我也不會沒事刻薄她。畢竟我是個有野心的人，任何稍有自尊的人都不喜歡身邊有肥女。

但是，肥女畢竟還是有用的，肥姑媽尤其有用！肥胖的寶拉姑媽和藹又率直，她才是我最喜愛的姑媽。當然啦，這個事實沒人會反對啦。可憐的老寶拉，她繼承了一家酒吧，但是她太笨，嫁給了一個喝酒喝到家產敗光的怪物，最後才把那個臭男人踢出場。即使寶拉這樣一個堅強、頑固的母牛，也會有她的盲點，眞是叫人心安啊——比如說，她竟然想和我這種人談生意。好啦，她要把酒吧用兩萬英鎊轉讓給我。

第一個大問題是，我並沒有兩萬英鎊。第二個問題是，這家酒吧遠在蘇格蘭的雷斯。

6

# 「……頑皮的祕密……」

雷布的眼中閃著光芒，一種帶著弦外之音的光芒。他遣辭用字小心翼翼，就好比那種在地小酒吧的老頭子倒酒給客人的時候小心翼翼，一滴也不多給。雷布對著蘿倫察顏觀色。蘿倫非常緊張，好像一隻暗巷裡的貓咪，全副戒備綳緊神經，隨時都要發出呼嚕聲或是嘶嘶聲，所以雷布一直非常謹愼。蘿倫想要證明：雷布來我們家，當然會讓她焦慮——她覺得這個空間應該只屬於我們兩個女孩，男生不該來；不過說不定她其實希望這裡只有她和雷布獨處，而我不該在旁邊吧。但是我和蘿倫一起住，所以我知道她正在經歷月經來臨之前的焦慮，所以雷布會吃她苦頭。我們是好姊妹，我們的經期都是同步的；她正在找一個藉口，把她的焦慮感轉化成對於人的厭惡。

可憐的雷布，一口氣得應付兩個瘋婆，月經來臨讓我感覺頭暈又沉重，下巴冒出一個痘子。蘿倫和我都有點緊張，因爲明天有個女孩子要搬進來。新室友的名字叫做黛安，似乎是個還不錯的女孩。她在念心理學碩士，我希望她不要把我和蘿倫的心理也看透了。我們大致協議好，先回家整頓一下，等她到來。但是兩杯啤酒下肚之後，我知道這個計畫行不通了。學生活動中心越來越擁擠，但是大家酒喝得並不多。我們慢慢啜酒。站吧台的羅傑悠閒地抽著香菸。兩個打撞球的男人看著我，其中一個用手肘推另一個，對著我微笑。這種男人一分錢可以買到十個，但我還是可以考慮和他們調個情，因爲，我實在不喜歡我們現在談話的內容。

「我想，如果我是女孩子，我一定會是個女性主義者，」雷布表態了，解除了蘿倫尖刻又畏縮的攻擊武裝。今晚活動中心裡有幾個「蕾絲邊」，這些人讓蘿倫曝露出最不可愛的一面，她更加放不開了。其實這些女同志放假時回到家鄉，根本不敢出櫃。這堆狐假虎威的小孬種，只會在這裡大搖大擺，學校這裡是個安全的環境，是眞實世界的實驗室。

這個鳥地方的氣氛太差了，我們決定轉移陣地到牛門區[1]的酒吧續攤。室外正是溫和的傍晚時分。我們走向都市的黑暗深處，建築物幾乎完全擋住了陽光，只有高樓上頭被切碎的藍天碎片可以見證白日之美。我們來到了我們本來最愛的酒吧，上次來這裡也是好幾個星期以前的事了。不過，走進這家店眞是錯誤的決定，因爲我驚覺我的情人，我的前任情人，柯林．艾迪生，擁有多個了不起學位的柯林博士，也在這裡。

柯林穿著一件運動夾克，看起來像個他自己的學生樣。他這身穿著讓我覺得自己眞是個有力的女人，因爲他沒跟我在一起以前，根本不敢這樣穿。當然，穿在他身上看起來也有點蠢。我們才剛剛買好酒，坐定位，他就跑了過來。他說：「我們得好好談談，」

「我可不這麼認爲，」我看著玻璃杯上的口紅印，對他說道。

「我們不能就這樣放下不管。我需要一個解釋。這是我最起碼應得的。」

我搖搖頭，擺出了一張臭臉。你至少應該得到一個解釋？眞是有夠遜的男人。現在的情況又無聊，又有點難堪，無聊和難堪應該是完全不一樣的。「你走開好不好？」

柯林漲紅了臉，指著我的鼻子，憤怒激動地罵道：「妳最好趕快長大，妳他媽的賤女人，妳以爲妳可以這樣對我……」

「聽好！老兄，你最好趕快走，」雷布站了起來。柯林的眼睛閃過精打細算的光芒，他在想，只不

1 牛門區（Cowgate）是愛丁堡的一個酒吧聚集區。

過是個學生，如果雷布要發狠，柯林就可以祭出校務會議和校規，用來對付這個男學生。不過啊，本姑娘認為，柯林應該先擔心校務會議可能對**他**做的處置，他搞學生，或者想要搞學生。看起來，因為我甩了柯林，他就一直認為我有長不大、心理不成熟的問題。過去那一段美好的日子中，我們的關係難道不成熟嗎？只不過是上個星期的事呢。

我決定不再回應。蘿倫也介入了。她一臉嚴肅凶狠，我看到了她來硬的一面，可是她一說話就破功了。她說，「我們正在私下喝酒，」這句話讓我吃吃地笑，像個喝醉酒的笨蛋。我們原來在一個公共空間私下喝酒。

我並不需要他們來幫腔。如果要給他一巴掌，我自己就可以組成一支專業隊。「我告訴你，柯林，我**真的**對你很厭煩了。你那根喝醉酒的中年軟屌讓我厭煩，我也厭煩你把不舉歸罪到我身上。你只會自怨自哀，因為你青春不再。你的利用價值，都被我利用光了。現在我選擇把你這個乾涸的空殼丟掉。我現在有朋友在，可不可以請你幫個大忙，滾到一邊去涼快！請吧？」

「妳他媽的賤女人……」他又在罵我賤女人。他難為情地左看右看，那張氣到通紅的臉，好像被顏料染過。

「妳妳妳他媽的賤女人……」我模仿他的語氣，「柯林，你就不能說點新鮮的嗎？」

雷布想要說話，但是被我更高的聲音擋下了。我直接指著柯林說：「你就是無法提升辯論水準，是吧？求求你，快滾吧！」

「妮姬，我……」他開始想要安撫我，又看看四周有沒有他的學生。「我只想談談，如果我們之間已經結束了，也沒關係。我只是覺得不應該就這樣結束。」

「不要再他媽哀嚎了。找別人吧！要是你還能撐到下學期的新鮮人週，找個天真單純、容易被你影響的人吧。我恐怕還沒討厭自己到繼續跟你在一起。」

「賤母牛，」他反唇相譏，叫道：「賤婊子，」然後他倉促地滾了。聽到他走出去的重重摔門聲，我臉紅了一、兩秒，然後馬上就好了，我們三個全都哄堂大笑。酒吧服務生看著我，我對他聳聳肩。

「妮姬，妳眞不要臉啊，」蘿倫笑得喘不過氣。

「妳說得對，蘿倫，」我正眼看著雷布說：「和教授有一腿，眞是不好玩。這已經是第二次了。我第一次是在倫敦的時候，跟一個英國文學教授搞。他是滿有趣的，而且異常古怪。」

「喔！別再說那個故事來了……」蘿倫驚呼，因爲她已經聽過這個故事了。

不行，我得把邁爾斯的故事再講一次，讓蘿倫羞死。「他是個眞正的文學家。就像《尤里西斯》的布魯姆一樣[2]，他喜歡腎臟的尿腥味。他總愛把新鮮腎臟買回家，要我尿在一個碗裡，然後把腎臟放進裝了我的尿的碗裡，浸泡一整夜。第二天早晨，再拿出來煮熟當早餐吃。他是個很文明的變態狂。他曾經帶我去精品店買衣服。他喜歡幫我挑衣服，特別喜歡看到時髦年輕的女店員幫我試裝。他說他喜歡年輕女人幫年輕女人穿衣服的樣子，特別是在商店裡。他的褲襠總是會讓人看到勃起老二的形狀，有時候他會射在褲子裡。」

蘿倫生氣的時候，樣子非常可愛，臉蛋紅通通的好迷人。她臉泛紅光，眼光迷濛。或許這就是爲什麼大家喜歡看她發脾氣的樣子，因爲那種模樣，最接近她被人幹的樣子。

雷布笑著揚起了眉毛，蘿倫則緊鎖著雙眉。「雷布，你覺得蘿倫美麗嗎？」我問他。

我提出的問題讓蘿倫很不開心，她的臉又更紅了，眼眶幾乎要流出淚水。「去妳的，妮姬。不要亂講，」她說：「妳在耍猴戲。請不要讓我難堪，也不要讓雷布難堪。」

---

2《尤里西斯》是愛爾蘭大文豪喬伊斯的長篇小說，書中的主人翁名叫「布魯姆」。

雷布卻完全不覺得困擾，因爲他接下來的動作，有點把我們嚇了一跳。蘿倫顯然被嚇了一跳，我也不由自主露出驚訝的表情。」他把一隻手繞在蘿倫身上，一隻手繞在我身上，然後在我們的臉上，蜻蜓點水各吻了一下。我看到蘿倫全身僵硬，羞得滿臉通紅。我則同時湧上性感興奮與被侵入的快感。「你們兩個都很美，」他的嘴巴眞會講話。難道這是他的肺腑之言？不管怎樣，他把弄女人的動作眞是正確無誤，我從沒想到這個男人會有這樣的冷靜、深度，和手腕。然後，這種感覺卻又全不見了。他把手從我們身上放開之後，又很冷靜地說：「我說啊，我不像你們兩位女士這麼喜歡這堂課，根本快熬不下去了。我們在學校根本沒有碰過攝影機，可是我們也要像狗屎影評人一樣分析電影。學校沒有人教過我們怎麼拍電影。我們學到什麼？只會痛罵那些有膽氣把屁股挪開板凳，舉起攝影機的電影人，不然就是去舔電影人的屁股。藝術學位就是在叫我們變成寄生蟲。」

我坐在那裡，沮喪到了極點。不管他是不是故意的，這個男的他媽吊足了我的胃口。他才秀給我們看到了一點漂亮的東西，現在馬上送我們回到學院象牙塔。

「如果你這樣說——」蘿倫帶著些怒氣反駁。雷布剛才的熱情舉止突然消失無蹤，讓她也鬆了一口氣：「那就表示你贊同整個柴契爾主義的本質，貶低藝術的價值，只重視功利、賺錢。如果你扼殺了知識的理想本質，你也扼殺了你對社會現象的批判分析……」

「不不不，」雷布反駁說：「我的意思是……」

他們開始講個不停，反駁對方，努力說服自己，眼前雙方的立論雖有大鴻溝，基本立場卻並無不同。或者在微小、學究的差異論點上大作文章。簡單地說，他們就是所謂狗屁的學生。

我很討厭這種爭論，尤其是發生在男性和女性之間的時候，尤其當其中有人才剛剛抬高了賭博籌碼的時候。我很想對著他們的臉大吼：**別找藉口不上床啦！**

我又喝了幾杯酒，酒吧的感覺變得比較柔和舒適，氣氛步調緩和了下來，大家也都很享受彼此在一起的時光，講屁話的時刻也到了。現在我得承認，我滿想上雷布。這並不是突然發生的，而是漸漸醞釀出來的。他身上有一種乾淨的蘇格蘭氣質，一種塞爾提克的貴氣。那種幾乎是清教徒式的禁慾氣質，在同年齡的英國男性身上，並不容易看到，當然更不可能出現在雷定[3]這種南方城市。但是他們倆還在鬼扯，這一對蘇格蘭男女，只會爭辯、討論、辯論，只有那些有錢有閒的英格蘭都會媒體人才會這副德性。「別再搞那些狗屁討論了，」我以鄭重其事的姿態說：「我剛才告訴了你們一個頑皮的祕密，蘿倫，妳也有頑皮的祕密嗎？」

「我沒有，」她又臉紅了，把頭放低。我看到雷布揚起眉毛，好像要我跳過這個話題。他好像很同情蘿倫的不安處境；我眞希望我也同樣有同情心。

「雷布，你呢？」

他搖搖頭笑著。我第一次看到他眼睛中出現調皮的感覺。「沒有，我的朋友泰利，他才會搞那種把戲。」

「泰利，我想見見他呢。蘿倫，妳見過他嗎？」

「沒見過，」她草率地說，仍然很緊繃，但是柔和了一點。

雷布又揚起眉毛，似乎在暗示我們認識泰利並不是個好主意，卻也讓我更感興趣。是啊！我覺得如果有機會認識這位泰利應該不錯，雷布覺得不妥，我反而更想認識泰利。「這個人是幹什麼的啊？」我問。

「嗯……」雷布小心地說：「他開了一家性愛俱樂部。拍色情片，搞那些色情勾當。我的意思是

3 雷定是英格蘭城市（而非蘇格蘭城市）。

說，那不是我喜歡的東西，泰利才喜歡搞那些玩意兒。」

「多說一點吧！」

「嗯，泰利常去某家酒吧，喝打烊之後的酒[4]。在那裡，有幾個他認識的女人，可能也有一兩個觀光客。有一天晚上，他們都喝醉了，開始打打鬧鬧，然後就搞起來了，妳知道吧。然後漸漸地就成了固定的活動。有一次，隱藏式攝影機把過程拍了下來，泰利說那是一個意外，」雷布轉動眼珠子，表示他對此懷疑。「但是從此以後，他們就開始拍業餘色情片。他們拍下做愛的錄影，放到網路上，然後用郵購方式寄出去，或者和其他有此癖好的同好交換。他們也會在酒吧裡面放這些片給那些老傢伙看，一個人收五英鎊。呃……每星期四吧！」

蘿倫對這件事擺出嫌惡的臭臉，顯然她對雷布的好印象已經降低了許多，而他也明顯注意到了。然而，這件事卻讓我感到振奮。而且，明天就是星期四了。「他們明天會放片嗎？」我問。

「可能會吧！」

「我們可以一起去嗎？」

雷布一臉不確定，他說：「這樣啊……我得替妳們做擔保才行。那是一家私人俱樂部。泰利……他有可能要妳參與，如果我們去的話，他提出什麼要求，妳都不要理他。這個人很會鬼扯。」

我把頭髮往後撩過，姿態莊重地宣佈：「我可能會去，蘿倫也會去，」我又說：「打炮是一種認識和了解別人的好方法。」

蘿倫看了我一眼，那眼神簡直可以降服衝鋒的鬥牛。「我才不要去那種低級酒吧，跟髒老頭看色情片，更不可能參與他們的活動。」

「來嘛！會很好玩的。」

「不會，不可能的。那種地方一定骯髒、污穢，而且可悲。顯然我們倆對好玩的理解，很不一樣。」她很激烈地反駁我。

我知道她情緒不好，我也不想跟她翻臉，但是我得說出我的看法。我猛搖頭說：「我們難道不是在學習電影嗎？學習文化？雷布說，就在我們的眼皮底下有一個龐大的地下電影文化。爲了學習的目的，我們得去研究啊！而且，我們也會有打炮的機會啊！」

「講話小聲一點，妳喝醉了！」她向我尖叫，偷偷地環視酒吧四周。

蘿倫的不自在把雷布逗得哈哈大笑，或許那是他隱藏自己窘態的方式吧！「妳很喜歡語出驚人吧！」他對我說。

「只有驚嚇我自己啦，」我對他說：「你呢？你會想參與那種事情嗎？」

「啊！不會，那不是我喜歡的東西，」他又強調一次，但是幾乎帶著一點罪惡感。

我在想這個叫做泰利的男人；他**真的**喜歡參一腳，不知道他是什麼樣的人。眞希望雷布和蘿倫可以有多一點冒險精神，而且希望他們可以好好想一下，我們三個人一起做愛，一定好玩得不得了呢！

---

4 在英國（在別的國家也往往如此），酒吧在特定的時間（如，半夜兩點）打烊之後，就不可以再賣酒。可是，有些酒吧的老闆願意使用特權，在打烊之後讓熟客溜進酒吧喝酒。這裡就是指這種打烊後的違禁場。

7

# 第18735個念頭

我回來了（終於），終於回到了我的家鄉。以前只要四個半小時的車程，現在卻要花七個小時。進步個屁，現代化個屁眼。火車票價和他媽的通車時間成正比上漲。我在火車站，把寫著卑比收件地址的郵包投進郵筒。你這個吃屌的男人，吃屌吃到爽吧！我跳上計程車到了雷斯步道，宏偉老街道，看起來還是老樣子。雷斯步道就像昂貴的織花地毯：有一點褪色，有一點髒污，但是仍然具有足夠的品質，吸掉這社會難以避免的麵包屑。我在寶拉姑媽的公寓下計程車，付出貴死人的車資給這個丑角司機，我走過爛掉的門口對講機，爬上冒著尿騷味的樓梯。

寶拉姑媽擁抱我，把我帶進公寓，讓我坐在舒服的客廳裡，還拿了茶和消化餅乾請我吃。我得說，她看起來還行。以我的標準來看呢，她看起來仍然像是車禍現場一樣慘烈，只不過這場車禍還多了兩根琴鍵一樣的瘦腿。我們並沒有在她的公寓停留很久，也沒有去寶拉的酒吧：著名的「日光港口酒館」。在她休息的日子幹嘛去她的店，她又不是要加班。我們去了詩裴沙發吧喝一杯，在這個地方沒看到半張爛人臉孔，我覺得既興奮又失望。

寶拉玩弄著她的酒杯，那張鬆弛的大臉上，難掩她的自滿。「唉，我在那家店花了很多工夫。孩子，現在我有了自己的生活，」她告訴我：「你看，我認識了這個傢伙。」

我看著寶拉的眼睛，我知道我的眉毛不由自主上揚了，就像演員萊斯利．菲利普（Leslie Phillips）那樣，但是我實在無法控制自己的眉毛。不過啊，我實在不用暗示她有話直說，她一向能生吞活剝男人，我青少年最痛苦的記憶，就是在我姊姊的婚禮上，和寶拉姑媽一起，隨著布萊安・費瑞（Brain Ferry）的歌〈愛情奴隸〉（Slave to Love）跳慢舞，她的手一直緊抓著我的屁股不放。

「他是西班牙人，很可愛的男人。在西班牙阿利坎德（Alicante）有自己房子。他要我跟他一起過去住。天天出去晒太陽，讓我的身子骨好好滋養一番。」她緊夾兩腿，把下嘴唇當作紅地毯一樣攤出來。「就是這樣啦！賽門。他告訴我，叫我別留在雷斯啦。」她嗤之以鼻說道，她這是在看衰整個雷斯港口。「寶拉，妳活在一個白癡才會相信的天堂啊，妳和他這份關係不可能持久的。」「你可別搞錯，我可沒幻想與錯覺，不會持久的事就是不會持久。」「天下有什麼東西是持久的？對現在的我來說，任何天堂都好，」她說著，把酒喝光，又把檸檬片塞進嘴裡，用她的一排假牙咬嚼，吸乾了每一滴汁液，再把嚼爛的檸檬吐回空杯子裡。

我可以很容易從這粒被搾乾的可憐檸檬，聯想到那根一定也被嚇呆的西班牙老二。

寶拉知道會有很多人反對她的戀曲，我的反對也不足以扼殺她的興頭。她對於我的信任，眞是讓我感激涕零：我謊稱我在倫敦休閒娛樂業的發展很成功，她相信了。她希望我接手日光港口酒吧。唯一的問題是兩萬英鎊的轉讓費，而這個問題也意外地輕易解決了。她建議我可以等到酒吧開始賺錢之後再還她錢，在此之前，她是我的幕後金主。

這個地方是個很有潛力開發的金礦，只需要大大翻修一下。你可以感覺到，從海邊開始，中產階級化正悄悄地在進行，房價也水漲船高。我把日光港口酒吧翻修一下，從中傑基區到雷斯的新興名流，鈔票就會一路滾滾而來。這裡有的是空間，後面有一個多功能大房間，樓上還有一個老式吧台，但是很久沒有使用，現在被拿來當貯藏室。

離開寶拉之後，我馬上得去申請營業執照。我去市政府拿表格。然後，我慰勞自己，在街角的蛋糕店，請自己喝了一杯卡布其諾咖啡（以蘇格蘭的水準來衡量，這杯咖啡異常優），以及一塊燕麥餅乾。我仔細看著評議會的待塡文件，想到我在黑克尼區的小斗室，就開始動手塡寫這些文件。雷斯就要興起了。倫敦地鐵會接通雷斯，之後才會接通黑克尼[1]。

然後，我去了南區的父母家。我媽媽看到我非常開心，她緊緊抱著我，幾乎要把我的肋骨壓碎，然後開始啜泣。「大衛啊！」她對我那死盯著電視的老頭說：「我的孩子……回來了唷，孩子啊！老媽愛你。」

「媽，別這樣嘛……媽，」我有點難堪地說。

「不要急著走，等卡羅塔和路易莎來看你。」

「可是，我馬上就要回去了啊！」

「喔！兒子，兒子啊！不要走啊……」

「好啦！其實，媽，我就快要搬回來長住。」

老媽突然熱淚盈眶。「大衛，大衛，你聽到了嗎？兒子要回到我們身邊了啊！」

「對呀，寶拉說我可以接手她的日光港口。」

我老爸從椅子上轉過頭來，露出狐疑的眼神。

「你這是什麼表情啊？」老媽說。

「日光港口啊？如果有人喝掛了死在那裡，一定很丟臉。那裡都是妓女和搞笑的歌手，」老爸嘲弄地說。這死老頭看起來很疲累，他坐在那裡，皮膚焦黃。彷彿我爸已經承認，他沒力氣再虐待我老媽了？還是，我爸已經承認，我媽有辦法把他這個半死不活的老酒鬼丟出門？還是，我爸已經不夠力了，再也沒有辦法去搞別的女人？再說，別的女人也不像我媽一樣會做義大利麵。

既然老媽喜歡大團圓，我就多停留了一個晚上。我的小妹卡羅塔來了，她看到我就興奮地大叫，在我臉頰重重地吻了一下，然後用手機打電話給路易莎。我坐在沙發上，兩邊各有一個對我大驚小怪的妹妹，老爸卻露出酸苦的眼神，發出輕蔑的聲音。老媽會三不五時把卡羅塔和路易莎從沙發上推開，然後大叫：「妳給我起來啦，我要好好抱抱我的乖兒子。眞不敢相信，我的兒子要搬回來了。眞是太好了啊！」

事情一切都很順利。我沿著下坡路，朝著太陽城前進[2]，然後一路跳到雷斯步道，呼吸著海風。我將精液腐臭味道的愛丁堡拋在腦後，走向家鄉的美麗海港。然後，我和寶拉去了她的酒吧，就在海港後面。但是看到酒吧的模樣，我的心馬上涼了半截。這家酒吧簡直一團糟：老舊的紅地磚、塑膠夾板桌子、被香菸燻成褐黃的牆壁和天花板。這裡的客人，更讓我受不了。好像是喬治．羅梅洛（George Romero）電影中的殭屍群[3]，在狠毒的一道道光束之下，漸漸腐蝕朽爛，突顯了這裡的罪惡氛圍。我看過黑克尼區和伊斯靈頓區的吸毒俱樂部，跟這個爛房子比起來，簡直是他媽的皇宮大殿。

雷斯？我花了好多年的時間才逃離這個地方。怎麼可以又回來了呢？既然我老媽搬到南區去了，我就絕對沒有必要回來了。我在吧台喝著威士忌，寶拉和她的朋友摩拉，就像同一個模子刻出來的兩個老女人，她們忙著爲那些嘮叨沒牙的老傢伙點菜上菜，好像在發放救濟食物給流浪漢。酒吧的另一端，點唱機裡很不協調地傳出震耳欲聾的跳舞音樂，幾個瘦成皮包骨的年輕人，動作怪里怪氣，眼神更嚇人。

1 在此只是誇張地指出，黑克尼有多遜，而雷斯有多酷。黑克尼在倫敦市內，再怎麼樣也有跟倫敦地鐵接通的一天；雷斯位於遠在北方的蘇格蘭，再怎麼樣，倫敦地鐵也開不到雷斯。

2 太陽城，為雞尾酒名，在此應是酒吧的名字。

3 羅梅洛為著名的恐怖片導演，代表作包括〈活人牲吃〉等。

我又覺得一陣焦慮，好想趕快逃離這裡，逃離寶拉，逃離雷斯。開往倫敦的火車正在召喚我。

我找了一個藉口離開，再往前走到了新雷斯：皇家不列顛帆船俱樂部，蘇格蘭事務部[4]，全新整建的港口，酒吧，餐廳，雅痞社區。我看見的新雷斯，才是個未來世界。我剛剛才走過三條街，就從一個很遜的地段走到未來世界。明年，或許後年，新雷斯這個未來世界就會離我更近一點了。然後，就搞定了！

我現在要做的，就是吞下我的傲氣，讓自己先坐下來估一估情勢。此時此刻，有一些頭號任務要搞；這裡的人都是土包子，完全跟不上大都會流氓的腳步。大都會流氓，就是我，賽門．大衛．威廉森。

4 是不列顛政府對蘇格蘭的對口單位。

8

# 「……只有一個鏡頭……」

雷布似乎很緊張。他一直在剝弄手指上的皮。我逼問他，是在幹嘛；他說，他要戒菸了，又喃喃地說他的小孩快要生了。這是第一次聽到他提起學校以外的生活——除了那位神祕的泰利之外。有些人在表相之下還有不一樣的私密人生，想了就奇怪：他們的私密人生是完整的、自給自足的空間，剝離開來，又分作小小的格子。我就是雷布的小格子之一。現在，我們要進入他的私生活的一部分了。

計程車一面發出喀嚓聲，一面搖晃前進，通過了一個個紅綠燈。計程車一路跳表不饒人，就像蘇格蘭夏天一樣。計程車在這家小酒吧前停了下來，看起來很鳥的黃色燈光，撒在灰藍色的人行道上，四周傳來抽菸的人嘈雜的笑聲，我們沒進去，反而走進一條尿味沖天的石礫小巷，走到一扇塗上黑色油漆的後門前，雷布在門上敲出一節特別的拍子：滴—滴，滴—滴—滴，滴—滴—滴—滴，滴—滴。

門的後面傳來了有人啪啪衝下來的聲音，然後就安靜了。

「我是雷布啦，」雷布吼道，又敲門了，又是一節足球加油式的節奏。

門閂滑動，門鏈嘎嘎響，門的後方探出了一個捲毛的腦袋，好像從盒子跳出來的嚇人玩偶。一雙飢渴的瞇瞇眼快速驗證了雷布的身分，然後用隨性卻又強烈的眼神在我全身上下掃來掃去，搞得我幾乎想大叫找警察。但是當他對我展露一份熱烈的微笑時，所有的脅迫感和不安全感全都消失無蹤了。這個人白熱的微笑彷彿雕刻家的手指，在我的臉上探尋，把我的臉變成和他一樣的笑臉。他的微笑具有魔力，把他從一個看起來好鬥、敵意的笨蛋，轉變成爲一個野性的神仙，好像世界的祕密都任由他所擺布。他的頭左右探了一下，檢查小巷子裡有沒有動靜。

「這位是妮姬，」雷布介紹我。

「請進，請進，」那人點頭說道。

雷布快速看了我一下，暗示我「妳確定要進去嗎？」然後說：「這位是泰利，」我一腳踏進門，算是回答了雷布的疑問。

「我是油水泰利[1]，」這位高大的捲毛男微笑著自我介紹，他把身體移到一邊，挪出空間讓我先爬上狹窄的樓梯。他安靜地跟隨在後，我想這樣他才能好好欣賞我的屁股吧。我要慢慢來，讓他知道我是不會被嚇到的。我要**他**被我嚇到。

「妮姬，妳的屁股非常美，我這樣說沒別的意思喔！」他興致高昂，熱心說道。我已經開始眞的喜歡這個人了。這是我的一大弱點，我太容易對不該喜歡的人產生好感。父母、老師、教練，甚至朋友，都告誡過我。

「謝謝你的誇獎，泰利，」我轉頭對他冷冷地說，走到樓梯的頂端。他的眼睛發光發熱，我直視著他，揪住他的眼神。他的微笑幅度更大了，點頭對我指示門的方向，我打開門，走進了室內。

有時候，一個地方的「他者性」[2]會深深震撼你。每當夏日的結尾，新的學期開始，到處都泛著藍色、灰色，和紫色。體內吸入的新鮮空氣，本來很純淨，然後氣候開始變冷，大家就只好窩在燈光黯淡的酒吧，擠在一起取暖。我們躲開那種毫無特色的酒吧，像是威瑟史普[3]/法根佛根[4]/全吧一體[5]/歐尼爾[6]之類的連鎖酒吧，占領了英國的每個都會中心的社交命脈。去別的地方探索一下，就找到具有眞實感覺的地方。通常只要勤快多走一下，或許坐幾站公車，不會花太多時間就可以找到。而這裡就是一個另類的好地方，俗艷得耀眼，好像讓人回到前一個世紀。我去洗手間檢視儀容。狹小的化妝間像個小棺材，像埃及古棺一樣是立起來的，連坐下去的空間都不夠，裡面有個破馬桶，沒有捲筒衛生紙，地磚碎裂了，洗手槽沒熱水，梳妝鏡是破的。我看著鏡子裡的自己，很高興看到原本快要冒出來的痘子好像不會冒出來了。臉頰上有個快要消褪的淡斑。紅酒，不要再喝紅酒。在這裡好像不必喝紅酒。我畫上眼線，塗上更多紫紅色口紅，快速梳了梳頭髮。然後，我深呼吸一口氣，走了出去，面對這個新世界。

很多雙眼睛盯著我；剛剛在迷糊當中，我有注意到這些眼神，可是急著走去洗手間，沒有仔細看是誰在看我。有個外貌強悍、黑色短髮的女人，對我狠狠射出惡意的眼神。我用餘光看到泰利，他揚起了眼睛，向吧台後面的一個女人示意。這個地方一半是空的；但是我一直把泰利保持在我的視線之內。

「豬頭啊，請客人來坐啊，」他對雷布說，眼光卻一直停留在我身上。「所以妮姬，妳和雷布一起上大學。你們一定是……」泰利尋找適當的形容詞，好像想到了那個字，還沒有來得及講出來，又想到另一個字，遲遲無法決定。「算了，有些事情最好不要去想。」

他的表現讓我哈哈大笑。這個人很有趣。現在還不需要戳破他，可以留待以後。「對啊！我在上大學。我們修了同一堂電影研究課。」

「現在就可以給妳看看一些電影，讓妳去研究研究呀！來，坐在我旁邊吧！」他說著，指著角落的

1　原文中，泰利自稱是「果汁泰利」，「果汁」在此有「夠力、大咖」的意思。
2　原文為「otherness」，即陌生感、奇異感。這裡故意翻作「他者性」，因為這裡說話的人是一個有點做作、上大學的人。
3　威瑟史普是英國的連鎖酒吧企業，是上市公司。
4　也是英國的連鎖酒吧企業，在歐美其他國家也有分店。
5　也是連鎖酒吧，幾年前被併購了。
6　也是連鎖酒吧。

一個座位，好像一個熱中的小學童，急著要炫耀他在學校做的東西。「大學裡面有很多像妳這樣的女孩子嗎？」他問道。他想多問大學女生的事，可是他看起來像是在幫雷布問。我發現泰利和我兩個人，都很喜歡惹雷布難堪。泰利和我已經有共同的喜好了。

我們坐在角落的位置，旁邊有兩個年輕女人，一對情侶，和酒吧服務生。

泰利穿著一件舊的鯊魚牌黑色拉鍊運動夾克[7]，裡面穿了一件V領的運動衫，搭配Levis牛仔褲，愛迪達的慢跑鞋。手指上戴著金戒指，脖子上掛著一條鏈子。「所以，你就是大名鼎鼎的泰利嘍，」我問道，測試他的反應。

「是啊！」泰利一本正經說道，好像他的名聲眞的很大，人人公認，不容懷疑。「我就是油水泰利，」他又說一次。「我們正要放映前幾天晚上在這裡拍攝的影片。」

一群老男人，和幾個不太老的傢伙，走了進來，坐定位。很多人的椅子是臨時拖出來擺放的，就在銀幕前一字排開。氣氛很像是足球賽之夜。大家打招呼，講笑話，喝酒。那個面帶敵意的女人正在跟他們收錢。泰利對這個看起來很粗壯，有點恐怖的生物說：「吉娜，把銀幕放下來啊！老母雞！」

她酸酸地看著泰利，好像想說什麼，但是又吞了回去。

主秀開始了，這部片子顯然是用低廉的數位攝影機拍出來的；單機攝影，沒有剪接，只是單一鏡頭進進出出。拍的時候用三腳架，因爲畫面非常穩，不過只見單一鏡頭一路到底的衆人做愛影片，而不是眞正的電影。畫面的品質還可以，看得出來泰利正在吧台上操吉娜，就是這店裡的吧台。

「過去這一年我減輕了好多磅，」泰利對我耳語，他顯然對這件事覺得很開心。他拍著他的腰身，炫耀他已經擺脫那曾經存在的一圈腰部贅肉。我回頭看了看他，但是，有一個很年輕的女孩子在影片現身，我的注意力就一直被影片吸回去。泰利在我耳邊說：「她是麥蘭妮。」他朝著酒吧的方向點頭，我才認出她來，原來她就是先前在吧台的那個女孩。她在銀幕上的樣子很不一樣，非常性感。現在，吉娜正在幫麥蘭妮口交。台下有人議論，有人發出笑聲，麥蘭妮靦腆害羞地微笑，但是衆人又噓聲叫大家都安靜。這部片的音質很差，我只聽見片中人發出喘氣聲，性伴侶之間相互讚美幾句。泰利在片中好像說著：「來吧！」「好啊，」「就這樣玩啊！寶貝！」影片出現一個金髮女郎，泰利幫她口交，她也幫他吸老二。然後，泰利把她架在沙發上，從後面操她。她的臉直視著攝影機，一對乳房搖搖晃晃。然後，泰利的頭靠到她的肩膀上，對著鏡頭前的我們眨眼睛，然後說了一些話，聽起來好像是「生命眞來勁」。「她是個瑞典女孩，叫做烏蘇拉，」泰利用他在影片中的語氣，輕聲對我說道：「還是丹麥人吧？……反正，從北歐來的遊學生啦，成天在葛拉斯市場[8]晃來晃去，性慾旺盛。」他解釋道。然後其他人也進入了影片的混戰，泰利不時將他的評語灌入我腦中：「……這是克雷格……我的好朋友。超級大種馬。雖然他的老二不是超級巨大，但是做愛技巧高超。看看他，多行啊……朗尼……他可以成爲蘇格蘭打炮國手，這小子……」

這場秀最後根本是性愛大混戰，拍壞了。有時候只看到一片模糊的粉紅色。鏡頭拉開，還看到吉娜在背景後面把古柯鹼切成條狀，好像性愛很乏味。這部片眞的需要好好剪輯才行，我要把我的想法告訴泰利，但是，他也感覺到觀衆開始覺得無聊，於是關上了機器。「各位，這就是我們幹的事啦，」他微笑說道。

節目結束之後，我和雷布在吧台聊天，問他這個活動已經進行多久了。他正要回答，泰利卻插了進來，問我：「妳覺得怎麼樣？」

7 義大利名牌服飾公司「保羅與鯊魚」的商標為鯊魚，曾找台灣藝人張震當代言人。

8 葛拉斯市場，為愛丁堡市中心的一個地區名稱，在古時候的確是菜市場。目前這個地方以酒吧出名，學生很愛在這裡租房子住。

「很不專業啦，」我頭髮往後甩，因爲喝了點酒，我回答得太大聲，太囂張。我想那個叫做吉娜的女人聽到了我的批評，冰冷、尖銳的眼神正投向我。

「妳可以比我們做的更好嗎？」他擠眉弄眼問道。

我堅定地看著他的眼睛：「是的。」

他轉動眼珠子，非常熱心地把他的電話寫在一張啤酒杯墊上。「隨時找我，寶貝，隨時找我，」他輕柔地說。

「說定了唷。」我這樣說，是要故意氣雷布。

我現在才發現影片中的另外兩個男主角——克雷格和朗尼也在這裡。克雷格是個瘦削、緊張，香菸一根接一根的男人，淡褐色的頭髮，整理成時髦蓬鬆的髮型；朗尼很放鬆，金色頭髮稀疏，臉上掛著和影片中一樣的白癡傻笑，他本人比在影片矮胖。

又過了一會兒，北歐女孩烏蘇拉走了過來，泰利介紹我們認識。她看到我的第一個眼神非常冰冷，雖然她和我打招呼的態度過分熱情。烏蘇拉本人沒有影片中好看，她有點肥肥短短的，甚至像北歐神話中的侏儒怪物。她弄了一杯酒給我，這場派對好像還會繼續下去，但是我得說聲抱歉，告退回家。這裡可能會有好戲上場，但是泰利的眼神告訴我，一次把牌全部攤開是不智的。他會等。他們都會等。另外，我的報告還沒寫完呢！

回到家的時候，我發現蘿倫還沒有睡。她正和黛安一起。黛安剛剛搬進來。蘿倫好像很生氣，氣我晚上跑出去，沒有在家幫忙，沒有一起歡迎黛安。事實上，她氣我一個人跑去看色情影片，不過，我也看得出來，她迫不及待想問我情況。

「嗨！黛安，眞抱歉，我晚上得出去，」我告訴她。

黛安似乎毫不在意。她是個非常酷、非常美的女人，年齡應該跟我差不多。她有一頭濃密而茂盛的及肩黑髮，頭上還紮了一條藍色髮帶。她的眼睛非常忙碌，充滿生命力，而且她還有兩片頑皮的薄嘴唇，張嘴的時候露出又大又白的牙齒，完全改變了她給人的訊息。她穿著藍色的長袖運動衫，牛仔褲和慢跑鞋。「去好玩的地方嗎？」她用本地的口音問我。

「我去一家酒吧看色情影片，」我告訴她。

我看到蘿倫羞得臉色變紅，她說：「妮姬，妳說得這樣露骨幹嘛，我們才不要知道這些。」她聽起來很可悲，好像青少年想要長大，努力作態，看起來反而更加孩子氣。

「好不好玩啊？」黛安毫不在意地問我，她的自在態度嚇壞了蘿倫。

「還不錯啊！我是和蘿倫的朋友一起去的，」我告訴她。

「不要扯我進來！他也是妳的朋友啊！」蘿倫說得很大聲，然後發現不對，才降低音量說：「那個男生只是跟我們上同一堂課。」

「很有趣啊，」黛安說：「我也在為我的心理學碩士論文做研究，題目是性工作者。妳知道啊，就是娼妓、鋼管舞女郎、脫衣舞孃、色情電話業接線員、按摩院的人、伴遊小姐，我全部都研究。」

「還順利嗎？」

「很難找到願意接受訪問的人，」她告訴我。

我對她笑著說：「我或許可以幫妳忙。」

「太好了，」她說。於是我們約好，找個時間聊聊我在三溫暖的工作。明天傍晚是我的值班日。我回到房間，半醉半醒，試著在電腦上閱讀要交給麥可克萊蒙特的論文。讀了幾頁之後，我的眼皮跳了跳。我看著這個愚蠢的句子，哈哈大笑了起來：「我必須指出，蘇格蘭人移民到什麼國家，那個國家就有福了。」我這樣寫，是爲了討好麥可克萊蒙特啦。當然，我不會提到蘇格蘭人做過的壞事啦。比如說，他們在奴隸制度的角色、種族歧視，三K黨。我的眼皮越來越沉重，覺得自己已經飄回床上，漸漸地放鬆，進入一個灼熱的流浪旅程，我的靈魂飄到了別的地方……

……他摟著我……他的體味…… 她的臉藏在後面，她的微笑既扭曲又熱切，看著我和他。他把我彎趴在吧台上，好像我是橡皮做的……他的聲音，在命令我，催促我……我在人群之中看見爸媽的臉，還有我弟弟威爾……我想要尖叫……請不要再搞我了……拜託啊……可是我的家人好像沒有看見我，而我只能任憑男人摸索搔弄……

是一場激烈、欲求不滿、醺醉的睡眠。我起身坐了起來，腦袋嗡嗡作響，一股想嘔吐的衝動襲來，然後不適的感覺又退去。我心跳加快，臉上和胳肢窩冒著毒汗。

我摸到滑鼠，省電模式待命中的電腦就重新振作起來，麥可克萊蒙特的報告又跳回螢幕，電腦好像把一個挑戰拋給我解決。我得接招。黛安和蘿倫都出門了，我快速泡了一杯咖啡，開始閱讀我的論文，修改了一下，檢查字數和拼字，然後按下「列印」。我必須在明天中午之前把這篇論文交出去。我一湊足三千字，就跑進浴室，洗掉昨天的酒臭、汗臭和骯髒的香菸味，好好洗個頭。

我在臉上抹了乳霜，上了點淡妝，穿上衣服，把三溫暖上班需要的裝備塞進手提袋。然後我快速穿過草地公園[9]，只不過有時候覺得有點冷。風很強，把我想要看幾眼的論文紙張吹得掀起來。我發現美國的文字處理軟體在檢查拼字的時候，會把英式英文改成美式英文：「s」都被改成「z」，而「u」都被挖掉了[10]，這樣會狠狠地惹火麥可克萊蒙特。那麼，我在作業裡寫那些巴結蘇格蘭人的話不全都被抵銷了？我看這個作業，成績很危險。

十一點四十七分，我把論文交到了系辦。喝了杯咖啡，吃了三明治，我又跑去圖書館，整個下午都在那裡閱讀電影方面的文章，然後大約在晚飯的時候，去三溫暖上班。

這家三溫暖在一條骯髒、狹窄、陰森的大街上，進城的車流都走這條路。附近破舊的釀酒廠傳來啤酒花的味道，如果你有喝酒，好像昨夜的酒渣滓都被丟到你的臉上。巴士和貨車的塵垢把大部分街上的店面都燻得永久烏黑，這家「阿根廷小姐拉丁三溫暖按摩館」也不例外。不過在按摩館裡面，一切都乾爽潔淨。「記得擦乾淨，」我們的老闆巴比．基慈總是不斷對我們耳提面命。清潔液比按摩油還要多，我們都被要求盡量使用。光是換洗毛巾的費用，一定相當驚人。

這裡有一種揮散不去的化學合成香氣。肥皂、漱口水、乳液、按摩油、爽身粉、香水被我們大方使用，以便掩蓋住精液和汗水的味道，似乎和外面的惡臭空氣形成奇妙的互補。

我們的外貌和舉止都必須像空中小姐。巴比爲了要標榜三溫暖的拉丁特色，他只雇用他認爲具備拉丁美洲外貌的女生。做這行一定要專業才行。我的第一個客人，是一個小個子灰髮男人，叫做亞佛列。我先用很多的薰衣草油，在他緊繃的背上進行深度的芳香治療按摩，之後他很緊張地要求我做「特別服務」，於是我給了他一個「特別按摩」。

我從毛巾底下握住他的陰莖，慢慢上下抽動，我很明白打手槍的技術很糟。巴比會願意繼續雇用我，是因爲他在肖想我。我想起薩德侯爵[11]的小說中，被綁架的年輕女孩被老男人訓練，學成幫男人

9 草地公園，為愛丁堡市著名的大型公園。

10 英國人和美國人的英文拼字，有些許差別。如，「全球化」一詞，英國人寫成「globalisation」，美國人寫成「globalization」（美國人用「z」而不用「s」）；「嚴格」一詞，英國人寫成「rigour」，美國人寫成「rigor」（美國人把「ou」改成「o」）。

11 薩德侯爵是法國大革命時期的情色小說家，他驚世駭俗的作品影響後世深遠。

打手槍的藝術。不過，回想我的個人經驗，我只幫我最早的兩個男友，強和里察，打過手槍，但是我並沒有和他們打炮。從那時候開始，我就認爲打炮與打手槍不能並存，結果打手槍還沒登上我的性愛菜單就被剔除了。

有時候，客人會抱怨，老闆就威脅要解雇我。但是過一陣子之後，我發現巴比只有刀子嘴，沒有霹靂手段。他經常邀請我參加各種活動，例如：派對、賭局、熱門足球賽、電影首映會、拳擊比賽、賽車、賽狗，或者只是到「好朋友開的酷餐廳」去「喝一杯」或「吃點東西」。我通常都會找個藉口不去，或是乾脆拒絕邀約。

還好，亞佛列亢奮到沒注意我手藝太差，遑論向老闆抱怨。任何一點性接觸，我就足夠讓他馬上一洩千里，感激涕零地付我鈔票。我很清楚，很多其他的女孩子幫客人口交甚至做全套，賺的錢卻比我少，而我是個打手槍打得很爛的人。我的同事珍恩在這裡工作的時間比我久得多，她惡毒地說，我沒多久一定會開始做全套。我回她一句：「別做夢。」但是有時候我覺得她說得沒錯，這是逃不掉的，只是遲早的事。

下班後，我查了查手機簡訊。蘿倫說她們在外面喝酒，我回電話給她，跟她們約在牛門區的某家酒吧。蘿倫和黛安在一起，還有另外兩個大學女生，莉蒂亞和可羅。喝了幾杯「巴卡狄微風」，我們很快就醉了。酒吧打烊之後，黛安、蘿倫和我，走回我們在托爾克羅斯的公寓。「黛安，妳現在跟人交往嗎？」我們走向錢柏街的時候，我問她。

「沒有。在我完成論文之前，我不會跟人來往，」她很鄭重表示。蘿倫點頭表示贊同，但是黛安馬上切進了另一句話：「可是我寫完論文之後，就要跟每一個有老二的東西打炮，因爲禁慾真的憋死我了！」我竊笑，她也仰頭大笑。「老二、大屌、小屌、粗屌、細屌、割過包皮的屌、沒割的屌，白屌、黑屌、黃屌、紅屌。我交出論文的時候，**公雞就要喔喔啼叫**[12]，宣告嶄新一日開始！」黛安用雙手作成杯形，在博物館前的夜風中學雞叫。我也跟著哈哈大笑，蘿倫卻一副被打敗的樣子。我跟這個女人一起生活的日子會很愉快。

早上感覺很煩。在課堂上，我有點被搞得火大。有個叫做戴夫的男人用很拙劣的技巧，試圖跟我聊天。蘿倫沒來上課，她一定醉得比我想像的嚴重。我去找雷布，他和戴夫以及另一個人克里斯正在廣場上說話。我們一起通過喬治廣場，朝圖書館走去，在刺目的陽光下，雷布的輪廓更有型。

「我不去圖書館了，我要回家一下，」我告訴他。

雷布看起來有點受傷。甚至是被遺棄的樣子。「好吧……」他說。

「我要回家呼點麻，你要一起來嗎？」我提議。黛安說她要出去，我希望蘿倫也不在家。

「喔……好啊，」他回答。雷布也愛抽大麻。

我們爬上了公寓，我捲了一支大麻菸，放上一張瑪西．葛雷的雷射唱片[13]。雷布打開電視，卻沒有放出聲音。他大概想要激發多一點靈感吧[14]。今晚在葛拉斯市場的一家酒吧有活動，是克里斯的生日會。雷布並不是很喜歡和其他同學一起混。雷布對他們還算和得來、相當友善，但是看得出來，雷布覺得這些人都是肉腳。這點我同意。我對雷布的底褲並沒有多大興趣；我感興趣的，是他的世界。我知道他的見識和經驗，比他在我們面前展現出來的多。想到他有一個我們毫無所知的世界，就覺得他非常吸引人。像油水泰利這樣的人，也爲我打開另一個奇異世界。「大家是不是在工作坊結束後一起去？」

12 在英文，「公雞」和「陰莖」是同一個字。
13 瑪西．葛雷為當代美國女歌手，以 R&B 等音樂出名。
14 吸大麻的人，愛看各種聲光刺激（如，電視節目），由此享受更玄妙的感受。

我問他。這個工作坊根本是個笑話，又是一個「眞正拍電影」的替代品，還不是必修的。不過，我還是不要挑起雷布臭罵的欲望。

「對啊，戴夫是這樣說的，」他告訴我，深深吸了一口大麻，讓煙在肺裡停留了相當一段時間。

「我得去換個衣服，」我說著走進臥室，脫掉了牛仔褲。我看著鏡子裡的自己，決定進廚房。然後我回到了客廳，站在他的後面。他的頭髮有點翹起來，至少有一撮是翹起來的。那撮頭髮，我一整天看它不順眼。等到我們做完愛之後，等到我有權力掌控我和他的親密關係，我就要把那撮頭髮弄溼，然後撫平。我坐到他旁邊的沙發上，身上只穿著一件紅色無袖上衣，和一條白棉布內褲。他仍然在看著電視。看板球賽，可是沒打開電視的音量。「我只要先抽一口，」我說著，把頭髮撥到後面。

雷布仍然看著媽的無聲的板球賽。

「你那個朋友，泰利，他眞是個怪獸喔。」我笑道。笑聲聽起來有點勉強。

雷布聳聳肩。他好像很喜歡做這個動作。聳肩。他幹嘛要一直聳肩？因爲難堪？因爲不自在？現在他把菸遞給我，努力不去看我的腿，不看我的白內褲，他看起來很克制。媽的他看起來眞的很克制，很他媽竭力保持很酷的樣子。他沒有動作，彷彿他是男同志似的；事實上，他有女朋友，對我視而不見

……

我感覺自己的聲音抬高了一丁點，多了點絕望的氣息。「你覺得像我和泰利這樣的人是賤貨，對不對？你以爲我會傻乎乎去鑽進人家的陷阱裡。你知道我上次根本什麼都沒做，至少這一次還不會啦，」我咯咯笑。

「唉……我的意思是，一切都由妳決定啊！」雷布說，「我告訴過妳他喜歡什麼。我告訴過妳他希望妳參與他們。妳要不要加入，妳要做什麼，全都由妳決定啊！」

「可是你並不贊同，就和蘿倫一樣反對我。你知道，她在躲我。」我說著，又呼了一口大麻。

「我知道泰利這種人。我們當朋友十幾年了。我知道他是什麼樣的人，如果我並不贊同，我就不會介紹妳跟他認識。」雷布一板正經地說，展現出自在的成熟，也讓我感覺自己好幼稚愚蠢。

「你知道那只是打炮，鬧著玩罷了！我根本不可能喜歡他那種人。」我告訴他，覺得越說越突顯自己的愚蠢和脆弱。

「那是妳……」他想說什麼，但是欲言又止。他的頭仍然靠在沙發上，身體卻轉向我：「我的意思是說，妳要跟誰上床，一切都在妳。」

我注視著他的眼睛，把手上的大麻放在煙灰缸上，「我希望如此，」我對他說。

但是，雷布仍然保持沉默，他把頭轉開，眼睛盯著電視螢幕。他媽的板球。蘇格蘭人應該討厭板球才對[15]，我一直以爲那是蘇格蘭人的一項美德。

我不會那麼輕易放過他，於是我又說了一次：「我說，我希望如此。」

「妳是什麼意思？」他說著，聲音有點顫抖。

我用我的腿去勾他的大腿。「我穿著內褲坐在這裡，我要你把我的內褲脫掉，幹我。」

我感覺到他在我的撫摸之下，身體更加緊繃。他看著我，然後他用一股驟然的暴力，把我拉向他，親吻愛撫我，但是他的動作，僵硬而粗魯，懷著恨意。他只展現憤怒，卻沒有激情。然後，這股衝勁消散了，他放開了我。

我看向窗外，原來對面公寓有人在交談。當然，我站了起來，拉上百葉窗。「是因爲百葉窗沒關上嗎？」

15 板球是很英格蘭的運動。既然蘇格蘭人不喜歡英格蘭人，他們似乎也該討厭板球才對。

「不，不是因爲百葉窗，」他說：「我有女朋友，她懷孕了。」他沉默了一下，然後又說：「或許這對你來說沒有任何意義，對我卻並非如此。」

我感覺到一股憤怒。我很想說：沒錯，你他媽的對極了。那確實對我沒有任何意義，半點意義都沒有。「我只想跟你打炮，如此而已。我並沒有要嫁給你。如果你只想看板球而不要幹我，隨便。」

雷布一句話也沒說，但是他的臉繃緊，眼睛閃爍了一下。我站了起來，感覺一種被拒絕的痛苦，正在穿刺我的心。

「我並不是不喜歡你，妮姬，」他說：「他媽的，如果我不喜歡你，那表示我瘋了，只是……」

「我得去換衣服了，」我尖聲對他說，走進了臥室。我聽到開門的聲音，一定是蘿倫回來了。

9

# 第18736個念頭

我在門口拿起早晨郵件時，聞到公寓樓梯間的貓尿味。不過，好消息多多少少讓我歡欣鼓舞。官方文件下來了！我是有照的酒店老闆了。他媽的搞了這麼久，我，賽門．大衛．威廉森，一個土生土長的商人，終於回到了雷斯老家，這都要感謝愛丁堡委員會。我總是說雷斯就是我要發展的地方，而且賽門．大衛．威廉森將會在雷斯港口的復興計畫扮演重要角色。

我現在就可以想像《晚間新聞報》上的新聞：愛丁堡企業新血威廉森與晚報記者約翰．吉布森對談。吉布森也是雷斯人。

吉布森：賽門，為什麼像你和泰倫斯．柯藍[1]這樣在倫敦事業成功的模範生，會願意在雷斯大舉投資事業呢[2]？

威廉森：嘿，約翰，很有趣，我最近才在一場慈善午餐會上，和泰倫斯談到這個問題，我們都有相同的結論：雷斯正在崛起，我們都希望能夠參與，讓雷斯蓬勃成功。我是土生土長的雷斯男孩，感覺特別強烈。我要讓日光港口酒吧維持傳統酒吧的樣子，可是當這個區域開始起飛的時候，就要讓它轉型升級成一家餐廳。這當然不是一蹴可及，但是我把我對雷斯的信心化為行動。我這樣說並不誇張：我愛這座老港口，我覺得雷斯一直對我很好，我也一直對雷斯很好。

吉布森：所以，這就是你推動雷斯向前邁進的方式？

1 泰倫斯．柯藍為倫敦的成功商人，經營多種事業。
2 這段訪問完全是賽門本人的白日夢，根本沒有真正發生過。

威廉森：約翰，長久以來，雷斯就像個老態龍鍾的老太婆。沒有錯，我愛雷斯，她也像母親一樣帶給我溫暖，就好像寒冷黑暗冬夜中又沉又軟的懷抱。但是我要重新改造她，把她變成一個年輕性感的婊子，然後把這小賤婊子賣出去，一分錢一分貨。簡而言之，就是生意。我希望雷斯是搞生意的地方。以後大家想到「雷斯」這個字，就會馬上聯想到「生意」。雷斯港，就是生意港。

我研究著市府執照委員會官員湯姆·梅森寄來的信：

> 愛丁堡市 執照委員會
>
> 一月十七日
>
> 親愛的威廉森先生，
>
> 很高興通知您，您的酒精飲料販賣執照申請已經得到許可。地址是愛丁堡市慕瑞街五十六號EH6 7HD[3]，即「日光港口酒吧」。請參考隨信所附的合約書；您必須同意合約中細列的條款，您的執照才會生效。
>
> 請在兩份合約書上簽名，在二月八日星期一前寄回。
>
> 評議員 T. J. 梅森
>
> 執照委員會主席

湯姆和我應該盡快聚聚，或許就在史恩·康納萊[4]下次進城的時候，一起去葛倫伊果斯打個高爾夫球。我一定要在湯姆耳邊嘮叨，告訴他我要在雷斯步道開第二家咖啡酒吧的計畫。說不定史恩·康納萊也會被我說服，然後會願意出錢投資，幫我把這座爛城市從過去幾十年的平凡庸俗中解脫出來。

沒錯，賽門，這裡絕對有投資潛力，但是我們得先把目前佔據在酒吧裡的低等動物給清除掉啊！

沒有錯，史恩．康納萊，新的雷斯容不下這些人。

3 這一串英文字母和數字，為英國的郵遞區號。

4 這個說話的角色，賽門，早在《猜火車》之中，就一直有個習慣：幻想他自己是電影明星史恩．康納萊的好朋友，而且幻想和史恩．康納萊聊天。史恩．康納萊本人出身蘇格蘭。

10

# 諮商

你知道嘛，艾維兒那個小妞兒問我們，什麼事情會讓我們情緒沮喪？我想，嗯，西伯隊和下雨天吧。但是我又想一想，嗯，唉，有時候就算西伯隊表現很好，我還是會不開心，所以好像也不能這樣說。不過很顯然，我寧可看穿著翡翠綠衣服的立功[1]，因此這只是藉口。但是，下雨就不是藉口，因爲下雨天總是讓我憂鬱。以前年紀還小的時候，放張唱片，聽聽音樂，就可以打發我的憂鬱，可是現在不可能了，因爲我的黑膠唱片都已經沒有了，老兄，我把它們全部賣給了二手唱片行，就是雷斯步道上面的那家「黑膠達人」，換來的錢都用來買海洛英[2]了，我把藥加熱，注射到靜脈裡。連法蘭克·查帕[3]的唱片都沒了，老兄，查帕是我的最愛啊，你知道。我一直努力不用海洛英，可是我喜歡我的純品安非他命，我現在手邊就有不少貨，但是純品安非他命藥效退潮時，你就會很希望手邊有點海洛英，減輕退藥那種不舒服的感覺。

我們成長小組的艾維兒認爲這裡的每一個人都要有規畫，讓自己的生活不至於空虛無趣，以便在倦怠的生命中抓出一點結構和方向。實在沒有辦法反對她的概念，老兄；我們都需要，一定要有才行。「下次你們來的時候，我要每個人想一想你自己可以做的事。」她一面說著，一面用筆敲了敲她那排珍珠般雪白的牙齒。

哇，老兄，女娃的動作，讓我起了壞壞的念頭，但是我不應該那樣肖想艾維兒，因爲她是個好女孩，你知道嘛！

想一些樂觀、快樂的事情，總是好的嘛，因爲最近我想到的東西，都是純黑的，好可怕，你知道嘛。問題是，最近我一直不斷在想不斷在想的事，就是永永遠遠離開這個地方，就像維克．高達[4]替強尼．桑德斯所寫的那首歌一樣。這個念頭眞是揮之不去啊，老兄，尤其是在我情緒低落的時候。我第一次有這個念頭的時候，我正在坐牢，讀了一本書。我從來就不是一個愛看書的人，但是我卻看了一本俄國神經病[5]寫的書：《罪與罰》。

其實，老兄，這本書眞的需要花點時間，才能夠進入狀況，嗯。那些俄國人好像都有兩個名字，所以說，搞得我頭昏腦脹。眞有趣，在我們這個國家，政府搞人頭稅的古早時候，很多人根本就**沒有**名字，至少他們沒有正式的名字，所以這樣倒也公平[6]。

因此，我就跟這三位老夥伴一起困在這個小房間裡啦。但是後來，我卻懂了。事情是這樣的，坐牢讓我想清了一個道理，可以解釋我所有的問題，就是那種我光是忠於自己就會惹來的麻煩。是啊，現代社會有種自然淘汰，完全不適合我。像我這樣的人慢慢絕種了。無法適應，就無法生存。就像是劍齒虎。有趣的是，我從來沒有想過這麼兇猛的動物會絕種，可是沒那麼兇的貓咪卻可以活了下來。我的意思是，你知道嘛，當這兩種動物一對一決鬥的時候，你一定會把錢押在劍齒虎身上，而不會押給平凡的

---

1 西伯隊的球衣即翡翠綠色。

2 原文為「咖啡色的東西」，在毒品俚語裡，「咖啡色的東西」可以代表安非他命、大麻或者海洛英，此處用注射的，應該是海洛英。

3 法蘭克．查帕，美國作曲家、音樂家、電影導演。

4 維克．高達在一九九〇年為了紀念驟逝的龐克樂團「紐約洋娃娃」（New York Dolls）吉他手強尼．桑德斯（Johnny Thunders），寫了一首同名歌曲。

5 指杜斯妥也夫斯基。

6 古時候窮人沒有正式的名字，也因此就沒辦法被課稅。於是窮人不必交稅，富人才要交——這就是這個敘事者認為的公平。

貓咪，就算是押在普通的老虎身上也好。老兄啊，請在明信片上寫下答案，在虛線上面寫下答案[7]。

事實上，年紀越大，我這種個性的缺陷就越顯得笨。有一個時期，我曾經告訴我所有的老師、老闆、失業救濟金審核員、人頭稅的官員、法官。當他們說我有缺陷的時候，我說：「嗨！別緊張嘛！我只是忠於自己，只不過我的想法和你們不一樣而已啦，知道吧？」現在，我必須開始承認，或許那些人早就摸清我的底細。年紀越大，每次的打擊就越來越正中核心，你就得到更大的教訓。就像那個打拳擊的麥克·泰森男孩，知道吧？每一次你想東山再起，你的失誤就更嚴重一點，結果就是再度砸鍋。所以，去他的吧！沒錯，我只是不適合活在現代社會，就是這樣吧！有時候，工作還順利，可是我卻變得焦慮，又回到以前那樣。我還能怎麼辦呢？

我們很多人都有缺點，我的缺點就是嗑藥、嗑藥、嗑藥。這麼多年來，我爲了同一個問題不斷付出代價，實在很丟臉。當然，我體內翻攪難過，要是我狠狠地踢它兩腳，或許這種翻騰的感覺會停止，至少會緩和一些。

至於諮商這件事，我並不覺得對我有好處。我的意思是，每次我和那些人談話，還是感覺得到海洛英對我的強大吸引力，老兄，藥癮總是擺脫不了。你知道嘛，我們能明白戒毒這件事完全合理，但是一旦離開了房間[8]，我又會忙著想如何能搞到藥。有一次，我們結束了討論，我腦袋空空地在街上行走，然後不知不覺地，我就走到了席克的家用力敲門[9]。我正在敲打藍色大門時，突然意識清醒，趁還沒有人應門前，火速離開上路。我很期待小組討論，可是。你知道嘛，有個好人願意聽你講話，感覺總是好的。而且艾維兒是個好女孩子，你知道嘛。她一點也不驕傲。我常想，她本人曾經嗑過藥嗎？還是這一套全都是在大學學來的？我不是在批評大學教育啦，因爲如果我也受過高等教育，我可能就不會像現在這樣，把自己搞得一團糟啦。但是貧民國宅區出身的男女，他們的生命都不免要經歷大爛事，這是一種終極的悲哀，沒有人逃得掉。根本逃不掉啊，老兄。

討論小組的人當中，從充滿敵意的人，到太膽小、太害羞以至於不敢吭聲的人，統統都有。有個叫做茱蒂的女孩，她很古怪。她可以八百年都不說話，但是一旦她開始說話，就說個不停。她說的東西，你知道嘛，純粹都是很個人的話題，不可能在公共場合講的。

就像現在，老兄，我覺得有點難堪，我很想用手掌蓋住臉，就像我的小男孩一整人害羞起來的樣子。「我當時還是處女，做愛之後，他給我靜脈注射了一管，那是我第一次接觸海洛英……」茱蒂一本正經地說。

「聽起來很鳥。」喬．派克說。小派克，他是我在這裡最好的朋友，但是他很孩子氣。他沒有節制，老兄，他比我還更不節制。他很懂得和藥保持距離，可是他和我們所有的人都一樣，只要碰到一點點甜頭，就完全變回原形。我是說啊，他只要和他的小妞在一場像樣的燭光晚餐喝一小杯酒，事實上，只要一小口的酒，兩個星期之後，他就會淪落到毒窟裡搖搖擺擺了。

茱蒂小姐被這個小男生惹毛了，「可是，你又不認識他！你根本不知道他有多可愛！你不要給我說他的壞話。」

茱蒂長得一點也不難看，但是你看得出來，嗑藥把她搞得未老先衰。我們用粉末（海洛英）在你身上施魔法，對不起啊，女娃兒！

這個女孩子比不上掌控全局的艾維兒。艾維兒是個清瘦的小女孩，閃亮淡金的頭髮剪很短，眼神強

---

7 指在押寶的時候，把自己支持的對象寫在明信片上。

8 進行心理諮商的小房間。

9 席克是個藥頭。

悍但不古怪。精力充沛而沒有遭受煩惱的樣子，懂我的意思吧！艾維兒不喜歡聽見有人提高音調講話。這妞總是說，如果人和人之間有衝突，總是可以用正面的方式解決。她的話聽起來很有道理，可是我想大概只對某些人才行得通吧，嘿。我是說，如果和法蘭哥．卑比、內利．亨特、阿力克．道爾、列克索．雪特林頓，或是某些我在監獄碰到的那幾個人，像是性罪犯奇仔、漢米、龜烈克雷雞[10]，和這些人打交道的話，我可不可能說：「嘿，老兄，我們用正面的態度來處理衝突吧！」不可能啦，老兄，和這些人不可能講道理啦！我不是瞧不起這批男人，可是他們都是我行我素的人嘛，你知道嘛。可是艾維兒呀，她很酷，所以她可以應付喬和茱蒂這樣的人。「我想，現在我們休息一下吧！」她說：「大家覺得怎麼樣呢？」

茱蒂哀傷地點頭，小喬．派克聳聳肩。一個來自貧民國宅區的矮胖女人，名字叫做蒙妮卡，她什麼也沒說，只是咬她的頭髮和手指。她的手臂和大腿一樣粗，喂，那並沒有什麼好丟臉的啦。我對艾維兒笑著說：「很好啊！」我可以來杯咖啡來根菸啊，嘿。服用咖啡因，老兄，也—就—是—上—癮，不然叫什麼？

艾維兒回了我一個微笑，我的胸口冒起了一股受寵若驚的感覺，因爲，有女孩子對你微笑，感覺眞是好。但是這種感覺並沒有持續很久，我想到，上一次我讓愛麗森像她那樣微笑，已經是很久以前的事情了。

10 這些聽起來嚇人的男人，只有法蘭哥．卑比是書中主要人物，其他人不是。

11

# 「……醜……」

「媽的妳這隻豬八戒，」我嘲笑鏡中的自己。看著我的裸體，再看看雜誌上的模特兒，把雜誌舉高，目測雜誌上的模特兒依比例放大之後，跟我的身材和曲線有何差別。我的身材不可能像她一樣完美。我的胸部太小。我永遠不能登上雜誌，因爲我不是當雜誌模特兒的料，我根本不像她。

**媽的我一點也不像她**。

而男人對我說出最可怕的話就是，我的身體很漂亮。因爲，但是我不要美好、性感、可愛，漂亮的身體。我要一個可以登上雜誌的身體，如果我有模特兒的身材，我就可以登上雜誌，但是我沒有，因爲我沒有模特兒身材。我的睫毛膏化了，和著淚水流了下來，可是我爲什麼哭？因爲我什麼都一無是處，所以我哭。

**我不是登上雜誌的料**。

男人說我的身體很漂亮，是因爲他們想搞我，因爲我激起了他們的慾望。但是如果雜誌上的模特兒願意跟那些男人做愛，那些男人根本不會多看我一眼。我在這裡，我**知道**我在幹什麼，我知道我一直在對抗媒體傾銷給我的完美女人形象，這些形象讓我心情不好，但是媒體賣給我的形象讓我難以擺脫。我也知道，男人越是對我有意思，我越是想要和其他女人較量。

我把雜誌上的圖片撕下來，揉成一團。

我應該在圖書館用功，或是寫報告，但是我卻把大半的時間浪費在史密斯書店[1]，不要臉地狂掃架子上的雜誌：《Elle》、《柯夢波丹》、

1 史密斯書店（W. H. Smith），英國的大型連鎖書店。

《新女人》、《浮華世界》，每一本雜誌我都不放過；我也看男性雜誌：《GQ》、《有料》[2]、《美剋星》[3]，我目瞪口呆地看著雜誌裡女體橫陳；我很固執，掃視每一個用噴槍修飾過的完美肉體，最後看到一個女體，就是那一個，看了之後讓我更加厭惡我自己，我厭恨自己永遠不可能像她們一樣，永遠不可能。是啦，我知道，在知性的、理智的層面，這些形象都是人工合成物，她們是被打造出來的，用噴槍修出來的，漂亮的照片是化過妝的模特兒在攝影師鏡頭下拍出來的，用了大量修飾的打光，用掉無數膠卷拍攝之後的結果。我知道那些模特兒、演員、流行歌手小妹，和我一樣都是神經錯亂的賤貨，也會尿溼褲子，壓力大的時候也會在臉上冒出長膿的痘子，她們經常自行催吐，把吃下去的東西全部吐出來，搞得自己口臭。她們爲了一直打拚，不斷吸古柯鹼，結果鼻孔裡的黏膜都毀了。她們每個月也會流出陰暗、黏滯的經血。沒錯。但是理智上的理解並不重要，因爲「事實」並不「實際」了。眞正的知識必須訴諸感情與感覺，而眞實的**感覺**是來自噴槍修飾過的模特兒形象、口號，以及媒體主打的流行語。

**我不是沒出息的人**。

我的生命幾乎過了四分之一個世紀，最美好的二十五年，但是我一事無成，什麼也沒做出來，什麼也沒有……

**媽的我才不是沒出息的人**。

我是美麗的妮可拉．富勒－史密斯，每個頭腦正常的男人都會想跟我上床；有我爲伴，他們才能實現心目中最完美的自己。

現在我想到了雷布，想到他琥珀般的褐色眼瞳，想到當他微笑的時候，我有多麼想要他，但是他根本不想幹我，他以爲他是誰？他應該覺得欣慰，有個比他年紀輕的漂亮女孩想要他……不，我其實是個**醜陋、醜陋的醜女孩，媽的一個叫人見了就作嘔的賤貨**……。

有人開門。我披上睡袍，回頭去弄我的論文，論文稿子被我遺棄在客廳的桌上。我聽見有人用鑰匙打開門鎖。

進來的人是蘿倫。

愚蠢、輕盈、美麗的小蘿倫，她的年紀比我小**六歲**，在笨衣服和蠢眼鏡的底下，她是個鮮嫩的小女神，但是她並不知道她自己的肉體本錢，她身邊那些不知良莠的蠢男人也一樣。

蘿倫比我小六歲。我，又老又醜的妮可拉・富勒—史密斯，願意付出任何代價去換取蘿倫的青春，哪怕只能換取一兩年也好。反正愚蠢的小蘿倫她媽的，浪擲青春，根本不了解她的本錢。

**歲月的痕跡**——媽的離我遠一點。

「嗨！妮姬，」蘿倫熱心地說：「我在圖書館找到了一本很好的書，而且……」說到這，她才發現我不對勁，問道：「你怎麼啦？」

「麥可克萊蒙的報告，他媽的一直搞不定，」我告訴她。她看到了我的書和我的論文稿，還是放在上個星期原來的位置，動也沒動。她也看到了桌上的雜誌。

「有個很好的電影網站，有很精彩的評論，分析很透徹，卻不會自以爲是。妳知道我的意思吧……」她嘮嘮叨叨地說，但是她知道我並不感興趣。

「妳有見到黛安嗎？」我問道。

蘿倫好奇地看著我說：「我上回看到她的時候，她正在圖書館，弄她的論文。」蘿倫的口吻充滿仰慕，說：「她很用功。」現在她有了一個好姊姊，我卻被迫跟這兩個書呆子混。蘿倫想再多說話，支支

2 原刊名「loaded」有性意味，是販賣女體的刊物。
3「Maxim」也是以展示女體聞名的刊物。

吾吾，然後才直接問我：「麥可克萊蒙的論文到底有什麼大問題啊？妳以前都可以輕鬆解決的啊！」

於是我告訴她問題到底是什麼：「我最大的問題，並不是不了解學術，或是沒有智商。我最大的問題是沒有方向感。我目前在做的事都是狗屁，我根本不想做。我唯一想做的事就是登上雜誌，登上雜誌的封面。」我告訴她，把那本《Elle》雜誌摔在茶几上，一些捲菸紙和煙草也被我打掉到地上。「爲麥可克萊蒙寫十七世紀蘇格蘭移民報告，根本不可能讓我登上雜誌封面。」

「但是，妳在自暴自棄啊！」蘿倫咕噥說，「如果妳上了雜誌封面……」

她說得倒簡單。我腦子裡想的卻是：什麼時候我才可以上封面？什麼時候？要到什麼時候啊？「妳覺得我有可能上封面嗎？」蘿倫並沒有回答，並沒有回答我想知道、我必須知道的事。她只說了一堆屁話，讓我更痛苦、更悲哀、更厭倦，因爲她叫我面對生活的眞相，可是我們就是要不惜代價去迴避生活的眞相，才能夠在這個世界生存啊。「妳上了封面之後會感覺好過一點，但是到了下個星期，妳就更老了，會有一個更年輕的女孩出現在封面上。那妳又會有什麼感覺呢？」

我看著她的時候，一股冰冷的感覺通過我全身，我想尖叫：

**我沒有登上雜誌封面。我沒有上電視。我永遠不可能出頭，除非等到我又老又胖的時候，在某個真實情境秀節目中，被腦滿腸肥的死老公羞辱，取悅和我一樣肥胖的笨蛋觀眾。這就是妳的「女性主義」嗎？是嗎？因為那是我最好的下場，也是很多很多女人的下場，除非我們真正得到控制權，才能夠翻盤。**

事實上我並沒有尖叫，我鎮靜了一下，告訴她：「如果我上了封面，我會覺得很好，因爲至少我做到了。至少我成就了某件事。這就是我想的。我想登上雜誌封面，我想要表演、唱歌、跳舞。我要出頭。我要他們看到我努力活過，妮姬．富勒—史密斯媽的努力活過。」

蘿倫很關心地看著我，好像一個憂心的母親聽到孩子說：「我今天不想上學。」然後她說：「可是，妳眞的努力活過啊！」

我激昂咆哮，說了一堆愚蠢的鬼話，但是這種鬼話中卻隱藏著事實：「拍過情色片之後，我要拍眞正的A片，我要製作，我要當導演。我要眞正掌控一切。我，一個女人，要當頭頭。我現在告訴妳，這個世界上，眞正能夠讓人擁有掌控權，幹出有意義的事，就是色情業。」

「胡說八道，」蘿倫猛搖頭說道。

「我不是胡說，」我堅定地告訴她。她懂什麼色情？她根本沒看過，她從來沒有學過色情片的製作，從來沒有當過性工作者，從來沒有上過任何一個色情網站。「妳不懂啦！」我告訴她。

蘿倫撿起了捲菸紙和煙草，放回桌上。「妳說話的樣子，好像變了一個人。或許妳被雷布的朋友影響了吧！」她噘嘴說道。

「別傻了。妳是說泰利嗎？我根本還沒有跟他搞過。」我不小心說出自己的性幻想，覺得很鳥。

「『還沒』兩字才是妳整句話的重點。」

「我不知道我會不會願意跟他搞，我甚至不喜歡他。」我暴躁地衝口而出。我說太多了，蘿倫了解我的一切，幾乎所有的一切，我對她卻一無所知。她也有祕密，我希望——爲了她好——她的祕密是有趣的。她憂傷地看著我，說話的語氣變了：「我不懂妳爲什麼對自己的感覺那麼糟，妮姬，妳是我所見過……最漂亮的女孩子啊，不，最漂亮的女人！」

「哈！妳去告訴那個剛剛讓我出糗的男生吧！」我啐道，心裡卻漸漸覺得好過。別人恭維我，我就咧嘴笑；可是我發現我臉上的肌肉以一種讓人作嘔的力道抽動，不由自主，超乎我的擺布，衝進我的胃，然後蔓延到我的四肢末端。我眞是遜到爆。

「讓妳出糗的那個男生，是誰啊？」蘿倫幾乎是尖叫地說，她憂心地扶著她的鏡框。

「喔！只是個男的，妳知道這種事的，」我笑著說。但是我很清楚她根本不知道這種事。她正要繼續問下去，我們卻聽到了黛安用鑰匙開門的聲音。

# 12 沙皇[1]與杭士[2]

團體聚會已經成了我生活中的「大麻」[3]，老兄。團體聚會現在是墨菲小子主要的社交滋養來源[4]。和愛麗森一起躺在床上的時候，我撫摸她，卻感覺到她退縮，這眞是很糟，老兄，眞的很糟啊。告訴你啦，我猜想她應該也是出現禁斷症狀吧[5]，因爲儘管我們躺在一起，卻整個人報廢到無法做愛，我只能看著天花板，身體扭成一個胚胎狀，整張床都被我的汗水浸溼，禁斷的恐怖幻象一步一步向我襲來[6]。現在，通常我像一個衝浪板躺在床上，腦子像通電似地狂跳，無法入睡，直到她帶小男孩去上學之後我才能睡。

過去幾個星期，過著兩種不一樣的生活[7]，老兄。什麼時候開始變成這樣的？是從蒙妮卡的派對開始嗎？眞奇怪，一開始只是個小小諮商，然後延伸到一個星期，然後突然發現自己不沾毒品了，這就像長久以來，你都跟正常人活在同一個時空，卻是平行世界。看來，這個就是適合我的心理諮商團體了，你知道吧，爲了愛麗森和她的寶貝兒子啊，知道嗎！

1 沙皇，指的是即俄國在共產黨執政之前的皇帝。在此當然另有意義。
2 杭士，是指格拉斯哥市的球迷俱樂部。格拉斯哥是蘇格蘭最大的城市，比愛丁堡還大，所以愛丁堡的球迷當然會把杭士的人當作眼中釘。此書中的主要人物以愛丁堡人為主，他們都討厭杭士。
3 原文為「湯」，是毒品黑話中的「大麻」。
4 墨菲小子是指說話的這個角色自己，即屎霸。
5 此處是指愛麗森與屎霸都在戒毒。
6 禁斷的病徵包括偏狂、幻象，此處是指幻象：屎霸躺在床上，卻像躺在衝浪板上。
7 指說話者（屎霸）和愛麗森兩人，過著住在一起卻沒有交集的生活。

喝完咖啡之後，艾維兒又叫我們聚在一起。我並不是很喜歡這個房間，房間位於舊學校的建築，房間裡放了很像社會福利處的座椅，坐起來很不舒服：塑膠椅座，黑色椅架。坐在這種椅子上，一定得處於不碰毒品的狀態；如果嗑藥抽搐或者發藥癮，根本不能坐在這種椅子上。艾維兒站在三腳鋁架撐起來的大白板前面。她用藍色麥克筆在白板上寫下：

**夢**

然後她說，夢是很重要的，她好像說，我們太快放棄作夢了。想想她的話：眞是沒錯。但是太空人升天的夢，首先登上火星的太空人計畫，我和我的老朋友懶蛋小時候討論過呢，不過，漫遊外太空始終不是眞正逃避之道，老兄。內在的宇宙更値得探險[8]呢，而且又用不著接受大量的訓練[9]。

懶蛋唉，他夠意思。對我不錯。

艾薇兒說，我們應該把自己的幻想多加釋放出來。喬伊·派克回了一句話，「媽的，如果我們眞的這麼做，都會被關起來。」他轉過頭來對我說：「多多放縱幻想啊！屎霸，」我笑了，而蒙妮卡小妞咬著她指頭關節，咬得更用力一點。

然後，艾薇兒問我們團體的成員，如果在一個理想的社會中，我們可以做任何工作的話，我們會喜歡什麼工作。問題是我現在有點嗑昏頭，團體聚會前，我通常不碰藥的，可是啊，前兩天我在家裡發現了「大震撼」，到現在還揪著我的心[10]。我眞的很需要藥。但是出於對諮商團體的尊重，我在安非他命裡添加點古柯鹼，包起來，模仿「安非他命炸彈」的模樣吞到肚裡，至少這樣看起來比較不像在用藥。但是現在，沒有人說話，我得來拋磚引玉啦，我說我想當經紀人。

「像是足球隊經紀人嗎？這個工作收入不錯啊，」艾薇兒說道。

喬．派克搖頭說：「他們都是寄生蟲。這種人只會利用球隊撈錢。」

「不！不是這樣呀，」我解釋道：「我想的是啊，當經紀人的話，就可以像電視上的經紀人一樣代理那些金髮小妞啊，就像是烏里嘉．強松，柔依．包兒，丹妮西．凡．奧德，蓋兒．波德那些小妞啊[11]。」我想了一下，繼續說：「就像變態男那樣的工作。變態男是我的一個老朋友，像他那種男人總是先搶到女人。那種好康工作都是被變態男那種人拿走，可是我並沒有冒犯老朋友的意思啦，你們知道吧！」

變態男，好小子。

艾薇兒大致上耐性地聽我說，你知道吧，但是可以看出來她對我的話不是很滿意啦。然後喬．派克說，他想當一個藥物沙皇[12]。團體成員就開始起鬨，批評這個行當以及派克這個年輕人，在我看來，似乎鬧得太過火啦。

於是，我挺身而出，爲他辯護：「別鬧他啦，老兄，我覺得他想做的這個工作不錯啊，今天市面上很多藥的品質簡直糟透了。政府早就該管管，而不是老是把人抓進監獄。」這是我的意見，小小意見不成敬意，獻醜了。

---

8 在人體之內探險，指用藥。

9 真正登天的太空人必須接受大量體能訓練。

10 屎霸最喜歡安非他命，其次是海洛英。他經歷了大驚惶，很需要海洛英鎮定精神，畢竟海洛英是中樞神經抑制劑。安非他命可以點在舌尖或者切成一條條來吸，用紙包裹的安非他命可以直接吞嚥或者丟進飲料裡面喝，取名「安非他命炸彈」可能是來自啤酒中加烈酒杯的深水炸彈式喝法。

11 這些女性都真有其人，活躍於英國電視。

12 原文為「沙皇」，但在英國和美國通常稱為「藥物沙皇」，指的是管制藥物的反毒公務員。

一個名叫歐飛的男孩露出白癡傻笑，然後把臉轉開。然後我看到派克大笑，搖頭說道：「不是啦！屎霸，你完全搞顚倒了。」原來這小子還眞的是要讓你遠離毒品啊。我想了一想，開始爲這個男生感到難過，因爲這個貧民國宅區出身的傢伙剛剛丟了飯碗。我的意思是，我知道，叫我戒毒，是一件多麼困難的事，叫別人戒也不簡單。這個可憐的男生，他的工作會明顯吃力不討好。不過我也看不出政府可能把這麼一份工作給這個俄國男孩，蘇格蘭有一大堆人要搶著做呢。

大家繞著這個話題繼續討論。我們這個團體有一個很詭異的地方，就是我們花在討論用藥的時間還多過用藥。當人在戒藥的時候去談藥，會勾起用藥的慾望，就好像，原本你並沒有想要用藥，現在人家卻提醒你藥的事，你懂嗎。但是這個俄國藥物沙皇男生，再次讓我想到那本杜斯妥也夫斯基的小說，以及我的保險。那個亂踢搖籃的小鬼一生下來，我就去買了這個保險，當時我已經戒毒，還在做鋪石板的工作，後來他們關廠了，我就被資遣。但是有一次我因偷東西被逮進監牢，我記得有個柏斯的男生，給了我一本俄國傢伙的書，書名叫《罪與罰》。這本書一直在監獄裡流通，但是我以前根本懶得去碰，因爲我又不愛看書，你知道嘛。可是我喜歡這一本，這本書讓我想起了我的保單。

在那本書裡，男主角殺死了人見人恨的放高利貸老太婆，如果我要是自殺，那就只是自殺，保險不理賠。如果我被人殺了，比如說被陌生人謀殺，怎麼辦？對，保單的事情一定要解決——爲了愛麗森和她的小男娃。這才叫朝前看。我是一個改不了舊習慣的人，老兄，所以我想一想之後，還是覺得我死了算了。我愛人家愛得要死[13]，可是面對事實吧，老兄，我給人家帶來大麻煩。我不會賺錢，不能戒藥，還要讓家中的婆娘老是心痛。我正在慢慢地折殺那個女人，老兄，要不了多久，她也會恢復嗑藥，這樣小安迪就會被社福單位帶走。不行，我不能讓這種事發生。老兄，所以只好靠保單了。我放手吧。我一死，愛麗森寶貝和安迪寶貝就有照應了。就像〈家庭發財〉[14]一樣，節目中問那些貧戶出身的來賓想要選什麼，要選兩萬英鎊的保險，還是要選一個生活爆爛的、沒錢的、沒有一技之長的、毒癮猛烈就是戒不了的毒蟲呢？老兄，對頭腦清楚的人來說，要從這兩者之中選其一，根本太簡單。所以，是我該走人的時候了，可是我走人的方法要對。

昨天晚上發生嚇壞我的事。我在屋子裡翻她的皮包找點錢花，無意間卻找到了她的日記本。我實在忍不住，老兄，我有一點好奇嘛。我是說，我知道這樣做非常不對，我錯翻天了，但是我們最近都沒有好好講過話，我很想知道她心裡在想些什麼。我這樣做實在大錯特錯；有些事情不知道反而比較好。她在日記寫的文字讓我眼睛一亮，她好像是在對著小安迪說話：

> 我不知道你爸爸在哪裡。他又讓我們失望了，孩子，現在又輪到我必須堅強了。你爸爸可以砸鍋，但是我不行。因爲我們兩個人之中，必須要有一個人堅強。比起你那個軟弱愚蠢的父親，我畢竟還堅強一點。我眞希望他是個眞正的大渾球，那樣我還比較容易處理。但他卻是個難得一見的大好人，你不要因爲別人的意見而誤解他。可是我不能同時當他媽又當你媽。我做不到，因爲我不夠堅強。如果我夠堅強，我會照顧他，即使我知道他把我當大笨蛋，只要我夠堅強，我願意爲他付出。但是我並不夠堅強，我必須優先考慮你，因爲你還小。

老兄，她的日記很讓我難過。我讀了一次又一次，我必須說，我眼角滴下了淚水，我並不只是爲自己哭，也是被這女人感動。她愛上不該愛的人。我記得年輕的時候，我對她著迷，著迷，著迷到了極

13 人家，指愛麗森及其小孩。
14 英國的老牌電視節目。

點，但是我想，這女人高不可攀吧，老兄。蘇格蘭足球超級聯盟前六強的女孩，怎麼可能跟東蘇格蘭球隊的見習生鬼混呢[15]。但是，「毒品盃」讓任何球員平起平坐，而且還有運氣在撐腰呢。有一回，我們做完諮詢之後，一起回家，兩個人心情都很爛，然後事情就發生了。我想起這八年來，和我在一起，對她造成什麼影響。現在我必須放手讓她走了，我別活了，讓她賺一筆吧。

老兄，我一定要做到。

團體聚會結束之後，我信步走在雷斯大道上。我希望我在身體再次出現抽筋冒汗的老問題之前，趕快正常地大步走。我想著金髮女郎和書，試著讓自己開心一點。我想著那個聰明的金髮小妞，聲音低沉，對喜歡思考的男人來說，剛好速配[16]。可以和她討論俄國文學，再好不過了。想到這件事，我看到有一家小書店，於是我橫過馬路，想去書店看看。問題是，時間有點沒算好，有輛炫目的車衝了過來，差點撞到我，猛按喇叭，在街頭飛馳而過。這突如其來的事件嚇了我一大跳，好像全身骨骼從身體飛脫出去，跳了一下，才又飛回體內。

我沒事啦，沒事，沒事啦。這家書店有種舊書的霉味，但是裡面有不少新書。有個灰白頭髮戴眼鏡的胖男人，一直瞄我。我大致瀏覽了一下，瞄到了雷斯歷史的書區。是舊書，但是我告訴你，歷史就是在舊書裡啊。我看到書區最後頭，當代雷斯的部分，全都是「大不列顛皇家帆船俱樂部」之類的東西，連「青年雷斯隊」[17]的書都沒有。應該要有人把這個著名老港口的歷史給好好寫出來，把雷斯人的故事說出來：像是以前在碼頭、工廠工作的老人啦，在酒吧喝酒的人啦，跟泰德隊[18]、青年雷斯隊、首都少年隊[19]打混的人，一直寫到當代，把所有在手指頭上戴了金幣造型戒指的小伙子都寫出來，把那些嘻哈繞舌的小孩都寫出來，例如我那說話口吃的小哥寇帝斯。

我把書放回了架上，回到大馬路上，繼續朝向美麗的愛丁娜[20]走去。結果，馬路對面，在街角的銀行自動櫃員機前面，我看到一張熟悉的面孔。他是杜德表哥啊！一個格拉斯哥人。我過馬路去找他，這一次我注意交通了。

「杜德……」

「嗨！屎霸，」他說著，眼光閃閃爍爍，好像對我很不以爲然的樣子，然後突然精神大振，「我想你要喝酒吧！」就這樣，這個格拉斯哥的痞子竟然這樣說，我眞不敢相信。我還沒開口，他就這樣說！這些格拉斯哥來的杭士，老天保佑喔。杜德是個好傢伙，他的身材壯碩，頭髮灰白，口裡一直說格拉斯哥有多屌，但是，這男生顯然住在愛丁堡嘛，老兄。……「喂，我不知道什麼時候可以回請你耶，老兄！」

「嘿！你是在跟我講話喔！」杜德指著他自己，我們上路，走向「老鹽」酒吧。

「我剛才在換我的銀行密碼，我的銀行讓我自己選密碼，」杜德對我解釋：「自己選，比較好記。可是你的銀行不讓你這麼做吧。」他說著，一副很屌的樣子。

我想了一想說：「我從來不跟銀行打交道啦，老兄。有一次他們打發我們這些貧民窟的人去鋪石板，雇主要我們開戶我都說不要，老兄，我眞的不是會跟銀行來往的窮小子，不能給我現金嗎？他們卻說：對不起，老兄，你現代化一樣好不好，知道嗎！」

15 屎霸將女方比喻為高級球隊的球員，而自己只是二流球隊的菜鳥——但這只是比喻，兩人和球隊並無關聯。

16 那個聰明的小妞，是指成長團體的組長；喜歡思考的男人，是指屎霸自己。屎霸覺得自己和她很速配。

17 指「Youth Leith Team」，蘇格蘭的幫派之一。

18 指「Teds」，也是幫派之一。

19 指「Capital City Service」，也是幫派之一。這些幫派都是以足球迷為主。

20 「美麗的愛丁娜」是指愛丁堡的古稱。這裡未必表示愛丁堡真的很美麗，也未必表示說話的人很喜歡愛丁堡。說話的人只是襲用慣用語，如人們用「唐山」、「中原」稱呼「中國」一樣。

杜德點點頭，想要講話，我卻一直不肯讓他說，因爲眞的不能讓格拉斯哥人開口，老兄，因爲格拉斯哥的人雖然很酷，一旦開口，就會一直說「好啊，老兄，事情是這樣的，還有啊」，嗯，他們一講起蘇格蘭，就沒完沒了。如果你要選一個辯論隊，代表這個國家，告訴你，十一個人陣容裡鐵定有八、九個是格拉斯哥人。於是我說：「嗯，他們是讓我在銀行開戶開了一陣子，可是等我薪水不再進帳之後，我就被趕出去了。家裡那個東發甫區的是有個帳號啦[21]，嗯，其實她是西蘇格蘭淑女，我卻要說成東發甫區，因爲我們算同居夫妻，老兄，你知道嘛，嫁雞隨雞。」

「屎霸，你這個好小子，」杜德表哥笑著說，一隻手搭在我的肩膀上。「印特當．史杜特斯．貝內．羅其特[22]，唉，老兄。」

雖然杜德不喜歡洗澡，但是他很有學問，譬如知道一大堆拉丁文。我告訴他：「一點也沒錯啊！杜德……不過，你說什麼啊？」

「我的意思是：你說的很有道理，屎霸，」他說[23]。

嗯，聽到這種話，心裡總是喜孜孜。討人喜歡的話語，總是有助一個人的自尊心，因此我就樂陶陶啦。當然，表哥塞在我手中的二十英鎊，讓我很感激，鐵定是這樣的。

21 東發甫區是蘇格蘭東邊的地名。

22 這一句是拉丁文，在屎霸的耳中是一串沒有意義的聲音，不過意指：「就算白癡也有說對話的時候」。值得注意的是，杜德表哥這個角色會一直說出拉丁文格言，但這並不意味他真的精通拉丁文（也就是說，他未必受過高等教育）。他只會說出特別有名的拉丁文格言，說不定只是他死背下來的。

23 該句拉丁文的原意「有時笨蛋也會講出正確的話」。表哥其實是在嘲笑屎霸。因此屎霸在下一段才會反諷說，其實是那二十鎊讓他很樂。

13

# 阿姆斯特丹的婊子們第一部

這個ＤＪ很不錯。看看有多少企圖偷師者[1]圍在ＤＪ台推推擠擠就知道；而ＤＪ本人看起來很自在，儘管他面對一群巴望著有什麼好事發生，卻不知道好事就要發生的舞客。

沒錯，就在此時，他切進了**那首**歌曲，整個舞池的人就爽爆了。舞客對自己的狂暴反應也為之吃驚，這時才明白ＤＪ足足吊了他們半小時的胃口。當舞客歡聲雷動，他露出了慧黠又狡猾的微笑，他的微笑掃過整個舞池。

這是**我的**舞廳，位於阿姆斯特丹舊區的「紳士運河街」。我站在舞池後方，陰影就是我的制高點，我喝著可樂加伏特加，覺得該向這傢伙伸出友誼之手，展現我對其他客串ＤＪ的好客之道，就連那些我認為是混帳的ＤＪ，我也很照顧。讓馬丁去招呼這個傢伙就好了，而我要保持距離——因為那個人和我是同鄉，我認得他。我並不排斥同鄉，只是不喜歡在這裡撞見他們。

我看著賈德琳，她背向我。深藍色的短洋裝緊緊裹住她細瘦的身體，向上延伸到脖子。頂著一叢精心修剪的金髮。她和米仔站在一起，旁邊還有個米仔勾搭上的色情片演員，她們都只有十多歲，都可以隨時上場打炮。我看不出賈德琳的心情，我希望她吃了藥丸[2]。我的手環住她的腰，心情馬上低

---

1 指，想要偷學ＤＪ絕活的人。「trainspotting」在此處是舞場專用語，有些ＤＪ會播放罕見的唱片，對打碟（spinning）有興趣的舞客會圍在ＤＪ身邊，企圖看清他所播放的曲目，或者他的打碟特殊技巧，這也叫做「猜火車」。有的ＤＪ預防自己的祕方被偷學，會故意用白標紙塗蓋曲目，不讓人家看。

2 很有可能是避孕藥，非一般禁藥。

盪，因爲我發現我一摸她，她就緊繃起來。但是，我仍然努力了：「這一晚不錯吧？」我對著她的耳朵大吼。

她轉過頭來面向我，用一種陰鬱的德國口音說：「我想回家……」

米仔和我的眼神交會，回以了然於心的眼神。

我走開，進辦公室，看到馬丁和希安一起，還有一個最近開始和他們混的伯明罕女孩。他們在吸幾條古柯鹼，古柯鹼粉末切開了，排在松木桌上。我細看這兩個女孩的熱切眼瞳，馬丁拿了一張捲起來的五十元荷幣的紙鈔給我。「不用啦，我還好[3]，」我告訴他。

馬丁對女孩子點點頭，把一包劑量的古柯鹼丟在桌上，把我拉進前面的小房間。這個小房間是我們放置影印機和祕密對話的地方。「你還好吧？」

「還好啦！只是賈德琳……你也知道情況的。」

馬丁灰棕色頭髮下的臉孔皺了起來，他亮起警覺的笑容，露出大大的牙齒。「你知道我的意見吧，老弟……」

「是啊！」

「對不起，馬克，她是頭悲慘的母牛，拖累你跟她一樣悲慘，」他又對我說了同樣的話，然後指著辦公室的門說：「此刻正該是你人生最棒的時候。喝酒、女人、嗑藥。我是說……你看看外頭的米仔吧，」他搖頭繼續說：「他年紀比我們都大。你只能活一次啊，老弟。」

馬丁和我合夥經營這家舞場，我們兩人很像，不同的是，我絕對不會像他一樣不負責任。我和一個女人在一起的時候，就想要長長久久。即使已經不值得再撐了。不過他是好意，我也讓他對我說教一下，然後才走回舞池區。

我找著賈德琳，漫步走到舞廳的前方。不知怎麼，我往上一瞥，正好和那位愛丁堡DJ目光交會了短短的一秒。我們露出認識彼此的笑容，我心裡卻升起一種不安。我把頭轉開，看到賈德琳正在吧台。

3 這裡應該是說馬丁要懶蛋拿捲起的紙鈔吸古柯鹼，但是那兩個女孩急著要吸，所以懶蛋就把機會讓給她們了。

14

# 第18737個念頭

在我領航的第一天，沒辦法在新雷斯混下去的人，全都來我這裡了。一些老面孔的醜八怪，混格子呢科技舞曲的[1]，每根手指都戴了金幣造型戒指的嘻哈痞子。有個沒禮貌的小混蛋居然叫我「變態男」！不過，如果你們想在這裡買藥賣藥，可得先通過我賽門．威廉森這一關，你們這些無禮的小混蛋。尤其昨天，我運氣好，碰到了以前的老夥伴席克，現在我的口袋裡鼓鼓的一大包，都是搖頭丸和一劑劑的古柯鹼[2]。

摩拉這個老女人應該回家吃自己的了。這個肥婆的復古四方形老古板眼鏡，屬於老雷斯，跟我威廉森要建立的新雷斯政權不搭調。太七〇年代了啊，老摩拉。時尚專家會說：不行不行不行……有個小鬼正向摩拉點酒，摩拉好像很認真似的。「四四四四杯杯杯杯啤啤啤……」這個小鬼擠眉弄眼，模仿中風者說話的方式，惹得他的朋友吃吃笑，老摩拉張口結舌呆站，很難堪。

一定要進行改變才行。艾立克斯．馬克李許[3]？

嗯，賽門，你說的沒錯。我來這裡的時候，足球隊一團糟。但是我馬上發現這裡的潛力，不過在我們準備好投資之前，得先把一些老東西清掉才行[4]。

就該這麼做，艾立克斯。

摩拉的專長是給店裡弄菜。我們供餐，一個人只要付九十九分錢就可以吃三道菜。這讓我很不爽，因爲根本沒得賺嘛：如果連吃飯都要搞社會主義，我不如乾脆去搞給獨居老人送飯這一行。沒錯，酒吧的餐實在低賤得慘不忍睹：我根本是在補貼這些老米蟲，讓他們不至於餓死。

一頭老熊慢吞吞地走向我，有點威脅感的藍眼睛長在看起來又黃又紅的半透明皮膚上，這個老混蛋竟然還滿有活力。這傢伙一身噁心的尿味，讓人以爲他是演「黃金陣雨」[5]色情片的。搞不好這些老混蛋在他們去的那個中心，眞的喜歡玩「水上運動」[6]。「你要吃魚，還是牧羊人派[7]，魚還是牧羊人派……」他粗啞地說，「你們今天的炸魚有沾麵糊嗎？」

「沒有，我們只把魚拍一拍[8]，叫魚要乖而已，」我眨眨眼，微笑地開玩笑。

我想要扮演成一個開玩笑的老闆，可是，在這個充滿髒老鬼的狗屁可悲場子，我的努力顯然注定要失敗。這老頭看著我，他那張小小的蘇格蘭老狗臉縮成一團，充滿著敵意。「到底是沾麵包粉還是沾麵糊炸的？」

「沾麵糊啦！」我告訴這位激動的老鬼，覺得很累很煩。

「我喜歡沾麵包粉的，」他不高興地說，臭臉扭成小丑開口大笑的樣子，轉過頭，向場子的角落看

---

1 「tartan techno」又名「bouncy tencho」，科技舞曲（techno）的一支，大約於一九九二年發展於英國北部，是一種硬蕊銳舞風格。因為發源地與蘇格蘭緊密相關，蘇格蘭又與格子紋布料聞名，所以又名「格子呢科技舞曲」。

2 原文「wrap」是指一次劑量的包裝，要看是哪種毒品，才知道一個「wrap」的份量是多少。古柯鹼大約是0.234克。

3 此人本來是蘇格蘭的足球明星，現任足球隊教練。他在這裡的發言，當然是賽門幻想出來的。

4 說話的人是艾立克斯·馬克李許。

5 「黃金陣雨」在英文俗語中是指在做愛時玩尿，含喝尿和在人身上小便。

6 「水上運動」，在俚語中指在做愛的時候玩小便。

7 牧羊人派，為肉餡馬鈴薯餅。

8 賽門在講雙關語。「batter」是沾麵糊，也是痛毆的意思。他故意把老人的話曲解成「你們今天痛毆了魚嗎？」

去。「而且，譚姆、亞歷、梅寶和金蒂也都比較喜歡麵包粉，對不對啊？」這老鬼隔空亂叫，鼓動其他和他長得差不多的人類遺骸[9]，對他熱心點頭。

「我很誠懇向你們致歉，」我憋著氣，盡可能擺出膚淺的友好情緒。

「沾麵團炸出來的魚夠脆嗎？我是說，不會軟綿綿的嗎，你說？」

我他媽的極度努力，討好這個老肥豬。「夠脆，和一張二十英鎊的新鈔票一樣脆，」我告訴他。

「哼！**我**已經很久沒有摸過二十英鎊的新鈔票了，」這老怪物哎哎叫道：「你們的豆子，是豆泥，還是整粒豆子？」

「如果不是整粒豆子，就根本不算是豆子。」這個叫做梅寶的餓婆娘向我們叫道。

船長的老婆是梅寶，老天爺，她可以……在廚房飯桌上，讓船員……每天肏。[10]

是豆泥，還是整粒豆子？現在，這種事變成我這個企業家要考慮的事了。如果麥特．柯維爾能夠看見我現在的模樣，他大概願意讓我幹他老婆五次。今晚這個燙手的問題，我已經受夠了。是豆泥，還是整粒豆子？我不知道。也根本不在乎。我很想吼回去：我們這裡餿掉的豆子就在妳媽長癬的舊內褲裡，老母雞！

我轉向臭腳布摩拉[11]，請她應付這事。吧台前差不多形成一個隊伍。**啊，幹！**我看見一個熟悉的身影站在隊伍中，抖抖顫顫，但是我堅決洗酒杯，努力躲避他像燈泡的大眼睛，可是他好飢渴的搜索燈毫不留情地打在我身上。我知道女生說「他用眼神剝光了我」的時候是什麼意思；眼前的狀況，我會說：「他用眼神提走了我的銀行存款。」

最後，我實在**無法**對他視而不見了。「屎霸，」我微笑說：「好久不見。還好嗎？很多年了。」

「很好啊，嗯……很好啦。」他結巴地說。墨菲先生比以前憔悴虛弱了，如果我還可能記得他以前的樣子。事實上，他看起來像是一個剛剛過世的瘦巴巴公貓，都市裡的狐狸剛從他在後院安息之處把他的屍身挖了出來。他的眼神具有瘋傻的成分，看起來他這個人用了太多興奮劑又用了太多鎮靜劑，結果他大腦的不同區域因此難以協調，連現在是幾點鐘都說不出來。他只剩媽的又破又髒的人類外殼，全靠藥物驅動，從一個骯髒的公寓或是像墓穴的酒吧走向下一個類似的墮落淵藪，找尋他的下一劑毒品。

「太好了。那，愛麗森怎樣啊？」我問他；我很好奇愛麗森是不是還和屎霸幹在一起。我有時候會想起愛麗森。很奇怪，我以前覺得她和我最後還是會在一起的，只要我們都把生活中的爛事趕走就行。她本來一直是我的女人，可是我想，我對我所有的女人都是這樣想的。結果她卻和他在一起；這太不對勁了，一點也不對勁。

如果她還有點sense，早在幾年前就該把他「踢出邊線」了[12]。我不是說這就該禮尚往來，但是他連一聲這樣的問候都沒：「所以，賽門啊，你在雷斯的一個吧台工作，是在幹嘛啊？」他歪曲、自私的身體甚至無力表示最基本的好奇心，更別提一個真誠的媽的問候語。「喂，你知道我要問你什麼吧，老兄，」他咳出話了。

「你如果不問，我怎麼會知道？」我微笑了，我盡可能表現出高傲又冰冷的樣子，我想這樣的態度，尤其在這個情況下，實在是有夠他媽的。

結果墨菲竟然有臉回射給**我**一個眼神，表示他好受傷：一副「所以就是要這樣嗎？」的神情。他接

9 指其他老人。

10 賽門從老女人的名字，聯想起流傳在水手之間的一首打油詩，以性為主題。類似的打油詩很多。

11 原文「臭腳布」，在英文和「摩拉」的名字發音類似，於是被賽門用在這裡。臭腳布和裹腳布不同：英國窮人的襪子破了，沒錢換新，只好用破布來補破處，此布即臭腳布。此布的延伸義，即人渣。

12 他用了足球術語，「踢出邊線」，指一個球踢出邊線就要換邊發球。

著深呼吸，當空氣從他虛弱乾瘦的肺部掙扎鑽出的時候，我聽見奇怪、緩慢的聲音。他的肺是被什麼搞成這副德性的？是支氣管炎、肺炎、肺結核、香菸、快克古柯鹼，還是愛滋？「要不是我眞的病得很重，我也不至於問你的。我病得像廢物一樣，」他說。

我看了看他全身上下，確認他所言不虛。然後我把洗好的酒杯舉到燈光下檢查有無髒污，一面簡慢地跟他說，「往外走半哩，在街對面。」

「什麼？」他說。他張大嘴，像是遊樂場的金魚[13]，酒吧的黃光罩住了他。

「那是愛丁堡社會工作部，」我回答他，「而這個地方呢，是間酒吧。我想你可能走錯地方了。我們這個地方只賣酒精飲料。」我以十足的官腔官調向他報出答案，就拿起另一個酒杯。

屎霸不可置信地看我一秒之後，我簡直就要爲我剛才的話後悔了；可是我就放任痛楚沉澱，然後在殘破的一片沉默中偷偷走出場。我本來心裡一陣羞愧，幸好馬上又覺得自豪、鬆一口氣：我又把一隻跛鴨趕出我的生命了。

對，我們老早就有淵源，可是光景都不同了。

一小群人來了。之後，我驚恐的發現有幾個蘇格蘭辦公室穿西裝的人[14]把頭探進門來，皺了皺鼻頭，匆忙離開。他們有潛力成爲新顧客，有錢，可是他們被身上只有零錢的頑固老人渣，以及看起來濫用各種藥物的年輕豎仔嚇走了。這些年輕豎仔什麼都濫用，卻不買我在這家酒吧販賣、賴以維生的酒精。第一次當班，想必很漫長。我越幹心裡越覺得不爽，想起老寶拉的白癡樂園有多溫暖。

最後，我才看見一個友善的面孔走進酒吧，他的鬈髮剪得比以前還要短，而且他的體形纖瘦得讓我難以置信。上一次我看見這傢伙，我以爲他注定要進「肥子地獄」的。他好像是在前往肥子地獄的路上看見路標，及時抄了便路改道，現在踏上了「苗條天堂」大道。他不是別人，就是這個美好城市最有名的、前氣泡飲料售貨員——「油水」泰利．羅生，他是少數有幸進入索頓監獄的人。這裡不是泰利出沒之處，但是我很高興看到他。他向我熱情打招呼，我發現他身上的衣服都變高檔了：看起來很貴的皮夾克，皇后公園足球隊[15]風格的鱷魚牌黑白相間條紋上衣，只可惜他又穿著像是卡文．克萊的牛仔褲以及Timberland的鞋，就把他上衣的品味給破壞掉了。我提醒自己要跟他講這件事。我請他喝一杯，兩人聊聊過得怎樣。泰利告訴我他在忙什麼，而我必須說聽起來眞有意思……「那些妞兒們，性慾強烈的。你不會相信的；把那些場面錄下來，就是一場好戲。我們已經開始透過地下雜誌的郵購，把一些好東西寄出去。一開始，拍出來的東西很粗糙，可是後來就變好了，有進步了，因爲，有一個朋友和尼德利[16]社區團體熟得很，他們那裡有不錯的剪接室，可以剪接數位錄像。我們只是剛起頭而已；有一個朋友還想要做網站，把刷信用卡看錄像的功能也裝上去，這樣大家就可以任意下載自己想看的東西。媽的那是什麼大便生意，就是先有色情才有網路啦。」

「聽起來很棒，」我點點頭，把他的酒杯裝滿。「你玩得很前進啊，泰利老兄。」

「對啊，而且我自己也在片子裡演出。你知道我，我一直喜歡妞兒，而且我一直想要做不花太多力氣就可以賺一點錢的生意。現在一大堆新秀都來了，眞是生活的刺激啊。」他興致勃勃地露齒而笑。

「泰利，這生意對你眞是太理想了。」我想，遲早泰利——雖然他這個人眞是低級貨色——會打入

13 傳統的遊樂場（有舊式的摩天輪等等）不但有金魚攤販，而且常將金魚當作比賽的獎品。不過，金魚不再稀奇之後，就不再是遊樂場的獎品了。

14 指公務員。蘇格蘭辦公室是英國政府在蘇格蘭執行各種公務的單位。到了一九九九年，蘇格蘭辦公室的大部分業務已經轉移至新成立的蘇格蘭行政院。

15 此隊為整個蘇格蘭最古老的足球隊，位於格拉斯哥。

16 位於愛丁堡市郊，以藥物問題出名。

色情工業。

泰利開始講另一件生意，我想摩拉一個人就可以照顧吧台，於是我就走到吧台比較舒服的那一邊，先幫我們準備好兩大杯白蘭地加可樂。泰利馬上宣稱，我回來愛丁堡眞是太好了，而且利用我在這一行的關係，我們應該可以一起搞個大事業。當然，我大老遠就可以感覺到魚兒要咬餌了。「你知道，老兄，」他的眼睛睜大了，「問題是，我們被房東下了驅逐令，你這兒打烊之後可不可以借用？」

這個點子可能有意思。我在想的是樓上的大房間。樓上有個吧台，可是現在根本沒在用。「嗯，泰利，要試試也行啊。」我笑道。

「嗯，晚上來一點小小的測試吧？」他試探地問我。

我想了一下，就慢慢點頭。「現在最好。」我微笑道。

泰利拍了我的肩膀。「變態男，媽的，你回來愛丁堡，眞是太好了。你帶來正面力量的活力，老兄。在這個城市，有太多臭臉的傢伙，只會讓人心情鬱卒，害人什麼都不能做，看見別人有賺頭的時候，自己只能轉來轉去哭天喊地。可是老兄你不一樣，你來了就帶勁！」他扭一扭身子，在酒吧的場子跳起舞來，然後開了手機，開始撥號。

打烊的時間到了。我很努力把那些聚集在點唱機前的小伙子趕出門。「先生女士，請喝完您的飲料吧！」我在酒吧四處嚷叫，把幾個晃來晃去的老混蛋推入黑夜。泰利仍然在講手機。那些小伙子，唉。那個喜歡打聽是非的糞袋，人家叫他菲利普的，是個小壞蛋，每根指頭上都是金幣造型的戒指，他盯著我們，想看看我們要做什麼好事。還有菲利普的那個口吃、沒腦的朋友寇帝斯，我看見墨菲出去的時候跟他說話。一丘之貉，對極了。

我打開酒吧的側門，向他們點頭。他們走人的時候，菲利普小子問我：「我們不是打烊後可以留下來的人，變態男？」他細細斜斜的小眼睛發出熱切的眼神，金牙發光：「我剛才聽見你跟那個油水泰利說的話。」他露嘴笑道，很臭屁又咄咄逼人。

「才不是，老弟，我們媽的有祕密會議。」我把他皮包骨的身體推到街上。他的瘋傻朋友蹉步跟在他後面，其他人也都跟著走人。

「我們也要打烊後留下來。」另一個不要臉的年輕小伙子笑道。

我才不理這個飯桶，可是我對一個跟在他後面走的可愛小妞使了個眼色。她先是茫然看著我，然後淺淺微笑走人。唉，對我來說有點太小了。我回頭向摩拉點頭，她正在關點唱機。我關上酒吧的門，走回吧台，幫泰利和我自己再倒兩杯威士忌。幾分鐘之後，有人在拍打酒吧的門，我置之不理。接下來，門上就響起足球加油式的節奏：滴—滴，滴—滴—滴，滴—滴—滴—滴，滴—滴。

泰利把手機關上。「是我們的人。」他說。

我打開酒吧的門，看見一個我隱約認得的男孩。我心裡升起一點敵意，因為我很確定他是個老牌的西伯族，可是，提醒你一下，在愛丁堡，幾乎每個二十五歲到三十五歲的人都是個正宗西伯族[17]。另外還有幾個我大概認得的臉，可是我記不得他們的名字。妞兒們才讓我印象深刻：三個眞正的可人兒，一個比較粗壯、看起來髒髒的女人，還有一個可愛的雀斑小女娃，看起來眞不該在這種地方出現。其中一個可人兒尤其誘人。她的頭髮是淺棕色的，她的眼睛幾乎是東方人的眼，眉毛仔細修過、拔得很細，她的嘴巴很小，可是嘴唇很豐滿。幹我吧——她的身體在看起來很昂貴的衣服下，發出一陣陣漣漪。可人**二號**，比較年輕一點，雖然她的穿著不像前一個可人兒一樣優雅，卻也一百萬光年地值得肏。第三個是個值得肏的金髮妞。菲利普和寇帝斯這兩個小伙子還在，晃來晃去，盯著這群訪客，我也盯著這批來

17 值得留意的是，賽門（變態男）以前在《猜火車》之中，也是西伯族。

客，尤其是身材驚爲天人的可人兒**一號**，她的褐色長髮和她熱翻天的、傲慢的優雅態度，眞迷人。這一個顯然遠遠超越泰利的水平。「她要跟你們開什麼祕密會議？」那個不要臉的菲利普小混蛋又問。

「開六九會[18]。」我對這些小伙子悄悄說，然後在他們面前再一次關門。泰利興致高昂地歡迎來客。

我轉頭面對我的新客人。「好了，各位，我們要上樓去，走左手邊的門。」我向他們解說。「摩拉，我就讓妳在後面鎖門啦，可人兒。」

摩拉一時將眼睛抬起，想要搞清楚發生了什麼事，然後她走進辦公室，抓起她的大衣。我跟衆人上樓。對，這件事會有意思的。

18 「六九」在此顯然有性意味。

# 15 阿姆斯特丹的婊子們第二部

賈德琳是我的女朋友，她是來自漢諾瓦的德國女孩。大約五年前，我在自己的舞場「魯奢麗」遇見她。我已經不大記得當時相遇的細節。嗑了太多藥，我的記憶力搞爛了。來到阿姆斯特丹的時候，我戒掉了海洛英。但是這幾年來，搖頭丸和古柯鹼在我的腦子鑽了好幾個洞，盜走了我的記憶、我的過去。很公平，我甚至覺得很方便。

我慢慢學習到尊重這些藥物，用藥越來越輕。十幾二十歲的時候，用藥毫不選擇，那是因爲你還不知道人體必然會腐朽。當然，我並不是說，你必然撐得過這個時期。但是當你過了三十歲，又是另外一回事了。突然之間，你知道自己會在某個時間點死去，你感覺到藥物會強化你的宿醉和失落；藥，掏空精神、心理和肉體的資源，製造出來的無聊感和刺激感一樣多。這成了一個數學問題，你在計算變數：你用過多少單位的藥，你的年齡，你的體質，以及你希望被搞砸的程度，都是變數。有些人選擇放棄。有些人一路撐到底，安定求生，把人生當成分期付款的自殺未遂。我選擇維持同樣的生活，撒野、享樂，不過我是有節制的。之後，度過了糟糕的一個星期，我斷掉這種生活、上健身房，開始學空手道。

今天早晨，我必須離開公寓。我和賈德琳之間的氣氛越來越緊繃。我可以接受爭吵，沉默卻讓我心疲力竭，她尖酸刻薄的嘲諷就像拳擊手的刺擊。於是我收拾了運動背袋，跑去一個每次遇到這種情況，我都要跑去的地方。

現在，我抓住擴胸器，在我胸前扯開。我吸進又深又長的一口氣，伸平雙臂，我的身體呈現一個僵直的十字形狀。今天，我增加了重量，我感覺到肌肉灼熱。我那曾經軟綿綿的肌肉，現在像石頭般結實……紅色的高潮點在我的眼前起舞……十九下……血液冒進，在耳朵嗡嗡響……我的肺爆裂了，像是在高速公路快速道上的爆胎……二十下……

……做了三十下之後，我停了下來，覺得額頭流下來的汗水刺激我的眼睛，我的舌頭在嘴唇四周抹動，嘗到鹹味。然後我又重複剛才的動作，用同樣的方式對付了另一台健身器材。然後我上跑步機，跑了三十分鐘，從每小時十哩的速度增加到十四哩。

在更衣室裡，我脫掉舊的灰色運動衣、短褲、長褲，站在淋浴頭下面，先開熱水，再轉到溫水，再到冷水，然後是媽的冰水，我就站在那兒，感覺我的身體系統正在體內充電。我踏出淋浴間，呼吸一陣抽搐，結果整個人幾近崩潰，但是接下來就很好了。我慢慢穿衣，感覺我又再度完整了，溫暖、放鬆，並且靈活。

我看到幾個固定來這裡運動的人。我們從來沒有交談過，只互相點頭，以嚴肅態度認可彼此的存在。我們是太忙碌，太專注，不會浪費時間閒聊的男人。我們是有任務在身、無可取代、獨一無二、站在一切的中心的男人。

至少我們喜歡這樣想像自己。

# 16 「……不必管亞當・斯密的大頭針工廠……」

今天三溫暖的工作非常忙碌。我做了幾場按摩，最後都是以打手槍結束。但是我也（禮貌地）叫這個長得很嚇人，很像亞瑟・斯卡吉爾[1]的男人去死，因爲這傢伙竟然要我吸他的老二。

巴比把我叫了過去。他在我面前，身上品格牌[2]針織休閒衫竟然不可思議地撐開罩住他的大肚皮。「妳聽好，妮姬，你在這裡很受歡迎，嫖……顧客們都很喜歡妳[3]。問題是，有的時候，妳應該多下一點工夫啊。妳知道嗎，妳剛剛接待的那個男人是高登・強森啊！他是我們這個城市的名流，妳可以說他是貴客，」他對我解釋；他鼻孔裡冒出來鼻毛，以及他拿著香菸的不搭調媚相，讓我看呆了。

「你在跟我說什麼啊，巴比？」

「我並不想失去妳，老妹，可是如果妳不好好幹活，妳對我就沒有用處了。」

我覺得一陣噁心湧上來，便拿了毛巾塞進巨大的洗衣籃裡。

「妳聽見了嗎？」

我回看他一眼：「聽見了。」

「很好。」

1 這個人原是礦工，後來成為英國工人運動的領袖，現年七十。
2 蘇格蘭品牌，為名牌服飾公司，瑪丹娜、貝克漢都愛穿它的產品。
3 巴比原先想講「嫖客」，可是因為強森是有名人物，又趕快改口說顧客。

我拿起外套，和珍恩一起上街。我在想，我多麼需要這份工作，而我爲了保住工作，又願意付出多大的代價。從事性工作就是這樣，畢竟要回到最基本的公式。如果妳眞的想要見識資本主義如何運作，不必去管亞當·斯密[4]的大頭針工廠，來我們這家三溫暖看看就夠了。珍恩想去威佛利市場買一雙新鞋，但是我該去城南的酒吧跟一些人碰面。

他們全部都在，我很詫異看到蘿倫和雷布也在場。眞是大驚奇。我以爲蘿倫晚上寧可在家裡和黛安一起過，她應該會趁此機會熬夜喝酒，和她新結交的摯愛大姊姊一起在午夜大吃特吃冰箱裡的零食。我以爲在她的生命中，我已經算是一個古怪、讓人丟臉、放蕩淫亂的姑媽級人物。我覺得，蘿倫在這裡出現，是因爲她有使命感，要把我從淫蕩的生活「救」出來。眞是沒意思。酒吧裡的那個男人說，酒吧打烊後不能借給我們用，於是泰利就去那個地方偵察一下。然後泰利打手機給我們，我們搭了幾輛計程車過來。蘿倫會加入眞是讓我吃驚，但是雷布已經向她保證了，他不會脫掉衣服，也不會強迫發生性行爲。

新地點在雷斯，是一家看起來更庸俗的酒吧。我們又是從側門進去，一群皮膚很爛的年輕人正要離開，對著我們指指點點。蘿倫氣得汗毛豎立。酒吧裡面，我們被介紹給一個小麥色皮膚，頭髮用髮膠向後梳的男人。他黑色傾斜的眉毛，和他頑皮古怪的嘴唇，看起來像個比較邪惡的史蒂芬·席格[5]。這個男人帶我們上樓到另一個房間，裡面有一條跟整面牆一樣長的吧台，還有幾張桌椅。空氣中有一股潮濕和發霉的氣味，似乎這個空間荒廢一段時間了。「這位天使是妮姬，」泰利說，雙手在我的背上來回摸著。我停下來瞪著他，他抗議說道：「我只是想檢查妳的翅膀啊，可人兒，我不敢相信妳的身上沒有長翅膀。」然後他轉向蘿倫，說道：「……這位小甜心是蘿倫。這一位是我的好哥兒們賽門，」泰利說著，很熱情地捶打史蒂芬·席格那傢伙的背部。他也把賽門介紹給雷布、吉娜、麥蘭妮、烏蘇拉、克雷格和朗尼。

這個叫做賽門的男人解開吧台的鐵門，和我們一一握手。他握手的力道非常強，而且溫暖，而他看起來誠懇得叫人心痛，想必是演出來的。我沒有看過這種表情。「多謝各位來到這裡，」他說：「認識你們太棒了，我正在喝麥芽威士忌，這是我的老習慣，如果你們統統願意加入我，我會很開心的。」他說，然後把葛蘭莫蘭吉牌子的酒倒進幾個酒杯裡。「這個地方很雜亂，眞是抱歉，」他解釋道：「我最近才剛剛頂下了這家酒吧，這個房間本來是貯藏……嗯，我最好不要說這裡本來貯藏了什麼東西，」他對泰利大笑，泰利也露出心照不宣的笑容來回應他。「不過我已經整理過了。」

「謝謝，我不喝，」蘿倫說。

「來一點吧，美女，喝一點點就好，」泰利慫恿蘿倫。

「泰利，」賽門嚴肅地說：「我們又不是在軍隊。除非英語的定義改變了，不然人家說不要，意思通常就是不要。」深深望著蘿倫，他莊重地問道：「妳要喝點別的東西嗎？」然後他合起雙掌，按在胸口，手肘向外撐。他的眼睛大張，看起來熱切又悲哀誠懇。

「都不要喝，謝了。」蘿倫僵硬地說，她很堅決。但是我確定她的嘴角露出淺淺的微笑。

大家喝了一杯又一杯，很快就聊成一團。吉娜對我還是有點不信任，但是她一定已經習慣我在場了——她怨毒的眼神已經不再那麼犀利。其他人都很友善，尤其是麥蘭妮。她一直跟我談起她的小兒子，以及那個留給她一筆龐大債務的負心漢。我們開始聽賽門（泰利經常叫他「變態男」，但是賽門一聽見人家叫他「變態男」，就露出好像有人用指甲在黑板刮出尖聲的樣子）和雷布的對話。這兩個男人喝威

4 此人是早期著名的資本主義研究者，代表作為《國富論》。值得注意的是，這位十八世紀的人物就是蘇格蘭人。

5 為動作片明星。

士忌喝得醺醺然，正在談要拍春宮電影的計畫。

「如果你需要製片，我是最佳人選。我在倫敦色情業工作過，」這個叫做賽門的傢伙解釋道：「錄影帶、鋼管舞俱樂部。有錢隨便你賺。」

雷布點頭表示贊同，讓蘿倫越來越坐立不安。她改變了心意，灌下一杯雙份伏特加，也跟大家一起輪流抽大麻[6]。「對啊，錄影帶電影[7]的A片比較好，」雷布強調：「嗯，反正是眞槍實彈的A片。藝術性就不必談了。就好像錄影帶和電影膠卷，就是不一樣。」

「是啊，」賽門說：「我很想拍個像樣的春宮電影。老式風格的，用膠捲來拍，作爲情色挑逗戲，不過也要加進用錄影帶拍攝的眞槍實彈做愛場面。據我所知，像〈情愛四人幫〉（Human Traffic）這部片，就用了數位影像、超八厘米，和三十二厘米膠捲拍攝。」

雷布耽溺在威士忌和春宮電影的計畫中。「對極了，電影分級都可以靠剪輯來玩花樣。不過你想拍出的東西不應該是粗粒子畫質的肉腳廉價錄影帶，而該是一部正宗色情片，有好的劇本，足夠的預算，以及眞正夠格的製作水平。那將會是一部可以進入色情片類型殿堂的正典。」

蘿倫嚴峻地看著雷布，臉上充滿憤慨：「什麼色情片類型殿堂的正典！偉大的電影？根本就是剝削人性的狗屁垃圾，討好人性之中……」她環顧四周，面對著泰利淫慾的凝視，繼續說著：「……最卑鄙的本能。」

泰利搖著頭，好像講了些關於辣妹合唱團的東西，我聽得不很清楚，因爲我醉了，而且這個大麻眞夠力。好像有很多人在我眼前旋轉，我必須很努力地集中意志力，才能夠看清楚他們。

雷布跟蘿倫一樣立場堅定，我聽到他大聲嘶吼：「色情電影類型中也出現過偉大的作品啊，像是〈深喉嚨〉、〈瓊斯小姐的惡魔〉（Devil in Miss Jones）……還有拉斯．梅耶[8]的一些電影，這些片子都是經典名片，這些電影的創意和女性主義精神超越了很多狗屎藝術片，例如……例如……《鋼琴師和她的情人》！[9]」

雷布最後一句話太過份了。連我在朦朧的醉意當中，都可以看到蘿倫眞的被傷到了。她幾乎被擊垮，有那麼一下子，我還擔心她會昏倒。「你不能把這些電影……你不能把那些庸俗低賤又廉價的垃圾稱作……」她看著雷布，幾乎是懇求地說：「你就是不能夠……」

「幹，不要光談電影，我們來拍電影吧，」雷布很不屑地說。蘿倫看著這個被威士忌沖昏頭的男人，彷彿他變成了一個背叛她的怪物。「我兩年多來什麼事也沒做出來，只有聽別人畫大餅，」他又說：「我的女朋友至少有孩子。而我做了什麼呢？我必須做點東西出來啊！」

結果我自己在迷濛中也猛點頭，很想大叫：「對極了！」泰利比我搶先一步，我聽到他吼著說：「這眞他媽的夠勁，畢瑞爾[10]！」他拍著雷布的背說：「你一定要行動！」然後他看著我們大家，口吻堂皇地說：「重點並不是我們爲什麼要拍，而是如果不拍春宮，媽的我們還能做些**什麼**呢？」

克雷格用力點著頭，烏蘇拉和朗尼露齒而笑，賽門也出聲表示認同：「對極了，泰利，」他指著他的朋友，激昂地說：「這個人他媽是個天才啊，他一直都是天才，也永遠都會是天才。毋庸置疑，」他對我們說。然後他又轉向泰利，以眞誠的敬意說：「像神一樣，阿泰，像神一樣。」

6 並不是一般的大麻。在此「skunk」是一般大麻與印度大麻的混合種，效力比較強。
7 指「V-Cinema」，通常低預算，B卡司，在因陋就簡中強調創意。日本的怪咖導演三池崇史就是著名的V-Cinema名家。
8 此怪咖的作品以豐乳肥臀的艷星著稱。
9 拉斯．梅耶（Russ Meyer）在台灣並不有名，可是這個怪咖導演在歐美很有名。他拍的〈Faster, Pussycat! Kill! Kill!〉是史上有名的「小眾崇拜電影」（cult film）之一。事實上，此怪咖的片子並不見得是色情片，只不過是愛賣弄「大奶妹」。
10 這是雷布的姓：這個姓氏的角色，在作者的另一部小說《膠》（*Glue*）出現過。

賽門當然喝醉了，我們全都醉了。但是並非酒精和混合了大麻的捲煙[11]讓我陶陶然；是剛才的談話，這群人，還有拍電影的點子，讓我熱起來。我喜歡這個計畫，我想成爲參與計畫的一份子，我不管別人怎麼想。一股高昂的興致升高，平靜下來我才頓悟：這就是我在愛丁堡落腳的眞正原因。這是因果緣分，是宿命。「我要當一個色情片明星。我要全世界那些我根本不認識的男人，看著我的身影打手槍。」我對著可憐的蘿倫的臉吐氣說道，然後我的聲音崩解了，變成嗑昏頭的、女巫似的胡說八道。

「可是，妳把自己變成了商品，妳在物化自己啊。妳不能這樣做，妮姬，妳不能……」她尖叫說。

「不對，」賽門對著她說：「正派的演員比色情片明星更像妓女，」他堅定說道，「色情影星只是讓人家用妳的身體，或是讓人家用你創造出來的身體影像，他媽的，如此而已！可是妳讓別人利用妳的情緒時，妳就是眞的賣身了。妳絕對，絕對不可以出賣自己的情緒！」他的堂皇論調，讓人印象深刻。

蘿倫好像快要尖叫出來了，彷彿上氣不接下氣。她的手放在胸前，整張臉不舒服地皺成一團。「不對，不對，因爲……」

「看在老天爺的份上，妳冷靜一點吧，蘿倫，只是多哈了一點大麻，多喝了一點酒而已，」雷布輕輕抓著她的手臂說：「我們要拍一部電影。就算是色情片，又有什麼大不了呢？重點是動手去幹，讓這個世界看到，我們可以做得到。」

我看著蘿倫，對她說：「我掌控我自己的形象製造。人們想像的、在心裡建構的尤物，我在銀幕扮演的角色，會是我創造出來的形象，和眞實的我一點也不像。」我這樣告訴她。

「妳不可以啊……」她喘著氣，幾乎要哭出來了。

「我可以。」

「可是……」

「蘿倫，妳太放不開了。妳的觀念也太古板了。」

她又暴躁又憤怒，搖搖晃晃地站了起來，走向窗戶旁邊，抓住窗台邊緣，望著窗外的街道。有幾個人揚起眉毛看著她突如其來的舉動，但是大部分人專注喝酒和交談，沒去留意她、在乎她。雷布走向她，開始和她說話。他以一種安撫的態度點著頭，然後走向我說：「我要搭計程車送她回家，妳要一起來嗎？」

「不，我還要在這裡混一會兒，」我看著泰利和賽門，彼此交換狡猾的笑容。

「她很不開心，而且又抽了大麻，狀況很不好。必須有個人在她旁邊，搞不好，她會有大麻抽茫的反應[12]。」雷布說。

泰利又再一次拍打雷布的背，這一次他的力道很強，在場的每個人都感覺到了他表面的同志情誼底下其實藏了懲罰的力量。「畢瑞爾，看在老天的份上，好好幹那個愛睏的小婊子一下，她就會醒啦。」

雷布以冰冷的眼神看著泰利說：「我必須回家，回到查琳身邊。」

泰利聳聳肩彷彿在說：這是你的損失。「看起來，這件事又要輪到我來扛了。」他微笑著說：「我是性治療師，羅生大夫。說起來，做專業的就是得這麼『能幹』。我告訴你，雷布，你把她送上床放好，然後我就可以上場。」他大笑。

雷布看了我一會兒，但是我不要回家守著這個衣櫃女同性戀、性冷感小道德家，我才不要坐著和她辯來辯去。我想要有點作為。我這一輩子都在等待這個時刻，已經過了四分之一個世紀，我還有多久就要年老色衰了呢？大家都說瑪丹娜青春永駐，但她是個例外。現在大行其道的是小甜甜布蘭妮，舞步合

11　混合了大麻的捲煙，就是煙草與大麻混。

12　原文用「whitey」，是專指大麻抽多了的反應，血壓陡降，因此臉色蒼白，而後皮膚濕黏、暈眩嘔吐。

唱團（The Step）、比莉女孩（Billie）、原子貓（Atom Kitten）和七小龍（S-Club 7）。跟我比起來，她們簡直是小娃娃。我現在就要搞出名堂，我現在就要，因爲我已經沒有未來了。一個擁有美麗外表的女人，只擁有很有限的可貴資源，一輩子擁有的就只有這個了，就是在雜誌、電視、電影銀幕拚命賣給人家的東西。**媽的到處都是這種訊息：美就是年輕，要做趁現在**。「讓黛安陪她吧，」我告訴雷布，然後轉向其他的人，大喊著說：「媽的，我要來點搞頭。」

「妳他媽的好極了！」泰利抱住我，眞的興奮又開心。我的頭正在天旋地轉，賽門帶著面容緊繃的雷布和發抖的蘿倫下樓，送他們出去。

克雷格架起了攝影機，只是一個簡單的數位攝影機，放在三角架上。泰利和麥蘭妮開始親吻。烏蘇拉跪在朗尼的腳前，解開他的褲襠。賽門回到樓上的時候，我覺得現在我也應該做點什麼，但是我一站起來，胸口湧起一陣噁心，然後開始喘氣。我感覺到有人，好像是吉娜吧，把我攙扶到廁所，但是整個房間都在旋轉。我聽到有人在笑，有人在發出呻吟，也聽到泰利在說：「輕量級的，」我想打點自己的儀容，但是我聽到吉娜說：「去你媽的，泰利，她人不舒服啊！」我打顫發抖，我最後聽到的是賽門拿起酒杯大聲敬酒：「伙伴們，祝我們成功！我們做得到的，我們**一定**做得到。我們有一個團隊，我們會籌到錢。」反正沒有人想在宴會上看見任何鬼[13]。

13「在宴會的鬼」是英國用語，指的是「殺風景、掃興的傢伙」。

17

# 出獄

昨晚他媽的根本沒睡好。根本他媽的不想睡。只是熬夜看牆壁，想著：早上，我就媽的要離開這裡了。我讓湯拿那痞子一夜沒睡，聽我講故事。這是他最後一次機會聽人講道理了，因爲他們或許抓一個媽的智障來跟他住同一間。不會再有狗屁對話。我告訴這痞子，趁你還來得及的時候，享受跟我在一起的時光，不然等他們會找個媽的悲慘的人來跟你住以後，到時候，你會無聊到想他媽死掉算了。

「是啊！法蘭哥，」他就這樣說。我告訴他媽的一大堆事：告訴他我要搞哪幾個女人，這些大屄都要媽的被我好好幹一頓。我是他媽的很酷啦，不過我不會再回到這裡了，媽的這是確定死死的事。但是有些人知道我要他媽的重回江湖，他們就會睡不著覺了。

眞是好笑，我本來以爲這一夜會拖很久才過去，這個晚上他媽一下子就過去了。他媽的湯拿好幾次很無禮的想要打瞌睡，結果我得啪啪把他打醒好幾次。這痞子很幸運，我他媽就要滾了，否則媽的我告訴你，我才不會媽的啪啪打他幾下而已。媽的不管你累不累，你就是要有禮貌，禮貌又不用花你的錢。如果沒有禮貌呢，嗯，有幾個這樣的痞子就付出了代價，我他媽可以告訴你。

獄卒帶著早餐來了。我說：「你可以拿走我的份，兩個小時以後，我就會在路邊的餐廳了。」

「我想你應該要吃點東西吧！法蘭哥。」他說。

我看著這個傢伙說：「不要，我媽的什麼都不要。」

麥可克尼這個爛痞子，聳聳肩膀，只留一份早餐給湯拿，就走人了。

「哎！法蘭哥，」湯拿說：「你應該說你要吃早餐，我才能吃到兩份啊！」

「給我閉嘴，肥豬，」我說：「反正你媽的也需要減肥。」

奇怪的是，這痞子開始吃的時候，我居然感覺媽的餓得要死，「媽的分一點香腸給我，白癡。」我跟他說。

這傢伙他媽看著我，一副不想給我的樣子。這是我在這個爛地方的最後一天啊。我衝向他，把他的餐盤抓過來，開始大吃。

「喔！法蘭哥，老兄！」他媽的叫個屁！

「給我閉嘴，你他媽的，白癡，」我又吃掉他的另一根香腸和雞蛋三明治，說道：「如果你他媽的不懂得以一顆媽的善良的心對待人，那麼有人就要過來教你他媽該怎麼做了。」

做人的道理就是這樣，在這裡面，在外面，都是一樣。如果你合作，很好；如果你不肯合作，等著嘴巴被打爛。湯拿這痞子現在的德性，就像個被打爛嘴的笨蛋。

我給這臭臉痞子講了幾個故事，讓他開心一下。我告訴他等我回到了陽光普照的雷斯之後，我要肏很多女人，喝很多酒——就算我離開這裡之後，這可憐蟲還是必須知道我如何享受。他在牢裡一直不懂得怎樣熬日子，自從我過來跟他共住一間牢房之後，他就自殺未遂過兩次，媽的誰知道他和我住同一間以前是怎樣的。

麥伊宏，就是要放我出去的獄卒，過來叫我。我對湯拿說了聲再見，麥伊宏關上門，把這可憐蟲鎖在裡面。這會是我後一次聽到關上鐵門的這個鬼聲音。他把我的東西還給我，帶我走出一道大門，然後又經過另一道大門。我的心跳媽的加快，看到外面的世界就在走廊的另一頭，只要再走過兩道門，走過訪客區就是了。我們走進大廳的會客室和接待室。我深呼吸一口氣，一個老婦人打開門，新鮮空氣吹了進來。我簽名領走了我的東西，走出那道狗屁大門。麥伊宏一路跟著我，好像我要掙脫他，跑回他媽的監獄。他說：「好啦！法蘭哥，你自由了！」

我只是往前方看。

「我會把你的牢房保持溫暖，等著你回來！」

獄卒們每次都說這種話，被放的人犯總是只好聳聳肩走人。我不會再回來，獄卒們會回報以冷笑，眼神在說：笨痞子，你一定會再回來。

不過，我才不會回去。這段話我已經排演過了，而且我希望是麥伊宏放我出去。我轉過頭面對著他，輕柔地對他說，我不要別的人聽見：「我現在要出獄了。你女人跟我是街坊。或許下一次我回來這裡的時候，我已經把你女人的頭切了下來，嘿。她住在碧崁彎十二號，有兩個小孩，嘿。」

我看到這個傢伙的臉僵住了，眼睛冒出淚水。他想說些什麼，但是他的橡皮嘴唇卻變得媽的很笨拙。

我轉身就走，頭也不回。

我出獄了。

# 第二部

# 春宮電影

18
# 同性戀看的色情書刊

媽的我要做一件事，就是要找出來到底是哪個死變態，在我坐牢的時候，一直把噁心下流的同性戀色情刊物寄給我。有一次在牢裡，我說：「列克索和我是好搭檔[1]，」幹他媽有個小混帳竟然笑了，我就狠扁他，害得我又媽的多關六個月。

我當時要說的是，列克索媽的和我合夥開了一家店。

媽的我第一個要去看的地方就是這家店。一定發生了什麼事，因為列克索這個大塊頭痞子已經媽的幾百年沒有去牢裡看我了。就這樣消失不見。沒有任何解釋。我搭巴士來到了雷斯，到的時候卻發現那家店根本媽的不見了！我的意思是說，**那裡**是有一家店，可是已經他媽變了樣，變成了一家狗屁白癡的餐廳。

我看到了列克索，他坐在櫃臺後面，媽的在看報紙。這傢伙媽的塊頭超大，我不會看錯人。餐廳裡媽的幾乎沒什麼人；只有一個老太婆和兩個笨蛋傢伙在吃早餐。列克索在一個餐廳裡給人家端菜，像個他媽的特大號女人。他抬起頭來，看見我，簡直要媽的再多看我一眼。「唉噢，法蘭哥！」

「嗨，」我說。我環顧這家爛店，都是小桌子，牆壁上好像寫著中國佬的字[2]，還有白癡狗屁的飛龍圖案。「這是怎麼一回事啊？」

「把店改裝成餐廳了。家具是現成的，不用花錢。到了晚上，就變成了一家泰國餐廳。很受雷斯都會新貴和學生族歡迎。」他露出牙齒大笑，好得意。

什麼狗屎，領帶餐廳[3]？這痞子在搞什麼鬼把戲？我問：「什麼啊？」

「其實是我的女朋友，蒂娜，在管理這家餐廳。她有外燴的執照。她想，這個店改成餐廳，比較容易賺錢。」

「看起來，你混得不錯嘛！」我有點責怪他。我四處看來看去，讓他知道媽的我不大爽。

我可以感覺到這傢伙他媽的準備要跟我攤牌了。他聲音變得很平很低，點頭示意我到後面去說話。然後他看著我的眼睛說：「是啦，我必須賺錢啊。不再搞以前那一行了。媽的太吸引條子注意了。現在這家店是蒂娜的。」他又說了一次，然後告訴我：「當然，我們會顧到你的，老兄。」

我的眼睛繼續瞪著他，身體向後靠在牆壁上，然後眼神貫穿廚房。我感覺到這個傢伙開始有點緊張了，好像害怕我隨時會大鬧一場。這個大塊頭他自己在幻想，不過他的手像鏟子一樣大，這表示如果有人幹他，他的手就會像刀攪斷你的腸子。對，我發現他的眼睛也看向廚房，眼神的方向和我一樣。我現在媽的要對這個大頭呆把話講清楚。「你很久沒有去監獄看我了，你知道吧，」我說。

這個傢伙只是看著我，露出他媽的小小微笑。我可以看出來，這個傢伙眞的沒時間應付我，在他的微笑底下，他其實只想媽的把我踢到雷斯的人行道上去。

他敢給我試試看。「媽的我告訴你，以前那家店有一半是我的，所以現在這裡我也有一半的份。」我對這傢伙說。我看著這家餐廳，掃視媽的我的新產業。

1　英文中，「我和他是夥伴」有兩個意思：一，我和他是工作上的同事；二，我和他是一對情侶。

2　卑比和大多數西方人一樣，分不出來中國字，泰國字以及其他亞洲文字的差別。因此，他看見亞洲文字時（在此，可能是泰文），他就以為是中文。

3　「領帶」和「泰國」在英文中發音一樣。這一章的主人翁法蘭哥聽不懂別人在說「泰國」——可能是因為他在獄中待太久，並不知道外面在流行泰國菜。

然後我發現這傢伙的血液都媽的滾熱冒泡了，但是他還在跟我說家常屁話：「法蘭哥，我眞的沒辦法想像你在這裡端晚餐送麵包啊，不過我們可以好好安排一下。我會照應你的，你知道，你是我的老朋友啊！」

「是啊，」我告訴這個大塊頭：「我現在就媽的需要一點現金。」

「完全沒有問題，好兄弟。」他說，數了幾張二十英鎊鈔票給我。

我腦裡拉警報，我不知道他是在玩什麼把戲。他一面把錢遞給我，一面又說了些狗屁：「我告訴你，法蘭哥。我聽說賴瑞・懷利還在跟唐尼・萊恩鬼混噢。」

我馬上抬起腦袋，看著他的眼睛。「眞的？」

「是啊！當初不是你把他們湊在一起的嗎？」列克索先給媽的一臉天眞微笑，然後再給我嚴厲眼神，他好像想要說，那兩個人媽的受了氣。

我用媽的我腦袋，想搞清楚這傢伙說的到底是媽的什麼意思，這裡面的恩怨，誰又受了誰的氣。他又說：「你絕對猜不到誰接管了日光港口酒吧。是你的老朋友，變態男，以前大家都這樣叫他。」

結果一個要命的偏頭痛又發作了，就像以前在媽的監獄裡那樣……我覺得我的腦袋他媽要爆炸了。外面媽的怎麼這麼多變化啊……列克索開餐廳……變態男開酒吧……賴瑞・懷利爲唐尼・萊恩工作……

我得出去透透氣，媽的花點時間好好想一下……

大塊頭又繼續說：「法蘭哥，我今天下午要去銀行，先拿出一筆錢出來給你過日子，再討論長遠的計畫。你要住在你媽家，是吧？」

「是啊……」我說。我的頭還是很痛，我也不確定我他媽的要去哪裡。「我想是吧……」

「我晚上要喝一杯。我們再好好聊一聊，好吧？」他說，而我只能像個傻瓜猛點頭，我的太陽穴碰

碰跳，結果這時候有個老傢伙走了進來，要點燻肉捲和一杯茶。他的後面跟了一個穿著連身裝的女孩，

列克索對她點點頭，要她去招呼這個老鬼。列克索拿出筆和簿子，寫下了一個狗屁號碼。他拿出了一支

很新式的電話，那種沒有電線的電話。「這是我的手機號碼，法蘭哥，」他說著，把電話在我眼前搖

晃。

「是啊……」我說：「現在每個人都有一支這個了。我他媽也要一個，你幫我弄一個吧！」

「我看看我怎樣幫你吧，法蘭哥，反正，」他說著，眼睛卻看向這個女孩：「我會幫你弄一個。」

「好吧……晚點見啦，」我說，很高興媽的終於呼吸到了新鮮空氣。餐廳裡的油煙味媽的讓我想

吐。我還是不敢相信一切都變了，我們的家具店竟然變成了餐廳。我來到隔壁的藥房，一個女孩給了我

一些強力止痛藥丸。我吞下兩顆藥，喝了一瓶水，然後在雷斯步道走了一陣子。這藥夭壽強喔，因爲

二十分鐘之後，我的頭就不痛了。我的意思是，這眞的很怪，因爲我他媽還可以感覺到頭痛還在，可是

已經不像剛才那樣痛了。我走回餐廳，往裡頭看，看到列克索正在和他的女人爭吵，現在他看起來就得

意不起來了。沒有錯啊！這家屁店有一半是我的，如果他要打發我，媽的他最好要讓我滿意。

對，我可以看到這個傢伙，坐在窗前的一張桌子前面，媽的在想什麼鬼主意。嗯，媽的我好端端

的，你大塊頭。我大步走上雷斯步道，在過往行人夭壽的臉上看來看去，想看看可不可以找到我認識的

人。但是這裡有什麼樣的人啊。兩個留個黑人辮子的髒鬼，是白種男孩喔，從我身邊走過，媽的好像他

們在這裡有地盤，還有個自以爲很了不起的屁蛋，牽著一條小狗，從一家店舖走了出來，然後跳上很拉

風的爛車。這些狗屁人渣到底是誰啊？他們不是雷斯人啊。眞正的雷斯人都到哪裡去了？我在電話亭，

查看我的電話簿，撥了賴瑞．懷利的號碼。他的電話號碼看起來好像是那種很炫的狗屁手機號碼。列克

索最好趕快也給我弄一支來……

「法蘭哥，是你啊，酷！」賴瑞說，好像他正在等待我的來電：「你從牢裡打電話給我嗎？」

「沒有，媽的我在雷斯步道打電話，」我告訴他。

他沉默了一下子，才問我：「你什麼時候出來的啊？」

「別管啦。你在那裡啊？」

「我在威斯海爾[4]工作，法蘭哥，」賴瑞說。

我開始想想。現在我還沒有準備好面對我老媽，不想聽她對我腦子嘮嘮叨叨。「好吧！我半小時之後跟你在海爾飯店碰面。我現在就搭小黑[5]衝過去。」

「呃……現在我在幫唐尼工作啊，法蘭哥。說不定他……」

「媽的，當初就是我媽的把你和唐尼湊在一起的。」我告訴這痞子：「我一個小時以後在海爾飯店跟你見面，我先去我媽家放個東西，然後就搭小黑火速去找你。」

「呃……好吧。待會兒見。」

我摔掉電話，想到這個爛傢伙竟然去巴結唐尼．萊恩，我眞他媽高興聽見這個壞消息。我很瞭這個人啦。然後我去了我媽家，結果她夭壽喂大驚小怪招呼我，說一堆我回家太好了等等屁話。

「是啊，」我說。我的母親身材胖了不少。在家裡看到她，比較感覺得到她發胖，以前她來監獄看我的時候，反而看不大出來。

「我得趕快告訴伊莉莎白和喬伊。」

「好啦，有沒有吃的東西可以讓我帶走啊？」

她雙手撐腰說：「你一定餓壞了吧，兒子，我來幫你弄點熱湯，可是我馬上就要去玩賓果遊戲了。嗯，我通常先去彼熱佛酒吧，跟梅西和岱芬妮喝一小杯……」她降低音量說：「但是你可以去炸魚薯條店。你大概很想好好吃一頓炸魚大餐吧！」

「好啊，」我對她說，心裡在想著，至少我在去找賴瑞的路上，媽的可以先吃到東西。

於是我出門，拿了炸魚晚餐，攔下了一台計程車。司機睜大眼看我一眼，好像很不爽我在他狗屎車子的後座吃東西，但是我惡狠狠回瞪他，把他嚇得縮了回去。

到了海爾飯店，賴瑞送上酒。他的身旁有幾個人跟著，他對著那些人點點頭，那些人就媽的閃到角落去了。這樣我就和賴瑞閒扯起來了，問一下彼此的近況。夭壽喂賴瑞算是個好兄弟，我才不管別人怎麼說他。至少，媽的他會去監獄探望我。不過，這個傢伙也可能給我暗中搞鬼，我要知道他和媽的唐尼兩個人在玩什麼鬼把戲，媽的我相信這兩個人一定在搞什麼。我要仔細瞧瞧，列克索給我的錢在我口袋裡要燒出一個洞呢，但是我沒敢喝太多。看賴瑞的眼神，我知道說不定，媽的，事情的發展我已經跟不上了。這傢伙想要媽的喝酒，可是我先得搞清楚狀況。

我們喝完了酒，然後走向穿過國宅區的舊路，這條路以前剛建好的時候，大家還說這條路會變成媽的新的太子道。現在，這條路只是一條從購物中心通往住宅區的水泥路，路的兩旁各種了一大片草。在國宅區建一條新的太子道？天塌了才可能。

賴瑞還是他媽像以前一樣賊。他看著在公寓外面蹦蹦跳跳的小女孩，笑著說道：「再過幾年等到這些女孩長大，一定要記得再來這裡。」

小女孩在唱著一首歌：「神秘的瑪格告訴我，我未來的男友的名字是……」賴瑞這個豬頭竟然說：「ㄏㄨㄞ懷——ㄌㄧ利」他把自己的名字拼了出來。

---

4 威斯海爾為愛丁堡市郊的地名。

5 原文中「飛快的黑車」是指計程車。台灣的計程車俗稱小黃；在此故意譯為「小黑」。

「滾你的，你這個色鬼，」我說。

「開個玩笑嘛，法蘭哥，」他笑著說。

「我不喜歡這種狗屁玩笑，」我告訴他。這傢伙要講笑話，最好給我他媽機靈一點。賴瑞的行爲表現總是很開心愉快，但是私底下他非常冷酷無情，尤其是當他精蟲衝腦的時候。他和道爾斯翻臉了，因爲他上了道爾斯的一個妹妹。這就是他爲什麼喜歡和我以及唐尼混的原因。我們要去看的一個女人，他把那個女人的事告訴我。「這個叫做布萊安．萊格塢的傢伙，他突然消失了。無影無蹤。留下他的女人和他的小孩，還有一堆債務，都是賭債。」

「簡直一團糟，」我說。

「是啊，」賴瑞說。「我很同情這個女人，她辣得很。不過我要就事論事啊。我能怎麼辦呢？我告訴你，他們說這個女人並不怕羞。麥蘭妮。」他提起這個女人，口氣似乎很喜歡她，拚命幫她說話：「泰利．羅生想要上她。你記得這個人嗎？」

「記得啊……」我說，賴瑞敲門時，我還在努力把泰利的臉跟名字連起來。

這個叫做麥蘭妮的女人來到了門前，她的樣子他媽的有夠辣。賴瑞媽的看得很心動。她站在那裡，頭髮濕濕的，好像剛剛洗過頭，鬈曲的頭髮一路延伸到肩膀。她穿著一件V領的媽的綠色運動衫和一條牛仔褲，而且看起來好像是應門之前才穿上的。她並沒有穿上胸罩，我知道賴瑞在看她那裡，說不定他還在猜想這個女人有沒有穿內褲。「喂，我跟你說過了，布萊安欠的債跟我一點關係也沒有。」

「我們可以進去好好談一談嗎？」賴瑞說。我這個時候突然想來泰利．羅生是誰了。我們很久以前曾經認識，在我們還是小孩子的時候，一起打過足球。

麥蘭妮叉起手臂說：「沒什麼好談的，你應該去找布萊安要錢。」

「如果我們知道他在什麼地方，當然會跟他要錢。」賴瑞說著，臉上媽的掛著微笑。

「我不知道他在那裡。」她說。

這個時候，又有一個年輕馬子出現了，和麥蘭妮年紀差不多，個子很小，黑頭髮，推著娃娃車走出來。她看到了我們，停下來問道：「怎麼啦，麥蘭妮？」

「討債公司的人來討錢啊，布萊安欠他們的，」麥蘭妮說。

這個黑頭髮的小女人衝著我說：「布萊安留了一堆債務，他還拿走了麥蘭妮的錢。麥蘭妮就沒有和他見面了。這件事跟她一點關係也沒有。」

我聳聳肩膀，開始對這個小女人說**我**他媽不是討債公司的人，我只是和賴瑞一起過來，因爲我在路上遇到他。我注意到這個女人的眼睛下面有一小塊黃色的瘀血。我問她該怎麼稱呼，她說她叫凱特。然後她就媽的對我滔滔不絕地講，而賴瑞則拿出他的生意經，對著另一個馬子說道：「規定就是這樣啊，你們以前就知道了。合約寫得很清楚，就像戶頭稅[6]一樣，這筆借貸是屬於整個家庭的債務，而不只是個人債務。」

麥蘭妮怕了，但是她努力不要讓人看出來。叫做凱特的馬子用懇求的眼光看我，好像希望我阻止賴瑞繼續討債。麥蘭妮的小兒子蹣跚地走出來，玩具掉在地上，她彎下腰去撿，卻發現這噁心的傢伙正在盯著她的屁股看。這是一種讚美，可是她用力瞪著這個傢伙。

「嘿，嘿！妳那個眼神是幹嘛？」賴瑞說：「美女，我和妳是一國的啊。」

「是啊？好吧，」她說，但是我聽到她語氣中媽的充滿恐懼。

小凱特還在看著我。我在想，我可以好好跟這個媽的美女幹個夠，媽的我好久沒有跟人幹……然後

6 户頭税是以前英國的一種税名。

賴瑞，媽的這個恐嚇狂，他開始惹毛我了。「喂，」我說：「賴瑞，這件事情不應該這樣處理。」

「我知道很難，」賴瑞的聲音好平緩，把音量拉了下來，好像他找到了機會：「這樣吧……我並不是在承諾什麼啦，但是我可以跟老闆講，看看他願不願意多給妳一點時間，」他微笑著說。

麥蘭妮看著這傢伙，勉強擠出一個僵硬的微笑，和一個不甘願的謝謝。「我知道不是你的問題，你只是作份內的工作……」

賴瑞看著她一秒鐘，然後說：「聽我說，我在想或許我們可以去喝點東西，用一個比較有水平的方式，好好商量這件事。就今天晚上好嗎？」

「不用了，謝謝你，」她對賴瑞說。

我趕快插進來說：「凱特，妳呢？妳可以來嗎？找個保母幫妳看小孩吧。」

「我不行啊！」她微笑著說：「我沒有錢。」

我眨眨眼對她說：「我是個守舊的人，我很不喜歡讓女生付錢。今晚八點好嗎？」

「嗯，可以吧……可是……」

「妳住那裡啊？」

「我就住在樓下，就是這棟樓的下面。」

「我八點鐘來接妳，」我說著轉向賴瑞說：「就這樣了，我們走吧……」然後我抓著他走人。

我們爬下樓梯，結果他媽的呻吟起來：「老天爺，法蘭哥。如果你不是拖著我走，她就會跟我出去！」

我直接地告訴他：「那馬子他媽的根本對你沒興趣。你長得這麼醜。我和小凱特才有搞頭。」

「是啊！這些女人隨便的很，她們經常缺錢，誰有鈔票就可以帶她們出去。」

「是啊，可是她們卻不願意和你出去，豬頭。」我這樣告訴他。這傢伙顯然不大高興，但是他也沒話好說。我看得出來，他的硬屌已經垂了下來，而且媽的他也在擔心他要怎樣向唐尼交代。

這是**他自己的**狗屁問題。才剛剛出獄幾個小時，我他媽就已經找到打炮的對象。漂亮妹妹呢！真的世界紀錄，豬頭，我要好好彌補我浪費的青春！

# 19 朋友

變態男在吸古柯鹼。這傢伙大鼻子流出來的鼻水比我還要多，你知道嗎。像一條小溪，老兄，看他的鼻水向下流，一路流到他的上唇。他隔一會兒就抽出一條張面紙，可是沒有用，這傢伙的鼻子還是像一條小溪。小溪都在幹什麼事啊？小溪發出咕嚕咕嚕聲，老兄，小溪只會發出咕嚕咕嚕聲啊，知道吧。通常我不會在乎，但是現在不一樣，因爲愛麗森正在聽他講屁話。變態男說的每個字，她都很努力地聽進去，知道嗎。跑來日光港口酒吧找變態男是她的主意，不是我的。上一回我來這裡找他，或許是我蠢，說不定我對這個傢伙是有一點沒耐心，可是我的神經都被他粉碎了，他在這裡夠久了，應該知道對他的老朋友表現同情心，是吧。可是才不，他只想到他自己。他用自我把他自己都充塞了，我眞驚訝他的身體還有空間嗑古柯鹼，知道嗎。現在他正在講些什麼拍電影，色情工業，什麼狗屎屁話。問題是，愛麗森很感興趣，而且他們兩人以前有瓜葛，我覺得……

……我嫉妒……我沒用……我又嫉妒又沒用，老兄，我嫉妒又沒出息。

變態男並沒有變多少，他一點也沒有變，沒變，沒變，沒變，因爲他還在談他最鍾愛的主題，就是他自己、他自己、他自己，以及他的一堆偉大計畫構想。

酒吧裡的人漸漸多了起來，我們才得到一點平靜。可憐的老女服務生拉開嗓門大喊：「賽門！」她喊了兩次，賽門才心不甘情不願地過去幫忙。愛麗森看著他去了吧台，才對我說道：「又看到賽門，眞好，」她又提起了以前的那堆老朋友：凱莉、馬克，和湯米，哎！可憐的湯米。

「是啊！愛麗森，我眞的很懷念湯米，」我對她說。我只是很想提到湯米，因爲有時候我會覺得大家都把他遺忘掉了，這樣不對。看，有時候，每當我一提到湯米，大家就會大發脾氣，罵我病態。才不是呢，我只是想回憶這個男孩，知道嗎。

愛麗森今天去了美容院，把頭髮剪短，可是瀏海仍然留長。說實話，我比較喜歡以前的樣子，可是我什麼都沒說。跟馬子在一起的時候，如果晒衣夾已經夾不緊你的夾克，說錯話就完了，一定的。「對呀！」她燃起一支菸說：「湯米是個可愛的男孩子，」然後她轉向我，吐出一口煙，然後我的達令的眼神變得好冷。「不過他也是個毒鬼。」

我只好坐著不動，老兄，啥屁也沒放，知道嗎。早知道我就應該告訴她，湯米事實上並不是大毒鬼啦，他只是運氣不好，因爲我們其他人，其實是我們所有的人，嗑藥嗑的都比湯米凶，但是這些話我講不出來，因爲**變態男**又回來了，知道嗎，拿了更多酒過來，又要一直談他自己了。只談變態男。

他的一堆狗屎屁話，又在我的腦子不斷播放：**倫敦啦……電影啦……產業啦……休閒啦……做生意的機會啦……**

我實在受不了啦，老兄，我坐在這裡很不爽，聽他講屁話，結果，我突然起了一個惡毒的念頭，就問他：「所以說，你在倫敦混的很不好囉？」變態男突然站直，他的身體像焦炭一樣僵硬，然後又坐了下來，他的樣子看起來好像我剛剛說他的義大利媽媽幫警察吃老二。沒有錯，這傢伙的眼神充滿怨毒，但是他什麼話也沒說，只是冷冷瞪著我，知道嗎。

他的反應讓我很不安，我只好再說：「沒啦，老兄，我只是想知道你爲什麼會回來，知道嘛。」

他的臉繃緊。變態男和我啊，以前經常互相損來損去，可是很親。現在我們只剩損來損去。他說：

「屎——丹尼[1]，我講實在的，我回到雷斯是因爲這裡有機會：我可以拍電影，開酒吧……我在這個地方，」他的手掃過酒吧，表示輕蔑：「只不過是我的起步。」

「我才不認爲在雷斯開一家陰森森的酒吧，放幾部猛男色情片，就叫做了不起的機會喔，老兄。」

「媽的你可不要起頭找麻煩！」他搖頭說：「**你**他媽是個軟腳蝦，你看看你！」他轉向對愛麗森說：「妳看他！對不起，愛麗森，我不得不說。」

愛麗森一臉凝重地看著他說：「賽門，我們是把你當朋友看啊！」

現在，這個傢伙開始拿出了他的拿手絕活：卸責給別人，合理化自己的行爲，而且還要把別人壓扁。「看啊，愛麗森，我回到了雷斯，但是一堆肉腳卻都扯我後腿，」他說：「我不能再這樣下去了。不管我說什麼，我都被潑冷水。你們把我當朋友看？我本來以爲我可以從所謂的朋友身上得到鼓勵，」他嗤之以鼻地說，然後指著我，全力怪我：「他沒有告訴你前幾天他來過這裡嗎？這麼多年來我第一次看到他。」

愛麗森搖頭，直直看著我。

「我那天是想……」我試著要解釋，但是這個變態傢伙的聲音壓過了我。

「結果他那天怎樣對我？他連一聲『唉呀，賽門，你好嗎，好久不見』也沒有說，」他對她說，一副好受傷的樣子，「不，你才不打招呼。你只想來弄塊肉吃[2]，連先說一聲『嗨賽門』都沒有。」

愛麗森把瀏海往後撥，然後看我：「丹尼，他說的是眞的嗎？」

嗯，眼前的景象非常恐怖，就好像是在我沒力又生病的時候，會在眼前看到的景象一樣。就是這樣，老兄。我看到自己站了起來，渾身激動顫抖，彷彿早期的黑白老電影，放映速度很怪，膠片也都亂接。我簡直可以看見我自己的嘴巴張開，手指指向他一秒鐘。然後，唉，我站了起來，指著這個瘋子，跟他說：「你從來就沒有把我當朋友，你從來就不像懶蛋一樣把我當作眞正的朋友。」

變態男的臉扭出一個獰笑，他把下巴挺出來，好像「快省」超市收銀機的抽屜嘩地一聲打開。「你在說什麼屁話？懶蛋搶了我們的錢！[3]」

「他才沒有搶我的錢！」我指著自己，對他大吼。

變態男沉默了下來，氣氛一片死寂，老兄，他的眼神一直沒有從我身上離開。天啊，我說出來了。我洩密了[4]。愛麗森也看著他。他們兩個人湊一對，兩雙瞪大的眼睛，噴出被人背叛的火焰。

「所以，」變態男兇巴巴說，「妳和他是一夥的？」他看著愛麗森。愛麗森低頭看著地板。她很會保守秘密，但是不擅長說謊。

我不希望變態男的指控牽連到她。於是我想要轉移注意力。「才沒，我那個時候什麼都不知道啦，我可以用愛麗森和安迪的生命做擔保。」

這隻變態貓的目光非常狠毒。但是他知道我沒有說謊。他也知道還有內情。

我把眞相吐出來了。我的指甲刮著桌上濕透的啤酒墊。「那件事發生之後，我收到了一筆郵局寄來的錢。那筆錢的數目正好是我分到的那一份，一個銅板也不少。」變態男的大眼睛仍然把眼神鑽進我的身體。我馬上知道，這個時候說謊是沒有用的，因爲這傢伙就是會看出來。「信封上面有個倫敦的郵戳，就在我回來三個星期之後收到的，沒有字條。我之後也一直沒有他的消息。但是我知道這筆錢是他寄給我的，不可能有別人。」我告訴他，然後略帶誇耀地說：「馬克對我夠意思。」

1 他本來要叫對方「屎霸」，可是他又想要故作嚴肅，所以改叫對方的本名。
2 意指跟賽門要錢或者要貨。
3 懶蛋拿走了大家的錢——這是《猜火車》的大結局。
4 懶蛋把大家的錢拿走，可是沒有拿走屎霸的錢——這應該只是懶蛋和屎霸私底下的往來，屎霸不該說出來。

「整份你的錢？」變態男問，他眼睛快要凸出眼眶了。

「一塊也不少，老兄，」我有點喜孜孜告訴他。然後我坐倒回椅子上，因爲我沒力了。愛麗森用責難的眼神看我，但是我也只能聳聳肩，於是她又低下了頭。

我看得出來，變態男的腦海正在旋轉。我想，他的大腦，一定就像人家在樂透或是蘇格蘭杯賽程抽籤的那種球一樣。他看起眞的很受傷，不只是假裝，可是他又突然微笑，笑容好像模仿身上藍色襯衫的鱷魚商標。「是這樣子啊？好，你他媽倒是得到了好處。你對你自己眞夠義氣，嘿。你還眞的很懂得用錢嘛。[5]」

愛麗森抬起頭來看著我說：「那筆錢，你拿來養孩子的那筆錢……是馬克．藍登[6]給你的？」

我沒說什麼。

變態男看著他的威士忌酒杯，拿起來一飲而盡，用空酒杯敲著桌面。「對，沒錯！你就只會坐著媽的發呆。」他對我獰笑。「你什麼事都沒有做，將來，你什麼事也都做不出來。」

我實在是沒辦法，忍不住脫口而出。我告訴他說，我要把雷斯的歷史寫出來。

變態男開始冷笑。「這他媽一定會精彩的不得了。」他的聲音傳向吧台，結果幾個人聽到聲音轉過頭來看。

現在愛麗森看著我，好像我是個瘋子。「丹尼，你在說些什麼啊？」她問道。我必須逃走，我必須趕快離開這裡，於是我站了起來，向外走。「我只會扯你的後腿，我會記得你對我說的這一句話，知道吧。好吧，」我對他說。

變態男揚起眉毛，愛麗森卻跟著我到門口。我們走出了酒吧。「你要去哪裡？」她雙手抱胸問我。

「我團體聚會的時間到了，」我告訴她。外面的氣溫很低，雖然她穿著海軍藍的羊毛衫，還是凍得發抖。

「丹尼……」她用手指和拇指捏了捏我的外套拉鍊，跟我說：「我要進去和賽門談。」

我看著她，不可置信。

「他現在心情不好，丹尼。如果他把錢的事情告訴其他人，話又傳到譬如第二獎耳裡……」她猶疑了一下繼續說：「……或者，法蘭哥．卑比……」

「好吧！去跟賽門談吧。我們不能把他惹毛，對不對啊？」我回敬她，不過他媽的，這件事我還是怕。當時我、懶蛋、變態男、第二獎，和卑比，我們在倫敦幹了那場買賣，然後懶蛋把錢全部吞走。他後來有把我的那一份還給我。顯然他並沒有把變態男的錢還給他，我不知道他有沒有給其他人。可能沒有給卑比吧，因爲卑比後來發神經，殺了唐納利那傢伙，被關了起來，雖然說唐納利也是個壞傢伙，嗯，我必須說。

「你最好別遲到了，」愛麗森吻我的前額，然後轉過身，走進酒吧。

她走了。

做了剛才的事之後，知道嗎，我既興奮又憂慮。

我去團體聚會的時候，我跟他們都說了，把我想寫雷斯歷史的計畫說了出來。結果啊，老兄，艾維兒非常開心，知道嗎，媽的她眞的開心。我的計畫能夠讓這馬子露出微笑，眞是値得啊！現在我做到了，我把我的秘密說出來了，我一直希望自己成爲一個文字工作者。一個力爭上游的人，一個傑出的地方文史學家，一個推動社會的人，一個搖撼世界的人。

5 變態男在說反話。他的意思是：屎霸你拿了一筆錢，生活卻還過得這樣差。
6 懶蛋的本名。愛麗森似乎故意不要用懶蛋的綽號，以示畫清界限。

但是我並不是這樣的人[7]。看看電視上的那個人，那個講述古文明的人，我看他就是不順眼：嘿，老兄，我們得注意一下這個來自雷斯的傢伙[8]，他是這一行的新面孔。如果我不小心一點，這個傢伙會胡搞我的金字塔，把每個埃及人都好好痛揍一下[9]。不行，我才不要讓他這樣幹。

我一定要放手去做，知道吧，一定要去嘗試，或許我可以對愛麗森證明，她不可以小看我。或許我可以向所有的人證明，大家都不可以小看我。

我最開始認識愛麗森時，她是個古怪又美妙的馬子，皮膚是很棒的古銅色，鬈髮又長又黑，珍珠般一排貝齒很大。她是個有點悍的馬子，但好像有個看不見的吸血鬼抓住她的脖子，吸乾了她的精氣。她從來沒有把我看在眼裡。她一直喜歡變態男。我記得有一次，她竟然對我微笑，我的心臟快要從胸口跳了出來。我們倆在一起的時候，我總以爲只是毒鬼在亂搞，老兄，我們清醒之後，她就會想走掉。但是後來有了孩子，她就好像留在我身邊了。這個孩子，或許是她這段時間裡，老兄，願意跟我困在這兒這麼久的唯一原因吧！

但是現在，她又變回了那個被吸血鬼壓榨的愛麗森，而誰是那個吸血鬼呢？是我，老兄。是我。

團體聚會結束之後，我很好奇，愛麗森是不是還在酒吧那裡。但是不行，我現在不想再看到變態男。我朝另一個方向，向市區走去，結果我遇到杜德表哥，他正從老鹽酒吧走出來。我們一起走回他在蒙哥馬利街的公寓，打算嗑些大麻。他住的小地方很酷，有點偏小，房間啊，有點像是便宜國宅，不像那種大房間的公寓。他把屋子布置得很好，老兄，只可惜壁爐上掛了杭士隊大照片，索尼士[10]時代的。屋子裡有一張不錯的皮沙發，我整個人癱上去。

我很喜歡杜德表哥，雖然他有點太嘮叨。幾根大麻和啤酒之後，我把我的感情問題告訴了他。

「不要擔心，老弟。翁尼亞—文維—阿莫[11]，愛征服一切。如果你們倆相愛，什麼困難都可以解決；如果兩人不相愛，現在就是改變現狀的時刻了。就是這樣。」杜德說。

我告訴他，這並不容易啊，「你看，有個人曾經是你的好朋友，他和她曾經很親密，現在他又回來了，回到過去的關係了，老兄，你懂嗎？這個男人有點自我中心，所以我說了一些話，說了一些我不應該說的話，知道嗎。」

「維里塔－奧點－巴里[12]，」杜德說話的口氣像個哲學家：「說出眞相，就會惹人討厭。」他用這句話來勸我。

我想寫書的事情眞是太瘋狂了，我連我自己的名字都寫不好耶。看，杜德表哥好像一個拉丁文學者，而他是格拉斯哥人喔。我很難想像格拉斯哥有學校，可是他們一定有，而且一定比我們的好。於是我問好表哥：「你怎麼會知道這麼多東西？杜德，譬如，拉丁文啊？」

他一面對我解釋，一面捲起了另一根大麻，「我都是自學的。屎霸，你來自另外一個背景，而我是基督新教的，知道吧。我並不是說你不可能和我一樣，知道吧。只是對你來說，學習這些東西需要花更多工夫，因爲它不屬你的文化背景。屎霸，我們是蘇格蘭新教徒勞工階級的教育出身，是根深柢固的納克斯[13]傳統背景出來的。所以我才會幹工程師這一行[14]。」

---

7　指他不想成為主流的歷史學家。

8　指電視上的主流歷史學家，看屎霸不順眼。

9　屎霸想像電視上的學者是埃及專家。

10　索尼士，蘇格蘭的足球教練。

11　這一句拉丁文的意思是「愛征服一切」——在屎霸耳裡，這是一句話聽起來是拉丁文的聲音，並聽不出來字義。

12　又是拉丁文：「說出真相，就會惹人討厭。」

13　納克斯為蘇格蘭出身的姓。在英美，許多宗教人士姓納克斯。

14　這應該出於屎霸的幻聽，而不是真的。

我不是很瞭解這個傢伙說的話，「但是，你的工作是警衛啊，爲什麼呢？」

杜德輕蔑地搖頭，好像這只是微不足道的小細節：「這只是暫時性的，我會回到中東，簽另一個工程合約。你知道嗎？警衛的工作只是讓我有事可幹。我並不是要冒犯你，我可以這樣告訴你，因爲你有潛力。可是你看嘛，總不能懶下來，叫魔鬼去做事[15]。歐西亞—當—維西亞[16]。新教徒有進取心，可是天主教徒沒效率，兩者就是有差。我們努力讓自己忙碌，遵守我們的規矩，直到下一件大事的來臨。我不可能枯坐不動，花光我在阿曼[17]賺來的錢。」

我在納悶，這傢伙到底在蘇格蘭克萊狄斯戴爾銀行存了多少銀子啊。

15 有句英文俗語為「自己手懶，卻叫魔鬼去做事」，是在斥人懶惰。

16 又是拉丁文，意為「懶為惡之因」。

17 阿曼，中東的國家之一。這段杜德的發言，虛實度不可知。

## 20

# 第18738個念頭

與可人兒愛麗森重聚眞是很好，雖然她和一個生命一團糟、吸毒、撿馬鈴薯[1]的肉腳在一起，肉腳還和我吵一架，搞得我很火大。他也變得很冰冷，那個瘦巴巴、吸毒的爛貨。媽的我應該把他跟別的垃圾一起丟到街上，讓清道夫撿去，一起當垃圾燒掉。

事情要不是變好，就是變糟。我一想屎霸，就覺得我已經碰上最糟糕的事。不幸，還有更糟糕的事等著我。他，走進來了。

「變態男！你他媽當酒吧老闆了！你，在雷斯開酒吧了！我就知道你離不開這個鬼地方！」

這個人穿著一件過時的棕色空軍夾克，舊的耐吉慢跑鞋，Levi's牌牛仔褲，和一件很刺眼的老式鯊魚牌條紋衫。當然，整個印象就是「犯人」。他的鬢角有點發白，他的臉上也多長了幾條巧克力糖[2]，但是這傢伙看起來好極了。他一點也沒有變老，好像剛從媽的養生農莊出來，而不是苦牢。他可能一天二十四小時、一周七天都在練舉重吧。連他發白的鬢角看起來都不眞實，好像電影化妝師爲了要讓他看起來比較老才做出來的。我眞的他媽一句話也說不出來。

「沒有想到會有這天！我就知道你一定會回來，痞子！」他又說了一

1 撿馬鈴薯的人，指的是鄉下土包子。但同時值得留意的是，變態男在罵屎霸，而屎霸是愛爾蘭出身的，愛爾蘭人給人的刻板印象就是吃馬鈴薯（也因此被勢利的變態男認為很土）。

2 指對方的臉上長出贅肉。

次，這傢伙喜歡重複自己廢話的無聊習慣，不但沒有改，說不定還變本加厲，監牢就像溫室，花時間培養出他這個奇葩。想想看，怎麼有人可以他住同一個牢房啊！如果是我，我寧願媽的賭一賭，去和監獄裡的性罪犯住看看再說。

我的下巴緊緊扣合，慢慢磨動著。並不只是因爲屎霸那個人渣來之前我吸了古柯鹼，我的身體才有這樣的反應。我努力擠出一個微笑，才開口說：「法蘭哥，你好嗎？」

老習慣不改，這傢伙從來不回答別人的問題，反而問別人一堆問題：「媽的你住哪裡啊？」

「就住在附近啊，」我說得很模糊。

他用一種足以讓油漆剝落的眼神看了我一秒鐘，不過他不能從我身上得到更多情報。他的眼睛看向啤酒槍，然後又回到我身上。

「來杯淡啤？法蘭哥？」我擠眉弄臉笑道。

「我他媽還以爲你都不問呢！痞子，」他說著，轉向他旁邊的那個狗屁肉腳。我不認識這一個神經病。「他可以有錢開酒吧，當然也可以請老朋友法蘭哥媽的喝一杯。他和我以前媽的都在一起東搞西搞，對吧，變態男？」

「對呀，」我勉強露齒笑了一下，舉起酒杯裝酒，心裡在計算著，他每個星期要喝掉多少我的免費啤酒，還有，被這種人這樣消耗，我的小酒店利潤微薄，我收支要怎樣平衡。我和法蘭哥聊著，用漫不經心的口氣講出一些會讓他頭昏腦脹的情報和人名，足以讓他發昏的腦子掛掉。看得出來他的腦子被我影響了，他看起來越來越沮喪了。名字和半生不熟的點子，都搶著要走同一個車道，就像高速公路的車流遇上緊急縮減車道的情況。當然，我故意保留某個人的名字不說。我發現，法蘭哥重出江湖，雖然讓我心裡發毛，可是很奇怪，也讓我興奮呢。我心裡粗略畫張損益表，評估他帶給我的機會和威脅。我小心翼翼保持中立，用陰森、死沉的沉默態度，聽他講屁話。我想很多人看見卑比重出江湖，會比我更不安吧。

另一隻豬在瞟我。和卑比相比，他看起來比較瘦一點，比較不健康；彷彿一個在監獄中練出來的身體，又被藥物和酒精磨損了。他的眼神很野，神經病的小眼睛在人的靈魂上蝙蝠一樣跳舞，想要找什麼好東西加以毀滅，或是要找什麼壞東西來湊合。他剪短的頭髮蓋在一顆凹凸不平的頭顱上頭，你可以一整天對著那顆頭顱猛打，打到你的手指頭爛爲止。「所以你就是變態男啦，是不是？」

我一面倒啤酒，就一面看著他。希望啊，我的臉上有露出誠摯的虛假表情，鼓勵對方多說一點，「還有呢？」這個問題就默默懸在空中。在這場意志的大決戰中，我希望這個白癡可以再多說一點。但是我沒有拿捏好，我只得到一個壞蛋給我的微笑，而古柯鹼的勁道正消退了。我想到，辦公室牆上掛著的夾克裡，有一包劑量的古柯鹼。

還好，他打破了僵局。「老兄，我是賴瑞。賴瑞．懷利。」他的語氣急促，帶著打量我的意味。我有點不願意，握了握他伸過來的手。我一想到這種貨色要一個一個光顧我的店，我的店就準備收山了「我聽說，你和我的老二，都幹過同樣一個洞喔，」他說，惡毒的嘴角露出了一個邪氣的，打量我的笑容。

這傢伙到底他媽的想要幹嘛？

賴瑞這個傢伙把我和他牽拖在一起，一定發現我一臉困惑。「露意絲啦，」他說：「露意絲．馬果森，她跟我說，你想要搞她。你這色鬼！」

喔，陳年往事，那個妞。「是啊？」我點點頭，看著啤酒槍口，然後看向他。我很討厭在吧台工作。我一點也沒有耐性幫客人倒啤酒。幸好他們沒點健力士，倒健力士有一套規矩，比較麻煩。沒錯，他的臉很面熟，看起來是一張我勉強可以記得的惡棍面孔，在附近的民房出沒，我去那些地方要不是爲了買藥，就是要找嗑藥後可以放鬆躺下來的地方。

「乾杯，老兄，」他微笑著說：「你知道，你的好康，我也試過啦。」

卑比看看我，看看賴瑞，然後又看向我。「都是髒鬼，」他眞的很嫌惡地說。突然間，自從卑比進來酒吧之後，一種曾經困擾我的恐懼感覺又浮現了。我們都年長了許多，我也已經很久沒看到他，但是卑比仍然是卑比。看看卑比這個白癡，就知道他永遠不會向前走。婚姻和家居生活根本不可能發生在這蠢蛋身上。對於這個小乞丐而言，他的未來要不是死亡，就是無期徒刑，順便把很多別人拖下水・是的，這個傢伙的心態就是個小乞兒[3]。

賴瑞攤開手掌，略微抗議，「我是髒鬼啊，法蘭哥，」他微笑著，然後回頭看我說：「事情就是這樣啊，嘿，老兄。我一旦上了一個馬子，就會用各種姿勢去幹她；我唯一不用的姿勢，就是慢慢幹。既然我在馬子身上花了很多喝巴卡迪酒[4]的錢，我當然要討回她身上一切的價值，然後再把她賣出去弄錢。這裡這位老兄可以證實，老兄？」

這傢伙以爲我跟他一樣爛。才不。我：賽門・大衛・威廉森，是個生意人、企業家。而你：粗俗，貧民窟惡棍，沒出息。我點點頭，心裡卻在偷笑，這個肉腳有一副別人反駁也沒用的樣子。他眞是卑比的好搭檔，兩個人一個模子出來的。他們兩人乾脆結婚算了，因爲他們再也找不到更適合對方的人。他和卑比一樣，都不是火箭科學家，可是他像土狼一樣狡猾，可以把街上每個坑洞都搜刮一空，而且在幾百碼之外就知道有人對他擺架子[5]。於是我看著法蘭哥，對這位穿著坐在點唱機旁邊，穿休閒裝，戴黃金硬幣造型戒指的小俗辣點點頭，說道：「法蘭哥，那邊，是什麼貨色啊？」

他飢渴的眼睛投向一群年輕人，空氣中的氧馬上被吸乾了。「這些小痞子把這兒當歇腳客棧大方做交易呢。」他解釋道。「如果有人在你這裡搗蛋，你讓我知道。有些人是不會忘記朋友的。」他很臭屁地說。

**朋—友？狗屁**。

我想到了屎霸，紅頭髮小偷懶蛋偷偷塞錢給屎霸。都是混蛋。**墨菲先生**[6]**，我很好奇，方斯華**[7]**知不知道你們這筆可愛的小交易啊**？啊！丹尼男孩，風笛，風笛馬上就要響起。響得像屁一樣。是的，我現在幾乎可以聽到。他們吹的那首曲子，我聽起來很像哀悼某個雷斯小毒鬼的送葬曲。沒錯，這首曲子等一下一定用得著。

現在，我對這個瘋子，還不用使出所有的王牌。「我很感謝你。法蘭哥。我有點不大清楚雷斯的發展啦，你知道吧，我在倫敦住了很長一段時間。」我對他解釋，看到了跟那夥痞子一起混的某個年輕人走進酒吧。摩拉正在專心讀言情小說，看到客人進來，才撐著一把老骨頭站了起來。「媽的，有客人。我們晚一點再好好聊一聊吧！」我一半是對自己說，一半是求卑比痞子諒解。

「好，」法蘭哥說。他和賴瑞這個傢伙坐在角落的吃角子老虎旁。

這幾個年輕痞子在吧台點了啤酒，喝了。我聽得到他們的對話，要處理什麼啦，要打電話給誰啦。我看到卑比和賴瑞走了，於是這幾個小鬼就比較放輕鬆，說話的聲音也大了些。這個混蛋卑比，竟然沒有把他媽的空酒杯送回吧台。他以爲我是媽的服侍他這種人的癟三嗎？

---

3 典故應該來自〈Little Beggar Boy〉這首曲子。小乞丐母親已過世，父親是愛揍人的酒鬼，他只想跟著媽媽一起死掉。

4 巴卡迪，為酒吧流行的酒名。

5 「擺架子」一字在英文中又指「降落」。火箭專家對降落／有人擺架子很敏感。

6 就是屎霸的本名。變態男故意在自己的想像中，用尊稱稱呼屎霸。

7 變態男故意把法蘭哥的名字改成法文，增加裝腔作勢的氣味。

我過去收空酒杯，腦子裡想著我從席克那邊弄來了藥，現在正收在樓上辦公室抽屜的錢櫃裡。當然，這份古柯鹼是我要獨享的。我收拾空杯子，媽的像個賤女傭，然後對那群小痞子中話最多的菲利普說：「你好嗎？老兄！」

「不錯啊！」他狐疑地說。他另一個個子比較高，身材比較壯的朋友，比爾．希可，對了那個傢伙叫什麼名字？比爾．希克斯啦[8]。這人好像是所有笑話的笑點。他走向我。他和其他人一樣，滿手都戴了金幣造型的戒指。我盯著他滿手金光，然後說：「老弟，很酷的戒指啊。」

這胖傢伙說：「是啊……我有五……五……五個，我還要三……三……三個。這樣我每個手……手……手指上，都會有戒……戒……戒……」

他張大嘴巴，眨著眼睛站著，努力地想要把話說清楚，但是如果要等他把這句話講完，我還是回到吧台去洗杯子，或者去點唱機點〈波西米亞狂想曲〉。

「……戒指，知吧。」

「戴這麼多戒指上大街，你很屌啊．小心你的金光閃閃手指頭，摔倒人行道時會磨破你的手指皮[9]。」我笑著說。

這個弱智的傢伙張著嘴巴看我。「耶……對……」他說，完全困惑的樣子。他的朋友們開始狂笑。

「看我的，」菲利普小子秀出了手上整套的戒指，自誇地說，靠我近得不得了。這個小傢伙他媽驕傲得要死，眼神流露著壞痞子的氣。他站到我旁邊，近得讓我不舒服，棒球帽的帽沿幾乎要頂到我的臉。他穿著昂貴卻低俗的休閒裝，很多嘻哈小痞子都喜歡這一套打扮。

我對他點點頭，叫他往點唱機的角落走進來一點。

「希望你們沒在賣藥，」我在這白癡的耳邊對他輕語。

「沒有啦！」他挑釁地搖搖頭說道。

我放低聲音說：「那想賣嗎？」

「你開什麼玩笑？」他說著，嘴角都緊了，眼睛瞇了起來。

「才沒。」

「嗯……其實……」

「我有我有『鴿子』，一顆五鎊[10]。」

「不錯啊。」

這夥人湊足錢，我給了他二十顆「鴿子」。然後，生意就媽的搞定了。我得打電話給席克，叫他多送一點過來。當然，他本人不可能大駕光臨我的酒吧，他會找個機伶的傢伙代替他快遞過來。我挪動烈酒的酒瓶，還有一個小時打烊。然後這群混吧的小鬼終於滾了，店裡變得空蕩蕩，只剩下幾個坐在角落玩牌戲，氣喘吁吁的老鬼。我從袋子裡數了六顆藥丸，放進一個塑膠袋裡。

我看到酒吧另一端的摩拉，她剛才洗了杯子，又回頭去看她的言情小說。我對她說：「摩拉，你幫我照顧半小時好嗎？我得出去一下。」

「好的，沒有問題，孩子。」這個樂於助人的老婆娘，從她的羅曼史小說中稍微抬起了頭，哼哼地說。

---

8 比爾．希克斯，著名的美國喜劇演員，高大略肥，這裡應該是說「此人長得像比爾．希克斯」。

9 大家會笑，應該是說，賽門暗示此人走路會狗吃屎，所以才構成笑話。至於是被揍倒在地，還是戒指太多太重讓他失去重心，不知道。

10 原文中的「鴿子」，是指上面印有鴿子圖案的快樂丸。

我逛到雷斯警察局。我想起一句古老的至理名言，「雷斯的警察把我們放了」[11]；值班櫃臺有一個肥肥短短，土里土氣的條子。他的身上飄著除臭劑的酸腐味，像個過重的足球前鋒。這個人看起來好像要爛掉了，皮膚上的濕疹在脖子上抖顫，只能靠一層油膩有毒的汗水把濕疹留在原位。是啊，看到這樣一個體面警察真是太好了。這位羊肉串一般的警察[12]，很勉強地問我有什麼事。

我把六顆藥丸摔在桌上。

他那雙深陷的小眼珠子，這時候射出專心的能量。

「這是什麼東西，你從那裡弄來的？」

「我最近接手了日光港口酒吧。很多年輕人喜歡到那兒去喝酒。這很好，他們是花錢的大爺。但是我看到有幾個人鬼鬼祟祟的，於是我跟著他們到廁所。他們擠在同一間小間裡。我推開了門，門鎖剛好壞了，還沒修。我剛才說，我最近才頂下這家店。總之，我把他們的藥丸沒收了，而且把他們趕了出去。」

「原來如此……原來如此……」羊肉串警察說道，他看看藥丸，又看看我。

「我不知道那是什麼東西，但是有可能是報紙上寫的，那些會有奇妙幻覺的藥丸。」

「快樂丸……」

這傢伙大概是有溼疹才學會快樂丸這個字，也不錯[13]。

「不管是什麼啦，」我說著，一副生意人兼納稅人不耐煩的樣子，「重點是，如果這麼些孩子是無辜的，我不希望永遠把他們趕走。但是我不能允許有人在我的酒吧裡賣藥。我希望你可以化驗這幾顆藥，告訴我那到底是不是非法毒品。如果眞的是毒品，下次這些混蛋再跑來我的酒吧，我會馬上打電話通知你。」

羊羶味警官似乎對我的機警感動了，另一方面，他知道我給他呈上了一件麻煩差事。他又感動，又心煩，被這兩股背道而馳的力量拉扯著。他正搖擺不定，想要媽的尋找解決之道，一面想，一面掉下更多皮屑。「好吧！先生，把你的資料留下來，我們會拿去實驗室化驗。我看這幾顆藥很像搖頭丸。眞是不幸，現在的年輕人都喜歡用這種東西。」

我好像《警探》[14]影集裡面的資深警探，陰森森地搖頭說：「不能在我的酒吧裡啊！警官。」

「日光港口酒吧一直都有吸毒的壞名聲。」這位警官解釋道。

「或許就是因爲這樣，我才可以用低價頂下這家店吧。我可以這樣說，我們的藥頭朋友會發現酒吧的壞名聲將要改變了。」我告訴他。條子很想裝出鼓勵我的樣子，但是我可能演戲演得太誇張了，現在他可能以爲我是想要立功的英雄、私下伸張正義的民間人士、會長期帶給他大麻煩的人。

「嗯，」他說：「如果你有任何問題，先生，你可以直接來找我。這是我們的工作。」

我點點頭，堅定表達了我的感謝，然後回到了酒吧。

回來之後，油水泰利正在酒吧裡。他正在說故事要摩拉開心，這個老女妖被逗得咯咯笑，笑到差一點尿褲子。她的母驢大吼在牆壁之間震來震去，讓我很想去察看一下我的房屋保險。

油水這傢伙面色紅潤。他走到我旁邊說：「變態男，喔，賽門，我只是在想，你這個週末應該跟我們去阿姆斯特丹，爲雷布的電影找材料。看看那裡的紅燈區有沒有什麼便宜貨。」

媽的不可能啊！「泰利，我很想去，但是我不能離開這裡啊！」我告訴他，並且對坐在角落的死肉

11 「雷斯警察把我們放了」一句，是早就流行的繞口令，句子中有很多「s」音（如 police, us）。
12 指他身上有羊騷味。
13 快樂丸，在英文的原義就是狂喜。快樂丸（ecstasy）與溼疹（eczema）拼法相近。
14 原文「The Bill」是指一個在英國放映很久的警探主題電視影集；「The Bill」是波蘭裔稱呼「警探」的俚語。

客人喊，點酒的時間要結束了。這群老傢伙沒有一個人要喝啤酒，他們消失在夜色裡，像鬼魂，反正他們馬上就要變成鬼了。

我才不要和一堆瘋子去阿姆斯特丹。我的最高指導原則：身邊要脂粉成群，但是絕對不和一群「朋友」混。酒吧打烊之後，泰利纏著我，要我跟他們去一家夜店，他的DJ朋友「新手」[15]在那家夜店放音樂。嗯，「新手」還蠻有名氣的，鐵定有錢。於是打烊之後，我很高興一起去。我們先搭計程車，然後走到牛門區一家爛酒吧，酒吧外都是排隊的人潮，而我們走過他們。泰利對門口的警衛點頭笑了一下。其中的一個警衛狄克西是我以前認識的朋友，於是我上前和他扯屁了一下。

畢竟是愛丁堡，和時尚的倫敦不一樣，所以沒有貴賓區，我們只好和一堆死老百姓擠在一起。「新手」在吧台放音樂，一堆年輕人和女娃圍著他起鬨叫囂。他對泰利和我點點頭，然後我們和幾個人一起，通過夜店人潮到達辦公室，我一下就看見好幾排古柯鹼切好了，也有幾箱啤酒歡迎我們。泰利介紹大家認識，我也大概記得「新手」，很久以前是油水這傢伙的朋友。在場的有隆史東來的，貝魯豪斯來的，史登豪斯來的，這一類的地方。眞是一個強伯族爲主的場合啊。眞奇怪，這些日子來，我對西伯隊已經沒什麼感覺了，但是對於哈茲隊的厭惡卻沒有一秒衰減[16]。

泰利把那天晚上發生的事全講了出來：「我們在變態男的酒吧，搞了一個盛大的群交。有個還在念書的女孩，她和雷布·畢瑞爾念同一所大學，」他噘起嘴轉過頭來問我：「你說說看她的模樣。」他這個人就是大嘴巴，吸古柯鹼的時候嘴巴更大，眞讓我擔心。可是他的那股勁，是可以帶動大家的氣氛。「很正，」我承認。

「她們一嗑了混合了印度大麻的大麻菸就不行了。第一個雀斑小娃對大麻產生不良反應，另外一個可以上的女孩妮姬，竟然嗑藥嗑昏倒了。這淫亂的男人把她帶回他家，把她上了。」他說著，頭點向我。

我搖頭說：「我才沒有幹她。吉娜帶她去洗手間，然後我們把她帶回我家，把她送上床。至少對於妮姬，我是以正人君子相待。不過我倒是去吉娜家和她大幹了一場。」

「是喔，不過我想你還是回去找妮姬幹了吧，痞子！」

「沒有啊……我必須早起，等人送貨，所以我一早就直接去酒吧了。等我回家的時候，妮姬已經走了。就算她還沒走，我還是會維持君子風度。」

「你要我相信這種鬼話？」

「事實就是如此啊，泰利，」我笑著說：「有些女人，是得放長線釣大魚，何況，我對戳一個酒醉嘔吐的屍體沒興趣。」

「是喔！眞他媽的暴殄天物，」泰利咒罵著說，「因為這個小妞想得很呢！」泰利都叫「新手」卡爾。他說：「卡爾，你也應該去賽門的酒吧，把這裡的女孩也帶過去。我們永遠需要新血、新面孔啊，」泰利調笑著說。

這個DJ小子覺得可以。我們合用掉一包劑量的古柯鹼，大家都嗑到有點駭了。但是他說了一件事，讓我心跳加速，比我剛剛吸的古柯鹼還厲害。「我前幾個星期去阿姆斯特丹，我去的那家夜店的老闆，是你以前的朋友。藍登。聽人家說，你們拆夥了。現在你們有聯絡嗎？」

他在說什麼？

15 原文「N-Sign」，是開車新手貼在車上的標誌，表示「新手上路」。

16 在愛丁堡，不同的人支持不同的足球隊，加入不同的足球俱樂部。在《猜火車》一書之中，賽門和懶蛋支持「西伯隊」，討厭「哈茲隊」；他們討厭「強伯族」，因為「強伯族」是一群支持「哈茲隊」的球迷。

藍登？**懶蛋？天殺的懶蛋！**

我想著，也許我他媽可以一起去阿姆斯特丹。調查那邊的色情工業。爲何不去呢？我可以「R&R」一下[17]，而且可以拿回欠我的錢！

藍登。

「是啊！我們現在又是哥兒們了，」我說了一個謊，然後故意很隨興地說：「他那家夜店叫什麼啊？」

「魯奢麗，」這位卡爾．「新手」．尤沃特，很天眞地告訴我，而我的心臟卻噗通噗通猛跳。

「喔！對啊，」我附和道：「就是這家，魯奢麗。」

我要讓懶蛋這個紅頭髮的叛徒王八蛋知道，什麼叫做奢麗。

17 指「rock & roll」，俚語裡有兩個意思，一個是「打炮」，一個是「跟敵人對決」。此處可能指打炮。

# 21 阿姆斯特丹的婊子們第三部

今天的運河，一片綠色。看不出來究竟是樹木在河面上的倒影，還是被人丟棄的廢料。下面的船屋，有個留著大鬍子的胖子，打赤膊，滿足地坐著抽菸斗。這個畫面很適合當作香菸廣告的圖片。如果是在倫敦，這樣的人得小心了，因爲有人會搶他，嚇到他尿褲子。但是在阿姆斯特丹，他不用擔心。這樣的悠哉，讓我聯想起英國人民的命運：英國人原本是世人急於瞭解研究的，現在卻成爲歐洲頭一號拙蛋。

我走進房間，賈德琳穿著一件藍色仿絲的短睡袍，坐在棕色皮沙發上塗指甲油。她的下唇緊緊地下翻，專心皺眉。我以前可以這樣坐著欣賞她的動作，一連好幾個小時。但是現在我們對彼此不爽。對我而言，現在這種關係眞他媽的愚蠢極了。「妳拿到要交房租的七百荷幣了嗎？」

賈德琳懶洋洋地指向桌子：「在我皮包裡。」然後她站起來，用有一點誇張的舞台式動作脫掉睡袍，走進浴室。我遲疑了一下，看著她非常纖細、細白的裸體在我眼前走開。她的動作讓我覺得奇怪，又興奮又有點恐怖。

我看著她的皮包，擺在大橡木桌上。皮包的開口向我眨眼，好像在挑釁我。翻弄女人的皮包，是件妙事。在我以前吸毒的那段日子裡，我闖空門，偷商店，從別人身上奪取我需要的東西，但是我母親的皮包卻是我最大的禁忌，每次打破這個禁忌都會覺得特別痛苦。把手伸進一個陌生女人的私處，比伸進自己熟知的女人皮包容易多了。

不過，人總是要有一個落腳的地方。我打開她的皮包，拿走了交房租的錢。我聽到賈德琳在浴室唱歌，或者說是她在練歌吧。德國人媽的和荷蘭人一樣五音不全，其實整個歐洲大陸的人都不會唱歌。賈德琳拿手的事是讓我頭痛發作。對，她無情地用言語刺我，大聲吵架，掀起冷戰風暴；她可是戴著頭盔羽毛[1]搞這些呢。不過呢，她最強的王牌是在她冰山一般沉默的時刻，偶爾冒出來幾句冷言冷語。我們俯瞰運河的小公寓已經醞釀出一股偏執的氣氛。

馬丁說的沒錯，人生，是該向前走的時候了。

1 指，她發起冷戰時，像是頭上插羽毛的女戰神。

# 22 媽的大公寓

看看他媽的這些樹，這些在媽的大公寓陰影下死命掙扎的樹。全都一副營養不良的樣子，都是一個模樣，營養不良這個詞夭壽耶用來形容這些小孩，就像老不死的痞子正好，當他們經過購物中心門前那批年輕痞子，就嚇得滿臉抱歉、想要剉屎的懦弱模樣。

不過他媽的，我現在要走過去了，我瞪著這群年輕痞子，他們說話的音量媽的開始降低了，因爲我正狠狠地瞪著他們。不過，大鯊魚是媽的不屑吃小魚的，因爲根本他媽吃不飽。不過這些小王八蛋都知道害怕了，他們的眼神充滿驚恐，媽的，這是他們自找的。

**媽的誰來救我啊……我的頭又他媽開始痛了……就算是鈕洛芬頭痛藥也夭壽沒有用……**[1]

我在想，什麼時候開始頭痛的？今天早上，一大早就開始，我去找我媽之前。事情都是從凱特家開始的，我和凱特在床上。我和她起床的時候，她看起來有夠妖嬌美麗。前兩次我都找藉口說我喝醉了。但是現在這一次，她卻媽的看著我，好像我身上媽的有什麼問題似的。好像我是一個變態，就像是有個混蛋寄髒書到監獄給我，髒書裡的那種變態一樣[2]。

女人才是我喜歡的，我他媽的非常需要女人。在監獄裡，我他媽只能夠想著女人打手槍，現在我出獄了，也找到了喜歡的女人，但我竟然不能……

1 是一種強力止痛藥的商品名，在台灣的「國家藥典」尚未有正式翻譯。
2 有人故意寄男同性戀的色情刊物給獄中的卑比。卑比在此聯想起男男刊物中的裸男。

**都是那個王八蛋寄那些噁心的東西給我！**

我他媽的不是變態的同性戀啦！

**我他媽的硬不起來啦！**

你猜她會這麼說：「你他媽的怎麼啦？」她這樣說我無所謂，但是媽的她說：「是因爲我的關係嗎？你不哈我嗎？」於是我把所有屁事都告訴了她，告訴她我在監獄發生的事，告訴她我出獄之後的第一件事就是要幹女人，我現在卻他媽硬不起來。

然後她依偎在我旁邊，我的身體卻他媽緊繃的要死。她又提起了那個曾經和她在一起的男人。這個男人打她，我第一次看到凱特的時候，她的眼睛就是被那男人打到淤青的。我想我必須趕快走人，因爲我又頭痛了。於是我告訴她我要去我媽家。

走進了購物中心，我他媽的簡直沒有氣了。夭壽我覺得自己好像是個人犯；我快憋不住了，很想找個人來揍。我他媽已經上癮了……

可能是因爲我在這裡，出獄了，在外面了。我他媽一點歸屬感也沒有，打不進去。我媽，我的哥哥喬伊，我的妹妹依莉莎白。我的朋友：列克索、賴瑞、變態男、馬基。是啊！這些人都他媽的很高興看到我，但是好像都只是在暫時容忍我。然後就都媽的走人了。是啊，媽的他們都對我很好，但是他們都有事要忙，永遠都他媽的有事要忙。他們在做些什麼屁事呢？他們什麼事都做，不過我們以前一起做過的那些事他們就不做了。「我們有空好好聚一聚啊！」這簡直是讓我滿肚子火，我想癮頭又他媽的開始犯了，我只想找個人狠扁一頓。「有空？媽的什麼時候才有空啊？」

列克索這個傢伙，他到底在搞什麼鬼？他跟他的女人，還有他們開的亞洲人[3]餐廳兼小吃店？在雷斯開亞洲人的餐廳！雷斯有一大堆狗屁亞洲人餐廳啊。開領帶餐廳啦[4]，他說的。哼，在雷斯，沒有人會打領帶去亞洲人的餐廳吃飯，更不可能大白天去媽的這家髒兮兮的小吃店。

是啊，列克索那天在我媽家，媽的把一個信封塞到我手裡。信封裡有兩千英鎊。想打發我。對啊，我拿了，因爲夭壽耶我需要這筆錢，不過啊，如果列克索用他的屁股肖想，他和他的小賤人可以這樣就把我搞定，那麼他就想錯了。我還要找他算帳。

但是還有一個人，媽的有個人的臉在我腦子裡燃燒，燒出比別人更亮的光。

懶蛋。

懶蛋曾經是我的朋友。我最好的朋友。從當學生的時候就認識了。媽的結果他拿了錢就跑。一切都是懶蛋的錯。我恨死他了。我他媽死也要把他找到。媽的都是因爲他的原因，害我夭壽進了監獄。那個唐納利是很雞歪啦，可是如果不是因爲懶蛋掏光了我的錢，讓我心裡超不爽，我也不會對唐納利下毒手。我殺了唐納利，把他丟在停車場，任他的血流滿地，慢慢死掉，然後把我手上削尖的螺絲刀放在他的手上。回家以後，我用另外一把螺絲起子，在自己的身上刺了兩下，媽的一下刺在我肚子上，一下刺在肋骨。然後我把傷口包紮好，跌跌撞撞地去掛急診。我因此被判過失殺人，而沒有被判謀殺。如果不是因爲在監獄裡，我又犯了兩項重傷害罪，我兩年前就可以出獄了。眞是他媽的可笑，所有我發生的這一切，都要歸咎於懶蛋那個大爛賊。

對，我必須走人，我必須離開凱特，因爲我無法對我可能做出來的慘事負責任。她的前男友是個豬頭，這個男的毆打凱特，狀況很糟。有些母牛天生就是犯賤欠打，有些女人不打就不滿足，不肯閉上臭嘴。但是凱特並不是那種女人，用文明的態度去對待凱特就行。可是我的腦筋不清楚了，我眞的該閃

3 卑比在此的用詞，原本是「中國佬的餐廳」——他分不出來中國人和泰國人的食物有什麼不同。在此譯為「亞洲人的餐廳」。

4 之前說過，「領帶」和「泰國」同音。

了，所以我走人。

可是啊，在我媽的屋子裡，我翻啊翻，找到我一些以前的東西，幾個舊兮兮的運動提袋裡頭媽的都是我的東西。我找到一張舊照片，我和懶蛋在利物浦的國家跑馬場。我把這張照片拿在手上看了很久，我簡直看到照片中懶蛋開始瞪著我，對著我微笑。嘿，我感覺到他的笑越來越擴大，我簡直可以看見我自己的腦袋長出媽的兩個卡通笨驢子的大耳朵。我竟然會信任這種人……

肚子裡的胃酸開始翻攪，腦袋嗡嗡叫，媽的我的身體好像要痙攣了。我想我可以一直盯著這張照片看，光看這張照片就可以搞爛我自己，我簡直要看得我的夭壽要爆炸。唉，我的血液正在沸騰，媽的把我的血管撐得很粗大，我被自己的熱血灌爆了，全身的血簡直要從耳朵和鼻孔衝出來。但是我忍了下來，我要證明我比懶蛋強，我快要昏倒了才把手中的照片丟開，然後，我癱在沙發上，呼吸沉重，心臟媽的跳很快。

我媽進來我的房間，看到了我激動的夭壽樣。她問道：「你怎麼啦，孩子？」

我一句話也沒說。

然後她說：「你什麼時候要去看君恩[5]和孩子啊？」

「過幾天吧，」我說：「我得先處理一些事。」

我聽到她在後面嘮嘮叨叨地說話，媽的一個人自言自語，好像她並沒有希望或期待我回答，好像她夭壽耶在唱一首歌。她提到了幾個新名字，好像我媽的應該知道她在說什麼。

現在，我又回到了威斯海爾，我來接凱特出去。我們搭計程車去市中心。到了夜店門口，我給了她一點錢，請她幫我付車費給計程車司機，因爲我看到以前一起踢足球的老朋友麻可，在這家夜店當保鏢，我想先過去跟他打個招呼。

於是，我和麻可媽的在街上哈啦，我回頭看凱特走過來，然後看著計程車開走。有個傢伙跑到了凱特前面，對她說：「那個人就是你的新姘頭嗎？你這個賤貨。」他嘴裡發出毒蛇般的嘶嘶聲，舉起手要打人，凱特嚇得一直躲。

「大衛，不要這樣，」凱特媽的高聲尖叫，對著他懇求。從他臉上滿足的表情可以看出來，這已經不是第一次了。我馬上就知道這個人是誰。保鏢麻可一步向前，但是我阻止了他。我慢慢走向這個傢伙，因爲我要好好享受這個過程的每一步。那傢伙正抓著凱特的手腕，他看到我大搖大擺走向他。

「你他媽想幹嘛？你他媽也想挨揍嗎？你他媽的！你他媽……」他對我鬼叫著，但是他也越來越絕望。他馬上就知道這種亂吼亂叫只有菜鳥才會怕，我看出來他已經沒有鬥志啦。他馬上就知道他要完蛋了；再走五步我就在他面前了，而他已經沒戲唱。他媽的脖子皮很薄，青筋暴露，喉頭凸起彷彿長了疹子。而我呢，我他媽悠閒的很。

我對這傢伙慢慢地露出了微笑，然後媽的瞪著他，在我把這混蛋打到生不如死之前，在我把他的鼻子打掉之前，先給他兩秒鐘的緩衝時間。然後，我一拳把他打倒在卵石地上。看在凱特是他的舊識，也因爲四周有太多人，我只扁了他三下，一下扁他的腦袋，一下扁他的臉，一下扁他的後腰。揍完之後，我彎下腰，在這混蛋的耳朵邊輕聲說：「不要再讓我看到你，不然媽的你就沒命了！」

這混帳吐出了怪聲，媽的又是懇求又是哀嚎。

我跟凱特說，這王八蛋不會再來騷擾她了。我們並沒有在夜店停留太久，因爲我想早點回家。我跳上床，瘋狂地幹她幹了一整晚。她說她從來沒這麼爽過！我和她躺在床上，我的喉嚨砰砰跳，可是什麼話也說不出來。我看著她妖嬌美麗的臉蛋，心裡想著：這個馬子媽的救了我！

5 君恩是卑比的前女友，一起生下了孩子，但兩人早已翻臉。卑比的現任女友是先前被他釣上的可憐女子，凱特。

23

# 第18739個念頭

我們就在人渣的大本營：我和他——賽門和馬克——也就是變態男和懶蛋小子——都在阿姆斯特丹了。遠離英國。我從「新手」那兒拿到了魯奢麗的地址。他和我，還有泰利、雷布．畢瑞爾和他曾任拳擊手的弟弟，很快就和其他人分開。有些當年跟我們一起玩足球的人看起來狡猾的很。比方說列克索，他是卑比的老朋友，嘿嘿這下眞的會有好戲可以看了。我主要還是跟泰利一起活動，因爲我們都是滿腦袋只有女人的人，和他在一起混很不錯。他的搭訕技巧比較粗獷，不過，他努力不懈，總能到手。

我們來到了懶蛋的夜店。我問門口的小弟，懶蛋有沒有來。聽說他半小時之前走了，我擺出很失望的表情。這小弟以倫敦東部口音跟我說，他會在幾個夜店混，去新開的「佛家炫惑」。他的口氣很熱情，似乎在說，「你也知道馬克這個老好人是怎麼回事。」**你這個狗屁白癡，我當然知道他是怎樣的人，可是你當然不知道**。所以很顯然，懶蛋這傢伙頗得人心，還是把人騙得死死的。但是，他的作爲顯然也是有夠沒品：因爲他開了一家時尚夜店，自己卻跑去別的地方混。

幹！我又把全班人馬帶回了紅燈區。油水泰利埋怨了：「賽哥，那家夜店有什麼不好啊？」

這個頭毛捲捲的混帳，他不稱呼我「賽門」，叫我「變態男」還不夠爽，於是得寸進尺，在陌生人面前把我的名字簡化成「賽哥」，讓人更覺得渾身發麻。我用沉默表達厭惡，希望不爽的感覺趕快消失。只要被這傢伙看見一點軟肉，他就會咬住不放。呵，他這一個特色，簡直就是我最喜歡的地方！

懶蛋呀，在阿姆斯特丹呢。我眞好奇他現在變成什麼樣。這麼多年來，他把自己搞成什麼樣子呢？人啊，要搞清楚自己是什麼與不是什麼。這是人生的大哉問。在人生路上，有些東西可以拋在腦後，可是有些東西就要帶上路。我吃了搖頭丸，想要搞清楚人生路上，哪些是不管我去了哪裡，進入什麼狀況，都一直帶上路的東西。我們一夥人來到了紅燈區的「佛家炫惑」夜店。這是一家標準的舞廳，有弛放區[1]，以及招徠當地人、遊客、英國駐荷人士的酒吧。當然，我有尋找懶蛋的任務在身，可是泰利和我都有一種男性的直覺，不由自主地丟開同夥人，找獵物去了。「新手」被兩個女孩纏上了，而他也樂得賣騷。曾任拳擊手的畢瑞爾老弟和雷布，都和他在一起。我跟一個荷蘭人買了搖頭丸，他說那是眞正的正貨。幹！我沒心情嗑古柯鹼。我不想一個晚上不停地媽的跑廁所吸藥。我想找個皮膚滑嫩的荷蘭馬子，好好大幹一場，泰利卻在跟兩個英國馬子交談，我爲他們買了酒，四個人坐在安靜的角落。這裡的音樂讓我精神錯亂，都是荷蘭人遊樂場的學生狄斯可科技舞曲，把我惹毛。這又是另一個我痛恨懶蛋的原因：爲了他，我必須忍受這些垃圾。

坐在我旁邊的是個來自英國羅克戴爾的馬子，叫做凱薩琳（濁金色的長髮及肩，下巴長的痣奇怪地吸引人）。她說科技舞曲太重了，她不喜歡。她說話的時候，我看著她上了妝的黑眼睛，想著「羅克戴爾」，思緒開始狂飆、狂飆，就像這樣：羅克戴爾的女歌星葛蕾熙．菲爾德唱著「莎莉，莎莉，是我們這個小巷的驕傲，」而我正在小巷子裡，用力地幹著凱薩琳。然後，聲軌回到羅克戴爾的主題曲，麥克．哈丁唱著〈羅克戴爾牛仔〉，我開始想像凱薩琳變成了一位女牛仔，想像她用「背面的女牛仔姿

1　指這一區並不是讓人熱舞的，而是讓人跳舞之後在此休息的。

勢」[2]做愛，這是一種經典的色情片鏡頭，可以讓鏡頭拍攝性器插入的畫面。可是我大聲說出來的話卻是：「所以，凱薩琳，羅克戴爾啊。」油水泰利和另一個馬子一起，我想是凱薩琳的朋友。他把馬子摟到他身邊，用意明顯，給了我一個心照不宣的眼神，好像他完全知道我在想什麼，沒錯，這些搖頭丸夠正。

窩在這裡弛放也不錯，我沒辦法跟著單調的科技舞曲跳舞。那種音樂就像倫敦馬拉松，狗屎。碰碰碰的節奏。放克音樂到哪裡去了？靈魂樂哪裡去了？眞沒格調啊！這是什麼強伯族音樂。這些愚蠢的荷蘭人和度假遊客，卻好像爲這種音樂瘋狂，陶醉其中。舞池中有個男人踏著一種奇怪的小舞步，旁邊有兩個馬子和一個男的。我認識這個人。他戴著一頂愚蠢的帽子，遮到了眼睛，但是我認得出他跳舞的樣子：整個人沉醉於ＤＪ的混音中，偶爾才張望舞池，把手抬到空中，向酒吧裡的某個肉腳打招呼。那是一種疏離的活力，倦怠的動作和他努力和別人打招呼的樣子根本矛盾。無論他如何裝出認眞的樣子，這個混帳永遠有點格格不入的氣味，冷眼看世界。

這個混蛋，彷彿狗屎不沾身，一身清。

以前，我常跟他高談闊論，好像我們都將有大不一樣的前程。好像他不是愛丁堡的毒蟲，不是被大學退學的人。而我則不是白扯淡的壞蛋，不會欺騙可憐小婊子的感情。這些小婊子都有破碎的童年嘛，都很笨，笨到全盤接受我的悲慘故事，也樂得吃我的甜老二。

眼前的混蛋，就是我的老朋友藍登。

就是懶蛋。

他就是搶我錢的人，**欠**我錢的人。

我不能，也不願意把眼光從他的身上移開。我坐在陰影中，和我的同夥：凱薩琳、泰利，還有一個我記不得名字的馬子，躲在凹處的座位。我一直看著這在舞池中的男人。一會兒之後，我注意到他和一群人準備要走了。我拉著凱薩琳的手，我必須跟著他出去。她還在跟她的朋友哈啦，但是我用一個吻，阻住了她的嘴，眼睛卻盯著懶蛋漸漸消失的背影。我轉向泰利，向他淫蕩地點頭，可是他好色的微笑讓我對他旁邊女人的屁眼感到可憐，我們起身去取外套的時候，我和凱薩琳親熱了一下，這才瞭解到，雖然她年輕、漂亮，但是媽的她是個胖妹。我早該注意她全身黑衣洩漏出什麼，她油桶一般的肥腿……

不用擔心。

我們走出夜店，我看到懶蛋已經走遠了。他和一個清瘦短髮的金髮馬子，以及另外一對走在一起。「男孩女孩，男孩女孩」，就像丹尼．凱在〈銀色聖誕〉的演出一樣。眞是愜意。眞是高尚啊。就像伊士靈頓中產階級的學舌之徒。你給這些笨蛋一杯酒，燃起壁爐的火，他們就會說：「眞是文明」。他們用刀切下幾片義大利拖鞋麵包，就會說：「這眞是有夠文明啊！」

可是你想說：「才不呢，你這個蠢蛋，這樣才不算文明，因爲文明並不只是倒酒切麵包而已；你在說的事，**其實**啊，只不過算是休閒放鬆而已。」

現在，連凱薩琳也加入了，我們跟著懶蛋一夥人走到了鋪著卵石的運河路。她跟我說這個地方眞是夠—文—明，然後倚到我身上。妳來讓我文明文明吧，小斑比[3]，好好讓雷斯來的蘇格蘭—義大利野小子也文明一下[4]。凱薩琳的眼睛或許正在欣賞照映在潮濕的石頭路和平靜的運河水面上的街燈光芒，但是我的眼睛卻一直跟著那個賊，我的眼睛只盯著他一個人，就算我額頭的中間還有第三隻眼睛，那隻眼

2 在這種性交姿勢中，女方騎在男方身上，因此像女牛仔。可是女方的後腦袋面對男方的臉，而不是和男方四目相對，所以是背面的。

3 斑比是指那隻卡通鹿，這裡是指他眼前的女孩。他在此故意用義大利語，表示口氣浮誇。

4 他又是在指他自己，因為他的父親是蘇格蘭人，而母親是義大利人。蘇格蘭在此，故意寫成拉丁文，表示口氣浮誇。

睛還是會盯著那個賊看。

我幾乎可以聽到他講話了，我很好奇他到底講些什麼。在這個地方，懶蛋小子可以自由耽溺在他的謊言之中，不會有一個卑比一樣的人突然跳出來說：「你啊，愛丁堡來的毒鬼。」一下子把他打回原形。沒錯，我幾乎對這個賊起了同情心。我可以瞭解他爲什麼必須這麼做，因爲他不想繼續在一個充滿負面能量的池子裡游泳[5]，直到筋疲力竭，淪落成和別人一樣的可悲混球。但是他在我身上玩這種把戲，是在玩**我**喔，可是他卻對可悲的肉腳墨菲[6]講義氣，這下他說出什麼道理都沒用了！

凱薩琳的嘮嘮叨叨變成了一種奇怪的背景音樂，用來襯托我的念頭。我的念頭越來越黑暗。就好像有人在放映〈計程車司機〉的畫面，卻搭配了〈眞善美〉的音樂。

他們通過了運河路上的一道狹橋，走到釀酒者運河街[7]，然後他們走上了一百七十八號的樓梯。二樓的燈光亮了起來，我把凱薩琳帶到橋上，想從運河的另一邊來看。她還在說著什麼「解—放」和「培—養—不—同—的—人—生—態—度」。我的眼睛卻盯在他們身上。我看到他們在窗前跳舞，在溫暖的屋子裡，而我卻在寒風刺骨的室外。我在想，爲什麼我不乾脆上去按他的門鈴，把他嚇到半死？可是不行，因爲我正在品嘗跟蹤他的快感，這就是原因。我知道他在哪裡，但是他對我的行動卻一無所知，這種權力的感覺眞好。我不要倉促行事，要深思熟慮之後再行動。最重要的是，當我和他面對面的時候，我不希望自己還在搖頭丸的美好幻覺當中。爲了面對他，我應該使用工業水平的古柯鹼。

他必須出面解決，就是這樣。我知道這個賊住的地方：釀酒者運河街一百七十八號。但是在此之前，凱薩琳需要體歷一下賽門．大衛．威廉森的愛。

「凱薩琳，妳眞美。」我對她說。這句話突然冒出來，中斷了她的思緒。

我的舉動讓她驚訝地後退，「不要……」她羞怯地說。

「我想和妳做愛，」我的語氣熱烈，還有一些深奧的味道。

凱薩琳的眼睛早就變成一潭黑幽的池水，美麗充滿誘惑，讓人無法自拔地身陷其中。「賽門，你真甜，」她笑著說：「你知道嗎？我還一度以爲我讓你覺得很無趣，因爲你好像都沒在聽我講話。」

「不是啦。那是因爲搖頭丸的關係。妳的眼神……讓我覺得……妳知道嗎……讓我心神蕩漾。但是我一直聽到妳的聲音，感覺到妳在我身旁的體溫，我的心拍起翅膀，就像一隻蝴蝶，飛舞在清新溫暖的春風當中……我知道，這樣說很假……」

「沒有哇，沒有哇，你說得很美……」

「……我只是想留住這一刻，因爲是那麼完美。但是我又想，不可以，賽門，你不可以這麼貪婪自私，分享！和這個女孩分享吧！這美好的一切都是她帶給你的……」

「你眞是可愛……」

我抓住她的手，把她帶回到她的旅館。我先察看了一下，發現她住的旅館，比我的高級。

**胖妞，妳真是有辦法啊**。

一大早醒來，我的第一個念頭是趕快抽身。隨著年歲增長，下床走人，和上床一樣，也變成了一種重要的藝術。匆忙穿上衣服，只想拔腿落跑的哀怨時代，已經是過去式了。凱薩琳躺在我旁邊，睡得像一隻在非洲狩獵中被麻醉槍放倒的大象，她眞是一隻貪睡的豬。一個馬子可以睡成這樣，其實是很不錯的。這樣男人就多出更多自由的時間。我寫了一張字條。

---

5 變態男曾說，他一回雷斯，雷斯的老鄉親都用負面能量來對待他，也就是扯他後腿，而不鼓勵他。

6 即屎霸的姓。

7 荷蘭非常有名的街。

凱薩琳：
　昨夜非常美好。今晚九點鐘，我們在史東餐廳碰面，可以嗎？請出現！

愛妳的
賽門，XXXX。[8]

附註：妳熟睡的樣子眞美，我實在不想把妳叫醒。

我回到了飯店。沒見到泰利的人影，但是看到雷布．畢瑞爾和幾個朋友在一起。我滿喜歡畢瑞爾這個人。他很酷，所以沒問我去了哪裡。如果你的大半生都被竊笑的白癡包圍，就會開始欣賞像他這樣閉嘴不問閒事的人。

我在自助早餐檯上拿了麵包、乳酪、火腿和咖啡，然後加入了他們。「你們玩得怎樣？還好吧！」「很好啊，」雷布說，他的大塊頭朋友列克索．賽德林頓也同意。在這個人旁邊，我說話得小心謹愼，因爲他是卑比的朋友。他是比卑比媽的那個瘋子要有水準，他知道目標是什麼，他知道世界怎麼運轉。居然知道在他媽的雷斯開泰國餐廳。

不過我很高興，我的這些所謂莫逆之交，畢竟還是有朋友之愛。「那個人啊，把一大堆沒有付的帳單留給我去交，留下來的器材啊舊家具啊，又不值幾個錢。媽的我眞的該殺死那個驕傲的混蛋……」他笑著說。

我這時候不想表示意見，只不置可否地應了一聲：「嗯……」因爲這個人壞的程度和卑比一樣，只是壞的方式不同。

「卑比啊，他什麼都不會忘記。」列克索說，「如果你要跟這傢伙作對，你最好殺了他。否則，他會一直回來找你。重點是，只要你不理他一段時間，讓他去胡攪，他遲早也會被幹掉。總有一天會有人受不了他，把他幹掉，這樣就省得花幾十塊錢找殺手了。」他露出牙齒笑著說。這時我才發現，列克索喝酒喝了一個晚上，而且現在還在醉，因為他用力抓緊我的肩膀，滿嘴酒氣在我耳邊說：「唉，你必須要夠狠，才不會把你自己養成一個為了暴力而暴力的人。這種事就留給卑比那種天生輸家吧。」他把我放開，微笑著，仍然小心瞪著我的眼睛。我再一次努力發出合宜的聲音，表示對他的回應；他說，「當然啦，我們都有時忍不住手癢……」

說到這裡，我們談話的內容又不可避免地飄向讓人沮喪的話題：費恩諾德和烏德赫德的人馬[9]，誰比較強？比利．畢瑞爾——也就是雷布玩拳擊的弟弟——以及「新手」顯然都已經掛了，沒有力氣參加痞子的冒險。聰明。叫我坐在這裡，聽嗑了古柯鹼的人渣吹牛他們想要砍誰，實在受不了；這種屁話，我在雷斯天天都聽得到。我一口飲盡咖啡，就走上街去。

最後，我找了一家腳踏車店，租了一輛黑車，騎到那個賊的家那裡去。那裡有個小店，窗戶很大，隔著運河，對面就是他家——我昨天注意到的。我把腳踏車鎖好，坐在窗前——酒吧寬大多風，地板是褐色的，牆是黃色的。我啜飲牛奶咖啡[10]。樹木遮住了他的窗戶，可是我可以看見他的前門，可以看見他進出。

8 之前提及，在英文便條中，「XXOO」表示「吻你親你」。
9 這兩者，都是荷蘭當地的足球隊。
10 原文是荷蘭文，即法文中的「咖啡歐蕾」。

我曾經偷偷搶搶任何沒有鎖好的東西；我在這裡和倫敦的朋友也跟我一樣。可是在我的字典中，我們並不算是賊。賊，是偷自家人東西的人。我不是這種賊，泰利也不是。甚至媽的髒兮兮的墨菲也……嗯……很難說。不過，事有輕重緩急。重點是，藍登馬上就要連本帶利還債了。

# 24 阿姆斯特丹的婊子 第四部

我走出淋浴間，站在原地，看著賈德琳注視著外面的世界。她在家裡裝了巨大的玻璃落地窗，所以公寓客廳的視野開放。她倚著欄杆，看著運河的對岸。我可以順著她視線的方向往前看，眼神沿著對岸的窄街向下一直走，穿過幾條佐丹區的運河。我靜靜地走到她的身後，不想驚動她，她簡直被她一動也不動的狀態給催眠了。我隔著她肩膀，看到一個孤獨的單車騎士，騎到路的尾巴，他的身影上下擺動著，跳過了一個減速丘。這個人，看起來很熟悉，可能他常常騎車經過這裡吧！我看著每一棟樓房頂端伸出來的樑。在這裡的樓房，樑並不是躲在屋子裡，反而從屋內一直伸出屋外，這樣搬家的時候，就可以利用屋子外面的樑，把家具吊送進入窄小的屋裡。這些樓房樑樑相對，好像二支舉起來福槍的軍隊陷入僵局。

寒冷的空氣，一定讓她赤裸的腳變得冰冷。她要的是什麼呢？無論她要的是什麼，我們都不能夠再這樣下去了。我感覺到太陽的光線射在我的臉上，在我們的臉上，我想或許理當如此。

我們想好好談談，但是尋找適合的字眼，就像在沙漠中挖掘水源一樣難。我們兩人的關係走上了死亡之路，如果要讓這個關係重返人世，每一次都要花更多的時間才可以辦到。現在我們溝通的唯一方式，就是爲芝麻小事吵架。我親吻她細緻的後頸，而我的心裡充滿讓人受傷的內疚和情感，以及剛冒出頭的怒意。她沒有反應。於是我走人，去臥室穿衣服。

我回到了客廳，她還是站在原地不動。我告訴她我要出去一下，她仍然沉默。我走向紳士運河，再走到雷茲普蘭廣場，通過馮德公園，我的神經不知爲何煩躁不安，雖然我並沒有再碰任何藥物。我卻疑神疑鬼了。馬丁經常說，嗑藥的邏輯就是：如果你完全不嗑藥，幾個星期之後，你還是會覺得生命很慘，而且疑神疑鬼；如果你喝酒嗑藥，你至少有個理由疑神疑鬼，而不是坐立不安，讓自己相信自己有神經病。在阿姆斯特丹，我這種疑神疑鬼的現象，並沒有像在愛丁堡那麼嚴重，但是我還是覺得每個人都在看我，而且我正在被某個瘋漢跟蹤。

一會兒之後，我來到了夜店，打開辦公室的門。我竟然在星期天檢查電子郵件，因爲我無法忍受和女友共處一室。還有什麼生活比我的更悲慘？我還不如回倫敦去算了。

我開始做些其他的事，處理一些文件、帳單、信件，打幾通電話，都是屁事。然後我吃了一驚，著著實實地大吃了一驚。我呆坐著，看著帳簿，荷蘭銀行的結單。我還是不大會看白紙黑字的荷蘭文。無論我的荷蘭話說得多好，紙上的荷蘭文還是把我吃得死死的。荷蘭文，閘荷蘭。荷蘭男，有夠懶[1]。

障—護—耗—馬[2]。

帳—號？

有人敲門，我很緊張地檢查東西，確定馬丁沒有把古柯鹼劑留在紙堆下面。不過並沒有，那些好東西都存放在我後面的保險箱裡。我打開門，想著或許是倪爾斯或馬丁。可是這個人把我推進房間。一個念頭閃過我腦袋，讓我的身體緊繃了起來：**我他媽被搶了**……但是這個念頭馬上煙消雲散，我看到了站在我前面的人，看起來又熟悉，又陌生。

我花了一秒，腦筋才轉過來。好像我的腦袋無法及時處理眼睛傳送給我的資料。

因爲，站在我眼前的人是變態男。賽門．大衛．威廉森。

變態男。

「懶蛋，」他用冰冷的指控語氣說。

「賽……賽門……搞什麼……我不敢相信……」

「懶蛋，我們有事要解決。我要我的錢，」他狂吠著，睜大的雙眼好像㺜犬的睪丸看到發情母狗的樣子。他掃視辦公室：「媽的我的錢呢？」

我呆站不動看他，全身動彈不得，媽的不知道該說些什麼。我只發現他變胖了，但是他發胖看起來反而不錯。

「媽的我的錢呢？懶蛋，」他走向我，對著我的臉咆哮。我可以感覺到他的體熱和唾液。

「變態……嗯，賽門……我會給你，」我這樣告訴他。彷彿我只能這樣說。

「媽的五千英鎊啊！懶蛋，」他說著，抓住了我的運動衫胸口。

「什麼！」我問，有點傻住。看著他的手抓在我的胸前，好像他的手是一團狗屎。

他爲了要回答問題，稍微鬆開手：「我都算過了，你要負擔我利息，還要賠償我的精神損失。」

我半信半疑地聳聳肩膀，撐出有點不屑的表情。這筆錢在當時是一筆大錢，但是現在看起來只是小事一樁，只不過是幾個肉腳搞爛的白癡藥物生意嘛。回顧過去的年歲，我發現我變得安於現狀，甚至對人世已經不感興趣。只有一次我偷偷跑回蘇格蘭看家人的時候，我才又開始疑神疑鬼，不過其實我只擔心卑比一個人。就我所知，他還在爲過失殺人坐牢。那時候，關於這件事情對變態男的影響，我只想了一下下而已。很奇怪的是，我想過要賠償變態男和第二獎，我想，我甚至也願意賠償卑比，就像我給屎霸錢一樣，但是不知爲何，我並沒有眞的做到。沒有，我從來沒有想過這件事對變態男的衝擊，但是我

1 懶蛋在這裡在背誦幾個荷蘭字，這些字並沒有特別意義。

2 原文為荷蘭文。懶蛋讀荷蘭文讀得很吃力。

想，他就要跟我說了。

變態男放開了我，身子抽開，在辦公室裡繞來繞去，拍打著他自己的額頭，來回踱步：「那件事發生之後，我還得應付卑比。他以爲我和你是一國的！我他媽被他打掉了一顆牙。」他啐道，停了一會兒，突然指著他一口白牙中間縫隙上的一顆金牙，指控我。

「卑比……屎霸……第二獎……他們怎樣了呢？」

變態男猛然粗暴地對我說，一直跺腳：「不要管他們，現在談的是**我**！我！」他握緊拳頭，搥打自己的胸膛。然後他瞪大眼睛，聲音柔和地說：「難道我不是你的好朋友嗎？爲什麼呢？馬克，」他懇求地說：「爲什麼你要那樣做？」

他的演技讓我笑了。我實在忍不住了。這傢伙一點也沒變，但是他被我的微笑激怒了，他跳到我的身上，我們兩個人在地板上扭打，他壓在我的上面。「不要取笑我，懶蛋！」他對著我的臉大叫。

身體一陣酸痛。我的背好像傷到了。這個肥仔壓在我身上，讓我無法呼吸。他**變**胖了，我被他壓在地上。變態男的眼睛噴著怒火，舉起了拳頭。變態男會爲了錢把我痛打一頓？這個想法好像有點荒唐。這並不是不可能啦，可是真的太好笑了。他從來就不是會動粗的人。不過人是會變的。有時候人的年紀越大，他們也越絕望，人生目標再也不可能達成。或許他已經不再是我所認識的變態男。已經八、九年了，這是一段很長的時間。對於暴力的喜好，應該和其他喜好一樣，都是可以後來慢慢養成的。我自己，在自制的情況下，也接受了四年的空手道訓練。

不過即使我沒學過空手道，我還是覺得自己可以打得過變態男。我記得有一次，在雷斯河畔的費弗物流中心那邊，我和他打了一架，其實那也不是真正的打架，只是兩個不會打架的人在鬥牛，但是我把他壓在地上的時間比較久，而且我比較壞心。不過，我在小戰役中得勝，他卻贏了大戰爭——往後的許多年，他經常拿這件事來損我。運用他對付好友的慣例：把我的舊帳統統倒出來算，讓我覺得自己像個打老婆的醉漢一樣罪惡。現在，就憑我在松濤館學的空手道，我可以馬上讓他動彈不得。但是我什麼也沒做，我在想：罪惡感，爲什麼是可以叫人癱瘓的力量？自以爲理直氣壯的那股氣，爲什麼可以讓人力大無窮？我只希望在不要傷害到他的原則下解決事情。

現在，他把拳頭舉到了我的臉上，我想了想，開始笑了起來。變態男也笑了。

「你在笑什麼？」他顯然很不爽，但是嘴角仍然掛著笑意。

我注視著他的臉。他的下巴變厚了，但是身材條件仍然相當好。穿得也體面。「你變胖了，」我告訴他。

「你也是，」他的語氣帶著羞辱我的口吻，他聽起來受傷了：「你比我更胖。」

「我的是肌肉。我剛才並沒有說你是胖子。」我微笑說道。

他往下看看自己的肚子，把小腹收了進去，然後說：「媽的我也有肌肉。」

我希望他現在能夠瞭解，這整件事有多麼荒唐。確實荒唐的很。我們可以處理一下，解決掉這件舊事。我還是很震驚，但是並不訝異了；奇怪的是，我很高興再見到他。我一直覺得總有一天我們會再相遇。「起來吧，賽門。我們都知道，你不會揍我的，」我說。

他看著我，嘴角露著笑，再次對我伸出拳頭。他打中我的臉，我滿眼冒出金星。

25

# 愛丁堡圖書室

中央圖書館的愛丁堡圖書室，老天，這裡眞的有好多書，好多關於，呃，愛丁堡，的書喔，當然啦。我是說，這裡的愛丁堡主題書本來就該很多。我是說，在愛丁堡圖書室，你當然不可能找到關於漢堡，或，嗯，波士頓的書啊！重點是，這裡也有許多關於雷斯的書，很多很多這方面的書喔。按理說，這些書應該放在渡輪路上的雷斯市立圖書館啊。也有道理啦，我是說，市府的傢伙把雷斯劃定爲愛丁堡的一部分，可是這個劃分法並不是由雷斯人決定的。但是另一方面來說，我記得有一回，我看過一張小傳單，說政府主張地方分權制度。既然如此，我這樣一個雷斯人，爲何要老遠跑到愛丁堡來，只爲了尋找一些關於雷斯的書呢？爲什麼我要長路跋涉到喬治五世大橋[1]，而不是走一小步就跳上附近的渡輪路[2]？

告訴你喔，在讓人陶醉的三月陽光下散步一下，滿舒服的。大街上有一點冷。藝術節之後，我就沒再來過這裡。我好想念那時候那些很酷的馬子對我笑，給我傳單，叫我去看表演。這實在很奇怪，她們總是把陳述句改變成問句。她們說，「我們在藝術節有表演喔？」「在普雷桑斯喔？」「戲評很好喔？」[3]我很想跟她們說，等一下，小美女，如果妳們要那樣做，要把一個句子變成問句，妳一定得在句子後面加一個「知道嗎？」知道嗎？

不過，我還是拿了傳單，因爲像我這種身份的人，怎麼可以對念過大學的女生講這種話，她們都上過戲劇課的，知道嗎。

這就是我的老毛病，就是，老兄，自信問題。我最大的困境就是：遠離毒品也就遠離信心。此刻我啊，自信心並不低，問題是，大家都用什麼詞來說呢？「岌岌可危」，老哥，岌岌可危啊！來到這個地方，我第一個注意到的是一家在中央圖書館對面的酒吧，叫「髒墨菲」。這種連鎖的愛爾蘭酒吧，根本就不像愛爾蘭的眞正酒吧，知道吧。這家酒吧的顧客都是生意人、雅痞，和有錢的學生。我看見這種地方，心裡只會覺得緊張丟臉。如果講道理，開這家酒吧的老闆實在應該付我精神傷害的賠償費。我的意思是說，我還在學校念書的時候，人家就一直叫我「髒墨菲，髒墨菲」。只不過因爲我有墨菲這個愛爾蘭姓氏，鐵納街和攝政街交接口的墨菲家經濟很差，所以我穿破衣服，就這樣罵我。喂，這樣眞的很缺德，眞的很缺德。

你知道嗎，看到「髒墨菲」這個招牌，什麼事都還沒有發生，我就覺得極度不爽，你知道嗎？所以我走進圖書館的時候是很喪氣的。我心裡想：「髒墨菲，怎麼可能寫出一本書啊？」然後我走進了一個怪地方，怪，怪。兩面的牆上，都很—怪—異，老兄。哇，我走過了一道道大木門，突然間，我的心臟開始砰砰砰地跳。我覺得自己好像闖錯地方，老哥，好像是某個傢伙把一大瓶RUSH[4]對準我的鼻孔一樣。我覺得暈眩，老兄，好像我馬上就要昏倒，馬上倒在地上一樣。那種感覺就比方說是，你在游泳池的水裡面，或者在飛機上，耳朵一直有低沉的聲音嗡嗡作響。我開始顫抖，老哥，我眞的在顫抖。然後有一個穿制服的警衛走了過來，我更驚慌了。我想這下我完了，我的老天爺，我眞的完了，我什麼事都沒有做啊，也不打算做什麼事做啊，只是要來看看書而已嘛，知道嗎……

1 指圖書室在愛丁堡。
2 指雷斯。
3 這些發傳單的小姐並不是在說問句。她們只是故意提高音調說話，結果讓人聽起來像是問句。
4 指「亞硝酸基」，在台灣、日本俗稱「Rush」，在英國美國俗稱「poppers」，為一種「助性劑」。呈液體，揮發的氣體讓人聞了之後會亢奮。

「需要我效勞嗎？」這個人問我。

於是我想：我並沒有做壞事，我只是來到了這裡。我什麼事情都還沒有做，沒有，沒有啊。但是我卻支吾說：「嗯……嗯……嗯……我只是來逛一下……如果可以的話，我可不可以……嗯……稍微看一下……有關愛丁堡的圖書室……看看那裡面的書這樣子。」

我想我看得出來這個人會把我當成那一類的人：小偷、毒鬼、痞子、街頭混混、窮人區的小子、第二代英國印度移民、吉普賽人。我知道他一定這樣想，因爲他是哈茲隊的球迷梅森，扶輪社的人，我是說，你可以從他的制服上看出來……衣釦擦亮的人，老兄……

「在樓下，」他告訴我，然後他，就這樣讓我進去了。就這樣！他就讓我進去了！我在愛丁堡圖書室。我在中央圖書館。我在喬治五世大橋這種地方。

太好了！

於是我沿著大理石樓梯走下去，看到了一個牌子上寫著「愛爾蘭圖書室」。現在我好得意，老兄，覺得自己好像一個眞正的學者。但是，看看我走進去的時候看見了什麼，這裡好大啊，老兄，好大啊，好多人坐在小書桌前面看書，好像以前念小學的時候那樣。這裡像法柯克[5]一樣安靜，好像每個人都在看著我。他們在看什麼？看一個毒鬼，這毒鬼可能會把圖書館的書偷出來變賣，再把賣書的錢拿去買毒品？

我想，一、二、三，老兄，冷靜啊。判決之前，推定無罪。帶團體的艾維兒教過我，放鬆心情，把看不起自己的情緒趕走。緊張情緒出現的時候，就從一數到五。一、二、三……有個戴眼鏡的胖女人在看……什麼？四、五。現在我感覺好些了，老兄，因爲裡面的人把目光從我身上移開，知道吧。

這裡並沒有很多值得偷的書。我是說，有些書對一個藏書家來說可能很有價值，卻不是那種你可以扛去蔓藤酒吧的東西，何況裡面有好多是大家說的「磚頭書」啦，而且很多都做成了微縮片，知道嗎。

反正，我翻閱了一下這些書，知道雷斯和愛丁堡是在一九二〇年經過一種公投之後合併的。英國議會的算盤是，弄一個「政府權力下放」的投票，叫人民站出來吭聲。我記得我看過《蘇格蘭人報》，上面說：「投『不』，投票拒絕吧」，但是大家的反應卻是，「對不起，老哥，你們在報紙上寫的，我們有看沒有懂，所以我們還是投票同意吧！」民主，老兄，民主。你在餵貓的時候，貓只會想去吃高級的貓食，不會想去吃低級的貓食。

問題是，五分之四的雷斯人反對和愛丁堡合併，只有五分之一的人贊成。四比一是大多數啊，老哥，但是仍然合併了！我有點記得很小的時候，每個老人家都說過這些事。現在這些老人家都已經入土爲安了，誰會讓後人知道當時那種反人民、反民主的事啊？讓墨菲小子承擔這個重責大任吧！史蒂芬金「寵物墳場」[6]的貓咪們，安息吧，因爲我來救你們了！從這裡起頭好像很好，一九二〇年，人民被背叛了，老兄。

這些事情在我的腦袋裡動了起來。但是我卻忘了，如果我要寫書，我需要筆和紙。於是我又到隔壁的文具行，買了一枝筆和一本筆記簿。我很激動，迫不及待趕回我本來用的書桌，然後很努力記筆記。就是寫這個，老兄，雷斯的歷史，從雷斯和愛丁堡合併，一直寫到現在。從一九二〇年開始，或許還可以向前推到更早一點，然後也向後推一點，就像在寫足球球員傳記一樣。

知道吧。

5 法柯克是蘇格蘭的地名。但屎霸在這裡提及法柯克，可能是因為聽起來很像「fuck」。

6 在史蒂芬金著名的恐怖小說《寵物墳場》中，死去的動物埋在一個特別的墳場之後，都會復活過來。

比如，第一章：「老兄，當我舉高歐洲盃獎盃的時候，我眞不敢置信呢。艾利．佛古森[7]跳到我面前，對我說：『兄弟！這個獎盃讓你永垂不朽啊，知道吧！』我並不是很在乎有沒有得獎盃啦，也不是很在乎比賽啦，因爲我一整晚都在嗑藥啊，直到開球之前半小時，才搭計程車趕來球場呢……」你知道故事怎麼走，老兄。

下一章是這樣的：「但是，我的故事要從我在義大利米蘭，聖西諾球場的時候開始講起。事實上，我得回到當年我在格拉斯哥果伯市拉特街的廉價公寓，那是我誕生的地方。我是吉米和桑嘉．麥可韋基夫妻的第七個兒子。這是一個人際關係很密切的社區，我沒有很多要求……等等等……」你知道公式吧。

就是這樣寫，從某一個時間點開始，再往前回顧。我發了啊，老哥，我發了啊！

然後我找到了那時候的報紙，《蘇格蘭人報》和《晚報》。現在連這種刊物，都是有錢的保守黨人在寫，裡頭可能還是有好料的喔，像是地方新聞之類的事，對我來說就是有用的啦。問題是，那些資料都是微縮片，我得塡表格申請，才可以看。然後你得到一個很大很大的機器前面，好像一台古董電視那樣的機器，把微縮片放進去，你知道嗎？微縮片讓我覺得很討厭。一個圖書館，就應該只有書啊，而且又沒有人告訴過我這些機器的事啊。

於是，我從圖書館員那裡拿到了微縮片，我可以準備動工了，老兄，動工！但是當我看到了那個大電視，我就想，不要，不要，不要啊，因爲我對科技完全不行，我很擔心會弄壞。我是可以去問圖書館的工作人員啦，但是我想他們一定會認爲我笨手笨腳，知道嗎。

不行，我做不到，這是不可能的。於是我把微縮片留在桌上，走出圖書室的大門，爬上樓梯，我很高興終於離開了那個地方，我的心臟還在砰砰跳。但是當我走出圖書館之後，我聽到腦子裡發出了雜音；那些雜音嘲笑我，說我沒用，沒出息，一事無成，然後我又看到了「髒墨菲」招牌，覺得很受傷。我傷得很深很深，我必須想辦法減輕痛苦。於是我來到了席克的地方，我知道我可以在這裡得到一些東西，這些東西會讓我不再覺得自己是「髒墨菲」。

7 足球球員。

26

# 「……色魔……」

那天晚上，他把我帶到了他家，把我放上床。醒來的時候，我在被窩裡，身上的衣服都還在。我腦子一時開始胡思亂想，想到我做了丟臉的事，然後才想起來，泰利大可以用攝影機拍下很多東西。不過我馬上又意識到其實什麼事也沒發生，因爲吉娜有照顧我。吉娜和賽門。起床之後，我發現公寓空無一人。這是一間小小的廉價公寓，客廳裡放了一整套皮沙發，木頭地板上鋪了看起來很昂貴的地毯。壁紙的圖案是層層疊疊的橙色百合花，看起來嚇人。火爐的上方有一張裸女的版畫，裸女圖案上面疊印了佛洛伊德的肖像，還有一行字：「男人在想什麼」。這個地方乾淨得無可挑剔，我頗驚訝。

我走進狹小但設備齊全的廚房，在流理台上發現一張字條：

> 妮：
>
> 妳累昏了，於是吉娜和我把妳帶來了這裡。我去她家過夜，然後早上直接去工作。請任意享用廚房裡的茶、咖啡、土司、玉米片、蛋等等等等。打個電話給我：07779-411-007（手機），我們找時間再聚。
>
> 一切安好
>
> 賽門．威廉森

我打電話向他致謝，但是我們並沒有再碰到面，因爲他和雷布、泰利要一起去阿姆斯特丹。我也很想找吉娜，對她表示謝意，但是好像沒有人知道她的電話。

所以現在，我開始想念我的新朋友：雷布、泰利，以及，沒錯，以及賽門。特別是賽門。我幾乎想奔去阿姆斯特丹找他們。其實我和我的好姊妹們也混得很開心。蘿倫變得輕鬆了，因爲那幾個來自雷斯的色魔出國去了；黛安忙著寫碩士論文，卻也會一起喝酒談笑。

關於色魔，是這樣的：星期二下午，我們碰到了一個眞正的色魔，正牌的。那天的天氣意外的溫暖，我們三個女孩子坐在梨花樹酒吧的外面喝淡啤酒，結果有個骯髒猥瑣的男人跑了過來，和我們同坐一桌。「午安，妞們，」他說道，並且把啤酒杯放在凳子的一邊。梨花樹的設計眞的很有問題，這裡的啤酒花園很容易擠滿人，而凳子又很長，所以經常會有不喜歡的人坐在旁邊。「妳們不介意我坐在這裡吧！」他詢問的態度惡劣又自大。這個人有一張剛硬、雪貂般的臉，身材細瘦，留著紅色的頭髮。他穿著一件無袖背心，亮出手臂上濃密的刺青。他的皮膚看起來一片死白，不只是因爲這一天天氣好，也因爲——我想起雷布曾經指著酒吧裡他的一個朋友給我看，說那個人「有監獄的臭味」——也因爲他身上有監獄的臭味。

「這是個自由的國家啊！」黛安懶懶地說，匆匆看了他一眼，又回過頭來跟我說：「我現在已經寫完八千字了。」

「太好了！妳需要寫多少字？」

「要兩萬字。如果我把章節安排好，應該就沒問題了。我只是不希望我草率寫出一大堆之後，結果發現自己離題，要把大部分寫出來的字砍掉，那多可惜啊。我得把論文的結構弄清楚。」她說著，舉起酒杯，喝了一大口。

我們聽到身邊沙啞的聲音：「妳們是學生啊？」

因爲我們三人之中我離他最近，我很不耐煩地轉過身，跟他說：「對啦！」坐在對面的蘿倫臉都通紅了，臉繃緊了。黛安很沒耐性地敲著桌子。

「妳們都念些什麼科系啊？妳們都是學什麼的啊？」這傢伙的語氣中帶著挑釁。他的目光遲鈍，表情陰沉，整張臉因爲酒精而鬆弛。

「我們學的東西都不一樣啦。」我告訴他，這個答案可以讓他滿意。

當然，他還不滿意。他馬上針對我的口音接腔：「妳是哪裡人啊？」他指著我問道。

「雷定。」

這傢伙哼了一聲，對我笑了一下，然後又去問另外兩個女生。我開始覺得眞的很不爽了。「妳們兩個呢？妳們也是英格蘭人嗎？」

「不，」黛安說。蘿倫保持沉默。

「對了，我叫做奇仔，」他說著，伸出了一隻汗濕的大手。

我很不甘願地握了他的手，他握手的力量讓我嚇一跳，蘿倫也跟他握手，但是黛安卻昂頭不理人。

「喔！就這樣子啊？」這個奇仔說：「沒關係啦！」他笑著說：「三分之二也算不錯啦！是不是啊，妞兒們？我今天還眞走運，跟一群這麼漂亮的女孩在一起。」

「我們並沒有和你在一起，」黛安告訴他：「我們三個自己在一起。」

這個噁心傢伙的反應很怪，所以黛安大可以什麼都別說。這傢伙開火了，一邊看我們，他的嘴角一邊好色地扭動。「妳們有男朋友嗎？我打賭妳們有。我打賭妳們都有男人了吧！」

「我想這不干你的事吧！」蘿倫說，她的聲音堅定，音量小而尖。我看著這個惡棍，再看看蘿倫，兩個人的身材差了很多，我開始火大。

「那就表示，妳沒有男人嘍！」

黛安轉頭瞪著他的眼睛說：「我們有沒有男友跟你無關。就算現在有一百萬根屌在弦上跳舞，你放心，永遠輪不到你那一根。就算我們時時缺老二，也永遠不會打電話給你。」

這傢伙閃現一道威嚇人的目光。他是個瘋子。我想：黛安不該再講了。「妳那張嘴啊，女人，遲早會爲妳惹上麻煩的。」他輕聲接著說：「大麻煩喔！」

「去你媽的！」黛安回嘴說：「給我們滾遠一點，找別的地方涼快吧！」

這個男人瞪著黛安。他的頭，很大，斜眼看人，很笨，很醜，被酒精沖昏了；他看著黛安又美又有型的側臉：「媽的一堆女同性戀，」他罵道。如果他是像柯林那樣的男人，我也會像黛安一樣辱罵他，但是這個男人看起來很危險，很不平衡，好像瘋了。我可以看出來蘿倫很怕他，我想我也在害怕。

黛安並不害怕；她站了起來，她從上往下看他。「是啊，你啊，滾蛋，現在就滾，我告訴你！走啊，走啊！」

這男人也站了起來，但是黛安把他瞪下去，她的眼睛冒火。有一瞬間，我以爲這個男人要打黛安了，但是另外一桌有幾個男人叫囂了什麼，吧台的女服務生跑來收杯子，問我們有什麼問題。

這個男人露出冰冷的微笑：「沒什麼問題啦！」他說著拿起啤酒杯一口喝掉，然後走人。「媽的女同性戀！」他又對我們吼了回來。

「我們不是女同性戀，我們是淫蕩的女花癡，我們完全渴求性，但是就連我們也媽的有選人標準。」黛安吼了回去：「只要馬路上還有野狗，只要豬圈裡還有公豬，我們也不會要你那根又髒又爛的小老二，小朋友！認清眞相吧！」

這個瘋子馬上扭身過來，看起來整個人氣得發火，然後轉身走人。我們隔壁幾桌人還大聲譏笑他，羞辱他。

我坐著不能動，黛安的表現讓我拜倒。蘿倫還在顫抖，幾乎要掉下眼淚：「他是個瘋子，他是個強暴犯。爲什麼他要這個樣子？爲什麼男人要這樣？」

「他只是需要找人幹吧！眞是可悲的混蛋。」黛安說著，燃起了一根菸。「我說過，是他欠幹，不是女生欠幹。說實在的，有些男人應該先打個手槍，再出門。」她笑著說，抱著蘿倫鼓勵她。「不要擔心那個混蛋，」她說：「我再去拿些酒過來。」

我們喝醉了，然後回家。我必須承認，一路上我有點緊張，很擔心我們會再遇到那個瘋子。我想蘿倫也是一樣，但是我知道，黛安很歡迎再跟那個瘋子過招。那天晚上稍晚，蘿倫睡了之後，我第一次讓黛安用錄音機錄訪問我。「像我們今天遇到的那種侵略性強的男人，」她說：「妳遇過很多類似的男人嗎？我是說，在三溫暖？」

「三溫暖工作環境安全嗎？」我告訴她：「安全。那個地方……嗯……不能亂來。我是說，我……」我聳聳肩膀，決定把事實講出來。「……我頂多幫人打手槍。我也不會上街釣人。三溫暖的顧客有錢。如果我不願意做他們想做的事，他們可以去找其他願意的女人來做。當然，有些怪人會很固執，他們要證明他們有權力可以支配我，就算我說不要，他們也不聽……」

黛安輕咬著鉛筆尾端，把她的閱讀專用小眼鏡從鼻子上摘掉。「這種時候，妳怎麼辦呢？」

於是我告訴了她去年發生的一件事，我是第一次跟別人講。把這個遭遇講出來，讓我心驚膽跳，卻又讓我覺得爽快。「有一個男人在等我，跟蹤我回家。他什麼也沒有做，只是跟蹤我。每次他去三溫暖，他都指名要我。他說我們天生就注定要在一起，說了一堆類似可怕的鬼話。我把這件事告訴巴比，巴比把這個人趕了出去，禁止他再來。但是他還是一直在外面跟蹤我。我想，這就是爲什麼我後來會和柯林約會，把他當作護花使者，」我告訴她，也瞭解到這是我第一次自我解釋。「很奇怪，居然成功了！那個人看到我有男友，就不敢再來找我了。」

第二天早上，我好好睡了一場懶覺，然後做事，買東西，煮了一鍋燉菜給我的姊妹們吃。晚一點的時候，我打電話回家。我媽媽接了電話，用小老鼠般的微弱聲音跟我打招呼，我幾乎聽不到她的說話。我聽到一個按鍵聲，樓上的電話也被人接起來了，對方大喊了一聲：「小公主！」又聽到另一個按鍵聲，表示我媽媽掛掉了電話。「在蘇格蘭會不會很冷啊？」

「爸，其實這裡蠻溫暖的，可以叫媽回來聽一下電話嗎？」

「不行！我才不要！她在廚房當一個盡責的太太，爲我煮晚餐啊！哈哈哈……妳知道妳媽媽啊，」老爸嘰嘰喳喳說：「她在廚房才開心啦。總之，你在你那家昂貴得不得了的大學，念得怎麼樣啊？不過，先問一下，你還在那裡念書吧。哈哈哈！」

「唉，還可以吧！」

「什麼時候要回來看我們啊？復活節要回來嗎？」

「沒辦法啊！餐廳需要值班。我可能會找個週末假日回去吧……眞抱歉學費這麼貴，不過我滿喜歡在這裡念書的，也讀得不錯。」

「哈哈哈……我並不會在意學費啦，小甜心，一切都爲了妳啊，妳知道嘛。等妳在好萊塢變成有名的電影製片人或導演，妳再還錢給我好了。妳也可以幫我安排一個角色，讓我跟蜜雪菲佛演愛情戲啊，這才是我的興趣。所以，你最近還忙什麼啊？」

在三溫暖幫老男人打手槍……

「和以前一樣啊！」

「喝酒，把我辛苦賺來的錢花光，對不對？我知道你們學生都在幹嘛啦！」

「有時候會喝一點吧！威爾還好嗎？」

老爸的聲音突然變得有點冷淡而且不耐煩：「很好，很好，我想還好吧。我只希望……」

「嗯？」

「我只希望他能夠交一些比較正常的朋友，而不是和他專門來往的不正經孩子。他跟那個娘娘腔的男孩鬼混，我跟他說，如果他不小心一點，他會被帶壞的……」

每星期固定打電話回家給我爸，已經變成了一種儀式，而且是我主動的。可以看出來，我真的很需要有人陪伴。週末連續假期，蘿倫回史德林老家了。黛安大部分時間還是在圖書館，日以繼夜地寫論文。昨天晚上，黛安帶我去她爸媽家，在城裡一個我不知道的地方。我和她爸媽喝了一點酒。她爸媽很酷。我們甚至抽了點大麻。

所以今天，我出於無聊，只好在學校混來混去，希望那些男人趕快從阿姆斯特丹回來。克利斯說他想在藝術節弄一個戲，問我想不想參加。不過我知道他眞正的用意。克利斯是個好人，但是我以前跟太多這樣的男人上床過；跟這種人，性愛關係可以維持一個月，馬上就變得枯燥乏味，除非可以用性愛換來別的好處，例如：社會地位、經濟能力、愛情、勾心鬥角、性虐待，或群交吧？於是我告訴克利斯，我沒什麼興趣，我很忙。我忙著和這些在地的怪男人混，這裡面有些人已經上了年紀。雷布，拒絕我性愛要求的混蛋；賽門，似乎野心勃勃，想要擁有全世界，他顯然認爲只要假以時日，他就可以得到一切；油水泰利，似乎現狀就讓他很快樂，爲什麼不？他跟任何人做愛，有足夠的錢買酒。他一輩子追求的夢想已經實現了，這讓他權力在握。他不必爲他的人生漂白，不必追求高尙，剛剛好一點都不用改，他所要的，就是打炮、喝酒，和打屁。

泰利經常在雷斯的舊港區鬼混。我曾經跟黛安和蘿倫開玩笑，說他就像《曼斯菲爾莊園》[1]中的普萊斯先生。「他一走到碼頭，就會回想起他和芳妮相處[2]的快樂時光。」我們覺得這一段很妙，因爲我發現泰利把每個女人都叫做「芳妮」。所以在我們在家裡的時候，也彼此以「芳妮」相稱，而且開始引用《曼斯菲爾莊園》的句子。

現在，我一個人在家用銼刀修指甲，電話鈴響。我以爲是我媽趁我爸去工作的時候打電話給我，竟然是雷布從阿姆斯特丹打電話來，我大吃一驚，但是我並不是不高興。一開始，我以爲他很想念我，以爲他很後悔沒有把握機會跟我做愛。他既然投入色情片事業，他的賀爾蒙一定升高，他哀憐自己沒有甜頭吃吧。我也是啊，但是我眞的會去做。現在，他也想當泰利或賽門一樣的男人，哪怕只是幾星期，幾小時，幾分鐘也好。在他小孩生下來之前或結婚之前，他也想玩一下。

我故意裝酷，向他詢問賽門和泰利。

氣氛變得很冷很沉默，過了幾秒他才開始說話。

「我根本很少和他們一起。泰利白天忙著找妓女，晚上又忙著在夜店把馬子。變態男的生活應該也跟他一樣吧。幹那些事，搞騙局。他一直說他在業界有的是關係，聽多了眞的讓我覺得有點煩。」

變態男：虛浮，自私，殘酷。這些都是他的優點。我記得王爾德說過，女人欣賞徹底的殘酷，勝過於任何東西。有時候我相信這句話。我想雷布也是。

1 珍奧斯汀的名著。

2 「他和芳妮相處的快樂時光」——這裡有兩個雙關語。一，「芳妮」雖然是個常見的英文名字，可是在當代俚語中，「芳妮」已經意味「蠢女人」，以至於「女人的私處」；二，「相處」在當代英文中，又意味「性交」。

「那個變態男，我覺得他很迷人。蘿倫說的對，他會在不知不覺中，佔據你的腦袋。」我的語氣中充滿渴望，我並沒有忘記自己正在和雷布通電話，我只是故意假裝忘記了。

「所以你喜歡他嘍？」我聽出來他的語氣中有一種很小氣、很惡毒的感覺。我感覺到下巴繃緊了。世界上最糟糕的事，莫過於一個沒有抓住好時機跟妳做愛的男人，可是當妳在哈別的男人的時候，他又要變得一整個不爽。「我沒有說我喜歡他，我只是說他很迷人。」

「他是個人渣，一個皮條客。泰利只是個白癡，變態男卻是個陰險的傢伙。」雷布一邊咳嗽，一邊很酸地說。我從來沒有聽過他說過這種酸話。這時候我才想起，他可能喝醉酒，或者嗑藥嗑昏了，或者他酒藥都用了。

這眞是奇怪。他們以前很要好啊。「你現在和他合作拍電影呢，記得吧？」

「我怎麼會忘記，」他嗤之以鼻地說。

雷布似乎變成了柯林這個人了：有佔有慾、有控制慾、反對別人、有惡意，**而他根本還沒有跟我做愛唷**。爲什麼我對男人會有一種影響力——總是會把男人的劣根性引導出來？好吧！我不會再吃這一套了。「你正在阿姆斯特丹，和你的小兄弟們一起過男人夜生活。找個妓女啊！雷布，融入色情生活啊！如果在結婚之前，你還想玩玩，就趕緊努力。你在我家早就有機會了。」

雷布沉默了一會兒，然後說：「你瘋了！」他想表現漠不關心的態度，但是從他的語氣中可以聽出來，他覺得自己失態，有失尊嚴，對像他這種驕傲的人而言，這太丟人了。他騙不了人，他想要我，但是畢瑞爾先生，你他媽太遲了。

「好吧！」他打破了沉默說：「妳今天的情緒很奇怪。總之，我打電話過來眞正的目的是要找蘿倫。她在嗎？」

我的胸口被重重撞了一下。找蘿倫？搞什麼啊！「她不在，」我覺得自己的聲音在顫抖。「她回史德林老家去了。你找她有什麼事嗎？」

「沒關係，我打電話去她媽媽家好了！我之前跟她說我爸爸可能有軟體，可以把她在麥金塔作業系統上的檔案轉成視窗系統的檔案。總之，我爸爸有這套軟體，而且他很樂意幫蘿倫安裝。不過她說她急著轉檔，因爲她所需要的東西都在麥金塔電腦裡面──妮姬？」

「我在這裡啊。好好享受你的色情生活吧！雷布！」

「那麼，再見了！」他說著就掛了電話。

我現在可以瞭解，爲什麼泰利被他搞得很毛。一開始，我並不瞭解，現在我瞭解了。

27

# 腦袋好緊張

我的頭媽的痛死了。該死的偏頭痛。想太多事了，這是我的問題。這裡有些粗神經的痞子根本不了解。我腦袋裡有太多東西了。有腦袋的人就是他媽的有這種麻煩，讓你他媽的想太多，想那些媽的粗屄的臉眞是媽的欠扁。這樣欠扁的傢伙超多。都是王八蛋，他們在我背後嘲笑我，沒錯，我都知道，我都看得出來。他們以爲我沒看見，不過媽的我就是看見了。我知道。我一直都媽的知道，我他媽就是知道。

我需要一點他媽的鈕洛芬止痛藥。我希望凱特跟她那個哭臉娃娃趕快從她媽家回來，因爲打一炮總是有用，可以消除媽的我腦袋裡的緊張。是啊，當你射出來的時候，夭壽耶感覺就像是給你的腦子按摩了。我不懂有些人總是說：「我現在不能做，我頭痛啊。」好像是媽的電影台詞。你看吧，對於我來說，這才是你媽的需要好好打一炮的時候。如果每個人頭痛的時候都打一炮，媽的這個世界就不會再有這麼麻煩了。

門口有聲音，應該是她回來了。

但是，夭壽耶等一下。不對，幹，不是她。

有人想他媽的給我闖空門……因爲我坐著卻沒有開燈，因爲我的頭在痛。有人可能以爲沒人在家！他媽的，有人眞的要給我闖進來了！

遊戲開始！

我他媽一個滾下沙發，滾向地板，就像布魯斯威利或阿諾史瓦辛格那種痞子一樣。我在地板匍匐，身體貼著客廳門口後面的牆壁站起來。如果他們知道他們該幹什麼，就會媽的先來這裡，而不是上樓去。大門打開了，媽的這些傢伙用力撞門。他們進門了。我不知道他們有幾個人，從聲音聽起來，不是很多。但是媽的人多不多不重要，因爲媽的他們都別想活著離開。

好極了……眞是他媽的太好了……我站在門後，等這些人闖進來。一個小混蛋走了進來，拿著一根棒球棒，小王八蛋。我眞是太失望了。我在他背後關上門，說：「你在找東西嗎，白癡？」

這小王八蛋轉過身，開始對著我揮動他的棒球棍，但是他媽的馬上嚇得要尿褲子。「走開！讓我出去！」他叫著。我認得這個小王八蛋！在酒吧，在變態男的酒吧！他知道我是誰，他的眼睛睜得更大了。「我不知道這是你家，老兄，我要走了……」

媽的好極了，這王八蛋當然不知道這是我家。「走啊！」我指著門，對他笑著說：「門就在這裡啊！媽的你還在等什麼？」

「走開……我不想惹麻煩……」

我停止微笑。「不管媽的你想不要想惹麻煩，媽的你已經惹出麻煩了。」我告訴他，「夭壽，把球棒給我。別讓我親手把球棒從你手中拿走。爲了你自己好，你可別逼我。」

這小傢伙站著夭壽發抖，眼睛開始充滿淚水。他媽的小娘娘腔。他放下球棒，而我抓住他的手腕，抽走他的球棒，然後用另一隻手扣住他的脖子。「王八蛋，你幹嘛不打我一頓呢？小王八蛋！喂，媽的膽小鬼！」

「我不……我不知道……」

我叫他用雙手去抓球棒。「這才是你應該做的……」然後我用力揮棒。

他兩隻手臂舉高阻擋，結果球棒敲裂他的手腕。他開始大叫，好像被車子輾過的狗。我開始用那根球棒狠狠揍他，我想到萬一是凱特和孩子單獨在家裡，這傢伙會怎麼樣對付她們。

他的血媽的流到了凱特的地毯，我停了下來。這小王八蛋縮在地上躺著，像個他媽小嬰兒哇哇大叫。「閉嘴！」我對他大吼。牆壁很薄，有人聽到可能媽的去報警。

我找到了一塊舊抹布，放在他血淋淋的頭上，再把他的棒球帽戴回去，這會讓這個羅伊·哈德[1]閉嘴了。然後我要他把他的口袋翻出來，又去廚房拿了些工具給他清洗地毯。他的錢包裡什麼都沒有，只有一點零錢、屋子的鑰匙，和一包藥丸。

「這是搖頭丸？」

「嗯……」他掙扎地說，憂心忡忡的樣子。

「媽的不是古柯鹼？」

「……不是……」

我檢查夭壽的門鎖。門是他用肩膀撞開的，但是並沒有被他撞裂，不過這小王八蛋搞成這樣也不容易了。我把門裝好。這個門眞他媽有夠爛，得換一個了。

我走回去，小王八蛋還在擦地毯。「媽的把地毯上的血跡最好給我擦掉。如果我要媽的找吉普賽人來清理我女人地毯上的血，我乾脆趁這個機會給你媽的流出更多血算了。」

「好……好……要擦掉了，」他說。

我查出來這個小王八的名字叫做菲利普·穆伊，是羅城[2]來的人。我看看地毯。這小子清得還眞乾淨。「好！你現在跟我出去一下，」我告訴他。

小王八蛋嚇得什麼話都不敢說，媽的跟著我上了貨車。我打開前車門讓他進去，我慢慢走向我的駕駛座，爬上車，我知道他太害怕了，什麼屁都不敢放。「你來帶路，你知道我們要去哪裡吧？」

「不知道……」

「我們要去你家。」

我打開收音機，一路開往羅城。這個貨車爛透了，媽的大概是要掛了。收音機裡正在播放華麗搖滾樂團史雷德[3]的歌，「媽媽我們全部抓狂了」，我也跟著一起唱。「史雷德媽的眞屌。」我告訴小王八蛋。

我把車停在他家門口。「你和爸媽一起住？」

「對。」

「他們不在家？」

「不在……不過很快就會回來。」

「我們動作得快一點，快來吧。」

於是我們進了屋子，我察看屋子裡有什麼好貨。有一個不錯平面直角的電視，還有一個放影機，是那種新型的，把雷射影片放進去，就會播放出他媽的影像，反正就是媽的人家說的那種VDU之類的東西[4]。還有一套新的音響，也是新式的，媽的有好幾噸的喇叭。「好，王八蛋，把東西搬上車，」我告訴這小王八蛋。

這傢伙還在嚇得屁滾尿流，而我四處察看，看看街上有沒有愛管閒事的人。只要有人跑過來管閒事，這個小王八蛋就完了，他很清楚。東西上了貨車，送到凱特家。酷的是，我還找到了一張洛史都華

---

1 為英國的電台、電視明星。

2 地名。

3 史雷德，Slade。

4 卑比因為入獄一段時日，因此對任何新科技產品都不熟。

的雷射唱片，裡面有他所有的金曲。我很不客氣地馬上沒收。

回到了家，凱特和她的小孩都已經回來了。「法蘭哥，發生了什麼事啊……門鎖……」她指了指地上的鏍絲釘，又都掉到地上了。「我才把鑰匙插進去，鏍絲釘就都掉下來了……」她看了到站在我後面的小王八蛋。這傢伙看到了弄壞的門鎖，又嚇得要死。媽的他確實是應該被嚇。

「沒事，」我告訴她。然後我和小王八蛋出去，一人一邊，把電視機搬了進來。

她把孩子抱在懷裡：「門鎖……法蘭哥，怎麼一回事啊？這是什麼？」她看著電視問道。

「這小傢伙是我的朋友，」我對她說。這是我在回家的車上編的一個故事：「這小子媽的是個好撒馬利亞人[5]。他撿到好東西，於是我就叫他拿過來啊。這比妳的舊東西好。」

「但是，門鎖怎麼回事……」

「喔，媽的我告訴過妳啊，凱特。記得我說過，這個門鎖需要修理了。我會叫我的朋友史提夫來修理，他是個鎖匠，他會弄好的。看哪！夭壽耶新ＤＶＤ機！這下我們得把舊錄影帶賣掉了。」

「眞是太好了，」她說，「謝謝你，法蘭哥！」

「不用謝我啦，要謝就謝菲利普，對吧，小弟？」

凱特看著這個嚇到半死的小王八。她看了他夭壽樣。「謝謝你，菲利普……可是你的臉怎麼啦？」

我插嘴說：「這他媽說來話長，」我告訴她：「情況是，菲利普欠我一份情，所以他家買了一套新的音響設備之後，就打電話給我，讓我拿走他的舊音響。我本來以爲可能只是一堆垃圾，沒想到，他說這些東西其實只用了一年半。」

「菲利普，你確定要送給我們嗎？這些東西看起來好像貴死了……」

「妳知道他們這些年輕人，都他媽的喜歡跟流行。這些東西在他們看來，媽的都是石器時代的東西啦。嘿，菲利普第一個想到我，有一個肥仔也想跟我們搶這些，結果就給這個小老弟媽的咬了一口。」我拿起了棒球棍，說：「我們就去跟那個肥仔好好聊聊，是吧，菲利普。」

這小王八傻笑。

凱特把電視插上電源，「畫質非常好啊，」媽的她開心得像個過聖誕節的小女生，「你看啊，」她對小娃說：「工人鮑柏[6]啊！我們可不可以修理啊？可以，我們可以[7]！」

「都是最好的，太太。」

這小子說什麼屁話，他還能夠活著是他走了狗屎運。我在想，或許我可以利用一下像他這樣的白癡。我把他帶到外面去說話：「好！你現在可以走了。可是明天早上十一點，我跟你約在雷斯大道上，太陽餐廳見面。」

「爲什麼啊？」他問道，恐懼再度浮現臉上。

「做事啊！像你們這種小王八蛋，如果不給你們點事做，媽的一定惹一堆麻煩出來。懶人不做事，媽的魔鬼就做事了[8]。記住，雷斯大道，早上十一點。如果我遲到，你就找列克索。別給我惹麻煩，因爲媽的現在你是我的人了。記住，明天在餐廳碰面。」

小傢伙不再顫抖了，但是仍然一副媽的很困惑的樣子。「會給我好處嗎？」

「有啊！你的命可以活下來，媽的這就是給你的好處，」我輕聲在他的耳邊說：「我跟你說，」我說著看到了他手上有金幣造型的戒指，幾乎每一隻手指上都有。「戒指不錯啊！脫下來。」

---

5　典出聖經，即指善心人士。
6　英國卡通。
7　卡通裡的台詞。
8　這句俗語，先前屎霸和杜德表哥聊天時也出現過。

「啊，老大！不要拿我的戒指好不好，拜託……」

「脫下來！」

這小傢伙開始脫戒指，然後說：「拿不下來啊！」

我拿起我的小刀。「好吧！那我來幫你拿好了。」

眞是有趣，我這麼一說，他的戒指就順利摘下來了。

小王八把戒指交給我，看起來好難過，我把戒指收好，可是把其中一個戒指還給他。「你今天做得不錯，繼續給我努力，這些戒指就會還給你。如果你敢給我出去大聲嚷嚷，或給我惹麻煩，你他媽就別想活了！早上在餐廳見，」我跟他說，然後走進門，把門關上。

我用手機打電話給史提夫，告訴他我有急事。

凱特說，「音響設備棒極了！法蘭哥，眞不敢相信。這孩子眞好啊。」

「是啊！他是個好孩子，他以後會幫我做事。你得好好注意這些小鬼，如果讓他們閒下來，他們就會搞得天翻地覆。我都知道。」我告訴她。

「你這樣做非常好，幫這個小孩子一個大忙。你眞是個好人，是不是？」

她說出這樣的話，實在讓我覺得很滑稽。我當然有點爽，但是同時我也在想，難怪她的上一個男人會很快出手打人，因爲她這樣說話嘛。不過，她現在很快樂，也好。「就像那些政客說的嘛。如果媽的你有事業，你就得幫助每個人。懂我的意思嗎？把外套穿上，我們出去吧。喝一杯，吃中國菜，嘿。」

「孩子……」

「媽的把孩子帶去妳媽媽家吧！快一點！我累了一整天了！我要喝一杯，吃中國菜。我有權利媽的喝杯啤酒，輕鬆一下。妳把孩子帶去妳媽媽家，我在這裡等史提夫過來修理門鎖。花不了多少時間的，如果他弄太久，我可以把備用鑰匙留給他，請他修理好門鎖之後，把鑰匙丟進信箱裡。我晚一點去妳媽媽家跟妳碰面吧！」

凱特化妝換衣服，把孩子放進娃娃車裡。

我把舊電視拿去屋外，機上盒接到新的電視，看起了「天空頻道」的〈蘇格蘭足球秘辛〉節目。

眞奇怪，我的頭不痛了；媽的我不需要打炮，頭痛就好了。

28

# 第18740個念頭

眞奇怪，情勢竟然發展成這樣。卑比、屎霸都出現了，現在連懶蛋也回到了我的生命中。都回到我賽門．大衛．威廉森的動人大戲之中。如果說卑比和屎霸是慘兮兮的飯桶，等於是侮辱了世界各地的飯桶呢。但是懶蛋不同：他在阿姆斯特丹開了一家夜店。我從來沒想到，他居然有這般認眞做事的能耐。

當然，這混帳竊賊碰到了我，一點也不歡喜。我告訴他，在我拿到錢之前，我不會讓他這個打手槍的混蛋離開我的視線；現在，這筆錢已經乖乖躺在我的錢包裡了。我們坐在王子運河旁的露天咖啡座，他輕輕摸著腫起來的鼻子，「我不敢相信你竟然打我，」他抱怨道：「你以前總是說，暴力是肉腳的行爲。」

我坐著，對這傢伙慢慢地搖頭。我覺得我又想揍他了。「我從來沒有被朋友搶錢過，」我告訴他：「我也不懂你怎麼這麼大膽，媽的有這個膽，媽的想要讓我有罪惡感啊？我火大，並不只是因爲你媽的把我的錢搶走，」我低聲咆哮著，怒氣升起。我重重搥著桌子，提高音量。坐我們旁邊的兩個胖美國人投過來奇異的目光。「也因爲你竟然他媽的補償屎霸！這麼多年來，這毒蟲從來沒有跟我提過一個字！有一次他被惹毛了，他才不小心說溜了嘴。」

懶蛋把義式咖啡端到嘴邊，吹了一口氣，喝了一口。「我說過抱歉了。我眞的很後悔——希望我這樣說可以讓你覺得比較舒服。我眞的想過要補償你，我是說眞的。但是你也知道，現金很容易就花掉了。我以爲你會就這麼算了……」

我瞪他。這白癡媽的以爲他在跟誰說話啊？他是活在哪個星球啊？我打賭，他活在媽的一九八〇年代雷斯星球吧。

「……嗯，可能不能就這樣算了吧，但是你知道……」他聳聳肩說：「以前，我是媽的有一點點自私啦！我只是他媽的想要逃走嘛，賽門，我要逃開雷斯，逃開那些吸毒垃圾。」

「你要逃，我就不用逃了，是不是？是啊！你的確是他媽自私到了極點！」我又用力敲桌子。這個人說，他只有一點點自私，媽的這是本世紀最大謊言。

我聽到那兩個美國人在說話，好像是說北歐語，然後我才知道，他們其實是瑞典人還是丹麥人。眞奇怪，這些人穿著漿過的衣服，看起來又肥又笨，難怪被人以爲是中年美國人[1]。

懶蛋把棒球帽的帽沿拉下來遮住眼睛。他看起來有點疲累。曾經當過毒鬼……[2]除非你是賽門．大衛．威廉森：一旦一個人成爲賽門，就可以馬上超脫藥物帶來的煩惱[3]。「我是這樣想啦，我要先還錢給屎霸，」他玩著咖啡杯說道：「我想的是，變態……喔，賽門是很厲害的人，有企業頭腦。賽門應該不會有問題，可以自己站得很穩。」

我什麼話也沒說，只是很驕傲地轉過頭，看著運河上的一艘船開走。船上有個粗獷的男人看到了我們，按了號角，招手打招呼。「嘿！馬克，你好嗎？」

「我很好啊！雷卡多。享受陽光啊！老兄，」懶蛋對他揮手喊著。

1 這裡「美國人」(Shermans)一字是用倫敦的俚語，似乎表示英國人對美國人不以為然。
2 這裡只有半句。全句應該是：曾經當過毒鬼，就一輩子都是毒鬼。
3 早在《猜火車》中，變態男就自稱他很懂得戒藥；別人想戒都戒不成功，可是他自稱想戒就戒得成。

懶蛋這混帳小子，居然也是木鞋國[4]的中堅份子了。他都忘了我曾經看過他嗑藥嗑到發病，藥癮發的時候哭叫連連，他還曾經偷別人的錢包，像一隻飢餓的肉食獸，大口吞下一隻根本吃不飽的小動物。

現在，他要把他的故事情告訴我了，我很想聽，但是故意裝出一副不是很感興趣的樣子。「我先來這個地方，是因爲這是我唯一知道的地方……」他開始說：「……除了倫敦和艾色西[5]之外，我就只知道這裡了。我們曾經在英吉利海峽的渡輪工作。所以我才想要來這裡，以前我們在船上工作，下班的時候就來這裡，你記得嗎？」

「嗯……」我點點頭，模模糊糊地回想。我不知道這個地方是不是變了。以前我們來的時候，都嗑藥嗑到茫，哪還記得這裡什麼樣。

「很奇怪，我總是有一種感覺，覺得你很容易會在這裡找到我。我總認爲有人會放假在這裡玩，然後碰上我。我以爲你們第一個想到要找我的地方，應該就是他媽的阿姆斯特丹。」他微笑著說。

我眞是有夠笨。我們沒有一個人想過他會來阿姆斯特丹。媽的也不知道爲什麼。我經常想我的熟朋友，甚至是我自己，可能在倫敦或格拉斯哥遇到他。「我們第一個想到的地方就是這裡，」我說謊：「我們來過好幾次了。你很幸運沒被碰上，」我告訴他：「除了這一次。」

「所以，我想你會把我在這裡的事告訴其他人了。」他說。

「去他媽的！」我輕蔑地吼：「你以爲我會在乎卑比那種人嗎？他可以自己想辦法來把錢弄回去；那個瘋子跟我一點關係也沒有。」

懶蛋想了一下我說的話，繼續講他的故事：「很奇怪，我剛來這裡的時候，住在運河旁邊的一家旅館裡，」他指著王子運河說：「然後我在匹普這個地方找了一個房間，那一區等於是阿姆斯特丹的布里克斯登[6]。」他說明：「就在觀光村的南邊。我戒了毒，開始和一些人交往。我交了一個朋友，名字叫做馬丁。他以前在納丁罕時曾經跟過一個音響團[7]。於是我們在夜店辦舞會，剛開始只是為了好玩。我們都很喜歡浩室音樂，但是這裡科技舞曲當道。我們想打破這種歐洲正統。我們的舞會名字叫做『魯奢麗』。漸漸地，我們的舞曲之夜越來越受歡迎。然後有個叫做倪爾斯的人，希望我們固定每個月在他的小夜店辦一次活動，然後每兩週辦一次，然後變成一週一次，最後，我們得找更大的場子了。」

懶蛋注意到他開始越講越沾沾自喜，連忙用半道歉的語氣說。「我是說，我在這裡過得還不錯，可是只要搞垮兩三場活動，我們就毀了。可是我們也不擔心太多：如果一切完了，就完了吧。我並不希望純粹為一家夜店賣命。」

「所以到頭來，」我肚子浮起一股輕蔑，「所以你現在是在錢堆打滾，卻背叛朋友，你就媽的圖那幾千塊髒錢。」

懶蛋很無力地抗議，他的態度反而突顯他的罪惡感：「我跟你說過事情發生的經過。當時，我只想跟家鄉的生活方式劃清界線。我並沒有在錢堆打滾。每次夜店的舞會結束，我們就要付錢打發各方人馬，然後才平分剩下的錢。我們一直到幾年前才為公司開了一個銀行帳號。那還是因為有一次被人搶了，之前，我們都是週末夜裡口袋塞了幾千英鎊到處跑。沒錯，我過得不錯。我在釀酒者運河街有個公寓，」他現在說話的語氣，媽的眞是自豪得不得了。

你這小子本來不是要浪跡天涯嗎？媽的搞個夜店之夜可以搞這麼久，一定無聊死了。「所以，你搞

---

4 木鞋國，指荷蘭。

5 英國地名。

6 布里克斯登，是倫敦的一個區，以多元種族人口出名。

7 「sound system」指雷鬼舞會場子裡，巡迴各舞會、活動及慶典表演的團體，成員包括 DJ、饒舌歌者，並搭配燈光音響系統。用在 rave 舞會裡，成員類似，只少了現場演唱者。詳見《迷幻異域》，台北：商周出版（二〇〇三，二版），一〇三頁。

這家夜店搞了八年？」我責備他說。

「不是同一家店了，這中間變了很多。現在，我們參與大型舞會，例如『飆舞谷』或『女王日』，還有柏林『愛的大遊行』。我們的舞會遍及歐美，包括伊比薩[8]和邁阿密熱舞節。馬丁是魯奢麗的公關，負責舞曲音樂的公關，而我是幕後的……我不在幕前的原因，你很清楚。」

「原因就是我、卑比、第二獎，還有屎——喔，不包括屎霸，好，你已經補償他了，對不對？」我又譴責他了。我還是不敢相信，他居然會補償屎霸，而不補償我。

「屎霸怎麼樣了？」紅頭小子懶蛋問道。

我點了點頭，好像在打量他，然後我臉上露出一種又滿足又輕蔑的神采，「他毀了，」我告訴他，「喔，他本來戒毒了，可是你偏偏寄給他錢。他就把你給的錢媽的全部買了海洛英。現在，他可能要步上湯米、麥地那一狗票人的後塵啦。」我講得很誇張。

**把罪惡感吸到飽吧！叛徒！**

懶蛋蒼白的皮膚仍然沒有發紅，但是他的眼神卻柔和一點了，「他ＨＩＶ陽性嗎？」

「是啊，」我告訴他，「都是你的功勞。幹的好啊！」我對他舉杯慶賀。

「你確定嗎？」

我根本就不知道那髒鬼的免疫系統狀況如何。就算他沒感染，媽的他眞的應該感染才對。「我幾乎和他一樣確定[9]。」

懶蛋把這檔事想了一會兒，然後說，「太糟了。」

我實在控制不住，又添油加醋說：「愛麗森也得了。你知道嗎？他們後來在一起。生了一個小孩，也是陽性。英國的納稅人眞該感謝你，」我冷嘲熱諷地說，「因爲你幫忙消滅社會的人渣。」

懶蛋聽我這樣說，好像被嚇到了。我當然是鬼扯，可是啊，看到屎霸現在的狀況，就算他身上病毒全面爆發，我當然也不會意外。我要懶蛋小子一直被我折磨，而我現在的話只不過是頭期款。他鎮定了自己一下，試著裝出不在乎的樣子，眞可悲。「眞叫人難過。在這裡眞好，」他微笑說，看著四周歪歪斜斜的窄房子，好像搖搖晃晃的醉漢互相攙扶。「去他媽的雷斯。我們去紅燈區喝幾杯啤酒吧，」他提議。

我們前往紅燈區，痛快喝酒過一天。我們坐在一家餐館外面，我看得出來我的小謊言在懶蛋身上發揮了功效，雖然啤酒讓他變得和樂起來，「我只是要混口飯吃，在我混飯吃的過程中，我盡可能不要傷害太多人。」他說得很理直氣壯。我們看著一群喧鬧的英國年輕人在我們面前走過。

**那一天他媽會來到的。**

「是啊，我承認，做人眞難。朋友，是我們最大的資產啊。」我說，他看著我，眼神又誠懇又困惑，於是我解釋了一下，「我說的『我們』，就是有野心的人，現在只有我們這種人才算數。」

懶蛋想要反駁，但是想了想還是放棄了，只是笑了笑，拍拍我的背。我發現，好變態啊，不知不覺中，我們幾乎又可以重新當朋友了。

晚上，我選擇在懶蛋的沙發上過夜，並沒有回去旅館跟那些瘋子團圓。顯然昨天晚上雷布的有錢老朋友想要好好找人打架；好像他們突然想到，回家的時候都快到了，可是他們只有抽大麻和打炮，都還沒有跟人打架。今天計畫要去烏德赫德找幾個木鞋國的笨蛋鬧翻天。管他媽的，我要留在懶蛋家。

懶蛋和一個叫做賈德琳的德國女孩同居。這個脾氣差、瘦巴巴的納粹馬子，沒有奶子，其實就是懶

8 伊比薩，是位地中海的小島，為電音舞曲和用藥聖地，吸引全世界的舞客（含台灣人）。

9 這裡有雙關語：「確定」一詞，在英語中又表示「HIV陽性反應」。

蛋似乎一直在找的那一型女人：像小男生。我經常覺得懶蛋就是衣櫃同性戀，卻沒膽眞正一路搞到底，於是他就找長得像小男孩的馬子打炮。搞不好幹屁眼，緊繃的屁眼才能滿足老二小的男人。這個叫做賈德琳的女人，或許値得一幹。或許。瘦巴巴、沒奶子、沒屁股的女人，很浪，她們既然沒有我們男人喜歡的豐滿身材，就該在別的地方多加努力作爲補償。這隻冰冷的條頓小母牛，幾乎不說話，甚至我努力調情表示禮貌，她都沒反應。媽的，高貴的義大利[10]，在第二次世界大戰的時候，竟然跟這些假撒克遜人[11]認輸？不過啊，我可能會給她來一炮，氣一氣懶蛋。眞有趣，他坐在那裡，身材好，幾乎像個歐陸人。他眞的還是很瘦，但是並沒有瘦得噁心。紅髮仔的腦袋瓜上，臉上多了點肉。頭髮稀疏了一些，而且髮線有點往後退；對於許多紅頭髮的人來說，禿頭是個詛咒。

現在，我最好的下一步，就是放長線釣大魚，讓他信任我。他上鉤了。我知道釣魚線該由誰出。懶蛋的麻煩不在於錢，而在於背叛。所以我們又出門再喝一攤的時候，我就從這個想法下手。「因爲你拿了卑比的錢，所以你變成雷斯的大英雄。」我告訴他。當然，這是天大的謊話。大家知道卑比是個混蛋，但是沒有人喜歡拿錢落跑的人。

但是懶蛋知道情況。他不是笨蛋，其實這就是他的麻煩。這個紅頭髮的猶大混蛋，什麼毛病都有，就是不笨。像以前一樣，只要他聽到他不相信或不同意的事情，他就會垂下眼皮，一副很世故的樣子。「不見得吧。」他說，「卑比有很多頭腦有問題的兄弟。那種人會搞死各種人，找樂子。我剛好變成他們扁人的對象。」

一點也沒錯，小賊。卑比以前的「伙伴」，大塊頭的列克索．賽德林頓，正在不到半哩外的飯店和我同住；我很好奇，如果列克索知道懶蛋也在城裡，會有什麼反應。他會想要爲他的混蛋老哥主持正義嗎？會噢，雖然列克索講過卑比的壞話，但是對他那樣的白癡，這根本不算什麼。他頂多一定會跟他的老哥方斯華[12]通風報信，卑比就會搭下一班飛機趕快飛過來。噢是啊，那個大塊頭有一種頑皮的氣質。他一定很樂意跟飯桶卑比說，他知道懶蛋的地址。

很誘人，但是不行。我，要親自，把這個好消息，傳達出去。懶蛋開了一家夜店，有公寓，有女朋友。只要他以爲他在這裡很安全，他就不會突然跑走。「我只是說，或許而已，」我低啞地說，然後改變語氣，「不過，你應該回愛丁堡，看看家人嘛，」我告訴他的時候，這才想起來，我回去愛丁堡之後，幾乎沒有看我的家人。

懶蛋聳聳肩，「我回去過幾次，都是偷偷的。」

「媽的，我都不知道……」我說。我很惱，這傢伙偷偷進出愛丁堡，竟然完全不讓我知道。這紅頭髮小子聽了就大笑，「我想，你才不想見我呢。」

「喔，我可是很想見你呢，」我跟這混帳擔保。

「我就是這個意思。」他說，然後他揚起眼睛，充滿期望問我，「我聽說卑比還在牢裡。」

「是啊！他還得被關好幾年呢。」我盡力擠出最沒有表情的口氣，含糊其詞回答他。希望我的表現恰如其份。

「那麼，我可以回去看看了。」懶蛋微笑了。

好極了，讓這個傢伙去碰運氣吧。我開始樂翻了。

後來，我安排泰利、雷布來和懶蛋和我見面，我有點盤算懶蛋的音樂和阿姆斯特丹的人脈，對我們

10 賽門本人有義大利血統。

11 指德國人。

12 先前提及，這是卑比（法蘭哥）名字的法式寫法。

有用吧。我告訴懶蛋我們想搞什麼，他似乎很感興趣。於是，我、雷布、泰利、比利，和懶蛋，一起喝啤酒，在沃謨街上的希爾街藍調餐廳大呼大麻，大聊大扯。泰利和比利有點記得以前懶蛋的一些事：白雲迪斯可啦，足球啦，之類的事。從泰利看懶蛋的眼神眼來，他還不是很信任懶蛋。對極了：沒有人會相信一個只會圖利自己的騙子，媽的沒有錯，懶蛋會付出代價的。

雷布．畢瑞爾（有腦子啊）不要參加烏德赫德的行動，他說，嘴巴腫、鼻子裂、黑眼圈，在婚禮照片中很難看。他在餐廳裡跟我們解釋一些事。雷布似乎對泰利和我有點不爽，或許因爲我們大部分時間都把他和足球迷朋友丟在一起。我以爲這些男生想要一種老朋友的同窗會，可是雷布卻想要玩更酷的活動。這個畢瑞爾小子可是頗有知識，提出了一個建議，可是泰利對於這個建議保持懷疑。「還是看不出來，爲什麼我們要在這裡拍片，吶，」他對雷布說。

雷布看著我，很緊張很嚴肅，「你忘了警察啊。這種電影……」他遲疑了一下。泰利噘起嘴，做手臂後彎伸展運動，而雷布有點臉紅了。「……唉，泰利，我們要拍的這種電影，根據ＯＰＡ，是非法的。」

「好吧，媽的大學生先生，」油水泰利插話說，「告訴我們什麼是ＯＰＡ。」

雷布咳了一聲，看著比利，再看懶蛋，有點像在懇求支援。「ＯＰＡ就是『淫穢物出版法』，這個法律在管我們要做的計畫。」

懶蛋只有讓人無法解讀的表情，一句話也不說。懶蛋——他是誰啊？他是什麼東西？他是一個叛徒，一根小草，一個壞蛋，一個無賴，一個自私的自我中心者。在全球化資本主義新秩序之中，任何身爲工人階級的人絕對都要和懶蛋打好關係。我羨慕他，我他媽眞的羨慕死這個混蛋了，因爲他完全不鳥別人，只顧自己。我就是要當他這種人，只可惜，我心裡燃燒太多的衝動，狂野的、激情的、義大利男子漢的衝動。我看他坐在那裡，以旁觀者的角度，謹愼觀看一切。我心生怒火，覺得我的手緊緊抓著椅子扶手，手指關節都發白了。

「所以，我們眞的要小心警察，」雷布緊張地做出總結。

我看著雷布，猛搖頭說道：「對付警察也很多處理方式，你忘了一個道理：條子只不過是發育比較晚的流氓。」

雷布看起來很不相信我的話。懶蛋插進來說，「變態男——嗯，賽門說的對。民衆會犯罪，是因爲民衆是在犯罪的文化當中長大的。而大部分警察是從打擊犯罪起家的，所以犯罪的發展比較晚。但是他們大量沉浸在犯罪文化中，他們很快就會跟上腳步。這年頭，罪犯最適合的工作，就是去執法。搞清楚什麼是可以做的，什麼是不能做的。」

看得出來雷布對這話題很興奮，好像找到了天涯知音。泰利對這傢伙的看法沒錯，只要你讓他講，他會一直給你辯月亮到底是不是藍乳酪做成的。所以在他和懶蛋還要抬槓之前，我趕緊插嘴說：「媽的我不想在這裡爭辯，我只想說，警察的事情交給我來搞定。我可以掌握啦。現在我在等著看一個小結果。事實上，我現在就得給他們打電話。」

於是，我走出酒吧，檢查綠色手機的訊號。這支手機應該可以在歐陸用啊，但是媽的竟然不能在歐陸用。我很想把這支給弱智用的玩具丟到運河裡。可是，我還是把手機收進口袋，去香菸亭買了一張電話卡，用公共電話打回英國。不知爲何，我感覺到全身上下充滿一股甜美、扭曲的性慾。我打電話給送花中心，送了一打紅玫瑰給妮姬，順便也送了一打給她的眼鏡姐妹蘿倫。想到蘿倫收到玫瑰的反應，我更加興奮。「不要字條，」我告訴電話中的女職員。

然後，我打電話到雷斯警局：「嗨！我的名字是賽門．威廉森。我是日光港口酒吧的負責人。我想知道上次被沒收的藥丸的化驗結果。」我向對方說明，找出口袋裡面，上次羊肉串警察給我的紙條：

「編號是二七六二……」

等了很久，對方抱歉地說：「對不起，先生。我們的實驗室有太多案子……」

「好，」我罵一聲，像是很不耐煩、很不滿足的像納稅人，然後掛掉電話。回去之後，我第一件事情就是要向警察總長投訴，向他抱怨這件屁事。

29

# 「……一打玫瑰……」

蘿倫和我收到了一份讓人驚訝的快遞；一人一打玫瑰花。花瓣血紅，花莖墨綠，寄件人匿名，卡片上只有我們的名字。蘿倫整個嚇了一大跳，她覺得是大學裡的人送的。蘿倫昨晚才從她在史德林的父母家住處回來，我們出去喝酒，有一點宿醉。

黛安走過來，看到我們的玫瑰花，覺得很有意思。「妳們兩個幸運的女孩兒，」她故意裝著哭喪的臉，哀叫說：「我的花呢？媽的我的王子在哪裡啊？」

和我一起收到花的人，卻表情扭曲，齜牙咧嘴檢查花束，彷彿花裡面藏著爆裂物。「花店一定知道是誰送的！我要打電話去查清楚，」蘿倫發出羊一樣的叫聲，「這是騷擾啊！」

「別鬧了，」黛安說：「上個星期在梨花樹酒吧遇到的臭男人，他才是在騷擾。送花，是浪漫啊！女人，想想看妳多幸運啊。」

接下來一整天，我腦子裡都在想這個謎團。一連幾堂無聊的課，我回家換衣服去三溫暖值班，我都在想這回事。我想和珍恩交換值班的時間，她也同意了，但是我還要找巴比批准才行。很顯然他正在其中一間蒸汽室裡，和他的死黨們汗流浹背。正值星期四晚上，不知道為什麼，就是黑幫之夜。許許多多堅實、微胖的身體，垂下好多金鍊子，也滴下好多汗水。很奇怪，星期一到星期三晚上顧客大部分都是上班族，星期五主要是年輕男子來慰勞自己，星期六是足球員，但是今天卻是犯罪份子。

快要下班的時候，我發現毛巾用光了，於是我到隔壁的按摩房去拿。珍恩正在捶打按摩桌上的一座肉山，肉山在蒸汽室蒸過頭所以呈現龍蝦的粉紅色，在燈光映照下，在松木地板上顯現出萊姆的綠色。光線從下往上照射在珍恩臉上，我看得到她的嘴角在微笑，卻看不到她的眼睛。我作勢向一疊白色毛巾，對她點了一下頭。毛巾永遠像處女一樣潔白；我抓了幾條毛巾，就要走人，結果這座抖抖顫顫的肉山在拍拍打打的手掌下發出呻吟。走出房間的時候，我聽到有個聲音說：「用力一點……不要害怕用力……絕對不要怕用力，」我有點糊塗了。因爲這是顧客經常要求我的話。我終於找到巴比，他批准了換班的事。巴比和一個叫做吉米的人在一起，是一個全名我記不起來的顧客。他問我會不會考慮提供伴遊的服務。我很狐疑地看著他，然後他說：「唉呀，我只在想，我有一個同事，如果有妳伴遊就太好了。可以賺不少錢。而且妳有好酒喝，有好菜吃……」他微笑。

「我擔心的是，伴遊之後發生的事，」我也回送他一個笑：「就是六九那檔事。」

吉米猛搖頭說：「不會的，不會有那種事。我說的這個人只是想要有人作伴，如此而已。他只是喜歡出去的時候，能夠有個美女摟著他的手臂。就只是這樣。其他的服務，就靠妳自己去談了……嗯，就是妳和他之間的事了。他是個政治人物，外國的政治人物。」

「你爲什麼要找我呢？」

他秀出一個很開懷，張嘴露出補牙部位的大笑。「嗯，第一，妳是他的型；第二，妳總是很上檯面，我是說妳會穿衣服。我相信像妳這樣的妞，衣櫃裡面一定也有幾件迷倒人的禮服吧。」他的大笑轉變成騾子般露齒而笑。「考慮一下吧。」

「好吧！我會考慮的。」我告訴他，然後沒有喝酒就直接回家了，這是好一段時間以來我第一次沒喝酒就回家。回到房間之後，我做了幾個激烈的伸展，彎腰，呼吸的動作。我上床睡覺，這是我幾個月以來，睡得最好的一晚。

早上，我有點格外起勁地起床，竟然擊敗了蘿倫和黛安，搶先使用浴室。然後，我花了一世紀考慮決定該穿什麼衣服出門。我幹嘛這麼興奮呢？嗯，我今天要去雷斯，男人們從阿姆斯特丹回來了，我特別開心。這真是奇怪，在過去這幾天當中，我的生命顯然少了什麼東西。我到了酒吧，就知道怎麼回事了。變態男，我或許應該叫他賽門，才去了阿姆斯特丹幾天，他就從一個吸引我的點心搖身變成主菜了。我本來有一點以為我在巴望雷布，但是當我看到變態男穿著光亮的黑皮鞋，黑長褲，綠色運動衣，我就想：且慢，有搞頭了。他留了幾天的鬍渣，原本那一頭用髮膠向後梳的史蒂芬席格髮型已經不見了。他的髮型變得很有彈性，幾乎蓬鬆了，讓他整個人柔和了許多。他的眼神發光，在聚會者身上跳來跳去，最後似乎駐留在我身上。

他的樣子真迷人，結果我馬上擔心自己的打扮行不行。今天早上我和自己爭辯半天之後，選擇了一條白色棉質便褲，黑白休閒鞋，以及一件藍色短夾克，我把衣服下方廠牌標籤的部分塞到褲子裡，就把褲子繃得更緊了，夾克就把我淺藍色V字領上衣中的乳溝烘托得更明顯。

我看著雷布，現在我眼中的他只是一個普通帥的男人，缺少魅力。相對而言，賽門就散發出魅力。賽門的手肘放在長長的髒吧台上，手腕托著腮，手指摸了摸他脖子上的鬍渣，看他那樣子。我想，我真希望是我的手指在撫摸他的鬍渣。

一定發生了什麼事。賽門在每個人面前趾高氣揚的樣子，泰利看起來很開心，而雷布若有所思。幾個月之後就是他的婚禮了，他希望早點把色情片拍出來，要不然人家就要把他毒昏，把他送上前往華沙或什麼地方的載貨列車[1]。我注視著賽門，但是看不出來他就是那個送玫瑰花的神祕人士。

麥蘭妮晚來了一些，坐在我的旁邊。我瞄到賽門正煩躁地看著手錶。雷布和他似乎爲了拍片的事不斷爭執。他們談話時，一直提到一個人的名字，一個阿姆斯特丹的神秘人物，名叫懶蛋。

賽門向雷布舉起雙手，假裝投降。「好啦，好啦，這部片要在阿姆斯特丹拍攝，以便符合法規，不然至少看起來要像是在阿姆斯特丹拍的。當然啦，我們還是可以在酒吧拍內景戲。」他提議：「我的意思是只需要加拍些外景鏡頭，街車、運河之類狗屁畫面。沒有人會知道內情啦。」

「好吧，我想這樣可以吧，」雷布讓步了，聽起來他滿肚子憂慮。

「好極了，現在，事情就先這樣定案，」賽門誇大地說，然後正視我。看見他燈塔光芒一般的微笑，我覺得我的胸口打開了，我的腸子都縮起來。我回送他一個僵硬的笑。賽門又開始慵懶地摸著他的鬍渣。我很想用折疊式剃刀幫他刮鬍子，先用刮鬍膏把他的鬍鬚弄軟，然後用刀刃慢慢劃過他的臉，看他又大又黑的眼睛展現各種情緒……

我的幻想被打斷了。本來，我很難不把注意力放在賽門一個人身上，但是他說話了：「泰利，你應該是負責寫劇本的，進度如何？」

然而，我滿腦子裡想的全都是要怎樣和你打炮，賽門變態男威廉森先生。我要用我的身體裹住你，把你身上媽的每一滴汁液都吸到我體內，我要享用你，折騰你，讓你累到虛脫，讓你永遠不想再去找別的女人……

「媽的，我的劇本棒極了，但是我什麼都沒有寫下來。劇本全都在這裡，」泰利咧嘴大笑，敲敲他自己的頭，對我微笑，好像提問的是我，好像屋裡其他人都不存在。泰利。他並不是非常有吸引力的男人，但是我還是願意和他幹一炮，因爲他對什麼事都好熱心。或許他才是神祕的送花人。「泰利，我們都知道你滿腦子都是性。可是，我們現在需要的是一個腳本。」

「我知道你的意思，帥哥，」泰利笑了，用手撥弄鬈髮說：「可是我眞的不是那種會把東西寫下來的人。我或許可以把我的劇本唸出來錄音，再找個人打字打出來。」他滿懷期待地看著我說。

「所以你是說，媽的你什麼都沒做？」雷布看著大家，向泰利挑戰。

我瞥到麥蘭妮，她聳著肩膀，漠不關心的樣子。朗尼咧嘴笑著。烏蘇拉正在吃泡麵。克雷格看起來好像得了胃潰瘍。然後，泰利很害羞地拿出幾張A4的紙。我會說，他的字跡比較像蠍子，而不像蜘蛛。

「你不是說你什麼都沒有寫嗎？」雷布問他，拿起紙張開始掃讀。

「畢瑞爾，我不會寫東西，」泰利聳肩說道，非常不好意思。雷布搖搖頭，把那幾張紙遞給我。

我稍微讀了一點，這腳本愚蠢得好笑，我不得不說：「泰利，這根本是垃圾啊！你自己聽：『男人幹女生的屁眼。女生舔另外一個女生。』好爛！」

泰利縮起肩膀，又用手撥弄他的鬈髮。

「有一點『極簡主義』了吧，羅生先生。」雷布不屑地說，從我手中拿回了紙，然後在泰利臉前揮動，「根本是狗屁，泰利。這不是劇本。沒有情節。只有打炮。」他笑了，把那幾張紙遞給了賽門。賽門面無表情閱讀起來。

「這就是我們要的啊！我們要拍色情電影，畢瑞爾，」泰利爲自己辯護。

雷布的臉縮成一團，把背靠向椅背。「是啊，那些看你放色情短片的笨蛋，只想要看這種東西。我本來以爲我們要拍的是眞正的電影。我是說，你的東西甚至寫得不像電影腳本。」雷布的手在空中揮動。

「我寫的東西現在可能還不像電影腳本，畢瑞爾，可是你可以叫演員把生命力帶進腳本中啊……就

1　指雷布一結婚之後，就等於進入納粹集中營。駛往華沙的火車，推想可知是開往納粹集中營的。

像電視上的傑森．金[2]那個傢伙以前那樣搞啊！」泰利說著，突然心生靈感。「很多諷刺喜劇都是這樣做啊，熱舞六〇年代[3]的東西，現在很紅呢，就有這種感覺。」

在討論的過程中，其他人看起來無聊又不專心，根本什麼意見都沒有說。賽門把泰利寫下來的紙張定定放在他前面的桌，身體靠在椅子上，手指敲打椅子的扶手。「身爲一個有色情產業經驗的人，我有幾句話要說。」賽門誇張地說，搞不清楚他到底是在搞浮誇還是在諷刺。「雷布，你何不把泰利的東西，用個故事把腳本撐起來呢。」

「這劇本就是媽的缺故事。」雷布說。

「對啊，唉，反正這又不是大學的論文，畢瑞爾啊，」泰利大聲表態。

「沒錯，」賽門打個哈欠，伸個懶腰，好像貓。他的眼睛在微弱燈光下閃閃發光：「泰利，我覺得你需要一點幫助。」他說著，轉向其他人，提出建議：「我覺得最好的解決方法就是，請雷布和妮姬採用泰利的基本點子，然後弄出一個腳本的樣子。很基本啦，只要弄出分場和分景……哎，這哪裡需要我說，你們是電影系的學生，你們都讀過劇本，」他對著我們兩個露出慷慨的微笑，我想甚至雷布也被巴結到了。

但是，我並不想和雷布合作；賽門，我想跟你啊！

泰利這時候插話進來。「我們啊，嗯，不要太多……不是要冒犯啦，但是，嗯，不要太多學生參與。如果是我和妳合作，妮姬妳覺得怎樣？」他以期望的語氣說，「我是說，我們可以拿某些姿勢出來試試。看看到底行不行得通。」

「噢，我想我們到時候一定沒問題啦，泰利，」我匆匆跟他說。我望向賽門，幻想著我和他可以一起試試某些姿勢，他卻正對著麥蘭妮的耳朵說悄悄話，麥蘭妮咧嘴笑了。眞希望他能看看我。

「我想，我和妮姬合作才比較方便，反正我們兩人在學校碰面嘛。」雷布說著，眼睛看我。

我眞的比較希望和賽門合作，而且我很想要吊雷布胃口，但是我還是點頭表示同意，因爲我在想：搞不好，花是雷布送的呢！可是，爲什麼也送花給蘿倫呢？「好吧！」我以柔和的口氣說，「這樣安排有道理。」

泰利不是很爽，轉開眼神，望著吧台。

「這樣很好。只要我們的情節片情節說得通，就行：口交、男女性交，女女性交、肛交，射精鏡頭，」賽門仔細說明：「還要有很多捆綁畫面，你們可以想出越多創意花招，就越好。」

聽到賽門提到性愛的主題，泰利的精神振奮了一些，又參與討論了。「拍肛交戲是一個大挑戰。」賽門轉向麥蘭妮和我，「或者該說，對是妳們女生來說是大挑戰。」

他冰冷的眼神，以及他的話，讓我的內臟結冰。我告訴他：「我不做這個。」

麥蘭妮也搖頭，在今晚第一次發言：「我不可能做這個，」她發現泰利正在看她，有點不好意思，踢踢他的腳說：「我不在攝影機前面做這個啦，泰利。」

賽門的臉色很難看。「嗯……對於這一點，我們得討論一下。看嘛，我覺得在今天，肛交是很重要的。我的意思是，雖然肛交對我個人來說不是眞的很重要，不過，我們活在一個肛門社會裡[4]。」

雷布眼珠子轉了轉。泰利點頭，表示強烈贊同。

「我的意思是……大家想一下，」賽門繼續勸說我們，「住在鄉下的農夫跟我們說，外星人從另一

2 爲一九七〇年代英國電視劇的人物，也是節目的名稱。

3 熱舞六〇年代（Swinging Sixties），又指「熱舞倫敦」（Swinging London），泛指一九六〇年代流行文化的風格，在電視、電影等等經常看見。一九九〇年代一直到現在流行的〈王牌大賤諜〉（Austin Powers）系列電影，就是這個老風格的復活。

4 這裡的「肛門社會」，是指心情緊繃，過勞的社會。肛門性格的人，就是壓力大，工作多，死存錢的人。

個星系，千里迢迢來到我們這裡，就是要把一根棍子插進他們汗水淋漓的屁眼裡……現代的色情，像是染恩[5]的小說，布萊克的作品，都有雙龍插一人的性愛特技。看看班．多佛[6]的片子吧。苗條小妞現在都有被幹屁眼。」

「媽的眞是好片，」泰利像有智之士一樣插嘴。

賽門很不耐煩地點頭，表示同意。「重點是，在古早時代，如果有個女人在色情片裡被人幹屁眼，我可以打賭，這樣的女人一定是個有妊娠紋的老太婆，大腿贅肉都要滴下來了，差不多該送屠宰場啦。可是現在情況不一樣了。任何一個想要認眞當色情片演員的年輕小馬子，被幹屁眼幾乎都是義務了。」

「我才不幹，」我悄悄地說，只有賽門聽見我說的話，他卻假裝沒聽到。於是我提高音量，說出我的意見：「很多女人都不做肛交。有些人只願意做女女性愛。我們並不是拍色情片給下流男人看。我本來以爲，我們要嘗試創新，利用沒有性別歧視的對白和主題。但是結果呢？幾個賊笑下流小男生去阿姆斯特丹玩瘋一個周末，當初的想法就丟得一乾二淨啦？」

「喂，我們確實是在創新，」賽門堅持說道，「但是我們的電影必須涵蓋所有的色情元素，包括肛交。並不是要玩眞的，妮姬，只是表演而已。」

才不呢，明明是眞的。必須是眞的。被幹就是被幹，這是我們生命中碩果僅存的眞實之一，才不是被建構的[7]。

「沒錯，」雷布回道，他不知不覺成爲賽門的黨羽，「我們必須記得，這只是性愛的表演，而不是眞實的性愛，只是馬戲團式的表演。我的意思是說，有誰會在眞實的性生活中，玩雙龍插一人的性交呢？」

「只有你，和你大學裡面的那些同性戀朋友，」泰利說。

雷布不理會他，繼續說了下去，生怕他被誤解：「我們可以採用眞實的故事，用眞實的人，演得很像在進行眞的性交。肛交只是個幌子，如果女孩子不願意做，其實也沒關係。」

「不行，」賽門搖頭說：「雷布，你想想，這一切都跟我們對屁眼的信念有關。我們身爲萬物之靈，現在相信，如果靈魂眞在存在身上某處，就一定是在屁眼。那是讓東西出去的地方。很有道理吧。所以我們才會著迷於屁眼的笑話，屁眼性交，屁眼的嗜好……身體的終極邊界不是大腦，不是空間，而是屁眼。屁眼，讓我們成爲革命份子。」

但是我就是不想做肛交，於是我揚起眉毛，尋求麥蘭妮和烏蘇拉的支持：「我再說一次，我不喜歡肛交。我以前曾經嘗試過一次，我會痛，感覺好疏離，好冰冷，而且不舒服。我喜歡打炮——但是我不希望只是雙腳朝天大呼小叫，像馬戲團裡的畸形兒一樣要特技，只是等著看看自己屁眼能容得下多長的老二。」

「或許妳需要一點突破。很多馬子試過之後，都眞的很喜歡呢！」泰利說。

「媽的我不希望我的屁眼被撐得像英吉利海峽過海隧道那麼大，泰利。我不要當掃興鬼。」泰利對我用力使了一個眼色。「幹屁眼，不是我的菜啦。我不反對肛交，只是我自己不幹啦。」

「至於我，我可以做這件事，我只是不想讓別人知道我也做肛交，」麥蘭妮說，「我是說有些事情，是不能給大家知道的。人總該有些隱私吧！」

---

5 Zane，當代情色小説家，為女性。

6 Ben Dover，英國色情片導演，演員。

7 「並不是建構的」一詞，是一句故意模仿學術界的玩笑話。受晚近學術思潮（如，後現代主義）影響，很多學者和學生都主張，「國家是建構的（或虛擬的、想像的）而不是真實的」，「兩性關係是建構的而不是天生的」，也有人説「性交，是建構的而不是真實的」——在此，妮姬故意抱持反對意見。

「我—不—是—那—種—女—人—唷，」泰利笑了。

「唉，泰利，對你來說沒問題，對於女生卻不一樣。」

「為什麼不一樣啊？現在是女性主義時代啦，男的女的為什麼不一樣啊。」泰利轉向雷布說：「或者，『後—女性主義』時代。你看，雷布，你講過的那些屁話，有時候我也聽進去喔！」

「我真高興。」

賽門拍起雙掌。「想想巴卡拉樂團[8]。在這一行，沒有人想聽馬子唱，『抱歉，我是淑女』；我們要聽『是的，大人，我會扭屁股[9]。』」

「說得好，賽門，」我微笑說道：「但是我們需要一首歌。[10]」

他打開錢包，「歌就在這裡，」他告訴我，露出一大疊鈔票。然後他抓起一張電影海報，「還有這個。我們正在潮流的最前線。想一下吧。我是說，所有這些對於屁眼的著迷是從哪裡來的？」

「噢是啊，對於屁眼的著迷，對我們這個社會來說真是恰當啊，我們每個人都自我耽溺，自己幹自己的屁眼，」我說。

「才不是這樣，親愛的，都來自色情片啊。拍色情片的人都是先驅啊。色情片一打噴嚏，流行文化就得感冒了。人們需要性愛、暴力、食物、寵物、DIY，和羞辱。這些我們都可以提供。你看看那些羞辱人的電視節目，看看報紙和雜誌，看看從我們文化滲漏出來的社會階級，嫉妒心，酸葡萄心理：在英國，我們要看到人被幹，」他說話的樣子，乍看之下像是〈第三類接觸〉裡的外星人，一道陽光射進兩排屋子之間的空隙，而他就被陽光打中的樣子。「總之，我們以後再討論這個話題吧！」

泰利一臉頑皮地說：「我告訴你，最好讓吉娜參加演出。她被幹屁眼的時候，不會大呼小叫。」

「這個不行，泰利。她演業餘色情片可以，但是她沒有正規電影的明星水平。挑選演員的事情交給我。前幾天我碰到一個以前認識的朋友，佛瑞斯特，他開了一家三溫暖，手下有幾個女孩子長的不錯。選角的事不會有問題的。我們並不需要吉娜。」賽門說；他提到吉娜的時候，似乎會顫抖。

泰利聳聳肩：「好吧，決定權在你，老公。不過她要我轉告你，如果她不能參加演出，她就要打扁你，」泰利嘻嘻哈哈地說。

麥蘭妮點頭，證實了這件事：「對呀，我可不敢惹她，媽的這女人凶悍得不得了。她什麼都幹得出來。」

賽門，變態男，拍著自己的額頭，一臉絕望。「這下可好了！媽的我被一個老太婆追殺，可是我的首席女演員不肯做肛交。好了，可以叫皋比的新娘[11]滾蛋了。」

「你自己去跟她講吧，」泰利咧嘴笑著。

會議結束之後，我留下來，跟賽門說：「關於挑選演員的事……或許我可以幫忙。我會找我的一些朋友，問問她們有沒有興趣。我是說，懂得這行的女生。」

賽門慢慢點頭。

「我得走了，我再打電話給你吧！」我說，看到雷布正在旁邊看，等我一道走。我確信他的眼睛裡閃過一絲嫉妒。

---

8 「Baccara」，一九七〇年代女子迪斯可雙人樂團。

9 這兩首歌都是巴卡拉樂團在一九七七年的暢銷曲，後者是該團的第一支單曲，曾登上全英排行冠軍。

10 這是有典故的。「我需要一首歌」（I need a certain song）出自巴卡拉的〈Yes Sir I Can Boogie〉歌詞，「Yes sir I can boogie / But I need a certain song」，因此「我需要一首歌」是指「我需要有誘因」。妮姬是用鬥嘴的方式在調情，讓賽門知道她也知道〈Yes Sir I Can Boogie〉這首歌：要說服她，就得有誘因。

11 「Bride of Begbie」是拿「Bride of Chucky」做諧韻玩笑。〈Bride of Chucky〉（鬼娃新娘）完成於一九九八年，本書出版於二〇〇二年。

# 30 包裹

我從席克那裡弄來了一點貨，又有點嗑藥嗑昏頭了。愛麗森跟我講過：如果你又把自己搞爛，就別給我回來，我不要讓安迪身邊有毒鬼出現。有道理，所以我就沒回家了。這個星期我大部分都睡在別人家的沙發上。我睡過蒙妮卡家、我媽媽家、很窮困的喬．派克家，住在喬．派克家有點行不通，因爲他也想戒掉毒癮重新來過。這個死傢伙，不想看到我在他臉前抽搐發抖。現在最糟了，只要稍微毒癮復發一次，就要付出好大的代價。就算只嗑一丁點，也會感覺退藥的效應。這像有個舊系統，提醒我以前我曾經幹過的事，還說：「抱歉，老兄，自己做過的自己承擔。」

於是我偷偷跑回家，多天以來第一次。安迪應該在學校，我希望愛麗森也出門了。嘿，公寓裡沒人在，所以我坐在那張又大破的扶手椅上，放了我的「阿拉巴馬三」（Alabama 3）[1]卡帶，跟著音樂一起唱。我的朋友法蘭哥．查帕，他是一個不會批評我的人。我看一些東西，是我幾天前去雷斯圖書館找來的，也做了些筆記。那天我跑進圖書館只是爲了躲雨，最後卻做了歷史筆記。我在想雷斯的座右銘就是「堅持」，那我也要勉勵自己做到。我打開電視，把聲音調小，澆一下花，希望法蘭哥．查帕不要再提那些大雞雞的男人了。[2]

但是，今天注定是個瘋狂的壞日子。因爲有人按門鈴，我前去應門，結果整個人呆掉，老兄。站著我家門口的正是那頭猛獸，法蘭哥．畢比。我在想，他什麼時候出獄的，我的心在胸腔裡沉了下去，噢喔，媽的變態男是不是跟他說了什麼？。我一時間幾乎說不出話來，可是他對我微笑，我的舌頭這時才活了過來，「法蘭哥，嗯，眞高興看見你，老兄。你什麼時候出來的？」

「已經媽的出來兩個星期了，」他說著，就從我面前走進公寓裡。我檢查他的髒鞋跟有沒有刮到地板的亮光漆。愛麗森會抓狂的，因爲房東是個很難搞的傢伙。「媽的我沒有浪費時間，出獄幾個小時之內就找到馬子打一炮。我爲蘇格蘭而肏啊，你媽的，」他跟我說，「你他媽怎麼樣啊？」然後一臉不爽說，「你他媽沒有再去碰海洛英吧？」

嗯，老虎用眼睛瞪你的時候，不要漫天扯謊比較妙。

「嗯，也沒有啦，老兄，可是啊，有一天用了一次啦，忍不住嘛，你知道嘛！幾百年沒有碰了。」

「媽的你最好沒有，我已經受夠你們這些用海洛英的傢伙。你要不要吸一條古柯鹼啊？」

「嗯……嗯……」我不知道該說什麼，老兄。跟你說，我眞的不知道。

卑比把我的反應當作同意，掏出一劑古柯鹼。他灑了好多出來。雖然我並不愛用古柯鹼，基於研究理由，我也該嘗試，我是說，古柯鹼是值得觀察的東西，對吧。而且，吸一小條，又不傷。

法蘭哥開始切粉。「聽說你在柏斯[3]關了一陣子，」他說：「媽的爛監獄。好想念你喔，你這呆頭。」他對我說，帶了一點微笑，讓我有一點覺得他想念的我，就是我本人，而不是被關起來的我。

所以你能說什麼呢？「耶，我想念你啊，法蘭哥老兄。你的氣色很好啊，身材不錯，眞是沒話說，老兄。」

---

1 這是法蘭哥・查帕（Frank Zappa）的專輯名稱。

2 查帕在〈Alabama 3〉與〈Motel 200〉裡都常拿男人對大陰莖的執著開玩笑，他諷刺男人以為沒有八吋，就是小雞雞。

3 柏斯，蘇格蘭地名。澳洲也有一個地名叫柏斯，英文拼法一樣。

他拍拍他自己像岩石牆壁一樣的肚皮。「是啊，我在監獄勤於健身，不像有些人。結果終於得到回報，」他吸了一大條古柯鹼，「我找到了一個小馬子，我們住在威斯海爾那邊，但是我們要在羅恩街找個公寓，媽的住在那裡。她很正，」他用雙手比出一個沙漏形狀的女性身材：「是啦，她有一個小孩，這樣。她以前跟過一個傢伙，有夠壞，所以媽的我把這個人的嘴巴打爛了。這傢伙媽的夠幸運的，只得到媽的這一點報應。我本來在我媽家住，可是媽的，她整天狗屁只會講我妹妹依莉莎白和我妹在一起的媽的那個男人。」法蘭哥吸了古柯鹼，滔滔不絕說了一大堆，他說的每一個字都好像是AK-47狙擊來福槍射出來的，老兄。

我吸了一口，吸進鼻孔裡。我站起來，擦擦鼻子說，「嗯……小孩怎樣呢？」

「前幾天去看過，嗯。都很好啦，不過君恩那個女人搞得我他媽煩死了，嗯。幹嘛捲到這段關係裡去？我跟她，根本從來也沒插爽過，我一定要媽的去檢查一下我的頭。」

「你現在已經走出監獄的狀況啦？」

卑比這隻貓正在古柯鹼的勁道上，他瞪著我，好像要把我的頭咬掉，「你他媽是什麼意思，啊？」

「嗯，我花了很長的時間才習慣監獄外面的生活，老兄，我的刑期跟你比起來，只能算五分鐘，」我告訴他。但是卑比這傢伙駭得很，一直說監獄的事，他讓我很怕很怕，老兄，因爲我有點想起懶蛋那傢伙，還有他給我的錢，還有我對變態男不小心說出來的事，如果變態男跑去跟卑比告狀，怎麼辦？法蘭哥又切了更多古柯鹼，我還在茫第一輪。他又聊了一下監獄裡的怪胎，然後他用一種很壞很壞的眼神看著我說，「屎霸，在牢裡的時候……我收到了包裹。」

啊，懶蛋一定也把錢還給卑比啦！「是啊！我也收到了一個噢！是馬克寄的……」

卑比頓了一下，眼神好像看穿我的靈魂，老兄。「媽的你收到了懶蛋寄給你的包裹？寄給你的？」

我頭昏腦脹，根本不知道該說什麼，只好開口亂說。「嗯，啊，是這樣，法蘭哥，我也不確定是不是懶蛋寄的。我是說，包裹直接寄到我家門口，是匿名寄的。可是啊，我想應該是懶蛋寄的吧。」

卑比整個火大了，拳頭猛打掌心，開始來回踱步。現在警鈴真的響起了，老兄。如果他拿到了錢，為什麼會有這樣的回應呢？「沒有錯，屎霸，我他媽也是這樣想！只有那個媽的變態吸毒小偷才會寄好幾包同性戀色情刊物給我，媽的裡面都是同性戀男人互幹，還寄給我們！他在羞辱我們啊，媽的，屎霸！幹！」卑比狂叫，敲打桌子，打翻了一個玻璃煙灰缸，不過幸好沒有打破。

同性戀書刊……搞什麼鬼啊……「是啊，應該是懶蛋幹的好事，你知道嘛，」我一面說，一面想把事情想清楚，幸好我沒有把錢的事不小心說出來。

「在監獄裡每一個被我揍的變態混蛋，都被我當作媽的懶蛋。」這隻壞貓吐口水罵人。然後他又排了兩排古柯鹼。他吸進了一排，然後說，「我看到變態男，在他媽的新酒吧，媽的日光港口酒吧！是啊，這傢伙還媽的搞得真大，嘿。當然什麼事都不能告訴他，他的腦子想的都是媽的下一個大計畫。」

「我不知道啊，」我點頭說，又吸了一排古柯鹼，雖然我的心臟還在狂跳，第一輪的古柯鹼還在讓我流汗。

「我在『清潔工死巷』看到第二獎，和無家可歸的人混在一起。」

「聽說他變成像克里斯多夫・李維[4]一樣，」我喘了口氣，藥物像火車一樣猛。

卑比倒在扶手椅上。「他是廢了啊，不過媽的我後來好好給他講了點道理。我拉他到皇家大道的老市區[5]。媽的他不喝酒喔，所以我就倒一點伏特加到他喝的狗屁檸檬水裡頭，」他說道，用有點慢的咯

4 克里斯多夫・李維，為飾演超人的著名美國演員，在一九九五年的時候因故癱瘓，在二〇〇四年去世。《春宮電影》是二〇〇二年初版的小說，也就是在李維癱瘓後、去世前寫的小說。在此應是指第二獎這個人形同癱瘓。

5 原文是寫愛丁堡老市區的郵遞區號。

咯聲音說，卻聽不出高興。「現在他又回去喝酒啦，」他說。「媽的，他需要享受啦。成天對著大酒鬼們唱讚美詩啊。媽的讀聖經喔？操都是狗屎，所以我才媽的當一個撒馬利亞人[6]，把這傢伙從狗屁無聊的生活之中救出來。人家都把你洗腦了啦，那些在教會的王八蛋。我倒要教教那些爛貨什麼才是基督精神——」

我想了想他的話，所以第二獎眞的終於又回到原點了。「可是醫生說他眞的不可以再喝酒，法蘭哥，」我的手指頭在脖子上比畫，做出噎住的怪聲，「不然他就要掛了。」

「他也跟我說了一堆這樣的屁話，什麼『醫生說這樣，醫生說那樣』，但是我直接跟他講，媽的生命的品質才重要啦。寧可他媽的照自己的意思活一年，也不要悽悽慘慘五十年。媽的，像日光港口酒吧那些老傢伙，幹嘛啊。我叫他去做狗屁肝臟移植，把髒東西全部挖乾淨。」

所以，我只好一直聽他講個沒完沒了，卑比這小子走了，我還眞是鬆了一口氣——如果一直聽他講他搞暴力的事，聽了實在有點無聊。我會擔心應該搖頭的時候，卻不小心點了頭，這類的事。雖然古柯鹼讓我還在茫，我還是用了安非他命，等待野貓一樣的騷動感過後[7]，這才踏著小雨出門。慢慢走向喬治五世大橋的中央圖書館。「堅持」。

到愛丁堡圖書室的時候，我的腦袋還是有點飄飄然。我看到有個馬子在弄微縮片。「嗯……對不起，妳可不可以幫我一下，我從來沒有用過，」我指著一台空出來的機器說。

她只看了我一眼，就說，「沒問題，我教你怎樣裝微縮片。」其實啊，就這樣簡單，老兄，我覺得自己眞夠笨。可是我很樂！我很快就開始閱讀一九二〇年的大背叛歷史，知道了當年雷斯被愛丁堡併吞是違反民意的。這是所有問題的開始啊，老兄！四比一的民眾反對合併，老兄，四比一啊。

回到城裡之後，我朝著美麗的港口走去，天色變了，馬上開始下大雨。我沒錢坐公車，只好把衣領豎起來，大步走路回家。在聖詹姆士中心，有幾個年輕小伙子正在閒晃，我的朋友寇帝斯也在其中。

「好嗎？老弟，」我說：古柯鹼的力道已經退去。

「還好啦，屎─屎─屎霸，」他說。這小傢伙有點緊張才會結巴。如果你不兇，不要給他壓力，他很快就會跟上正確的節奏，說話就通順像小河一樣流了，老兄。我們拉拉雜雜談了一會兒，我就穿過約翰·路易斯百貨公司，到皮卡爾弟廣場，走到雷斯大道，靠路的裡頭走，盡可能找有遮蓋的地方躲雨。穿過皮爾里格[8]的邊界，走到了陽光不大燦爛的雷斯。我在街上看到變態男，他的心情似乎好一點了。我以爲他會對我視而不見，但是他並沒有，老兄。這隻貓有點在向我道歉，或者該說，他簡直是在跟我道歉了：「屎霸，我們……忘了前幾天的事吧，老兄，」他說。

他顯然沒有把我的事情告訴卑比，雖然法蘭哥大將軍早就去過他的酒吧了。我對這個傢伙也就放心了些。「對啊，我很抱歉啦，賽門。謝謝你噢，沒有跟卑比提那件事。」

「媽的誰鳥他啊。」他搖頭說，「我覺得，我一直花了太多時間擔心像他那樣的人。」然後他叫我跟他走進酒吧，「灌木酒吧」。「我們喝一杯，躲個雨吧，」他說。

「很好啊，但是……嗯，你必須補貼我，老哥，我破產了啊，」我告訴他，沒錢了。

變態男用力吐了一口氣，仍然走進酒吧，我只好跟上。我看到的第一個傢伙就是杜德表哥。他站在吧台，周圍都是沒水準的年輕人。杜德表哥在比較格拉斯哥和愛丁堡哪一個地方比較強：他說格拉斯哥

---

6 聖經裡幫助人的善人。用在這裡當然是反諷。

7 「ah hud ma hoarses n gie the cat time tae git away」是連串跟藥物有關的話。Hoarse 應該就是 horse，單純的 horse 是海洛英，horse head 就變成安非他命。Cat 則是一種化合藥物叫做甲西卡酮，作用很像安非他命，有些人混合使用古柯鹼與安非他命，就會產生一種強烈快感，叫做 wild cat，野貓，因此這裡的 cat 指的是混用古柯鹼與安非他命的感覺。

8 皮爾里格，地名，屬於雷斯，算愛丁堡的郊區。

的足球、交通系統、酒吧、舞廳，都比愛丁堡好，計程車比較便宜，人也比較友善，反正都是格拉斯哥人說話那一套，老兄。或許他說的沒有錯啦，但是，他人在愛丁堡啊！

杜德去洗手間的時候，變態男目光很兇地看著他的背影，問我說，「那個白癡，是誰啊？」

我把表哥這傢伙的事告訴變態男，我說我很想知道他的銀行密碼，因爲如果我有了他的密碼，我就偷他口袋裡的金融卡，因爲他銀行裡有很多錢。「對啊！他一直跟我講，克萊狄斯戴爾銀行可以讓人選擇自己的密碼。」

杜德回來的時候，我們又坐下來喝了一杯。然後，很瘋狂的事發生了！杜德這傢伙脫掉了外套，我和變態男只好大眼瞪小眼。密碼就在眼前啊，老兄，就在我們的眼前啊。杜德的一條手臂上刺了獅子圖案的刺青，上頭寫著「準備好了」，另一條手臂刺了騎在馬上的比利王。是啊，在馬的下方有捲軸圖案，捲軸上的數字就是密碼。這個數字是刺青上去的，所以他永遠不會忘記：1690[9]。

9 一六九〇年，英格蘭國王威廉三世打敗前任君主詹姆士二世。在北愛爾蘭和蘇格蘭，威廉三世又叫「比利王」。

## 31

# 「……被切掉一邊的屁股……」

我們在托爾克羅斯的公寓變成了小工廠。大麻菸一根接一根，咖啡一杯接一杯。雷布和我熬夜忙劇本。黛安在旁邊忙著弄論文註解，她喜歡我們發出的笑聲。我們在電腦前並肩打字。她偶爾看看電腦螢幕，給我們幾句贊同，還有奇怪而寶貴的建議。窩在角落的蘿倫也忙著寫作業，想要讓我們覺得丟臉，逼我們跟她一樣做功課。她顯然非常好奇，卻拒絕看我們的劇本。

雷布和我故意捉弄她，不時悄悄說出「口交」、「幹屁眼」這些詞，發出竊笑；被激到臉紅的蘿倫，口裡唸著「費里尼」、「鮑威爾和皮斯伯格」[1]。

黛安最後放棄了，把她的東西收一收。「我走了，受不了，」她說。

蘿倫用試探的眼神看我們。「妳也被他們搞得很煩嗎？」

「才不呢，」黛安哀怨地說：「只是每次我看劇本一眼，我就性飢渴啦。如果妳聽到我房間裡傳出馬達聲[2]、浪叫，妳就知道我在幹嘛了。」

蘿倫悲涼地嘟起嘴，咬著下唇。如果她真的覺得那麼煩，為什麼不回自己房間寫功課呢？我和雷布完成六十頁初稿，印出來的時候，蘿倫就禁不住好奇心，跑來一探究竟。她看了標題，按向下鍵往下看，越讀就越一副不可置信和嫌惡的樣子。「太恐怖了……好噁心……好淫穢……甚至一點也不酷。一無可取。垃圾！我真不敢相信你們會寫出這種降低品格、剝削人性的髒東西……」她碎碎唸著，「而且還要跟人做，跟陌生人做，妳要讓他們在

1 都是電影大師的名字。
2 應該是指電動陽具。

妳身上做這些事！」

我差點要說，什麼都可以，肛交除外，可是我只是高傲地走到她面前，用一句我事先為這種場合背起來的句子反駁她，「我想知道，哪一種下場比較慘啊：被海盜強暴一百次？被切掉一邊屁股？被一群保加利亞人荼毒？被宗教法庭當作異教徒吊起來鞭打？被凌遲？被鍊在船槳上？簡而言之，就是去經歷人類已知的所有苦難。」我看著雷布，他也和我一搭一唱，「是經歷各式苦難比較慘？還是停在原地不動比較慘？」

蘿倫猛搖頭說，「你們在說什麼垃圾啊？」

雷布插話進來。「這是伏爾泰小說《憨第德》中的句子，」他解釋道，「眞奇怪妳竟然不知道喔，蘿倫，」他跟我們困惑的小妹說。蘿倫緊張地搖著頭，燃起了一支菸。「憨第德怎麼回答啊？」雷布對我舉起一根手指，我們同時說：「此乃大哉問。」

蘿倫仍然縮在椅子上，很氣的樣子，好像我們任意耍弄她，不過我們事實上是在練劇本。

「好漂亮的花啊，」雷布說，似乎想讓緩和氣氛，看著我的玫瑰。「我看到垃圾桶裡還有一束，」他厚臉皮地笑道，「有什麼內幕啊？」

蘿倫瞪了他一眼，聽雷布的話就知道他跟花無關，我馬上想到，送花的人是變態——賽門。現在可以把雷布的名字從可疑清單刪除了。

我們熬夜趕工，直到大清早店都開了。我們把劇本整個看過，修修補補。雖然雷布和我很累，急著要把成品拿去雷斯給那夥人看，可是我們離開公寓的時候卻很興奮，因為蘿倫的話讓我們爽。我們去影印店，把劇本拷貝了很多份，裝訂起來。然後去一家餐廳，坐下來吃早餐，完成劇本讓人又興奮又疲累，這時候我才想起來蘿倫有多沮喪。我感到一股罪惡感，於是問他：「你覺得我們應該回家看看她怎麼樣了？」

「不用了！回去看她，情況只會更糟。給她一點時間吧！」雷布這樣考慮。

正合我意；我當然不想回去。因爲我和雷布在這裡獨處呢。我們享用著很濃的黑咖啡、橘子汁、焙果，我們坐在一起、劇本就在桌上的感覺，讓我快樂。這是**我們完成的電影劇本**，我們共同完成一件事，我和雷布，一起坐下就搞定它。我感覺和他之間有一種很棒的親密感，或許我希望能夠跟他多分享一點這樣的時光。現在的感覺並不是性，我越來越高漲的慾望是針對賽門的；我現在對雷布可以說是無性的，很怪吧。我不是要打炮，而是要現在這樣的時刻。我不禁又多想了：「如果你的女朋友，知道你花了一整個晚上，和一個女人合寫色情片的劇本，她會贊成嗎？」

雷布就事論事。在情緒層面他和我保持距離，聳聳肩膀，把我的問題甩開，然後從咖啡壺倒出更多咖啡。我們沉默了一會兒，然後他想要說些話，卻又作罷，我們付帳，離開餐廳，跳上開往雷斯的公車。

前往雷斯的路上，我心裡一直想著賽門，我們到酒吧——他就在那裡。賽門．威廉森。其他人也陸續到了，拖拖拉拉進來。烏蘇拉，穿慢跑服，這種衣服穿在一般英國女人身上會很恐怖，但是她穿起來的樣子卻滿酷的。克雷格和朗尼，這對連體嬰。看到吉娜，我臉色一亮；自從上次她幫助我之後，今天第一次看到她。我上前把手放在她肩上：「謝謝你那天幫我，」我輕輕說。

「妳吐在我的衣服上呢，」她的語氣有點兇，我微微吃驚，但是她的兇只是表面的，然後她微笑：「你只是嗑過頭了。大家都有經驗。」

麥蘭妮也來了，很大方友善，好好擁抱我，好像我們是失散多年的朋友。發給大家一人一本劇本的時候，我的興致都來了。「記住，」我對大家說明：「這只是個很粗略的腳本。歡迎大家提出各種建議。」

至少標題抓住大家的心。他們讀到標題，全都賊笑了：

〈七兄弟大戰七淫娃〉[3]。

我很快解釋劇情，「情節大概是這樣：有七個男孩，在鑽油平台工作。其中之一叫喬伊，跟湯米打賭，說他們七個弟兄上岸休假的時候，都有炮可打。但是他們不光只是打炮而已，他們還必須滿足每個人各自惡名昭彰的性癖好。但是很不幸，有兩個男孩想要做其他活動，他們想作文化類、運動類的活動，還有一個人不可救藥，是個處男。所以湯米很有勝算。但是喬伊卻有幫手：瑪琳娜和蘇西。她們開了一家高級妓院，而且她們很努力地尋找七個淫娃，滿足這批難搞的弟兄。」

賽門很熱心點頭，拍著大腿說：「聽起來很棒！聽起來媽的眞的棒透了！」

大家忙著看劇本的時候，我和雷布到樓下鎖了門的無人酒吧喝一杯。我們花了半小時閒談劇本和學校的事情，然後才上樓。我們一打開門，就看到他們全部都呆坐著，一聲不吭。我心裡想，唉呀，這才發現，他們原來都是用敬畏的眼神看我們。

突然，麥蘭妮爆出大笑，整個房間的氧氣都被她吸走了。她把劇本摔在桌上，無法控制大笑：「這他媽的太瘋狂了吧！」她對我賊笑著，用手摀嘴說：「你們瘋了！」

然後泰利插嘴，看著雷布，「耶，這樣是可以啦，可是聽我說，畢瑞爾，這他媽的不是交學校作業啊。得有媽的你的老二抽動，射出來才行啊，媽的又不是用你的下巴[4]射精。是眞槍實彈哦，老弟。」

雷布很不耐煩地回瞪他，「媽的看劇本嘛，泰利。有七個鑽油男孩啊，媽的，他們休假的時候，要找七個女孩打炮啊。」

賽門不甚友善地看著雷布，然後轉向我們，大眼圓睜，好像眞心激動的樣子說，「這眞是他媽的天才作品，」他說著站了起來，抓住雷布的肩膀，親親我的臉頰，然後趴在吧台上，從注酒口倒滿了幾大杯傑克·丹尼爾牌的威士忌。「媽的你們眞有料啊，我喜歡捆綁和打屁股的戲。有夠瘋狂！」

「是啊！」我非常得意地解釋，但是面對他的評論，我在臉上必須保持一點冷靜，更何況昨晚熬夜讓我滿臉倦容。「要考慮英國市場嘛，你知道，這是非常英國式的拜物啊。這些性文化的起源，就在，嗯，寄宿學校和管家婆式的國家。」

雷布很熱心點頭，「這也顯示了我們的軟蕊色情傳統，以及檢查制度的壓迫性，」他說，我們開始自命不凡，「蘿倫怎麼會認爲這裡頭沒有藝術呢，簡直難以置信。」

「別管藝術啦，畢瑞爾，我喜歡劇本裡那個沉迷口交的男孩，」泰利眨眨眼，用下唇摩擦上唇。

賽門緩慢點頭，看起來陰陰的卻又心滿意足，用一種劊子手的熱心口吻說：「現在我們來選角吧！」

「我要演所有的兄弟。」泰利說：「你可以用特效和剪接啊！只要弄些不同的假髮、服裝、眼鏡什麼……」

我們都大笑出聲，但是裡面有一絲難以置信的成份，我們都知道，泰利是絕對認眞的。賽門搖頭說：「不行，我們每個人都要參與，否則豈不是弄得到攝影機的人都可以拍色情片？」

「我這裡沒問題，」泰利很滿意地拍著他胯下，然後對雷布說，「我發現你很安靜，畢瑞爾！你沒

3 題目「seven rides for seven brothers」故意惡搞電影〈七對佳偶〉（Seven Brides for Seven Brothers）。
4 在此指「媽的，不是靠嘴巴講講就射精」。

興趣演個小角色？還是『小』其實是關鍵字眼？」

「去你的，泰利，」雷布帶著假惺惺的微笑說，「我的夠大了，不過還有六個十二吋的老二想要幹爆你的爛嘴呢。」

「你做夢吧，畢瑞爾，」泰利嗤之以鼻說。

「各位小朋友，拜託，」賽門一本正經地說：「你們可能都忘了，我們這裡有女士在場啊。雖然我們是要拍色──嗯，成人娛樂片，並不表示我們在私底下也要粗俗啊。髒東西擺在你的腦子裡就好，不要攤在桌面上。」

雷布和我，都因爲我們的成績而滿臉通紅。我們準備回學校查看功課的分數。賽門走向我，在我的耳邊輕聲低語，「在我整個生命中，你本來是個幻影，現在你卻是眞實的。」

送花的人**真的**是他。

我們搭上巴士進城，雷布一直在講我們的片，以及各種電影的事，但是我的心卻飄到別的地方。我再也聽不見他的聲音，也再也看不見他的身影。我滿腦子裡只有賽門。**在我整個生命中，你本來是個幻影，現在你卻是真實的**。

對他，我是眞實的。但是我們的生命並不是眞實的。這並不是眞實的生命。這只是娛樂。回到學校之後，我看到麥可克萊蒙特給了我五十五分。雖然分數不高，但是我過關了。他還在我的報告上寫了幾乎無法閱讀的評語。

妳努力了，可是妳的文字比較沒有力量，因爲妳有一個讓人討厭的壞習慣，就是用美國雜種的拼法來寫我們的英文。「colour」不應該拼成「color」。不過，妳有好的觀點，但是不要忽略蘇格蘭移民在科學和醫學方面的影響力——蘇格蘭移民的貢獻，並不只在政治、哲學、教育、工程和建築界而已。

成績過關了。現在我可以忘掉這門課，永遠不必再去理會那個猥瑣的老混蛋。

# 第18741個念頭

我向外往下看，看見後院綠地上有個婆子正在晾衣服。沉重、陰鬱的烏雲在公寓上方快跑，把可愛的淺藍天空給抹掉了。婆子抬頭看天空，沮喪皺眉頭，知道快要下大雨了，只好氣得帶走洗衣籃。

影片的選角並不困難；克雷格和烏蘇拉演出捆綁戲，泰利——男主角——會幹麥蘭妮的屁眼。朗尼演一個拳擊手，一面看著妮姬和麥蘭妮做愛（其他人也會在旁邊看啦），一面打手槍，而我，飾演想要搞性交大雜燴的人。我找來了佛瑞斯特，請他和他的笨馬子演口交戲。現在我們還需要一、兩個男人，演異性戀的床戲。我可能會找雷布演這個角色，甚至會找懶蛋來演，我還需要一個年輕的猛男，負責奪取女孩的貞操。

拍這部電影的問題是，如果要照我們的理想去拍攝，得花大錢。我不要拍火腿煎蛋那種陽春型的片子。我要讓大家看到，以前他們不看重賽門．大衛．威廉森的力量，不看重我在這個產業中的分量，是他們的錯誤。但是要做這番事業不能省錢，因爲他們就是巴不得我弄出廉價的東西。那些被寵壞的傢伙亂燒錢卻一無所成，可惜我並沒有那種錢讓我燒。但是屎霸和他的白癡電視連續劇朋友給了我靈感，我一直在盤算。說不定會有好結果。當然，他的計畫只是小蝦米，我心裡的計畫卻是大鯨魚，而且，一定是不能讓丹尼爾．墨菲參加的。

艾立克斯．馬克李許，你說什麼？

全是在比實力啊，賽門，我很欣賞你搞出來的團隊，妮姬這個妞尤其有才華。至於墨菲這個男孩，他在團隊中也有苦勞啦，但是我覺得他不夠專業，不足以參加你的團隊。

謝謝你，艾立克斯。我的看法和你完全一樣：墨菲只是臨時球員。我從這個傢伙身上得到點子，我要進軍歐陸，在「自由簽入」[1]的原則下，簽下新的球員。當然，如果要慫恿老朋友都愛戴的馬克．藍登回到雷斯，可能會有困難。但是我先在附近偵察了。有個叫做保羅．克拉瑪蘭德的人，在酒吧留了幾個留言。他是林克斯經紀公司的人，一家位在皇后夏綠蒂街的雅痞廣告公司，號稱是新雷斯的縮影。在留言中，克拉瑪蘭德表示他對「雷斯工商界反毒論壇」很感興趣。我身子一緊，嘴裡分泌唾液，顯然我也是個有地盤的人物了。我回電話給他。這次的談話收穫很多。這個人說他和其他公司也接觸過，他建議我下星期找個時間在愛丁堡會議廳開個籌備會。他問我心裡有沒有想要「邀請出席」的相關人士。我想到自己在這裡上檯面的人脈少得可憐。我他媽的可以帶誰一起出席呢？開了泰國餐廳，腦滿腸肥的列克索？開三溫暖的佛瑞斯特，和他那批髒婆娘？可不行！這是我的計畫，這是我一個人的計畫。我向保羅透露，我們最好讓會議小一點，只要我和他，以及他提到的一些人士參與就可以了。

「真是太好了！」他在電話中吹了一聲很酷的口哨，「至少在我們正式運作之前，不必人多口雜，變成多頭馬車。」

我唯唯諾諾，掛上電話，在行事曆記下了這個重要約會，只待確認。我有把握，這個臭傢伙就要吃我屁眼裡的大糞，而且他的態度馬上就會百依百順。成功的感覺讓我飄飄然，我便決定來搞一個大事，

1 足球界術語，原文為「Bosman's rule」。此語來自一名叫波士曼的球員。波士曼本來是比利時球員，在期約滿了之後想轉到法國的球隊，過程不順，他便告上歐盟的法庭。後來歐盟法庭裁示，歐盟的足球球員在合約期滿之後，都有從原隊跳槽至別隊的自由。

去找紅髮痞子。

我開始展開了我的魅力攻勢，我撥電話給懶蛋，告訴他這項計畫——至少告訴他我想讓他知道的部分。在電話上，他的沉默讓我很難處理，有時候他的沉默簡直折磨我。我想看到他的臉，那雙狡猾又搞算計的眼睛，只要他覺得被別人欺壓了，他的眼睛就會很快變成少男高音歌手阿雷德·瓊斯的樣子。

「你覺得怎樣？」

他似乎覺得有意思，「大有可爲啊，」他語氣中帶著拿捏過的熱忱。

「沒錯，他們一定會幹的。」

「對啊，格拉斯哥人的一舉一動都很容易猜到。」懶蛋深思地說：「我的意思是，幾十年以來，在英國和愛爾蘭共和國，大家都希望格拉斯哥的那六個郡消失不見，可是格拉斯哥的人渣卻仍然在搞模仿秀，把他們最惡劣的行爲都演出來。」

「對！我同意，他們都一點創意也沒有。尤其是杭士隊。他們的名字來自西漢姆[2]，他們抄襲米爾沃[3]的歌。我可以打賭他們大部分人都在蘇格蘭皇家銀行開戶，但是一定也有些人把錢存在克萊狄斯戴爾銀行。」

「你到底有什麼計畫？」

「我說過，我只需要幾個海外的帳號。回來加入我們吧！馬克。」我慫恿他，然後用力吞口水，「我需要你。而你欠我。你加入吧？」

他有一點猶豫：「好啊。你可以抽空再過來我這裡嗎？我們可以全盤討論，抓一抓細節。」

「我星期五可以去你那裡，」我告訴他，盡量讓語氣不要太興奮。

「到時候見了，」他說。

你媽的到時候一定會見到我的。懶蛋，你這個爛賊。

掛掉電話之後，我的綠色手機響了。這支手機的電話，我只給男性。打電話來的人是法蘭哥。「我弄了一支手機，嘿，」他告訴我：「媽的很屌啊！晚上有個打牌聚會，有馬基．馬卡倫和賴瑞那些人。尼利也從曼徹斯特回來了，那痞子。」

「眞不巧！我在工作，」我故意裝出失望的語氣說。我鬆了一口氣，從那群神經病扶輪社，也就是卑比的打牌聚會中脫身。把我的錢讓一群醉酒的白癡勒索走，我並不認爲是理想的夜間娛樂。

不過，眞是有趣。我剛跟懶蛋講完電話，卑比就打電話來了。我想這表示，這兩個人應該要在一起的。

2 為一倫敦足球隊。
3 另一支英國球隊。

# 33 洗乾淨

愛麗森只來過一次，帶著孩子一起，可是我們沒有機會好好談話。但是，我卻很興奮，很興奮，很興奮，眞奇怪。老兄，因爲我的研究進展不錯，而且我不用大麻。愛麗森對我……呃……抱持高度懷疑，因爲我走的路她也走過太多次，但是這樣也好，我想她懷疑我，其實是對我好。另外有一件好事，我和變態男好像又開始當朋友啦。我晚一點要和他見面，因爲我們有個小計畫。

我去了我小妹妹洛欣的公寓，我就老實說吧，她眞的不是那種可以跟我相處的馬子。她比我小十歲，在社會上力爭上游，她從來就不認同墨菲家族的傳統生活風格。

她的男友是個還滿酷的傢伙啦，他到西班牙出差去了，就把復活節路球場[1]的季票給我用。我幾百年沒有看球賽了，這些穿綠色球衣的傢伙表現帥得很。艾立克斯·馬克李許讓我有點想到了懶蛋，也想到〈紐約重案組〉（NYPD Blue），電視劇裡的男主角叫什麼名字啊？魯賓遜·克羅索？不對，是另外一個聽起來很像的名字[2]。我跟你說喔，可能只是頭髮顏色的聯想[3]。現在有個法國人當後衛，小黑當中衛。所以我可能要去看我們的隊在主場對抗唐芬藍隊，打發無聊的感覺，老兄。無聊的感覺是最可怕的殺手。無聊和焦慮。無聊的時候，就會想用安非他命。然後就會陷入焦慮，然後就要用梳士百利斷崖[4]了。

小妹妹對我的態度很冰冷，眞是夠了，老兄。我的意思是，我們都曾經在同一個子宮裡住過九個月啊。但是我想一旦我們生了下來，我們就把子宮丟開了，踏進了不同的時空環境啊，老兄。所以拿到了球賽的票，我就離開洛欣的家。

下樓梯的時候，我聽到樓梯間傳出又吼又叫的聲音。到了下一層樓，我看到原來是君恩，法蘭哥的前女友，帶著兩個卑比的小鬼。其中一個在尖叫，而君恩正在打那個比較大的，她發脾氣了，在上床睡覺前的時候搞出這場好戲。「我看見你打他！媽的別給我不承認！媽的我跟你講過了什麼，尚恩！」卑比的小孩乖乖站著挨打，像個不倒翁，但是他的屁股好像不在乎。這小傢伙像個嘻哈、跳霹靂舞的傢伙，只要扭個身子就可以吸收所有打在他身上的能量。另外一個弟弟看起來害怕死了，不敢吭聲了。

「嘿！」我叫了，「好了啦，君恩。」

「屎霸，」她說，然後她突然臉色一轉，開始哭泣，搖著頭，好像開始精神崩潰，知道嗎。我走進這個，你知道嘛，嚇死人的場面。我是說，我甚至不知道她就住在這一層。「嗯……你好，」我上前幫她拿購物袋，發現有個購物袋的提繩斷了。

「啊……謝謝，屎霸。都是給這兩個小鬼氣的，」她開始啜泣，向小朋友點點頭。

「都是妳的寶貝啊，嘿，」我微笑說。小的那個對我怯生生微笑，但是卑比的大兒子卻用一種好讓人發毛的眼神看我，才這麼小的孩子啊。是啊，卑比的兒子嘛，一定的，不是我在說！

君恩拿鑰匙開門。孩子們進去了。大兒子嚷著要看體育頻道。君恩看著他們兄弟，簡直是一對搗蛋

1 復活節路球場，是愛丁堡的重要足球場。
2 魯賓遜．克羅索是《魯賓遜漂流記》的主人翁，大衛．克羅索是〈紐約重案組〉的主角，兩人名字類似。
3 大衛．克羅索、麥克李許和懶蛋，髮色都是所謂的薑黃色。
4 黑話，指「海洛英」。因為「Salisbury Crag」暗指「skag」，也就是海洛英。

兩人組。然後她轉向我說：「我請你進來喝杯茶，屎霸，但是屋子實在很亂。」

不會亂啦，老兄。君恩這女人像一隻悽慘的流浪狗。她說話的表情，好像她很需要跟人說話。我知道等一下還要去酒吧跟變態男和杜德表哥見面，但是我也很需要找人聊聊。反正愛麗森和住在樓上的洛欣都不理我，洛欣更巴不得我趕快走。「不會比我家亂啦。」君恩看著我，好像在思考我這句話，然後覺得我講得有道理。

我進了屋子，都是衣服和玩具，很凌亂。水槽裡有一疊杯盤，好像擺了很多年沒人清。流理台上幾乎找不到空間可以放置購物袋。

君恩發抖，我拿出一支菸，給她點。她用熱水壺煮開水，卻找不到乾淨的杯子。她想洗個杯子，想從洗碗精的瓶子擠出洗潔液，但是只聽到放屁一樣的「噗」一聲。她想從購物袋中拿出一瓶新買的洗碗精，但是她的手抖得太厲害，打不開瓶蓋。她開始大哭，並不只是啜泣，根本是痛哭失聲。「對不起，我神經緊張，什麼都不對勁……你看看這個地方。孩子……把我忙死了……沒有人幫我。我是說，法蘭哥出獄之後，只來看過他們一次，甚至沒有帶他們出去玩。他才剛出獄十分鐘，就穿著漂亮的新衣服，戴著珠寶……金幣造型的戒指……我實在沒辦法……屎霸……我沒辦法了……」

我看著那一疊盤子。「我跟妳說，讓我來幫妳弄這些吧。我們把廚房整理一下。感覺會舒服點，嘿，全部洗乾淨。精神不好的時候，體力透支的時候，看到一大疊髒盤子躺在水槽，一定心情差啊。這樣很不好，嘿，眞的很不好啊，就好像力氣都流到排水孔下面去了，嘿，都流下去了。所以說，一個問題兩個人一起解決，問題就變成只有一半了，君恩，嘿。」

「不用洗啦，沒有關係……」

「嘿！來嘛！」我套上圍裙說：「一起來！嘿，一起來！」

我開始洗碗盤，可是君恩不讓我洗，但是她並非真的那麼想。於是她也拿起了幾個盤子，開始工作。不一會兒，盤子都洗乾淨了，廚房又清潔溜溜，又有希望了。不要想太多，老兄，直接動手做，知道嗎。就像我寫書一樣，下定決心，做！

我覺得很高興，老兄，真的很高興。我覺得好爽，好像我吸了全世界最強的安非他命一樣爽。君恩這女人的精神也比剛才好很多。真爽！

但是，我和變態男的約會卻遲到了。我到達酒吧的時候，變態男好像很不爽。杜德表哥看起來很無聊，他看著我，把手腕上的錶舉到我的眼前。

34

# 第18742個想法

我在雷斯大道上這間像墓穴的爛酒吧，等待一個自暴自棄的毒鬼[1]出現，把我從這個無聊的格拉斯哥人[2]手中救出來。這個傢伙頭髮提前發白，身材重量級，眼神一直是受到驚嚇的好鬥狀，通常只有果吉農場[3]的公羊才有這種眼神。歡迎回到蘇格蘭啊，幹得好。杜德表哥這個傢伙，是個假薩克遜人、北歐人、俗不可耐、屁股流出油、支持杭士隊，一無是處。這種西岸貧民窟出身的下流雜種，竟然敢賣弄拉丁文——在我面前賣弄拉丁文，在我這樣一個具有地中海和英國血統的文藝復興人[4]面前炫耀。他給我一杯酒，舉起酒杯說，「烏爾比—噫—歐爾比[5]。」

「乾杯！夕米利亞—夕米利柏斯—苦蘭圖爾[6]。」我心裡不爽笑著說。

杜德表哥的瞳孔放得好大，好像黑洞，足以把周圍的所有物質全部吸進去。「我不知道你剛才那句話的意思，是什麼意思啊？」他說。我秀出拉丁文，他並不只是覺得有意思而已，媽的他簡直興奮極了。

嘿，我也不知道他講的拉丁文是什麼意思，但是如果我對這個油膩膩的傢伙承認我不懂，我豈不毀了。「狗毛[7]，」我眨眨眼說：「在這個時候說出來正好。」

杜德表哥的頭歪到一邊，熱情看著我。「你是個有知識的人啊，我看得出來。能夠遇到和我同等水平的人，眞是太好了，」他搖著頭，臉上一副痛苦的表情，「這就是我的煩惱，我很難碰到和我同等水平的人。」

「我可以想像，」我面無表情點頭說，把他那個活像口香糖沾了杏仁碎片[8]的腦袋瓜子給壓下去。

「我的意思是說，你的朋友屎霸，是很可愛的傢伙，但是可能不大靈光。不過看看，你啊，你的頭腦有料，」他拿食指敲著腦袋說：「對啦，屎霸告訴我，你是拍片的啊。」

眞奇怪，屎霸竟然願意降低姿態，爲我做公關。他沒有說我要拍色情片，只說我要拍片，說得剛好。我心生一種多愁善感的念頭，說不定我對愛偷東西的屎霸有點太兇了——這個念頭讓我覺得好玩。

「嗯，杜德，你一定得做點成績出來啊。那句話怎麼說的：啊爾斯—龍加，維他—布列維斯[9]。」

「藝術是悠久的，生命是短暫的。這是我最喜歡的句子之一，」他笑著點點頭，笑臉好像要裂成兩半。

屎霸這傢伙後來終於趕來了，表情看起來媽的有點興奮。趁著這個和老鼠相幹的格拉斯哥人去洗手間的時候，我很強硬的表達我的不爽：「你他媽給我混到哪裡去了？我們又不是去蒂波樂里[10]！結果

---

1 即上一章遲到的屎霸。
2 即杜德表哥。
3 位於愛丁堡附近的農場。
4 之前說過，變態男具有義大利血統。義大利的文藝復興格外出名。不過「文藝復興人」一詞有特別的意思，指的是上知天文下知地理的通才，其代表人物就是什麼都懂的達文西。
5 拉丁文，指「祝福這個城市（即，羅馬），祝福這個世界」。
6 拉丁文，指「以毒攻毒」。
7 「狗毛」是英文俚語，指「喝更多酒就可以治療宿醉」（而不是不再喝酒），也就是「以毒攻毒」的意思。「狗毛」原來的意思是：如果被狗咬，就去咬狗，如此就可以抵銷狂犬病的可能性。
8 意指他臉蛋肥胖，沒有個形狀。
9 拉丁文，意指：藝術是悠久的，生命是短暫的。
10 此地名為愛爾蘭地名。有一首第一次世界大戰的老歌叫〈蒂波樂里路迢迢〉（It's a Long Way to Tipperary）；變態男是在罵屎霸「又不是去 Tipperary，要那麼久才到嗎？」

我一直在這裡聽那個無聊白癡屁話講個沒完沒了！」

不過，屎霸這傢伙媽的好像很開心的樣子。「沒辦法，我遇到了君恩，你知道嘛。我得幫她洗碗，必須搞定，知道嗎。」

「喔是啊，」我心照不宣地回答。媽的我早就該猜出來了。屎霸就是這樣，一點也禁不起誘惑。如果是我，我一定要走投無路了，才會跟君恩一起嗑快克，尤其是身旁還有小孩。不過我猜現今大家都用快克，咱們講實在一點，她不正是一副操勞過度，嗑藥妓女的樣子嗎。「喔，君恩還好嗎？」我也不知道我幹嘛要問。我是說，反正我也並不是特別關心她。

屎霸噘起嘴，從嘴唇之間噴出一口氣，發出很像放屁的低級聲音。這聲音太響亮了，如果他和我剛好是在一家高級的飯店裡，搞不好會叫人難堪。「如果你要我說實話，老兄，君恩的狀況遭透了。」屎霸說著，杜德正好從洗手間回來，又端回一輪酒。

「我相信她很慘，」我點頭說；我們都知道為什麼。

杜德舉起一杯啤酒，和屎霸互碰杯子，「好啊，屎霸！今晚不醉不歸，」然後他又開始繼續和我說一堆蠢話，我被迫虛偽微笑，顯示和藹可親的態度。

我越來越焦躁，因為身旁人無法提供樂趣，於是我對年輕吧台馬子展現溫柔的陽光笑臉；以前年少的時候，我這樣的舉動會讓女人不由自主地整頓頭髮。但是現在，她只對我冷冷牽動一下嘴唇，聊表禮貌。

然後我們又混了好幾家酒吧，進了城裡，最後來到布萊爾街著名的「城市小館」，這家餐廳我以前經常來混。我發現自從上一次來過之後，這裡增加了撞球檯。統統該搬走：這玩意只會招來一堆白癡。對了，我真的快被杜德表哥這個傢伙嚴重搞垮，因為他不斷嘰嘰喳喳，結果看見佛瑞斯特的時候，我反而眞的快活起來。佛瑞斯特走進場時，他懷裡有一個顯然不省人事可是看起來很妖嬌的婊子。

我應該是城市小館中的「人氣先生」，我眞的提高了這裡的顧客水平。和我在一掛的人，一個是雷斯生產過最大隻的毒蟲飯桶，一個是格拉斯哥的杭士隊球迷，現在又多了一個髒鬼佛瑞斯特；把垃圾裝修成美妙商品，就好像可以賣似的。我在想，我算是什麼啊：媽的，我突然變成一塊髒人大吸鐵？這家酒吧的工作人員打烊的時候，得去找除蟲藥才行。

「這位是佛瑞斯特，」我對杜德介紹，「他開了幾家三溫暖，而且他養了一批美味可口的小婊子，秀色可餐。他玩一個老把戲：讓她們吸毒吸上癮，然後叫她們只好去賣洞，才能工作還錢，你懂我的意思吧？」

杜德轉過身點點頭，不在乎地瞟佛瑞斯特一眼，眼光中有點斥責，卻又有嫉妒。

「對啊，席克也在幹這種事，」屎霸說。他這個大嘴巴，白癡，只有頭腦有問題的青少年才有這種賊相，他的大嘴巴就像黏在酒瓶脖子上的大便，媽的過了這麼多年他還沒有長大。

我搖頭解釋說：「席克只跟她們打炮而已，因爲他那種廢物只有用這個方式才幹得到女人。」我在講別人壞話的時候，故意讓人覺得我不大自在。我的手伸進了口袋，摸到了席克今天下午幫我弄來的一瓶GHB迷藥。又是一個只在極有限範圍才有用的男人。我把屎霸拉向我，對他耳朵說話，結果看見他耳孔積了一坨耳屎。他耳朵發出酸腐的酵母臭氣，害我鼻子頓時厭煩地縮了回去。「我要和佛瑞斯特談些生意上的事，」我塞了二十英鎊在他手中，告訴他：「你陪胖先生[11]吧。」

「失陪一下，各位，我得去和一個老朋友打聲招呼，」我對杜德解釋，然後走向佛瑞斯特。沒有人喜歡佛瑞斯特，但是每個人最後都得和他做生意。他露出牙齒對我閃現一個微笑，他的牙齒讓我聯想起

---

11 指杜德。原文用 soap boy，soap 在俚語裡的意思之一是指「胖大又懶散、一事無成的人」。前面提過杜德表哥很胖重。

愛丁堡的賓岸區；自從我上次別後，整套全部重做。我很訝異，他居然很有品味的選了自然色的牙套，而沒有選大金牙。他的皮膚經過人工日曬機曬成小麥色，斑白稀疏的頭髮剃了，看起來像一粒撞球。他穿銀藍色衣服，有質感。只有他的鞋子不對，是昂貴的皮鞋，但是沒有擦亮，最糟糕的是，他穿了白色長襪。這種襪子，從八〇年代起，每個神經病的母親，都要從大賣場買這種批發貨來當作聖誕禮物。他眞不愧是屎霸以前的精神伴侶。

「嗨，賽門，怎麼樣啊！」

我很感激他叫我賽門，而沒有叫我變態男，於是我也以禮相待：「好極了，佛瑞斯特，好極了，」我微笑轉向他的女伴，「你以前跟我提過的，就是這位年輕可愛的女士嗎？」

「是其中一位吧，」他笑著說：「汪妲，這位是變——哦，賽門．威廉森。我跟妳提過他，他最近才從倫敦回來。」

這個小妞滿正點的：苗條，俐落，外表黑得很——嗯——有「拉丁」味。應該用一句杜德的話[12]來形容她。這個女人正處在毒蟲妓女的第一個美好階段，這時候她們看起來其實很亮麗動人，但是一走下坡就跌得很慘。她們就只能靠吹簫賺錢解毒癮，她們必須一直賣肉，美貌會不見，直到有一天，佛瑞斯特或者其他混蛋就要把她從三溫暖丟到馬路上，或者丟到嗑快克[13]的毒窟去。啊，賣春女神，這個亙古的女人總是走向沉淪的既定道路。「你是拍片的啊？」她廢人一樣地問我，展現出海洛英毒鬼那種過份哀怨又有點自大的態度。大約從十六歲開始，我在每個社交場合好像都會碰到這種人。

「很高興認識妳啊！小甜心，」我笑著對她說，握住的手，在她的臉頰上印了一吻。

**妳下海了，女人。**

於是，佛瑞斯特和我馬上討論選角的事。我很喜歡汪妲這馬子。雖然她完全依賴佛瑞斯特，完全受他控制，但是她仍然會露出她對佛瑞斯特的輕蔑。這種態度卻只會讓佛瑞斯特更爽，加強他的控制慾。汪妲也有自尊，不過海洛英遲早會先吸乾她的自尊心，然後攻佔她的外貌，這就是佛瑞斯特賺錢入袋的公式。

搞定了，我就走向屎霸和杜德，杜德正在大聲地對屎霸談女人：「你對女人只能做一件事，就是愛她們！」他醉醺醺地宣示。「我說的對不對？賽門，你告訴他吧！」

「喬治啊，你這話可眞有點道理。」我笑著說。

「愛她們，而且要勇敢，把自己壯大起來去愛她們。佛爾德斯—佛爾肚納—啊珠華吸乾[14]……幸運之神永遠眷顧勇者。我說的對不對，賽門？我說的對不對啊？」

屎霸想要插嘴，幸好他來救我，免得我故做熱情去回應這個跟老鼠幹的屁蛋。他說：「對呀，可是有時候……」

杜德揮手打斷屎霸的話，差一點就要把別人的啤酒杯打翻。我對那個人點點頭，微微表示歉意。「別說可是，別說有時候。如果她們抱怨，你就給她們更多愛；如果她們還是要抱怨，你就給她們更多更多愛。」他開口宣示。

「對極了！喬治。我確信男人對女人付出愛的能力，一定超過了女人可以消受的能力。這就是爲何男人可以控制這個世界啊！就這麼簡單嘛！」我短促解釋。

杜德張大嘴巴看著我，眼睛慢慢地轉著，像吃角子老虎一樣，慢慢轉到最高獎金。「這個男人，屎

12 因為杜德會説拉丁文。

13 在所有的毒品裡，快克的地位大概只高於吸膠。因此，指地位特別低的毒蟲場所。

14 拉丁文，指「幸運幫助勇敢的人」。

霸，這個男人媽的是個天才啊！」

杜德表哥這傢伙是個標準的格拉斯哥人，很快就喝醉，只要喝一兩杯就醉得像大爺。然後，他們不會行行好，快快醉倒算了，反而繼續藉酒裝瘋幾百年。他們東倒西歪，重複說著狗屁又無聊的東西，然後越來越容易發脾氣。「謝謝你，喬治。」我點點頭說，「不過我得說實話，我覺得酒吧有點煩了。你看嘛，我開酒吧卻在酒吧休假，根本沒有休假的感覺。而且人太多了。」我把頭點向佛瑞斯特，「我並不是很想跟這些人混。我們打包，找別的地方混吧！」

「好啊！」杜德大吼，「大家都去我家吧，媽的我有一卷很棒的卡帶，我要給你們大家聽。那是我朋友組的樂團……他們是最棒的。最棒的，我告訴你們！」

「好極了！」我笑著說，一面磨著牙，「可以打電話找幾個朋友一起來嗎？我是說女的朋友喔！」

我把紅色手機拿起來晃了晃。

「你問我可以嗎？你問我可以嗎？這個男人在幹嘛，這個男人在幹嘛！」杜德對我們身邊一群一群喝酒的酒客大嚷。太難堪了，我脖子上的毛髮都想要逃開這家酒吧。有些人可能會因爲這樣的恭維而沾沾自喜，不過我不是那種人。我很相信一件事：被一個沒有智慧的白癡認眞推荐，比一個高等智者給你的譴責，更具傷害力。

我們一夥人走向酒吧門口，我帶頭，匆匆穿過人群，只有在看到一個穿著兩截式綠色緊身裝的女孩時，稍微停了下來對她一笑，可是這女孩雖然很美，卻燙了俗氣的曼徹斯特式鬈髮。然後我又碰到了一個意外的阻礙。我走過了兩個三十多歲的肥胖男人，他們已經永遠放棄節食計畫，要在餘生大喝伏特加和「紅牛」[15]、大吃潤胃的食物。然後我猛然轉開，避開了一群像金魚一樣張嘴、眼神一眨一眨衝向酒吧的年輕人。

我們在夜裡大步走，杜德還不停對屎霸誇讚我。我打了一個顫，並不是因爲寒冷，也不是因爲藥物。我發覺，我的詭計眞是高深莫測，可是杜德表哥的讚美只能說恰如其分，烘托出它的龐大規模與細膩特徵。媽的，能活著眞好。

15 一種提神飲料。

35

# 小額零用錢[1]

我們帶一些酒回到老貓杜德的公寓。變態男買了一瓶苦艾酒，實在狡猾，因爲只有杜德才可以喝醉，我們不想。變態男嫌惡地看著牆上杭士隊的照片，我一屁股跌進巨大的皮沙發裡。雙腳不必再撐全身的重量，眞好。

杜德表哥似乎很開心，期待性感美女會來。完全說實話好了，老兄，這還不是世界上最糟的事。我想變態男只是說說而已，只是爲了要把大家拉回家。

我沒跟杜德表哥解釋，反正這西岸[2]老貓也聽不進去。「馬子呢？馬子在哪兒啊？賽門，她們要來嗎——」

「媽的一定來。」賽門點頭說，「她們說幹就幹。她們都是拍色情片的，」變態男這個超級變態傢伙像籃子裡的貓喵喵叫，杜德就轉動眼珠子，噘起嘴。然後變態男對我點點頭，用手頻頻指向嘴巴示意。他開始在苦艾酒的杯子倒酒。

「嗯，」我開始說話，轉移話題：「杜德啊，爲什麼大家都叫你杜德表哥呢？」我看到變態男把GHB迷藥混進了杜德的酒杯。我不大喜歡這樣搞，老兄。他們說這種迷藥如果放太多，會讓人心臟停止，老兄，就那樣喔。變態男好像很明白自己在幹嘛，好像在用眼睛仔細測量藥量。

杜德很樂意說起故事，滿足我的好奇心，「說起這件事啊，得先提到我的朋友鮑比，是格拉斯哥人。鮑比把每個人都稱呼爲『表哥』。」變態男把酒遞給了杜德。「這就像是他的口頭禪。從我們小的時候[3]『鼓』這家酒吧就開始，」杜德喝了一口酒。「一天晚上，有幾個從城裡來的傢伙晚上出去混，不知道我們說話的習慣，一直聽到有人在講『杜德表哥』——後來就變成習慣了。」杜德繼續喝酒。

杜德的眼皮很快變重了，他甚至沒有注意到變態男已經把他原來的音樂卡帶，換成了「化學兄弟」的音樂。「色情片啊——」他口齒不清地說，闔上眼睛，跌進沙發，不省人事。

變態男和我馬上翻找這傢伙的口袋。我覺得有點難過，因爲杜德表哥對我眞的不錯哩。但是現在我身上的偷竊基因發作，我著魔了，要掏光他所有的錢。但是變態男說，「少來，放回去吧！」他朝我從杜德口袋掏出來的一疊鈔票點頭。

他沒錯啦，老兄，我只是有點貪心，我想杜德有一大疊錢，少了幾張鈔票也沒差。我知道變態男要的是什麼，是克萊狄斯戴爾銀行的提款卡。我們找到這張卡，馬上沒收。

晚上十一點五十七分，我們下樓走到提款機，鍵入密碼。密碼過關了，但是我們一點也不吃驚。我們提了五百英鎊出來，然後在午夜十二點零一分，又提了五百英鎊。「格拉斯哥佬，」變態男輕笑著，然後充滿感情地說：「都是白癡。」

「是啊，這樣才好。」我告訴他。

「對極了！」變態男給了我一半的錢。但是在他把錢交到我手上之前，他遲疑一下。「不要去買海洛英啊！買個可愛小禮物給你的女人吧。」

「好啦，」我告訴他。變態男這傢伙，居然在教我該怎麼花錢呢，太扯了吧。不過這種感覺眞好，

1　題目「pin money」原指「小額零用錢」。因為pin正好與密碼同義，這個章節的名字遂變成一語雙關，又指「密碼的錢」。
2　格拉斯格位於蘇格蘭西海岸，而愛丁堡位於蘇格蘭東海岸。
3　這裡的「小時候」，只是一種比喻，等同於台灣人常說的「我們還在穿開襠褲的時候」。

好像又回到了舊時光，我和變態男一起搞詐騙，我想起了過去我們要好的日子，我們是最要好哥兒們啊！嗯，可能沒有某些人那麼要好。對於杜德表哥，我實在覺得很難過，因爲他眞的是個不錯的人，甚至算是朋友了，可是事情幹了就幹了。不過，他不該有新教徒的優越感啦，老兄，總是覺得自己高人一等。你越是高傲，人家就越想讓你現出卑微的原形。變態男也應該記得這個道理。唉，我現在的語氣，怎麼那麼像卑比啊！

回到杜德的公寓，我們把金融卡放回他的錢包，再把錢包放回他的口袋。變態男煮了黑咖啡，放涼之後，讓杜德喝了幾口。咖啡因讓他回過神來，他踢了踢腳，竟然踢到了咖啡桌，飲料灑了一點出來。

「哇！媽的，哇！」

「杜德，你昏頭了。」變態男笑著說。我們這位格拉斯哥寶貝蛋卻有點茫然，他揉揉眼睛，坐直身體。

「是喔……」杜德說，恢復了他的姿態：「這苦艾酒眞是太厲害了。」他口齒含糊地說，然後，眼睛看到了壁爐上的掛鐘說，「媽的，田普斯—福吉[4]，眞沒錯。」

「標準的髒鬼，」「費里納斯—佛蜜特斯[5]」說：這是我幫變態男新取的拉丁文名字，「他們[6]都很會打嘴炮，可是眞要比酒量的話，他們比不上雷斯的人啦。」

杜德很不以爲然，跌跌撞撞地前去拿外帶回家的食物：「你們想出去喝幾杯嗎？我帶你們去喝酒啦！」

變態男和我迅速地對看了一眼，希望杜德表哥花光手上現金之前，趕快再昏一次。

4 拉丁文，意指：光陰似箭。

5 拉丁文，費里納斯，貓；佛蜜特斯，嘔吐。

6 泛指格拉斯哥的人。

36

# 第18743個念頭

沉重的鋁製酒桶在石子地板上叮噹轟隆作響。酒品配送公司的送貨員合作無間，把另一桶酒從卡車上滾到墊子上，再經過木頭滑道滑下來。下面的人用防震墊減緩重物落下來的壓力，最後把貨接住，堆疊起來。儘管如此，轟隆轟隆的聲音，好吵好吵。

媽的我頭痛要死。我想起一件可怕的事情，我答應今天傍晚要去我媽媽家，參加家庭晚餐。我老媽一直大驚小怪；老爸不愛管我，有時候卻又突然一整個人對我很敵意——在我這樣的狀況下，她還是他比較讓我受不了？我也想不清了。幾年前的耶誕節，我老爸把我叫進廚房，用喝醉又惡毒的口氣在我的耳邊說，「我知道你在搞什麼把戲，」我記得當時我很困惑也很害怕。我到底做了什麼事情被他看穿？後來我才瞭解，當然啦，我根本就沒有做什麼壞事，他只是把他對他自己的厭惡投射到我身上。他說他瞭解我，說他知道我的本性，因爲他和我是同樣的貨色。但是他忽略了一個重點：他是個失敗者，我卻不是。

但是我的頭還在痛。昨晚的行動：爲了一個格拉斯哥佬的區區五百英鎊，我們演了一齣好戲。墨菲先生從我們的非法利益分到了一杯羹，很開心。但是對我來說，整件事件只不過是牛刀小試罷了。

在沒人看得起的地方比賽中，屎霸或許是個好球員，不過這並不表示他可以上場打歐洲盃。艾立克斯，你的看法呢？

不同的棋子，有不同的用法，賽門，我比較傾向從歐洲把懶蛋找回來。

這個人性情古怪，而且他曾經讓我們失望過，但是有時候，你在這個層次還是得放手一搏。愛力士・佛格生[1]在埃利克・康多納[2]身上下賭，結果賭對了。不過，我眞的覺得，墨菲小子實在沒有能耐來搞這檔事。不過我還是喜歡那位名叫妮可拉・富勒—史密斯的馬子。

我實在太同意你了，艾立克斯，我們都是識貨的人啊！

宿醉媽的搞得我要死不活。我在發抖，那幾個酒廠搬運工還在開心地唱著歌，摩拉對我吼叫：「我們還需要一些德國貝克啤酒！」

這不是我原本計畫中想要的生活。我掙扎發抖爬上樓，搬了一箱啤酒，然後兩箱，然後酒井井有條放進吧台的冰箱。然後，我的精神不行了，只好進辦公室，點一根菸。戒藥比戒菸簡單。話說回來，郵差送信來了，從信封格式上，我看出消息大好，是警長辦公室寄來的！

洛錫安[3]警察局 爲社區服務

三月十二日
您的編碼：SDW
本局編碼：RL/CC

1 著名足球教練。
2 著名球員。
3 洛錫安，為蘇格蘭東部的行政區之一，首府愛丁堡。

親愛的威廉森先生：

主旨：雷斯工商界反毒行動

感謝您在本月四日的來函。

長久以來，我一直努力進行反毒工作。唯有守法公民的支持，這場反毒戰役才能得勝。許多毒品交易，都發生在酒吧和夜店，像您這樣具有警覺性的酒吧負責人無疑是在戰役的第一線。我很高興看到你願意挺身而出，加入戰役，並且宣稱你的酒吧是毒品淨空區。

洛錫安警察局長R.K.賴斯特敬上

離酒吧開門還有一個小時。我把這封信拿到雷斯大道的裱框店，裱在一個俏皮的金邊相框內。然後我走入酒吧，把框釘在吧台後面，驕傲示眾。這很有效，是一張讓我可以賣藥的特許證，有了這個，緊張兮兮的條子就不會來查我，不會來搞老子我。**現在**，沒有人敢動我啦。這就是我所要的，這就是我要的人生：我做生意，是要找別人的麻煩，可是我不要別人來找我的麻煩。換句話說，就是純純正正，資本階級的掛牌會員。

我訂購的人工日晒床終於送來了。我不希望拍片的時候演員看起來像鮮奶瓶子。現在先來用個半小時，試試效果如何。

說眞的，這玩意兒讓我熱起來。我跑到外面的公共電話亭，撥電話到《晚間新聞》，我捏住鼻孔假聲說話，「雷斯有一個人，嗯，在日光港口酒吧，嗯，他要發動雷斯工商界反毒行動，嗯。嗯，他還有警察局長的信件來給他背書，嗯！」

他們一聽到警察局長的名字，都興奮起來了！不到一個小時，他們就送來一個長了痲子的弱智笨蛋，帶了一個攝影師，這個時候我的第一批客人老艾德和他的黨羽剛好列隊走入酒吧，察看寫在黑板上的今日特餐（牧羊人派）。記者拍了些照片，問了我一些問題，我坐好回答，天花亂墜。我告訴記者，摩拉做的蘇格蘭濃湯是雷斯鼎鼎有名的，就像電視劇〈加冕街〉維塞菲鎮[4]上貝蒂．杜平的火鍋一樣有名。這小傢伙目瞪口呆了，似乎對他得到的回答相當滿意。

這一天這樣開始，也不錯。我的口袋裡多了五百英鎊。當然，這只不過是一筆小錢，我所要做的，是拍一部真正的、高產值的打炮電影，但是現在，我心中有一個更大的計畫。色情片是我選擇的電影類型，但是我不會一直搞色情片。我要把我的大鼻子秀給猶太人的家族看看[5]。我以勝利者的姿態，把一大條古柯鹼吸進鼻孔，正中爽處，可是我必須趕快找紙巾來，不然我的鼻水一直流不停。

真奇怪，我跟屎霸和一個媽的支持杭士隊的格拉斯哥白癡一起喝酒，竟然也能夠啟發靈感。這個古柯鹼真是頂級貨，把我的宿醉清得一乾二淨。電話鈴響，摩拉在吧台另一端接了電話。她這個老傢伙，一身肥油可真值得。是啊，我可以找個年輕性感的女學生在當班，或許就是像妮姬那樣的女孩，既可以養眼，又可以爽屌，但是她們絕對不可能像老摩拉那樣，把這家店管理得井井有條。「你的電話，」摩拉說。

4　此地名是虛構的。

5　好萊塢電影圈多為猶太人掌權，猶太人常常具有顯目的鼻子，想想芭芭拉．史翠珊就知道。因此這句話的意思是，我倒要讓好萊塢那批猶太權貴，看看誰的鼻子比較大。

我正在等著某個超級正妹打電話來，甚至希望是妮姬，不過不是，是他媽的屎霸。他想找我去舞廳，花掉可憐的髒鬼[6]杜德的錢。他好像以為我們又可以當好朋友了。

「對不起啊，老弟，現在很忙。」我快速地告訴他。

「喔，那麼，星期四怎麼樣？」

「星期四不行。我們永遠不要見面，好不好？永不見面，你爽了嗎？」我簡明扼要地告訴他，然後兇他一句，「好極了！」對方嚇得說不出話來，才啪一聲掛掉電話。然後我又拿起電話，撥給了一個可以利用的人，也就是我的老朋友，在波西爾的史克列爾，我請他幫我找一個人。

在很年輕的時候，我就覺得：別人都是工具，任我挪來挪去，任我擺布，只求達到目的，這樣我就可以取得最大的滿足。我也發現，運用魅力比脅迫有效，用愛、動之以情，比暴力更方便。如果使出愛這個武器，事後只要把愛收回就好，或者威脅要收回就行。當然，有些人會壞了大計，通常這種人就是朋友或者情人。我最好的朋友，懶蛋，就拿了我的錢跑掉；還有一個搞倒我的人，就是我的老丈人。

這兩個人，遲早都要被我抓到。但是現在，我的格拉斯哥老朋友，史克列爾，才是我要交涉的對象。沒錯，我已經永久搬回英國的北方邊境，和他打交道的時候到了。我和他打打招呼，閒扯了幾句，然後談正事。史克列爾不大敢相信我提出的要求。「你要我幫你找一個在哪裡工作的馬子？」

「在格拉斯哥伊布洛斯[7]球場售票處，」我很有耐性地重複了一次，「最好是個害羞、柔弱，很單純的馬子，搞不好還和爸媽一起住的。長相並不重要。」

我的最後一點要求，讓他更加狐疑。「你他媽到底想搞什麼啊？威廉森。」

「你可以幫這個忙嗎？」

「交給我吧！」他很乾脆地答應了。「還有別的事嗎？」

「幫我找個戴眼鏡的男人，和他媽一起住……」

「這個簡單。」

「……但是他必須要在克萊狄斯戴爾銀行，格拉斯哥市中心分行工作。」

史克列爾叫我重複一次我的要求是什麼，然後他在電話上大笑。「你是在幫人作媒吧？」

「可以這麼說吧！」我告訴他，「就當我是丘比特吧！」我開玩笑說。掛斷電話之後，我的手伸進了口袋，摸到了那劑古柯鹼，感覺好踏實。

6 杜德是格拉斯哥來的人，這裡的人常被愛丁堡的人叫做髒鬼（soapy）。

7 Ibrox，足球場名，為遊騎兵隊的家。

37

# 「……政治正確的炮友……」

蘿倫正在大生我的氣，我到處都找不到她。她可能回史德林老家了。從好的一方面來看，這表示她很在乎我。沒錯，她確實很在乎。對於蘿倫，黛安倒是很輕鬆，忙著她的論文。她用鉛筆敲著牙齒；她覺得，「蘿倫是個放不開的小女生。不過她還年輕，很快就會開竅的。」

「她開竅的日子還久得很，」我跟黛安說，「她讓我覺得自己像個狗屁妓女……」我脫口而出，感覺自己被切成兩半：我想到昨天我答應巴比和他朋友吉米的事。想到我今天晚上要去哪裡。這和在三溫暖上班不一樣，我自己決定要不要提供額外服務，我想至少要幫人家打手槍吧，這就是我的底限了——在我拙劣的按摩技術之外，我只會笨拙、沒技巧地幫人打手槍。我需要工作，我需要錢，更何況復活節假期快來了。但是，給人家帶出場，去男人的旅館房間，實在是跨過了我自己說過我不要跨的界線。吉米說，只是喝酒，吃頓晚飯罷了。**其他的服務，就靠妳自己去談了……嗯，就是妳和他之間的事了。**

我出門去，全身精心打扮，紅黑色的洋裝，配上黑色凡賽斯外套。我想趁黛安沒看到的時候趕快出去，但她還是看到我，像狼一樣吹口哨。「火熱約會喔！」

我很努力地擠出謎樣的微笑。

「幸運的小賤貨，」黛安笑著說。

我走到街上，穿高跟鞋走路讓我很不習慣，我攔了一部計程車。離氣派的新城大飯店前面五十碼，我就下了計程車；我不喜歡突然就到達目的地的感覺，我喜歡品味抵達的過程，把一切事物都在我心中消化。這家飯店的外牆呈現喬治王朝的壯觀古典風，但是飯店內部卻令人失望，一切都極爲現代。接待區的窗戶巨大，幾乎可達地面。自動門唰地打開，穿燕尾服的飯店門房對我點頭。我走向酒吧的時候，感覺到高跟鞋跟敲打大理石地板的聲音。

我不想被人看出來我在找人，可是我眞的是在找人。因爲我不希望人家問我在找誰，而我根本不知道我在找誰啊。一個巴斯克的政要應該長什麼樣子呢？處在這種狀況下，我實在是無法保持冷靜。飯店酒保以前跟我見過面，我知道，可能是在三溫暖吧。他對我拘謹點頭。我很溫暖地回他一個微笑，感覺到紅暈漸漸湧上臉，好像我太快喝下雙份威士忌似的。不對，感覺還更糟糕。我覺得自己完全沒有穿衣服，又覺得自己是阻街流鶯，穿著繃緊屁股的迷你裙，大腿上套著長筒皮靴。伴遊這回事不會有問題，飯店不希望惹火他們的顧客，也就是住在飯店的男人。如果我是個體戶妓女，就會被扯著耳朵丟出去，可能還有幾個警察在外面等我。

我的客戶是個重要的巴斯克民族主義派政治人物，表面上，他是來這裡考察蘇格蘭議會的運作[1]。我被告知，這位政要穿藍色西裝。吧台有兩個男人都穿藍色西裝，而且這兩個人都在看我。他們其中之一白頭髮，皮膚是漂亮的棕色，另外一個深色頭髮，皮膚是橄欖色。我很希望是黑頭髮，比較年輕的一位，但是如果是另一位，我也有心理準備。

突然間，我感覺有人拍我的手臂。我轉過身，看見一位幾乎符合刻板印象的西班牙人。他穿藍色的

---

1 巴斯克自治區位於西班牙的東北角。巴斯克有民族主義，表示巴斯克和西班牙之間也有統獨問題：支持民族主義的人，認為巴斯克應該獨立於西班牙之外。這個政要來蘇格蘭考查，也名正言順：蘇格蘭和英格蘭之間，也有統獨的議題。

西裝，淡藍色，剛好搭配他眼珠的顏色。他五十多歲，但是保養得很好。「妳是暱姬[2]？」他的語氣充滿期待。

「是的，」我說。他親吻我的臉頰，兩邊的臉都吻了一下。「你一定是賽凡里安諾。」

「我們有個共同的朋友，」他笑著說，露出一排人造牙冠。

「他叫什麼名字呢。」我問道，覺得自己好像在演007電影。

「吉木，妳認識吉木吧？」

「喔，是吉米。」

我擔心他會當場要求我立刻上他的房間，他卻點了飲料，親密地說：「妳非常美麗。美麗的蘇格蘭女孩……」

「其實我是英格蘭人，」我告訴他。

「喔……」他說，語氣中明顯帶著失望。

當然，他是巴斯克人。我現在必須學著做一個政治正確的炮友[3]。「可是我有蘇格蘭和愛爾蘭的血統呢。」

「是啊，你有塞爾提克人[4]的骨架，」他用贊同的語氣說。我簡直可以當阿根廷小姐[5]。我們小談了一會兒，把飲料喝完，然後跳上一輛等在飯店外面的計程車，車子開了一小段路程，到了新都心的另一邊，這段路程不用十五分鐘就可以走到了，我穿著高跟鞋走可能需要二十分鐘吧。我承受他毫無節制的讚美，臉上只好一直掛著很假的甜笑。「美麗的暱姬……真是美……」

我們在一家餐館共進晚餐，這家餐館被評比為當前最時尚的店。我先來一盤海鮮拼盤，有烏賊、螃蟹、龍蝦和明蝦，上頭加了很有想像力的香草檸檬醬汁。主菜是法國新潮烹調風格的烤羊肉，佐波菜和綜合蔬菜；至於甜點，我享用了一道焦糖柳橙，上面有一球很香濃的冰淇淋。我們還喝掉了一瓶董．貝里農香檳、一瓶果香很濃但很強烈的夏多內白酒，以及兩大杯白蘭地。我說失陪一下，跑去洗手間，把吃下的東西全部吐出來，然後刷牙，吞了些鎂乳，再用李斯德林漱口水漱口。食物非常美味，但是我過了晚上七點不進食。賽凡里安諾叫了一部計程車，我們就回了飯店。

去房間的時候，我有點緊張，而且醉得很。於是我打開電視，電視上正在播放一個新聞節目還是記錄片吧，內容是非洲的饑荒，畫面都是老套。賽凡里安諾把飯店贈送的酒從冰桶中拿出來，倒了兩杯。他脫掉皮鞋，躺在床上放鬆，頭放在蓬鬆的枕頭上，露出牙齒對著我笑。是一種介於可愛小男孩和骯髒老變態之間的笑。在笑容中，你可以看到他以前的長相，以及他不久就要展現的德性。「坐到我旁邊來吧，暱姬。」他拍拍他旁邊的床上位置。

在剎那間，我幾乎要順從了，但是我馬上換回公事公辦的態度：「我可以幫你按摩，頂多用手幫你放鬆。別的我就不做。」

他神情哀怨地看著我，拉丁情調的大眼睛似乎湧滿淚水。「如果是這樣的話……」他開始拉開拉鍊。他的老二彈了出來，像隻熱情的小狗。熱情的小狗狗，發生了什麼事？

嗯，我開始幫他打手槍，但是我的老缺點又擺在檯面上：我根本不大會幫人打手槍。我用我的眼神讓他興奮，享受我在他身上施展的權力。他的眼神灼熱，正好是賽門冰冷眼神的相反，就像廣告中說

2 這個人的英語說得不標準。在英文小說原文中可以看得出來。

3 對一個巴斯克的民族主義者來說，獨才是政治正確的，而統不是。這樣的人會希望和蘇格蘭結盟，並且主張蘇格蘭和英格蘭畫清界限。可是妮姬偏偏是英格蘭人。

4 塞爾提克人的後代，主要住在愛爾蘭，但也住在蘇格蘭、法國的布列塔尼半島等地。

5 〈阿根廷小姐〉(Miss Argentina) 為歌手 Iggy Pop 的歌名。

的，冰冷，就是我喜歡加以融化的東西。但是，一直重複同樣的動作，我的手腕開始覺得累了，而且打手槍根本無法讓我興奮。唉，他媽的無聊死了。我的無聊情緒也感染到他，他看起來挫敗、懊惱，甚至惱火了。不過呢，他的龜頭從綿長得不可思議的包皮跳出來的樣子，我看了很樂，所以我決定還是要享用這份大餐。我看著他，舔著嘴唇說：「我通常不做這個，可是……」

這個巴斯克男人對此額外服務感到非常開心。「喔……妮姬……妮姬，寶貝……」

我發揮了我當下高明的講價功力，很快地和他談了一個好價錢。然後，我把他放進了嘴裡，先確定我嘴裡分泌了足夠的唾液當作緩衝，免得他的毒味進犯。他的包皮眞的很長，所以在剛剛開始吃他老二的那幾口，很有可能吃到怪味。可是，我剛開始吃他的時候，他卻有新鮮而尖辛的味道，讓我想起西班牙洋蔥，不過，我可能是從種族標籤聯想到吧！或許我不是個打手槍專家，但是我吃老二卻很在行：我小時候，總是喜歡東吸吸西咬咬，什麼東西都要先吸吸看才算數。

我看得出來他快要射了，於是我把他那根不甘願的屌從我嘴中抽了出來，他不斷呻吟，苦苦哀求，但是我就是不吃他的精液。現在他狂亂了，我覺得有一陣恐懼感襲來，我全身僵硬；他抓住我，在幾秒鐘之內我冷冷幻想，他要強暴我了，那我又有什麼防身術可以用來自救呢。結果我才發現，他只是像小狗那樣在我的身上磨蹭，口中的熱氣吹向我的耳朵，用西班牙文喃喃唸著瘋言瘋語，把精液射在我的衣服上。

這並不是強暴，不過也不是我們協議過的行爲，而且有羞辱我的意味。我憤怒地把他推開，他縮回床上，非常後悔，不斷對我道歉：「喔，暱姬，我眞的很抱歉……請你原諒我……」他翻過身，從他的外套取出錢，而我走進有落地鏡牆的浴室，找毛巾，把毛巾打濕，擦掉他在我身上留下的精液。

事情過後，他變得十分迷人，仍然不停致歉。我冷靜下來，我們喝乾了酒。我有點醉了。他問我，可不可以用拍立得幫幾拍張我只穿胸罩和內褲的照片。我又擺出窮學生的例行姿態，於是他又付了更多錢給我。我脫掉衣服，用旅館的吹風機烘乾衣服潮濕的部分，他忙著弄相機。

他要我擺姿勢，我很慶幸身上穿了魔術胸罩。他拍了幾張照片。在第一張照片中，我發現自己看起來很冷酷，好像不留人情面。拍第二張的時候，我做出了很廉價的笑容。我很擔心自己的大骨頭膝蓋不上相，我也知道自己開始有啤酒肚了。為了要配合他的熱情，也為了要防止我就要萌芽的神經質，我即興表演，做了幾個柔軟操動作。結果這是一個大錯誤，因為賽凡里安諾又興奮起來了，他從床上跳下來，想要親吻我。我怕了，想起我是半裸著，比剛才更不設防了。於是我向後退縮，抬起一隻手掌，還給了他一個冰冷的注視，似乎是要冷卻他的亢奮。「對不起，暱姬，」他懇求說：「我是豬……」

穿好衣服，鈔票收進皮包，我對他說了一聲冰冷而甜蜜的再見，留他獨自一人在房間裡。

到走廊搭電梯的時候，我體驗到一種低賤和高貴的瘋狂混合物，而這兩種情緒似乎在爭著出頭。我強迫自己去想，這一切都是為了錢，而且工作輕鬆，這才覺得舒坦多了。

電梯來了，裡面有個年輕但是皮膚很糟的搬運工人，推著裝滿行李的推車。他簡略對我點點頭，讓我擠進電梯。我看到他的下巴長滿了紅疹。並不是青春痘，而且只長在一邊的臉上。於是我恍然大悟，他好像是因為打架才弄成這樣，或因為者喝醉之後臉擦撞到牆壁或地面。電梯下降途中，他注視著我，對我歉意地微笑，而我也回給他一個我所想像中和他類似的微笑。電梯門打開，我走出去，腦袋仍然快轉，充滿困惑。我只想趕快離開這家飯店，從犯罪現場抽身。

在走出飯店大廳的過程中，從眼前的玻璃門看出去，街燈和雨水把外頭的行人道點綴得閃閃發亮。玻璃門突然打開，而我驚恐發現，是個熟人；看著那個人走進旅館，我很不自在。這個人就是我的混蛋老師，麥可克萊蒙特。他朝著我走過來，拉開笑容，表示認出我。

老天爺啊。

那張臉皺成一團，像是揉成一團的報紙，眼神中充滿骯髒的蔑視。「富勒－史密斯小姐……」他的聲音，嚴肅而柔軟，鑽入我的心。

老天爺。我覺得心跳加快，高跟鞋跟敲在地板上的聲音似乎震耳欲聾。一種勢不可擋的感覺吞捲來，好像旅館大廳的每個人的眼睛都在看著麥可克萊蒙特和我，好像他和我被定格在一張圖片的中心。「嗨，我……」我想開始講話，但是他卻用一種古怪的眼神看我，彷彿他看出我靈魂的一切秘密。他打量著我全身上下，這個鐵定最好色的大學老師從眼中射出鋼一樣的光。「跟我一起喝杯酒吧，」他的頭點向酒吧，態度比較像是命令我，而不是邀請我。

我實在不知道該說什麼。「我……我嗯……」

麥可克萊蒙特慢慢搖頭說，「如果妳不能跟我喝一杯的話，我會非常失望喔，妮可拉，」他轉動眼睛，我懂他的意思了。當然，我已經把最後一份作業交出去了，但是還是有某種力量強迫我順從他。我的上課出席紀錄很不好，他還是可以用這個理由把我當掉。如果我當掉了，我爸會停止供我念書，我就完了。於是，我很丟臉地掉過頭，再次撐起儀容，跟他走到酒吧。麥可克萊蒙特問我想喝點什麼，吧台酒保冷冷看著我。

好了，我和這個髒老頭一起坐在吧台。我還沒有搶得先機、問他到這裡來做什麼之前，他就先問了我。「我在等我的男朋友，」我說著，就把麥芽威士忌端到嘴邊。賽門都喝這種酒，麥可克萊蒙特顯然很欣賞我對酒的品味。「但是，他打我手機，說要晚一點到。」

「喔，眞是糟糕，」他說。

「你來這裡做什麼呢？你經常來這裡嗎？」我問。

麥可克萊蒙特有點僵，他顯然發現了：我是他的學生，我是一個女人，我比他年輕，我是一個比他年輕的女性學生──因此，這個問題應該是他問我才對。「我去古蘇格蘭學會開會，」他口氣浮誇地說：「我在回家的路上，卻遇到下雨，所以進來喝一杯酒，」他問，「妳住在附近嗎？」

「不，我住在托爾克羅斯那裡，我……嗯……」我顫抖著說；我從餘光發現，巴斯克男子賽凡里安諾和另一個穿西裝的人也來到酒吧了。我轉開頭，但是那個穿西裝的人──不是巴斯克人──卻直走向我們。「安格斯！」他大聲叫，麥可克萊蒙特轉過身，大笑致意。然後這男子注意到我，揚起眉毛說：「這位可愛的年輕女士是誰啊？」

「這位是妮可拉．富勒─史密斯小姐。羅利，她是我在大學的學生。妮可拉，這位是羅利．邁可馬斯特，是蘇格蘭議會議員。」

我和這位四十多歲，看起來沉迷英式橄欖球的男人握手。

「過來和我們一起坐吧！」他指著巴斯克人說；巴斯克人隔空送給我一個眼神，他的賊笑很扭曲。我想拒絕，但是麥可克萊蒙特卻把我們兩人的酒杯從吧台奪過來，拿到桌子上。我試著給巴斯克人一個緊張的笑，表示「我很抱歉」，但是他卻以苛責的眼光看我，好像他被設計陷害了。雖然受到我的衣服限制，我仍然盡可能採取端莊的坐姿。我覺得好無力，被物化了；如果我是在攝影機鏡頭前面和陌生人打炮，反而比較好受。「這位是昂利柯．迪西瓦先生，他是西班牙畢爾包的巴斯克地方議會議員，」邁可馬斯特說，「這兩位是安格斯．麥可克萊蒙特，和妮可拉……嗯……富勒─史密斯小姐。我說對了吧？」

「對，」我怯怯微笑說，感覺自己縮在椅子上。昂利柯？他跟我說他叫做賽凡里安諾啊。他用一種哀怨而心照不宣的眼神瞥我一眼。「這位年輕女士，是你的伴？」他問麥可克萊蒙特，神色有點慌張。

麥可克萊蒙特臉紅了一下，嘴角先露出了微笑，然後才大笑：「不不不，富勒－史密斯小姐是我的學生。」

「她修什麼科啊？」昂利柯——或者賽凡里安諾——或者「巴斯克人」問。

我有一股情緒想發作。媽的我就在你面前啊！你明明知道。我插嘴說，「我主修電影，但是我也選修蘇格蘭研究。這門課非常有趣，你知道，」我痛苦微笑，想想幾分鐘以前，這個男人的屌還在我嘴裡。

我藉故告退，跑去洗手間。我離座的時候，他們的眼睛都盯著我屁股，他們就要在我背後討論我了，但是我實在沒辦法，我得找個地方想一想。我感覺非常無助，不知道現在可以打手機給誰。我幾乎要打電話到柯林家了，可見我有多絕望多煩躁。但是我決定打給賽門。「我現在情況很難堪，無法脫身。賽門，我在新城的皇家史都華飯店，你可以過來救我嗎？」

賽門好像很冷淡，並不高興，沉默了一會兒，可是他說，「我想摩拉可以自己顧一下店，我現在就去，」他吐出了這句話，掛上電話。

現在？媽的這是什麼意思？我補了補妝，梳了一下頭髮，然後回座。

回到餐桌的時候，三個男人坐在一起，好像共謀淫穢的勾當。他們一直在講我，我知道。尤其是麥可克萊蒙特，他已經很醉了。他說了又臭又長的長篇大論，我想主題是蘇格蘭在整個聯合王國[6]之中的表現有多麼傑出，最後他說——

他的意見我覺得還好，可是他用那種蜜蜂叮人的目光看我，我就怒了。「我不懂你的意思。你是要獨，還是統[7]？」

「我只是持平而論，」他瞇著眼說。

我拿起了我的威士忌酒杯說，「眞有趣，我本來以爲『北方的英格蘭人』[8]這個詞，是蘇格蘭的獨派[9]在用的，用來嘲諷、挖苦。結果我很驚訝發現，這個字眼居然是統派[10]所創造的，因爲他們希望被認同是英國的成員。」我看著巴斯克人和蘇格蘭議員，繼續說，「所以，這是一個白日夢的詞，畢竟沒有一個英格蘭人會把自己叫做『南方的英格蘭人』[11]。同樣的道理，『大不列顛萬歲』[12]就是蘇格蘭人寫的。巴望成爲聯合王國的一分子，可是這個夢想卻一直沒實現。」我悲哀地搖著頭。

「一點也沒錯，」蘇格蘭議員說：「這就是爲什麼我們相信……」

我跟政客說話，可是我一直看著麥可克萊蒙特。「但是從另一方面來看，蘇格蘭仍然無法從英國得到自由，實在有點悲哀。這已經很久了。我的意思是，看看愛爾蘭人幹得多好[13]。」

麥可克萊蒙特看起來很憤怒，想要發言，但是我看到賽門走進飯店大廳，於是我對他招手。他穿著休閒夾克和V字領上衣，很帥氣。他好像變黑了。對，他顯然用了日晒床。「啊！妮姬，寶貝……眞對不起，我遲到了，親愛的，」他彎下腰，親吻我。「準備慢舞了吧？[14]」他問道，然後才終於正眼看

---

6 即整個英國，含英格蘭、威爾斯、北愛爾蘭，以及蘇格蘭。

7 原文為：「你主張（蘇格蘭）民族主義，還是聯合王國（即，整個英國）主義？」也就是說，「你主張蘇格蘭應該獨立於英國之外，還是蘇格蘭應該被英國統一？」

8 這個詞有反諷意味，因為住在英國北方的人是蘇格蘭人，而不是英格蘭人。當然，如果蘇格蘭的人西瓜偎大邊，認同英格蘭而不認同蘇格蘭，大概就可以被稱作北方的英格蘭人了。

9 原文為「蘇格蘭的民族主義者」，即主張蘇格蘭獨立的人。

10 原文為「蘇格蘭的聯合王國主義者」，即身在蘇格蘭卻主張蘇格蘭被英國統一的人。

11 英國南方本來就是英格蘭。說英國南方的人是英格蘭人，就是多此一舉。

12 「Rule Britannia」，為十八世紀就已經傳世的愛國歌曲。

13 她的意思是：看看愛爾蘭人早就獨立建國了（除了北愛的領土之外），可是蘇格蘭人卻沒有獨立建國。

14 原文「trip the light fantastic」指慢舞，是一句歷史久遠的用語，據說可以上溯到莎士比亞。

著在場的男人們。他的表情好像一個被寵壞的貓，很不甘願吃剩菜剩飯，卻仍然很尖刻。他匆匆和每個人握手。這個人頗有大將之風，完完全全掌控全局。「賽門．威廉森，」他粗言粗語自我介紹，然後又用稍微柔和的聲音詢問：「我相信我的女朋友受到不錯的照顧吧？」

其他人看著巴斯克人，露出了有罪惡感的緊張微笑。賽門出現，讓他們很不自在。他不費吹灰之力就威脅了這三個男人。自從我第一次幫人打手槍以來，好久以來我第一次覺得害怕、被羞辱，覺得自己像妓女。賽門幫我穿上了外套，我很高興離開這個地方。

上車之後，我發現我哭了，但是那種當妓女的感覺只是短暫的，現在已經全部消失。我知道我的眼淚沒有誠意，因爲我要賽門帶我回家，帶我上床。我要讓他覺得，當我要他的時候，他可以把我吃掉，而今晚我就要他。但是，我的眼淚攻勢，無法在他身上奏效。「怎麼啦？」他平靜問我，一面把車子順利開上洛錫安路。

「我讓自己陷入了一個可怕的處境，我嚇到了，」我告訴他。

賽門思量著，然後懶懶地說：「這種事難免會發生。」但是從他的語氣聽來，這種事顯然不會發生在他身上。我們把車停在我家外面，望著天空。今晚天氣好，繁星滿天。我從來沒有看過那麼多星星，至少沒有在都市看過。柯林曾經開車帶我去東岸，靠近科丁罕的農莊，在那裡，整個天空都是星星。賽門仰著頭說：「我頭上有滿天繁星，我心中有道德律法。」

「康德——」我又仰慕又驚訝叫道，很納悶他和道德法律有什麼關係。他知道我做了什麼事嗎？但是他很快轉過身，看起來有點受到侮辱的樣子。他什麼話也沒說，但是他的眼神很兇。「你剛剛引用了我最喜愛的哲學家，我最喜歡的句子，」我解釋，「康德。」

「喔……那也是我最喜歡的，」他說著，兇臉轉而露出微笑。

「你讀過哲學嗎？你讀過康德？」我問他。

「學過一點，」他點點頭，然後解釋道：「都是因為古老的蘇格蘭男孩養成教育啊。學生要從亞當．史密斯讀到休姆，再讀歐洲大陸思想家，例如康德，妳知道，那批歐洲大陸的老頭。[15]」他的語氣沾沾自喜，讓我心裡收縮，因為我聯想起了麥可克萊蒙特。我**很不希望**這樣聯想，於是我提議：「上來喝杯咖啡吧，或者我們可以一起喝點酒。」

賽門看看手錶說，「喝咖啡好了。」

我們上樓，我再一次感謝他拔刀相助，而且我希望他會問我發生了什麼事，但是他不當一回事。走進走廊，我的心跳要停了，我看到客廳門的下面有光透出來。「一定是黛安或蘿倫還在熬夜念書，」我輕聲向他解釋，把他帶進了我的臥室。他坐在椅子上，然後，看到了我的直立CD架，察看我收藏的音樂，但是他的表情高深莫測。

我去泡咖啡，端了兩杯熱騰騰的馬克杯走進臥室。回來的時候，他坐在床上，閱讀一本現代蘇格蘭詩集，是麥可克萊蒙特的教科書之一。我把咖啡杯擺在地毯上，坐在他旁邊，他把書放下，對我微笑。

我想吞噬他，但是他大理石冰冷的眼神，卻讓我猶豫。他的眼神看穿了我，進入我。然後突然間那雙眼睛卻又充滿不可思議的溫暖，是一秒鐘之前無法想像的溫暖。他眼睛裡透出來的光芒，好強烈，催眠了我，讓我感覺到自己是無形無狀的，沒有質量，也沒有密度。我只知道，我內心充滿飢渴，我要他。然後我聽到他說了什麼，一個外國語的句子，然後他的雙手輕輕捧起了我的臉。他維持這樣的動作，停了一會兒。他豐潤的黑眼睛享受我，然後他吻我：先親額頭，再親兩頰，每個吻都強烈而柔軟，具有爆發力又精準，把興奮顫抖的訊息送進已經渾然忘我的我。

15 這些思想家中，亞當．史密斯和休姆是蘇格蘭人，而不是歐洲大陸人。

我發現，我的靈和肉，分離了；靈肉分離的力量，似乎和我們旁邊發出嗤嗤聲的中央空調電暖器互相唱和。他撥弄我的背，讓我想起了紅玫瑰，原本緊閉的花瓣綻放開來，我向後倒在床上。這時候，一種突然的意志力進入我體內，我在想，他正在改變我，而我也要改變他。我的手臂環抱他的頭，把他拉向我，張開我的唇。我的手緊緊扣住他的脖子，用力吻他，吻到他和我的牙齒磨撞。然後，我吻他，舔他的眼睛，他的鼻子；品嘗他的鼻孔到上唇之間的鹹味，然後，我再吻他的臉頰，和他的嘴。我鬆手不再抱他的頭，把手移到他身上，想把他的上衣拉起來，但是他並沒有抬起手臂讓我脫，卻把我的衣服從肩膀剝開滑落。我沒有移動我的手臂，因爲我的指甲正輕柔陷在他背部肌肉裡面，於是我們卡住不動，他也沒有辦法脫掉我的衣服。然後，他開始在我的背後動作，像個熟練的扒手，輕鬆地解開我胸罩的扣子。他的手移到了前面，粗暴摘下了我的上衣和胸罩，我的手只好從他的背部撤開，因爲我不希望衣帶被扯斷。接著，我露出了奶子，他撫弄我胸部的時候，一切都慢了下來。他以小心敬畏的態度撫摸著我的奶，他好像個小孩子，正受託看護柔軟毛茸茸的寵物。

現在，他又凝視我的眼睛，臉上帶著熱切，幾乎有點哀傷和失望的眼神。他說，「看來，現在不做不行了。」

然後他站了起來，脫掉了上衣。我也跳到床上，站起身，把衣服剝掉，然後脫掉褲子。我的兩腿中間有一股蹦蹦跳的灼熱，我幾乎以爲陰毛著火了。賽門脫掉了長褲，也脫掉白色凱文．克萊內褲。在一瞬間，我嚇了一大跳，因爲看起來他沒有老二。他的屌不見了！在一瞬間，我幾乎以爲他被閹割了，我甚至胡思亂想，以爲這就是他遲遲沒有和我做愛的原因，因爲他沒有老二。然後我才發現，他有老二啦，沒有錯，他當然有，只不過是從我的角度看上去，他的老二是尖挺的，就像上了膛的槍，直指向我。我要他，我現在就要他進入我。我不想跟他說，我們可以等一下再「做愛」。等一下我要把他你吸到爽，你可以舔我，操我，用你喜歡的任何一種方式，探索我的全身。但是求求你，我們現在就開始吧！現在就幹我吧，就是現在，因爲我已經慾火焚身。但是，他只是看著我的眼睛，點點頭，這個男人媽的對我點頭，好像他讀出了我所有的心思。然後，他爬到了我身上插了進來，塡補我的身體，延展了我的身體，插進我的核心。我喘著氣，調整一下，他變得更硬了，我翻身，我們兩人交纏在一起，緊緊相連，你儂我儂。我不知道是誰先慢了下來，可是我們又溫存了，然後我們的做愛速度又開始加快，就像有一種自動驅策的動力在前進，在這場一對一的性愛角力中，我們互相催促對方，互相拚命。有一個瞬間，我覺得我擊敗了我們兩個人，擊敗了我和他，我要更多，他能夠給我的爽還不夠多，**任何一個人**可以給我的爽都還不夠多。力量湧了上來，我的體內有個東西逃走了，而且抓著我，拖著我。我爆發了山搖地動的高潮，在高潮漸退的過程中，我才發現我一直大聲浪叫，我在想，希望蘿倫和黛安都不在家，因爲我的叫聲好像是在對她們炫耀，我像是在表演一樣，好離譜。賽門看到我的高潮，知道他該做下一步了。他把我的頭髮向後撥，把我的臉拉到他的臉前面，逼我注視他的眼睛，他在劇烈的動作中猛烈射了，他的高潮把我的高潮延長了。然後他把我拉到他的胸裡，在一瞥之中，我看到了他的眼，我幾乎確定我看到一滴眼淚。他緊緊抱著我，不讓我動，所以我沒有機會檢查確認他是不是眞的流淚，他把我抱得很緊，而且，我已經精疲力竭。我們躺在被汗水浸濕的床上，床上一片凌亂。在他的汗水、香氣，以及我們全套性愛[16]留下的腥味中，我漸漸睡去，腦子裡卻在想，被好好幹一場的感覺眞好。

16 原文為全套的煎蛋煎肉早餐，意思是指什麼都有的大餐。

38

# 第18744個念頭

眞是驚喜，我接到白色手機的電話，白色手機通常帶來好事。當然，跟妮姬做愛非常棒；但是，有第一次做愛的症候群：無論幹得多爽，總是會出現一種淺淺的成分，讓人忍不住覺得反胃。那天幹完，我正準備走人，她突然問我先前是不是釣她胃口。這樣的話是在逗我，並不沉重；說不定她這句短語[1]，是用來掩護更沉重的意見，同時用來搧風點火。反正，這就像是任何運動：最有天賦的選手永遠會把專注力放在比賽上面，而不是放在對手身上。於是我只對她神祕地笑，沒有回答她的問題。那些自由主義者嘰嘰喳喳說，在感情關係中「誠實」最重要，眞是他媽的屁：誠實，根本無聊要死。嘿，感情關係就是權力關係，現在我跟她應該冷下來。她會先跟我求饒的；我知道她會，那會是個甜蜜的時刻。我告訴她我換了電話號碼，給了她我紅色手機號碼。把一個女人的電話從白色手機刪除，再移到紅色手機裡面，是最爽的事。

那一天我們在她家外面，我抬頭看星星的時候，有件事情很怪。我那時候引的一段尼克．凱夫（Nick Cave）的歌詞，結果她竟然叫我「屄」[2]。我當時並不知道她在講那個哲學家康德。我甚至打電話問懶蛋。他知道尼克．凱夫的那一句歌詞，是一字不動從抄康德的。媽的這個世界到底是怎麼了？原來我最喜歡的作詞家竟然去抄襲，好低級！

沒有錯，幹妮姬很過癮。她身體的健美程度、能量和柔軟度，都讓我難忘，這也意味我得注意自己的體重，多去健身房。但是這一切的爽，都比不上今天我衝去雷斯大道的巴氏報攤，拿到第一次版的《新聞報》[3]。第六頁登了小弟在下的照片，以及警察長羅伊・賴斯特的小照。這位警長居然很年輕，唇上留著小鬍子，看起來有點像「村民合唱團」（Village People）的候補團員。我飛快衝到隔壁的麥客酒吧，叫了一瓶德國貝克啤酒，興沖沖閱讀報導。

## 雷斯酒吧老闆加入反毒聖戰

巴瑞・戴伊／報導

一位愛丁堡的酒吧老闆已經對放肆的販毒者宣戰。被斥絕的毒品包括搖頭丸、安非他命、大麻，和海洛英。在本地土生土長的賽門・威廉森是雷斯日光港口酒吧的新東主。他發現有兩個年輕人在他的酒吧使用搖頭丸，至感悲憤。「我以爲自己見多識廣，但我還是震驚了。他們竟然公開且大膽用毒，我非常意外。所謂的『毒品文化』充斥社會各處。這種亂象必須被制止。我曾經看過毒品如何危害生命。我想從事的行動並不只是一場反毒戰爭，而是一場捍衛道德的聖戰。時候到了，我們工商界人士不該只是用嘴巴講，更該拿出錢來辦事。」

威廉森先生曾經在倫敦發展過一段時期，最近回到了他的家鄉雷斯。「沒有錯，我對今天的許多年輕人感到遺憾——他們過著無法無天的生活。畢竟，我是重感情的人。可是，有時候眞的該説，夠了，夠了！不能再過度呵護他們[4]，太多人躲在暗處自怨自艾了……」

1 短語一字，在書中為拉丁文，而非英文。
2 康德（Kant）和屄（cunt）發音類似。
3 國外報紙會分幾輪印刷，「early edition」是指第一次版。
4 原文為「脱掉小羊皮做的（高級）手套」，意即「不要怕手髒，快動手去做」。

這篇報導，對賽門．大衛．威廉森是個好消息。照片中的威廉森在酒吧內，神情嚴肅得要死，圖說爲「毒品威脅：賽門．威廉森擔心愛丁堡的年輕人」。不過最精彩的是一篇社論；

雷斯應該爲賽門．威廉森，有紀律的本地商界人士，感到光榮。他發起的行動代表草根運動的萌芽，對抗影響我們的社會毒瘤。雖然毒品問題是國際性問題，並不只限於愛丁堡發生，本地居民在除害問題上仍然扮演重要的角色。威廉森先生代表了新的雷斯，進步而且具有前瞻性，同時對於他的「老鄉親」也擔負責任感，特別是被邪惡毒販所控制的年輕人。販毒者的唯一目的，就是要摧殘毀滅年輕人。受到負面影響的人應該記住，雷斯的誓詞就是「堅持」，而賽門．威廉森正實現這個誓詞。《新聞報》堅定支持他的行動。

太妙了。我喝光啤酒，回到家裡，切了一大條古柯鹼來慶祝。我的戰役。那些人喜歡進行嘗試的人。我回想起過去的麥肯．馬克勞倫（Malcolm McLaren）和「性手槍樂團」（Sex Pistols）[5]。我說，馬克勞倫啊！你的老舊密笈就要升級更新啦。

我決定搭計程車去媽媽家。她看到我，開心得不得了。「我眞爲你感到光榮，我的賽門，上了《晚間新聞》啊！」在我經歷了那些吃藥的時光之後。

「媽，現在是該我回饋的時候了，」我解釋，「我知道我以前也不是天使，但是我現在要改過自新了。」

我媽瞟了我那頑固又自以爲是的老爸，唸著報上的句子，「一切都爲了年輕人！我就知道他有出息！我就知道！」她對著老爸哼起她的凱旋曲歡呼。但是老爸對她的一頭熱很不以爲然，只是面無表情坐著看賽馬。他一輩子都在看那玩意兒，只不過現在他不再賭了。

於是我決定把我的好事塞到這個老頑固臉上。「媽，我正在交一個新女朋友，這個女孩有一點特別。」我這樣告訴她，她又給了我一個擁抱。「喔，我的兒子啊……你聽到了嗎？大衛？」

「哼……」這老傢伙咕噥一聲，狐疑看著我。一個拿季票看球的人，難免在土包子看球區看到自己人[6]。沒關係，老爸啊！你兒子賽門．大衛．威廉森還在巔峰期，而你大衛．約翰．威廉森，只是個過氣的糟老頭，一事無成，只毀掉了一個聖潔好女人的一生。

我記得小時候曾經崇拜過老爸，而且說實話，他對我很好。帶著我到處跑，甚至帶我去他幾個女朋友的家。他還曾經拿錢賄賂我，要我在媽媽面前守住口風。是啊，他以前一直對我不錯。別的小孩都會跟我說：「我眞希望我爸能夠多像你爸一點。」但是很快，到了青春期，我開始對女人發生興趣。我變成了競爭者，我爸開始躲我，在任何角落都要絆倒我。可是，對他自己也沒有好處，因爲我當時只會一直進步。「選好黑馬了嗎？」我問他。

「選到了一、兩個吧！」他悶悶不樂地說，勉強裝出文明樣，只因爲老媽在場。如果現在屋子裡只有我們兩個，他會放下報紙，直直看我，用低沉的咆哮聲問，「你在這裡是要幹嘛？」這才會是媽的他歡迎我的方式。

老媽還在詢問那位特別女孩的事情，我突然想到，其實我也不是很確定我說的女孩到底是誰，我只是覺得我的生命中需要一個女人。我說的女人是妮姬嗎——經過了昨夜的經歷？還是愛麗森？她馬上就

5 「性手槍」是英國最有影響的龐克搖滾樂隊之一。麥肯．馬克勞倫，為此團的主要推手、製作人。

6 這一句，以看足球的人作為比喻。意思是，「皇帝也有乞丐親戚」。

要過來我的酒吧工作了；還是，我想到的那個格拉斯哥小胖妹。或許。我的算計矇住了我的眼睛。如果眞有一個女生出線，那算她天才。不論誰成爲我的新女人，她和我媽就有好戲唱了。「只要她會好好照顧我的孩子，不要把我的小寶貝搶走，就行，」我媽嗚嗚叫，已經開始在威脅這位還看不見的婊子。

我不能停留太久，還有酒吧要照顧。我才剛剛出門，綠色手機就響了。原來是史克列爾打電話過來，回報他的情報。「你的事情我搞定了，」他說。

我馬上對他表示無限感激，然後一點時間也不浪費，馬上打電話去酒吧，請摩拉和我們可愛的新進員工愛麗森幫我顧店。我隨口編了一個藉口，說我要去參加一個品牌授權會議。我趕去威佛利，跳上前往格拉斯哥的火車。我拿出身上帶著的腳本，開始研究場次順序。我要先拍打炮的戲，拍很多很多。先拍攝群交場面，再往前拍。到達索波維爾車站的時候，我的老二勃起了，但是當我看到史克列爾在月台上等我，我的老二馬上消下去了（感謝老天）。他還是那個樣子，一個被毒品搞爛的人，總是有一種受過創傷，眼神凶猛的氣質。那種荒蕪頹喪的模樣就是工人階級戒癮者與中產階級戒毒者的區分。海洛英，再加上窮人的文化，再加上缺乏人生經驗——或是缺乏對於人生的期盼——會把人搞很慘。史克列爾的樣子很好，比那些最樂觀的白癡所巴望的情況還要好。他的老朋友嘉寶用了高品質的貨，用藥過量而死，這鐵定縈繞他腦海不去。現在，現在他乾淨得很，只是不洗澡而已。他問起了懶蛋，這眞讓我不爽，他也問到了那位蘇格蘭東岸的大爛貨。「屎霸怎麼樣？他還好嗎？」

我鬱悶搖搖頭，心想，以前他是我朋友，現在卻是讓我幾乎難以忍受的熟人。噢，這樣說不對，媽的他比較像是對手。我想墨菲應該搬來這裡，他什麼都不是，只是個住錯地方的格拉斯哥人。「他沒有什麼進展，史克列爾。你可以帶一匹馬去喝水[7]，唉。我的意思是說，這麼多年來，我盡量幫助他。」我暫停了一秒鐘，思考該如何扯謊，不過，唉，我想我已經盡力了。「我們都幫過他啊，」我虔敬地說。

史克列爾留著長頭髮，以便遮住他那一對像計程車車門的招風耳。雜亂稀疏的山羊鬍下面大喉結凸上凸下。「眞可惜，他是個好孩子。」

「屎霸就是屎霸，」我微笑了，幾乎在享受這個白癡的下場，我想到了我和愛麗森即將——不對，我把這句話收回。李絲莉[8]。我心裡升起了一股痛徹心扉的感覺，不問不行。「李絲莉——她還在混嗎？」

史克列爾狐疑地看著我：「是啊！但是媽的我和她沒往來。」

我很驚訝李絲莉居然還活著。我想，上一次見到她的時候是在愛丁堡，小唐恩去世後不久。然後我聽說她去了格拉斯哥，跟史克列爾和嘉寶一起混。後來我又聽說她服藥過量。我猜她應該和嘉寶下場一樣。「她還在用海洛英嗎？」

「沒有了，你不要去惹她。她已經戒掉了，清了。而且結婚了，有個寶寶。」

「我很想跟她見個面，老朋友敘敘舊。」

「我不知道她在哪裡。我有一次在巴卡農中心遇到她。她已經戒掉了毒癮，不再嗑了。」他堅持。我看得出來他不希望我接近李絲莉，不過也好，因爲我還有更重要的事。

史克列爾幫我找到的人，太合我賽門．威廉森的胃口了。我們到克萊狄斯戴爾銀行，他指著櫃臺後的一個人，這個人簡直是爲我量身訂做的：他太胖，氣質懶散，空洞的眼神好像吃過鎮定劑，戴了艾維斯．康斯特洛式眼鏡。如果有性感小馬子走近他，他腦袋裡的血液會迅速衝到鼠蹊，要他做什麼，他都

7 即中文的「牛牽到北京還是牛」。

8 李絲莉為《猜火車》中的角色，她曾為變態男懷孕、生下孩子。

會乖乖做。沒錯，只要妮姬對他灌點小迷湯，他就感激涕零，馬上用自己的牙刷，清洗妮姬的馬桶。沒錯，他就是我的人了；或者說，他就是她的人了。

妮姬欠我一份情，昨天晚上，我幫她從三個穿西裝男人的僵局中救了出來。那三個人看她的眼神，好像馬上要把她吃掉。她當時有點害怕；這個很酷、漂亮、性感的小馬子。我要她做的事是需要膽識的，我希望她和我想像中一樣能幹。

至於我，我迫不急待要和我的夢中美女一起工作。我覺得自己好像是電影中，豪華郵輪上的花花大少泰瑞·湯瑪斯[9]，正在和有錢寡婦調情。我摸摸鼻字下方，確定沒有長出一大巴八字鬍。我的計畫，我的電影，我的人生。

9 Terry Thomas 是喜劇演員，擅長表演低賤出身的角色。賽門此處的意思是「低賤者在豪華郵輪釣有錢寡婦」，意指「登龍有術」。

39

# 「……奶子的問題……」

蘿倫從史德林回來了。我很好奇她到底是生長在怎樣的家庭，以至於她會有這樣甜美的心理——「既然人家是這樣過日子的，就讓他們這樣過下去吧！」她對她干預我的生活幾乎感到抱歉了，當然啦，她仍然認爲我是錯的。幸好，泰利打電話來，他想邀請我們午餐時間去喝酒。我很願意去，畢竟兩天之後，我們就要一起上場演色情片了，如果有機會先瞭解一下彼此也不錯。但是蘿倫不很想出去，她想在家裡抽大麻菸，對著電視新聞大笑——以便和我重修舊好，然後，下午再去學校上課。但是我堅持要她跟我去，我甚至叫她畫一點眼線、塗上口紅。我們就進城去。

我才剛要出門，電話鈴聲又響起——這一次是老爸。我一面和他說話，心裡卻對前天晚上的生意感到罪惡，老爸卻一直在談威爾的事——他仍然不願意面對他的兒子是個同性戀的事實。他的兩個小孩有什麼不同呢？兩個小孩都吸男人的老二，而他的女兒吸老二是爲討日子呢。我眞希望他趕快講完電話，我要出門。

「商人酒吧」是一家介於夜店和酒吧的地方，有ＤＪ台，角落還有幾個唱盤。這個地方非常擁擠，因爲聽說「新手」在這裡當ＤＪ。顯然他是雷布的弟弟比利和油水泰利的老朋友。泰利把比利介紹給我們，這個男人塊頭很大；其實，我看到雷布，就覺得他是縮水版本的比利。比利笑著和我們握手，好像很有紳士風度，很老派，並不是硬裝出來的。他的身材很好，很健壯。我得承認我馬上有了賀爾蒙反應，但是他卻回到吧台後面工作了，他太忙，沒空調情。

泰利試圖調弄蘿倫，可是蘿倫眞的很不自在。到某一個階段，蘿倫要他把手拿開。「對不起，親愛的，」泰利雙手舉到半空中，「我只是個喜歡觸覺的男人嘛。」

蘿倫臭著一張臉，跑去洗手間換口氣。泰利轉向我，平靜地問：「妳跟她聊一下嘛。她是太拘謹還是怎樣？如果有馬子需要一根好屌，嘿，我品質保證啊！」

「你出現之前，她眞的好好的，」我調侃他。不過，我實在很難反駁他的話。如果有人要和蘿倫打炮，我一定要感謝他，因爲可以讓她消消火。她花太多時間在她自己身上了，於是整天覺得挫敗、焦慮，然後她會開始擔心爛事──別人的爛事。

「坐在角落的那個人是不是麥提亞．傑克啊？」雷布問泰利。

「啊，是啊！比利告訴我，他上個星期帶羅素．拉特匹和杜懷．約克來過這裡。有足球員，也有馬子。」泰利笑著說：「那麼這一對呢？也很登對吧！雷布？」他對雷布說，一隻手環過我的腰，另一隻手伸出去，好像在誘惑蘿倫靠過來。蘿倫努力和他保持距離，眼睛看著鐘說：「我要回去上課了。」

雷布和我都聽懂了她的暗示。我們喝乾了酒，把泰利丟下，讓他和比利繼續在酒吧狂歡。臨走之前，我微笑著說：「星期四見喔！」

「我等不及呢！」泰利說。

「那個垃圾！我眞抱歉，」雷布說著，我們通過了新的蘇格蘭人大飯店，朝著北橋走去。

雖然天氣晴朗，一股抖擻的強風把我的頭髮吹得亂七八糟。「很好玩啊，你不必爲你的朋友抱歉。雷布，我知道泰利是什麼樣的人，我覺得他很棒，」我告訴他，並且把頭髮拉下來，撩到耳朵後面。我看到蘿倫咬著一大根巧克力棒，在強風吹拂中，板著一張臉，全身緊繃。一有細塵吹到她眼睛，她就開口大罵，快速眨眼。想到下一堂課的主題是瑞典導演柏格曼，我幾乎想要蹺課了，因爲我已經開始破壞這門課的精神了。我還是撐著去上課了，覺得好無聊，可是我看見雷布和蘿倫全神貫注聽課，卻覺得有罪惡感了。下課之後，我不想再留下來跟大家混；雷布一個人走了，我和蘿倫回到了家，黛安煮了義大利麵。

晚餐好吃極了，可以說是絕頂美味，我卻差點噎了，因爲我在電視上看到了那個女人，電視主持人蘇芭克把稱她爲「英國的奧林匹克奇葩」，名叫卡洛琳．帕維特。卡洛琳滿口大牙地微笑，頭髮染成金黃，頭髮比以前留長了一點。她裝成一個小甜心，可是她帶有一點含蓄的野勁，結果把約翰．巴羅特[1]和某個足球員來賓的色慾都勾引了出來。我眞希望耶利．美克考伊斯特[2]的球隊可以狂操這頭又肥又沒奶子的母牛，把她打成白癡，反正她本來就是白癡。「體育的問題？」媽的她怎麼懂體育嘛。她的問題是奶子的問題。親愛的，妳的奶子在哪裡？

可是我再仔細看。她確實有奶子。我怕死了，瞪著她，終於瞭解：原來她也去做了！這個沒奶子的英國奧運獎牌希望的體操母牛，居然去搞了妨礙表現的乳房加大術[3]，染了頭髮，裝了牙冠，還去做了隆乳手術，很諷刺，剛好方便她轉向媒體界進軍。

**我他媽就知道她是個虛假的婊子……**

當天晚上，黛安回她爸媽家了。蘿倫和我留在屋子裡一直看電視。有一個藝術節目讓她很生氣：一群知識份子在討論日本少女小說的文化現象。他們展示了一組作者照片，都是性感撩人的美少女。「她

1 英國的撞球界明星。
2 此人本來是蘇格蘭足球明星，後來成為教練。
3 大的乳房，對女體操選手並不方便；女體操選手隆乳，就是跟自己的體育生涯開玩笑。

們會寫作嗎？」有個專家問。另一位專攻流行文化的教授，非常嚴肅且很不耐煩地吼叫：「我根本看不出來這有什麼重要。」

蘿倫對這個節目非常震怒！我們抽了些大麻，吃了些零食。我又吃了一盤義大利麵，蘿倫開了一瓶紅酒。我只喝了一小杯，但是我覺得自己的胃可能負荷不了。我想到了那天在旅館裡面，那位賽凡里安諾/昂利柯用拍立得幫我拍的照片，我又跑進廁所，全嘔吐出來，刷牙，再吞下鎂乳保護我的胃膜。

回到客廳，我很嫉妒地看蘿倫吃東西，以她這樣一個嬌小的女孩子而言，她的食量還眞大。她是所有女人的目標：娛樂圈的女人都說自己沒有厭食症，而且都吃得像馬一樣多。每個人都知道她們在扯謊，但是蘿倫是眞的吃很多。她好像永遠都在吃東西。紅酒很快就喝完了，又開一瓶白酒。今晚的氣氛輕鬆，就像過去一樣，只有我和蘿倫，只有我們姊妹倆在家裡度過的夜晚。突然間有人敲門，蘿倫眞的怕得跳起來，氣沖沖說：「不要開門，」她堅持。我聳聳肩膀，敲門聲仍然持續。

我站了起來。

「喔！妮姬，不要……」蘿倫懇求說。

「可能是黛安吧！她可能丟了鑰匙，或者忘了帶什麼東西。」我打開門，門口站著的當然不是黛安，而是賽門，咧著嘴巴笑著。他看起來好光鮮耀眼，秀色可餐。我讓他進屋子，我知道他要搞我。他走到客廳，蘿倫的臉沉了下來。「我聞到義大利麵！」他大笑，看到了蘿倫快要吃光的盤子：「我有義大利血統喔！」他面帶笑容說道。

「你想吃的話，可以吃一點啊！我們還剩很多吧？」我告訴賽門，蘿倫卻把眼睛轉開了。

「謝謝，我已經吃過了。」他拍拍肚子，眼睛飄向了蘿倫，「妳的上衣很好看，」他對蘿倫說：「在哪裡買的啊？」

蘿倫看著他，在這時候，我猜想她一定會說：「干你屁事啊！」她卻咕噥道：「我是在『新世代』買的。」她站了起來，把盤子拿到廚房，然後我聽到她直接回到她房間。我在想，賽門評論蘿倫的衣服，是不是故意要激她，要她閃人。

他好像在確認我的猜疑，便揚起了眉毛，放低聲音說：「這馬子需要好好的打扮打扮啊！」他用一種柔軟而不耐煩的聲音說，好像和我是共謀者。「很漂亮的女孩子。雖然她穿著那件垃圾，還是看得出來她很漂亮。她不是女同志吧？」

「應該不是吧，」我幾乎要笑了出來。

「眞可惜，」他深思地說，他聲音裡的遺憾感簡直是我可以觸及的。

我笑了，但是他仍然沒有表情，於是我說：「我一看到蘿倫，就想起喬治·艾略特《米德鎮的春天》[4]的第一章。」

「提醒我一下吧，」賽門要求道：「我博覽群書，但是一時記不得那本書在說什麼。」

「布洛迪小姐的那種美，反而是被她破舊的衣服襯托出來的。她簡單的服裝似乎讓她更顯得尊貴。」我引述。

賽門似乎在深思這句話，但是他沒有感覺。他沒反應，讓我不痛快，可是，我又痛恨自己在乎這種感覺。我應該叫他去死。爲什麼，得到這個性格曖昧男人的肯定，對我來說突然變得重要了？

「聽著，妮姬。我有一個提議，」他面帶嚴肅地說。

現在，我開始頭昏了。他是什麼意思啊？我開玩笑說：「我知道那種提議啦！」我說，「跟泰利喝杯酒？一起吃個晚飯？他應該等不了星期四吧？」

4 即George Elliot（女作家，但採用男人的名字作為筆名）的著名長篇小說《*Middlemarch*》（這個字是一個地名）。

「對，星期四是個大日子。」他深思地說，「不過，我要說的不是那件事。我需要妳幫助我，嗯，幫我籌錢。純粹是生意。純粹是生意。」

純粹是生意？經過了昨天晚上？他在說什麼啊？然後他開始把他奇怪的計畫講給我聽，聽起來很刺激，很有趣，我怎麼可以不答應他。

不愧是變態男。

我知道他在釣我胃口，他送的那些花，所有那些把戲，不過，這也正是我想要跟他玩的把戲啊。所有的親密感，前天晚上所有的溫柔，全都消逝了。我現在只是他的生意伙伴，一個色情片演員。我正走進地雷區，我知道無法脫身。好吧，變態男，你要玩多久，老娘我就陪你玩多久。「我今天遇到了雷布的弟弟比利，他人好像不錯，」我告訴他，想探探他的反應。

賽門揚起了眉毛。「商人畢瑞爾，」他說：「眞奇怪，我一直不知道雷布是他哥哥。他們兩兄弟還眞像。嘿，幾年前，『商人酒吧』剛剛開張的時候，我和他有點小翻臉。那時候我和泰利一起，他穿那種連身工作服。我們有點喝醉。我對比利說：『拳擊，是個有一點布爾喬亞的運動，不是嗎？』我說這話是在嘲諷他，但是我想他受不了。總之，他把我趕了出去。」賽門笑了，似乎他對比利的輕蔑超過了嫉妒。

「他那家店的地點不錯啊，」我爲比利爭辯。

「是啊，不過他只是掛名的。商人酒吧眞正的老闆其實是後面那個出錢的人，」他酸溜溜地回口嘴，「他只不過是個很威風的酒保，如果你不相信我，可以去問泰利。」

賽門可能不在乎比利，但是他顯然很在乎比利的酒吧。比較起日光港口，比利的店高檔。

「妮姬，我跟你說……」賽門開始說：「那天晚上啊……有機會的話，我想跟妳一起出去正式約會。這個星期五，我要去阿姆斯特丹找我的朋友懶蛋，弄些關於籌備經費的鳥事。我們星期四開始拍戲，結束之後我會有一個小酒會。妳明天有什麼事嗎？」

「沒事」——我說的太快了，我很想說，「我要跟你打炮」，但是我得持重。「嗯……我打算去大英國協游泳池吧。三溫暖下班之後就去。」

「好極了！我喜歡那個地方。我也在那裡健身。我們就在那裡見面，然後我帶妳去好好吃一頓。這樣OK？」

這樣比OK更好。我的心狂跳，因爲我得到他了。他是我的了，那也表示，嗯，表示什麼呢？那表示：這也是我的電影，我的死黨，我的錢，那表示了一切。

他沒有在這裡停留太久。他走了之後，蘿倫快活地鬆了一口氣，回到了客廳。「他要幹嘛啊？」蘿倫問道。

「喔！他只是跟我講一些拍片的細節。」我看到她的臉又皺成了一團。

「那個男人，眞的很自戀吧！不是嗎？」

「喔！當然。每次他想打手槍的時候，他會先去飯店訂房間。」我對她說。

我們一起放聲大笑，長久以來，我們第一次笑得這麼開懷。

不過，我還並不是非常瞭解他，但是我猜想，對賽門而言，他從來就沒有自尊心的問題。不過，現在我們兩個人是一體了；無法迴避，也無法撤回。

40

# 第18745個念頭

在瑪奇蒙[1]的「甜心美玲達」的那一餐，酷。我們在國協泳池碰面，妮姬穿著紅色兩截式泳裝，魅力逼人，我看了快把持不住。爲了自制，我跳進游泳池。她興沖沖陪我游了了十六趟；在一般的游泳池裡，這樣大約就有三十趟了。然後叫計程車去餐廳。她美極了，剛剛做完運動更顯得亮麗如天仙，我只能呆呆看著計程車跳表。我想妮姬有點不高興，因爲我帶她到附近餐廳吃飯，而不是市中心，但是等她看到這家餐廳的氣氛、服務，以及應有盡有的海鮮，她就改變心意。我吃了炸花枝佐香蔥蛋黃醬配保樂力加[2]葡萄酒，妮姬吃炸大干貝佐甜辣醬法式奶油，樂得吱吱叫。我選了一瓶夏布利葡萄酒潤喉，吃了好幾口美味的自製麵包。

我腦子裡一直在想，把她搞到我家吧。她完美勻稱的皮膚，紅色兩截式泳裝的樣子，烙印在我腦中，害我幾乎要說不出話，甚至沒辦法動腦子。她一點也不羞於主動出擊。在計程車後座，她拉開我的褲襠，把手鑽進去。她舔我的臉，兇猛得叫我難以招架。她一度用牙齒啃住我的下唇，好痛，我幾乎要叫出來，差點把她推開。

到了，付車資給計程車，我的褲襠拉鍊仍然敞開。我們爬樓梯時候，她解開我的皮帶。我把她的羊毛衫向上從頭抽掉，拉掉了她的胸罩。我們在樓梯間互相扯掉對方的衣物。而我對面的鄰居正好開門，是個和母親同住、很像戀童癖的男人，他從門縫看見我們，然後用力摔門。我找出鑰匙開門，妮姬正忙著脫黑絨牛仔褲，我大步踏在地板上，既然兩人已在屋裡，我就踢門把門關上。我把妮姬的牛仔褲脫掉，拉下她的蕾絲白內褲，吃她的屄。她的屄吃起來有一點游泳池漂白水的氣味，她享受我舌頭的探索，然後我用力吸她陰蒂。我感覺到她的指甲掐入我脖子，然後掐我的側臉，我幾乎沒辦法呼吸，她又強把我拉向她，她挪動身體，而我不肯放棄她甜美的屄，而她已經彎身吃起我的屌。她的舌頭帶著尖銳的、通電的力道，彈打在我老二上，然後她把我老二整個含住。我們互吸，好久都難以動彈，最後才不得不鬆口。我們四目相視，眼前事物都暈開、變慢，好像遇到車禍。我們在彼此身體上摸上摸下，兩人的愛撫都好細心，簡直像法醫一樣細心，心心相印。她的皮膚像羽毛一樣輕軟，我感覺到自己的每根肌肉，每條肌腱，每根筋都被她摸到了，我也覺得她敏銳探索我的身體，我的肉慢慢脫離了骨頭。

我很興奮，她大腿細瘦是個假相，她的腿部力道超強，把我釘倒。她握著老二的根部，用她的陰毛摩擦我的老二，然後讓我的老二一寸一寸進入她的體內。我們一開始緩慢地幹，讓彼此都進入狀況。然後我們跌到床上，躺在我的棉被上。我從抽屜裡拿出一劑古柯鹼。剛開始，她並不願意，但是我切了兩排，把她翻了身，用棉被的一角，把她背脊底部凹處的汗水擦乾。她漂亮的屁股擺在我眼前，我幾乎要嗑到。我把一排古柯鹼放在她脊椎末端角落，然後吸。我的手指沿著她的股溝一路下滑，滑過她內縮的屁眼，讓她更緊一點，然後插進她濕潤的陰道。然後，古柯鹼的勁道上來了，就好像從諾維奇穿過黑克尼市中心疾行的列車。我又進入了她體內，她跪在床上、背部向上，向後使勁推送我。「吸吧——」我喘氣，指著床邊桌上的一排古柯鹼。

「我……不用……這種……狗屎……」她喘息說，背部弓得像蛇，以兇猛的力道和美妙的控制力，

1 為愛丁堡的一個地區名。
2 為「Pernod」酒在中文世界的慣用譯名。

鉗住我老二。

「媽的妳吸一口啊，」我大吼，她回頭看我，一臉痛苦卻狐媚。「喔，賽門……」我一面幹她，她一面摸索到她的古柯鹼；我減緩了速度，好讓她整條吸進去。然後再猛力幹她，我雙手鉗住她的細腰；她弓成蛇形的背部已經僵硬。我們就像一把手槍上的兩個零件，我們同時尖叫，達到高潮。

晚上我們又幹了幾次。鬧鈴響了，我起床煎了西班牙蛋捲，煮了義大利咖啡。吃完早餐之後，我們又幹一次。妮姬進城去學校，我又吸了一排古柯鹼，喝了雙份義大利濃縮咖啡，把要去阿姆斯特丹的衣物和盥洗用具放進旅行包，背在肩上，在朦朧的快活感覺中，去酒吧工作。

來這個爛地方，讓人眞不爽，沒有地方比這裡更叫人不爽。我有問題，我得解決，從人事的問題到水電的問題都是。這兩個問題是二合一的；看起來有個老舊鍋爐[3]就要爆炸了。「又去阿姆斯特丹？你才去過啊！不行，賽門，不行，」摩拉說，腦袋堅定地搖擺。她擦拭吧台，卻拒絕和我眼神接觸。

「摩拉，我承認，我最近有太點苛求，但是妳多了一個幫手愛麗森啊。我有一個非常[4]重要的生意會議。」我告訴她，讓這個老妖婆繼續對她自己發牢騷。

天很凍；我前往到機場。我的飛機，一如意料，又誤點了。等到我到達懶蛋公寓的時候，已經差不多是傍晚。他住的地方有點氣氛，他和賈德琳這馬子之間的關係很緊張，我（幸好～）把在免稅店買的卡文·克萊香水拿了出來當作禮物送給她，也沒辦法改善他們兩人的關係。這東西對於三流女人管用。「送給妳，賈德琳。」我笑著說，眼睛凝視著她，但是她的眼神之中只有條頓族的冰冷。這顆德國小酸菜[5]可能會是個好炮。心跳幾下之後，她的眼光柔和了，她看起來甚至還有點靦腆。「何必呢，謝謝你啊……」她慢聲慢氣說。

當然，這一切都是要讓懶蛋緊張一下；不過，如果他不爽，他也不會完全表現出來，免得讓我爽到。我們去了泰森餐廳；這紅頭髮的手淫王子打手機給他的朋友，想介紹我。這個人顯然是這裡的色情片發行商。懶蛋這混帳還眞有點管用。我們的結論是，在蘇黎世開兩個不同銀行的帳戶，一個存一般性的拍片資金，另一個存製片用的錢。當第一個帳戶內的金額超過了五千英鎊，超出的錢就轉入第二個製片帳戶。「瑞士銀行不會問任何問題，」懶蛋解釋，「開兩個帳戶的目的，是爲了讓資金不會被追蹤到。這裡搞色情片的人都是這樣做，有些大型夜店的人也是。」

「好極了！懶蛋，就這樣辦吧！」我告訴他。我們繼續聊，但是一會兒之後他變得有點心不在焉，而我知道爲什麼。「可愛的賈德琳不過來和我們喝一杯嗎？馬克？」我微笑說。我們走過了一座有坡度的運河橋，來到了街角的酒吧。

他嘴巴裡咕噥了些東西，算是回答我。我們走進酒吧。

這也是一家漂亮的酒吧，荷蘭古風的啤酒吧，地板跟鑲版是木頭的，巨大的窗透進微弱的光。我止步不走，欣賞景觀，所以懶蛋也要跟我一起看。江山易改，本性難移。「兩位，」他對微笑的女服務生說。

過了一會兒，他的朋友出現了，是個叫做彼得．木倫的德國佬，但是懶蛋都叫他「米仔」。米仔顯然是個春宮電影發行商，但是他喜歡用「成人情色」來形容他的產品。這個傢伙只能用「豎仔」來形容。個兒瘦，留著黑色短髮，臉乾癟，眼神像地鼠一樣銳利，鬍子骯髒稀疏。我對這陰險的傢伙得留神點。他帶我們去紅燈區，嘴巴裡滔滔不絕。「我在新區前堡路有一個小辦公室，在那裡做影片發行，

3 老舊鍋爐，一語雙關：又指「老女人」，即酒吧裡的摩拉。
4 原文「非常」故意用法文。
5 是英文中用來罵德國人的詞。

我自己公司製作的片子、朋友的片子，歐洲和美國進口的片子，全都是打炮鏡頭的A片，甚至業餘色情片，如果拍得好的話。只要妞夠正，畫質佳，幹得有創意，夠火辣，我就發行。」他拉開易開罐啤酒的拉環。眞是他媽討人厭的落伍痞子。

我們到了紅燈區，爬上狹窄的樓梯，到了他的辦公室。辦公室的後面，有一個玻璃隔間房，裡面有一套龐大的剪輯設備，幾個螢幕，和一個控制台。米仔好像在這裡搞定很多片。他跟我說，他進了很多美國DVD，然後剪剪貼貼重新編輯，又弄出新的片子。「一切都靠剪接。」他酷酷地說，「以及包裝。我用朋友的桌上型電腦就可以搞定發行。」

米仔想讓別人以爲他是大哥，但是他這種貨色，我以前在倫敦見識太多。靠這玩意弄來的錢，是有意思啦，但幾乎沒什麼挑戰性。一會兒之後我就覺得無聊了，於是建議我們放下公事，再去喝一杯。

我們走出來，經過裝飾紅色霓虹燈管的妓院玻璃櫥窗。我記得這個地方了。「懶蛋，記得嗎，我們十六歲的時候，第一次來這裡？」我轉向米仔說，「我們找了一個又髒又老的妓女，一人幹她一炮。我們丟錢幣來決定，懶蛋先上，我在外面等。輪到我的時候，她說：『希望你比你朋友持久一點。他射得太快，他只好問我可不可以在這裡坐一下，於是我泡了一杯咖啡給他。』而我，幾個小時之後才離開，那個妓女後來看起來好像被日本子彈列車幹過一樣。」我笑著說。紅色屌毛的傢伙冷笑說：原來你像日本子彈列車那麼快就射了。但是我繼續進攻，對他那位可悲的跟班說：「我問這痞子：『你的咖啡好喝嗎？』」

我們去一家夜店。懶蛋輕飄飄走進去，向每個人點頭打招呼，好像他的老二比以前我們在公車候車棚後面貼的照片中，可笑橘紅色屌毛中間的細白屌，又長了四英寸[6]。再度和他一起打混的感覺很怪。這種感覺很好，可是好得讓我覺得恐怖；並不是感傷念舊，我們仍然無法信任對方——這對兩人的合作案來說，並不妙。

我晃了一下，灌了幾杯啤酒，我很輕鬆。過了一會兒，懶蛋把我拉了出去，就像過去的日子一樣，他的弱點就是——雖然他平常一副一板正經不苟言笑的樣子——每當他體內酒精達到臨界點，他就會講話講個不停。他這個老毛病，好像越來越嚴重了。他說他現在幾乎不喝啤酒，很少喝烈酒。他很幸運，因為每到這種時候，我自己都爛醉了，根本記不得他說過的話。但是這一次卻不一樣，懶蛋小子。「我和賈德琳的感情維持不下去了，」他告訴我：「我想我一定會回愛丁堡。我喜歡這個拍片計畫，搞不好會成功的……」他遲疑了一秒鐘，繼續說：「卑比還在牢裡，是吧？」

「聽說，還得關上好幾年呢。」

「殺人罪嗎？幹，少來了！」懶蛋嗤之以鼻說。

我慢慢搖頭說：「法蘭哥從來就不是聽話的犯人。這痞子又在監獄裡面把幾個人扁得不成人形，闖了幾個禍。他的牢房鑰匙已經被扔掉了。」我的手掌在空氣中甩了甩。

「那好。我可以回去了。」

這眞是賽門．迪．布爾喬亞[7]的好消息，或者說，馬上就要晉升布爾喬亞的賽門。夜晚降臨了，米仔把他跟摩洛哥同性戀[8]弄來的古柯鹼拿了出來；有個摩洛哥的同性戀者癡笑，好像我對他的爛屁股感興趣。我把藥拿去廁所，列成一排，吸進鼻子裡，一個鼻孔吸一排。

我們談論種族問題和藥品問題，結果懶蛋指控——我——有種族歧視。我們穿過夜店的人群，坐在

6 指他們兩人年輕時惡作劇，曾自拍生殖器的照片，貼在公共場所。之前提及過。

7 賽門把自己的名字故意拼得很像法國哲學家「西蒙．迪．波娃」（這個名字，在台灣通常拼為「西蒙波娃」，中間的「迪」被略去）。布爾喬亞，指的是「中上流階級」。

8 位於北非。北非、阿拉伯人種的美少年（曾經）受到歐洲男同性戀者熱烈歡迎。

米仔旁邊。「你不要說我有種族歧視，懶蛋，這是我的拿手好戲。我的身體裡沒有一點種族歧視的血液。」我告訴他，看到米仔正在和一個超大鼻子的女孩說話。這個女孩的鼻子，從額頭中間，一路長到下巴上面，可愛的小嘴兒。她似乎很……我必須和她做愛，我才不要去理會正在我耳朵旁邊鬼扯古柯鹼屁事的懶蛋。

這位可愛大鼻子的馬子消失了，我轉向米仔，問他這馬子是誰，他說只是朋友。「她有男朋友嗎？把她找來！跟她說我很喜歡她，跟她說我想幹她。」

米仔看起來很受傷，很嚴肅；他說：「喂！你在講的人是我的好朋友啊，老兄！」

我對他道歉，可是一看就知道我很不誠懇；他對於諷刺一點也沒有sense，竟然勉強接受我的道歉。我起身去吧台尋找那女孩，卻跟布利斯托來的姬兒攀談起來。我不知道她會不會讀書寫字，會不會開拖車，但是我知道她打起炮來，一定會像狂風中戶外便廁的門一樣猛烈晃動。我隨後證明我的判斷是正確的，我們一起快樂度過晚上大部分的時光，回她的旅館痛快大幹。我打手機給懶蛋，結果他不爽地說：「你滾到那裡去了？」

我告訴他我遇到了一個不錯的年輕女士，至於他，可以回家和他的神經馬子打一炮，但他只有一種炮可打，就是被她口交，可是她的口交術也只有一種。

——以前跟他在一起的那個耍寶馬子叫什麼名字啊？海瑟。沒有錯！人事物的變化越多，就有更多人事物停在原地不變。

這個姬兒是個大花癡，一個一放假就浪蕩到底的馬子，打起炮來也是個放假放到爽的整個浪蕩到底，幹有夠爽。第二天早上，我們很儀式性地，交換電話號碼。

我有點不爽，因為我來不及享用她旅館的免費早餐；我必須趕回懶蛋家，拿回我的行李。我到他家的時候，我有點在幻想：他和米仔以及兩個摩洛哥人正在搞4P[10]搞得爽。但是來開門的是賈德琳，她只穿著睡袍，讓我進門。「賽——門啊」她用她那種陰沉而戲劇化的口氣說話。

懶蛋起床了，他穿著橘紅浴袍，倒在沙發上，還是像以前一樣，拿著遙控器，不斷換頻道。他身上什麼都是橘色，眞受不了。「馬克，我的手機沒電了，可以借你的用一下嗎？我得發個簡訊給一個辣妹。」

他站起來，從外套口袋中掏出了手機給我。我發了文字簡訊：

> 嗨！娃娃臉。我等不及要弄鬆你的小屁屁。希望監獄生活沒有讓你的屁眼變得太鬆——你的小屁屁，很快又是我的啦！你的老朋友上。

我掏出電話簿，把卑比的電話號碼打了進去，送出簡訊。我是愛神丘比特。

我很快地向跟他們匆匆道別，奔向車站，及時搭上往機場的火車。在火車上，我很擔心懶蛋偷走了我的貴重物品，於是我打開包包檢查。我高檔的羅納．謨德森毛衣還在。最重要的是，他有沒有發現我犯罪的蛛絲馬跡啊？我知道這個人的精神狀況，他大有可能用一支細毛牙刷，把我的行李好好翻過一遍。沒有，我的東西似乎全部還在。

下飛機之後，我搭計程車直奔我的酒吧。雷布和他的幾個同學已經到了，帶來很多設備。Betacam、DV、八厘米攝影機、監視器、錄音設備和燈光。他介紹了他的兩個同學，范斯和葛蘭特，我

9 意思是說，夜裡這女人完全不假仙，可是白天交換電話時卻很假仙。

10 在原文中，這四人都是男的——賽門喜歡把懶蛋想像成一個同性戀者。

叫他們上樓。

我們的場景是「極簡主義」的：地上只有幾張床墊。大家忙著架設器材，演員開始進場，空氣中充滿興奮的感覺。妮姬輕盈進場時，我的心跳了起來。她悄悄溜到我的身邊，對我喵喵叫，「阿姆斯特丹好玩嗎？」

「好極了！等一下再聊。」我微笑說，然後轉過身，對著剛剛進來的麥蘭妮招手。我的第二女主角是個非常性感的女孩——深海抓來的鮮魚大餐，你偶爾想吃——但是絕對不會是高級料理。她本來可以很美的，但是她的社會經濟背景讓她沒辦法和妮姬相比。想到這裡，我不禁要感謝我有個義大利母親。我的卡司，我的工作人員，這夥人不得了。除了麥蘭妮、吉娜、妮姬之外，還有個叫做珍恩的女孩，是妮姬在三溫暖工作的婊子同事，以及瑞典（或挪威？）馬子烏蘇拉，這個女孩的名字辣，本人卻不，不過她是個超級打炮機。還有佛瑞斯特的婊子汪妲，交叉雙腿坐在角落，一雙嗑藥過的眼睛讓她看起來有點迷亂。我，泰利，和他的兩個打炮弟兄，朗尼和克雷格，全部都在場。雷布和他的學生朋友，看起來有點不自在。

排演過程中，我發現了一個事實，泰利以及他的人馬眞是問題一籮筐。打炮，他們還行，他們有足夠的臨場經驗；但是他們並不瞭解，在鏡頭前面打炮，和拍色情片，這兩者天差地遠。更糟的是，他們的演技慘絕人寰。即使是最基本的台詞，媽的眞的是很基本的台詞，他們都一定會結巴。我想，爲了建立他們的信心，得讓他們先做拿手的把戲。於是，我們先拍打炮的戲，從大雜交開始拍——這場戲其實是結局，但是拍這場戲可以鼓舞他們，建立「團隊士氣」。

還有許多根本的問題。我選麥蘭妮飾演一個十多歲的少女，和她的年齡勉強相符。但是我看到她的手臂上，有「布萊安」和「凱文」的刺青字樣。「麥蘭妮，妳的角色是個天眞無邪的處女，刺青必須得想辦法蓋住。」

麥蘭妮揚起眼睛，吐了一口「Embassy Regal」牌的煙，然後和妮姬一起咯咯笑。吉娜東張西望，看起來好像她要把在場的每個人抓起來操，撕裂，然後吃下肚子。眞是有夠配合。眞可惜，她是狼女。

我拍拍手，要大家注意我這邊。「好了，各位夥伴。過來啊，美女們，過來。大家聽著！今天是各位剩餘生命的第一天。你們以前做的都是業餘色情片。現在，我們要製作眞正的成人電影。所以大家要進入狀況，什麼時候該停下來，什麼時候該開始，都很重要。大家的台詞都記熟了嗎？」

「是呀，」妮姬拖長口氣說。

「應該記熟了吧，」麥蘭妮竊笑。

泰利對我聳聳肩，他那德性已經告訴我，他什麼屁都沒記熟。我感覺到自己的眼珠在轉，我的頭掃向天花板尋找靈感。我們還是先拍打炮的戲吧。

泰利和麥蘭妮急著要開始。原來架在一起的裝備，不知何時，都拆解了，各就各位，雷布和他的同學正忙著架設器材。雷布讓我從Betacam攝影機的觀景窗中看鏡頭畫面，我看到泰利的裸體，感覺眞奇怪。我打開數位攝影機，調整構圖讓他們兩個人都可以入鏡。葛蘭特爲了燈光而有點大驚小怪，他擔心燈具會燒壞。范斯告訴大家，已經在收音了。「開始動作，來啊，泰利，拿出你的看家本領，好好伺候這個浪穴啊。」我說。但是泰利根本就不需要任何鼓舞或指導，因爲他馬上撲向麥蘭妮，用他的手指和舌頭伺候她。我的鏡頭慢慢逼近，我的眼睛指導那正在舔的舌頭，以及那溼潤的肉穴。麥蘭妮有點僵硬，於是我喊停。「我發現妳好像有點緊張，麥蘭妮。」

「這麼多人在旁邊，我很難進入狀況啊！」她抱怨道，「以前在酒吧，大家一起搞，現在不一樣啊！」

「嗯，妳必須進入狀況。這是色情專業，親愛的，」我告訴她。我看到妮姬正注視著他們，表情淫蕩又有獸性。她尖尖的小舌頭正從她有點殘酷的嘴唇舔下「性慾之鹽」[11]，而我感覺有點靈感了。我看透一個馬子就像翻一本書一樣；她渴望上場。「大家注意，我們片場有個新的規定。這裡的每個人必須脫光衣服，否則就滾到樓下去。」我解開腰帶。

雷布看起來嚇得要死，站在三腳架後面。他看著妮姬，再看向吉娜，吉娜已經脫了上衣。妮姬也開始脫衣服，我暫停幾秒，欣賞妮姬把衣服從頭頂上脫掉的動作。要死了，這女孩身材眞棒。她用一種健康、愛運動，體育課女生的語氣，對著所有的工作人員說：「快點啊，男生們，」她解開胸罩，露出小麥色乳房，她奶子就像岩石一樣結實；她把一道強烈的雷達訊號傳送到我的鼠蹊。她解開裙子的鈕釦，然後從腳下把內褲脫掉，露出一片剛修剪整齊的黑森林。

「妮─姬……」我不由自主地說，聲音聽起來就像是班．多佛[12]在他錄影帶中的語氣。帶了讚美的停頓語氣，是必要的。

「我準備上場了，」她嘟嘴，喵喵叫。

爽死了，這個馬子，我早在幾年前就該認識的。我們倆可以掌控這個世界。仍然有機會。專心啊，賽門。我縮到鏡頭後，心思轉回技術面。

現在，吉娜挺著大奶子到處晃。泰利的眼睛快要從他的腦袋彈跳出去。泰利這個人有時候眞的讓我非常沮喪，他的品味污穢，重量不重質。

可憐的雷布還在怕，不過可以猜到他想留在現場：「我只是幕後的啊……我未婚妻懷孕了啊……我不想啊……我想拍片，不想當色情片明星啊！」

「好吧，工作人員可以選擇脫或不脫，不過我倒是有脫的興致，」我對大家宣佈，脫掉運動衫，然後看牆上的鏡子。我的肚子看起來並不太糟。健身和節食發揮了功效。我很容易發胖，但是也很容易瘦。只要稍微調整一下飲食，不吃油炸食物，注重精神，喝烈酒而不喝啤酒，一周去健身房三次而不是一次，多走路少搭車。吸古柯鹼而戒大麻，而且沒錯，我又開始抽菸了。結果就是：幾磅肥肉從身上飛走了。

汪妲眼睛向上看，用她那嗑過藥的破鑼嗓子懶洋洋宣稱：看起來最性感的男人是穿衣服的男人。她的說法讓我以及其他演員感到不安。「看，雷布，你很受毒鬼婊子歡迎呢，」泰利說。汪妲秀給他一個勝利的V字手勢。

我的策略成功，因爲泰利和麥蘭妮眞的進入狀況，我也興奮起來。妮姬跑來，對我說，「我想坐在你的膝蓋上。」

我幾乎要衝口而出回答她，「滾開，我在導戲，」但是嘴巴裡吐出來的，卻是：「好，」我低聲對她說。她愉悅的屁屁優雅落在我大腿上。我感覺老二硬了，向上彎曲，頂在她的脊椎凹陷處；我們一起看泰利和麥蘭妮表演。我必須集中注意力，記住我正坐在導演椅上。「向後躺下去，泰利。麥蘭妮，坐在他身上……」

紀律。

麥蘭妮正吸泰利的老二，舔他老二根部，吞下整支莖；一會兒之後，泰利把她帶到軟墊大椅子後……妮姬扭動了一下，身體向後靠，更加舒適貼著我……

11　這裡有文字遊戲。這個作者在描述性愛時，喜歡描寫角色如何舔去臉上的鹽。這裡妮姬舔的「性慾之鹽」，在英文中為「角鹽」，「角」具有「性慾大發」的意思。事實上「角鹽」是一種用來發酵麵團的食材，和性交無關。

12　Ben Dover，色情片導演。

**紀律可以緩和我的饑餓感……**

麥蘭妮的手肘靠在椅子上，泰利的老二後面滑了進去。妮姬的頭髮散在背後，髮絲的蜜桃香在我的鼻孔起舞……就要淹沒我的知覺……

**紀律可以讓我不口渴……**

現在泰利老二抽出來了。我咳出一些鼓勵的話，我的手懶懶放在妮姬大腿，光潔無瑕、絲綢一樣的皮膚……

**紀律讓我更堅強**。

泰利又插了進去，他和麥蘭妮像活塞運動一樣猛幹。麥蘭妮控制節奏，她向後衝撞泰利的老二，彷彿想要呑沒雞巴。泰利的臉上帶著滿足、做夢般的表情，就像男人享受性愛得到快感的樣子，彷彿這一切都很平常。當你在上一個辣妹時，你不想太早射；或是你在上一個狼女時，你不想軟下來——這時候你就會擺出這種酷樣子。基本上，怎樣打炮終究都還是打炮。

……**如果沒有先把我殺了**……

我決定中斷他們的演出。「卡！停，泰利！停！」

「你他媽搞什麼鬼……」泰利呻吟。

「好，麥蘭妮，泰利。我現在要你們試試反向牛仔妹姿勢。色情片都需要這種經典畫面。」

泰利看著我唉聲道，「那種姿勢幹不爽啊！」

「重點不是你幹得爽不爽，泰利。重點是，你看起來好像幹得很爽。爲錢著想吧！爲藝術著想吧！」

我很快看看四周，大家都在撫摸調情，只有雷布和工作人員沒有。吉娜臉上掛著掠食者的笑，看著我說，「我們什麼時候上場啊？」

「到時候會告訴妳的。」我點頭說，心裡卻很清楚，即使早在這個時刻，我就可以預知她大部分的鏡頭都會被剪掉。

麥蘭妮的骨架好，很適合「教宗若望保祿姿勢」（在我們這一行，這種姿勢稱為「反牛仔妹姿勢」，簡稱RC[13]），她輕盈敏捷，帶有力感。泰利只是躺著，他的那根好屌被麥蘭妮的肉穴緊緊包住，麥蘭妮則鉗住那根屌，上下舞動。泰利雙手抓著麥蘭妮的腰，改變節奏，又插得更深了一些，而麥蘭妮開始蹙眉。「這是比賽啊，泰利。贏得你的獎品吧。幹她！麥蘭妮，眼睛要看攝影機。妳要肏泰利，但是妳也要愛鏡頭。泰利只是個打炮的道具，附屬在妳的快感之下。妳才是大明星，寶貝，妳是大明星啊……」妮姬來到了我的後面，用手握住我的肉莖。「……妳好美，這是妳的秀啊……」

我輕輕把妮姬推開，站起來，拉住她的手。我大喊，「卡！」然後我對妮姬解釋，「我要妳去那邊，吸泰利的老二。泰利，你演得很棒。現在你去舔麥蘭妮，妮姬要吸你的老二。」

「但是，媽的我想射出來啊！」他哀號。烏蘇拉遞毛巾給他，他卻擺臭臉，跑去廁所清洗。

「拜託你，泰利，」我對他吼，「媽的，別不知好歹。我叫你舔麥蘭妮，妮姬要吸你的屌，這樣不夠爽嗎？」

終於把這個鏡頭解決了。妮姬吸泰利的屌，讓我感覺好怪異，更糟的是，她似乎很喜歡吸他。這場戲拍完，我鬆了一口氣，我們收工去吃午餐，至少其他人可以去。雷布和我用監視器檢查剛剛拍的。我得打電話給其他人，因爲他們都媽的在酒吧混。妮姬好像喝了酒，可能她需要一點酒壯壯膽吧！很奇怪，我開始對她產生一種佔有欲，這讓我不舒服。想到她和泰利在鏡頭前面搞，我就不爽。然而，還有

13 R為「相反」的縮寫，C為牛仔妹。這裡提到教宗，因為教宗「Reign over Roman Catholic」，縮寫也是RC。所以才一語雙關。

更多叫我更不爽的事還沒發生呢。

吉娜還在對我發牢騷，「我和烏蘇拉、朗尼、克雷格，都還沒有上場呢。」

「我們一次讓一個人物出場，再營造出大高潮。」我再一次對她說：「有點耐性啊！」我讓泰利和麥蘭妮回來繼續幹。「試試幹她的屁眼，泰利，」我說：「來吧！泰利，給我們看肛交秀……」

我在這裡花力氣鼓勵演員，根本是多餘的：就好像是鼓勵吸血鬼德古拉去咬人脖子上的血管。泰利把麥蘭妮拉開，讓她攤平，把她的雙腿架在自己的肩膀上。他猛烈噴出口水，用屌對準她的屁眼，然後慢慢挺進。我對妮姬點點頭，然後我和她各扯開麥蘭妮的一瓣屁股，把她的左右屁股拉開，好讓泰利插進去。我指示雷布注意幾台攝影機的位置，一台攝影機要拍幹屁眼的動作，另一台攝影機要拍麥蘭妮的表情，這樣以後才可以交叉剪輯這兩組畫面。

麥蘭妮牙齒打磨，面目猙獰（這是必要的鏡頭——具有恨女情結的有力買主，「要看婊子受苦」）。但是她進入狀況，體內開始尋找空間容納泰利的屌，結果她看起來好像活在夢中（這也是必要的畫面：那些懶惰、想要挑戰社會常規、浪漫的女雅痞，白天在辦公室操累了，下班後只想躺下來，被人幹，這樣才放輕鬆）。演員的表情必須喜怒哀樂都包括，這非常重要。色情片基本上來說，就是社會和情緒的過程。任何一個人都會做性器官的抽插……妮姬用力親吻我的嘴，她馬上就要吃我的老二了；我看到雷布站在吧台旁邊，吉娜仍然在看著他，一臉不爽。克雷格正在吸汪妲的奶頭，我卻想，他們之中沒有一個人可以控制我，永遠沒有可能……然後我發現有問題。「卡！」我大吼，而妮姬正開始要吸我的老二。

「搞什麼啊？」泰利仍然在抽送。「媽的你開玩笑！」

「不對，泰利，不對啊！拜託，我們要的是牛仔妹姿勢，反向的——肛交——牛仔妹。」

「幹——」他把老二抽了出來。

妮姬看泰利，再看看麥蘭妮。「被幹得怎麼樣？」她問道。

麥蘭妮似乎很爽。「剛插進去的時候有點酸痛，但是慢慢就習慣了。泰利眞棒，他都是一插就進。有些男人不大會肛交，撞到皮膚和陰部，讓人又痛又敏感。泰利知道怎樣一插就進。」她說。

泰利很驕傲地聳聳肩：「經驗決定一切啦。」

「在索頓監獄的夜晚練出來的吧，嘿，泰利，」我嘲弄他。雷布笑了出來，吉娜也跟著笑——這馬子臉上一行「前往苛爾頓．瓦樂女子監獄」字樣[14]。我抓住這個話題，我隨口哼了〈火爆浪子〉（Grease）中的「夏夜」（Summer Nights）：「但是……啊！那些索——頓的夜——晚啊……告訴我多一點……告訴我多一點……」

大家大笑，連泰利都笑了。

妮姬現在一副公事公辦的態度，接下我的導演位置，把淫慾放一邊，急著繼續拍下去。「聽我說，麥蘭妮，」妮姬說，「妳知道嗎？我發現妳什麼時候最美麗嗎？妳什麼時候最讓我興奮嗎？就是泰利對妳屁眼吐口水的時候，而且，在妳的屁眼磨來磨去。我也可以對妳這麼做嗎？」

「好啊，如果妳喜歡的話，」麥蘭妮笑了。

泰利無動於衷，而我興致高昂。沒有錯，妮姬是這裡的大明星。這馬子有素質。艾立克斯．馬克李許，你覺得呢？

---

14 指她的臉像公車的車頭，上頭寫了「前往陽明山」之類的字樣。此處的女子監獄位於蘇格蘭。

掠食者在空中盤旋，所以我們要趕快把她拴住。賽門。想想亞嘉德[15]，拉塔皮[16]……

那是當然的，馬克李許。不用擔心，我會對付的。枱面下，好戲可多呢。

不過現在，我得回去當演員的教練了。我提醒泰利我們是個團隊，必須守紀律，顧體面。「記住，泰利，不要把精液射在麥蘭妮裡面。你一定要抽出來，打個手槍，然後射在麥蘭妮的臉上。記住色情片說故事的方式，是一連串環環相扣的旅程：口交，玩陰蒂，吃陰蒂，抽插，換姿勢，肛交，雙龍入洞，最後是射精出來給人看。記住，這是古老的操練慣例。」

泰利聽了這番話，看起來有些懷疑：「和一個馬子做愛，卻沒有射在裡面，這種事我才不幹！」

「你要記住啊，泰利。這並不是性交，而是演戲，這是表演。你有沒有爽到，根本就不重要——」

「我當然要爽到，這是我人生的目的啊，」他說。

「……因爲你和我，我們只是老二。我們的功用就是抽插。她們馬子才是主角。」在背景，我安排朗尼和烏蘇拉按照慣例打炮，叫克雷格去幹汪妲，汪妲像死屍一樣躺著不動。他們都只是壁紙，在他們面前表演的人才是重點。

「我準備好了，」泰利說著，老二已經勃起。雷布在一旁看，露出不可置信的樣子。葛蘭特把燈具架好。然後我們準備開始。他對雷布點頭，范斯宣佈開始收音。

「開始！」

攝影機開始動了，妮姬往麥蘭妮的屁眼用力吐口水，然後玩她屁眼。吉娜吸吮泰利的老二，而麥蘭妮彎成螃蟹狀，準備要坐在泰利的老二上。就在她剛剛要坐下去的時候，大門突然被打開，摩拉大媽闖進來。「賽門……喔……」她鬼叫起來，眼睛要從頭上彈出來。「……嗯……《周日郵報》的人來了！他們帶來一個攝影記者——」她轉身就跑，把門摔上。

「周日」媽的「郵報」……攝影記者……搞什麼屁……我腦子裡想：我今晚和「雷斯工商界反毒組織」有個會議，但是，還早吧……

我聽到我背後傳來慘絕人寰的哀叫。我轉過頭，看到麥蘭妮滑倒了，整個身體的重量全落在泰利身上。

「啊……你——這——個……婊——子——啊……」泰利痛苦哀號。

麥蘭妮起身說，「啊！泰利，眞對不起。突然有人開門，我嚇了一大跳，就滑倒了……」

泰利的老二！看樣子，他把老二折斷了。屌扭彎了，發黑瘀青又發紅。泰利尖叫，妮姬打手機叫救護車。我想著：幹他媽的《周日郵報》……如果泰利的老二毀了，我們還搞什麼屁啊？他是媽的第一男主角啊……「雷布，這裡交給你負責，把泰利送去醫院……」

「可是……」

「媽的，媒體來了啊！」

我下樓，一個年輕、積極的八卦媒體白癡；想想看，叫人穿髒雨衣，做這種工作連做二十年，會是什麼樣子。「東尼・羅斯，」他對我伸手。攝影記者也來了，讓我很怕；我看向摩拉，她也向我做出手勢，表示她無可奈何。「今天我來訪問你，是爲了雷斯工商界反毒組織。我們要做一個專題報導。」

「啊……眞巧。我正要去參加我們的第一次會議，就在市府會議廳。跟我一起去吧！」我催這些記者走，急著把他們帶開。

「我們需要酒吧內部的照片，」攝影師啰著嘴說。

15　法國黑人足球名星。

16　足球明星。

「你隨時都可以過來拍。先去會議廳，會碰見主要的參與者。」我一面對記者解釋，一面推著他朝著門口走，沮喪的攝影記者跟在後面。

但是摩拉也跟了過來，揮手叫我跟她說話。「賽門，」她小聲說，「怎麼回事啊？」

「要急救啦。摩拉。泰利不舒服，交給妳負責吧！」

我走向憲法街，記者跟著。我知道會議的時間還早，但是我對會議廳門口的傢伙說，「糟糕，我以爲是七點半開會。」這個叫做東尼．羅斯的記者建議我們回去日光港口酒吧，但是我卻帶他們去了貴族酒吧。在這裡，我才可以大談特談我的反毒大計，但是我有一點分心，我擔心泰利的老二，很怕他的老二讓我們的拍片計畫停擺。我告退，跑到酒吧外面，用綠色手機打電話給雷布。聽起來不樂觀。

於是我帶羅斯和攝影記者回去雷斯會議廳，參加我們「雷斯工商界反毒組織」的開幕聚會，保羅．克拉瑪蘭德是組織的頭頭，他是廣告公司的雅痞。他爲酒公司打廣告，和毒品界的老大搶市場，因此他反毒。

保羅搶眼。雷斯工商界反毒組織的其他成員，就都是典型的多管閒事好公民；也就是，搞不清楚狀況的白癡，這輩子從來沒有碰過毒，將來也不會碰毒，甚至也不會認識任何一個碰毒的人。有幾個人是老派的雷斯商家老闆，而大部分的成員，都是暴發戶的藍籌股票從業人士。有一個市議會的人，紅臉的酒鬼，這傢伙二十年前就該沒氣了，現在還參加別人不想參加的墓園會議。

羅斯問了幾個問題，他的弟兄拍了照片，他們很快就覺得無聊走人。我也不怪他們。這是一個有點專門的圓桌會議，但是除了三個核心人物以外，其他人都是白癡。幸好他們閉嘴，好讓討論可以用智慧的方式進行。我們決定向政府機關或非營利機構籌一筆錢，用來搞地方教育；我們選出一個委員會，主導經費的運用，以及組織的運作。我朋友，地中海出身的克拉瑪蘭德，已經跟我結盟了；他被提名當主席，我支持。我相信，我故意屈居下位，他一定會回報我的。是啊，我比較想當東尼．布萊爾的果登．布朗[17]；當副手，部長的位置，而且我裝作一副對於金錢小心、很清儉的那種蘇格蘭人。「財務，是吃力不討好的工作，但是我不介意。」我對著圓桌會議上一張張緊繃的臉說道。幹他媽的，如果這夥人代表的是雷斯工商界的菁英，那麼雷斯港口妄想的復興計畫恐怕要叫人擔心啦。「我的意思是，我真的覺得，財務應該交由一個跟現金打交道的人來擔任。我覺得，公家的錢，是獨立於這個組織之上的，而且要給大家看見它是獨立在組織之上的——這很重要。」

全場的人都猛點頭。

「很有道理。我建議讓賽門當財務。」保羅說。

提名通過，馬上執行。經過了冗長無趣的會議，我把保羅帶去貴族酒吧喝一杯，刻意甩掉市議會的那個人——這傢伙一直跟在後面，期待被邀請呢。我們喝很快，都有點醉了。「你的毛衣，是羅納．譔德森[18]嗎？」

「沒有錯，」我興奮驕傲地點頭，「不過請注意，是雪特蘭的羊毛，而不是費爾島的貨。」

吧台後面站了一個年輕性感的馬子，我給了她一個燦爛的笑。「以前沒有在這裡看過妳。」

「沒有啦，我上星期才開始在這裡上班，」她說。

我們互相調笑了一下，保羅熱情加入了我們。但是他不知道，我現在做的把戲，都是要給他嘗甜頭。現在的我，和十幾二十歲的我不一樣了。現在的我，只在有金錢利益或打炮機會的時候，才會花工夫和人認眞交談。

---

17 意思是：他當老大，我當副手。以前東尼．布萊爾是英國首相，布朗是他的部下；目前布朗本人擔任英國首相。

18 賽門先前就是帶這件高級毛衣去找懶蛋，還一直怕被懶蛋偷走。

貴族酒吧打烊的時間很快就到了，在這一小段相處的時間中，我發現保羅是個酒鬼，也是個色鬼。我帶他回到日光港口酒吧，上二樓，兩人繼續喝一輪深夜的酒。「剛才酒吧那個馬子，眞夠騷。我覺得你可以上她，老兄。」

「我給你見識更精彩的。」我告訴他。保羅的眼睛不由自主上揚，他看起來更像大色狼。好極了。我溜進辦公室，打開酒吧的閉錄電視保全系統，確定裡面放了空白錄影帶。然後我找到了我們今天拍攝的錄影帶，放進酒吧巨大電視機的錄影機裡。

妮姬美妙的屁屁充滿整個銀幕。鏡頭往後拉，可以看見妮姬吃泰利的老二，而泰利向後躺，吃麥蘭妮的屄，麥蘭妮的整個下半身貼在泰利臉上。麥蘭妮身體向後仰的時候，她的屄毛和泰利的捲鬍子似乎融爲一體。「眞不可思議……」保羅驚呼，「在這個地方拍攝的嗎？」

「是啊，我們正在拍一部長片，」我說。畫面切到妮姬吃泰利老二的特寫。她狂野的眼神吞噬觀衆的靈魂，一如她的嘴吞噬泰利的雞巴。妮姬媽的有夠專業，她是眞正的明星。這個鏡頭太棒了。「這個馬子，夠正吧！」

保羅小口喝酒，眼睛凸出，他好像一隻被羅威納犬幹的蝴蝶犬。他的聲音變得單薄微弱，「是啊——她是誰啊？」保羅嘶啞地說。

「她的名字叫做妮姬。你會和她見面的。她是我很好的朋友，教育程度高，一個很好的馬子。大學生，名牌大學，愛丁堡大學，不是八〇年代那種濫竽充數的野雞大學喔。」保羅的眼睛瞇了起來，臉上出現了一抹笑意。「她會不會……嗯……我是說……她做不做其他的事？」

「我相信我可以和她談一下，幫你把事情搞定。」

「那眞是太感謝了，」他說著，眉毛向天堂上揚。

我開始排出了幾條古柯鹼，看看他有什麼反應。「古柯鹼時間到了！」

他用訝異、不舒服的態度看我；他就像一個年輕馬子，正在演出一部導演介入的色情片，突然第一次發現要拍肛交的戲，整個世界都可能透過數位攝影機和網路來看她，世界和原本想像的不一樣。「你真的覺得我們應該……嗯……在這樣的情況下，這樣做好嗎？」

我給他指令，讓他知道，「你就是喜歡嘛，」給他來這一套。如果這痞子不嗑古柯鹼，我就可以去當屎霸的時尚顧問了。「來吧！保羅，」我笑著，忙著切。「別他媽開玩笑了，我們是生意人，我們都受過教育。我們不是鹵莽的青少年痞子。我們知道分寸，我們知道界線在哪裡。沒錯，是雙關語[19]！」我對他微笑。

「嗯……我想，吸一小小口吧！」他大嘴笑了，沉思的眉毛上揚。

「太好了！保羅，就像我剛剛說過的，我們不像低等階級的人。我在這裡見過那些低等的毒蟲，兄弟，我告訴你。我們知道什麼時候該小心。我們只是稍微爽一下而已，老天爺。」

我深深吸了一口好料，保羅聳聳肩，也跟著吸。這幾排很粗，與其說像小狗的腿一樣粗，不如說是像羊的肚子一樣粗。我猜想這個手淫王子可能發現隱藏式攝影機正在偷拍他，但是很顯然，他並沒有發現。「喔……這眞夠勁……」保羅說著，他的雙手在空中揮舞，他樂得沒辦法閉嘴。「我廣告公司的老闆，他用的是進口水貨。有個人從巴西的博大佛果飛到馬德里，又飛來這裡。他把藥用蠟封好，塞進屁眼裡帶過來。我之前從來沒有試過你這種好貨……唉，你的藥眞棒……」

當然啦，老哥。好了，任務圓滿完成，我決定用一種不大適當的急促手段，結束今晚的活動。「好啦！保羅。你得告退了，老哥。」我帶他到大門，請他走人。「我還有別的事情要做呢。」

19 一條線：一方面是指界線，另一方面是指一條古柯鹼。

「我還想再來點呢……我有點茫……」

「你得自己想辦法了。我和一個女士有約。」我笑著說。保羅點點頭，露出牙齒笑著，但是無法掩蓋他的失望，他興致高昂，滿腹饑渴啊。我陪他走出去，跟他握手。這可憐的傢伙，已經駭到不行了。他攔下計程車，馬上離開我的視線。其實我可以讓保羅留久一點，但是他太快就把遊戲玩完了。我老爸曾經很習慣引用詹姆斯．賈納[20]老電影的一句台詞：「別給肉腳休息的機會」，這句話，成了老爸給過我最有用的忠告。冷酷辦事有其積極意義。如果你讓他們僥倖，他們永遠得不到教訓。因此在未來，他們更容易被更殘忍無情的人毀滅。「對你冷酷就是對你仁慈，」薛奇[21]說。還是尼克．洛[22]說的？保羅。一等一的笨蛋。把他介紹給妮姬認識？介紹給我的妮姬？開玩笑吧！妮姬這麼一個尤物，是要待價而沽的；如果賞給這麼可悲的傢伙，實在是太浪費了。

我一整天都在想著妮姬。有些馬子讓你念念不忘，因爲太難確信她們到底哪裡讓人心動。妮姬就是這樣的女孩；她美麗，沒錯，但是她每次都會讓你看到不一樣的東西。她有時候戴隱形眼鏡，有時候戴眼鏡。頭髮有時候披散下來，有時候綁馬尾，有時候綁辮子，有時候盤起來。穿貴得嚇人的設計師品牌服飾，也會穿運動休閒服。姿態和身體語言，讓人感到溫暖，又讓人覺得遙遠。她不用思考，就知道如何擺弄男人。對，她是我的女人。

---

20 James Cagney，老牌硬漢演員。
21 Shaky，威爾斯的搖滾歌手。
22 Nick Lowe，英國歌手。

# 41 雷斯不會消失

星期天早晨，愛麗森還在睡覺，所以我就跑到圖書館。我用了大麻菸，就好多了，因爲我專心在搞書的計畫，可是我和她的關係，還是不大好。我相信一定有人在她耳朵下蠱。不知道是不是她的姊姊，還是更有可能的變態男？現在愛麗森在他的酒吧工作。這卑鄙的傢伙利用我，一起去騙杜德表哥。我不想知道後來發生了什麼事。至少他沒有跟卑比說懶蛋給我錢的事，或許他以後也不會說，因爲我們彼此都有把柄了。

身邊沒有朋友至少有個好處，就是我有時間專心寫雷斯的書。星期六是個充滿誘惑的壞日子，滿街都是痞子和藥，於是我進城，去愛丁堡圖書室。微縮片這東西眞古怪。所有的資訊，所有的歷史，就算只是大人物寫的故事，全部在一捲膠卷上。但是我知道，我還可以挖出另類故事出來。

雷斯，一九二六年，大罷工。讀到這樣寫，聽到大家都這麼說，我看見工黨一整個相信這回事：任何平凡的傢伙都該有自由。聽起來就像「把保守黨趕出去」或「把保守利黨留在外面」，這就是用甜甜的語氣說，「把我們留下來啦，老兄，把我們留下來，因爲我們喜歡這裡啊」。我做了很多筆記，時間就咻地不見了。

我上路回雷斯港，發現一件事。我帶了筆記跳回家，心裡好樂。安迪身上繫了給母親背的背帶。我看到愛麗森身旁放了幾件打包好的行李。沒有錯，他們看起來好像是要落跑了。

「你到哪裡去了？」她問道。

「喔，我只是去圖書館，要給雷斯寫歷史書，做研究，知道嘛！」

她看著我，好像不相信我說的話。我想坐在她旁邊，把我的筆記一整個都給她看，但是她的臉有點緊繃，有罪惡感的樣子。「我和孩子要搬到我姊家。事情有點……」她看著安迪；安迪正在玩〈星際大戰〉路克天行者在打黑武士的玩具，然後她降低聲音說，「……你知道我在說什麼吧，丹尼。我正要寫字條給你。我必須爲自己留點空間，讓我思考。」

喔，不要，不要，不要，不要，不要啊，「妳大概要去多久呢？」

「不知道，幾天吧，」她聳聳肩膀，吸了一口菸。平常她絕不會在安迪身邊抽菸。她戴大圈圈的金耳環，穿白色外套，好美，老兄，她眞美。

「我現在已經不嗑了，」我告訴她，「我口袋什麼都沒有，」我把口袋翻開來給她看。「我是說，我幾百年沒有嗑了，我的心思都在我要寫的書上。」

她有點慢慢搖頭，拿起行李。她沒有任何回應，她不跟我說話。

「妳要思考什麼啊？」我繼續說：「妳在想他，是不是？我說對了吧，嘿？」我有點拉高音量，然後又冷靜下來，因爲我不希望在小孩面吵架。不要讓他承受這種事。

「我沒有在想**誰**。丹尼，隨便你怎麼想。問題在於你和我。你和我的關係早就沒了。我們之間還有什麼嗎？你只關心你的朋友，你的圈子。現在你又關心你的書。」

現在換成我啞口無言了。小孩眼睛往上看我，我擠出微笑。

「如果你要找我，你知道去哪裡找。」她走向我，在我臉頰吻了一下。我很想把她摟進懷裡，叫她不要走，跟她說我愛她，跟她說我想永遠和她一起。

但是，我什麼屁也沒說出來，因爲我說不出口，我整個人都沒辦法說話。就算地獄結冰，我都沒辦法把話從我的嘴巴拉出來，但是我眞的很想跟她說些什麼。好像——好像我的身體有障礙，沒辦法開口。

「讓我看看你有獨立過日子的能力吧，丹尼，」她輕聲說，緊捏我的手。「讓我看看你振作啊。」

小安迪回過頭，微笑說：「再見，爹地。」

然後他們就走了，就這樣離開了我。

我向窗外看，他們走向匯合路。我崩潰在椅子上。貓咪「查帕」[1]突然跳上椅子的扶手，坐在我身上。我撫摸牠的毛，然後開始哭。我乾嚎，流不出眼淚，好像我中了邪。我一時簡直無法呼吸。然後振作了一點。「現在就只剩下你和我了，小子，」我對貓咪說：「對你來說比較好接受，查帕，小子。貓沒有感情的牽連啊。你只需要躺在屋頂上，就夠了，貓咪只管快快打炮，沒有感情牽連，」我對貓咪說，看牠瞇成線的綠眼。「你跟這一切都沒有關係，不過，小子，」我笑了，「我是說，剛才我發神經病，眞對不起啊，眞的亂七八糟啊。不過都是爲了你好。你懂嗎？我剛才心情很差，可是我有你，就好多了。」

貓咪張嘴喵一聲，我站起來找東西給牠吃。食物櫃裡，給萬物之靈[2]吃的和貓吃的，都很少。牠的舊便盆很噁心，貓沙也用完了。「謝謝你啊，小子，」我對查帕說，「你眞幫我了一個大忙。我何必窩在這裡自怨自哀；我必須幫你買食物和貓沙。因爲你，我必須面對這個世界。我去柯克傑德超市好了，或許可以幫你買些貓薄荷什麼的，讓你也駭一下。」

沒錯，渾身螞蟻亂鑽，我坐不住了。我出門上街，去柯克傑德超市，也去快省超市給我自己買東

1 此貓名字取自屎霸最愛的搖滾歌手。
2 萬物之靈，書中故意用拉丁文。

西。我走到雷斯大道的維多利亞女王雕像。這個地方人很多，因爲現在是三月，可是今天天氣好得嚇死人。小伙子在這裡打混，用手提音響放嘻哈音樂。婦女和小孩吃甜食。還有很多熱中政治的傢伙在這裡擺攤子，要你買他們的革命報紙。眞有趣，老兄，可是這些搞政治的小子看起來都好像是有錢人家來的，學生的模樣。我並不是對他們有意見，不過我想，應該發動改革的人，是我們才對啊。但是我們忙著嗑藥。我們這種人沒去搞「大罷工」。我們出了什麼問題啊？

喬．派克走過來，看到我。「你好嗎？屎霸？星期一會去參加聚會吧？」

「會啊——」我跟他說。其實我不知道星期一有聚會。

可憐的派克，聽我吐苦水。我告訴他愛麗森走了，帶安迪去她姊姊家了。

「眞慘啊，老哥，不過她會回來吧，嘿？」

「她說她只去幾天，她說要好好想一想。她要知道我可不可以獨立生活。她眞讓我難過，老兄，知道嗎？愛麗森在酒吧工作，偏偏就是變態男的酒吧。問題是，如果我可是獨立生活，她就會說：屎霸沒問題啦——然後離開我。如果我把我的生活搞砸掉，她又會說：看這個廢物搞成什麼樣子——然後離開我。我一整個很慘啊，知道嗎。」

派克有事要忙，我幫查帕買好貓沙，餵牠吃東西，把便盆清乾淨。我用報紙把牠的屎尿包起來，裝進垃圾袋。我爲牠準備好貓睡墊，看著牠抓地板，繞圈圈跑，在地上打滾，我想，我也可以做那些動作啊，老兄。

於是，整個家裡只剩下我一個人，我巴不得有人作伴。我開始想，或許藝術可以幫助我，於是我拿出我爲歷史書準備的筆記，再讀一次。我的字跡不是寫得很清楚，所以我花了些時間才讀完。然後我聽到有人敲門，我想或許是她，她回來了，她心裡想，「我眞是傻，丹尼，我不能沒有你，我愛你。」所以我喜孜孜打門，結果不是，不是愛麗森。

來的人跟愛麗森天差地遠。

是法蘭哥。

「屎霸，你好嗎？我只是過來跟你哈拉一下啦，媽的。」

我以為我需要朋友，任何朋友都好，但是實在是，你知道嘛，我是說，**幾乎**任何朋友都好。對於監獄的故事，我眞的沒有興趣，更何況我自己就被關過。在家裡談這個，痛苦死了。我很忍耐，可是叫卑比換別的話題眞的很難——我可以跟他談我正在進行的雷斯歷史書嗎？我只好跟他說說看。我跟他說，我應該訪問像他這樣的人，聽他談雷斯。但是，嗯，我好像說錯話了，因為這傢伙一點也不爽，「你媽的是什麼意思？你媽的在嘲笑我嗎？」

喔，喔，喔，火爆浪子啊。「不是啦，法蘭哥，老兄，我只是希望這本書可以展現眞正的雷斯，你知道嘛，介紹一些**眞正的**狠角色。就像你啊，老哥。每個雷斯人都認識你啊。」

坐在椅子上的法蘭哥有點僵硬，但是好險，我想他有點沾沾自喜。

然後我試著把我的想法告訴他，好小心，像熱鐵皮屋頂上的貓在爬。「因為，一切都變了，老兄。一邊是蘇格蘭辦公室，一邊是新議會。中產階級化，老兄，這是那些知識份子的說法。再過十年，像你或我這樣的人，就不會存在了。看看湯米．楊格那個地方，老兄，現在變成餐廳酒吧了。那家店，叫潔恩。記得嗎？很多早晨，很多夜晚，我們都在那裡打混！」

法蘭哥點點頭，我知道我抓到他的心了，但是，我會緊張，我一緊張，就會一直說話，停不下來……害羞的時候，我說不出話；緊張的時候，我一直說。「就像那些牙齒很利的老虎。他們只希望有錢人住在城裡，我是說，看看他們在唐必代克斯[3]做了什麼事。他們希望我們去住市郊的便宜公寓啊，法蘭哥，我跟你說喔，老兄。」

「幹他媽的！我才不要去住市郊區的便宜公寓。」他對我說，「我和我馬子在一起的時候，在威特・海爾住了一陣子。那裡竟然只有一間酒吧，他媽的，有什麼搞頭啊？」

「對啊，不過，法蘭哥啊，雷斯就要不見了。看看托爾克羅斯吧，老兄，那裡已經是金融中心了。看看南區吧，一個學生村。史達克布里吉已經是給大屁股去的雅痞村了，那本來是古老的史達克布里吉呢。很快，在內城[4]，勞工階級可以去的地方，就會只剩下我們這裡，還有果吉－多利。老兄，還不是因爲有足球俱樂部的關係，謝天謝地，足球俱樂部還留在城裡。」

「媽的，我可不是勞工階級喔，」他指著自己說：「媽的我是生意人，」他拉高了音量。

「可是，法蘭哥。我說的是……」

「媽的你知道我是生意人吧？」

就是這樣，老兄，這種老狀況，我以前已經遇到過好多次了。如果我從經驗得到教訓，那就是，如何在這種情況順水推舟。「啊，當然，老兄，當然，」我高舉雙手投降。

卑比小子似乎有點被安撫下來了，不過他是個暴躁又性急的人，不用懷疑。「媽的我免費告訴你啦，雷斯永遠不會消失。」他說。

這個傢伙沒有抓到我的要點。「或許雷斯這個地方不會消失，老兄，但是**我們所認識的**雷斯一定會不見啊，」我告訴他，但是並沒有再講下去，因爲我知道我和他湊不起來。他會說，「才不會，雷斯不會消失；」而我會說，「會啦，雷斯會消失，老兄，雷斯已經沒氣了，怎麼可能不消失；」然後他又說：「媽的我說的就算，」所以也不必談了。

他排了兩大排古柯鹼，但是我記得，我答應愛麗森不再用藥，不過，嗯，我是說不用藥，也就是不用海洛英，而且我說我不用甲基安非他命——但是我沒說我不用古柯鹼啊，老兄，我根本沒說我不用古柯鹼。而且，是法蘭哥要我吸，所以我不能拒絕啦。

一整個頭暈，我們出去喝一杯。我故意讓卑比遠離日光港口，這也很簡單，因爲他去尼可酒吧。法蘭哥的手機收到了一個文字簡訊。他站著看簡訊，臉上一副不可置信的表情。「怎麼了？法蘭哥，老兄？」

「**有人欠揍了！**」他尖聲大叫，兩個推著嬰兒車的女孩正好從我們身邊經過，嚇得屁滾尿流。

「怎麼了？」

「媽的一個簡訊……沒有署名……」這傢伙很不爽，玩弄手機的按鍵。我們進酒吧，他還在玩他的手機。我去吧台跟查理買酒。卑比的手機又響了，他接了電話，這一次他很戒備，「誰？」

他靜了一下，然後開心起來。幸好！「好啊，馬基，好。」

他掛掉電話，告訴我，「佛瑞斯特家裡有牌局，諾利．哈頓、馬基．馬卡倫，都會去。我們外帶吧。」

我告訴他，我破產了——並不是眞的啦。不過，和卑比一起打牌，就表示你得一直輸，讓他把你的錢全部贏光，他可以一直撐到他贏。所以我並不想去。「你這傢伙，只是過去喝杯酒嘛。」

唉！我實在很難拒絕他，於是我們去酒舖買酒。卑比還在講馬克．藍登的事，說他有多想把馬克殺

---

3　唐必代克斯，為愛丁堡市的一個地區名，原本以人口密集和貧窮出名。

4　內城「inner city」在英美有特別的意義，和台灣的經驗不同。內城是一個城市之中，比較便宜的區域。它不一定剛好在城市的正中央。在英美，中上流社會的人不住在城市的內城而住在郊外，只有窮人才住內城。

了。我不喜歡看到他鬧情緒，老兄，我沒有馬基或諾利或佛瑞斯特那麼機靈。他們全部的人圍著一個圓桌坐著，好多好多古柯鹼等著享用，還有傑克．丹尼爾牌子的威士忌酒瓶和啤酒罐。輸掉三十英鎊之後，我退出了牌局。「屎霸，你來負責放音樂好了，」卑比說，但是我並不能放我想聽的音樂，因為他告訴我：「放洛．史都華的歌，你這傢伙……**每一天，我把時間花在飲酒買醉……美酒下肚……精神爽快——**[5]」

「沒想到你喜歡洛．史都華啊，」馬基說：「我以前有他的雷射唱片，但是女人跟我分手的時候，拿走了我好多唱片。」

法蘭哥看著他說：「把唱片都媽的要回來！打牌不能沒有洛．史都華。打牌就是要這樣：一面喝酒，一面唱洛．史都華。缺一樣都他媽的不行。王八蛋。」

「你看過洛．史都華CD裡面的照片嗎？」諾利說，「他男扮女裝，有一張照片像老妖婦。還有一張照片，穿得像個娘娘腔的同性戀。」

我記得那張照片。洛．史都華把頭髮後梳得很平滑，嘴角留著八字鬍，臉上戴了眼鏡。我什麼話也沒說，因為我察覺到卑比的反應。

「你他媽說什麼？諾利？」

「就是那張專輯啊，他的**精選集**。他的一張照片穿得像個馬子，另一張照片穿得像個同性戀。」

卑比發抖了，「你說，穿得像個同性戀，是什麼意思？你覺得洛．史都華是同性戀，媽的？洛——媽的——史都華是同性戀？媽的你是這個意思嗎？」

「我不知道他是不是同性戀啊！」諾利笑著說。

馬基發現不對勁了，「算了！法蘭哥，打牌吧！」

米基說，「洛．史都華不是同性戀，他搞了布麗特．愛克蘭[6]。你看過她和〈卡倫〉（Callan）的男主角一起演的那部，在高地拍的電影嗎[7]？」

法蘭哥什麼話也沒聽進去。他對諾利說：「如果你覺得洛．史都華是同性戀，你一定也認爲喜歡洛．史都華的人也是同性戀嘍！」

「沒有啊……我……」

太遲了！我才轉開頭一下，就聽到碎裂聲和吼叫聲；我轉回頭，已經無法看到諾利的臉了，他看起來好像戴了黑色面具。

他臉上只不過是一層血而已。法蘭哥又拿了一支威士忌酒瓶，往他的頭砸下去。

「喔！法蘭哥，老兄，那酒瓶子裡還有幾口酒啊！」佛瑞斯特哀叫。法蘭哥站了起來，走到大門。馬基扶著諾利走進浴室。我只跟著法蘭哥出門下樓。「幹他媽的王八蛋，講些什麼骯髒狗屁話。」他眼睛直視著我，但是我卻沒有看他，我只是想，現在我們去尼可酒吧，喝一杯啤酒，讓他冷靜下來，然後就趕快閃人回家吧。我沒那麼需要朋友，還沒到那種地步。

5 洛．史都華〈In A Broken Dream〉的歌詞。
6 Britt Ekland，瑞典女演員。
7 這部片是一九七三年的英國恐怖片〈Wickerman〉，二〇〇六年重拍版的中譯名是〈惡靈線索〉。

42

# 「……他的老二折斷了……」

可憐的泰利，他眞慘。我們叫了救護車，把他直接送醫院。醫生檢查之後告訴他，他的老二折斷了。狀況很嚴重，醫護人員把他從急診室直接帶去病房。「如果反應好，」醫生說，「就會好轉。你的器官會完全恢復功能。可能會有併發症，但是在目前這個階段，我們還不會考慮切除。」

「什麼……」泰利整個人被嚇壞了。他發現，醫院才不會把隨便給出床位，除非緊急狀況。

醫生陰陰看著他。「我只是說出最壞的可能性，羅生先生。但是我要強調，眞的很嚴重。」

「我知道很嚴重！媽的我全都知道！是我的老二啊！」

「所以你必須好好休息，避免拉傷。我們爲你開的藥，可以避免你的器官不小心勃起，這樣你的陰莖組織才可以修復再生。這是我見過最嚴重的折斷病例。」

「可是，我們只是……」

「這種事比你想的常見，」醫生告訴他。

雷布的手機響了，是賽門打來的。雷布說賽門很煩惱，但是很顯然，他是爲電影的進度煩惱，而不是爲泰利煩惱。甚至連雷布和我都沒力再開玩笑。然後他跟我說，「我早就一直覺得，泰利的老二總有一天會害了泰利，同住窮人國宅的每個人都這麼說過。但是我們都沒有料想到，反而是**泰利**害了他的**老二**！」

不過，對於此事，我們已經無心說笑。吉娜、烏蘇拉、克雷格，朗尼和麥蘭妮，都嚇得無法置信；麥蘭妮想到慘劇的結果，就好難過。「我當時忍不住……」

「是意外，」我揉揉她的背。然後我跟大家一一吻別，回家，把今天發生的事情，告訴蘿倫和黛安。黛安舉手摀嘴；蘿倫的小臉蛋卻洩漏她有多爽。她做了蔬菜千層麵，我們坐下來吃。

「所以，你們的色情片計畫泡湯了。」蘿倫為自己倒了一杯白酒。

我實在很不忍心洩她的氣；她看起來好樂。「不，親愛的，我們的秀還是要繼續下去。」

「可是……」聽到我說的話，蘿倫看起來快要不行了。

「賽門很堅持；我們的電影還是會拍。他會找到替身的。」

蘿倫這下子火爆抓狂了，「妳被他們剝削了啊，怎麼可以！他們在利用妳！」

黛安把一叉子的食物送進嘴巴，用緊張的表情看著我。她用力吞下食物，平靜聳肩說，「蘿倫，這件事情跟妳無關。請妳冷靜。」

我被弄得不爽了。我必須讓她看看她自己有多神經質。「既然我有機會拍電影，我就不要光光念電影了。妳為什麼為這檔事發脾氣啊？」

「可是妳拍色情片啊，妮姬。妳被利用了啊！」

我緩慢吐氣說，「妳操什麼心？我不是笨蛋，這是我的選擇，」我告訴她。

她看著我，眼神中充滿冷靜沉著的憤怒。「妳是我的朋友。我不知道他們對妳做了什麼，但是我不會讓這些人逍遙的。妳在做背叛女人的事。妳在奴役女性、壓迫女性。黛安，妳正在研究女性議題，妳跟她講吧！」她催黛安。

黛安抓著木叉子，扒了更多沙拉到她的盤子裡。「這件事比單純的女性議題更複雜一點，蘿倫。在我的研究中，我發現這種事好複雜。我認爲色情片本身並沒有問題；我覺得問題在於，我們如何消費色情。」

「才怪……才怪，佔據最高位置的人，永遠是男人啊。」

黛安贊同地點頭，彷彿蘿倫證明了她要說的論點。「對，但是在色情工業當中，男人的權力卻不一定是最高的。有些女女做愛的色情片，導演是女性，消費者也是女性，妳要怎麼看待呢？這樣的案例，又該如何放進妳的模式去思考呢？」

「她們是認知錯誤[1]，」蘿倫低聲說道。

我很忙，沒工夫爭辯，雖然我有想法。「妳太無趣了，蘿倫，」我告訴她，便離開餐桌，拿起手提袋。「盤子留給我洗吧，好姊妹，我保證，回來之後再洗。我快要遲到了。」

「妳要去哪裡？」蘿倫問。

「去我的朋友家練習台詞，」我告訴她，讓這悲哀又性冷感的小婊子，被她自己的心理障礙噎死。

蘿倫竟然站了起來，但是黛安抓住她的手腕，把她拉下來，把她當作一個兒童來訓話——蘿倫顯然變成兒童了。

「夠了！蘿倫。坐下來吃飯吧！拜託！」

離開公寓的時候，我聽到背後傳出吵鬧聲，我走下樓梯，走進寒冷的街。我搭公車到威斯海爾，麥蘭妮的家。我花了幾百年才找到她的公寓。我到她家的時候，她正在哄她兒子上床睡覺。我們練習了台詞，也演練了動作，最後我在她家過夜。

第二天清晨，我們等她的媽媽過來帶小孩，然後搭三十二號公車去雷斯。天空飄著細雨，等我們到酒吧的時候，渾身都溼透了。我們的打炮男丁們看起來有點沮喪；我才發現現場並沒有攝影機。可是，有一個高瘦，年約三十五歲的男人在場。這個男人留鬈髮，大鬍子，眼神銳利，坐在椅子上。

「這位是德瑞克．康諾利，」賽門對我解釋：「德瑞克是專業演員，他會訓練我們的演技。妳可能在電視上看過他，他專門演蘇格蘭的大壞蛋，譬如〈警探〉（The Bill）、〈醫院風雲〉（Casualty）、〈伊馬黛農莊〉（Emmerdale），還有〈格拉斯哥警探塔嘉爾德〉（Taggart）。」

「其實我在〈格拉斯哥警探塔嘉爾德〉演律師。」德瑞克自我辯護說。

我們先做了些角色扮演的練習，然後磨劇本。如果我們的演技讓他挫折，他並沒有表現出來。我希望我以前在大學戲劇社團就多花工夫了。學習都是值得的。

排練結束之後，我去賽門的公寓，我說，我和麥蘭妮一起練習。「應該請她一起過來的，」他說。

但是不行，不可以。賽門只屬於我一個人。

1　她的用詞是「false consciousness」，有人中譯為「幻假意識」，有人認為這就是「意識型態」的同義詞。

43

# 第18746個念頭

雖然已經是春天了，仍然很冷；我很難從妮姬抽身。此外，我現在很怕在酒吧面對摩拉和愛麗森。我不管了，拿了她做的早餐，然後去尼德里的剪輯室，拷貝幾份保羅[1]在酒吧放縱的錄影。

「這是什麼東西啊？」

「喔！只是些小小的課外活動，」我告訴她，用我的綠色手機撥電話給雷斯的廣告男。妮姬說她要去上課，晚一點會再打電話給我。我看著她準備出門，長裙裡的小屁屁優雅移動。很奇怪，在我們讓人噁心的「女孩文化」[2]中，很少女人具有好好穿裙子的品味，所以如果看到女人穿裙子，我一定特別注意。她套上連帽外套，拉上拉鍊。即使她的臉被毛茸茸的連帽包在裡面，我還是看到了她眩目的微笑。她對我揮揮手說再見，上課去了。

我告訴保羅說有緊急的事，約他中午十二點，在雷斯河邊的河岸酒吧見面。我們倆都準時赴約，保羅看起來很惶恐，不過，他以後會更惶恐啦。我遞給他一張請款單、支票本和一枝筆，「好啦，保羅，請你在這上面簽字吧。」

「你很熱心啊，」他說著戴上眼鏡，顯然他有遠視，然後研究請款單和支票本。「這筆錢不能等一等……什麼……這是教育錄影帶的預算啊……這是怎麼回事？我沒有看過這些請款單啊。這個『香蕉祖利影片公司』，是什麼啊？」

我看了看天花板挑高，窗戶巨大，木板條裝潢的這家酒吧，「這是我的製片公司，名字來自附近的『香蕉平民住宅』[3]，那是我生長的地方，我在香蕉之後加個尾音，稍微表示一下我的義大利血統。」

「可是——爲什麼——？」

「嗯……」我解釋道，「史恩．康納萊把他的製片公司取名爲『噴泉橋電影公司』，這名稱也是來自他的家鄉。這樣取名，好像比較俏皮，媽的。」

「可是，這跟雷斯工商界反毒組織的影片教育計畫，有什麼關連啊？」

「一點關連也沒有。我在籌資金，拍一部叫做〈七兄弟大戰七淫娃〉的片子。需要一些拍片初期的資金。是成人娛樂事業，你也可以說是色情片。」

「可是……可是……在搞什麼鬼！你不能這樣做！不可能！」保羅站起來，看起來他打算不理我了。我還沒有跟他討價還價呢！

「跟你講，等我籌到了其他資金，我會把錢歸還。」我安撫他說，「這是做生意啊！有時候你得搶彼得的錢，把這筆錢拿來還給保羅，有時候要反過來拿保羅的錢去給彼得。」我微笑，說到「保羅」和「彼得」，就想起了荷蘭色情片商彼得．木倫，又叫「米仔」。

保羅站起來，準備要走人。他指著我的鼻子說：「如果你想要我簽字，你一定是瘋了。我現在跟你講清楚：我要去委員會，還有去警察局告發你，我要告訴他們你是怎樣的一個無賴！」

---

1 這個保羅，就是和賽門一起反毒的廣告界人士，日前在賽門的店吸毒又被賽門偷拍。

2 「女孩文化」（ladette culture）是「男孩文化」（lad culture）的女性版本。男孩文化為一九九〇年代起，在英國興起的次文化，參與者喜歡足球、酗酒、裸女畫報等等。稱為男孩而不稱為男人，難免暗示：這些人長不大，不成熟。

3 「香蕉平民住宅」是雷斯一座給窮人住的住宅；此建物在空中看起來呈香蕉般的弧形，故名之。這個地名曾在《猜火車》中文版的二六九頁提及。

他說話滿大聲的，還好酒吧還沒有人。「眞奇怪，」我告訴他，「我本來以爲媽的你是很識相的人。看來我弄錯了。」我拿出了一支拷貝好的錄影帶。「你老闆可能會對這東西感興趣吧，老兄。你可以把這支帶子毀掉，但是我有很多拷貝。我不只要給你老闆，我還要拿一份給《新聞報》，一份給市議會。這錄影帶裡面，有你吸古柯鹼的畫面，還有你提到你的老闆收集古柯鹼的事情喔！」

「你在開玩笑……」他慢慢說，定眼看我。然後他的眼神打顫。

「一句話，我才沒開玩笑，」我把錄影帶交給他。「如果你不相信我，拿回家自己欣賞吧。唉，就拿去吧！現在，坐下。」

他似乎在心裡盤算了幾秒鐘。然後他好慘，變得很順從，跌進沙發裡，一個馬子正送來了兩大杯卡布其諾。河岸酒吧的人非常會泡卡布其諾。眞可惜，保羅的那杯卡布其諾，可能要浪費掉了，因爲他的心思飄到別的地方，其實他的味蕾搞不好降到品嘗監獄食物的等級。目前的情況，比他最恐怖的夢魘還要可怕好幾倍。我不希望他鬧事，把事搞砸，因爲那樣別人會看，他也會不小心把內情說出來。「別自責啦。你又不是第一個愛現、結果倒楣的人，」我想起懶蛋。「你也不會是最後一個。你就把這回事當作教訓吧！絕對不要信任一個口袋裡有錢的痞子，」我給他意味深長的一個眼神，「痞子如果有錢，他的錢都是從傻蛋的錢包弄來的。你就是個傻蛋。」我用手指著他說，「但是，經此教訓，你會更堅強的，我跟你保證。」

「你有什麼權利對我這樣做？」他求我。

「你已經自己回答了你的問題。兄弟，好好想一下吧！現在，請你好心滾蛋吧，我還有別的事要處理。不過，先把卡布其諾喝掉吧，他們泡的卡布其諾不錯喔。」

不過，他沒喝咖啡就走了。我想著我該怎麼戒掉千禧年的兩大癮害：咖啡因和古柯鹼。保羅跌跌撞撞地離開了，他整個人崩潰跌進車子，開往郊區的家[4]，而他的生涯搖搖欲墜。我喝了他留下的咖啡，坐看天上盤旋的海鷗，心裡想，沒有錯，雷斯就是讓我發展的地方。我居然在骯髒黑暗的倫敦混了那麼久，幹嘛啊。

演員德瑞克．康諾利[5]，給我們額外的服務。他和他的馬子薩曼莎，也要參與演出。在他們那場戲中，那個兄弟很想要男女打炮做愛，結果在民宿[6]被人引誘。於是，我們在雷斯高爾夫球場公園[7]那裡，找了一個鳥地方當作片場。雷布抱怨說他學校有事要忙，但是我連哄帶騙，他們那一夥人，范斯、葛蘭特，以及裝備、DV數位攝影機，又都回到片場。我們以打游擊戰的快速度，拍了一段男女性交和色誘的戲，效果非常好。扣除大雜交的那場戲，七兄弟當中，我已經「搞定」了兩個兄弟。

我回酒吧，看看店裡的人馬。店裡很忙。我看到了臉上一副獵人表情的卑比和那個賴瑞從邊門走進來；我決定，跟妮姬去格拉斯哥之前，先去醫院看泰利。摩拉又被丟下一個人顧店，她快要抓狂。愛麗森走進來，很滄桑的模樣。我告訴摩拉，事情就是這樣啊，而且我要去格拉斯哥，勘查擴大業務的潛力。「擴大業務？格拉斯哥？你在說什麼啊？」

「雷斯主題酒吧的連鎖店。把日光港口的品牌帶到蘇格蘭的西部，再往南發展。」我看著這發爛的貧民區。「向外行銷品牌啊，」我大笑著說：「諾丁罕、伊士靈頓、卡登鎮、曼徹斯特市中心、李茲……這些地方都會發生骨牌效應！」

---

4 住在郊區，表示他是有錢人。

5 之前這個角色出現過，是請來教眾人演技的。

6 指英國的「B&B」，提供「床」（縮寫為B）和「早飯」（縮寫也是B）的簡單民宿，和台灣的流行的民宿有點精神相通，但兩地的民宿當然各有很不同的發展。

7 見《猜火車》中文版三十九頁。這個公園並非只給人打高爾夫，而是全民都可以使用的一般大型公園。

「賽門，才怪啦，」摩拉搖搖頭；但是我得趁著卑比和他魁梧的朋友看到我之前，趕快抽身。不過太遲了，卑比看到我，朝我走過來。

「媽的你不留下來喝一杯？」他帶著點命令的語氣說。

「我很想，法蘭哥，但是我得去醫院看一個生病的朋友，然後還要搭火車去格拉斯哥。一個星期之後再打手機給我吧，我們可以見個面，喝一杯。」

「喔……媽的你電話號碼多少？」

我把綠色手機的號碼告訴他，他按進自己的手機裡，很顯然他注意到這支電話並不是發簡訊給他的電話。「你他媽只有這支電話嗎？」

「不，我有另外一支電話，專門用來處理生意往來的。怎麼了？」我問道。其實我有三支電話，不過另外那支女士專用的電話，除了我以外，誰也管不著。

「有個他媽王八蛋傳簡訊給我，他欠扁。好像是國外的電話號碼。我打過去的時候卻打不通。」

「是嗎？是整人的電話嗎？接下來，你要被人跟蹤啦，法蘭哥，」我開玩笑說道。

「媽的什麼意思？」卑比咆哮起來。

我的血液開始變得冷，我幾乎忘記了這個男人無可救藥的妄想症。「我是在開玩笑啊，法蘭哥。開心一點啦，好哥兒們。媽的，老天爺。」我嘻嘻哈哈說，握住拳頭，在他的肩膀上，像好哥們一樣觸他，動作卻很輕。

時間暫停了一、兩秒，感覺卻像有十分鐘，我看到一個巨大的黑洞打開了，把我的生命吸進去。我才剛剛感覺到我惹了麻煩，卑比卻似乎冷靜下來了，甚至開自己的玩笑。「沒有人可以媽的跟蹤我，所有的人都他媽別來擋我的路。我他媽所謂的哥兒們，」他現在他看著我，一副期盼卻又兇巴巴的樣子。

「我說嘛，法蘭哥，我們下個星期出來混吧。我最近有點忙，事業剛起步嘛，但是我很快就會閒下來了。」我告訴他。

那個賴瑞看著我，帶著狡詐的笑，「聽說你在忙其他的事情啊？老哥！」

一股寒意衝上我的脊椎，我在想是誰八卦我，但是我謎樣地點點頭，對著卑比和賴瑞微笑，然後走人。離開的時候，我交代摩拉：「摩拉，請這兩位喝啤酒，記在我的帳上。「走啦，老兄！」我叫道。離開他們的視線之後，我幾乎是用跳的跳上雷斯大道，腳步像小孩一般輕盈，我很高興終於從酒吧裡的一團人渣解脫出來。

44

# 「……破紀錄的人……」

一定是身邊朋友的影響，我發現自己開始以在地人的方式思考。生活是甜蜜的——春日正暖，我腳步輕盈。一些好色的建築工人對我吹口哨，我只用隨性、傲慢、輕蔑的態度來應付，自己好像淫穢、性感、自大的婊子。既然修完課了，我現在可以全神貫注幹這回事。我走向越來越多遊客阻塞的市中心街道，我要去醫院探望泰利。可憐的泰利。

空氣有一種冷冽而新鮮的刺激感，我穿著套頭毛衣，並不怕冷。我了解自己拍這部電影眞的很開心。令我訝異的是我不愛電影裡的性交，我能演，但是性交並不像我期待的一樣美妙。片中的性交太像是在工作，太像是在攝影機前表演；正因爲如此，性交的戲往往無聊又不舒服。有時候，我覺得自己像個破紀錄的人，譬如一百人同時擠進迷你小車這類的狗屁紀錄；賽門工作時，喊停喊開始的命令動作似乎超過片子本身的需求，他只是要展現權力。重點是，拍片讓我成爲計畫的一份子，有參與感，讓我感到有活力。

昨天，我們拍攝了城堡的戲，最具困難度的一場戲，是在北勃維克[1]的坦大龍雕堡[2]拍的。賽門找來了一個工匠朋友，做了一些假陽具。他叫朗尼戴上眼鏡，叫烏蘇拉精心打扮，穿白短裙和T恤，秀出金髮和日晒機晒出來的小麥膚色，效果極佳，一大清早，我們拍攝朗尼搭上一輛旅遊巴士，而烏蘇拉在後頭跟蹤朗尼。然後我們前往巴士站。往北勃維克的公車幾乎是空的。我們拍攝了朗尼坐在車子裡，戴著眼鏡像書呆子，拿著筆記本和相機。雷布則在公車外面，坐在克雷格駕駛的休旅車後面，拍車外的景。

在公車內，我們拍烏蘇拉對朗尼說，「我可以坐在這裡嗎？我是瑞典來的。」

朗尼從表演訓練課程中，收穫最多。德瑞克認爲他有天份。「當然可以，」他說，「我正在研究這些古老雕堡呢！」

然後我們拍攝假陽具上場的戲。朗尼看到了她，她說她嗑藥茫了。這個時候，朗尼忍不住從後面幹她。於是，第三個兄弟也破功了。

去醫院病房的時候，我注意到雷布和泰利的爭執一直沒有停過，並未因泰利臥病在床而停止。我想，對於泰利的窘境，雷布私底下是很樂的，不過泰利似乎開朗了些。他病床邊的櫃子塞滿了水果，可以看得出來他才不要吃，還有各種罐頭食物，以及外帶食物餐盒。他的屁股周圍有一個框架，從床單下面凸出來，用來保護他受傷的陰莖。「這玩意太讓我著迷了，那是石膏？還是夾板？還是什麼？」我問他。

「都不是，就是繃帶啦。」

賽門輕飄飄走進病房，四處觀看，好像這是他剛剛買下的房地產。病房很溫暖，他脫掉毛衣，並沒有像別人一樣把毛衣繫在腰上，而是把毛衣繫在脖子上，好像一個玩板球的花花大少。他對我微笑了一下，轉頭去看他的病人：「好啊！泰利。他們把你治得怎樣了？」

「這裡有幾個正點的護士，可是告訴你，簡直要我的命。每次我老二勃起，就痛得快死。」

「我以爲他們有給你開藥，避免讓你勃起啊，」雷布推測。

「那種東西對你可能有點用，畢瑞爾。但是沒有東西可以讓我不勃起啊。醫生也擔心了，他告訴

---

1 北勃維克，是在愛丁堡附近的一個海濱小鎮。

2 坦大龍雕堡，位於北勃維克，是十四世紀留下來的古蹟。

我，媽的，勃起必須停止，否則就別想復原了。」

賽門陰鬱地看著他，宣佈壞消息：「拍戲進度無法再拖延了，泰利，我們得找個替身。抱歉了，老哥。」

「你永遠不可能找到人來代替我啊。」泰瑞對著我們說，正經八百的樣子；他已經不只是自大，而是把他自已的性能力一整個當作理所當然。

「嗯，拍攝過程很順利，」賽門一頭熱地說道：「朗尼和烏蘇拉昨天棒極了，德瑞克和他的女朋友在電梯裡的炮也打得好。」

泰利注視賽門，顯然想要洩賽門的氣。「噢對了，你肩膀上披一件毛衣是在幹嘛？你看起來像同性戀。」

賽門的回應惱火而冰冷。賽門用食指和拇指捏著羊毛衣說，「這是羅納．謨德森的毛衣。如果你對服裝有點認識，你就會知道我在說什麼，也會知道我爲什麼要選擇這樣的方式穿。總而言之……」他看著我，再看看泰利：「我很高興你沒事，在復原了。妮姬，我們還有事要辦呢。」

「我們確實有事，」我微笑說道。

雷布帶著敵意看賽門，非常想問我們要去哪裡；但是他錯失機會，我們已經一起離開，奔向市中心，去火車站，要搭開往格拉斯哥的火車。

在火車上，賽門爲我做簡報。我們看上的獵物。這件事情似乎很刺激，但我也很擔心，怪了，我們花這樣多工夫去找這個人，值得嗎？根據他的描述，我可以想像出這個人的樣子。賽門，簡潔完成簡報，正經八百，讓我覺得他和我像是英國情報員。「他是一個沒有朋友的人，整天待在家裡的那一種男人，一個火車模型收集狂，有點超重。天下有一種人，被他們的父母有意無意地養在家裡；這些人對於異性完全不具吸引力，因爲他們的父母強迫他們固定吃下異常大量的食物，而且吃的頻率多得噁心。在這個案例中，我們鎖定的目標膚質很不好，滿臉粉刺，活像七〇年代的人，就連今天的飲食和護膚保養品都沒辦法根除這個問題。你可能會在電視上，在一兩個東歐球員臉上，看到這種病症導致的蒼白臉色，但是在西歐，這種狀況很少出現，甚至在格拉斯哥也很少。我們鎖定的目標一定是個傳統份子。我們要從他身上弄到的東西，是他的顧客名單，包括：姓名、地址、帳號。只要列印一張出來就可以，如果能存在光碟更好。」

「如果他對我沒有興趣呢？」我問他。

「如果他不喜歡妳，那他一定是個同性戀，就這麼簡單。如果眞的是這樣，就換我上場，」他說著，臉上露出了微笑：「如果有必要，我也可以扮演皇后，」他露出整排牙齒健康笑著，「我可以調情，」然後他嫌惡地扭曲臉說，「打炮可不行。」

「你說的是狗屁，並不是每個異性戀男人都哈我啊，」我搖頭說道。

「異性戀男人當然都哈你，要不然他們就是同性戀，不然就是不承認自己是同性戀的同性戀，再不然就是——」

「再不然就是什麼？」

他的臉皺起來，展開更大的笑容。我看到他魚尾紋也伸展開來了。他眞的很像義大利男人；他的臉有義大利人的特質。「別再釣我啦。」

「不然怎樣？」我逼問他。

「別把公事和享樂混在一起。」

「你可總是公私相混，樂得很啊！」我微笑說道。

賽門拉下一張誇張的苦臉，「這就是我的重點。我實在沒有抗拒妳的能力，他也一樣。記住我的話吧！」然後他溫柔對我說，「我相信妳，妮姬。」

我知道他說這句話的用意，這句話發揮了預期的效用。我很渴望爲他做事。下了火車之後，我們找到了那家酒吧，我看到那個人獨自坐在吧台，給我迫害妄想的小小蘇格蘭目標物[3]。賽門對我點點頭，然後閃人。我嚥下了我的傲氣，開始行動。

3 原文的「sweaty」為俚語，指「蘇格蘭（人）的」。

# 45 逍遙騎士[1]

我的腦袋啊，唉，一團糟；我正處於安非他命的退藥期，所以嗑了一些混合快樂丸成分的鎮定劑，舒緩不舒服的感覺，所以奇仔這個性罪犯[2]打電話找我的時候，我腦子根本沒有想清楚。很少想過這個人，他眞是個壞傢伙，但是我們兩個被關在同一間牢房。我並不知道他已經出獄了。問題是，我非常想有人作伴，而奇仔從他的朋友馬歇爾那裡知道一匹馬的名字，而這個馬歇爾賭馬從來沒有輸過。因此我們在史雷特福那個組頭班尼那兒下注，我們去「遊艇」[3]看我們的馬兒，賠率爲八比一，不被看好的「雪黑」，在黑達克賽馬場，下午兩點四十五分那場比賽，不費吹灰之力跑回終點！

我眞是不敢相信，老兄。從起跑點開始，我們的馬就跑在最前面。到了中間點的時候，牠一枝獨秀向前衝。有幾匹跑得好的馬在最後一刻拉近了一點距離，但是我們的馬一直衝，一整個向前衝。其實，這是我看過最不公平的一場賽馬。我們並不是在呻吟，老兄，不是啦，我們根本不是在抱怨。我們大叫，「好啊啊啊啊！！！」然後我們在酒吧的電視機下面跟大家擁抱。但是突然間，我停住一秒鐘，我想到被我抱的人，他們或許賭馬輸掉了呢，

1 〈逍遙騎士〉（Easy Rider，一九六九）是著名的反文化電影，內容為嬉痞、藥物與無政府主義。導演為丹尼士・哈柏（Dennis Hopper），由丹尼士・哈柏與彼得・方達（Peter Fonda）主演。

2 原文為「beast」（畜生），在英文俚語中表示「犯下性犯罪的人」。這個好色之徒奇仔先前出現過：在第二十六章時，他曾向妮姬等女孩搭訕。

3 「遊艇」在倫敦的俚語中，是指「酒吧」。但，在此章中，「easy rider」卻不是指機車騎士，而是指「很容易」（easy）「打炮的人」（「ride」為「打炮」）。

會有什麼感受。於是我趕緊抽身，藉口說我要去吧台拿更多酒過來慶祝。我想從口袋裡面掏錢，卻找到更多鎮定劑混合做成的快樂丸[4]。

我們去賭馬簽注站[5]的時候，班尼一臉大便般不爽，「有人給你們熱門明牌啦？」他悶悶地說。

「對極了，老兄，」我微笑說。

「要眼觀四面，耳聽八方啊，」奇仔笑說，「都是運氣啦，老弟，有贏就有輸啊！」

老兄，這感覺最棒了，因為媽的我有了四千英鎊[6]，老兄，而奇仔贏了八千五呢。四千英鎊！我要帶愛麗森和安迪去度假，去迪士尼樂園，去快樂的巴黎！幹的好，馬歇爾，嘿，幹得好，奇仔，把好康跟我分享，我必須說！

我們又回去酒吧，喝了幾瓶啤酒慶祝，然後我們決定進城。我很想趕快把奇仔甩開，但是這傢伙對我還不錯，而且我欠他人情，所以再和他混一下似乎也很好。我們等計程車，甚至要等公車了，但是什麼車都沒有來。蘇格蘭人，在公共運輸方面，眞是一整個「S.F.A.[7]」。然後，奇仔從S＆N酒吧的停車場消失了。我以爲他只是去撒泡尿，但是過了一會兒，一台藍色的Sierra開了出來，是誰在開這輛車？竟然是性罪犯小子，也就是奇仔。

「老弟，專車來接你了，」奇仔露出一口發光的金牙，好像老虎的尖牙。

「啊，是啊……」我跳進車子……我想，老兄，那些政治人物說，這是沒有階級的社會，所以這是誰的車子並不重要嘛[8]。共有共享嘛，是吧。

「得趕快進城，深夜痛快喝一杯，痞子，」他抬高嗓門放聲尖笑，怪異的笑聲簡直要讓我血肉崩裂。

我們把車子停在強士頓階地[9]，奔到愛丁堡皇家大道，上樓走進迪肯餐廳。我們和幾個剛從賽馬場過來的人點頭打招呼。一會兒之後，啤酒把我征服了，我沒辦法再喝了。我這個人啊，嗑藥總是比喝酒行。

奇仔開始談起老朋友：牢友、痞子之類的傢伙。這不是我喜愛的話題，因爲你知道嘛，他所記得的，都是被毀掉的人。我去洗手間，想到我口袋裡的錢，老兄，有了這些錢，我可以找個馬子，爲了某個原因，我從販賣機裡買了一盒保險套，放進口袋裡。我摸到了鎮定劑，在口袋裡鼓起一塊，老兄。這些東西馬上就要用了。

我回座位，發現奇仔想到事情跟我一樣，害我緊張起來。「找個馬子幹一炮，」他告訴我。他解釋，「現在是搞好屄的好時機，四點到六點[10]。她們搞得爛醉，事後根本不知道發生什麼事。」嗯，奇仔開始找獵物了。

現在，你不必遠求。有個紅頭髮的馬子在吧台。她白色的褲襪已經扯到下垂，好像失去彈性，看起來好像包著大便。她已經整個醉成一團，老兄，我好像不敢去接近她，不過媽的，奇仔就直接走過去。他幫這馬子買了一杯酒，說了些話，然後她就過來和我們一起坐。她問我：「你好嗎，老哥？」她說，

4 這種藥物做成膠狀，所以俚語稱「jellies」（果凍）。
5 原文為「奶油餅乾」，俚語中是指「簽賭站」。
6 屎霸在這裡賺了四千英鎊，四千除八得五百，所以他本來的賭資是五百英鎊。照理說，屎霸這個人應該沒有錢，但他竟然有五百英鎊讓他賭馬，似乎有點怪。但是，他在第三十五章的時候，和變態男一起詐騙杜德表哥——他的賭資應該就是從杜德表身上得來的。
7 原文是寫「蘇格蘭足球協會」，縮寫為「S.F.A.」，但在此以上下文來看，應該是罵人的隱語。「S.F.A.」也是「Sweet Fuck All」（意為「什麼屁也沒有」，「not at all」）。
8 從上下文可知，這台車是奇仔當場偷來的。
9 為愛丁堡老市區的地名。
10 這裡是指白天四點到六點，並非清晨。

「我叫做凱西，」媽的，這馬子根本是個大酒鬼，她放聲大笑，然後把臉貼近我，她的手微微掠過我的蛋蛋，然後停在我的大腿上捏著。她通紅的大臉，因為喝酒而膨脹泛紅，那張臉就擺在我的眼前，她的牙齒又黃又糟。讓我想起我的牙齒也很爛，我想到我的臉可能也和她一樣，一副醉酒的鬼樣，因為奇仔的臉也紅的像紅燈。我喝酒不會臉紅，血色會退掉，變得一臉慘白。這女人花了不少工夫化妝，臉上塗了很濃的眼影和口紅，然後她問我們是什麼星座等一些女孩子的問題。

但是，她慘不忍睹，醜斃了，這女孩眞的把自己搞得很難看。

嘿，我醉眼惺忪，因為我已經不像以前那樣亂喝酒了。光喝啤酒就能爛醉，老兄。奇仔掌控全局帶我們離開酒吧，回到強士頓階地，進入那台偷來的車子。奇仔一上車，簡直就要倒車了，不過他還是搞對了，把車子開到向往荷里盧公園[11]的卵石道上。這時天色開始暗了。

這個女人一團糟，唉。她一直在幫蘇聯說好話，然後她露出紅色陰毛，從後座爬到前面，坐在我們兩人的中間。奇仔罵人了，因為她坐在換檔的桿子上。奇仔沒辦法換檔，我們迴轉，下坡。「看我這裡！你們兩個豬頭！有誰想要肏我的洞啊？」她對我們大聲叫。我是說，雖然我和愛麗森已經幾百年沒有做愛了，但是我一定要夠瘋狂，才有辦法搞這個女人。

奇仔大笑，車子差一點撞到荷里盧公園的黑色大門，但是他及時掉頭，車子進公園。他停車，我們走進公園。我看了看亞瑟座位[12]的大山。我們後面有很多新的建築物正在開工。有些是政府工程，為了議會選舉，你知道嘛。太陽下山，這裡有點冷。

「我們要去哪裡啊？」她三不五時口齒含糊說。我們跟著奇仔，來到這個地區的後面。我們走到大柵欄的後面，面對山丘，距離道路很遠。附近沒有人，但是聽得到牆壁後面建築工加班的聲音，他們看不見我們。

「找到狂歡的好地方啦！」奇仔使眼色說。現在天色更暗了。我在口袋摸到一顆快樂丸，丟進嘴巴，完全只是爲了鎭定情緒，完全是要鎭定情緒啊。

「女人，媽的妳現在知道會發生什麼事了，」奇仔大笑，這瘋子拉開了拉鍊，把老二掏了出來，一根肥肥像是橡膠的東西。我看別人的老二，都覺得醜得要死。「嘿！妳過來，」奇仔帶著眞的很有威脅性的語氣對馬子說，「給我吸！」

這個瘋馬子，看起來有點困惑，好像她一直到現在才知道我們來公園這裡幹嘛。但是她只是用力聳聳肩，跪下來，開始吸奇仔的老二。奇仔站著，很無聊的樣子。幾分鐘之後，他說，「狗屁垃圾。連這種事都做不好。」奇仔說。然後他看著我，大笑說，「屎霸，看我教這個笨婆娘怎麼吸老二。」

他叫馬子停止，抓住她的頭髮，把她拉到砌好的磚牆。「好啦——我來了——幹我來了啊——」女人尖叫，敲打奇仔的手腕。

奇仔現在已經失控了。「奇仔，你他媽的，冷靜一點啊！」我大叫，但是鎭定劑發生了作用，我的聲音有點變小。

「閉上臭嘴，」奇仔對她猛吼，並沒理我。這女人也怒氣沖沖回瞪他。奇仔把她抓了回來，硬逼她跪在一堆磚頭的旁邊。「站到那上面去，屎霸。」奇仔說。我已經昏得很厲害，爬到那堆磚頭上。

「好了！」奇仔說，「把你他媽的老二掏出來。」

「好！把我……他媽的……」我口齒不清說，彷彿「動力地球」的屋頂[13]從我眼角餘光飄過……

11 愛丁堡的大型公園，以野生自然景觀出名。

12 亞瑟座位，相傳和亞瑟王勉強有關，是荷里盧公園裡的主要山峰。

13 「動力地球」是愛丁堡一座科學展覽館的名字，就在荷里盧公園內、亞瑟座位的山腳。動力地球的屋頂，並非像地球，也不是圓球狀，而是像敞篷車。事實上，這個動力地球館的外形跟地球並沒有關係。

然後我放聲大笑。

「你這臭爛該死的王八蛋，」這瘋婆子對我大吼，她的臉爛成一團，老天，好像是我而不是奇仔拉了她的頭髮，我根本什麼事也沒做啊。

「不……這樣子不好，」我說：「我只是想當朋友，你知道嘛……」

奇仔大笑，大聲說，「幹下去啊，你這混蛋！我只是想要媽的給這個媽的酒鬼一點好看……」

這女人有點昏了，而我也軟了。「雷蒙告訴我，你會把孩子帶回來。」馬子醉醺醺唸，沉陷在她自己的世界當中，而我也在我自己的世界裡……

「去幹她啊，你這混蛋，」奇仔說。我看他那張怪異的臉，開始像個小白癡傻笑起來。他解開了我褲襠拉鍊，把我的老二掏出來。我完全沒有任何感覺：奇仔握住了我的老二。奇仔！他向下看著馬子。「看，馬子會吸老二嗎？」他回頭對我說，「從來沒碰過一個會好好吸老二的。」然後他又對馬子說，「妳他媽給我留意聽好，因爲這會是妳他媽這輩子得到最好的一堂課。」他說著，又轉向我，「媽的，女人就是這樣擺爛。你總是以爲女人都會做飯，因爲你媽媽會做飯。但是她們只會做簡單的飯菜，你絕對不會讓她們去碰需要想像力……或者需要技巧的東西。爲什麼大廚師都是男人，就像電視上那樣？吹老二也是一樣，男人比女人會吹老二。大部分女人只會把老二塞進嘴巴，然後吸，上上下下吸，好像她們可以把嘴巴變成屄一樣。當我在性罪犯的廂房的時候，有個男孩子就教我怎樣吸才吸得好……首先你得用舌頭把整支老二舔過，」然後他抓住我的老二開始舔……「屌霸像你這樣的case，不必花多少時間啦……哈哈哈——」

動力地球……進去裡面玩，應該很棒吧！

「不要臉的混蛋，」我喘著氣，他冰冷的舌頭輕輕在我很敏感的陰莖皮膚上滑過……奇仔聽起來好像兒童電視節目〈藍色彼得〉的主持人，又像餐飲評論家芬尼．克萊德……這個地方正在天旋地轉，而且天色暗了下來……

「做啊，廢物！」奇仔著氣說。我一開始還以爲他是在說我，但是他是對那馬子說。於是那女人依照奇仔的指示，把奇仔的整支老二送進嘴裡。

「好多了……好多了，」奇仔說：「然後你在我龜頭上吹彈一下……感覺美好又結實……小白癡……」

我被吸了，但是我完全沒有感覺。一點感覺也沒有……

然後我聽到奇仔的聲音，我想到了那個拿奧斯卡獎的人，他說，「我是世界之王，」[14]他的這部片實在有點太長了，我去年看了這部片，我也想到了變態男。我跟你打賭，變態男一定會對著鏡子，說「我是這個世界的國王」這種話……奇仔繼續說……「現在妳把它輕輕地放進妳的嘴裡……輕輕的……做這種事是他媽需要技巧的……這他媽的不是在比賽妳的嘴巴可以塞進多少東西……用妳的舌頭……舔整根老二……好多了……好多了……」

「喔，幹！奇仔，」我喘了一口氣，我的肚子很不舒服。看到奇仔的那張髒臉，靠在我老二旁邊。如果有張臉，是你不希望靠在你老二旁邊的，那就是這張臉。然後我這才發現我們在幹什麼事，於是我抽出來……

他的眼睛噴著怒火，看著我，然後向下看著正在幫他吸老二的酒鬼女人。「看啊！」他以勝利的語氣說，「我叫這個白癡吸我……嗶……」

「我只是從磚塊跌下來啦……磚塊……」我告訴他。

14 指〈鐵達尼號〉的導演。當然，在片中，男主角狄卡皮歐在船首也說了這句。

但是現在，我眼前看到的東西都是水濛濛的。奇仔猛烈抓著馬子的頭，「現在可以加快動作了，現在給我吸……吸……吸啊！你這賤婊子。」奇仔的老二猛烈插馬子嘴巴，插她的頭顱，猛插她的喉嚨深處，並且用賽車評論員的語氣大罵，「現在奇仔進入了最後八分之一哩，他要給這個廢物女人一個教訓，就是奇仔……哇喔！！！」

奇仔用一種邪力緊抓住她的紅髮，用他的下體猛撞她的臉，然後他抽出來，讓她被精液噎住，咳嗽，她擦嘴。奇仔對著她點頭。「恭喜妳，妳從奇仔性愛學院畢業了。」

這是不對的，老兄，這樣做不對，不對，不對，於是我蹣跚走向她，跪在女孩旁邊。「沒關係，沒事了，」我安撫她，好像我們兩個都需要被安撫，老兄，知道嗎。然後她突然說，「你們兩個，你們兩個王八蛋。」她開始打我的鼠蹊，但是我的老二並沒有硬，於是我開始吻她的嘴，對她說，「沒事了，沒事了。」我把她的襪子和褲子脫下來。我把黏在上面乾掉的穢物彈掉，乾掉的東西像一顆棕色的高爾夫球。然後我摸她的屄，我開始硬了。我有點手忙腳亂，從褲袋中拿出保險套，戴在老二上，但是我必須……必須……必須……有些黏稠、怪味的、凝結狀的液體水珠，從她的屄滴出來，我的老二很輕易就插了進去。我可以聽到奇仔那傢伙；他看到我們在幹，就發出嘲弄和譏笑，而她也咆哮罵回去。我感覺自己好像並不在場。我開始幹她一下，但是感覺遜透了，和我預期的完全不一樣，而且我又想，我幹愛麗森的時候也一樣白癡吧，我很生氣，老兄，我氣我自己，而她卻尖叫了起來，用嘲弄的意味叫，「來啊！你他媽幹用力一點啊！媽的你就只有這點能耐嗎！」我一直猛力幹她，直到我把精液噴在剛剛戴上的保險套裡面……

我翻過身體，拉上內褲，老二上還殘留精液。現在奇仔騎上她，抓住她，把她推得臉朝下，然後從他自己的喉嚨咳出一點痰。她說，「你他媽搞什麼鬼……？」奇仔從鼻孔醒出了一些鼻涕，和他嘴巴裡的痰混合成一種雞尾酒式潤滑劑，塗在女人結了一層乾糞的屁眼上。奇仔是「陽性」的，只有醫學的「陽性」，只有在那方面是「正面」，而在現實生活中，他是個非常「負面」的人，你知道嘛，所以他根本不想用保險套。我在想，他可能知道該用保險套，也可能知道那女人什麼病都有，但是他可能根本不在乎，因爲他正用力幹著那女人的屁眼。這種事情不該那樣幹的，開始的時候應該慢一點……我不是說我和愛麗森有在玩屁眼啦，什麼都沒有啦……這個馬子只是呻吟著，哭著輕輕流淚，好像水腫擱淺在沙灘上的鯨魚或海豹，無法動彈，無法回到海裡。

搞完之後，奇仔放開那女人，用她白色絲襪乾淨的部分，擦拭他沾了大便的老二。

這女人翻過身，滿臉通紅，鼻孔流著鼻涕。她一面吼叫，「你這王八蛋！」一面穿上絲襪。

「你她媽給我閉嘴，」奇仔回嘴，一拳打在她臉上。打在她臉上的清脆聲響，讓我覺得緊張而無力。雖然我喝了酒，吃了鎮定劑，我覺得那一拳好像打在我身上。她大聲哀號，奇仔又踢了她一腳，幾乎要把她的奶子踢出內餡。

我聽到自己在說話的聲音，因爲情況簡直一團糟，「喂！媽的好了啦，奇仔……」我對他說，「太扯了。」

「我來告訴你什麼叫做太扯，爛貨，」奇仔指向地上的那女人，她坐著低聲哭泣，搓揉她受傷的奶子。「髒酒鬼，需要媽的洗澡！幹，我就來幫妳洗澡。」

然後奇仔在她頭髮上撒尿，是喝過啤酒之後的臭尿，老天。但是這女人並沒有動，沒有反抗，只是坐在地上哭。她看起來好可悲，老兄，有夠慘，簡直不像人類。我在想我把自己整個搞爛的時候，別人看到的我，也是這樣嗎？有個獨自跑步的人，全身白衣服，從我們旁邊跑過，他看了一下，然後迅速跑離開，一個步伐也沒亂。我聽到建築物工地裡面有人互相吼叫。奇仔是個壞東西，每個人都知道。他做過的事，任何人都可能做出來……奇仔爲他所做的事情，用時間付出了代價。他也償還了他欠社會的債。別人看到我和奇仔在一起的時候，他們看到了什麼？

這件事情打中我的心，老兄；我的心被打中了，我發現我也是歹惡的混蛋。但是我並沒有那麼……壞心，老兄，我沒有那種……精心計畫出來的壞心腸。就像這個世界上大部分的人一樣，我做壞事都是被動的，我們的壞來自我們的袖手旁觀，一無作爲，因爲我們對誰都不關心，除非是我們認識的人，否則我們不會出手干涉。爲什麼我只關心認識的人，卻沒有用同樣的方式去關心所有的人呢？奇仔，唉，和他交朋友很危險，但是他曾經是我的牢友，而且他打電話給我，告訴我賽馬情報，他做的事很重要啊……因爲我要帶愛麗森和安迪去迪士尼樂園，一切都會變好，這都是奇仔的功勞啊……

奇仔和我，我們穿過公園，從艾比山的出口出去，又去一間酒吧。我們丟下了那個女醉鬼，讓她自己承受悲苦和某種羞辱。我回頭看她，因爲我以後就會變成像她這樣的人，老兄，我知道，從愛麗森離開我的那一刻開始，就沒了，結束了……她眞的已經有了，所以是……但是現在，我有錢了，我要跟她重新好好過日子，我要寫雷斯的歷史書，而且我們要去迪士尼樂園，老兄……

我們腳步亂七八糟，走了一會，走進這家酒吧。我對奇仔說，他剛才有點失控，他轉過頭來對我說，「你不必同情那些人。這就是你的問題，屎霸。你對人太和善了。像你這樣的人總是以爲如果每個人都媽的去愛難民，然後就會天下太平了，可是才沒有這樣簡單。懂嗎？老弟。」他的臉離我只有幾吋，但是我的視線仍然無法聚焦在他臉上，「懂嗎？因爲這些人天生就該被欺負，所以啦。媽的，記住我的話吧！」

我半醉了，頭腦不清，口袋裡有鈔票。奇仔的臉上有種東西讓我不爽。並不是眞的因爲他說的話，也不是因爲他對那女人做的事。我想了一下，是他揚起眉毛瞪我，然後又把頭甩開的動作，惹到了我。

我知道我要揍這個傢伙，幾分鐘之後我眞的動手。在這幾分鐘之內，我一直惹他生氣，因此我們兩人都知道了即將發生的事。

我一整個揮拳揍他，我以爲我揮拳落空，因爲我的手和手臂都完全沒有感覺。但是，我看到血從他的鼻子裡流出來，而且聽到吧台傳來的吼叫聲。

我揍了奇仔之後，他雙手摀臉，站了起來，雙腳站好，拿起了啤酒瓶，瓶裡的酒灑了出來。我也站起來，他一拳揮向我，卻落空了。酒保對著我們大吼。奇仔手上的酒瓶掉落地上，但是酒保大叫，「**出去！**」

於是我走向了酒吧門口，心裡卻在想，我不要和奇仔一起了，絕對不要。於是我在門口前面停了下來，讓奇仔先走。當他走出去之後，我關上酒吧的門，然後把門鎖了起來。奇仔想要破門而入，回來找我，但是兩個酒保跑了過來，打開大門對他吼，要他滾遠一點。奇仔想闖進來，但是有人抓住了他，奇仔揍了這個人。這個人和奇仔扭打。其他人抓住我，把我丟了出去。現在奇仔和我在對抗酒吧的人。酒吧的那些人要對付我們是輕而易舉的，因爲我喝醉了，又吃了鎭定劑，奇仔也醉了，而且我根本沒辦法打架。我們撐了一下，那些人痛扁我們，然後他們回去酒吧，把我們丟在大街上狼狽呻吟。

奇仔和我兩個人隔得遠遠向前走，在街上互罵，然後我們好像又和好了，想要再去喝一杯。沒有一家酒吧願意讓我們進去，只有一家像老鼠窩的酒吧收留我們。他們不管你喝得爛醉，渾身是血，爛成一團，任何人統統可以進去。但是過了一會兒，我有點昏過去；醒過來之後，我發現奇仔已經走人。我站了起來，走到門口，認出自己是在艾比山附近。我沒有辦法，只好往前走。

「愛麗森！愛——麗——森⋯⋯」我聽到有人在喊叫，幾個艾比山聚落[15]街上玩耍的小孩看著我，他們很戒備我。我的腳滑了一下，跌下幾個台階。我扶住欄杆，爬了起來。那喊叫聲又響起來——而我這才發現，原來是我自己在喊叫。

我蹣跚地走到了羅西廣場，通過這巨大的紅色住宅區，往復活節路走去。我依然喊叫，彷彿我有兩個腦袋，一個在思考，一個在喊叫。

兩個穿著西伯隊上衣的馬子經過我的身邊，對我說，「閉嘴啦，瘋子。」

「我要去迪士尼樂園，」我告訴她們。

「老兄，我想你已經到啦，」其中一個馬子回我。

15 聚落，原文「colony」，字面上是「殖民地」的意思，但在此並不是指殖民地（不是給外國人住；不是給移民住）。愛丁堡昔日建有一種給窮人和工人住的低價住宅，就叫「colony」，位置就在這裡的艾比山等處。

46

# 第18747個念頭

妮姬是個女神。我一直在觀察她；她知道如何耍弄別人，如何讓別人自我感覺良好。例如，她不會問你想不想抽菸，而會問，「想不想跟我一起抽根菸？」或者，「我們一起喝點酒好吧？」而且永遠是喝紅酒，不是白酒。這就是一個有品味的女孩，跟費佛或艾塞克斯來的馬子不同，那種遜馬子燙曼徹斯特式的鬈髮，喝白酒，都是屁蛋。「要不要我泡壺茶，兩人一起喝？」或者「我真的很想跟你一起聽披頭四的歌，挪威森林，很棒喔。」或，「我們一起選購新衣服吧！」

在我們的籌款計畫，她更是比我行，而我開始擔心我自己進度落後。幸好拍片進入情況；雖然我有這個榮幸——不大安心的榮幸——拍攝佛瑞斯特在電梯裡被汪妲吃老二，地點在瑪爾特羅大廈[1]。布萊安·庫倫，是我在雷斯的老朋友，他負責看守愛丁堡最大的這一根——我是說，最高的大廈，而不是佛瑞斯特的細屌。佛瑞斯特「4號」[2]爽到了。

我很擔心我的計畫，幸好我的祈禱得到回應，史克列爾打電話來了，「一切都搞定了，老哥，」他說著，而我正憋著氣，不讓噴嚏打出來，以免剛剛吸進去的那一大排古柯鹼被噴走。最近這些貨似乎大部分都存留在了我體腔和鼻腔了。我打噴嚏的時候，留在手帕上的古柯鹼比肺裡的還要多。這

1 為愛丁堡最高的建物。為住宅大廈，並不高級。

2 在英文俚語中，「1號」為「去小便」（即，「小號」），「2號」為「去大便」（「大號」），「3號」為「手淫射精」，「4號」為1、2、3號同時一起做。這四者，前兩者很常用，後兩者較少聽到。

讓我想要清洗鼻腔。我的鼻子已經爛了，我需要把古柯鹼注射在血管裡[3]。

「史克列爾。我剛剛想到你呢，我的老兄。我剛剛才對我的一個兄弟說；我格拉斯哥的朋友史克列爾是條好漢，從來不讓我失望。有什麼消息，老兄？嘿？」

「變態男，媽的你在嗑什麼啊？」

「這麼明顯嗎？」我吃吃笑說。這就是古柯鹼的力量。我正在和撒旦打交道，踏上一個爛掉的、緩慢的、昂貴的、通向地獄的旅程。

「還用你說嗎？總之，你想要找的女孩，名字叫做雪麗．鄧肯。她是個肥小妞，和母親一起住在葛華山。沒有男朋友。害羞型。她經常和朋友在星期五下班之後，去『全套酒吧』[4]喝酒，這個星期五她也會去。」

這個格拉斯哥人有一套。「我六點鐘跟你在山米道酒吧碰面。」

「沒有問題，大哥。」

我穿亞曼尼外套，裡面穿著羅納．謨德森羊毛衣。我的鞋子是Gucci的。但是很不幸，抽屜裡找不到高尚襪子，於是我只好套上飄著腳臭味的白色愛迪達運動襪。去火車站之前，我得先在威佛利找一家襪子專賣店，把腳上這雙臭襪子換掉，否則我就完了。

我買了一雙海軍藍的薄襪子，想要把這雙愛迪達襪子留給史克列爾，但是他可能會誤解。上火車之前，我檢查一下手機簡訊。懶蛋告訴我，他回蘇格蘭了。這傢伙眞是疑神疑鬼。他甚至不告訴我他住哪裡，可能擔心我把這消息洩漏給方斯華的黨羽。反正我很快就會找到他住的地方。

我打電話到格拉斯哥的馬爾美絨大飯店。我想，如果住貴的飯店，我會加倍堅決地進行計畫。

下了火車，到了山米道酒吧，史克列爾正在吧台。我發現已經大約四年了，他稱呼我「變態男」，把我介紹給幾個在場的格拉斯哥小角色，我盡量不動聲色。「變態男，他是愛丁堡—男人，」史克列爾笑著說，「聽起有一點矛盾[5]，不過就是這樣。」

格拉斯哥人。如果你把他們的刀子拿走，然後教他們講究個人衛生，他們就會是很好的寵物。可是史克列爾現在是東道主，他幫我辦事，我只好吞下羞辱，讓他去冷嘲熱諷，期待大菜出現。「所以，那小妞在哪裡？」我放低聲音，開始唱歌，大概是我看過的卡通歌曲，我想應該是〈老鼠和貓〉（**Herman and Catnip**）裡面的船長貓唱的：「我有戀愛的感覺……」

「我甚至不想知道你在搞什麼鬼，你這混蛋，」史克列爾笑著說，這表示他很想知道我在搞什麼。我在他口袋裡塞進一個信封，讓他閉嘴。

「有一天我會告訴你的，但是時機還沒到，」我用冰冷透底的口吻，斬釘截鐵。

我們離開酒吧，在沉悶的細雨中通過喬治廣場，來到了「商人市」[6]，格拉斯哥人把這個廉價鳥地方當作寶，眞是笑死人。一個警察攔下一個在喝酒的酒鬼，警察要他把啤酒罐丟掉。有夠狗屎。如果格拉斯哥要徹底進行「無酒鬼計畫」，他們乾脆把全市民眾丟上運牛的貨車，統統送去蘇格蘭高地算了。

我把這個想法說給史克列爾聽。他說，要不是我是他的朋友，他就會拿刀子刺我。

我告訴他，我也猜得到。

這裡就是經典的「全套酒吧」，不管開在什麼地方都是這個樣子。這種酒吧沒有個性，客人似乎也

---

3 原文用「pipe」，指「血管注射」的意思。長期吸食古柯鹼會腐蝕鼻黏膜，因此用煙管吸也沒用，最後只能用注射的。

4 「All Bar One」，是一家連鎖酒吧，而不是獨立酒吧。值得注意的是，此書中的主要角色對於這種連鎖式酒吧是很不屑的，認為沒有特色。

5 這裡的矛盾，是Embra Man與Sick Boy的矛盾。一個是man，一個是boy。

6 「Merchant City」是格拉斯哥市中心的一個地名。

變得沒有個性，因爲個性都被酒吧吸掉了。這地方就像是「宜家家具」的展示區，只不過大家是在下班後找同事來喝酒，希望順便找到喝醉或饑不擇食的酒客，可以帶回家幹。我看到一群燙著曼徹斯特髮型的人，比星期六在昂黛爾中心[7]出沒的人還要多。

我們起身走向吧台，史克列爾把雪麗・鄧肯指給我看，給我一個微笑，就離開了。「祝你好運！」

嗯，哈囉，寶貝。我一眼就可以把她認出來。她和兩個馬子坐在一起，其中一個姿色還不壞，另一個就是女狼。我所關心的馬子，我的雪麗，並不是只有超重一點點而已。我和懶蛋有一個共同點，我們都怕肥仔。根本沒辦法和胖子好好做愛，因爲胖子是一種畸形人，在社交的層面讓人動彈不得。大家把胖子當作貪心的人，無能自制的人，而且老實說，當成精神病人；我是說，對女胖子而言。至於男胖子就還好，大家認爲男胖子有點個性，懂得享受人生[8]。

我猜她大概快二十歲，要不然就是二十出頭（胖子有另一個問題：你愈胖，別人就愈不在乎你的年齡），而且她有個專制的母親在管理她的穿著。「我在市場幫妳挑選了便宜質料的五〇年代白癡洋裝，穿在妳身上眞是好看得要死，阿妹。」我站在吧台，喝傑克・丹尼爾威士忌加可樂，等著她的朋友——那條女狼——向我走過來。我對她閃出一個微笑，她也回報我，撥開眼睛前的瀏海，她賣弄風情的表情好像塑膠做的。但是她這個小牌女伶騙不了人，她根本還沒有餓得想吃一根好幾吋的眞實肉棒。我們現在都要演出一場戲，在戲中要玩個「說眞的，我還活著」的遊戲，而在這場戲之前的選角，肉棒是舉足輕重的。

「星期五這個時候，還不晚。可是，這裡就這麼多人啦？」我問她。酒吧裡正在播史汀的歌〈紐約的英國佬〉（An Englishman in New York）。

「唉是啊！格拉斯哥都是這樣嘛，」她說，「那，你是從哪裡來的啊？」

噢，真是易如反掌。如果，我要搞的馬子是眼前這一個，而不是遠處的那頭小象，該有多好。「愛丁堡，來洽公。不過我想在回去之前，過來喝一杯。妳剛下班？」

「是啊，剛下班沒多久。」

我向馬子自我介紹。她名叫愛斯黛兒，說要請我喝一杯，可是我堅持由我請客。她說有朋友在場，而身為一個體面的愛丁堡紳士，我請她們每個人喝酒。

馬子對我很有好感，這還用說嗎？「這是羅納．謨德森的毛衣嗎？」她一面問我，一面用手去摸我的羊毛衣質感。我對她微笑，暗示她對了。「我就知道，」她對我發出了諂媚，讚美的眼光；在愛丁堡或倫敦，你絕對看不到女人給男人這樣的眼神，除非這個女人的年紀比男人大一倍。**「我是一個在格拉斯哥地盤的雷斯人，喔喔喔……」**

喝完酒之後，我確定她們都很醉了，甚至包括雪麗．鄧肯都醉了。愛斯黛兒看著我，然後轉過頭去對著另一個在場的馬子瑪麗蓮說，「她有興致設陷阱捕熊喔！」她吃吃笑著，嘴裡的酒咳了一些出來。

「熊是不是掉錯了洞啊？」我微笑，抓住雪麗．鄧肯的眼神。她給我的眼神是飽受創傷的。在三個馬子當中，她硬是長得最醜。

「妙的是，她通常提供錯的洞，給熊去鑽喔，」瑪麗蓮大笑，愛斯黛兒用手肘推她。我試著克制自己的天性，暫時不對瑪麗蓮發火。連愛斯黛兒也懂危機處理了。現在公事第一。

雪麗看起來很窘，沒有錯，這三個人當中，她絕對是最不搭調的一個。「你是做什麼工作的啊？賽門？」她怯生生問道。

---

7　為曼徹斯特著名的市集。

8　原文為法文「joie de vivre」。

「喔，公關。主要是在廣告界。我最近從倫敦搬回愛丁堡，在愛丁堡進行一些計畫。」

「你所接觸的客戶都是什麼樣的人啊？」

「電影圈、電視圈、影藝業那類，」我繼續閒扯一堆廢話，買來更多酒，我看到她們三個臉上的紅潮愈來愈大，愈來愈紅，酒精迅速延燒了這個系統，活像三個烽火台，賀爾蒙也四處發散。是啊，她們臉上大大寫著「給我雞雞」，閃亮得像賭城廣告似的。

媽的我看透了愛斯黛兒；只要我給她全套服務，只要六個月，她就會在列王十字區就會躺著給人口交賺錢[9]。沒有錯，在某些馬子身上，你可以嗅得出毀滅的氣息，她們邪惡的父親或者繼父可能帶給她們無法治癒的心理傷痛，她們的苦痛，像社會的溼疹，可能潛伏一陣子，卻等待爆發。她們的眼神凋零受傷，顯露她們要把毀滅性的愛奉獻給邪惡勢力，而且她們會不斷付出，直到自己消耗殆盡。這種馬子一生都逃不了受虐的命運，而且不用懷疑，她們會尋找下一個對她們無情施虐的打手，而性侵者也兇猛找尋她們。

夜幕降臨，我不理愛斯黛兒和瑪麗蓮，全心對付雪麗．鄧肯；另兩個馬子很吃驚，雪麗也很吃驚。雪麗肥胖而清新，我覺得自己像個性變態和社會工作者的二位一體。很快，我們接吻了，然後回到馬爾美絨大飯店。她說：「這種事，我以前只做過一次——」

我們上床，一想到了我的計畫，我只好咬緊牙關上場。我的老二硬得不得了，我的手在她沉重的乳房上遊走，上下撫摸著她垂軟的大腿，摸過她月亮形狀的屁股。我一進入她身體裡，她就達到高潮。爲了控制她，我故意不在保險套裡射精，卻假裝發出高潮的呼聲，讓自己的身體硬梆梆伸展，骨盆用力抽動，模擬射精的動作。我想這是我這輩子第一次假高潮，我對自己的表現非常滿意。

早晨的天光灑進飯店房間，我付出的代價也就很明顯了[10]。我感覺作嘔。她從床上爬起來說，

「我得走了。我早上要工作。」

「什麼？」我帶著一絲關切問，「遊騎兵隊[11]現在又不在格拉斯哥，妳還要上班嗎？」

「喔，不，我不在伊布洛斯工作了。我上個星期剛剛結束那邊的工作。我的新工作是在一家旅行社。」

「妳不在……」

「昨天晚上非常美好，賽門。我再打電話給你吧！我得趕緊出門了。」她出門了，我癱在床上，我被一個胖妹強暴了，這一切都要歸功史克列爾的無能！

我吃了飯店的早餐，心裡好厭惡自己，走到皇后街，打史克列爾的手機。他爲自己的清白辯護，但我知道，他一定在故意設計我。「我不知道啊，大哥。沒有關係，你跟她混，她會告訴你有誰在那裡工作。」

「哼！」我按掉電話，希望妮姬那邊比我順利。

9 原文「singing」是俚語「口交」。

10 指，天亮了，女人的身體一覽無遺了。

11 指「Rangers Football Club」，總部位於格拉斯哥。此譯名是台灣的用法。這個隊名在香港譯作「流浪」；在中國，則譯為「遊騎兵隊」、「巡游者隊」、「流浪者隊」、「漫游者隊」等。

# 47 「……無所不在的薯片……」[1]

我的身體又瘦又累。麥蘭妮和我，得跟克雷格演拳擊台那場戲。幸好我之後不用再和克雷格幹了。劇本修改過：在寒冷的清晨，我們在雷斯一家拳擊俱樂部碰面的時候，馬上發現劇本有更動。當時雷布正在架攝影機，他跑來跟我說，「妳不要演這部分。這不是原本劇本的情節。」

我沒有回答他，但是我跑去找賽門。「這段戲是要幹嘛？『吉米拿出一根十八吋長的假陽具，兩端都是龜頭的形狀。假陽具表面還有刻度，可以量長度。』[2]」

「唉啊，」他作手勢叫麥蘭妮過去，「我覺得在女女大性交之前，需要更多的女女戲劇張力。原本的情節太柔軟，太姐妹情誼了，太舒服了。我覺得如果角色有點稜角，更有好戲看。這兩個女娃都想獨佔譚姆的老二，懂了嗎？」

我看著麥蘭妮，她拉拉我手臂說：「沒關係啦。」

但是拍這場戲並不容易。麥蘭妮和我必須跪在擂台上，兩人之間由一根假陽具相連，這一根同時插在兩人體內。我們必須背對背，用力向著對方擠動，當她和我的屁股碰在一起的時候，誰的身體容納比較長的假陽具，誰就勝利，就可以被克雷格幹。最糟的是賽門竟然這樣安排場景：在泰利的酒吧看業餘色情片的那批人，都被賽門找來當台下觀眾喝采。

拍這段戲感覺不一樣。從我開始拍這部片以來，這是我第一次感覺到被人利用了、不被當作人類看待，酒吧來的那批醜男人圍在擂台四周，臉孔扭曲，對我大吼大叫，我覺得自己像個性玩具。我一時感覺淚水滾下。賽門卻在一旁鼓勵，「加油！妮姬，加油！寶貝……妳最棒了……眞性感……」這些屁話讓我心煩，讓我感覺更糟。我覺得自己被搾乾，好緊張。我求求他閉上嘴巴。無論他說什麼，我卻一直聽到他腦袋在想別的句子：「在英國，我們喜歡看到別人被幹。」重拍好多次之後，麥蘭妮和我倒在彼此的懷裡。我感覺皮肉痠痛，整個人要滅了。「休息一下吧，女孩。我們拍了很多火辣的東西，夠我們剪接了。」賽門說。

獲勝者是麥蘭妮。她繼續和克雷格進行下一場表演。賽門把手臂搭在我的肩膀上。感覺爛透了。「別碰我，」我對他說，抖開他的手。麥蘭妮拍完之後，我們一起走人，去植物園，抽著大麻菸，看各個年齡層的男人走過眼前，猜他們會不會看色情片。然後我們開始猜這些男人穿的是三角褲還是四角褲。猜他們的老二是大種馬還是小老鼠，猜他們內褲裡那玩意兒的品相。說話的聲音越來越大，也抽到很駭，說話越來越酸越毒，我們彷彿復仇了，於是我們自我治療了剛才的創傷。

後來賽門來我的公寓。「妮姬，妳演得很棒，那場戲難度很高。」

「我很痛，」我簡短告訴他：「痛死了。」

賽門看著我，好像他眼淚快要掉了下來。「對不起……我不知道會變成那樣……都是旁邊的那群混蛋，那群人從泰利的色情俱樂部來……」我倒在他的懷裡。「妳幹得眞好，妮姬，但是我不會再讓妳陷入這種局面的。」

「你保證，」我問他，向上看著他。我喜歡窩在他臂彎裡的感覺，覺得自己好渺小。

「我保證，」他說。

1　該連鎖餐廳有典故：創始的第一家店提供馬鈴薯片，而且店老闆很喜歡「chips with everything」這句話。

2　雙引號之中的句子，為劇本新增的部分。

「總之，」我告訴他：「我想第五號兄弟也得到滿足了。」

「至於另一個任務？」賽門問我。我對他解釋，一切都在掌握之中。

因爲我知道「他」會打電話過來。工作結束之後，他帶我去一個叫做「無所不在的薯片」的餐廳吃飯。我一定沒記錯店名，因爲我喜歡這個店名的發音。賽門、泰利，以及其他愛丁堡人，似乎都輕視格拉斯哥這個城市和市民，但是我曾經和大學同學在格拉斯哥混夜店幾次，我的觀點中立，覺得格拉斯哥比愛丁堡更有氣氛，更友善，更有活力。

去「無所不在的薯片」，是我和他第二次約會。我們的第一次約會是在歐尼爾酒吧，我很容易就和他勾搭起來，然後我問他要不要改去別的地方聊。我們去了一家比較小，比較安靜的酒吧，他似乎被我吃得死死的。

當天晚上最後，這可憐混蛋飄飄然地陪我走到皇后街，去搭最後一班火車。我讓他在月台上吻我，我感覺到他勃起的老二貼著我。身爲淑女，我眞不該說出這種事。

我登上火車，對他揮手道別，盡量搞得一切都很儀式化。然後我看著他的身影在遠方消失，我開始想像他變得苗條，改戴比較有型的鏡框，甚至戴隱形眼鏡——唉。

在我的任務中，第二次約會是在「無所不在的薯片」餐廳。賽門對我說，我應該更酷一點，但是賽門不知道這個艾倫先生有多麼迷戀我。「艾倫，我要的是一份影印資料，一份你分行的所有客戶資料。人家不會知道這份資料是從我這邊洩漏出去。我要把這份資料賣給行銷公司。我還要所有客戶的帳號。」

「我……我……讓我想想看可以怎麼幫妳。」

我跑到洗手間，用手機撥電話給賽門，告訴他這個好消息。

「不，妮姬，裝出嬌態，等著看他拒絕妳。」

「但是他對我很著迷，他想要我啊。」

「他現在或許想要妳，但是如果要把事情搞定，妳得一直在他身邊，每天二十四小時，每週七天。這種遊戲妳玩得下去嗎？」

「我玩不下去，可是……」

「現在的情況很好。當他單獨一人躺在床上，傻呼呼想著妳打完了手槍之後，酸苦和自厭的情緒鑽進他的心，他就會開始對妳起疑。」

賽門或許對於人性的理解並不夠全面，但是他肯定了解人性的脆弱面。他有道理。但是，有誰會拒絕他打手槍時的性幻想對象？有哪個男人可以掙脫慾望的輪迴？

不過，賽門是對的，艾倫已經另有想法。當我和他在一起的時候，一切都沒問題，當他一個人的時候，他似乎很快恢復理智。我回去找他時，他告訴我他可以給我客戶名單和地址，卻不能給我帳號，因爲那樣會讓他惹上大麻煩。行銷公司，幹嘛需要客戶的帳號呢？

我怎麼回答他呢？「我要把帳號賣給駭客，讓他們侵入系統，把錢提光光。」

「不行，不能這麼做！」

「我在開玩笑啦！」我大笑。

他緊張兮兮看著我，然後也跟著笑了。

「我不知道任何的授權碼啊，也不知道簽名式啊。公司建立資料庫，要省時間。他們把客戶資料掃瞄進去資料庫，動作越快越好。就是這樣。」我從碗裡拿起了一片薯片，「可愛的薯片，」我告訴他；這裡的薯片很好，撫慰了我。

48

# 阿姆斯特丹的婊子們第五部

愛丁堡和我記憶中的一樣：儘管冬天已經過去，還是又濕又冷。我要求計程車司機把我載到史塔克布里奇，去蓋夫．坦普利[1]的家。坦普利是我的朋友當中少數從來不碰毒品的。因此我只和他一個人保持連絡。他絕對不會跟卑比這類人混，不可能洩漏懶蛋的行蹤給卑比。

到他家的時候，一個二十多歲、長得很漂亮的女孩，正要走人。蓋夫有點不好意思。他們倆顯然剛剛吵過架。「啊，對不起，剛才沒有給你們介紹，」他和我一起走進屋子裡：「她叫莎拉，我在她的熱門排行榜上已經不是第一名了。」

我在想，要是能擠上她的打炮清單，我就夠爽了。

我把背包放下，和蓋夫一起去酒吧，之後去吃咖哩。這家咖哩餐廳好吃又便宜，情侶們很愛來這裡，但是也有群聚的醉酒男人。阿姆斯特丹有幾家不錯的咖哩餐廳，但是在那裡沒有我們這裡的咖哩文化[2]。如果你看見嘈雜、醉酒的瘋子和你隔了好幾桌的距離，你大概就覺得慶幸了。幸好我的座位是背對著他們，所以我可以安心享用印度蔬菜咖哩和鮮蝦咖哩，蓋夫比較慘，他的眼睛得面對著那群嘈雜、討人厭的老頭子。一會兒之後，我們都喝得很醉，根本不再注意他們。然後，我上樓去洗手間。

走出洗手間的時候，我的心跳停止，整個心臟幾乎要跳到嘴巴。是個神經病，雙手握拳，衝下樓梯，對我衝過來。我凍結不動。媽的勒……是他……我要擋住他，揍扁他，壓住他的腿……

不是他。

只是一個急著推擠，想要穿過我身旁的傢伙；我對他並沒有表現出惡意。事實上，我很想親吻這個瘋子，感謝他並不是卑比。謝謝你啊，媽的搖頭大王。

「你要我的照片嗎？[3]」他經過我的時候，問我。

「對不起，老兄，我剛才一時以爲你是我認識的人，」我解釋。

這瘋子喃喃唸了幾句，走進洗手間。有一剎那，我很想跟他進去，但我克制自己。松濤館空手道老師雷蒙教誨我，學武術最重要的教訓，就是要知道該在什麼時候「不用」武術。

吃完之後，蓋夫和我回到他家，我們一聊就聊到深夜，喝酒，講故事，討論人生，問一下彼此近況。他的舉動有種令我悲哀的感覺。我對他竟然心生這種感覺，我覺得恐怖。我並不是比他有優越感，我眞的很喜歡這個人，他好像已經面對他自己的極限，卻沒有學會去珍惜自己所擁有的。他告訴我，他仍然在勞工局，同樣的職等，那是他可以爬到的最高職位了。他曾經多次要求升遷，但是都被打了回來，現在他已經不再申請升等了。他覺得，他的人生成績單上已經蓋了「遜」字標記。「眞奇怪，記得我剛來這裡的時候，我強迫自己喝酒。在酒吧打混，才可以拚人氣，讓人覺得我很會社交，人際關係好。現在，卻被認爲是酒鬼。莎拉……她叫我把這一切都放下，帶她去旅行，去印度那類的地方，」他

1 蓋夫，在《猜火車》之中出現過。他是懶蛋的朋友之中，少數一個生活「正常」、有「正當」工作的人。

2 這裡的咖哩文化，是指在英國咖哩餐廳太普及了，以至於在咖哩店裡也常看見酒鬼。事實上，因為英國的咖哩店往往比別種館子便宜，也就更容易吸引窮人和酒鬼上門。英國咖哩店多，是因為以前英國殖民印度，而大量來自印度和巴基斯坦的移民把咖哩文化帶入英國（這些移民很窮，結果他們開的店，也往往吸引窮客人）。這樣的咖哩文化，自然是荷蘭所沒有的。荷蘭的咖哩店，可能是以窗明几淨的為主。

3 這一句的意思是：「你看什麼看？沒看夠啊？」

搖頭說。

「那就去啊！」我告訴他，我的聲音中充滿鼓勵。

他瞪了我一眼，好像我在建議他養兒育女。「她當然可以這樣建議，馬克，她只有二十四歲，不是三十五歲。差別很大啊[4]。」

「去你的，蓋夫。如果你不跟她一起去，你會後悔一輩子。如果你不去，你會失去她，然後繼續在狗屁辦公室坐二十年，變成搖搖晃晃的爛酒鬼，一個大家都不想變成的可悲角色。更糟的是，他們可能會爲了一丁點小事，把你給解雇掉。」

蓋夫的眼神空洞無光，我突然發現——我的酒後瘋言在他聽來是多大的羞辱與冒犯。以前我們可以這樣說話，把辦公室工作批評成大便，但是現在辦公室工作是珍寶了，我們年紀大了，也比較沒有批評的本錢。「我不知道，」他疲憊地說，酒杯舉到嘴邊：「有時候我覺得自己太固執了。就是這樣啊，」他嘆道，環顧他裝飾精美、家具豪華的房間。這是很棒的維多利亞風格的愛丁堡公寓，有凸出的角窗、巨大的大理石壁爐、磨砂地板、地毯、古典和復古的家具、彩色粉刷的牆。一切都光潔無瑕，看得出來，他寧願維持生活現況的眞正原因，是這房子的貸款。「我想我可能已經錯過機會了，」他故做歡欣以化解尷尬。

「你才沒有錯過。你只管去就對了，」我鼓勵他，「你可以把這棟房子租出去，」我告訴他：「等你旅行回來，你的房子還在啊。」

「我們再看看吧，」他微笑說，但是我想我們心裡都明白，他不會去的。媽的這個大笨瓜。

蓋夫察覺我的蔑視，然後說：「馬克，這對你來說很容易，但是我不是你啊。」他幾乎懇求地說道。

我很想說，對我來說是他媽怎麼容易了？這全部都是他的預設。是啊，我不能夠忘記，我在做客，他是主人，也是我的朋友，只好自我約束地說：「一切都在你啦，老哥，你的生活只有你自己在過，你知道怎樣做對你最好。」

聽了我的提議，他的眼神更加憂鬱了。

第二天，我出門走走，戴上帽子，遮住醒目的紅頭髮，再戴上平常只有看球賽或看電影才用的眼鏡。我希望這些道具，加上九年來的歲月滄桑，足以讓我不被熟人認出來。總之，我盡量避免去雷斯，那裡最可能出現卑比的黨羽，其中不乏認識我的人。我聽說席克仍然住在雷斯大道的頭，於是我傻乎乎去他那裡，是另一次讓人沮喪的會面[5]。

席克的下排牙齒用金屬矯正器固定住。他本來就已經很陰沉的微笑，顯得更加邪門，就像羅傑摩爾[6]時期〇〇七電影中的大鋼牙[7]。蓋夫．坦普利告訴我，有一幫人，是菲弗地方還是格拉斯哥的人——端看你是在跟什麼人談這些人——找上席克，想要拔掉他的牙齒。我很慶幸他們並沒有成功，因爲席克現在的牙齒簡直是藝術品。坦普利說，席克找到了那幫人的大部分成員，一個一個進行兇狠報復。這可能是狗屁瞎說。事實是，我知道，如果有人看見我和席克混在一起，我就等於給自己買了一份保險，可以用來預防卑比的黨羽——希望如此。

4 在書中，變態男三十六歲。懶蛋和蓋夫大概也是三十五、六歲。

5 在《猜火車》書中，懶蛋曾向席克買藥。他剛才和蓋夫在一起，是第一次讓人沮喪的會面，而和席克見面，就是另一次讓人沮喪的會面。

6 較早期的〇〇七演員。

7 大鋼牙，為〇〇七電影〈海底城〉以及〈太空城〉中的大反派。

從席克對待我的態度看來，好像我從來就沒有離開過蘇格蘭似的，他馬上就想賣海洛英給我。我拒買，他似乎非常驚訝。坐在他家裡，我馬上驚訝體悟，我來找他，是多麼白癡的行爲。席克和我從來就不是眞正的朋友；和他交往純粹是做生意。他沒有朋友，他身體裡該長心臟的地方反而長了一塊冰。我也很驚訝——雖然席克看起來仍然塊頭大身子硬，他的身體已不大能讓我恐懼；我在想我看見卑比時，會不會也不再怕他了。席克可怕的地方，是他安靜而不苟言笑的墮落行徑。他從沙發下面，拉出了一個好像大富翁紙牌遊戲的盒子，把盒子翻轉過來。我不敢相信我所看到的東西：都是保險套，用過的保險套，裡面都還有液體，精心擺放在盒子裡。

「這星期的成果。」他大笑，眼神緩慢如同死神，長髮從臉上甩開。「我從『純種酒吧』帶回來一個小馬子，」他指著其中一個保險套，冷冷地說。這些套子，看起來彷彿死在戰場上，死在納粹黨大屠殺的士兵。如果我知道這些東西是在這個房間之中擠出來的，我才不要留在這個房間裡。

在這種情況之下，我眞的不知道該如何回他話。我看到他的牆壁上，有一張大衛·霍姆[8]之夜在地窖俱樂部的傳單。「我敢說，那天晚上的表演很棒吧，」我指著那張傳單說道。

席克不管我，指著另一個保險套。「那是一個從『好料』夜店釣來的學生妹，是個英格蘭馬子，」他繼續說。一時之間，我覺得這些套子眞的都是那些女人，被席克老二發出來的雷射光融化縮小，變成粉紅色的橡膠。「這一個，」他指著一個已經發黑的套子說，「是有一天晚上，我在『溫莎』遇到的馬子。我幹遍了她身上每個洞，」他告訴我，然後依照標準的順序把那些洞細數出來：嘴巴、陰道、屁眼。

我可以想像席克騎在那個愚笨小馬子身上，幹著她的屁眼，她痛得咬牙切齒，而父母和朋友給她的勸告「不要交壞朋友」就像無情的配樂一樣，烘托出她的痛苦與不適。或許她被肏之後還會試著和度克依偎在一起，欺騙自己做這件事是她自己的選擇，她和他是眞的來電，他並沒有強暴她。或許，她肏完之後，拔腿就跑，盡快離開這個鬼地方。

席克的眼睛，像是在雪地中小便，熱尿所燒出來的洞。他眼神飄到了另一個保險套上面。「這是一個淫賤的小婊子，我幹她幹得超爽……」

席克引誘馬子上床，人盡皆知。佛瑞斯特和他，都會給馬子海洛英，等到她們嗑昏之後，再幹她們。他們喜歡幹馬子，但更喜歡把馬子釣上鉤的感覺。我看著席克，心裡想，爲什麼有人會被劣根性收買，爲什麼有人爲了小小的利益而把他們人生的可能性加以窄化、僵化？他這樣搞，得到了什麼好處？只不過是肏昏死的肉體。

這就是我現在的朋友群：一個自暴自棄的青年公務員，和一個和卑比很少往來的老資格藥頭。不行，我得馬上走人。我撥電話給我爸媽，他們現在住在鄧巴，我打算去那裡看他們。我走人的時候，席克說：「記住，如果你改變心意，想要來點……」

「好，」我對他點點頭。

走人後，我看著整條雷斯大道。雷斯吸引我，卻也讓我害怕。就像站在懸崖峭壁，讓人有衝動想要站到懸崖邊，同時又讓人害怕。我很想去「卡納斯達」吃個蛋捲，喝一杯茶，或者是去「中央酒吧」喝一杯健力士啤酒。簡單的享受。但是去不得，我轉向另外一個方向[9]。愛丁堡也有不錯的酒吧和餐館。

我打電話給變態男；他仍然在探聽我在愛丁堡的住處。我無法信任他，我也不希望蓋夫被人騷擾。我詢問他的近況，他興奮說起拍片的事情，以及他的生意。然後他告訴我了泰利．羅生的壞消息。「你

---

8 David Holmes，愛爾蘭 DJ。

9 這些店在雷斯，可是他不敢去雷斯。

今天下午想去醫院看他嗎？」我問他。

從電話的電波中，他在我耳邊簡潔地吐出，「我很想去，可是我要去傑克．坎恩中心[10]跟人打球[11]。畢瑞爾會去，」他說，然後又吐出了雷布．畢瑞爾的電話。我在阿姆斯特丹見過畢瑞爾，我喜歡他。我跟他的弟弟是點頭之交，已經是好多年前了，他是個好人，也是個好拳擊手。我撥電話給雷布，他又把泰瑞的慘事講一遍。雷布要去醫院探望泰利，於是我們約在「大夫酒吧」碰面。他和兩個絕色美女一起過來；他介紹，是麥蘭妮和妮姬。

我馬上就知道她們是誰了，而且很顯然，她們也有點知道我。「所以，你就是那位鼎鼎大名的馬克喔，我們聽過很多你的事，」妮姬很酷地微笑著說，一雙美麗大眼睛讓人銷魂，牙齒像珍珠。她碰到我手腕的時候，我靈魂在翻攪，有觸電的感覺。她拿出香菸，問我：「跟我抽根菸吧。」

「我很多年以前就戒菸了，」我告訴她。

「原來是乖寶寶。」她揶揄我。

我努力神祕地聳聳肩，然後解釋，「嗯，我是賽門的老朋友。」

妮姬撥開臉上的棕色長髮，甩頭大笑。她的口音有一點英格蘭南方郊區鼻音，沒有富有人家的裝腔作勢音調，也沒有勞工階級的濃重口音。她眞是個美麗絕倫的女人，她那平凡的說話聲音簡直要冒犯她自己的美。「賽門。有意思的人。所以，你也要參與拍片？」

「我想試試看，」我微笑說。

「馬克會幫我們搞定財務和發行。他在阿姆斯特丹有許多人脈。」雷布解釋。

「太好了，」麥蘭妮說著一口漂亮的愛丁堡勞工階級口音，簡直可以把牆壁上的油漆剝下來。

我起身又買了一輪酒。我有點嫉妒變態男、泰利、雷布，以及和兩個女娃一起拍色情片的工作人員。我要趕快打入他們的小圈子。我絕對確定，變態男一定上過她們其中之一，或者兩個都上過。

不過，現在是探病時間。於是我們起身，一起去醫院，進病房。「你好嗎？馬克？」泰利很溫暖地說：「阿姆斯特丹那邊如何？」

「不壞啊！泰利。你老二的事，我很難過。」我以同情他的口氣說。泰利也是我很久以前認識的一個人，他一直是個有意思的傢伙。

「是啊……意外難免發生。我的老二要保持軟軟的才行，可是這麼多好身材的護士在這裡，不容易啊。」

「唉，還是爲長遠著想吧，泰利，」我鼓勵他說，對兩個女孩點頭，她們正忙著談話。「你還是要用它的。」

「對極了。它是我生命樂趣的來源啊。如果未來沒有炮可以打……」他搖搖頭，眞的非常恐懼。他的想法太可怕。

我注意到，麥蘭妮和妮姬笑開了，好像在密謀什麼的樣子。她們兩個人有淘氣調皮的氣質。然後她們突然拉下了泰利床邊的百葉窗。我驚訝看到，妮姬掏出了她的乳房，麥蘭妮也跟進。她們開始緩慢而深深地互相親吻，撫摸著彼此的乳房。我被打敗了，想要把眼前的奇觀，和我以前認識的愛丁堡連結在一起。

「不要啊……停下來……」泰利尖叫抗議，他的縫線一定已經裂開了，打上石膏的老二也勃起了。

**「他媽的停住……」**

---

10 傑克．坎恩運動中心，位於愛丁堡，為打球場地。

11 原文為「玩五」，即一種五人同打的足球運動。

「你說什麼？」麥蘭妮問。

「拜託……我不是開玩笑……」他哀號，用手矇住眼睛。

她們倆終於停下來，大聲狂笑，讓泰利被撕裂的感覺痛苦折磨。我們沒有停太久，因為泰利叫我們快走。

「要不要去喝一杯呢？馬克？」我們離開病房時，麥蘭妮提議。

「好啊！一起去喝威士忌吧，」妮姬高興地說。我在舞場裡看過太多像她那樣的馬子：愛調情，把很有賣相的性感流露出來給人看。她說的話，讓人耳朵發震，讓人自我感覺良好；但是後來會發現，她們對待每個人都是這樣。不過，我並不需要她鼓動，因為我本來就想加入她們。我希望有人作伴，可是我的肚子怪怪的，腸道蠕動已經飽和。「我得去一下洗手間，」我忘記了這個地方的咖哩餐廳以及啤酒文化是多麼兇猛。

我告退，找到男廁。是一個很大的廁所；公廁，一排小便池，以及六個鋁板隔間的大號間。我走進最靠牆的那一間，把長褲、內褲剝下，把肚子裡的髒東西拉出來。眞夠爽。擦屁股的時候，我聽到有人走進廁所，走進了我隔壁那一間。

他坐在馬桶上了，我也擦好屁股；這時，我聽到隔壁傳來一聲咒罵，緊接著是一陣金屬隔板上的敲擊聲。那人的聲音很耳熟。「嘿！老兄，我這間沒有媽的衛生紙，你從下面丟一點給我好嗎？」

我正準備說：沒問題，並且打算和那個人一起抱怨公廁其爛無比的水平——此時，我的腦際突然浮現出一張臉，血液頓時冰冷起來。不過不可能。不可能在這裡。媽的就是不可能啊！

我從廁所隔板下方十吋的縫隙望過去，我看到一雙很好的黑皮鞋，但是已經有了凹洞。他穿襪子。襪子是白色的[12]。

我很本能地把我穿球鞋的腳從隔板收回來；對方卻威脅我，叫著：「你他媽快一點啊！」

我顫抖，從便紙筒上拉出一些衛生紙，再從門的下面，慢慢遞過去。

「好，」那聲音粗聲粗氣，喃喃說。

我一面拉上內褲和褲子，一面回答，「不用客氣，」我盡量裝出高尚人士的口音；整個過程中，我一直冒著恐懼的冷汗。我沒有洗手，迅速走人。

我看到雷布、妮姬，和麥蘭妮，在飲料販賣機旁邊等我，但我卻轉向另一邊，往走廊跑，渾身顫抖。我得改變。我得保持冷靜，找個比較遠的地方看過去，看看到底是誰走出廁所，我無論如何也應該設法確定那個人是不是他，而不是讓這個念頭折磨我。不對，我必須離開這間狗屎醫院，離得越遠越好。眞的是那傢伙，他還活著。他出獄了。

---

12 黑鞋加白襪，為最惡名昭彰的組合，這樣穿的人被認為沒品味。（黑鞋該配深色襪子。）

# 49 小鬼當家第二集

那個他媽的君恩又打電話來，要我媽的趕快過去，因爲尚恩弄傷了邁可。我想，這件事或許可以給笨邁可一個教訓，別他媽像個小女孩。「現在媽的不要來煩我，」我告訴她。如果她眞的有好好照顧孩子，兩個小鬼就不會媽的打成一團。

現在，另一個女人在叫了，「怎麼回事啊？法蘭哥？」

我用手摀住電話聽筒，「那個狗屁君恩。一直在說小孩子打架。狗屁，小男生天生就喜歡打架啊，」我說。我把摀住電話的手放開。

「媽的，你趕快過來，法蘭哥，」她仍然用她夭壽的高音，在電話上對我鬼叫。「到處都是血！」

我摔掉電話，套上夾克。

「我們本來要一起要出門啊？」凱特說，整張臭臉看著我。

「媽的我兒子流血快要死掉了，妳這笨女人，」我對她說，然後衝出門，這個女人媽的這麼搞不清狀況，眞想給她下巴一拳。媽的該給她一拳。她已經把我惹毛了。馬子就是這樣。是啊，剛開始她們都很美妙：只不過是蜜月期，這種美妙，根本就媽的不會持續。

我的車掛了，所以我只好走到雷斯大道，第一個碰到的人是馬基，剛剛從簽注站出來。夭壽我很知道他要去哪裡，如果他是從簽注站出來，他一定是要去媽的買酒。媽的，我鐵打的肯定。自從我上次在牌桌拿酒瓶砸了肥仔諾利之後，就沒有再遇見過他了。「你好嗎？法蘭哥？喝酒的時間到了？」

我得趕時間，但是我也口渴。「我可以很快喝一杯，馬基，媽的我有家庭危機了；一個女人打電話煩我，另一個在家裡煩我。狗屎，我待在牢裡反而好過。」

「說給我聽聽啊，」馬基說。

好啊，馬基。眞奇怪，想到諾利，我也就想起好幾年前，有一次吵架，我砸了馬基的腦袋。當時我們在高格．尼斯柏的家裡，爭執電視上的什麼東西。我們在爭什麼啊？……網球。我不記得是誰在打球，但是我記得那是他媽的溫布敦網球賽。對啊，我拿了一瓶雪利酒，砸在這傢伙的腦袋上。這些事情現在大家都忘記了，因爲每個人那時候都媽的醉昏了，這種事常發生嘛。對啊，馬基人還不錯。他拿了兩杯啤酒來，然後告訴我賽柏這個白癡的事，賽柏是羅城[1]來的。

「賽柏這傢伙，口袋裡有一把彈簧刀。這瘋子和德尼．蘇德蘭那幫人對上了，有個傢伙踹賽柏的睪丸，但是沒有踢準，踢到了他放了彈簧刀的口袋。這麼一踢，彈簧刀就跳了出來，插到這群白癡之中的一個，正中那個白癡的鳥蛋。」

我回想當年我拿酒瓶砸馬基的事。是因爲網球賽起的爭執嗎？還是因爲壁球賽？反正，是用到球拍的比賽。他支持一個選手，我支持另一個選手……他媽的誰知道呢，全是一團模糊。

馬基告訴我，尼利從曼徹斯特搬回來了，他用一種狗屁外科技術，把臉上的刺青洗掉了。這也難怪，尼利這傢伙根本是媽的一團糟。他的額頭上刺了個荒島嶼，一邊臉頰刺了一條蛇，另一邊臉頰刺了一個錨。眞是媽的白癡，滿身刺青，碰到警察臨檢，就成現成跛鴨。他總是幻想自己還是個小男孩。反正，他回來是一件好事，只要他媽的他不要自以爲是個什麼狗屁角色就好。

喝幾杯以後，我去君恩家，看到她在樓梯下，和幾隻母牛吵得人仰馬翻。她看到了我過來，就說，

1 羅城，為愛丁堡郊區地名，在雷斯南方。

「你去哪裡了？我正在等計程車。」

「談生意，」我看到邁可。這小傢伙捧著下巴，下巴包著衛生紙，都是血。

我看著尙恩，走向他，他畏縮倒退幾步。

「你他媽幹了什麼好事？」

君恩插進來說，「差一點就把邁可的脖子砍了！差一點就割斷血管了！」

「到底他媽發生了什麼事？」

她眼睛像要從她的頭跳出來；她好像嗑了藥一樣，「他拿了一根細鐵絲，繫在門框上，剛好是到邁可脖子的高度。然後他叫邁可過來，說電視上有外星人ET，就是那個電話廣告啦，西伯隊對抗哈茲隊的時候，有個人在踢罰球。邁可很興奮跑了過來。還好沒有量得很準，鐵絲並沒有到脖子的高度。如果眞的割到脖子，脖子可能會被割斷呢！」[2]

我在想，這很好哇，因為，想想我自己，這行為他媽的代表了一種創意進取啊。我和我哥喬伊小時候就對彼此做類似的事。至少那表示我小孩有做事情的精神，而不是整天坐在沙發上，打狗屎電動，跟現在的別人家小鬼一樣。我注視尙恩。

「我是從〈小鬼當家第二集〉學來的。」他說。

我看著那狗屎笨女人君恩；我雙手撐腰，「所以這他媽的是妳的錯，」我對她說：「妳讓他看那些狗屁錄影帶。」

「媽的怎麼變成我的……」

「妳給小孩子看狗屁影片，把暴力觀念教給小孩子。」我對她吼，但是我不想跟她吵，不要在這狗屎大街上。因為如果我跟她吵，她會被我揍得很慘，當初我和她鬧翻就是因為我揍她；那時候這笨母牛惹我生氣，我只好媽的揍她一頓。計程車來了，我們坐了進去。「我帶他去醫院縫就好，妳媽的不用去。」我告訴她，「因爲我不想把家裡亂七八糟的事帶出去給別人看到。人家會以爲我還跟妳在一起。」既然吃得到新鮮的麥當勞速食餐，何必去吃上星期炸雞大餐剩下來的骨頭？——我總是這樣說。是啊，她媽的露出快克婊子[3]的表情，看看她敢不敢在孩子面前嗑他媽的快克——不，她連啥是快克都不知道，她只是那一臉表情跟他媽的快克妓女很像。

我拉著邁可，帶他上計程車，然後去醫院，把其他人留在街上。這小王八蛋仍然用衛生紙按著下巴。眞是亂來，尙恩做這種事。「他經常欺負你嗎？」我問。

「是啊，」邁可說，他的眼睛水汪汪的，好像小女生。

這小王八蛋需要有人給他一點媽的智慧，他現在就得學，否則他一輩子會媽的很慘。夭壽我可以保證。君恩不懂怎麼教，不行，她根本不懂。她只會坐著等下一次再出差錯，然後又媽的跟我假惺惺流眼淚。「邁可，嗯，不要爲這種事哭。我和你伯伯喬伊一起長大，我的年紀最小，可是我很兇。你要學會保護自己。媽的，你去找一根棒球棍，趁著他睡著的時候，朝他的腦袋砸下去。夭壽這樣事情就解決了。我就是這樣對待你伯伯的，只不過我不是用球棍，而是拿半塊磚砸了他的頭。這就是你要學的。他可能比你高壯，但是你用半塊磚頭打他嘴巴，你就比他強了。」

我看得出來，這小王八蛋正在想道理。

「你很幸運，有我這個老爸教導你這些，因爲啊，在我還是你這個年紀的時候，我和你伯伯喬伊一

2 在電影中，E. T.很想打電話回他自己的星球。曾有一支廣告是以E. T.打電話回家的電話廣告。邁可曾在西伯隊與哈茲隊某場電視轉播的球賽的十二碼罰球時看過這支廣告，因此聽到 E T 廣告又來了，就很興奮跑去看。

3 快克婊子，是指利用性交換取快克的嗑藥妓女。快克在眾毒品之中地位特別低下，快克婊子也就因此是地位特別低下的妓女。

起，從來沒有人幫我主持正義，我得自己想辦法。那個老頭，我是說我爸，從來就媽的不管事。」

這小王八蛋坐立不安，臉上整個白癡表情。「你在想什麼啊，」我問他。

「我們在學校裡不可以說粗話。布雷克小姐說那樣不好。」

**布雷克小姐說那樣不好**。難怪尙恩會教訓這小王八蛋。「我知道布雷克小姐媽的需要什麼，」我告訴他，「老師懂個屁！聽我的，」我指著自己說：「如果我以前都聽老師的話，我現在媽的就不知道滾到哪裡去了。」

這孩子在想我說的話，我媽的看得出來。這小王八蛋，就像我一樣，都是他媽的深刻思想家。我們到了醫院，進急救室，護士跑過來，做了白癡的檢查，然後說，「需要縫幾針。」

「對，」我說，「我知道，妳要幫他弄嗎？」

「是的，你先坐一下，我們會叫你，」她說。

然後我們他媽坐在那裡等了幾百年。媽的什麼狗屎。光是等檢查的時間，就他媽可以縫好幾針了。我等得越來越失去耐性，我正想把小鬼帶回家，自己在家動手幫他縫，他們卻叫我了。問了我一堆狗屁問題，好像以爲是「我」把他弄成這樣的。我簡直就要媽的在現場發脾氣了，可是我要忍住，不能讓邁可說出來是尙恩做的，就算邁可不小心說出來也不行。

終於縫好之後，我在他的耳朵旁邊說，「不要在狗屁學校裡說這是尙恩做的，不要對布雷克小姐說，也不要跟任何人說。就跟他們說說你跌倒了，記得嗎。」

「好的，爹地。」

「別擔心，只要記住我跟你講過的話。」

我叫他等一下，我得去廁所抽根菸。這年頭，連一個媽的可以抽菸的地方都找不到。

狗屎，我又花了幾百年才找到廁所，我媽的爬過整棟樓的樓梯才到廁所。到了廁所，狗屎，我很想大便。我相信我用的古柯鹼一定被人家摻了媽的瀉藥。沒錯，賣東西給我的那傢伙，等著媽的被我揍下巴。我走進大便間，脫下內褲，突然發現這間沒有衛生紙。狗屎，他們應該把廁所保持乾淨，結果卻把廁所搞成細菌的溫床！難怪，靠國家醫療服務保險的王八蛋個個翹辮子，媽的像蒼蠅一樣[4]。還好，隔壁間媽的有人在大便。「喂，老兄，」我敲打著鋁質隔板說，「我這間媽的沒有衛生紙。媽的你給我滾一點衛生紙過來，行嗎？」

沉默了一下子。

「媽的，你動作快一點啊，」我大吼。

隔板下面，遞進來幾張衛生紙。來的正是時候。

「好，」我說著，開始擦屁股。

「別客氣，」那傢伙說，一個上流人士。可能是一個在病人身上摸來摸去的醫生，媽的都自以爲是。我聽到開門聲，又聽到關門聲。這髒鬼，居然媽的沒有洗手。狗屎醫院！

那髒鬼走了狗屎運，我出去的時候沒有被我碰到。我好好把手洗乾淨，因爲我媽的不像某些髒人。想想看，如果那傢伙，用他的髒手幫我小孩縫傷口……

---

4 英國採行公醫制度，由英國的「全民健康醫療服務」（NHS）統籌，辦得很差，沒錢，近乎破產，百姓得不到立即的醫療照護。有人還笑說，在公醫制度的國家，病人不是病死的，是等死的——有病等不到床。這裡則是說，沒有私人保險的人只好到這種衛生很爛（廁所沒有衛生紙）的公醫院看病。

# 50 「……一道砂鍋魚……」

那個馬克是個好玩的傢伙。我在懷疑，我們對可憐的泰利快閃露奶，是不是讓他難堪了。我們在廁所外面等他，他卻消失了，沒回來跟我們喝酒，甚至沒有說再見。「他可能拉屎拉到褲子上吧，」麥蘭妮笑道，「得回家換褲子喔！」

於是我們喝了幾杯，我就回家了，等待我格拉斯哥的追求者；我一面和黛安說話，一面煮一道砂鍋魚。黛安訪談了在三溫暖工作的女孩，珍恩、范麗達，和納塔莉。

黛安對事情的進展很滿意。「妮姬，我眞的很感謝妳，幫我跟這些女生牽線。我的訪談對象人數夠多，已具有統計學的有效度，我的研究具有一些科學公信力了。」

黛安是個聰敏的女孩，她的工作很認眞。有時候我羨慕她，「妳以後就要征服全世界啦，親愛的，」我告訴她。我進廚房，裝滿一罐澆花的水，放了一捲波莉．哈薇的卡帶。我開始澆花，有一、兩株植物看起來被冷落了。

我聽到手機在客廳響起。我對黛安大喊，請她幫我接。她好像聽了一陣子，才說，「對不起，我想你弄錯人了。我是黛安，妮姬是我室友。」

她把電話交給我；是艾倫。他太急於哀求、太絕望，結果英格蘭口音和愛丁堡口音都分不出來。我想想他，高高在上在銀行工作，等著退休[1]。

「妮姬……我想再跟妳見面……我們需要談談，」他哀求了。我拿著電話走進房間。可憐的艾倫只有年輕人的淺薄智慧，以及老年人的活力，這樣的組合最容易被人詐騙錢財，自己卻無利可圖，至少就艾倫這個案例來說，鐵定沒有。

男人，永遠需要跟女人談談。

「妮姬？」他痛苦哀求。

「艾倫，」我表示我還在電話上，但是恐怕不會一直聽他說——除非他珍視我的時間。

「我在想……」他急切地說。

「在想我？在想我們的事？」

「當然。關於妳說過的……」

我已經不記得我說過什麼。我給他一堆承諾，又愚蠢又誇張。我需要他有的東西，而且我現在就要。「你聽著，我問你，你現在穿著哪種內褲？四角的還是三角的？」

「什麼意思啊？」他哀叫，「這是什麼問題？我在上班啊！」

「你上班有穿內褲嗎？」

「有啊，可是……」

「你想不想知道我穿什麼內褲？」

他在電話上停了一下，然後拉長聲音說，「什——麼——」

我幾乎可以感覺他在我耳邊吐出熱氣，這個可憐的小可愛。男人啊，他們眞的是……狗。狗，就是這個詞。他們喜歡把女人叫做狗，「母狗」（bitch），可是他們其實把他們對於男人自己的理解投射到女人身上，因爲他們自知是什麼貨色，他們的天性：流口水，容易興奮，沒有尊嚴的一群野獸。難怪有人說，狗是男人最好的朋友。「我沒有穿性感內褲，我穿的是褪色、洗爛的棉質小褲褲，上面還有幾個

1 原文為「等手錶」，因為公家機關的退休禮物常是手錶。

洞，鬆緊帶也裂了。我穿爛內褲，因爲我是窮學生。我窮，因爲你不願意把你分行客戶的名字帳號，弄一份簡單的影印本給我。我沒有他們的密碼，我不可能偷他們的錢。我只是要把資料賣給行銷公司。他們每一筆資料付給我五十便士。一千個名字，就是五百英鎊。」

「在我的分行，有三千多個客戶——」

「親愛的，那樣就是一千五百英鎊了，有了這筆錢，我的債務就可以償清了。然後，我就要好好報答幫我還債的人。」

「可是，如果我被逮到的話……」他緩慢吐了一口氣。艾倫那種永遠悲戚的態度正好戳破這句話：誰說無知就是福氣？

「甜心，你不會被逮到的。」我告訴他：「你這麼強，誰逮得到你。」

「明天下午六點跟我見面，我給你名單。」

「你是天使。我得掛電話了。我的爐子上正在煮砂鍋魚。明天見了，甜心。」

我放下電話，走到廚房爐子前面，看砂鍋。

黛安從桌上書堆中抬頭看我，「男人給你麻煩？」

「男人沒有給我麻煩，他們是可憐的小可愛，」我大方地說：「一點麻煩也沒有，」我向她凸出屁股，緊抓我的胯下。「屄的力量，戰勝一切。」

「對啊，」黛安說著，用筆敲牙齒。「這是我在研究中，最悲哀的發現。所有跟我談過話的女孩子，都有這種力量，她們的胸部、屁股，還有屄，都有力量，然而她們卻把力量太便宜賣出去。她們等於是把錢丟到水裡。好姊妹啊，這眞的很可悲。」她幾乎是在警告我了。

答錄機的電話鈴聲響，我花了一點時間才認出那個聲音是誰。「嗨，妮姬。我從雷布那邊弄到妳的電話。昨天我突然消失，眞是很抱歉。我啊，嗯，眞不好意思……」我聽出來是馬克．藍登，於是接起電話。

「喔，馬克，別在意啦，小天使，」我憋住笑，黛安卻狐疑看著我。「我們大概都猜到發生什麼事啦。你昨天說，你吃了咖哩餐吧？你現在，在幹什麼啊？」

「現在嗎？沒事啊。跟我同住的人，和他女朋友出去了，所以我在家看電視。」

「單獨一個人嗎？」

「是啊，妳在做什麼呢？要出去喝一杯嗎？」

我不知道我想不想喝一杯，也不知道自己是不是喜歡馬克。「喔，我現在不是很有心情去酒吧，如果你有興趣，來我家喝杯酒，抽根大麻吧。」我告訴他。唉，他不是我喜歡的型，不過他知道很多賽門的事，而賽門正好是我喜歡的型。

一小時之後，馬克出現了。我很驚訝發現——但並不是太震驚——他和黛安很久以前就認識了。愛丁堡就是這樣，是蘇格蘭最大的小圈子。

我們把大麻和菸草捲在一起狂抽，我很想把話題拉到賽門身上，但是很顯然馬克和黛安互相來電。我覺得自己根本是電燈泡。最後，馬克建議我們一起去貝內酒吧，或是愛壁酒吧。

「好哇，酷，」黛安說。這奇怪了；她從來沒有這樣丟下工作跑出去玩，而且她今天晚上本來該搞定論文的另一部分。

「我不必出去啦。」我對他們說，然後笑著對黛安說，「我以爲妳要忙功課啊，」

「不急啦。」黛安咬牙微笑。趁著馬克去廁所小便，我對她做了一個鬼臉。

「什麼？」她淺笑問我。

我交叉手臂，做出打炮的手勢。她懶懶轉了眼珠子，但是嘴邊露出癡笑。馬克回到客廳，他們就一起出門了。

51

# 第18748個念頭

懶蛋還是在迴避美麗的雷斯港。我實在無法怪他。他甚至不肯告訴我他住哪裡——雖然我知道他父母住在城外某處。

妮姬告訴我，懶蛋和她的室友黛安在她家很來電。他以前顯然上過黛安。我不記得以前有黛安這個女人；懶蛋以前的炮友不至於像太子街的新年大拍賣一樣人山人海。我告訴你，懶蛋總是不讓他的馬子靠近我，大概他假設我會搶他的馬子。他總是傾向把男女關係弄得驚濤駭浪嚇死人，有時候甚至還變成痴戀的呆子。黛安是什麼樣的女人啊，竟然跟這個紅髮小子在一起？

史克列爾又幫我找了一個馬子，名字叫做蒂娜，她沒有第一個女孩那麼難搞，而且很乾脆就給了我一張季票持有者的名單。她告訴我她私底下是個「塞爾提克隊」的支持者[1]。你看吧，如果你依照「平等機會法」雇用員工，就會發生這種事[2]。

我在我的酒吧裡，心情整個好，很不屑看著一群圍在點唱機前面的小混

1 這女子在格拉斯哥。在格拉斯哥，足球迷要不是支持「遊騎兵隊」，就該支持「塞爾提克隊」；兩隊水火不容。這女子明明該支持遊騎兵隊，私底下卻支持塞爾提克隊。（之前，賽門釣上的小胖妹，就曾經在遊騎兵隊的主場球場賣票。）類似的情形在愛丁堡也出現：足球迷支持「西伯隊」，不然就支持「哈茲隊」。（變態男等人年輕的時候，支持西伯隊。）

2 依照「平等機會法」，公司不能以種族、性別、宗教、膚色等等分類歧視申請工作的人。如公司不能因為申請工作的人是女人就不考慮雇用（那會是性別歧視），或是因為申請人不是白人就不考慮雇用（那會是種族歧視）。這裡賽門的意思是，一旦平等雇用各種人，就會把忠心的球迷和背叛的球迷都請進公司。

混。有個叫做菲利普的傢伙，吵個沒完，我看過他和卑比講過幾次話。他顯然覺得卑比是老大，不過至少在跟我說話的時候，他的語氣裡有比較多的尊敬，因爲他知道我和卑比之間多少是有關係的。

現在菲利普正跟這幫人一起開呆瓜寇帝斯的玩笑。呆瓜寇帝斯又高又瘦，是菲利普的跟班，有語言障礙的，總是這幫人取笑的對象。他們會在女孩子面前取笑寇帝斯，藉此自我炫耀，其實很愚蠢。「他是個狗屎同性戀啦，」有個人這樣說，然後另一個白癡的肩膀就抖個不停，好像得了神經系統的毛病似的。我們在那個年紀的時候，不是也媽的一樣無聊沒創意嗎？

「我不是！我不—不—不是同—同—同性戀，」這個可憐的寇帝斯吼一聲，衝去廁所。

菲利普發現我在看他們，轉向這些小馬子，然後又轉向我。「他可能不是同性戀啦，但是他是處男。他沒洞可戳，妳應該給他一個洞啊，康笛絲，」他對一個小笨妹說。

「去你的啦，」她很不好意思看著我。

「啊，貞操，」我微笑說，「好好珍惜貞操啊。生命中大部分眞正的問題，都是在失去貞操之後發生的。」我告訴他們。但是，就算我跟這批人說出最簡單的話，都嫌浪費。

我去廁所撒尿，看到寇帝斯那孩子也在那裡，沒錯，他確實有點智障。事實上，他在這個世界上存在，正好可以反駁無政府主義的主張[3]：「世上沒有好的法律」。譬如說，法律禁止亂倫，就是爲了避免出現太多像他那樣的人到處苟且偷生[4]。他是個賊，和屎霸有點交情，並不讓人意外。這裡有一個卑比的學徒，也有一個屎霸的學徒，全都媽的在我酒吧的屋簷下受訓。菲利普那壞蛋和他的狐群狗黨，好像老是在折磨寇帝斯。就像我以前在學校，在河邊、在雷斯高爾夫球場公園、在鐵路對屎霸做的事一樣。眞奇怪，我這樣一想，幾乎又要覺得有罪惡感了。這男孩在我的旁邊尿尿，他轉過身，露出白癡的微笑，神情又緊張又害羞。我的眼睛不小心往下看，看到了他那根。

他那根。這是史上最大的傢伙。我是說他老二，而不是說長出老二的這個小可憐。我尿完之後，凝視自己的老二，甩了甩尿，收回褲襠，拉上拉鍊。叫我去看他做同樣的事，我無法忍受。這笨瓜媽的有一根比我大的屌，媽的比任何人都大。眞是浪費。我走到洗手台，故意不在乎地問，「老弟，你還好嗎？寇帝斯，還好吧？」

這男孩轉過身，神經質的眼睛看我。他走到我隔壁的洗手台，充滿恐懼。「唉……」他說，「還不──不──不──不錯。」他的眼睛水汪汪，眨啊眨的；他口臭很嚴重，好像剛剛吃了他自己沒洗的老二──這絕對有可能，就算背力不好，他也吸得到[5]。他可以吸一滿肚子的精液；他都喝便宜酒，嗑爛藥，這樣他的精液就會臭了。他就像那些銳舞派對或者演唱會使用的流動廁所，需要大大清洗一番。但是我正對這小子的本錢動腦筋。「你是屌霸的朋友吧，嘿，」我說；不等他回答，我繼續說，「屌霸是我的好朋友。從小一起長大的哥兒們。」

寇帝斯看著我，想確定我是不是在捉弄他。其實就算我要捉弄他，他也看不出來。然後他說，「我──我喜歡屌霸，」然後很可憐地說，「他是唯一不欺──欺──欺負──」

「他很棒……」我點點頭，這孩子的口吃讓我想起反戰老歌的歌詞：「美國作戰軍人的平均年齡是十──十──十──十九歲」[6]。

---

3 無政府主義者不相信任何政府，也就不相信任何法律。

4 指，亂倫的人會生出智障兒；法律禁止亂倫，也就阻止智障兒降生人世。賽門說的這些話，只顯示出他個人的刻薄，並不表示他很瞭解寇帝斯。

5 因為這男生的老二很長。

6 英國歌手 Paul Hardcastle 在一九八〇年代的歌曲〈十九〉中的歌詞，原本歌詞是，「二次世界大戰的時候，士兵的平均年齡是二十六；在越戰的時候，平均年齡是十九。」賽門的記憶有誤。

「他知道，我有的時候會很害羞，」這個大根小子吞吞吐吐說。眞是屎霸的老弟啊。老天。我可以想像他們兩個對話的樣子：「我有的時候會很害羞呀，」「啊，我也是呀。」「別擔心，來點鎭定劑呀，」「啊，眞好呀。」

我故意慢慢來，一面洗手，一面點頭表示同情。老天爺，這間髒廁所應該好好清潔一下。清潔工拿了錢，有沒有來打掃啊？沒有——如果人人都把份內的工作做好，人生就太順利了，媽的太不像蘇格蘭。這個害羞的男孩，他份內的工作是什麼？「個性害羞並沒有錯，老弟；每個人都曾經害羞啊，」我說謊。說著我把手放在烘手機下。「我請你喝杯酒吧，」我微笑，把殘留手上的水甩乾淨。

這孩子卻不吃我給他的敬酒。「我不要待在這裡，」他氣沖沖指向外面，「他們欺—欺—欺負我，我不要跟他們在一起。」

「我跟你說，老弟。我現在要去卡雷酒吧喝一杯啤酒。我想出去透透氣。你跟我一起去吧。」

「好啊，」他說。於是我們兩個從側門溜到街上。狗屎，冷得要死，下雨還夾雪。媽的現在應該是春天了啊！這小子，就像人家說的，只有一根屌和一身肋骨，好像他身體吸收的每一丁點養分全部都送給他老二了。如果他和馬子在一起，可能會射精過度，然後身體嚴重脫水，要在加護病房住好幾星期。他的大喉結凸出，面色枯黃，臉帶雀斑……他實在不是個演電影的料，不過，在色情片的世界，如果他可以隨時應觀衆要求而勃起……

我們走進了溫暖誘人的卡雷酒吧，裡面正燒著爐火。我點了幾杯啤酒和白蘭地，找了一個安靜角落坐下。「你的那些朋友，爲什麼要找你麻煩？」

「因爲我有一點害羞……而且我會口—口吃……」

我想了一下他的問題；要我假裝很關心他，眞是很難。然後我說，「是因爲口吃所以你害羞嗎？還是因爲你害羞，所以會口吃？」

寇帝斯小子聳聳肩膀說，「我去看醫生，說是因爲緊—緊張的關係……」

「你爲什麼緊張啊？你和那些朋友看起來並沒有不一樣啊。你又不是有兩個腦袋。你們也穿同樣的衣服，嗑同樣的藥……」

這小子垂下腦袋，好像棒球帽底下的腦袋空無一物。然後他用飽受折磨的口氣悄悄說，「可—可—可是……他們都有—有—有—有做過，可是我沒有—有—有做過……」

**在蘇格蘭，戴金幣造型的手淫小子，平均長度是十—十—十九吋……**

我無話可說。只能點點頭，盡可能表示同情。我心裡越來越不自在，我想起來這些小子多半還不到可以打炮的合法年齡，更別說喝酒的合法年齡了。幸好，我在吧台上掛了警長寄來的感謝狀。

「菲利普覺得他自己很強—強—強，因爲他和卑—卑—卑比在一起混。他曾經是我最好—好—好的朋友。我或許和馬子在一起的時候會害羞，但是我不是同—同—同性戀。丹尼……屎霸，他知道我和馬—馬—馬子在一起的時候會害羞。」

「所以，你從來沒有和馬子出去過？從來沒有跟馬子搞過？」

這小子的臉整個紅了，「沒—沒—沒有……」

「沒關係，你可以把她們劈成兩半，」我向樓下點頭說，「我忍不住注意到，老弟，我打賭你以前是吃母奶長大的！你有義大利血統嗎？」我問。

「沒有啊……我是蘇格蘭人。」然後他看著我，好像在懷疑我是個髒兮兮的死玻璃。

在性交的戰場上，這傢伙是絕對的和平主義者。他對馬子沒辦法，可是他有這麼傲人的武器，他早就可以輕而易舉得勝。

「你一定曾經有過一些機會吧，」我問。

這小子現在眞的好緊張了，他的眼睛泛淚光，一面口沫橫飛，一面口吃，說起屈辱的經驗，「我曾經和─和─和一個馬子做，但是她嫌我太大─大─大根，說我是個怪─怪─怪物。」

可憐的傢伙，他的第一次打炮，竟然這麼不幸，碰到一個白癡。「才不是，老弟。她才是怪物，媽的蠢妹。」我搖搖頭，表示支持他。現在，這傢伙的肩膀下垂，眼神遊移緊張，口臭臭得讓女人寧可吃他的屁眼也不要跟他親嘴，口吃糟得嚇死人。同時，我可以賭，他會這樣慘，就是因爲當時有個小笨妞根本不知道她走運了。「我問你，你知道麥蘭妮嗎？」

這小痞子的眼睛發光了，「就是在樓上和你們一起演色情片的那個？」

「幹！這應該是祕密啊，」我咒罵，深深吸了一口氣，努力控制自己不問到底是誰跟他說酒吧的事。「對，就是她，」我平靜地說。

「耶，有啊，我見過她─她─她。」

「你喜歡她嗎？」

這小子露出胡思亂想的微笑，「是啊，大家都喜歡她……還有另外一個馬子，說─說─說話很好聽的那個……」他很可憐地說。

打鐵就趁熱吧。「好極了！因爲她喜歡你；她們兩個都喜歡你。」

這可憐的小笨瓜臉紅了。

「不信，去查。」

「不會吧……你在開我玩─玩─玩笑……」

我實在沒有閒工夫花一整天從這小子身上得到結果。「我告訴你，老弟，我是半個義大利人，我母親是。你是天主教徒嗎？」

「啊，是啊，但是我從來沒有去過教─教─教……」

我揮手打斷他，「這不重要。我是天主教徒，我拿我母親的生命發誓，麥蘭妮很哈你，而且希望你和她在色情片裡頭幹一炮，」我站了起來，表情嚴肅地走到吧台，又點了一輪酒。我讓這小子一個人好好想一下。回來的時候，他正準備說些什麼，但是我時間寶貴，於是打斷他說，「還會給你錢。我們給你錢，讓你給麥蘭妮和別的馬子看看你的厲害。不是普通的業餘打炮片，是正規的色情片。你覺得如何？」

「你在開─開─開玩笑……」

「我看起來像在開玩笑嗎？我的第一男主角泰利已經掛了，我們需要新的生力軍。就是你啊！給你錢，讓你去幹麥蘭妮！拜託，老弟！」

「我只喜歡康笛絲，」他小心翼翼，窸嗦地說。

媽的，又是一個偷偷摸摸的浪漫派。眞是悲哀。喜歡在日光港口酒吧的那隻小母雞。「聽我說，老弟，我知道他們欺負你，」我指著外面，「如果他們知道你是色情片明星，和最高檔的女人打炮，他們就不敢欺負你了。想一下吧！」我對他使了個眼色，喝光酒，就這樣離開這小子。

回到日光港口的時候，屎霸坐在角落，愛麗森完全不理他。過了一會兒，他站起來，想要給愛麗森一些錢，但是愛麗森要他滾。他走人了，看起來媽的有夠丟臉。眞是一副安非他命毒鬼模樣。他亂糟糟頭髮榨出來的油，足以供給每一家雷斯的炸魚薯條店。他眼皮下垂，看起來好像一直都是闔上的，眼睛的黑眼圈像是屄，眼睛佈滿紅色血絲。他的眼睛長在纖維狀的皮膚底下，皮膚色澤和質感就好像腐敗的煎餅。怎麼啦，喂，帥哥！愛麗森小妞，妳老公來了啊，哇，眞是絕配！我只不過幾年沒在留心妳，看看妳現在什麼樣子。妳不必這麼降低標準，把自己一整個弄成女丑角啊。妳摟著那傢伙的手臂走入酒吧的時候，妳比瑪蒂·坎恩[7]、「芙蘭琪和宋德絲[8]」、卡羅琳·雅恩[9]這些女丑更爆笑。屎霸拉高了音量；如果我現在出現只會火上加油。於是我對愛麗森使了個眼神，請她把屎霸趕出去。

我看到寇帝斯回來了，故意不理會他的朋友，他們其中之一，那個菲利普，想要伸手搭在他肩膀上表示友善，卻被他甩開。他卻走向屎霸，扶著他走出酒吧到街上。這就是我的新任男主角。新一任的油水泰利。

摩拉和愛麗森看起來很賣力工作，甚至沒有發現我已經走人。趁著我鴻運當頭，我從側門溜了回來，走到酒吧角落，從後面的樓梯上樓。我要看魯斯·梅耶的錄影帶，尋找靈感。這時候，我看到牆上鏡子裡的自己，我發現我臉上顴骨越來越凸出了。對，我的體重減輕了一點。

賽門，恭喜你電影事業成功。

別這樣說，謝啦，史恩。搞色情片一直不是我本行，但是我喜歡看製作精良的電影，更喜歡跟妙妞大幹一場。

每件事都很圓滿。幾乎每件事。我想起摩拉告訴我，法蘭西斯·卑比又四處找我了。

沒錯，我察看綠色手機的簡訊，他確實發了一道訊息給我，署名「法蘭哥」：

我要馬上跟你見面

有個人馬上死定了

「老實說」[10]，我可以好好想像這個畫面。他媽的笨蛋。他說的一定是懶蛋。懶蛋馬上死定了。還有一個簡訊是席克傳給我的。如果說有哪種通訊方式最適合藥頭，就是簡訊啦。

「隨時都有」

隨時都有藥。好極了。我只剩下一點了。我掏出一劑，切碎，好好吸了一排，正中我的爽處。我現在很需要抽一根菸，於是我燃起了菸，香菸在我的肺裡和古柯鹼交融，感覺純淨又清新。

我看著鏡子，望向鏡子深處。「聽好，法蘭哥，現在該是你和我有點心連心，說點真心話的時候了。你很在乎懶蛋。我的意思是，面對事實吧，老實說吧，法蘭哥，我相信你會感激我的直率。目前這回事比懶蛋以前搶我們錢那回事更加超過。你就像一個被耍的情人。當然這種人雷斯到處都是。好吧，讓我們承認，你顯然爲他瘋狂。你在監獄裡跟男人做愛的時候，腦子裡想的是不是懶蛋呢？我只能說很可惜，你和懶蛋並沒有終成眷屬。眞有趣，我曾經以爲你是一號，懶蛋是零號。不過現在，我懷疑了。我看出來，你是那個哭號、吟叫、完全被紅髮男控制的婊子，你穿洋裝，彎身，帶淚水，他對你講髒話，在你的屁股上油準備肏你，當他幹你的時候，你癡笑、喵喵叫，他媽的就像狗屁的淫蕩人妖小賤貨……

門鈴響了。

我打開門，他來了。就站在我眼前。

7 為英國喜劇女演員。

8 這兩人都是英國喜劇女演員，兩人合作演出。

9 英國喜劇女演員。

10 「老實」和「法蘭哥」在英文是同一字（Frank）。這裡在玩文字遊戲。

「法蘭哥……我正在想你啊……進來啊，老哥，」我結巴說，我聽起來就像剛剛被我丟下的小寇帝斯。

從他眼睛的反應，我發現這混蛋讀出我的心思。媽的，我剛才說得很大聲嗎？……當然沒有……但是如果他剛才先從信箱孔偷窺……萬一他在走廊就聽到了我說的話……

「該死的懶蛋……」他吐著氣說。

喔，幹，親愛的上帝，別對我這樣子啊……「什麼？」我努力叫出聲來。

卑比察覺不對勁。他用一種惡狠狠、打量我的眼神看我，輕柔地說，「懶蛋媽的回來了，有人看到他。」

我腦子裡有個想法。我視野模糊，血液凍結，腦裡很原始的聲音正對我吼，「行動，賽門，行動。爲蘇格蘭行動啊，不——爲義大利行動啊！」——「懶蛋？他在哪裡？這爛傢伙在哪裡？」我望向地獄，地獄就是法蘭哥狂亂瞳孔後面的孤伶伶黑點；我自己的眼神也帶有恨意，我的眼神就好像「伍爾沃思連鎖商場」的水槍，正對著鼓風吹起的爐火澆水。我等著他像響尾蛇一樣發飆，我幾乎在祈禱：媽的，現在就發飆吧，消去我的苦難吧，即使有古柯鹼支撐，我也撐不久啊。

卑比接住我的凝視，幸好他的聲音緩和下來。他低聲吐氣說，「我本來媽的還希望你先告訴我他回來的事。」

我拍拍腦袋，轉過身，開始踱步。我回想到懶蛋帶給大家的痛苦，帶給我的痛苦。我突然停下腳步，指著法蘭哥，沒錯，這在指控他，就是因爲這混帳有夠愚蠢，才讓裝錢的袋子被偷走，卑比應該是負責保管的人。「如果那王八蛋回來了，媽的我要把我的錢拿回來……」然後我開始想像，卑比會怎樣想我，於是我用手掌拍拍額頭，加了一句：「媽的我正在拍一部電影，預算媽的有夠少。」

眞是完美。法蘭哥似乎很滿意我的反應。他的眼睛縮得更小了。「媽的你有我的手機號碼。如果懶蛋跟你聯繫，媽的你馬上打手機給我。」

「如果你先看到他，你也要通知我，法蘭哥，」我告訴他，我一股怒火都是古柯鹼撐出來的，我感覺到我的輕蔑具有力量和純度，我外表一副很有力的樣子。「在我拿到錢和補償金之前，媽的你先別動那小子。只要錢到手之後，你要怎麼處置他都行……當然，我也要動手幫你。」

我的激動一定很恰當，因爲卑比說了一聲，「好，」就轉身要走。

懶蛋。我眞不敢相信，我竟然護著懶蛋這痞子。不過也護不了多久。銀行帳號都弄來了。只要等到片子一搞定，我跟他就各走各的路。

我跟卑比走到樓下，他轉身問我，「你他媽要去哪裡？」

「嗯……我要回去酒吧。我剛剛才從酒吧偷跑出來，現在要回去了。」

「好極了，我們喝一杯。」他說。

這頑固愚蠢的典型人物，跟著我去酒吧，我得站在吧台陪他喝。意外的好處：他給我一劑古柯鹼；在去找席克之前，可以讓我再撐一陣子。不過，我的處境絕對不算完美。屎霸已經走了，但是他走之前卻惹惱了愛麗森，愛麗森顯然剛剛哭過。那個死愛爾蘭垃圾，媽的破壞了我員工的士氣。

卑比還在疑神疑鬼，又提起那些包裹的事，讓我的脈搏興奮加速；他說到懶蛋是個人格扭曲的同性戀，我聽了眞覺得爽。喔，我眞希望懶蛋跟卑比見面，基本上我只基於好奇心，想要看看卑比究竟會做出多狠的事。讓人感到驚訝的是，他居然問起我拍片的事。

「嗯，」我故意低調說，「眞的只是找一點樂子而已，法蘭哥。」

「那些色情片明星，男演員，他們都……我是說，他們的屌一定都媽的，夠大吧？」

「也不盡然，我是說，越大當然是越好啦。」我剛他說。

法蘭哥像猩猩抓東西那樣，往他的胯下抓了一包，讓我覺得很反胃。他說，「那我該夠格吧。」

「是啊，不過最重要的是，肏的能力。有些屌很大的男人，要上場的時候，卻不會在鏡頭前面勃起。勃起能力，就是關鍵；所以，泰利很棒……」我一直說，突然發現法蘭哥眼神充滿恨意、怒氣看我。「你沒事吧？法蘭哥？」

「沒事……我只是想到了懶蛋那傢伙——[11]」他說。他手中的酒一飲而盡，然後開罵，講起他的小孩，講君恩沒有照顧好小孩。「她的樣子媽的爛透了，像媽的貝爾森[12]那種恐怖的人，她的樣子就像夭壽嗑過藥……」

「對呀，屎霸說她情況不好。都是因爲她用『大麻菸管』[13]，我是有用一點古柯鹼，法蘭哥，可是我的意思是說，大麻菸管眞的要人命啊。」我告訴他，順便把屎霸拖下水。

卑比震驚看著我，酒杯上的手指開始發白。我深深吸了一口氣，準備看他發飆。「大麻菸管……快克……君恩……在我小孩面前用這些？」

我逮著機會，繼續火上加油：「我告訴你，屎霸說，他還幫她一起洗呢[14]。我跟你說這些，因爲我覺得你應該知道，你有小孩……」

「好極了，」他看向一整個狼狽的愛麗森，「你的男人是混蛋！一個沒有屁用的嗑藥廢物！妳的狗屁小孩應該被沒收監管！」

法蘭哥衝出酒吧。愛麗森不可置信，站了一兩秒，然後痛哭，幸好摩拉上前安撫。「怎麼回事啊……」愛麗森激動地說：「媽的他到底在說什麼……丹尼到底做了什麼事啊……？」

她們正忙著這場跛鴨鬧劇的時候，酒吧就由我管了。我很高興卑比這個人猿終於走人，至於他把我員工嚇壞一事，我就媽的不很高興。我的酒吧事實上是一條輸送帶，專門輸送流失的靈魂，而下一個輸送過來的傢伙就是可憐的保羅，雷斯工商界反毒組織的夥伴。看起來整個世界的重量都壓在他的肩膀上。我帶他到酒館的安靜角落，他直接跟我哀叫錢的事，「你要我的命啊，賽門。」

我也很直接對這傢伙講，「我告訴你，你要嘛就住嘴，要嘛就斷送你的可悲前途。」我先把話講清楚，然後擺出安撫態度對他說，「我跟你說，保羅，你不用擔心。你只是不了解生意的運作。你不懂我這一行。我們會把錢還給你的，」我很愉快地說。看到四周的人都昏頭，只有我一個人頭腦清楚，眞爽。

這傢伙眞是一團大便。

「現在，有個懂得經濟如何運作的人來了，」我笑著說，此時，老艾迪慢吞吞地走進了酒吧，鼻子抬得好高，好像羅馬皇帝。「艾迪老兄，你好嗎？」

「還不壞啦，」他嘆道。

「好極了，」我微笑著：「你要喝點什麼嗎？我請客，艾迪，」我對他說。

「如果你要請客，那麼我要來一杯特調啤酒，還有一大杯葛魯士牌威士忌。」

這老酒鬼大言不慚地占我便宜，也不會削弱我今天的氣勢。「沒有問題，艾迪，」我微笑，然後對

---

11 法蘭哥一想到懶蛋就不能勃起，因為他誤以為是懶蛋寄同性戀畫報給他——勃起是他的心結。

12 二次大戰期間被英國解放的納粹集中營，位於漢諾威。

13 這裡的煙斗，不是一般的煙斗。這是燃燒快克，讓人吸氣的煙斗。

14 賽門故意說得很曖昧，不說他們在洗什麼。先前，屎霸只不過是幫忙君恩洗碗。結果，卑比以為他們在「洗藥」。「Wash up」就是將鹽酸古柯鹼的鹽酸去除掉的過程，可用阿摩尼亞、蘇打粉，去除了鹽酸，得到的就是快克。

著雷斯的普普夫人[15]喊：「摩拉，幫個忙好嗎？親愛的。」我對狼狽不堪的保羅點點頭，然後轉向艾迪說：「我只是在給我的朋友保羅打打氣，談生意上的事。你現在又在幹哪一行啊？艾迪？」

「我在捕鯨魚，」這個不成人形的老痲子回答我。

一個出海人。嗯，你好啊，水手。或者是不是應該說，你好啊，捕鯨人[16]？「是喔，那，你知道巴布．馬利[17]嗎？」

這渾身海腥味的老鬼猛搖頭說：「在葛蘭登的漁船上並沒有巴布．馬利這個人。我在那裡工作的時候沒這個人。」艾迪很誠懇地說，一口喝掉威士忌。

「輪到你啦，保羅，」我笑容滿面說，「我希望你也請艾迪喝一小杯金黃色的[18]。敬老尊賢是社會文明的象徵，我們在雷斯的人，比其他地方的人進步好幾光年呢。我說得對不對，是不是很有道理啊？艾迪？」

艾迪只是凶凶地看著保羅說，「我只要一杯威士忌，可是一定要葛羅斯牌的。」他對保羅這個挫敗的廣告人放話，好像他對這可憐蟲施了一個恩惠。

我不想理會這肉腳雅痞的唉嘆，也讓摩拉和愛麗森去享受老海員的苦味——油水泰利走進了酒吧。

「泰利，你出院啦？」

「是啊，」他笑著說，「不過還是得小心，而且要繼續吃藥，嘿。」

「太好了。要喝什麼？」

我現在的精神更加抖擻了。我們馬上要組成整支球隊了。艾立克斯．馬克李許？

非常重要啊，賽門。可惜，在這年頭，只有十一個球員[19]，你很難打贏什麼。我們大概需要四十個，不穿衣服的，全力以赴。

「因爲媽的我得吃藥，所以我連酒也不能喝了。」泰利唉聲嘆氣，一隻手拂過他的鬈髮。他本來留的那把色情片明星鬍子，已經不留了。

「我的天啊，泰利，眞是一場惡夢。不能打炮，不能喝酒，」我大笑，把頭點向艾迪的朋友們；他們仍然坐在角落，慢慢喝他們的半杯啤酒。「不過，我會幫你安排未來的工作的。」

「好啊，」他悲傷地說。我看到保羅那個手淫王，他現在終於注意到，我整晚都在給他冷屁股貼，於是他面對現實，垂頭喪氣地走了。

爲了讓泰利開心，我把他帶到辦公室，把卑比給我的古柯鹼拿出來，排出幾條小狗腿。我跟泰利說起了我以前的工作夥伴，方斯華．卑比先生拜訪我。「『肩膀』和『木片』[20]這兩個詞突然跳進我的腦子。」我用信用卡把古柯鹼切成細條，請我的貴客泰利享用。「不過肩膀和木片，這兩個詞並不一定有先後順序，」不過這畢竟是卑比提供的古柯鹼，所以卑比這個痞子至少還有點用處。

泰利笑了，彎腰開始吸。「他的肩膀上有木片？這傢伙媽的肩膀上有整間賭場[21]啊，」他說著就猛吸一管。

我跟著吸，然後開始大談我的拍片計畫。泰利開始看起來很不舒服。「你沒事吧？泰利？」

「沒事，只是我的老二……一定是古柯鹼的關係，不過眞的很刺痛，整個在跳動。」

---

15 普普夫人，為報刊上解答讀者來信（通常談感情問題，性問題）的專欄作者。類似台灣熟知的「薇薇夫人」等等。
16 這裡在玩文字遊戲。「捕鯨人」（whaler）和「哭嚎者」（wailer）在英文中類似。
17 巴布．馬利（Bob Marley）是哭嚎者，而不是捕鯨人。他是牙買加的雷鬼樂手，組過「哭嚎者」（The Wailers）樂團。
18 威士忌是金黃色的。
19 原文用「first 11」，意指只有十一名先發球員不夠，板凳深度不夠也不行。這裡寇帝斯就是他們替代先發球員泰利的板凳球員。
20 「肩膀上插木片」，為英文俚語，指很衝動愛鬧事的脾氣。據說以前打架的人會在肩膀上插上木片，藉此助威。
21 意思是，他認為卑比的肩上不但有木片，甚至有木屋（即，木片的千百倍大）——賭場一詞的原義，是木屋。

可憐的泰利走了，幾乎彎著身體離開。看到一個曾經不可一世的男人，竟然是這樣失去了男子氣概，眞悲哀。他的性功能仍然退役，我開始擔心起麥蘭妮的性生活；於是我打電話給她，我想，她跟寇帝斯小子碰面應該不錯。

52

# 快克婊子

我他媽眞是氣瘋了。那女人死定了，媽的不稱職的母親。對，她要倒大楣了……但是如果我媽媽不來顧小孩，所以孩子只好給她顧……結果她媽的惹出大麻煩，只因爲凱特和我媽的不能帶小孩……**骯髒的臭婊子！**都是因爲她的關係，害我甚至媽的碰到大雨，雨下得像撒尿一樣。我跳過一個狗屎水坑的時候，夭壽一個塞住的水溝，結果鞋子也進水。回到了家，我馬上穿上夾克，踢掉媽的那雙舊鞋，然後套上新的天柏嵐皮鞋。「你去哪裡？法蘭哥？」

「去找那個媽的嗑藥的死婊子，我的小孩在她手上。」

幹他媽的下雨天，讓人火大。天氣冷，每個人都鼻塞，不過我可以告訴你，他們一半都有哥倫比亞流感[1]，因爲媽的，吸太多古柯鹼。變態男就是最糟糕的一個，不過我不在乎他的一小條鼻涕啦[2]，媽的，可是吸快克就不行，廢物才用快克，更不可以在我小孩面前搞。

於是我跑去君恩家，我看她，她也回看我，好像她媽的有臉否認她幹的醜事。我直接和孩子說，「穿衣服，搬去我媽家住。」

我絕對不行把他們兩個留在這個爛家。幹，如果我媽知道狀況，知道孩子面臨的危險，我想我媽會願意留下孩子的。

---

1 「Columbian flu」，指吸了太多古柯鹼，引起的流鼻涕症狀。哥倫比亞（拉丁美洲國家）以古柯鹼聞名。

2 變態男有吸古柯鹼而流鼻水的症狀。

「幹嘛……出了什麼事？」君恩問。

「妳，媽的妳這個臭婊子，滾我遠一點，媽的我告訴妳，」我警告這婊子，「我的耐性已經用完了，如果妳媽的敢張開妳嗑藥的大臭爛嘴，我對妳做出什麼事，我可媽的不負責。」

她很瞭解我，知道我不是媽的在開玩笑。她的眼睛瞪得很大，臉色慘白，媽的比平常還要白。看看這個女人，一塊狗屎爛肉，爲什麼我以前怎麼都沒有發現她有多爛？我眞好奇她嗑藥嗑多久了。孩子們準備好了，問我，「爹地，我們要去哪裡啊？」

「去奶奶家。至少她知道怎麼帶小孩。」我看了她一眼，「而且她不會跟毒蟲瞎混。」

「你是什麼意思？你在說什麼？」這頭母豬竟然還有膽子給我回嘴。

「妳還敢否認嗎？妳敢否認，屎霸，媽的墨菲，上次來過這裡？」

「他是來過……但是並沒有做什麼啊，而且，」她眼睛噴出瘋狂的火焰，「我做什麼事，跟你沒關係。」

「你們兩個人，在我的小孩子面前洗來洗去！這跟我沒關係嗎？」我轉頭對兩個孩子說，「你們兩個，走。你媽要和我談私人的事。去樓下等我！去啊，快去！」

「我們兩個人一起洗……是啊……可是……」她又說，「我要有人來幫我嘛……」

兩個小鬼走出去之後，我轉向她，「我他媽給妳洗，**媽的給你洗**！」我一拳打在她嘴上，血從她鼻子流出來。我抓住她的頭髮，她的頭髮油膩膩的，我得把她的頭髮纏在我手上才抓得牢。她大聲尖叫，我把水槽的栓子塞上，打開水龍頭，在水槽裝水。我把她的頭按在水槽裡，水漸漸裝滿水槽。「**洗啊，爛婊子！**」

我把她的頭拉上來，水和血從她的鼻孔噴出來，抖來抖去，像是一條剛被釣起來的魚。我聽到有聲音，原來小邁可站在門口，他說：「你在對媽媽做什麼？爹地？」

「媽的回樓下去！你媽媽流鼻血，我在幫她洗！快下去！媽的聽我的話。」

這小子走了，我又把她的頭按進水槽。**「媽的幫你好好洗一洗，骯髒的快克婊子，媽的幫妳洗乾淨！」**

我又把她的頭拉了上來，不過這個骯髒的瘋婆子竟然從流理台拿了一把媽的小水果刀，然後媽的拿刀揮來揮去！她一刀剛好刺進我肋骨，眞夭壽。我把她放開，她拿盤子往我腦袋上砸。我又揍她，她撞到地上，開始媽的大叫，然後我把肋骨上的刀抽出來。幹，滿地都是血。我用腳踹她，她倒在地上縮成一個球，然後我出去找孩子。但是一到樓梯口，卻看到一個老太婆，站在走廊的對面，兩個孩子被她抱在懷裡。「過來，孩子，」我告訴他們，但是他們卻只是站在那裡。我抓住邁可，因爲我媽的沒有閒工夫鬼耗，死君恩爬了起來，她走出來對我尖叫，並且對那老太婆吼，**「打電話叫警察！他要搶走我的孩子啊！」**

「媽媽！」沒有用的小邁可跑開，早知道就該讓尙恩把他的狗屎腦袋切掉，說不定邁可這個孩子甚至不是我留的種，我怎麼可能生出這樣一個媽的娘娘腔，我用手背打了他一巴掌，君恩在樓梯上抓住邁可的手臂，這小傢伙好像拔河比賽的繩子。邁可大叫，我只好放開手，結果他們母子向後摔到樓梯上。隔壁那隻老母牛又在尖叫，然後來了兩個警察，直接上樓梯，其中一個問：「這裡發生了什麼事？」

「沒事，你他媽少管閒事，」我說。

「他想搶走我的小孩，」君恩尖叫。

「是這樣子嗎？」年紀比較大的警察問我。

「媽的孩子是我的！」我說。

站在樓梯上的那個老女人說：「他毆打這個女人，我都看到了！他還打了那個孩子，小寶貝！」媽的，她轉身面向我說：「這傢伙很壞，從裡到外都爛透了！」

「妳媽的閉上臭嘴，老太婆！關妳什麼屁事！」

年紀大的警察說，「先生，如果你不離開這裡到外面街上去，我就必須逮捕你，控告你破壞安寧。如果這位女士對你提出告訴，你的麻煩就大了。」

所以，互相大吼了一陣之後，我只好走人，因爲我不想爲了那個賤人被媽的抓起來。那兩個警察，夭壽一直看我，好像我是媽的猥褻幼童的罪犯。我不應該打邁可，但是媽的這一切都是君恩的錯，是她把我惹毛的。我要去社工那裡告狀，因爲是她，是她，是她那個快克婊子，在媽的我小孩面前吸毒……

如果他們要逮捕人，應該去抓〈小鬼當家第二集〉的死傢伙。我知道他拍那部電影的時候還只是個小孩子，但是我想像他那樣的人現在根本不配活著。

53

# 「……還沒有勃起，就超過一呎長……」

我去賽門家。屋子很亂，但是我不在乎。我向前跳，抱住他，把嘴唇湊向他的嘴。他有點緊繃，不放鬆。「嗯，有客人在，」他告訴我。我們走進客廳，皮沙發上坐著一個年輕人，我好像在賽門的酒吧看過。我只從眼角餘光瞥過那批不起眼的，有點沒味道的年輕人，這個就是其中一個。現在，他似乎只是個正常的年輕孩子：身材瘦長、有體臭、臉上斑斑點點，很緊張。我對他微笑，看到他的臉蛋變得又亮又紅，眼睛泛淚，然後這可憐的小達令把視線轉開。

我們看著他；我很好奇到底是怎麼回事。賽門什麼話也沒有說。有人敲門，我上去看，原來是麥蘭妮和泰利。麥蘭妮吻了我一下，走進屋子，給賽門一個擁抱，然後坐在這男生旁邊。「你還好嗎？寇帝斯？」

「好──好──好啊，」他說。

泰利仍然非常低調。他坐在角落的椅子上。

「這位是寇帝斯，」賽門對我說，「他要加入我們，當演員。」這孩子擠出一個微弱的微笑；我想，這是開玩笑吧。然後賽門看看麥蘭妮，又看看我，解釋道，「我希望妳們女士們把這塊不成氣候的朽木，改造成為雷斯歷史上最火辣的年輕種馬。嗯……算他是第二火辣的吧，」他用一種自嘲、謙虛的得意口氣，鞠了躬。

「他是個大男孩啦，」麥蘭妮賊笑說，「知道我的意思吧！」

「秀給她看啊，寇帝斯，不要害羞，」賽門走向廚房。

寇帝斯的眼睛又冒出眼淚，他的臉紅透了。「好嘛！昨天晚上我就看過了啊，」麥蘭妮大笑說。

我瞄了她一眼。寇帝斯緊張兮兮解開褲帶，拉下拉鍊。然後開始把他的東西從褲子裡掏出來，他掏個沒完。雖然還沒有勃起，就已經超過了一呎長，幾乎垂到膝蓋。我說不出話來。更重要的是，他老二的粗度……我從來不認爲自己是會計較尺寸的婊子，但是……所以，這男生加入了我們的團隊。他有十四吋，怎麼可以不讓他加入？一個處男（我敢說昨晚麥蘭妮碰他之前，他都還是處男），幾乎是個怪物，但是他卻是我們電影的頭牌。

賽門教他修剪屌毛，讓老二看起來更大，眞正的A片明星都這樣做。

泰利說：「你看看這小子的臉，他刮鬍刀刮成什麼樣子！我們可以讓他自己修剪屌毛嗎？他的屌可是我們的本錢喔！」

「你說得好，泰利。你還沒有拆線嗎？」

我很好奇，該怎樣才能讓這小子進入狀況，讓他上場表演？不過，我知道昨天晚上麥蘭妮已經開導他了。

「我來幫你修毛吧，」麥蘭妮說。

這一方面，應該沒有問題。賽門叫我和他去廚房。「麥蘭妮昨晚幫他開苞，把他搞定了，」他證實了。「我們要解構[1]這個孩子，」他說：「把他按照我們的形象，重新加以建構。我們要把這個小白癡改造成〈窈窕淑女〉[2]的主角。不只教他打炮技術——每個智障都會打炮，每個白癡只要找到願意配合的性伴侶，都可以換各種姿勢大幹特幹，」他側眼瞥了一下門外的泰利，「老天，我們如此熱愛性交，搞得我們對性交都麻木了。可是我們還是要完全改造他，把他變成一個媽的很有味道的人。他的衣服要改，神情要改，儀表要改，姿態也要改。」

我點了點頭表示同意，但是我們有些正事得先做。我們叫其他人在酒吧等我們。寇帝斯要走人的時候，賽門遞給寇帝斯一個包好的盒子。「給你的禮物，打開來吧。」

寇帝斯拆開包裝紙，露出一個很俗麗、很嚇人的金髮頭顱。這是一個專門幫人口交的充氣娃娃，只有頭部。賽門說，「她的名字叫做西薇，是給你練習用的，陪伴你度過寂寞的夜晚——不過你的未來，也不會有太多寂寞夜晚了。歡迎加入〈七兄弟大戰七淫娃〉。」

可憐的寇帝斯並不知道該如何處理西薇。他們一夥人走向日光港口酒吧。賽門要我留下來一下，他想討論他所謂的「計畫」。

我們取得兩份名單，存在兩張不同的光碟上。雷布的爸爸幫我們處理這兩份資料，把兩者存在同樣的格式上。在克萊狄斯戴爾銀行格拉斯哥市中心分行的帳戶當中，共有一百八十二個人是持有「藍杰隊」季票的球迷。其中有一百三十七個帳戶都把密碼設爲「1690」。我想不通爲什麼賽門會知道他們的密碼；他很有耐性地解釋給我聽，馬克也跟我解釋過，但是我還仍然不了解。雖然我修過麥可克萊蒙特的蘇格蘭研究課程，但是我對蘇格蘭人的心理或文化，幾乎是一無所知。在這批帳戶之中，有八十四個設定了網路銀行的功能。

重點是，在這八十四個帳號中，最窮的人透支了三千二百一十六英鎊，最有錢的人存了四萬兩千二百一十四英鎊款。賽門解釋說，他和馬克進入克萊狄斯戴爾銀行的網路銀行系統。用1690這個密碼，他們從存款比較多的帳戶下手，轉走了總共六萬兩千四百一十二英鎊，把這筆錢存入他們在蘇黎世

1 解構，即「解構主義」的解構，當然是妮姬這樣的學生熟知的學界術語。這裡是指把這男生像積木玩具一樣拆開，再重新把積木組合起來。

2 原文為「Eliza Doolittle」，即名劇作／名片〈窈窕淑女〉（My Fair Lady）的女主角。電影版的女主角由奧黛麗·赫本擔綱。在這個故事中，Eliza Doolittle本來是個土包子，但經過專家訓練之後，就變成一個讓人驚艷的淑女。

開設的瑞士商業銀行一般帳戶。他說著，就排了兩排古柯鹼。

「我不用，」我說。我從我的肩包拿出捲菸紙，古柯鹼以及菸草[3]。「喔，我知道呀。這兩條都是我的。我有兩個鼻孔，」他解釋，「嗯，我目前是有兩個鼻孔啦。是啊，三天之後，這一大筆錢，除了其中的五千英鎊之外，會轉入我們在瑞士蘇黎世銀行爲『香蕉祖利影片公司』開的帳戶。」

「所以，我們就可以在酒吧慶祝啦？」

「不不不……」賽門說，「籌款人，是妳，我，和懶蛋。只有我們三個人知道這回事。絕對不要跟其他人談起這件事，」他警告，「否則，我們都會去坐牢坐很久。我們把錢放在銀行帳戶裡，只是要防止拍片超支。我們等一下再跟他們碰面。現在，妳，我，和懶蛋，我們三個要私底下去慶祝。」

我很開心，很興奮，但是多少也有一點害怕，不知道幹了這回事會有什麼後果。我們去皇家餐廳和懶蛋碰面。我們三個吃蠔，喝波林杰牌的香檳。馬克把香檳倒在酒杯裡，在我的耳邊輕聲說，「妳幹得好極了。」

「你們兩個也都幹得很好啊，」我說。我很驚恐，現在我眞的開始擔心我們的詐騙嚴重到什麼程度。「這是我們的事，只有我們三個才知道，」我緊張地說。馬克嚴肅點頭表示同意。「所以，黛安也不能知道這回事了？」

「沒錯，」馬克陰沉沉地回答，「如果爲了這種爛事入獄，就別想出獄了[4]。不過，聽好，那雷布呢？」他突然關心地問，「他一定也知道一些，他從他老爸那裡得到電腦資料。」

「雷布沒問題，」賽門說：「但是他有點潔癖。如果知道這場詐騙的規模，他會嚇出大便。不過他以爲只是一些神經病的信用卡資料。我已經把服務費付給他了。這件事以後就不用再提，」他微笑，然後輕快唱起一首歌：一首我從來沒有聽過的奇怪小調——

在綠草如茵的波恩[5]斜坡上
橘黨男兒和威廉會合
他們爲我們光榮的解放而奮戰
在綠草如茵的波恩斜坡上

橘黨男兒一定要忠貞堅定
因爲不論成敗
我們一定要記得我們的「戰吼」就是「永不投降！」
記得上帝支持我們這邊——

「我愛蘇格蘭，」賽門啜飲香檳說，「太多生命爛掉的白癡相信這一套狗屁，要賺他們的錢也太容易了。這整個塞爾提克隊和藍杰隊的足球賽對決，就是史上最大的詭計。他們的這個大詭計，並不只是用來海削這些智障，也是用來海削這些智障的子孫，以及子子孫孫。他們的削錢制度一直維持下去，慕雷，麥康[6]，這些傢伙知道他們在搞什麼。」

3 她要把古柯鹼跟菸草混起來抽。

4 原文為「(監獄的大門)鑰匙被丟掉了」，也就是「走不出監獄」的意思。

5 這首老歌描述「波恩戰役」。在一六九〇年，天主教的詹姆士國王和新教的威廉國王打仗。這場戰爭決定了愛爾蘭、蘇格蘭的後來命運。

6 慕雷（David Murray）為遊騎兵隊主席。麥康（Fergus McCann）是加拿大人，在一九九四年塞爾提克隊即將破產時出手援救，取得百分之五十一股權，挽救了塞爾提克隊的命運，而後在一九九九年出脫持股。

馬克對我微笑，然後向賽門說，「現在我們也都有點有錢了。我想，你幹這個勾當的決心，還沒有動搖吧？」

「當然沒有動搖，」賽門回答，「並不只是錢的問題，懶蛋，我現在全瞭了。媽的任何一個屁蛋都會弄錢。我是要搞出一個可以賺錢的契機。這個契機，可以讓人表現自我，實現自我，搞好生活，我要給被寵壞的、嘴裡叼著銀湯匙長大的有錢痞子看看：他們會的我也會，而且我會做得比他們更屌。」

「嗯，」馬克說：「我爲你所說的話敬一杯，」他舉起酒杯，又乾了一杯。

賽門看著我，他什麼話也沒有說，只是縮起嘴唇，痛苦地表示誠意。然後他用責怪的話氣說，「不可以浪費錢，妮姬，錢交給我保管，如果妳沒錢了，跟我要。」

我不知道我是否信任賽門；我不覺得他和馬克彼此信任。但是我不怎麼在乎金錢，也不在乎世俗名利。我喜歡我現在這樣。我覺得我充滿生命力。

「總之，如果我們被抓包，妳只需要對法官轉轉眼珠子，告訴他妳被兩個邪惡的低級國宅痞子騙了，然後妳就可以退場，我和馬克就會來解決，是不是這樣？馬克？」

「當然，」他又倒了更多的香檳。

後來，我們去了漢諾瓦街的瑞克酒吧。「那個人不是馬提亞斯．杰哥[7]嗎？」賽門指著角落的一個人，想指認。

「可能吧，」馬克想了想，又點了一瓶香檳。

賽門和我回到了他在雷斯的地方，我們像野獸一般性交一整晚。第二天我回家時，又累又痠又痛，卻非常滿足。然後我去學校上課，去三溫暖值班。下班回家的時候，馬克在家裡和黛安說話。他簡短和我打個招呼，就走人了。

「這是怎麼一回事？」

「他是我的老朋友，我們明天還要一起出去喝酒。」

「只是敘敘舊嗎？」

她羞怯微笑，揚起一邊的眉毛。她整個人發光，我懷疑她是不是已經和馬克上過了。

後來，賽門、雷布和我，一起去了尼德利的剪接室[8]，賽門曾經帶我來過這裡。我本來不知道愛丁堡居然也有這種地方，其實，我本來就沒有來過像這樣的地方。這家「尼德影像」公司的負責人，是雷布的老朋友，他們以前常跟足球流氓一起混球場，現在他們那夥人好像都變成了企業家類型的人，這個叫做史帝夫．拜瓦特的男人，比較像個社會工作者，而不像足球流氓。他們好像共濟會成員一樣緊密團結，彼此交換技藝、資源。「我們什麼都有，我們可以全部都在這裡搞定，」他看起來像個梳洗整齊的「重生基督徒」。

我們走人的時候，雷布說，「太好了。」

變態男搖搖頭說：「是可以啦，不過我們可以在阿姆斯特丹拍。OPA[9]，記得嗎？雷布？」

「也對，」雷布說，但是我想賽門心裡在盤算別的計畫。

7 真有其人，為德國的足球明星。
8 在十四章提及過。
9 見二十八章的結尾。

# 第18749個念頭

城市餐廳很受年紀太小、還不能上夜店的小鬼歡迎。寇帝斯和他的小鬼朋友們走進來，要我加入他們。我們坐在一些學生模樣的年輕人旁邊，這些人好興奮地討論無聊的陰謀論，辯論哪些人其實還沒有死：像貓王、吉姆．莫瑞森（Jim Morrison）、黛安娜王妃。這些人心裡只有年輕人不會老的迷信，根本不願意承認每個人眞的都會死。他們困在「只願肯定生命、不敢承認死亡」的布爾喬亞夢幻世界中。

像菲利普這樣的窮國宅出身的小子，就對這些人的小心眼嗤之以鼻，加以嘲笑。他們知道，那些人討論的事，全都是狗屁。從他們小時候，經過八〇年代愛滋肆虐的年代，他們就在貧民國宅和市中心[1]看了夠多死人，他們的純眞早就剝奪殆盡。眞是有趣，我確信，我們那個世代的人，也曾經和這些郊區的孩子有過同樣的想法[2]。但是不再相信了，至少我絕對不再相信了。

「那些白癡全部都死啦！反正終究是要死的。」我告訴其中一個學生；戴金幣造型戒指的小鬼爆笑了，加入我，都想想要好好取笑這批學生。

吵吵鬧鬧當中，我叫寇帝斯留意我，「看看你的那些朋友，在這些學生身上尋開心。」他緩慢把頭垂下。我繼續說，「想像一下十五年之後，誰會擁有好房子、好工作、事業、財富、好車？而誰又會被困在貧民窟，領失業救濟金呢？」

「是啊……」寇帝斯點頭。

「你知道爲什麼嗎？」

「因爲他們受教育。」

這小子不錯嘛。「沒錯，這是一部分原因。還有其他的嗎？」

「因爲他們老爸老媽有錢，給他們入社會起步的錢？而且還給他們人脈？」

這小子沒有我想的那麼笨嘛，「聰明，寇帝斯，你很聰明。可是如果你把這兩個原因擺在一起，你會看到什麼？」

「我不知道。」

「預期。他們擁有這些東西，因爲他們預期得到這些，他們不會期待別的東西了。我和你這樣的人，不會預期這些好康。我們知道自己必須工作到死，才能掙到好康。我，是受了太多教育，卻不符合資格的人，我眞的找不到他們那種人生活圈的入口。你覺得，我爲什麼遊走社會邊緣，搞地下經濟？因爲我喜歡社會邊緣這些搞笑角色嗎？因爲我喜歡和流氓、妓女、毒蟲、毒販一起混嗎？媽的別開玩笑了。我拉過皮條，闖過空門，幹過小偷，搞信用卡詐騙，也販過毒，不是因爲我喜歡幹這些勾當，而是我無法進入合法的行業，無法得到和我知識技術相稱的等級、地位、報酬。我是個被搞砸的可憐蟲，寇帝斯，一個被搞砸的可憐蟲。但是一切都可以改變，也即將會改變，」我看了看手錶，應該和工作人員碰面了，「我問你，」我喝乾酒，「你用了那個口交人頭嗎？」

「嗯……沒有啦——」他整個人羞赧了，「我只有拿出來玩，它就把我整個吃下去了。」

1　在英美，市中心常是窮人住的，有錢人反而要住市郊。

2　這裡有兩批很不同的年輕人：一邊是住在市中心或窮國宅的痞子，看破生死的；另一邊是住在市郊（也就比較富有）的學生，愛高談闊論。變態男是說，他年輕時，在心態上比較類似後者（有錢的人），雖然他自己是窮國宅出身的。

「把你整個吃下去了！我的乖乖！早知道這樣好用，我就買給自己了！」我對著他困惑的臉大笑。

喝完酒，我們去「新手」的舞場拍幾個夜店客人正在跳舞的畫面。寇帝斯和他的朋友跳舞，雷布的攝影機跟拍。接下來鏡頭拉到妮姬，她和麥蘭妮說話，然後走向寇帝斯。她在寇帝斯面前跳一下舞，然後拉住他的手，帶他到舞廳的辦公室，卡爾事先已經把辦公室清理好了。

夜店打烊之後，我們進入正軌，準備拍攝重頭戲之一。雷布和他的朋友在辦公室架設器材。

「你覺得麥蘭妮和妮姬眞—眞—眞的喜歡我嗎？」寇帝斯問道。

「什麼意思？」

「嗯……我覺得是因爲你叫她們對我好，她們才對我好的。」

「你不要用這種可憐小狗的眼睛去討好馬子，這樣馬子才不會買帳。你身上有神力啊，」我說。

「可是女—女—女生不喜……」他的臉扭成一團，「喜—喜歡我。」

「那些小蠢妹，對啊。她們並不代表世界上所有的女人。出過皮爾里格到外面見過世面的女生知道重點所在，尤其她的屄如果有點鬆弛，她就更知道男人的長度不是重點，圓周才是重點。」我笑著說，一面哼著大衛．鮑伊經典歌曲開場的重複歌詞，「噠—噠—噠—噠。」我引用鮑伊的歌，卻無法讓寇帝斯放鬆一點。他很緊張，又去廁所撒尿，我對妮姬說，「想辦法讓寇帝斯覺得他是女人想要的男人，他的自我評價跌到谷底了。」

寇帝斯從廁所回來之後，妮姬靠近寇帝斯，我聽見她說，「寇帝斯，我眞等不及你來肏我。」這寬下巴的小傻蛋眨眼睛，臉紅了，「所—所—所以，你想說—說—說的是什麼？」

我再也受不了，笑得不行。「你眞是搞笑天才，寇帝斯！媽的，這句話得加進劇本裡才行。」我在我手上的腳本上狂寫。

我爲演員們打氣之後，雷布對我點頭，好戲準備開演。

「好了，夥伴們，這是重頭戲。這場戲中，喬伊跟譚姆打賭，贏了。寇帝斯，在這場戲，你飾演的角色——小寇——破了處男之身。所以你不必緊張，你這個角色本來就應該緊張。我只要你們兩個人說你們剛才說過的話。妮姬，妳帶他到辦公室，用力關門，站在門後面說——」

「我很想要跟你打炮，」妮姬用很淫蕩的口吻，拉長語氣，看著寇帝斯說。

「小寇，然後該你說，」我對他點頭。

「所—所以，你想說—說—說的是什麼？」

「太棒了！然後妮姬，妳把他從桌子另一邊拉過來。讓妮姬來帶領你，寇帝斯。好，現在我們來試試看吧。」

一點也沒錯，一開始的即興表演最棒。拍了許多次之後，我們拍到幾個可以用的畫面。現在已經有六個兄弟打過炮了。剩下的最後一個問題是，泰利受損的老二，仍然不夠堅硬，不能拍肛交戲。可是不用擔心，我有點子。

55

# 阿姆斯特丹的婊子們第六部

我跟馬丁和倪爾斯說過，我得暫時離開夜店一陣子。我告訴賈德琳，我必須回家，看一下家人。不過，無論我心裡眞正應該在乎的是什麼，我眞正在乎的卻是：我沒有辦法和她分開——她就是黛安．古絲頓。

我們大半個晚上都在做愛，在蓋夫給客人用的床上。我只是要她，爲她飢渴，我似乎精疲力竭得萬劫不復，可是我的慾望很快又被激起。根據「經驗」，這回事，和愛情或情緒無關，只是兩個陌生身體靠在一起的自然反應。這種關係會逐漸淡去。不過，去他媽的「經驗」。

今天早上，她穿著我的運動衫。女孩子穿我的衣服，這樣的感覺總是很好。我們兩個在廚房煮咖啡烤土司。蓋夫走了進來，要去上班。他看到黛安，眼睛睜大，就閃人了。我叫住他，我不希望他在自己家裡竟然還像個陌生人。「蓋夫，來啊！」

蓋夫羞澀走回廚房。「這是黛安，」我告訴他。

黛安微笑著，對他伸出手。蓋夫握手，和我以及……對，我的女朋友，喝茶吃土司。可是我一直在想賈德琳，也在想應該怎麼向黛安說賈德琳的事。我離開黛安，進城去的時候，還一直在想。

當你發現，原本完全平常的事物變得很奇怪的時候，你就會知道你的生活已經搞砸了。我在太子道花園，和我的嫂子雪倫以及我的姪女瑪琳娜一起。我從來沒有見過瑪琳娜，這也是多年來我第一次見到雪倫。上一次見到嫂子，是在我哥哥比利的葬禮上，我在廁所裡幹了嫂子[1]。當時她的肚子裡正懷著瑪琳娜。

我不只是在情感上沒辦法和昔日我的連結，我甚至無法想像我過去是什麼樣子。當然，我可能只是在自欺欺人，誰知道呢，但是，我的感覺就是如此。如果我當初在蘇格蘭待了下來，我還會是我今天這個樣子嗎？可能不會吧！

雪倫肥了。她的身體裹上一層層的肥油，曲線變得剛硬了。過去那個胸部高聳，艷光照人的雪倫，現在被一堆肥肉包裹起來。我並沒有想過，我在她眼裡又是什麼樣子——那是她的問題。我只是很誠實地面對她給我的負面印象。和她交談的時候，我好有罪惡感，我竟然因爲她變肥而對她反感，我眞是太膚淺了。雪倫是個好女人。我們在比薩店喝咖啡。瑪琳娜在騎旋轉木馬，坐在一匹面目兇惡的木馬上，對我們招手。

「你和以前那個男人沒有在一起，我聽了眞覺得可惜，」我對她說。

「沒啦，我們去年分手了。」她說，燃起一支瑞格牌香菸，也遞了一支給我，但我拒絕了。「他想要小孩，但是我不希望再有一個孩子。」她解釋，然後又加了一句，「不過我想，應該還有其他原因。」

我坐著慢慢點頭。當別人對我如此直接地把私事全盤托出的時候，太親密了，讓我感覺很不安，很不舒服。

「你呢？你有和人交往嗎？」

「嗯……有點複雜……我上星期遇到了一個人，」我對她解釋，想到黛安，我感覺臉上閃過奇異的光芒，嘴角也露出笑。「一個我以前在這裡認識的人。我在荷蘭也有一個女友，但是我們現在的關係有

1 見《猜火車》中文版二九五頁。

點不穩定。不對，應該說我和她已經完蛋了。」

「你還是和以前一樣嗎？」

我一直比較偏好長久關係，而不愛一夜情，不過長久關係和一夜情都不是我拿手的。但是當你遇到某個喜歡人，無論你過去搞砸了多少次感情關係，你還是會想……對，就是她。我們心中的希望太多，反而不去管期待什麼。「雪倫……」我從袋子裡拿出信封交給她，「這是給妳和瑪琳娜的。」

「我不能收，」她推開了。

「妳並不知道裡面是什麼。」

「我知道，是錢。不是嗎？」

「是的，妳收下吧。」

「我不收。」

我盡量用可以看穿她的眼神跟她說，「聽著，我知道雷斯的人都怎麼說我。」

「沒有人在說你。」她說話的語氣，本來是要安慰我，事實上卻有點媽的讓我沒面子。他們當然有在說我……

「這不是販毒的錢。我向妳保證。這是我開夜店賺來的錢。」我對她解釋，卻又要努力克制自己，不要因爲自己說出矛盾的話而露出怪臉色。全世界每個開舞廳夜店的人，賺來的錢都來自毒品，雖然是間接的。「我不需要多餘的錢，我只想——爲我的姪女——做些事。拜託，請妳收下吧，」我懇求，然後很不自然地多說幾句，「我的哥哥和我，就像石灰和乳酪[2]。我們兩個都是瘋子，只是風格不同。」

雪倫用微笑回應我，而我也以奇怪的親熱回應她，我回想起我的哥哥比利的臉，看到他爲我撐腰，我突然希望我以前對他好一點。不那麼好鬥，不那麼死板。但是都是狗屎。以前的你就是以前的你，現在的你就是現在的你。後悔個屁。「真奇怪，我想念他的時候，並不是在想念我們的過去有多好，而是想像我們現在有可能相處得更好。我在很多方面都改變了，我想他還活著，也應該會變很多吧。」

「或許吧，」雪倫語氣帶著懷疑和謹慎。我不知道她的話是指我、比利，還是我們兩個。她注視信封，摸了摸它，「應該有好幾百吧。」

「八千英鎊，」我告訴她。

她的眼睛幾乎要從眼眶跳出來，「八千英鎊！馬克！」她放低聲音，眼睛看著四周，好像我們在演間諜片，「你不可以帶著這麼多錢上街啊。你會被搶，或者是……」

「最好趕快存進銀行。聽著，我不會把信封帶走，如果妳不收下的話，錢就留在桌上了。」雪倫想說些什麼，但是我搶先一步，「聽我說，如果我沒有能力負擔，我不會給妳錢。我又不是白癡。」

雪倫把信封收進皮包，緊握我的手，眼睛泛淚。「我不知道該說什麼……」

現在是我閃人的時機。我告訴她，我要帶瑪琳娜去看〈玩具總動員〉，她可以利用這時間去銀行處理這筆錢，順便去買些東西。我牽著孩子的手走著，心想，如果卑比現在撞見我，不知道會做出什麼事。當然他並不會撞見我……我只是疑神疑鬼，生怕他會傷害這孩子或雪倫，於是我叫了計程車，前往「多明尼恩電影城」[3]，我想卑比不會在莫寧賽區[4]出沒。看完電影之後，我把瑪琳娜送回雪倫家。

之後，我走到了喬治四世大橋，瞥見另一張熟悉的面孔——但是不可能啊，這個人不可能會從圖書館走出來啊！我走上前，到他身後，捏他的衣領，好像我是警察似的。他嚇了一大跳，整個人要從人皮

2「different as chalk and cheese」，表示「截然不同」。

3 愛丁堡的一個多廳電影院。

4 愛丁堡的高級區。

之中跳出來。他轉過身，原本敵意的眼神被燦爛的微笑取代。

「馬克……馬克，老哥……你好嗎？」

我們找了附近一家酒吧喝一杯。眞是很諷刺，這家酒吧的名字叫做「髒墨菲」，以前大家幫屎霸取了這個外號來嘲笑他。我已經不記得以前發生的事了。灌進兩杯健力士啤酒之後，我很難不去想，屎霸的樣子眞的糟到極點。我們坐著，他講起了他正在進行的雷斯歷史計畫，眞是讓我目瞪口呆。不只是因爲這個計畫聽起來很有趣——是眞的很有趣——更驚人的是，屎霸這個人竟然會做這樣的事，這整件事就很驚人。他狂熱談他的計畫，我們才把話題轉到舊日時光。「強尼．史旺呢[5]？他總不至於還在嗑藥吧？」我提起了一位舊友。

「他在泰國。」屎霸說。

「你開玩笑，」我回答道，再次大吃一驚。史旺經常幻想到泰國去，但我無法想像他眞的做到了。

「對呀，這傢伙做到了，」屎霸點頭說，這件事難以置信的程度似乎也讓他吃驚了，「他用一條腿去的。」

我們談了一下史旺，但是我眞正想知道的是另一件事。我盡量裝作不經意地問，「告訴我，屎霸，卑比出獄了嗎？」

「是啊，他出獄好久了，」屎霸告訴我。我覺得心一直向下沉。我臉皮發麻，耳朵嗡嗡作響。我無法集中精神聽他說話，我的腦袋開始打轉。「他一過新年就出獄了。他前幾天才到我家，你知道嘛！這傢伙比以前更瘋狂了，」屎霸嚴肅地說：「離他遠一點，馬克，他不知道錢的事……」

我故意面無表情地回答他：「什麼錢？」

屎霸向我露出很燦爛的微笑，張開雙臂，極度熱情摟住我。他是瘦皮猴，擁抱的力氣卻很強。放開我之後，他的眼睛泛著淚光說，「謝謝你，馬克。」

「我不知道你在說什麼，」我聳聳肩膀，保持沉默——有道是：不知情的事叫人怎麼吐實？我甚至沒有問他、愛麗森、他小孩是不是ＨＩＶ陽性。變態男騙人已經騙上了癮，可是他現在騙人的技術已經不比從前，他現在的騙人術也不像以前一樣逗趣。我看看酒吧的時鐘，「……聽著，老弟，我必須走了，我得和女朋友碰面。」

屎霸眼神有點悲傷，然後他好像想到了什麼事，「喂，老哥，幫我一個忙好嗎？」

「當然，」我心不甘不情願點點頭，猜想他會跟我要多少錢。

「愛麗森和我……人家把我們啊，嗯，從原來的公寓趕出來了。現在我在朋友家借住一陣子，可是我的朋友家不能養貓。你可以幫我照顧貓一陣子嗎？」

我在想他話裡所說謂「貓」[6]是什麼意思，然後我突然頓悟，他指的是眞正的一隻「貓」。我對這種動物由衷厭惡，「抱歉了，老弟……我不喜歡貓，而且，我借住在蓋夫的家。」

「喔……」他看起來可憐兮兮的鳥樣，讓我不得不幫他想個辦法，於是我打電話給黛安，問她想不想暫時收養一隻貓。黛安說沒有問題，她告訴我妮姬和蘿倫正在討論要養貓，正好可以藉此機會試試看適不適合養貓。黛安說她會和另外兩個女孩談，她眞的去談了，而且很快打電話回來。「貓咪暫時有家了。」她說。

屎霸聽到了消息，非常開心，於是我們安排好時間，把貓咪帶去托爾克羅斯。離開屎霸之後，我向托爾克羅斯走，臉上還是酸麻，心中生出火熱的怒氣，噬咬我的心。我鎭定一下，就打我生意夥伴的手

5　強尼・史旺在《猜火車》的開頭和結尾出現。

6　「cat」一字在書中也指「男人，傢伙」——這種用法，屎霸尤其愛用。

機：「賽門，你在幹嘛？」

「你在哪裡？」

「你別管。你確定卑比還在監獄裡嗎？有人告訴我他出獄了。」

「誰說的？」

假惺惺的變態男，故意用老百姓的蘇格蘭語回我話，聽起來很假。「這不干你的事。」

「那是胡說啦。據我所知，他還被關在大牢裡。」

說謊的騙子。我關掉電話，前去葛拉斯市場，走向西港，朝著托爾克羅斯前進。激動的念頭在我腦裡飛舞，恐怖的心思噬咬我的心。

# 56
# 「……牠搭在我的肩膀上……

我和查帕似乎已經很親了，查帕就是我們現在照顧的貓。幾個星期前，我在「第四頻道」看到「貓咪健身操」，之後我就和牠玩這遊戲。我把牠舉起來三十次，這是第一個定位。然後牠搭在我肩膀上，而我從蹲姿改爲站姿。然後是第二個定位，我用一隻手掌撐起牠的肚子，另一隻手握住牠的胸部，左右手交換做，各做三十次。

蘿倫走進來，很驚訝看我，「妮姬，妳對這隻可憐的貓做了什麼？」

「貓咪健身操，」我解釋。我擔心她會以爲我也搞人獸交。「生活忙碌的時候，就容易忽略寵物。這種健身操可以保持身材，同時又可以跟寵物搏感情。這種健身操讓我運動，也讓我享受觸覺的親密。妳應該試試看，」我把貓咪放了下來。

蘿倫狐疑地搖搖頭，但是我正急著要出門，我們今天要拍最後一場泰利和麥蘭妮的戲，而寇帝斯負責提供替身的屌。我前往雷斯，到賽門家和大家會合。

寇帝斯臉上掛著白癡的笑。這小子在打炮這方面是可造之材。他像一隻生病的小狗，緊跟著我和麥蘭妮到處跑，好像在乞討食物，不過他是在乞討屄而不是食物。不對，這樣講不公平。這孩子還要別的東西。他需要愛，需要歸屬感，需要被大家接受。事實上，他以明顯而赤裸裸的誠懇態度，讓我們大家都回想起來我們自己的需求。他很眞誠地希望我們喜歡他。甚至愛他。至於我們，我們逗他玩，有時候差一點對他殘忍了。

爲什麼對他殘忍？我們是不是享受權力，樂在其中？或者只是因爲——蘿倫可能會說——我們這些人在做我們痛恨的事？

不對，就像我剛才說的，他和我們是一樣的，只不過他比較沒有尊嚴而已：他在人生路上也是個可悲的追尋者，還搞不清楚自己要追尋什麼。但是以他的狀況而言，這小王八蛋還是有時間。或許他的年紀決定了我們的行爲，決定了我們對待他的舉止。我覺得，我還記得他進入我的時候，雙腿間的美好感覺。我的妹妹又緊又小，我本來無法想像我可以受得了**他**。結果我被我自己嚇到了。

「你喜歡嗎？」我問道，把我的脖子靠到他的臉上。

「喜歡啊，妳好香喔。」

「我可以教你香水的知識，寇帝斯，我可以教你很多事。等我人老珠黃的時候，你還是個英俊的年輕男人，在整個城裡到處找只有你一半年紀的處女開苞。年紀大的有錢男人都想要那些小女生，可是你不會嫌我。你很好心，會記得我，把我當人看。」

麥蘭妮微笑著，喝一小口紅酒；她可能沒有注意到，我很嚴肅。

至於寇帝斯，他被我的話嚇到了。「我永遠不會對妳不好的！」他幾乎尖叫了。

這些年輕男生，嘴巴這麼甜，心腸這麼軟，爲什麼長大之後就變成怪物？但是等到他們再老一點的時候，他們似乎又變得好一點，再一次變得善良溫柔。這種事，沒有人教變態男賽門。明星學生寇帝斯不但拜賽門爲師，也拜我爲師喔。我不喜歡賽門教他的東西。

雷布和工作人員到了現場，架起攝影機。但是寇帝斯非常甜，他不想幹麥蘭妮的屁眼。「好髒，我不想做。」

「說得好，寇帝斯，」我說。麥蘭妮卻強調，「我沒有問題啦，寇帝斯。」

賽門突然說，「好吧，我們現在先休息一下。」他看了看錶，「走吧！我們去看電影！」雷布開始唉聲歎氣，我卻搞不懂賽門在搞什麼鬼。賽門把我們送上計程車，到「電影之家」，那裡正在放映一系列馬丁．史柯西斯的片子。正在演勞勃狄尼洛的〈蠻牛〉。

看完電影之後，在酒吧，寇帝斯很心醉地跟賽門說，「這部電影太棒了！」

賽門正準備說話，我卻搶先插嘴，問他：「所以，這就是你帶我們來這裡的原因嗎？」

賽門不理會我，對寇帝斯說：「你是個演員，寇帝斯。勞勃狄尼洛也是演員。他眞的想發胖，像一個球一樣上街嗎？他希望在拳擊場上被狠扁一頓嗎？」他瞥了我一眼，「沒有雙關語的意思[1]。他才不希望呢，他這麼做是只是因爲他是演員。他會在拍片現場轉頭跟史柯西斯說，『好髒喔』、『好痛喔』、『感覺有點冰冷、疏離、剝削』嗎？才不會。因爲他是個**演員**，」賽門強調，並且聲明，「我不是在說妳，麥蘭妮，妳不是第一女主角。」

我現在明白，賽門不只是在針對寇帝斯，也是在針對我。賽門操弄別人的手段，就像泰利勃起的老二那樣容易被人看見。「我們**不是**演員，我們只是春宮表演者，」我告訴他，「我們必須訂下自己的……」

「不。都是中產階級的屁話。只有中產階級才沒有醒來，不肯承認色情已經是主流的這個事實。維京唱片城就在賣色情片。葛瑞格．達克[2]也拍小甜甜布蘭妮的音樂錄影帶啊，《Grot》雜誌、男性雜誌、女性雜誌都在做同樣的事。甚至壓抑的、禁忌多的英國電視台，都用暗示的手法調逗我們。作爲消

1 賽門跟妮姬說，他並沒有在用雙關語，事實上，他就是用了雙關語。「ring」這個字，可以指拳擊場上的那個台子，也可以指肛門。在場上打拳擊，也可以被解讀成插肛門。賽門帶大家去看拳擊片，就是要說服大家拍攝肛交畫面。

2 Greg Dark，正式名字是 Gregory Dark，跟兄弟組 Dark Brothers，拍過許多春宮片。

費者的年輕人，現在根本不會去管色情、成人娛樂、主流娛樂有什麼差別。同樣，他們也不管酒和藥物有什麼差別。如果你用了會爽，很好；如果你用了卻不爽，就拉倒。就是這麼簡單。」

「你不覺得，由你來教寇帝斯去認識年輕人的想法，有點太倚老賣老了嗎？」我說。可是我的話聽起來很遜，和賽門嚴苛的狠話相比，我的話很沒說服力。

「我把我所看到的現象說出來。我要導一部電影。」

「所以，共識對你來說，並不算一回事？」

「共識，是有彈性的，一定要有彈性才行。否則，我們怎麼會成長呢？我們怎麼會進化呢？一定要有發展，觀點要隨著時間進展而改變，共識一定要有彈性。」

「我的屁眼是沒有彈性的，賽門，接受這件事實吧。承認吧！」

「妮姬，這不是問題。如果妳不願意表演肛交，可以啊。妳有權力不做。但是身爲這部電影的導演，我也有權力告知我的主要演員，他們不專業、假正經。」他微笑。

他就是這樣幹，用笑話來包裝他的嚴肅論點。他以爲他贏得了這場狗屁爭論，但是他並沒有。「我們**從事**性行爲，而不是在**演出**性行爲。任何性行爲的重點，就是要有共識。如果沒有共識，就變成脅迫，或強暴。我的第一個問題是，我要不要爲了拍電影而被強暴？我的答案是，我不要。或許其他女孩願意。那是她們的選擇。」我說，眼睛卻不敢看麥蘭妮。我仍然盯著賽門，詢問他，「我的第二個問題是，你要不要爲了拍這部片，而變成一個強暴者？」

賽門張大眼睛看我說，「我不會強迫任何人做他不想做的事，這是我的底線。」

我差點要相信他了，但是在回雷斯的計程車上，我偷聽他對寇帝斯說的話。他嗑了古柯鹼，已經胡言亂語了，還不時在手機上對雷布大吼。「你用你的屌打炮，但是你用身體和靈魂做愛。屌，媽的算什麼。其實，我可以再多說一點：你的屌，就是你最大的敵人。爲什麼？因爲屌需要一個洞。這也表示，如果男女關係只是純粹建立在肉體上，也就是說，以幹炮爲基礎，那麼馬子就有掌控權。無論你的老二多大，或者你多麼會用老二，你都是可以被別的男人取代的。你目前佔用的肉穴，有千千萬萬的老二在外頭排隊等著——任何有腦子的漂亮馬子都知道這個道理。幸好，馬子大部分都不知道實情。嘿，從女人手中奪回掌控權的方法，就是進入她的腦袋。」

我的天，我被警告了。原來我要擔心的，並不是我的屁眼，而是我的腦袋。

不過現在，我擔心的是麥蘭妮的屁眼。我覺得我必須以保護自己屁眼的態度，來保護她的屁眼。我在心裡煞車，因爲我發現自己好像變成蘿倫了。麥蘭妮其實不在乎的；她甚至跟我說過，她喜愛被幹屁眼。於是，我們回到公寓，又把器材架好。

賽門又嗑了更多古柯鹼。在麥蘭妮換衣服的時候，我聽在他對寇帝斯說，「寇帝斯，好夥伴，你很會運用你的武器。你尊重馬子，好，幹得好，但是在這場戲裡，我們需要多使點勁兒。你聽過這句話嗎——『給婊子苦頭吃』？」

「沒聽過。我喜歡麥蘭妮啊……」

變態賽門搖搖頭，「開始的時候溫柔一點，但是你進到她裡面的時候，就猛肏吧！她們喜歡痛。她們可以承受的程度，比我們大的多。她們可以生孩子啊，拜託咧！」

「小孩並不是從屁眼生出來的。」我插嘴。

賽門發現我一直在聽他說話，就拍拍他腦袋。「我正在想辦法教寇帝斯演戲，」他呸了一口，「親愛的妮可拉，可不可以讓我專心做我的工作呢？」

「『給婊子苦頭吃』，這種仇視女性的大便句子，你也用來教戲？」

「拜託，妮姬，讓我做好工作好嗎？我們把片子拍完，然後再好好討論。」

還好，這場戲的每個肛交姿勢，都只拍攝一次就完成了：一個姿勢是男上女下面對面幹，女方雙腿抬高；另一個是反向肛交牛仔妹。然後我坐到麥蘭妮旁邊，問她，「感覺如何？」

「很痛，媽的很痛。」她扁嘴，雙唇中間吐氣，說，「但是也很爽。當你覺得很難忍受的時候，就會覺得很爽；當你覺得很爽的時候，又會覺得難以忍受。」

「哇……」變態賽門的手臂摟住麥蘭妮，「很棒啊，各位。這是最後一個兄弟，油水泰利的打炮戲。我會把泰利找來，和妳一起模擬肛交動作，麥蘭妮，我們用寇帝斯的老二拍肛交特寫鏡頭。我們還要拍一些群交場面，幾個定場鏡頭，不過所有兄弟的打炮戲都拍完了。〈七兄弟大戰七淫娃〉，就是用肛交戲來當高潮戲！」

# 57 豎笛

再一次看見馬克，感覺眞好。我很開心他鼓勵我寫書。我興高采烈回到家，雖然我很累。我拿出手稿，把最後一章整個看一遍。老兄，懶蛋似乎給我靈感唷。最後一部分都是在談海洛英和愛滋病，所有被毀掉的人，從古至今的阿貓阿狗，包括湯米[1]這樣的衰人。

看完手稿，我簡直不敢相信，老兄，竟然完成了。我的意思是，雖然拼字並不大正確，但是別人會搞定拼字問題。我不想修改得太完美，不然，出版社的可憐編輯在編書的時候就沒有事情做了。

我才發現，現在快天亮了，但是我一整個想去郵局，把稿子寄給出版社，這家出版社專門出版蘇格蘭歷史。然後我要去找愛麗森，告訴她錢的事情，我們要訂機票去迪士尼樂園，給孩子樂一樂。前幾天在日光港口酒吧，我就想跟她講了，但是她很忙，而且我喝醉了，話都說不清楚。她一整個希望我離開酒吧。我想現在上床睡覺太晚了，我的腦袋嗡嗡作響，於是我放了〈阿拉巴馬〉[2]卡帶，跟著音樂一起哼唱一下。

然後我跑去文具店，買了一個裡面有氣泡墊的大信封，然後直接去郵局。我親吻了這袋包裹一下，然後把它塞進郵筒。

我的美麗寶貝！

我想現在最棒的事情，就是一整個好好睡一覺，然後去找愛麗森和安迪

1　湯米，是屎霸以前的朋友。見《猜火車》。
2　這是查帕的專輯名稱。

——愛麗森會去學校接安迪放學——告訴他們我們要去迪士尼樂園啦！我們或許不去巴黎的迪士尼[3]，去佛羅里達的吧！對啊！那裡陽光普照，哪裡像這裡的爛天氣。泰利．羅生告訴過我他去過那裡，那裡棒呆了。

然後我想，嗯，現在我有權自己先小小慶祝一下，因爲寫完了一本書的人是我嘛！是啊，我欠的債都還清了，各種大錢小錢，我，愛麗森，安迪馬上就要去迪士尼。我就喝點啤酒吧，知道嘛。於是我在想，該去哪裡慶祝呢？而且，要小心雷斯，因爲雷斯不是愛丁堡。雷斯有很多酒吧，可是無論你願不願意，都會遇到酒友，而且酒友可能是壞人。要小心喔，看看是誰和你一起慶祝。

我從交匯大道，轉向雷斯大道，經過麥克酒吧。我看了看馬路對面的中心酒吧，又往雷斯大道遠方看，我知道遠處有橋吧，ＥＨ６吧[4]、冠冕吧、海豚吧、史貝吧、卡樂多尼亞吧[5]、謨麗森吧、達門尼吧、羅恩吧、維基吧、阿漢拔吧、沃利吧、巴佛吧、沃克客棧——現在被人家改名叫杰恩酒吧，灌木酒吧、邊界吧、布魯斯維克吧、紅獅吧、老鹽吧、溫莎吧、喬皮爾斯吧、榆樹吧——這些，還都只是我眼睛看到的，只算開在雷斯大道上面的酒吧，至於巷子裡面的，我還沒算進去。所以，不行，老兄，不行啊，每一家雷斯大道上的酒吧，都可能讓人喝得走不出來。公爵街、交匯大道、甚至憲政街和伯納街，也開滿酒吧。於是，我往海岸走，比較時尚，比較安靜，比較上流——身爲雷斯的文人，就該來這種地方喝酒。

這一區看起來很不一樣，整個重新開發了；船塢上都是時髦酒吧和餐廳，很多倉庫改建的雅痞店。報紙上說，他們把妓女從原來工作的地方趕走了，因爲居民在抱怨。以我的觀點來看，這很不公平，因爲這些妓女一直在這裡工作，早在雅痞搬來之前。她們就是老鳥了。

我走進了這家很大的老酒吧，四面都是木頭鑲板。我點了一杯他們所謂的「健力士」啤酒。我看向外面，海鷗在空中翺翔，我看到一艘遊輪進港。

問題是，我才坐下來，寇帝斯就走過來了。「我看到你進來。我跟我自—自—自己說……」這可憐的小傢伙臉孔歪七扭八，眼睛一直眨，「屎—屎—屎霸不會來這裡呀！」

老天，我犯了一個大錯。昨晚我和懶蛋一起混，身體裡還殘留酒精，喝幾杯之後，我開始醉醺醺了。小寇帝斯在慶祝，因爲他參加變態男正在拍的色情片，和馬子玩群交。我一整個不願意想到愛麗森在酒吧工作，和那些拍色情片的人在一道。有時候我想像變態男也找她參加，叫她演色情片，想到這些，我的血液就整個結冰了。因爲變態男叫人家去做這些人平常不做的事。不過，愛麗森不可以啊，老兄，不，我的愛麗森不行啊。我一整個沒力而且嚇壞了，這樣我就不想去學校看愛麗森和安迪啊；結果我從寇帝斯那裡拿了點「游離基安非他命」[6]，讓自己振奮一下。我到了學校，感覺好極了，但是愛麗森的眼神馬上告訴我：又來了，又是這種狀況——我自己以爲我很好，別人卻看出來我根本是一團糟。她穿著一件我從來沒有看過的連帽外套，襯裡是毛皮的，穿了短裙、褲襪和靴子。她的樣子很美。小傢伙也穿得很好，圍巾帽子都有。

「你想幹嘛？丹尼？」

「嗨！爹地。」小傢伙對我說。

「你好嗎？小阿兵哥？」我對小傢伙說，然後對愛麗森說：「我有好消息。我弄到了一些錢，我可以帶你們去迪士尼樂園……去巴黎的……如果你們想去佛羅里達的迪士尼，也可以！而且，我的書寫完

3 巴黎的迪士尼樂園，當然離蘇格蘭比較近。可是美國境內的迪士尼樂園，受歡迎的程度遠超過巴黎的。
4 EH6是蘇格蘭的一個郵遞區號。
5 卡樂多尼亞，為蘇格蘭的古名（拉丁文）。
6 「base speed」，正確名稱為「freebase speed」，是一種比較高等的安非他命。

了，寄去出版社了！還有，我昨天遇到了馬克，就是懶蛋啦！他一直住在阿姆斯特丹，我們一起去喝了啤酒。他認爲我的書是很棒的點子——」

她臉上表情沒有變化，老兄，「丹尼……你在說什麼？」

「這樣吧！我們找家餐廳，坐下來談。」我對小傢伙微笑說，「去亞佛列餐廳吃奶昔，好不好？」

「好啊，」他說：「不過，去麥當勞好了，麥當勞的奶昔比較好喝。」

「不對，小弟，不對，因爲亞佛列只用最好的材料。麥當勞的奶昔都是糖，對你不好，麥當勞很邪惡。全球化還有別的問題，老兄，都是錯的——」我發現自己說話情緒激昂，而愛麗森眼神銳利地看我。「……不過如果你想，我們可以去麥當勞。」

「不可以，」愛麗森冷冷地說。

「喔……媽媽，」小鬼說。

「不行，」她說：「我們很忙。凱西姨媽在等我們回家，而且我晚上要上班，」她說。然後她轉向我，走到我前面，非常靠近我，我以爲她要吻我，但是她只在我耳邊輕聲說，「你的臉看起來爛透了。你嗑藥的時候，離我孩子遠一點。」然後她轉過身，牽著安迪的手走了。

安迪轉過身，對我揮手很多次。我勉強擠出微笑對他揮手，一整個希望他沒有看見我眼裡的淚水。我回到了海岸區，去另一家酒吧。這個地方人很多，爵士樂隊正在表演。我非常沮喪，老兄，我的生命被撕碎了。我只是覺得，如果你有錢，但是你希望跟你一起花錢的人卻不願意和你在一起，又有什麼意義呢？我和我愛的人之間，還剩下什麼呢？

不妙，老兄，我全搞砸了。

我轉頭看爵士樂隊，有個吹豎笛的年輕女孩，吹得眞好，美妙的音樂簡直讓人想哭，老兄。然後我看到吧台有個老男人，臉上掛著大微笑。這個時候，我心中出現一個恐怖念頭：酒吧裡每個人，這裡每一個人，愛麗森和我的小安迪，他們很快都會死去。就在十年、二十年、三十年、四十年，或五十年，或六十年，不管幾年之後。啊！這些漂亮的人，老兄，還有這些怪異、恐怖、神經的人，他們以後都不會來這家酒吧了，他們甚至都不會存活了。眞的，很快就會發生。

我的意思是，這世界媽的到底怎麼回事啊？

我離開了海岸區，回家。我不知道該怎麼辦。我才剛回家，法蘭哥就打電話給我，要我晚上去尼可酒吧和他碰面。他想和我談君恩的事。或許法蘭哥也發現，君恩的狀況不好。或許這傢伙畢竟也懂得關心別人。他告訴我、第二獎和他一起。能夠再見到第二獎眞好。「八點鐘見。媽的到時候見。」

我想了一下，發現我現在不是很想跟人混。然後我又接到另一通電話，是性罪犯奇仔打來的。我才掛掉法蘭哥的電話，他就打來。一定是跟以前坐牢的事有關。奇仔很壞，我一直在躲他。「嗯，我上次發神經啦。老兄，不出來喝一小杯嗎？」他說。

「不了，老兄，你好好去玩吧，」我想我再也不要跟這個人爲伍。

他的聲音聽起來有點鼻音，讓人發毛，「我前幾天晚上看到你的女人，老兄，她在日光港口酒吧的吧台工作。她很漂亮啊。我聽說你們分手了啊？」

我血液冰冷，老兄，一句話也說不出來。

「是啊，我在想，哪一天找她出來。喝個酒，吃個飯。我知道怎麼幫馬子找樂子。對啊！這是我的專長。」

我的心臟整個砰砰跳，老兄，但是我卻大笑，想要製造輕鬆的氣氛，然後我說，「好啊，我出來跟你喝一杯吧。喝酒對我也好。或許再進城吧？我跟你約在匯合路的尼可酒吧，行嗎？它的吧台有幾個漂亮的馬子在那裡工作。其中有一個，是人人都可以上的，知道吧。」

奇仔抓住機會。「你這才像話嘛，墨菲。幾點碰面？」

「八點鐘。」

但是我不會去，我不會去滙合路的那個鬼地方。我要去日光港口酒吧，觀察一下。

58

# 幸運好康

我把第二獎這痞子拖了出來，然後也打電話給屎霸・墨菲了。我要跟君恩徹徹底底算總帳。有人誤會我說的話[1]，要不然就是想要惹我。朋友？媽的，沒有人是朋友，年紀越大，越看清楚這個事實。第二獎正在撞球檯，媽的一整個瘋了，居然想要像同性戀一樣喝番茄汁。我會給這個痞子喝番茄汁。一個不合群的屁蛋。「那些反對酗酒的話都是屁。媽的，你可以喝一杯啤酒啊，喝一杯又不會死。媽的只是一杯啊！」

「不行啦，我不能喝酒啦，法蘭哥，醫生說的，」他說。他瘋狂的小眼睛，呆呆的，被人洗腦的樣子，就像認爲自己身上有上帝之光的那種人。媽的上帝的狗屎光。

什麼屁話，都是狗屎。「媽的，那些人懂個屁啊？他們叫我媽戒菸。我媽一天抽六十根菸。她跟我說，『我該怎麼辦啊，法蘭哥，我不抽菸，就會緊張啊。只有抽菸才有用，吃藥沒有用。』我就跟她說，『如果妳戒了，妳就知道好死了。』她媽的嚇一跳，發現戒菸才會要她的命。我跟你講，『如果你的身體沒有壞，你就不必修。』所以，你喝一杯沒關係啦。」

「不行啦，我不能啦——」

「聽著，媽的我幫你買一杯，就是這樣。」我告訴他，然後去吧台找查理，買兩杯淡啤酒。這傢伙最好媽的把啤酒喝掉，媽的我可不想平白浪費

1 之前卑比打電話給屎霸，要找他出來算帳。可是屎霸個性單純又善良，以為卑比找他出來是好事，而不是壞事。所以屎霸等於誤會了卑比的企圖。

錢。我端啤酒回座位的時候，看到有個人走進了酒吧，不過媽的，不是屎霸。我走去找第二獎，他在撞球台用三角架把撞球擺好位。「你這個混蛋，把球架好，等著被我痛宰吧。」

媽的我想到我媽，我一直努力要讓她高興。可是我怎樣努力，媽的她都不在乎。她只要有狗屁賓果可以玩就好[2]，別的都不管。如果我有辦法，我就要把那些玩賓果的地方都關掉；媽的，那種地方浪費時間，浪費錢。又不像是在賭馬，媽的賭馬至少還算有意思。

反正，第二獎收下一杯啤酒。我贏了他一局球，準備開始打下一局，我眼睛注意門口。還是沒有墨菲的影子。「你還是沒有碰酒啊，」我對第二獎說。

「喔……法蘭哥，我不能喝啊，老兄……」

「你不能喝？還是不願意喝？」我直直看著這傢伙的眼睛問他。然後不知道是什麼原因，我看到後面一個站在吧台前、正在閱讀《記錄報》賽馬版的人。這個人不對勁。我在監獄裡見過他，他的底細我一清二楚。他是媽的性罪犯[3]。他們這種人，我都知道；記住這些人的臉，就是我的任務。這種人總是閃躲我，因爲他們知道媽的我可以看穿他們。這傢伙，當初幹了什麼？他偷走小孩？強暴了小盲女？還是搞了一個小男孩？媽的我記不得了。重點是，這個鬼傢伙，現在坐在這裡的這個東西，是個他媽的性罪犯。我看這個人，和我以及第二獎在同樣的一間酒吧裡，坐在他媽的吧台前，讀他媽的《記錄報》。

吧台的查理，媽的給這傢伙送上啤酒，好像這個性罪犯其實是個正常人。坐在角落的一群老屁蛋，盯著我看。他們臉上都是開心的微笑，但是他們看我的眼神，跟看這個性罪犯的眼神，是一樣的。他們只看見一個媽的剛出獄的壞蛋。嘿，我一點也不像這個性罪犯喔，而且媽的我永遠都不會跟他一樣。這傢伙，喝著酒，媽的好像很享受！媽的他會走到街上，在學校附近晃，等小朋友出現，然後跟蹤小朋友回家[4]……

是啊，就在我眼前，這性罪犯正在用他的屁嘴喝啤酒，在媽的我的酒吧裡[5]。媽的性罪犯。媽的在喝啤酒！「那裡有個性罪犯，」我告訴第二獎，他正在用三角架把撞球擺好位置。「嘿，媽的給他落跑的性罪犯。」我對他說。

第二獎看著我，好像他完全不想插手。他就是相信基督教和寬恕那些狗屁想法，才會坐視不管。我出獄回來，結果發現每個傢伙都媽的沒出息了。「他只是來喝個酒，法蘭哥，算了吧，嘿。算了啦，」第二獎說著，就把排好的撞球打散。他很快就回答我，好像他知道我會上去找這傢伙的麻煩。

**每個人都媽的怎麼回事**？

他抬眼瞪我，眨眨眼，好像看出我眼神的意思，然後他低下頭說：「半色球是你的了[6]，法蘭哥，」但是我沒有眞的聽他說話，因爲我想把吧台那個傢伙的眼睛打黑。

「性罪犯，」我對第二獎說，說「性罪犯」的時候還把音拉長。於是我要敲桿，可是我一彎腰就會痛，就是君恩打到我的那個部位。我冷笑，媽的把一顆綠色半色球打下來，想像我打掉的其實是性罪犯的頭。媽的我在這裡快沒有耐心了。

「打得好，法蘭哥，」第二獎說，差不多是這樣的話，但是我根本聽不見他說什麼，因爲我又回頭

---

2 卑比剛出獄時，他母親並沒有熱烈接待他，反而說她要和朋友相聚玩賓果。

3 原文「beast」是指「性罪犯」。在監獄裡，有階層之別。性罪犯是最低等的，低等中的低等是性侵犯孩童的人。這在監獄會被海扁。或許因為如此，英國才有「beast wing」，把性罪犯集中在一起，免得他們在監獄裡被其他人做掉。

4 這裡表示卑比很痛恨性犯罪者，將這種人視為畜生。他一直強調，雖然他和畜生都入獄，但他本人是乾淨的，而畜生，在他心中，一定會再幹出性犯罪。

5 指酒吧是他的地盤；他並不是酒吧的擁有人。

6 在撞球中，一至七號球為全色球（沒有條紋的），八號是黑球，九至十五號球為半色球（有條紋的）。在這裡，第二獎叫卑比專心打球，別去想別的。

看吧台。

「他可能在找個小孩子下手。搞不好要對我的孩子下手，嘿。」我對他說，然後走向吧台。

第二獎一整個哀哀叫，跟我說，「法蘭哥，算了啦……」然後他拿起他一直沒喝的啤酒說，「我們來喝酒吧[7]，」現在跟我講這屁話太晚了，他知道我沒在聽他的。我起身走上前，站到這個戀童癖的後面。

「媽的六百六十六號，」我在性罪犯的耳朵旁，輕輕吐出他的編號。

這傢伙很敏捷轉身。他目露凶光，他聽過我剛剛說的數字。我眼睛直視他，好像我在他的靈魂四周戳來戳去，媽的我看見他整個怕了，但是我還看到別的跡象，腐敗，這傢伙身上媽的有髒兮兮的腐敗味。但是他好像也在我身上看到同樣的腐敗，好像他和我媽的共享什麼似的。於是，在別人發現性罪犯和我是同類人之前，我必須行動，因爲我和性罪犯才不一樣，媽的不一樣啦。

**我在這傢伙身上看到什麼了呢……**

**在他眼中的他自己，他是靠欺負別人起家的；他站在我面前的時候，他身邊響起碎裂聲。他有點認得出來我是卑比。是啊，他嚇壞了，他因為恐懼和痛苦而昏頭；媽的他想要吐，真是變態，真是美好啊。他的腦子和他的身體，在他身上玩出各種把戲。現在這混蛋了解了，他在別人身上耍暴力的結果是怎樣的，因為他感受到我在他身上耍暴力的結果了。他感覺到投降的一整個解放感，他的投降好完整好全面，他向別人的意志投降。而且我的力量媽的是超過暴力的，甚至也超過性交；我的力量是一種愛，媽的驚艷動人的、光采亮麗的個人之美，比媽的自我中心還要更超過。我在找一個……我在……**

好啊……好啊……消滅這個戀童的垃圾吧……

**身為硬漢，就是要幹；這是一趟旅程，一個發掘你的極限的媽的自我毀滅的追尋，因為媽的極限是**

**什麼，就是一個比你更硬的硬漢。一個巨大，強壯、堅挺的男人，他會幫你，會教你，教你如何進退，教你媽的如何拿捏腳步。奇仔……他就叫這個名字……奇仔。**

喔……這傢伙要說話了，我媽的不能夠讓他說話。我感覺自己的眉毛向上揚一下，我手上的酒瓶也抬起來，落在這性罪犯……他叫做什麼名字？……這個奇仔的脖子上。

這傢伙媽的握住脖子大聲哀嚎，血濺到吧台。我一定是砸到他的靜脈或動脈。問題是，我他媽其實並不是故意要對這傢伙這樣做，這只是個幸運獎。他很幸運，因爲我想慢慢來。我要聽他哀叫，要他跪下來求我；被他虐待過的小孩可能就是這樣向他求饒。但是，性罪犯的血噴出來的時候，我只聽到第二獎這個蠢貨的尖叫。一個老頭子說，「我的天啊！」

我快速轉過身，向第二獎的爛下巴打了一拳，叫他不要像個媽的笨小妞一樣哭嚎。「媽的，你給我閉嘴。」

現在，性罪犯靠著吧台，搖搖晃晃，倒了下來，鮮血一直流到塑膠地板上。第二獎往後退，站在點唱機旁，嘴裡咕噥什麼愚笨的狗屁祈禱文。

「你闖禍了，法蘭哥，」查理搖著頭說：「管他媽這個人是不是性罪犯，這裡是我的酒吧啊。」我看著這傢伙，伸手指著他。第二獎媽的還在念禱告詞，這瘋子。「你聽好，」我對查理和另兩個老頭子說：「這傢伙是個性罪犯，他下一次下手的對象，可能就是你的小孩，或是我的小孩。」我說著。這傢伙踢踢腿，死掉了。變得有點安靜，我感覺自己眞是媽的一個聖人。「查理，」我說：「給我十分鐘，你再打電話給警察。就說是兩個年輕人殺了他，」我對在場的每個人說，「任何人告密的話……爲了一個性罪犯告密，嗯，倒楣的人就不會只是告密的人而已，而是每個媽的知道這件事的人都要

7 注意，之前卑比一直叫第二獎喝酒，可是第二獎一直不肯喝。他現在急了，就要喝了。

倒大霉啦。聽懂嗎？」

查理說，「法蘭哥，沒有人會爲了媽的一個性罪犯去告密。我只是要你知道，我他媽的在做生意啊。你記得嗎，強尼·布羅登媽的就在這間酒吧開槍打死人？只不是是五、六年前的事而已。你以爲我會怎麼想？」

「我媽的知道啊。查理，可是媽的我忍不住啊。我會幫你搞定啦，你知道的，」我說著走到前門，鎖上門閂。我不希望屎霸或任何其他人在這個時候走進來。

我從吧台後面拿了一塊布，把桌子邊和撞球都擦乾淨。我把沒喝完的啤酒杯倒光，全部洗乾淨。然後向第二獎說：「勞柏，我們從後門出去。走吧！記住，查理。十分鐘之後，再打電話叫警察。我們沒有來這裡喔，知道吧？」

我看了看那兩個老頭子。一個名字叫做吉米·朵伊，另外一個是狄基·史都華。他們會守口如瓶的。查理對媽的這一片混亂，以及叫警察的事，感到有點火，但是他不會告密。「我幫你這地方除了一個大害，查理，」我對他說，「我的意思是，性罪犯來了這裡喔，嘿。不知道會不會傳染呢，」我說著，轉向那兩個老頭。其中一個看起來還好，另一個則在發抖。「你們還好吧？」

「我很好，法蘭哥。我沒事的，孩子，」比較鎮定的吉米·朵伊說。老狄基抽動一下身體，努力吐出了一句，「沒事了，法蘭哥老弟。」

我們從後面出去，經過一個小院子，走到了一條小巷，確定街上沒有人，也沒有人從上面的公寓看到我們。

離開之後，我跑去屎霸的地方，希望這遲到的傢伙還沒出門。我要第二獎滾回城裡，因爲他抖得就像「發抖的史蒂芬斯」[8]這個傢伙在〈金榜金曲〉[9]模仿貓王模仿得爛透了。

屎霸在樓梯上，正要出門。他看到了我，一臉憂心的樣子。「啊，法蘭哥……對不起我遲到了。我和愛麗森講電話耽誤了時間……我們倆希望把事搞定。我正準備要去尼可酒吧。」

「我也根本還沒去。我剛剛和第二獎進城去了，那傢伙不想來雷斯，不願意來，」我對他說，「聽說他又酗酒了。」

屎霸看著我，然後說，「喔。」然後他問我，「你想知道……君恩的事？」

「不管了，那不重要，」我告訴他，「跟你講，我沒辦法跟你去尼可酒吧了。我跟馬子有點爭執，我現在得回去看她，但是我要先去找我哥喬伊。」

「好吧……我正想去日光港口酒吧，去看看愛麗森。」

「好，」我說，「媽的，馬子都是問題，對不對。」我把屎霸留在樓梯口，然後去找喬伊，希望他那好管閒事的婆娘並不在家。這時候，一輛媽的救護車和兩輛警車在雷斯大道上呼嘯而過。

8 Shakin Stevens，一九八〇年代搖滾歌手。
9 BBC的節目。

# 第三部
# 亮相

59

# 阿姆斯特丹的婊子們 第七部

我回到了阿姆斯特丹，但是這裡已經沒有家的感覺。不知道是不是因爲黛安不在我的身邊，還是因爲說謊鬼賽門在我身邊。無論是什麼原因，是拉力還是推力，阿姆斯特丹不再是讓我安身立命之處。

叫我離開她身邊，然後跟賽門上飛機，實在很難。她愛我的方式讓我什麼都不怕；甚至我對卑比的緊張兮兮戒懼態度也消退了，雖說戒懼消退很危險。據我所知——據我所怕——這傢伙大有可能拿著斧頭，在克琳登谷[1]的落葉步道上跟蹤我。我第一次遇見她的時候，她只是個時髦、早熟的女學生，比當時的我更見過世面。我當時只是個混混。現在的黛安，是個女人了；她很酷、有智慧，不再是我印象中的瘋狂夜店馬子，她聰明，愛看書，也就更加性感了。

黛安。

我並不至於愚蠢得認定這一切都是命運。如果我誠實回顧過去，我分不出來黛安和其他跟我交往的馬子有什麼不同。現在的她，才是我感興趣的。我一說出讓她懷疑的話，她會把眼鏡拉下鼻子，從鏡框上方看我。我叫她「四眼田雞」，她叫我「紅髮神經病」，聽起來眞的很不妙。更不妙的地方是，我很喜歡她這樣子。她和我是不是在一起混得夠久了，所以我們才可以說這些白癡的親密話？顯然如此。

我愛她，我想她對我也有同樣的感覺。她說她愛我，我覺得她是眞誠的，她了解自己的內心，不會在這種事情上騙人。人無法對自己的靈魂說謊。

我留了幾個簡訊給賈德琳，問她我什麼時候可以去拿回我的東西。她還沒有回覆。我看到馬丁，於是我們一起去釀酒人運河的公寓，我自己進去。我們把一些個人用品裝上他的休旅車帶去辦公室存放。其他東西可以留給她用。最後一箱東西上車的時候，我感覺好極了，好像我重獲自由了。

被我留在飯店的變態男一直打手機來煩我。我們去米仔的剪接室，米仔已經坐在裡頭，和他叫做傑克的技術員一起看毛片。變態男用米仔的設備，但是很不爲米仔著想，讓米仔很不爽。這眞難堪。爲了解決僵局，我請米仔吃午餐。變態男似乎很樂於見到這樣的安排，但是當他之後出現在約好見面的布朗酒吧時，他還是擺出臭臉。

米仔卻對這支片子熱心無比，他說我們應該拿一份拷貝給他的朋友賴斯．拉維許，此人是頂尖製作者，專門製作全部都是打炮鏡頭的A片。「賴斯會去參加坎城色情影展，」米仔輕快說道，「我們可以跟他一起。」

我在酒吧跟賽門攤牌，問他，「你對米仔有什麼不滿？你是不是寧可在尼德利做剪接？因爲如果你他媽一直擺出這種狗屎態度，我們就會淪落到那裡去做。」

「這個人渣，讓我毛骨悚然，」他不屑地說：「他不可能和賴斯．拉維許這樣的重量級人物有交情……」

「他並沒有唬爛。他可以幫助我們，讓我們的片子進軍最頂尖的色情影展，例如坎城。」

「是喔，」變態男低聲說，「我的電影要四處進軍，也不需要他幫忙。如果他覺得他可以搭『香蕉祖利』的便車，他可以馬上滾蛋。沒錯，我們現在這個時候需要他，但是這荷蘭痞子眞是讓我厭煩，而

1　克琳登谷，是愛丁堡郊外的風景區。

且他的古柯鹼很不好。如果我運氣不好，我就會是第一個偷帶私人用藥闖關而在阿姆斯特丹被警察抓的人[2]。」

第二天一大早，我打電話到賽門的房間，但是他已經離開了。一如意料之中，我在剪接室裡找到他，現在他卻又對米仔過度諂媚。他擺明了不需要我，於是我回到辦公室，處理夜店的事務。我很扭捏地告訴馬丁，我要退出夜店的經營團隊了，他應該另外找人加入團隊。他對我的決定處之泰然，讓我可以輕鬆抽身：媽的一個聰明人。

後來，我，米仔和變態男在一家夜店碰面，變態男此時又開始表現哥倆好那一套，眞是噁心。不過至少他們的關係比以前好了，我也覺得安心輕鬆了。然後，我突然發現賈德琳站在我前面。我正準備說些什麼，她卻拿一杯飲料往我臉上潑，並且吐出了一連串的咒罵。她甚至想要攻擊我，但是她的朋友制止她，把她架走了。

我嚇壞了。可是變態男覺得整個過程很有意思。「大聲爭吵好啊，大聲爭吵好啊。」他一面很開心地用裝出來的格拉斯哥鼻音哼唱，一面拍著大腿。

我看著他嘲弄我的臉，鎭定自己，想了想我們兩人的奇怪關係，這個關係在兩人分開好幾年之後就變得更怪了。我想他和我有點像吧，我們都知道，對我們這種貧民國宅出身的人，「墮落」是一種習慣。事實上，是個荒謬的習慣。在我們的階級，**存在的理由**就只是爲了要生存下去。滾他媽的；我們是龐克世代，我們不僅生存得很好，我們甚至還有膽子去承受幻滅。從小，變態男和我就是一對天造地設的兄弟，只不過關係是扭曲的。我們相互輕蔑、鄙夷、譏諷、開玩笑；早在酒和藥物在我們生命出現，幫助我們成熟，讓我們全心住進一個私密小世界之前，我們就已經把這個私密小世界打造好了。我們神氣地四處打混，滴出犬儒的話，我們的話好深沉好不屑好深刻，我們覺得別人都不懂我們：父母、兄弟、鄰居、師長、書呆子、硬漢或時髦小子，都不會懂我們的。可是，墮落行爲百百種；可是，在愛丁堡的碉堡或者香蕉平民住宅，貧民窟出身的人，墮落選項有限。藥，是最簡單的門票。藥物開始向我們索命，藥物曾經滋養、培育、強化的夢想也都被藥物給咬走了，夢想在人生的入口粉碎了。這一切都媽的好像努力過生活，而努力過生活是我們兩個人都努力避免的。現在我擔心的不是海洛英，不是藥物，而是我們奇怪的共生關係。我擔心我們的關係有一種能量，會把我們捲回那個殘殺的世界，屎霸告訴我卑比的事之後，我就更擔心了。

但是，變態男努力剪接，無須懷疑。我才有時間去處理夜店的屁事。「你有拷貝可以讓我看一下嗎？」我問他。

他慢慢磨著牙齒說，「不行……我才不要。我要保密，我把媽的最後版本給大家看的時候你才可以看。」

「是嗎？那要等到什麼時候？」

「希望我們回去之後，一大清早的第一件事，在雷斯的酒吧放映。」

在雷斯，他的酒吧，因爲他知道我不會去那裡。「可是，爲什麼？」我坐在椅子上，傾身向前問他，「爲什麼需要大費周章，遮遮掩掩的？」

這個不要臉的傢伙，直到最後一秒鐘還在那裡耍大牌。「因爲當你在做夜店大老闆，畢瑞爾在家享受天倫之樂的時候，某個可憐蟲，」他指著他自己，「卻在剪接室撐著眼皮賣命工作，進行電影的後

2 賽門的話是在反諷。阿姆斯特丹是用藥天堂，怎麼會有人需要從外地偷帶藥物進入阿姆斯特丹呢？賽門是在表示，他對於他在阿姆斯特丹享受的藥物很不滿。

製。如果我讓你當巴瑞．諾曼[3]，把拷貝給你看，讓你批評，然後再給畢瑞爾看，讓他用同樣的方式對付我，然後再輪到妮姬，再換成泰利，我他媽就完蛋了。不行，媽的。我要，就要一口氣接受你們所有的棍棒。謝謝。」

他顯然以爲如果我在雷斯遇到卑比，**一定會**被棍棒狠扁一頓。讓這傢伙試試看，看他怎麼算計我吧。

3 英國影評人。

60

# 「……賽門．大衛．威廉森電影作品……」

在我的一個眼睛底部，冒出一種猛烈、鑽進肉裡的抽搐感覺。我正在淋浴，想要沖掉宿醉，希望瀑布般的水柱可以被我的身體吸收，進入我體內。我的身體缺水，需要馬上補充水份。拾起一瓶沐浴乳，把飄著合成香草氣味的黏稠乳液擠到在手心，抹遍全身，我擔心我的小腹是不是不夠緊實了。我想該去健身房狂練。洗到下體時，我想要用執行例行公事的態度來洗，不要太認眞。我努力不去想賽門；他暗色眉毛，輪廓分明的義大利面孔，冰河般的微笑，以及他那蛇嘴吐出來的甜言蜜語。最重要的是，他那雙大眼睛放出來的磁場。他眼睛好像被瞳仁占滿，棕色，看起來好像全黑。就算他在表示反對意見的時候，他的眼神也不會退縮，不會躲開，只會失去耀眼的光輝，顯出一層黯色，讓我無法從他眼瞳看到自己的倒影。彷佛我不存在了，彷佛我被消滅了。

我試著專心聽放在浴缸旁的收音機。諂媚過頭的主持人在訪問一個年輕女人最喜歡什麼唱片，以及這些曲子對她的意義。主持人介紹她的名字之前，我聽到她那柔弱、沒特色、略帶鼻音的聲音，就聽出來她是誰了。「跳跳兔雙人組」（Jive Bunny and the Mastermixers）的〈搖滾派對〉（Swing to the Mood），喔！我愛死這首歌了！我簡直……我不知道……當你曾經在一個年紀，覺得所有的事情都有可能發生，而你喜歡上了一首歌……我當時十四歲，正準備要開始我的體操生涯……」

卡洛琳·臭屄·帕維特[1]。

卡洛琳·帕維特，和我「曾經是」——這幾個字要加引號——「最要好的朋友」。大家都用這個標籤形容她和我，父母、老師、同學，尤其教練；只因爲我們一起學體操。雖然因此連結在一起，卻從來不覺得我們的友誼有多偉大。當時我們都是乖乖小女孩，大家都覺得我們志趣相投。事實上，我們從一開始就是死對頭。

還是十幾歲體操選手的時候，我們競爭激烈。剛開始，我比笨拙的卡洛琳來得好，但是她的落地動作讓這隻醜小鴨變成了天鵝。青春期來了，我得到發育很好的奶子，而她得到獎盃。

現在才發現，我早把蓮蓬頭轉成超冰的冷水，也聽不到收音機裡「大英國協的卡洛琳·帕維特」。我只感覺切膚的嚴寒，以及沉重感，我的胸口起伏，好像要昏倒了。我踏出淋浴間，喘氣。我關掉收音機，拿了毛巾擦拭身體，一股補償作用的溫暖從核心伸展到皮膚末梢。喔，卡洛琳，妳這個婊子！

我回房間穿衣服，想想該穿哪條短裙，該穿緊身的喀什米爾羊毛裙，還是看不出曲線的安哥拉毛裙呢？我想到自己的身材需要健身，於是選擇後者。我好奇，卡洛琳會選哪一件呢？無論如何，我今天非常興奮，沒有東西可以讓我沮喪太久。賽門昨天夜裡很晚打電話給我，告訴我早上九點半去酒吧，因爲他要放映剪接完成的電影！我想起了卡洛琳。妳可以把大英國協的銅牌塞進妳的屁眼，妳這隻馬上要得關節炎的母牛。

到了雷斯，賽門活力充沛。他顯然吸了古柯鹼。他輕啄我的嘴，抽身的時候，貪婪地向我眨眼睛。

雷布也在場，我們討論學校功課。我希望，他在學校的表現比我好。我說我可能會被當掉，因爲我對學校課業並不認眞。我們的談話維持在生活瑣碎的層次，但是他的眼神，有一點點在審判我又同時在憐憫我，讓我很反胃。我坐在麥蘭妮、吉娜、泰利和寇帝斯旁邊。馬克·藍登來了，看起來緊張鬼祟。

賽門大叫，「懶蛋小子終於來到雷斯啦！我們應該把老朋友都找來！一個小小的雷斯酒吧同樂會！」[2]

馬克不理他，只對我點頭，和大家打招呼。賽門跑去吧台倒了幾杯酒，一面還在對馬克說，「我剛才還在想，你什麼時候才會喝酒壯膽，來我這裡啊？你是不是偷偷爬上計程車，一口氣直奔酒吧大門，嘿？」

「我才不想錯過我老朋友的處女作世界首映會，」馬克半嘲諷地說，「更何況他保證我的安全。」

好像有什麼事在發生？馬克的話顯然有攻擊性，而賽門卻只是意味深長地賊笑接招。「對……還有誰沒來啊……佛瑞斯特說他要來的……」他轉過頭，看到佛瑞斯特走進來，他穿著運動套裝，白閃閃的很不實用的顏色，身上垂掛金飾，汪妲跟在後面。「啊，才說到你，你就到啦！佛瑞斯特！你來的正是時候，過來坐一起吧。你的穿著，就是成功人士的模樣啊，」他嘲諷說道。佛瑞斯特似乎並沒有注意到賽門語中帶刺，反而有點得意，然後他看到馬克・藍登。他們之間冰冷而難看地僵了一下，然後兩人冷冷地，不甘願地點頭致意。場面如此僵持冰冷，只有賽門一個人毫不在乎。「夥伴們！要開始了，」他以勝利的口吻大聲吆喝，打開一個裝錄影帶的箱子，給每個人一支錄影帶。

賽門排了好幾條古柯鹼。但是除了泰利和佛瑞斯特，其他人都拒絕了。「這樣好，愛吸的人可以多吸點，」他說，聽起來他鬆了一口氣卻又輕蔑。但我們來不及理會他，因爲我們錯愕地看著錄影帶包裝。

而我，心裡既失望又覺得被人背叛，整個媽的叫人作嘔。我看到錄影帶封面，心裡中了第一彈。我的臉上了妝；被廉價的彩色印刷一印，看起來很誇大，俗麗，沒格。更重要的是，他竟然用了那張照片

---

1 這個角色在第三十九章出現過。

2 懶蛋一直很抗拒回雷斯，而賽門一直希望引誘懶蛋回雷斯，於是兩人在現場的反應會是這樣。

——他本來說好他不會用的——照片中，一邊乳房大，一邊乳房小。封面上的我，看起來像個妖嬌變性人，或者像他買給寇帝斯的充氣娃娃；俗氣醜陋的照片上面印著大字：**〈七兄弟大戰七淫娃〉，妮姬．富勒—史密斯主演**。

而眞正讓我瞪大眼睛的，是演職員表：

賽門．大衛．威廉森電影作品
製作：賽門．大衛．威廉森
導演：賽門．大衛．威廉森
編劇：賽門．大衛．威廉森、妮姬．富勒—史密斯、雷布．畢瑞爾

其他人顯然也有同感。「我們懂了，」雷布搖頭說，把他的那一份錄影帶丟回箱子裡。

「嘿，他才懂了[3]，」我忿忿地說，眼光從錄影帶盒子移向賽門，然後再移回盒子。我的胸口一緊，指甲深陷手心。

現在，多容易認清我的賽門，我的愛人，是一個「變態男」啊。大家的抱怨聲加強了，他卻假裝沒聽見，只是若無其事吹口哨，把另一捲錄影帶從箱子拿出來。「你他媽和編劇有什麼關係？」雷布逼問他，「這樣的包裝，有什麼高品質？看起來根本是垃圾，」他說著，一腳踢在箱子上。

賽……嘿，「變態男」，完全不認錯。「小朋友，你們很不懂得感恩啊，」他很傲慢地嘲笑道，「我本來大可以把泰利列爲共同導演，把懶蛋列爲共同製作人，但是業界希望每個職稱只對應一個名字就好了，爲了連絡方便，免得業界辦事的時候搞得笨手笨腳。大笨蛋在這裡，」他憤慨地指著自己，

「什麼大小雜事都要我來扛，你們卻用這種態度來感激我。」

「你和劇本有什麼關係？」雷布用緩慢、平靜的語氣，再問了一次，眼睛朝我看。

「劇本必須做點改變。身為導演、製片和剪輯，我有權力去改。」

泰利快速看向懶蛋，懶蛋正揚起眉毛。泰利的頭往後仰，眼睛瞪著被菸熏黃的天花板。我的內心正在崩潰，與其說他背叛大家讓我心碎，不如說是賽門對這件事傲慢不在乎的態度讓我心碎。他站在那兒，穿黑T恤、黑褲和黑皮鞋，好像一個黑暗天使，他抱著雙臂，眼睛向下看我們，好像我們是他鞋底沾上的大便。我投靠的對象原來是個大王八。

我們沉默坐著，這時心裡浮起更強大的不祥預感。興奮樂昏頭的賽門，把一捲帶子送進放映機。他親吻著錄影帶的外盒。「我們踏入這一行了。我們有作品。我們活著。」他輕柔說道。然後走到窗前，注視窗下繁忙喧囂的街道，大吼，「你們聽到了嗎？**我們活著**。」

我坐在麥蘭妮和吉娜旁邊，觀看我們作品的第一個剪輯版本。第一場戲如同我們所預料，是電視機的場景，我和麥蘭妮的雙人演出。我實在覺得，我的身體真的很漂亮：柔軟，小麥色，豐滿。我整個人抱住麥蘭妮，她小我五歲呢！我的眼睛瞥向房間四周，想要看看大家的反應。泰利現在看起來又野又滿足，完全沉陷在這部色情片中了。寇帝斯、麥蘭妮和朗尼看起來充滿期待，可是雷布和克雷格顯得侷促不安。懶蛋和佛瑞斯特是莫測高深的樣子。吉娜似乎興奮得有些笨拙，幾乎害羞了。

接下來的場景，換成了食堂，「七兄弟」聊起他們的「格拉斯堡」之旅。這場戲似乎是對〈霸道橫行〉（Reservoir Dogs）的開頭致敬，外行而笨拙，但是這場戲並不差。片子繼續放映下去，看起還可以，雖然賽門嘀咕著「色層」和「拷貝」的事。然後我們看到賽門和我在火車上的戲，看起來我們在火

3「他才懂了」在英文中和「他才有影片」是同樣用字。這裡是雙關語。

車上的廁所打炮，不過實際拍攝的地點是酒吧這裡的廁所。

「哇——」泰利說，「看那個媽的小屁屁……」然後他轉頭對我微笑，「對不起，妮姬。」我也對他眨眨眼，因爲我開始覺得好多了。這部片的成果和我們預期差不多，而且憑良心說，賽門把片子剪得很不錯。整部片子以平順的步調進行，雖然演員的演技很糟糕。寇帝斯在幾場戲，說話結巴得很明顯，明顯得叫人心痛。看得出來，雷布對這部片的品質並不滿意。可是這部片子還是有強項，有某種能量。直到片子放完了四分之三，我才發現麥蘭妮的臉色媽的很難看。我聽到她喊著，「不……不……不對啊……」幾乎只是講給她自己聽的。我轉頭看她，看她坐著說不出話，畫面中的她正在吸寇帝斯巨大的老二。但是她吸老二的動作，卻是在寇帝斯幹了她的屁眼**之後**。「這是怎麼回事？」她尖叫。

「什麼東西怎麼回事啊？」變態男問。

「你的剪接方式啊，看起來好像是我在他幹了我屁眼之後，才去吸他的老二。」她對變態男咆哮。現在輪到我了，我也遭到了同樣的剪接待遇。一個我的特寫鏡頭，然後接到寇帝斯的老二，看起來好像正在我的屁眼裡抽插，其實是麥蘭妮屁眼的另一個鏡頭。「沒人插我的屁眼啊！媽的是怎麼回事？賽門？」

「對啊，」寇帝斯也站在我這邊，「妳不願意肛交啊，嘿，妳不要啊。」

「這就是剪接啊，」變態男說：「創意啊。我們利用麥蘭妮肛交的多餘畫面，在剪接室裡，調整麥蘭妮屁股的顏色，以便和妳的膚色一致。」

我重複剛剛講的話，我聽到自己高昂的聲音帶著恐怖的焦慮：「我說過沒有人插我屁股！爲什麼這一場戲要剪成這樣？那不是我！那是麥蘭妮！」

變態男搖頭說，「跟妳說，這是剪接上的考量，一種有創意的考量。妳不願意以妳演員的身份被幹屁眼，所以妳並沒有眞的被幹啊。妳以爲〈黑色追緝令〉（Pulp Fiction）裡的文．萊姆斯（Ving Rhames）眞的被飾演查德的演員幹屁眼嗎？」

「沒有。不過我們這部片是春宮片啊……」

「這是電影，」賽門說，「我們造假。我們做的事，和塔倫提諾對文．萊姆斯所做的事，是一樣的，因爲文．萊姆斯也造假。他有沒有回頭去跟塔倫提諾說，『喔！我不要那場戲，別人會以爲我是個屁精』？他媽的沒有啊！」

「嘿，」我尖叫了，「這是不一樣的。這是一部春宮電影，春宮電影的觀衆，都期待演員的表演不造假，都眞的在**表演**性愛。」

「妮姬，在荷蘭和煙城[4]，有些很有經驗的色情片業者都給我們建議。馬克和我也覺得……妳知道的……」

我轉向馬克，他舉起雙手。「別把我牽扯進去，」他對賽門說，「你是老大。錄影帶封面寫的很清楚，」他拿起錄影帶的盒子揮了揮。現在，雷布也憤怒地介入了我們的爭辯，指著賽門說，「這不公平，賽門。我們協議過的。你出賣了這些馬子！」

麥蘭妮準備要發作了。她坐在椅子上，緊抓扶手說，「你的剪接讓我們看起來媽的都像賤貨。我才不信有什麼女生的屁眼剛剛被幹過之後，還會去吸那男人的老二。」

泰利冷冷看著她說，「有些馬子會做的，相信我，」他解釋道。

麥蘭妮對這樣的說法似乎很喪氣，「對啊，可是她們不會在鏡頭前面做，泰利，不會做給全世界看

4 煙城，即倫敦。

的。」

賽門把手放進了黑色皮褲的口袋，準備叫大家停止再吵。「告訴你，觀衆知道，實際情況和電影的順序不同。他們知道，被人幹過屁眼之後，一定要先把男的老二洗乾淨，才會再插進妳的嘴巴或陰道裡。」

「但是媽的劇本上並不是那樣寫的啊，」麥蘭妮站起來大吼，「你媽的在耍我們。」

變態男把手從褲袋抽出來：「沒有人在耍誰啊！」他吼著，用手心拍額頭，「剪接是個創作的過程，是一種技藝，一種藝術，用來強化色情的經驗。我在剪接室待了四天四夜，媽的弄到眼睛刺痛，結果你們給我吃大便！我要創作的自由，才能剪接啊！你們都是法西斯！」

現在，兩方開始互相嘶吼。「你他媽的卑鄙王八蛋，」麥蘭妮吼著。吉娜說，「冷靜點，」但是她露出幸災樂禍的樣子。

「閉嘴，媽的妳這個A片一姐，」賽門對麥蘭妮罵回去。現在他看起來非常醜陋，我從來沒有想過他會變這個樣子。他不再是過去我眼中那個很酷、很有企業家精神的男人，而變成了一個骯髒、粗鄙、一毛錢可以買一打的流氓。

麥蘭妮並沒有被嚇到，因爲她整個變成了另外一個人。她走上前對著賽門大吼，「你這個噁心王八蛋！」

他們兩個相隔幾呎，各站一邊朝著對方叫罵。我卻受不了，他們尖銳刺耳的聲音，以及他們這個時候好整以暇修理彼此的嘴臉，讓我無法忍受。好像小時候的夢魘：自己的父母變成妖怪，看起來是他們本尊的變形版本。

吉娜摟住麥蘭妮，雷布安撫賽門，賽門拍打他的頭——或者該說他用額頭去撞自己的手。泰利很疲倦地看著馬克。佛瑞斯特則說了些支持賽門的蠢話，然後他又對馬克說什麼關於乞丐的事[5]。馬克憤怒回罵，「你就是這副德行，你這個偷偷摸摸媽的打小報告的混蛋……」佛瑞斯特也對馬克大吼，說馬克偷自己人的東西。我一陣顫抖，很怕他說的是我們的1690詐騙。現在，他們全都互相指著對方的鼻子推擠叫罵。我無法接受這樣的混亂場面。於是我走出房間，下樓到酒吧，走出大門，走到外面街上。我衝到雷斯大街上，吸了好幾口腥臭的、充滿汽車廢氣的春天空氣。我要盡量和那些人保持距離。我甚至認爲，沒有人發現我離場。

我前往市中心，走過一股冷得刺骨的強風，心想我們竟然活在如此無聊的時代。這就是我們的悲劇：沒有人具有眞正的熱情——賽門這樣具有毀滅性的剝削者除外，卡洛琳．帕維特這樣純粹的機會主義者除外。除了這兩個人，大家都是被身旁的大便和庸俗事物打得抬不起頭來。如果一九八〇年代的關鍵字是「我」，一九九〇年代的關鍵字是「它」，而二〇〇〇年代的關鍵詞是「有一點兒」。一切事物都必須曖昧，夠格。以前，要重質又重量；後來，風格就是一切；現在，一切都只要裝出來就行。我本來以爲他們都是眞切的人呢——賽門以及其他人。

我的胸口好像被一顆鐵拳頭打中——在這個資訊流通的地球村，我爸就要看見我跟人家玩肛交了，可是事實上肛交並沒有在我身上發生。我恨肛交這個主意；身爲女人，如果我肛交了，我的女性特質豈不就被否定了？最重要的是，我厭惡造假。我的家人[6]。大學的男生們，有一些是很尖酸的、不成熟的小垃圾，被我幹掉的，他們都只會在小套房裡對著畫面[7]打手槍。別的人呢，認爲他們可以看透我，光

5 他不是在說乞丐，而是在說卑比。妮姬本人不認識卑比，所以把「卑比」聽成「乞丐」（這兩個字在英文中很像）。

6 這裡應該是在暗示：如果我的家人看了我演的春宮，會有什麼反應啊？

7 這個畫面，應是指妮姬在春宮電影中的畫面。她想像大學男同學看了她演的春宮會有什麼反應。

看畫面就摸透我的性生活。麥可克萊蒙特，在他老婆上床後，也會手裡拿著遙控器，坐在椅子上喝威士忌，在電視畫面中看見我被幹屁眼。「請坐啊，富勒—史密斯小姐。說不定妳比較喜歡站著吧——哈哈哈。」柯林會看見這支片，甚至還會來我家找我。「妮姬，我看見那支片子了。我現在什麼都懂了，我了解妳爲什麼跟我分手。妳是要吸引別人注意，我當時並不懂——妳一定受傷了，困惑了——」

有輛車開過，一股污泥濺到我身上。污水滴下來，像冰一樣冷，流到我靴子上。到家的時候，我很悲慘。蘿倫在家，事實上她剛起床，還穿著睡袍。我帶了一支錄影帶回來，在沙發坐下，坐在她身邊。

「給我一根菸，」我幾乎懇求她了。

她轉身，看見我眼中的淚。「親愛的，發生了什麼事？」

我把錄影帶扔在她懷中。痛徹心扉的哭聲響起，我投入她的懷裡，她抱住我。我現在哭得很用力，可是感覺起來好像是別人在哭而不是我，我只是在享受蘿倫的體溫，用我冒泡泡、流鼻水的鼻腔享受她的新鮮氣味。「別擔心，妮姬，一切都會沒事的，」她安慰我。

我想要更加貼近她的體熱，我希望自己身置於她的體熱之中，置身她的體熱之火的中心，被她的體熱之火保護，不讓任何可能傷害我的人事物逼近。我更加用力地抱她，我太用力了，結果她不由自主發出一聲輕嘆。我希望她——我抬起頭，吻她。她也回吻我，可是她的眼裡有一種試探的恐懼。我希望她自由，擺脫她始終如一的僵硬生活，我希望她可以伸展彎屈——我把手伸向她平坦的肚皮，開始撫摸的時候，她的身子就僵起來了，把我推開。「妮姬，不要，請不要這樣做。」

我的身體變得像她的身體一樣僵硬。好像她和我都剛剛吸了一條強力古柯鹼似的。「對不起，我剛才以爲，那是妳想要的，我本來以爲妳一直想要這種的。」

蘿倫搖頭，看起來飽受震驚，難以理解的樣子。「妳眞的以爲我是女同志嗎？妳以爲我對妳有性幻想？爲什麼？妳爲什麼不相信人家可以眞的喜歡妳，甚至愛妳，可是卻不想和妳幹？妳的自信心那麼低嗎？」

我的自信心低？我不知道，可是我卻知道，我才不吃她這一套，她以爲她是老幾啊？他們以爲他們是老幾啊？——上〈運動問答〉的卡洛琳．帕維特；變態男賽門，跳來跳去以爲他自己是電影界大老。現在蘿倫也來這套，愛說教的小蘿倫，一直逗人家的胃口卻不跟人家幹，等到她得到她以爲她想要的甜頭，結果又嚇得逃到媽的一哩之外。「蘿倫，妳才十九歲。妳只是看了不該看的書，和不該一起混的人說話。妳應該像十九歲的樣子。妳不要像妳媽一樣老氣。這樣不對。」

「別跟我說什麼對什麼不對，看看妳想要對我做什麼事！」她不認輸地反擊，她的貞操一整個好驕傲。

我只能沒力地回應她，我只想到笨話來說。「所以女人和女人發生性行爲是不對的，這就是妳說的嗎？」

「媽的別傻了。妳又不是女同志，我也不是女同志。不要耍笨好嗎！」她說。

「可是我對妳有一點性幻想，」我羞怯地說。現在我覺得蘿倫才是個大姐大，而我才是呆頭小處女。

「嗯，我對妳沒有性幻想喔。妳放尊重，去和想要跟妳幹的人去幹，而且，最好不是爲了金錢交易而去幹。」她哼道，站起身，走向窗戶。

現在我的胸口感覺到致命的一擊。「妳需要被人幹！」我跟她說，站起來，走到臥室去。此時，黛安正好到家門。她的頭髮剪了：像個僕役小弟。很合她。

「哈囉，妮姬，」她微笑，手裡還在鑰匙、皮包、檔案夾之間翻找。她的嘴唇嘟起來，看起來淘氣而開心，可見得她聽到剛才的對話了。

這時候蘿倫在我背後喊叫，「對啊，被那些雞巴幹了之後，妳眞的賺到正面的能量了！」

黛安揚起眉毛。「啊！我是不是錯過了什麼好戲？」

我向她擠出一個虛弱的微笑，然後我往我的臥室走，倒在床上。我再也不拍春宮片了；我也不再去那家狗屎三溫暖了。

# 61 退稿

我痛得不得了，全身上下好像都在鬧牙疼。都是因爲奇仔，這傢伙被幹掉了。報紙說他出事了。而且我知道是誰幹的。更可怕的是，我知道這整件事是誰設計出來的：就是沒有朋友、沒有女人、連無名小卒都不如的墨菲在下我。因爲我脫不了關係。墨菲先生、墨菲太太，和小墨菲，全部都不存在了，老兄。現在我是屎霸，一個孤獨的傢伙，一個輸家。

愛麗森現在不想跟我說話了，老兄，她甚至不讓我去看安迪。一切都完了，老兄，人生越來越慘。我前天晚上又去了日光港口酒吧，想對愛麗森再解釋清楚，這一次我要很直接。我本來以爲，只要她知道我有錢、有用錢的計畫，她就會很開心，但是她卻說，「我現在哪裡都不會跟你去了，丹尼，而且，我不希望孩子用你販毒的錢去玩。」

「不是販毒的錢啊……錢是……」我看到變態男和油水泰利抱了一堆錄影帶，從後門走出來，又出門去。「……工作賺來的……」

「是噢？什麼樣的工作？我做的才是工作，丹尼。」她說著，左右張望，有個人在開店的時候走進酒吧，愛麗森就去招呼他。「還有，拜託你好不好，我正在努力工作的時候，請你不要來這裡找我。」

這就是我的下場，我又回到了家，回到孤獨的舊公寓。我想到今天白天，我在柏納街無意間聽到一個穿西裝的男人說，「我的電腦掛了，裡面的東西統統不見了。」

我的感覺跟那個人一樣，也像他的電腦。老實說啦，家裡的感覺不大對。孤伶伶一個人，眞會讓人沮喪。我需要把查帕[1]帶回來，老兄，我就覺得最近都忽略了牠，但是我需要牠作伴，於是我又打電話給懶蛋，不過他的手機好像關機了。

自從聽到奇仔出事之後，我就沒再去日光港口酒吧了。我的意思是，我本來就知道會出事，但是我沒想到事情會慘到這種程度。我想知道來龍去脈，但是我不想從卑比那裡知道，我一整個不想再看到那個人，我想找第二獎。但是不行，老兄，不行哪，我不要去雷斯，因爲卑比在那裡啊。奇仔……我對奇仔做了好恐怖的事！

慘啊老兄，慘。

然後，突然出現一小道光芒，我急急向前衝。郵差來送信了，送來一封信，不是帳單，可以馬上分辨出來。

這是出版社寄來的信，因爲信封上蓋了「蘇格特法出版社」字樣的小章。所以我想，這一定表示他們要出我的書了，他們要出版雷斯的歷史！哇—嘿—嘿！我等不及告訴愛麗森這個好消息。這樣她就會考慮去迪士尼啦！我要走進日光港口酒吧，把這封信炫耀給大家看，尤其要趁變態男在場的時候。眞是太棒了，老兄，太棒了！我會上電視，談論我的書。我甚至可能會先領到一筆錢，哇，老兄，我想，我應該很小心地拆開這封信，因爲信封裡面可能有支票呢。我把信封放在燈光下面看，但是信封太厚，什麼也看不出來。於是，我把信拆開來。裡面並沒有支票，不過，他們本來就不會把支票放在信裡一起寄過來嘛。關於稿費的事情，我們還得先協調才行，你知道嘛！

蘇格特法出版有限公司

凱爾雅樹叢十三號，愛丁堡，EH3 6NH

電話：0131 987 5674　傳真：0131 987 3432　網站：www.scotvar.co.uk

您的編號：

本社編號：AJH/MC

四月一日

親愛的墨菲先生，

主旨：雷斯歷史

謝謝您寄來的手稿，我剛剛閱讀完畢。很可惜，你的稿子並不是我們此時所需要的；經過考慮之後，我們決定不予出版。

艾倫．強森—霍格　敬上

公司稅捐號碼：671 0987 276。

公司註冊人：艾倫．強森—霍格、克麗斯蒂．強森—霍格，以及康拉德．唐納森律師。

1 他的貓，目前由黛安照顧（這是由懶蛋牽的線）。

眞是壞消息，老兄。我坐著整個呆了；覺得好心痛，我的心從裡到外都蛀空了。感覺就像你被一個喜歡的馬子拒絕，當然，我和愛麗森在一起之後就好久沒有跟馬子示愛了啦。可是，就好像你喜歡一個馬子喜歡了幾百年，然後你就上前去，嗯，對她說，好吧！妳和我，怎麼樣？你知道嘛，嗯——結果她說：不要。別想。滾！

被拒絕了，老兄。

我大概把信再看了一次。我現在想：這算是退稿嗎？我的意思是，信上面說，他們花了些時間，才決定拒絕我的稿子，「經過考慮之後」，表示他們本來考慮要用我的稿子，老兄。可是他們「此時」不用，在我看來，他們幾個禮拜，或者幾個月之後，一定會用我的稿子。只要等到市場有變化，就行了。

於是，我拿起電話，打給那個人。「請問艾倫．強森—霍格在嗎？」

是一個女人接的，口音並沒有很高尙，比較像是裝模作樣，她說，「誰啊？」

「嗯，我是一位作者，他對我的東西表示興趣，我呢，嗯，想要回應他的來信——懂吧。」

嗯，對方暫停了一下，然後有個口音眞正高尙的人過來接電話。「我是艾倫．強森—霍格，有什麼事嗎？」

如果我停下來好好想想，口音高尙的人就會讓我緊張要死；但是，我還是說了，嗯，我直接跟他說，「嗨，老兄，我的名字是墨菲，丹尼．墨菲，不過大家都叫我屎霸，你懂嗎？我寄了一份手稿給你。我只是不大清楚你的來信寫的是什麼意思，懂吧。」

「啊，是你啊……」他好像在電話另一端偷笑，「雷斯歷史，是吧？」

「對……我知道你會覺得我很笨，但是我只是想弄清楚，嗯，你在信中所說的到底是什麼意思，老兄。」

「嗯，我想我應該寫得很清楚了。」

「請讓我多問一下，老兄。因爲你說你**此時**不會用我的稿子，所以我想，你們以後可能會用。所以，你想你們什麼時候會用我的稿子呢？」

電話一端傳來了咳嗽的聲音，然後說話了，「我很抱歉信裡**沒有**講得很清楚，墨菲先生。坦白說，你的作品很不成熟，根本未達可以出版的水準……」

「你是什麼意思，老兄？」

「嗯，你的文法……還有拼字……」

「不過，這些問題不是該由你們來解決嗎？」

「……再說，你的主題也並不適合我們。」

「可是你們過去出版過雷斯主題的歷史書啊……」我可以感覺到自己的聲音很高昂，太不公平了，這實在是，太不公平了，一切都不公平……

「我們出版的書，作者都很有素養，作品都是嚴肅的。」這個人好像在頂嘴，「而你的稿子寫得亂七八糟，卻在讚美流氓文化[2]，讚美那些在地方社區沒有做出任何可敬成就的人。」

「誰說的……」

「很抱歉，墨菲先生，你的書並不好，我還有別的事要忙。再見。」

這傢伙竟然就這樣講一半掛電話。過去這幾個星期，幾個月以來，我都在自欺欺人，以爲我自己在做一件很重要的事，一件大事，但是媽的我得到什麼回報？什麼都沒有，只有一大堆沒有的大便，就像

2 「yob culture」，其中「yob」一詞為俚語，指的是「藍領階級的爛人」，類似中文中的「流氓」。這個字的出處，其實就是「boy」的顛倒拼法。

我一樣。

我拿出這份垃圾原始手稿，塞進了壁爐，點火，看著我生命的一小片在煙中消失，而我剩餘的生命也是一樣的下場。看著火焰，我想起了奇仔……我殺了奇仔……他是一個壞蛋，但是他不該有這樣的下場啊，就算其實是卑比幹的——一定是卑比……那天晚上，他來找我的時候，他的狀況……他說他是從城裡過來，但是我才不信……

我呆坐著，一疊現金在我口袋裡燒出洞來，於是我朝大街北面那頭去，因爲卑比從來不會在皮爾里格以外的地方喝酒。然後我走進了老鹽酒吧，看到杜德表哥。這個可憐蟲，看起來和我一樣沮喪。

他不再像以前那樣志得意滿了，他看起來像唐老鴨一樣遜。「屎霸，我眞搞不懂。我以爲我還有很多現金可以用來做生意，我本來想帶我女兒去度假。但是我卻身無分文，我破產了。甚至連去巴特林[3]度假都負擔不起。現在，我老婆甚至不讓我跟我小女兒見面。我連他媽的貸款都付不出來，管理費都交不出來。我知道我是有在花一點錢啦，但是我大概少了一千鎊，是怎麼少的我都不知道。媽的眞的太恐怖了，我甚至沒辦法帶我小女兒去度假……」

可憐的杜德……他是個好人，他總是在幫助我……我對他做出那種事，實在太過分了……如果世界上少了無用的、骯髒的毒鬼墨菲，這個世界就會更美好……他殺了奇仔，毀了杜德表哥……愛麗森……甚至小安迪……

我掏出三百英鎊給他，他想要拒絕。「不行啊，屎霸，不行啦……」

「拿去吧，老哥，我現在錢多多啦，而且你一直在幫我嘛，」我對他說，不敢直視他的眼睛，然後匆忙離開。

我聽到他對一個老頭說：「你看看那個人，他是個媽的聖人啊，他呀……」

我卻在想，如果讓他知道，如果讓他知道我得做出最後一件好事，老兄，我只是要做最後一件好事……

……回到家的時候，我看到的第一樣東西，是平躺的一本書：《罪與罰》。

3 英國度假勝地。

# 62 阿姆斯特丹的婊子們 第八部

就在這裡，在城市餐廳，我再度見到愛麗森，這種感覺眞是好得讓我覺得奇怪。很奇怪，雖然我們以前混一個圈子，一起嗑藥，但是她和我卻從來沒有搞在一起過。我覺得她總是可以看穿我，她一直覺得我是個僞善者，一個假裝失敗者的大贏家。對呀，一個在社會中向上爬的聰明人，有一天突然落跑，留下一堆爛攤子，讓別人去收拾。或許早在我了解自己之前，她就知道我是什麼料了。

或許我讓她驚訝了，因爲我曾經寄錢給屎霸，想幫屎霸。我從來沒想到他們會在一起，「在一起」或許不是準確的用詞，因爲他們現在並沒有在一起。「馬克，」她叫我，用一種單純的熱情態度擁抱我，讓我覺得笨拙。

「嗨！愛麗森，這位是黛安，」「黛安，這位是賽門。」

黛安熱情地對愛麗森打招呼，她對變態男卻有點保留；我事前警告她小心變態男，看起來奏效了——雖然她對於這種事，自有主張。更可能是因爲妮姬讓她對他反感吧。之前他幾乎向我哀求了：「來城裡喝一杯吧，馬克，妮姬正在氣頭上。她不肯回我電話。」我心裡想：你活該，你這豬頭。要不是他說他要帶愛麗森一起出來，我才不要跟他見面喝酒呢。

「眞舒服，」變態男說，「越來越多的老朋友重聚了。早知道我就應該找方斯華一起來，」他賊笑說，轉向我看。我告訴自己不要理他。但是我漸漸查覺。如果卑比眞的仍然像大家說的一樣瘋狂（據告，他比以前更加瘋狂了），那麼，變態男——我的老友和我的事業夥伴——和我分錢的那個人，事實上就一直想要置我於死地。他這樣就不只是背叛，也超過了復仇的程度。現在，他在胡言亂語，顯然嗑了不少古柯鹼。愛麗森把我拉到一邊，但是我卻聽不進她說的話，因爲我很努力偷聽到變態男在黛安的耳朵邊說：「妮姬對你的評價很高，妳知道嗎？黛安。」

「我很喜歡她，」黛安保持耐性說：「我也喜歡蘿倫。」

「她那個馬子啊，用繞舌歌手的用詞來說，就是個有麻煩的婊子，」變態男賊笑著，肩膀抖動，然後說，「來點古柯鹼嗎？黛安？我可以給妳一劑，妳可以和愛麗森去小女生的化妝室……」

「不用，謝謝你。」黛安用平靜又不鳥人的態度說。她不喜歡變態男。眞他媽太棒了，她眞的不喜歡這個小咖！現在我可以看出來，變態男的魅力消退了。他的臉上長了更多的肉，他的眼神不像以前一樣炯炯有神，他整個人的動作，因爲年紀變大？還是因爲用古柯鹼？變得更加瘋癲，而不再靈活了。

「沒問題，」變態男大笑，舉起手心。

我很開心，他企圖對黛安耍的心理把戲，都會被輕易踢開；現在我可以專心和愛麗森交談了。但是老實說，這痞子讓我很難專心，我就聽到他對黛安說：「我不認爲像勞勃．朋斯[1]這種廢料，可以和當今偉大的蘇格蘭詩人相提並論。」

黛安搖搖頭，努力保持冷靜，但是她還是反擊了。「胡說。誰是當今偉大的詩人？告訴我，有誰比勞勃．朋斯更好？」

變態男用力搖頭，揮手表示不屑。「我是義大利人，我比較會從女性的角度、比較情感的層面去思考事情，而不是像北歐男人一樣，喜歡用肛門心理去搞研究。我不記得詩人的名字，也不想記得，但是我讀過一本關於現代蘇格蘭詩作的書，那本書把朋斯的每樣作品都批評得一文不值。」

1 Robert Burns，十八世紀的蘇格蘭詩人，是蘇格蘭引以為傲的文學大師之一。

他聲音高昂，眼神不斷對我斜斜拋來，很顯然他希望我加入他們的戰局，但是我盡力專心和愛麗森講話，而且我覺得愛麗森也支持我這樣做。「馬克，你現在看起來好健康。」

「謝謝妳，」我捏緊她的手說，「妳看起來好極了。孩子好嗎？」

「哪一個啊？安迪很好。至於另一個，我剛剛放棄了，」她悲哀地搖頭說。

「他又回去嗑藥了嗎？」我問，情勢的發展眞叫我覺得很不安。上次我們在一起喝酒的時候，他的狀況還好，嗯，雖然他嗑藥，不過並不是嗑海洛英。可憐的屎霸。我從沒有碰過像他這麼好的人，他脆弱得奇怪，一副好心腸；但是長久以來，他生活搞得一團糟，好像不用藥就很難找到他自己的價值。他的好心地仍在，他的好心會在他的人生路上一路帶他走進地獄。他眞的是被新世界秩序摧毀得不成人形，然而他畢竟還是一個人。菸酒、海洛英、古柯鹼、安非他命、貧窮，以及媒體洗腦：資本主義的毀滅性武器，比納粹更狡猾，也更有效，而屎霸對這一切卻毫無招架能力。

「我不知道，而且我也漸漸不在意了，」她說，但是她的語氣並沒有說服力。

這就是那個媽的病態小子的問題。你必須照顧他，他卻一次又一次把他自己和你搞砸。或許，他以自己的方式造成的傷害，可能比卑比、變態男、第二獎，和我加起來所造成的傷害還要巨大。雖然我已經幾百年沒跟他混了，但是我知道這個事實，我知道他永遠都會是這個老樣子。愛麗森還在關心他，所以她現在才用雙手緊緊握住我的手。我看到她棕色眼睛周圍的皺紋，但是她的眼睛仍然充滿熱情，而且她美麗依舊，她確實非常美麗。愛麗森很可愛，對屎霸應該足夠了。「馬克，你和他談談吧。你以前是他最好的朋友。他一直很看重你……他總是說，馬克這樣，馬克那樣的……」

「那只是因爲我不在這裡的關係吧，愛麗森。他認識的我並不是眞正的我，我只是一個他幻想出來的救星。我知道他是怎麼想的。」

她甚至不想反駁我的話，眞是媽的惱人。現在我有罪惡感了：應該爲他辯護的時候，我竟然扯他後腿。「他越來越糟了，馬克。我甚至不覺得是藥物的問題，這才是最可悲的事啊。他就是很沮喪，他的自信心跌到了谷底。」

「他有妳這樣的女孩在他懷裡，可是他還找不到自信心，那麼他眞的是瘋了。」我說著，覺得有義務把事情說得輕描淡寫。

「對極了！」變態男大聲說，打斷了我們的交談，然後轉向愛麗森，對她說：「我很高興妳和墨菲已經是過去式了。」

然後，他突然以激烈的動作跳了起來，跳到電點唱機前。我覺得眞恐怖，他竟然放起艾維斯．康斯特洛的歌〈愛麗森〉（Alison），然後眼睛直視著她。眼前的情況實在他媽太難堪了，黛安和我都不知道媽的該怎麼辦。

變態男滑到了吧台前面，點了一輪白蘭地。我們都面面相覷，很想逃離這裡。然後他走向洗手間，對我做了個手勢，我走上前，半信半疑跟他走，他霸佔了一個大便間。「你冷靜一下好不好，」我對他說，他在水箱上面排好了四排古柯鹼，「你讓愛麗森很難堪啊。」

變態男不理會我，又回頭去吸一排古柯鹼。「我是義大利人，我他媽熱情如火。如果外面那些人，那些遊手好閒的皮克提許[2]混蛋承受不了這種熱情，雷斯還有很多別的酒吧，他們可以去別的地方喝酒。她和我……」變態男又吸了一排。「你這豬頭……她和我……挖勒！……她和我是天生的一對。來吧！懶蛋，來啊，你這幹女人的荷蘭仔，別用你的手指去插女同性戀，把這些吸進鼻子裡吧……」

2 皮克提許（Pictish）可指語言，也可當形容詞，總之來自蘇格蘭在中古時期的皮克特人（Picts）。此語已經失傳。在這裡的用法，應是指「那些蘇格蘭佬」。

我沒有多想，幾乎是在他聲音的驅動之下，我吸了古柯鹼，兩個鼻孔各吸了一排。媽的像斑馬線一樣粗的兩排，我覺得心臟在我胸口之內重重捶打，好像在打鼓。眞是媽的有夠蠢。

「……因爲她晚上要打炮了。一定的。你要不要跟我打賭，我可以上她？賭什麼都行。廁所男[3]不必跟她說白，只要讓她喝幾杯，她就會乖乖就範……來啊，看看我這打炮專家的本事啊，懶蛋……你從來沒有上過她，對不對，以前你也沒有過……看我的……」

古柯鹼會讓一個男人恢復到他十八歲時候的最惡劣本性。我努力控制自己，不要讓古柯鹼把我變成我自己在十八歲的惡劣本性。

變態男跑去吧台買酒，我坐在馬子的旁邊，汗流浹背，他捧來一個擺了更多白蘭地和啤酒的托盤。完蛋了！變態男把酒放好，我看到了黛安和愛麗森臉上的恐懼。「我不想太感情用事，」他低聲說，對著愛麗森使了個眼色。「屎霸和妳是沒有未來的，愛麗森。妳和我一直都是一對啊，」他說著，把酒分給大家。

愛麗森非常憤怒，但是她盡力裝酷。「是喔，那麼，我也是你的遊戲人選之一了。」

「我幾時那樣對待妳過啊，愛麗森？我一直把妳當成淑女啊。」變態男咧嘴笑著。

黛安推推我，問道：「你吸了古柯鹼嗎？」

「只吸了一點，免得他繼續煩人，」我從牙縫中很沒力地輕聲說道。

「顯然非常有效，」她挖苦我說。

這時候，變態男正在向愛麗森進攻，他的臉像個傀儡：「我不是嗎？我不是嗎？」

「只是因爲你知道我會叫你滾蛋，」愛麗森拿起酒杯說道。

然後，變態男僵硬地賊笑了一下，說：「我想你不會原諒我讓李絲莉懷孕吧。」

愛麗森和我簡直不敢相信他竟然說出這種話。李絲莉的小女兒唐恩幾年前得了嬰兒猝死症，這是第一次我們聽到他承認這孩子是他的。

他似乎了解到自己說了些嚴重的話，一抹懊悔的痕跡閃過他的臉，但是他的臉馬上又閃出殘酷的獰笑。「喔，對啊，我聽史克列爾說，她嫁給了一個正派的人，過著鄉居生活呢。生了兩個孩子。就像我們的女兒，我們的小唐恩一樣，根本媽的沒有存在過，」他鄙夷啐道。

愛麗森反嘴說道：「你在說什麼？這是我第一次聽到你承認那個孩子存在過！你把李絲莉當成垃圾。」

「媽的她是垃圾啊……連小孩都照顧不好，」變態男搖頭說道。

愛麗森一臉不可置信，張口結舌坐著，我則努力找些話來說。

變態男看著她，彷彿他要講一堂重要的課：「我告訴妳，愛麗森，我不是要無禮，不過妳他媽的也是一樣。如果妳跟墨菲在一起，妳的小孩會被社工人員接管，我很確定。如果那可憐的小傢伙還沒……」

「你滾蛋，王八蛋！」愛麗森大叫，把白蘭地潑在他的臉上。他眨著眼睛，用衣袖擦乾身上的酒漬。愛麗森站在他前面，停了一下子，她的拳頭握成了球狀，然後她奪門而出。黛安起身跟上去。吧台後面的一個女孩，幫忙倒白蘭地的那一位，拿了一塊布過來幫變態男。「她會回來的，」變態男說，聲音中幾乎帶著點哀傷了。然後他又笑著加了一句：「我是她老闆，她需要錢。」

他一口喝乾了白蘭地。一種奇異的恐懼讓我不寒而慄，我一直在看門口，等待卑比走進來。現在的情況實在太淒慘了，卑比在這個時候出現似乎是無可避免的。我很恐懼，並不是擔心自己，用了古柯鹼

3　應是指正在廁所之中的變態男自己。

讓我不會擔心自己，我是爲了黛安而害怕。佛瑞斯特那個爛人，就愛迎合別人、給人通風報信。只要看到那傢伙出現在日光港口酒吧，我就他媽的渾身不對勁。他八成會去找卑比，洩漏我在這裡的祕密。然後我在想，如果變態男的能耐不如以往，法蘭哥可能也一樣。在我心中，我看到我朝上的手掌，揮在法蘭哥的鼻子上，然後再捶他的腦袋。

黛安回來了，但是愛麗森並沒有跟來。「她跳上計程車了，」她解釋，然後說：「我也想走了。」

「好啊，」我說，灌掉一小杯酒。我看著她，她看起來與其說是覺得不舒服或斥責，還不如說她覺得無聊——我覺得她這樣很屌。我想，她根本沒有必要管這些狗屁東西。我找了個藉口離開了酒吧。變態男並沒有強加挽留。「告訴妮姬，叫她打電話給我。」他催促說。他的牙齒潔白凸出，看起來像個以他本人爲版本的大笑諷刺卡通人物。

我們走出酒吧，來到杭特廣場搭計程車。在藥物的作用之下，我的脈搏很不自在地跳動著。我現在駭得像一只風箏，但是我們什麼事也不能做。我知道我會躺在床上，像一個衝浪板依偎在她旁邊，或者在蓋夫的家裡坐著，看一個晚上的垃圾電影，直到我的藥效退去。

黛安一句話也沒說，但是我了解，這是我第一次讓她難堪。我不會惹上癮頭的。一會兒之後，沉默變成了很不舒服的感覺，於是我打破沉默，「對不起，親愛的。」

「你的朋友，是個雞巴，」她對我說。

我從來沒聽過她用這個字眼，而這個字眼從她的口中吐出，聽起來也很不對勁。完蛋了！我老了。古柯鹼曾經讓我所向無敵，好像有一根鐵棒穿透在我的體內。這根鐵棒仍在，只不過，這根鐵棒似乎更加突顯了包圍在鐵棒四周的血肉：蒼老，像小雞般瘦弱，崩壞，以及最重要的，肉身會腐朽。

計程車通過了草地公園，在到達托爾克羅斯之前，我至少看到卑比三次。

63

# 「……如果你可以放慢一點……」[1]

我回來啦，又回到了我說過不會再回來的三溫暖。巴比這傢伙又在煩我了。這種人就是這樣，這些掠食者，無論老少美醜，都是幹他媽殘酷無情的，或者該說，幹人的時候殘酷無情。巴比願意一直雇用我，是因為他喜歡我，他對我說。這是眞的。我的按摩技術很粗淺，而且我打手槍還是打得很爛，不過大部分客人都太猴急了，反而沒有注意到我的冷漠，以及我差勁的技術。但是現在，巴比算算時候到了：我的服務必須從打手槍進階到幫客人口交了。

「客人喜歡妳，妳應該好好賺點錢啊，女人，」他告訴我。

實在很難跟他解釋，其實我跟我的男友們才不只口交而已，有時候還會在鏡頭前面幫陌生人口交。那麼，爲什麼在關好門的「阿根廷小姐」裡面給客人快快口交一下，會讓我這樣爲難呢？首先，我的生活圈是和商業性交易撇清的，我的生活圈已經節節敗退，不希望棄守更多。我爸說，每個事情各安其位，而每個位子各安其事。這是我爸爸說過的。一整天除了吸老二之外，每天還有其他事情要做、要想。

第二點，很悲哀、不過也是實話，大部分顧客都是媽的豬頭，光是想像把他們的屌放進我嘴巴裡，我就要嘔吐不完了。

巴比，老實說是很有一套，似乎有足夠的審美眼光和生意頭腦，他知道

1 這個標題和藥物有關。詳見這一章末妮姬的抱怨。

自己如果站在「公司的門面」，就會拉低公司的水平。說到拉低水平，我對他提起我認識佛瑞斯特。他的臉色變得充滿敵意，回答我說：「他是個垃圾。一個大壞蛋，毒鬼。他開了妓院，是糞坑，根本不是三溫暖。我們都被他的臭名拖下水了。」

「我沒看過他的按摩院。」

「按摩院？吃屎吧！他在亂搞，那家店根本不做按摩。他們的馬子根本不懂什麼是按摩！公開販毒，賣古柯鹼。如果我像他的店一樣賣髒東西，我的店就要關掉了。唉！他們應該被關起來！」然後他放低聲音，用一種嚴峻、私密的語氣說：「像妳這樣的好女孩，不應該和那夥人混的。妳會惹上麻煩。在那個圈子，有一件事是肯定的：他們遲早會把妳拖下水，把妳變成和他們一樣的等級。我免費警告妳。」

我禮貌地微笑著，心裡卻想，**他們已經把我拖下水了**。似乎沒有人喜歡佛瑞斯特，我相信那是他活該。回到家裡的時候，我把這件事情告訴正在廚房和黛安一起做義大利麵的馬克，他仰頭笑道，「佛瑞斯特呀……」

「他是個拉皮條的嗎？」黛安問。

「他開了一家三溫暖，」我說：「並不是我工作的那一家，」我急忙解釋。

「我可以和他談談嗎？爲了我的論文？」她問道。

馬克一聽黛安的提議，就忍不住露出了極度的嫌惡。「我不大認識他，」我告訴黛安，然後對馬克說，「我記得那天在酒吧的時候，你和他似乎有些衝突。」

「佛瑞斯特和我，是絕對不會把對方列入耶誕卡寄送名單的，」馬克笑著說著，把切好的洋蔥、大蒜和甜椒鏟進煎鍋。油炸聲嘶嘶叫，他動作激烈地炒菜，然後他轉頭看黛安和我，彷彿猜到了我們心裡想的事情，笑著說，「妳們覺得他和我像是會寄耶誕卡的人嗎？」

我無法想像佛瑞斯特，或者我的任何一位新朋友，會列名在巴比的耶誕節購物名單之上。但是我本人可能在巴比的名單上。賽門現在被我列入不受歡迎的名單，我花了更多時間在三溫暖的工作，能排上幾個班，就上幾個班，希望多賺點錢。我不想跟賽門要錢，片子的大災難已經整個覆水難收，他一整個被大家被排斥了：用王爾德的說法，讓賽門去獨食大餅吧。爲了向我的性工作夥伴表示我很團結，我完全不理會賽門給我的電話留言：他的留言很古怪，讓人不安，可見他變成一個有點秀逗的人。當然，我和馬克之間有一種不說出口的默契，就是我們疏遠他，可是卻不能太超過，畢竟我們三人是一樁詐騙案的共謀者。

馬克和賽門之間有一種奇怪的關係，他們雖然是朋友，可是他們兩人似乎公開地藐視對方。我們在吃千層麵的時候——就是我、黛安、蘿倫和馬克四個人——我實在無法不大聲說出賽門的事。我大罵他對金錢斤斤計較，以及他愛騙人。馬克看見我憤怒的樣子，只是平靜地說，「報復永遠比憤怒有效。」

他說得很有道理，但是我必須承認，雖然我罵他罵得很兇，我對賽門的反感卻正在消退當中，好危險哪。我想念和他惡搞的時光。相比之下，蘿倫對賽門的憤怒，仍然像火爐一樣熊熊燃燒。「他在利用妳，妮姬。我很高興妳不會再回去他身邊。他瘋了，妳聽聽看他那些奇怪的語音留言。不要再打電話給他，」她發出嚴重的乾咳聲說。蘿倫的聲音和表情都很可怕。

甚至連從來不批評別人，從來不管別人閒事的黛安，都挺身直言了：「我覺得這個點子不錯，」然後她轉向蘿倫問：「妳感冒了嗎？」

「只是咳嗽而已，」蘿倫說著轉向我說：「妮姬，他配不上妳啦。」

一會兒之後，蘿倫吃了些感冒藥，就進房間睡覺了，看起來眞的很嚴重。然後馬克和黛安也出門了。我不知道他們要去哪裡，或許是去馬克的地方打炮吧。傍晚來臨的時候，我在閱讀，純粹是爲了樂趣，而不是爲了塡鴨式的學術機器而打拚。期末考試結束之後，我眞鬆了一口氣。我暢讀《科萊利上尉的曼陀林》[2]，撫摸著蜷成一團窩在我膝蓋上的查帕。當我再一次讀到科萊利出場的段落時，我努力強迫自己不要去想賽門。眞可笑，這個角色一點也不像賽門……只不過……已經一個禮拜了。

有人在外面敲門，我嚇一跳，可憐的小查帕受驚跳開我身邊。我很緊張，也很興奮，因爲我知道是他。一定是他。我走過走廊去開門，心裡在跟自己玩一個愚蠢的遊戲，「如果是他的話，我們就注定在一起」的遊戲，我希望是他，同時也希望不是他。

是他。我打開門，他瞪著一雙大眼睛，但是他的嘴唇卻緊閉著。「妮姬，我很抱歉。我有點自私。我可以進來嗎？」

彷彿，在我長達十年左右的性生活中，這個場景我想過了一百萬次。「爲什麼？」我冷冷地說：「我想你只是想談談吧？」

他的回答讓我驚訝：「不，我並不想談，」他用力搖著頭說。賽門看起來好得讓我訝異，他的外表整潔清爽，人工曬成的小麥色膚色很搶眼，稍微有點皺紋的外表非常適合一個成熟的男子——如果這樣的成熟男子修整儀容的話。「我談得已經夠多了，」他說著，帶著受傷的眼神，雖然看得出來他的眼神只是用來操控人心的道具，可是……「不過都是狗屁，」他平穩地說，「我要聽別人的話，我要聽妳說。如果妳覺得我是值得傾訴的對象，如果妳不這麼覺得，我也不會怪妳。」

我回看著他，什麼話也沒說。

「好吧，」他舉手作投降狀，哀傷地微笑道：「我只是想說，我爲我自己造成的一切混亂感到抱歉。只是當時我眞的是爲大家好。」他痛苦地宣告，然後轉過身，朝著樓梯的方向走去。

我的胸口升起一股恐慌，我無法控制我的言語。我的頭在暈眩，我原本的期待逆轉了。「賽門……等一下……進來一會兒吧。」我把大門全部打開，他聳聳肩膀，轉過身體，站在門口，卻沒有進來的意圖。

然而他卻舉起了手，好像一個小學童試著要吸引老師的注意。這一招奏效了。我眞不敢相信，但是這個混帳豬頭眞的讓我覺得想要去抱抱他，對他說：「來吧，孩子，到床上來，讓我跟你打炮。」

「妮姬，我努力當個好人，」他說著，憂傷的眼神閃著光芒：「我要當個好人，我才能夠對妳好。我本來以爲，我已經努力做個好人了，我以爲我的努力比我想像的還要多，但是我從妳的眼神中可以看出來，我還有一大段路要走。」

「賽門……」我聽見自己咩咩說，聲音好像是來自別人。「你要不要放慢自己的腳步，譬如少用點古柯鹼，因爲古柯鹼會讓你展現出最不好的那一面。」

想到剛剛說出的話，我在驚恐中發現，我從來沒有在他不用古柯鹼的時候和他相處。顯然現在也是如此。「一點也沒錯，完全正確，」他突然大叫。然後他又睜大眼睛，變回感性的眼神說道：「妮姬，我投降了。妳讓我想當一個更好的人，有了妳的愛，我知道我會變成好人，」他溫柔地說，我注意到他的眉毛上滴著嗑過藥的汗珠。

這是個恐怖和美麗並存的時刻，一個痛苦又甜蜜的僵局，妳知道某個人正在跟妳說屁話，但是他們卻說得如此華麗又具說服力……不對，那是因爲這種人完全說出妳在那個片刻中所想聽到的、需要聽到的話。他站在門框內，向我伸出一隻手臂，他全身的重量都在他手上。他不像柯林斯，不像其他人。他不像其他那些混蛋，因爲他實在媽的無法抗拒。「進來吧，」我幾乎耳語了。

2 *Captain Corelli's Mandolin*，是 Louis de Bernières 的小說，曾改編成電影〈戰地情人〉。

64

# 只是玩玩

宿醉整個很嚴重，我走路到城裡，讓腦子清醒一下。經過聖安德魯，那裡正在興建新的巴士站。舊車站變成垃圾場，上次來到這裡，已經是很久很久以前的時候。事實上，當時是我、懶蛋、變態男、法蘭哥，以及第二獎，我們帶著海洛英要去倫敦的那一次。眞是胡思亂想，老兄，眞是在胡思亂想啊。如果被逮，那可是得蹲上好一陣子牢房。

天空沒有陽光，老兄，大家都包得緊緊的，抵禦悶悶的細雨和寒風。可是，這些人手上的購物袋，總是最先從各個角度進入我的視線。是啊，購物慾的熱潮，在這裡，在這一天，整個很明顯，老兄。

我一面走一面想，老兄，想著杜斯妥也夫斯基這個人，什麼才叫超完美犯罪。故事中那位陰冷的放債者，沒有人喜歡，也沒有人會去想念，就像卑鄙的奇仔一樣。知道嗎，報紙上面只說有兩個年輕人殺了他，這是尼可酒吧的查理說的。但是我敢打賭，一定是卑比用自己的利牙咬進奇仔的脖子，老兄。不會，大家不會去懷念奇仔，不會懷念一個性罪犯，同樣也沒有人會去懷念一個毒蟲。因爲拉斯柯尼可夫[1]就是有這樣的想法才搞出麻煩。殺人犯仍然逍遙法外，還躲著，隨時會因爲心理壓力而抓狂，因爲他是個殺過人的人。而我，卻不會逍遙自在等著抓狂，我要犯的罪並不會讓我自己受益，而是要讓最親近我、我最親愛的人受益。

我走到羅斯街，看到了他；他整個人好興奮，雙手在空中揮動，頭向後仰，像匹馬那樣大笑。現在他的一隻手插腰，另外一隻手搭在一個馬子的肩膀上。

我一直想要打這個人的手機，想要找他出來喝個啤酒，告訴他我想把查帕帶回來，因爲我很想念貓。懶蛋的女朋友和變態男的馬子混在一起；他們找到他了。是啊，他們四個人眞是親密的組合，幹他媽狗屁。告訴你，我才不覺得懶蛋和他的馬子可以從搖搖晃晃的關係定下來，不過誰知道呢。懶蛋或許可以吧，但是他的馬子好像就有點太中規中舉，太正派了。你會想：或許他們可以定下來，或許不行。事實上，懶蛋以前就認識這個小甜心了，這點我可以確定。現在他們手挽著手走在一起。懶蛋似乎並不在意，或者不相信卑比會帶來危險。說不定他甚至不知道奇仔出事的謠言。

「屎霸！你好嗎，老兄，」他給了我一個大大的擁抱，「這是黛安。」

她看著我，好像她想瞄準我一樣，然後她走向我，親吻我的臉頰，我也回報她一個吻。

「妳好嗎？美女。怎樣啊？」我問這馬子。

「不錯啊。你呢？」她問我的口氣很輕快，沒有錯，這女孩是個小甜心，老兄。她不是那種會讓我和懶蛋聯想在一起的馬子。懶蛋似乎總是找上會給他帶來麻煩的馬子：哥德風的馬子、新時代風的馬子、手腕上有割腕痕跡的馬子、整天都在談「治療」、「成長」的馬子。這傢伙，總是被人性黑暗面吸引。

「老哥，你還是在老雷斯的圈子裡打轉啊，」我饒舌說道。

懶蛋有點變了，老兄。以前他會跟我打成一片，但是現在他只對他的傻瓜朋友露出一個寬容的小微笑。「最近有看足球嗎？」他問。

1　Raskolnikov，為《罪與罰》小說中的主人翁。他在小說中自以為是，認為他殺了一個不得人緣的放貸者，是理直氣壯的。

「有啊，我弄到了我妹夫的季票。少西小子[2]眞是不得了。」我告訴他。

懶蛋深思了一會兒說：「喔，我不知道我會不會想要關心一支得勝的球隊。太懦弱，也太落伍了。」他說話的態度，讓我搞不清楚他是認眞的，還是在開玩笑。

「對啊，這就是我支持哈茲隊[3]的原因，」小黛安笑了；她向上看著懶蛋，有點放縱的樣子。她是可愛的小妞，只要微笑一下，整張臉蛋就變了個樣子。

「那些都是往事了，寶貝，黑暗的歲月都過去了。想想看，強伯族的信天翁搭在妳的肩膀上[4]，而且眞的是射死的。」懶蛋笑著說，他們倆在大街上推過來擠過去。

「你回來要待多久？」我問他。

「嗯，我本來想，停留幾個星期就好了，但是現在我有點想要再留久一點。想去喝個啤酒嗎？」

於是我們去了一家充滿著週末狂歡者和觀光客的酒吧喝酒。趁黛安去洗手間的時候，懶蛋對我輕聲耳語道：「我一直很想打電話找你出來喝酒，但是我不想，你知道，我不想來城裡，不想碰到某一些在找我的人。」他的臉皺成了一團。

「最好小心，老兄，你知道我的意思吧，」我也對他輕聲耳語。

懶蛋微笑，好像他並不在意。或許他眞的不在意。我覺得他似乎眞的不了解卑比現在有多可怕。我們離場，分頭走，他們一對男女要去哪裡我不知道，好像是要去一個祕密的地方，而我走回港口去，去找我的朋友，卑比。現在一切都糾纏在我的腦袋裡；當年的公車站，騙杜德表哥錢的那回事，杜斯妥也夫斯基，懶蛋和卑比。眞是很好笑，老兄，懶蛋有我想要的東西，那就是卑比，那樣的卑比正是我想要的。

我走下坡路往雷斯走去，我想：如果你是雷斯人，你其實同時屬於兩個城市：雷斯和愛丁堡，而不只屬於其中一個城市。舊港在我眼前開展，鈉燈亮起的時候，就覺得陰冷潮溼了，白色、黃色和橘色的燈光淹沒了眼前的棕色、灰色、深藍色。我覺到這個地方只比聖彼得堡南方一點點[5]，或許這個地方給人的感覺就是拉斯柯尼可夫所感受的[6]。

沿雷斯大道走，經過酒吧，有人走出來，高聲的聊天、音樂、笑聲、煙霧，這一切好有誘惑力。經過了醉鬼充斥的炸魚薯條店，以及在店外的一對對、一群群年輕人。經過了緊張老婦人等車的公車站，她們或許剛剛結束了賓果遊戲，準備回到好幾哩遠、位於窮國宅區的家。還看見老醉鬼，這些傢伙有幾十年沒在雷斯住了，卻仍然被吸引到這個地方來，仍然是徹徹底底的雷斯人。

轉彎走進了羅恩街，爬樓梯來到卑比的家門，然後敲他家的門。我可以聽到門內有嘈雜聲，好像有人正準備要出門。門開了，大塊頭列克索走了出來，他正要離開。

「記住我跟你說過的話，」卑比對他大聲說，臉上整個表情很僵硬，大塊頭列克索點點頭回應，從我身邊推撞而過，幾乎把我推倒。

卑比看著他走下樓，然後看我看了一秒鐘，是我來了之後頭一次眞正看我，然後走進他家，同時又對我點點頭。我跟著他走進去，關上身後的門。

「那傢伙做事最好給我當心一點。我媽的會殺了那個大塊頭。我告訴你，屎霸。」他走進廚房，打

2「Sauzee boy」，指西伯隊的隊長 Franck Sauzee。

3 注意，黛安支持的是哈茲隊，是西伯隊的死對頭。懶蛋等人年輕的時候卻支持西伯隊，討厭哈茲隊——也就是說，黛安是故意和懶蛋等人以往的態度唱反調。

4 強伯族，為哈茲隊的支持者所組成的俱樂部。這裡說的信天翁，是十字架、犧牲品的象徵，典故出自於英國浪漫時期詩人柯立芝（Samuel Taylor Coleridge）的十八世紀名詩〈古舟子之詠〉（The Rhyme of the Ancient Mariner），詩中的信天翁就是祭品之意。

5 他的重點是，雷斯就好像《罪與罰》中的場景，聖彼得堡。事實上，雷斯當然距離聖彼得堡甚遠。

6 他顯然把自己比擬為《罪與罰》小說中的主人翁。

開冰箱，拿出兩罐淡啤酒，遞了一罐給我。

「乾杯，兄弟，」我環顧四周，說，「很棒的公寓啊。」

我覺得我可以聞到屋子裡有小孩，室內有一股尿味和爽身粉的味道。有個年輕的女人，長得不難看，但是整張臉很憂愁，她走出來向我點頭，卑比並沒有爲我們介紹。卑比讓她從櫥子裡拿了一個熨斗，等著她走開。

「媽的列克索，想要用一點小糖果來打發我。媽的我跟他講清楚，我跟他說，我們是合夥人，除非我以前聽錯了，否則我們該是合夥人關係。」這時法蘭哥切了幾排古柯鹼，「他後來根本就不去監獄看我了，從來沒有跟我說過狗屁泰國餐廳的事，也沒提過我們結束合夥關係的事。這就表示，媽的那家餐廳有一半是我的。然後他就媽的轉過來跟我說，他爲了開這家餐廳，負債要還，不過我就轉頭告訴他說，我不是在跟他媽的談錢，我是在跟他談媽的朋友道義。這是媽的我一貫原則。」

我看著料理台切菜板上一大把麵包刀。拿這把刀來用，簡直太完美了，老兄，不過不能在這裡……不能在屋子裡有女人和小孩的時候。我吸了一排古柯鹼。

「我的古柯鹼只剩這些了，」他拿出手機，「不過我會再多弄些過來。」

「不用啦，我家還有一些，來我家吧，拿一點來用，然後喝杯啤酒。」

「太好了，你這傢伙。」法蘭哥拿起夾克，對著他的女人大喊：「媽的我要出去一下，知道吧，」

我跟著他，走出門外。

他還在說列克索的事情：「那傢伙……他最好當心，我他媽的會殺了那大塊頭。」

我體內有點在顫抖，不是因爲恐懼，或許是因爲古柯鹼發作，於是我說，「對啊，你眞的會動手。你就把唐納利小子幹掉啦[7]。」

法蘭哥停住腳步，站在街上，一整個冰冷的眼光瞪著我，老兄。他殺了那個人，結果被判殺人罪。不是他死就是唐納利死，大家都這麼說；法蘭哥傷得很嚴重，他被刺了兩刀，因爲唐納利這傢伙用了削尖的螺絲起子捅他。「你他媽說什麼鬼話？」

「沒事啦，法蘭哥，算了，我們去拿古柯鹼，然後去喝杯啤酒吧。」

卑比看了我一眼，然後繼續向前走，走到我家。我們上樓，然後我故意假裝在口袋裡找古柯鹼。我走進廚房，拿出幾把菜刀放好。我希望這瘋子的動作快一點。「來吧，法蘭哥，」我大喊。

法蘭哥走進廚房，「古柯鹼到底他媽在哪裡？你這沒用的傢伙。」

「對啦。你殺了唐納利，」我說。

「你根本連一半的眞相都不知道，屎霸，」他大笑，整個人很猙獰，然後他拿出手機，「我來弄些藥吧，你他媽的一點路用也沒有，」他開始撥號。

「性罪犯奇仔。」我說。法蘭哥啪一聲關掉手機，「你他媽的到底想幹什麼？」卑比震驚地看我，寒冷的眼神可以把讓冥府結霜喔，老兄。他用那種眼神看我，好像我已經沒有了皮膚，沒有穿衣服，我只是一團會跳動、有脈搏的血液，馬上就會失去形狀，潑倒在地上。

或許是因爲我用了古柯鹼又發神經，我把我的故事說給卑比聽，跟他說出我的計畫，告訴他要怎麼樣幫我忙。但是他臉色大變，整個臉色很難看，於是我改而進行B計畫。我向桌上的菜刀點了點頭，然後說，「嘿！法蘭哥，我忘了告訴你一件事……」

「什麼啊……」

然後我一拳打在他的臉上，老兄，但是我並沒有打中他的鼻子，卻打到了他的嘴。有一瞬間，我感

7 這裡的唐納利，並不是卑比後來殺的奇仔，而是卑比早在此書開始之前殺的人。當年卑比就是殺了唐納利而入獄。

到精力充沛，而且我幾乎可以了解卑比在我的暴力把戲之中看出什麼。我擺出一個戰鬥姿勢站著，直直瞪著他看。但是我卻驚訝地發現，他並沒有對我發作。他用摸摸他自己的嘴唇，看見他手指上有血。然後他站著看了我一下。

「**你他媽的神經病啊！**」卑比吐口痰，然後跳向前，用腦袋撞我的臉。我向後倒了下去，一陣尖刺的劇痛，就像白色電流射進我的大腦中樞。我又被打了一拳，我已經跌在地上，卻不記得是怎麼倒下來的。我的眼裡都是水，他的靴子在我身上亂踹，我無法呼吸，然後我嘔吐了。我不要這樣……拜託快一點吧……

「……快一點……」我呻吟說。

「我他媽的不會殺你！你不會死！**如果你想要我他媽的殺死你，你他媽就死定了！……你媽的……**」

卑比身體凍結了一分鐘，我努力向上看，聚焦在他身上，他好像要笑出來，可是他的臉扭曲成一團，他捶牆壁說：「**你媽的豬頭！我們才不放棄！我們是媽的西伯隊！我們是媽的雷斯人！我們媽的不會做那樣的爛事！**」他有點在懇求我，然後他用柔和的聲音說，「你讓大家都失望啊……屎霸……」然後他看起來又整個人很神經了。「**我知道你的鬼把戲！我知道你在搞什麼鬼！你他媽的想利用我！你媽的豬頭！**」

我想要用手肘把身體撐起來，想要振作身體。「對……我想死……懶蛋有給我錢，沒有給你……他背叛了你。我把錢都花掉。錢都拿來買海洛英。」

這時候我看不到他，我只看得到廚房燈管，但是我可以感覺到他在瞪我。「你……我知道你想做什麼……」

「媽的，錢都花光了，老哥，」我劇痛中微笑說。「抱歉啦！老哥——」

法蘭哥喘著氣，好像我在他肚子上踢了一腳。我正想多說一點，我一邊的臉卻被揍了一拳，發出好可怕，好可怕的碎裂聲，我的下巴好像碎掉了。疼痛讓我想吐，也有點讓人想死。然後我聽到他的聲音，又是那種充滿懇求的奇怪語氣：「你有愛麗森，還有孩子！如果你死了，他們該怎麼辦？你就這麼自私？」

他繼續踹我，腳踢得像下雨一樣快，但是我卻沒有感覺，我想著一切往事……愛麗森，小安迪……我想起了那個夏天，我們倆去了海邊，在雷斯河畔，她穿著夏天孕婦裝，我拍拍她隆起的肚子，感覺到小嬰孩的腳在踢動。我雙眼含淚對她說，這個孩子將會做出所有我做不出來的事。後來，我在醫院裡，第一次把他抱在懷裡。她的微笑，孩子走的第一步，他說出來的第一個字，就是「爹地」……我想到了所有這些事，我要活下去，法蘭哥說得沒錯，老哥，他說得對……我舉起手，喘著氣說：「謝謝你，兄弟……謝謝你點醒了我。我要活下去。」

我看不到法蘭哥的臉，我的眼前只有黑暗的漩渦。我的眼睛看不見，但是我的心可以。黑暗的漩渦一整個冰冷邪惡，我聽見他說，「現在才說就太晚了，你剛才發神經惹我之前就他媽應該想到的……」

他的靴子又落了下來……

老天，我想呻吟，但是彷彿我並不在場，我什麼都做不成，而我正在向下滑……好黑……然後又冷起來了，有人打我的臉，把我打醒，我以爲我在醫院裡，但是我看到法蘭哥的臉。「笨、笨、笨小子，我可不希望你錯過他媽的好戲！因爲你快要死了嘛，對不對，你這豬頭，你會死得很慢……」

我的臉上又挨了拳頭，我只看到愛麗森在對我微笑，還有我的小傢伙，我想到我以後會很想念他們。然後，我聽到愛麗森尖叫：「**丹尼！你怎麼了……你對他做了什麼，法蘭哥！**」

她回家了，小傢伙也在……卑比對她咆哮，**「他有媽的神經病！他是個媽的有神經病的豬頭！難道我是這裡唯一他媽正常的人嗎？妳讓他自己說吧！」**

然後他出門走人了。愛麗森在哭。她蹲下來搖了搖我的頭，「發生了什麼事，丹尼？你嗑藥了嗎？」

我嘴巴吐著血，「這是一場誤會……只是這樣而已……」我向上看著小傢伙，現在他也在哭，他很恐懼。「法蘭哥叔叔和我只是在玩，小子……只是玩玩而已……」

我努力要把頭抬起來，努力要在他們面前堅強，但是我全身上下都痛，眼前一切都緩慢旋轉，我感覺自己身子一軟，眼前發黑，陷入了黑暗的漩渦……

# 65 第18750個念頭

我在城市餐廳和我的老朋友——兼新的事業夥伴——一起喝酒；我公布了天大的好消息。懶蛋看起來好像變胖了。他看著我遞給他的一封信，然後看著我，臉上整個都是敬畏。「賽門，我眞不知道你他媽是怎麼做到的。」

「因爲我把片子快速搞定，及時寄過去給他們啊，」我解釋。從他的眼神，我看得出來，他一定以爲是靠著米仔的影響力才辦到的。他要怎麼想就讓他去想吧。

懶蛋聳了聳肩膀，露出讚美的微笑說：「我們大家一直照你要的方式做事，結果成果還不錯啊，」他告訴我，又看了一次那封信。「『在坎城成人影展放映完整版』。從什麼角度來看，這都不簡單啊。」

一般來說，拍馬屁，對一個人的自尊心而言，是最芬芳的乳霜；但是，如果拍馬屁的人是懶蛋，我就要小心了，準備他接下來對準我的臉打一拳。我們討論架網站，www.sevenrides.com[1]，以及想放進網站的內容。我的主要目的是確保我們有產品可以販賣。也就是說，必須有個蠢蛋坐在阿姆斯特丹的倉庫裡，把錄影帶放進箱子裡[2]。而我只認識一個人——這個人自稱他在阿姆斯特丹有千百件事要忙[3]。

於是我們就走人，開始幹活，但是一點也不愉悅，坐在倉庫裡做粗工。

1 這個網址確實存在，至今仍可上站參觀。

2 色情片的倉庫必須設在荷蘭，因為這樣的倉庫設在英國就會犯法。同樣的，在美國上網郵購某些藥物，藥物會從歐洲寄來——因為某些藥物在歐洲可以存放，可是在美國存放是犯法的。

3 從上下文可知，變態男打算叫懶蛋在阿姆斯特丹當看管色情片庫存的小弟。

這個地方可怕極了，簡直會讓人心生幽閉恐懼症。回到了愛丁堡，我得去「波提澡堂」[4]好好放鬆一下，於是我只好狠下心，招了計程車，付了嚇死人的車資，一路奔到那裡。懶蛋陪我搭計程車到城中心，小氣巴拉地幫我付了十英鎊。

我站在波提澡堂的古典金屬浴桶[5]裡，享受溫水以及噴射水流打在身上的感覺。我想，過去十年以來，這個地方是我在倫敦最想念的愛丁堡事物之一。啊，波提澡堂的古典金屬浴桶啊。沒有嘗試過這玩意的人，絕不可能理解，當你踏進這個浴桶時，這種奢華的感覺一整個玄幻，這是任何三溫暖和土耳其浴都比不上的。老式風情眞是美味可口，這個朱爾．凡爾納式[6]的巨大白鐵浴缸，附有圓盤、閥口和水管[7]。白天來這裡的醜老頭，都喜愛這個地方。

我在想，我現在的心境最適合宣佈好消息，於是我依依不捨地爬出浴桶，拿毛巾圍在腰間，回去置物櫃找我的手機。室內的手機訊號很強。我打電話給我想得到的每一個人，告訴他們影片入選坎城的好消息。妮姬開心地叫了出來，雷布卻只是很吝嗇地說，「是喔，」彷彿我告訴他，他剛剛才被判的十年徒刑減刑減了幾個月。泰利的反應很有個性：「我等不及了。那些法國蜜桃，那些高尙馬子，都會流口水流不停吧！」

我奔回雷斯，奔回我的酒吧。我正要溜到樓上的辦公室，查查「香蕉祖利」公司有沒有收到新訊息；摩拉正埋伏在樓梯的轉彎處，她頂著一頭剛燙好的髮型，露出受驚嚇的不爽眼神，而我眞的被她嚇得不敢動。「摩拉，妳去做頭髮了。很適合妳啊！」我說。

摩拉並不開心。她對於我的魅力攻勢似乎完全無動於衷。「別管我的頭髮，賽門，有一個《晚間新聞》的人來過這裡。問了我很多關於你的事情，問我知不知道你們在樓上拍片。」

「妳怎麼說呢？」

「我告訴他我什麼也不知道。」摩拉搖著頭說。

摩拉不是會告密的人，這一點我可以肯定。「謝謝妳，摩拉。這是他媽的在騷擾我。如果那混蛋再來這裡，妳跟我說。我會他媽的一槍射死他，我會燒掉他的房子。」我對著摩拉驚嚇的臉，吐出了這些話。

我正準備逃到樓上去，這隻母牛又在叫：「店裡需要人幫忙，賽門。愛麗森去醫院了，她的老公受傷了。」

「誰？屎霸嗎？」

「對。」

「發生了什麼事啊？」

「他們也不清楚，不過從聲音聽起來，他好像很慘。」

「好吧，給我五分鐘……」我感覺好奇怪，我自己竟然在關心屎霸呢。我的意思是，雖然他和我不再是很親密的哥兒們，但是我並不希望慘事發生在這個髒鬼身上。我跑上樓，對著樓下驚訝的臉揮手說：「我得先察看郵件……」

「還有，寶拉從西班牙回來了，她想知道一下店裡的狀況。我告訴她一切都好，但是她是我的朋

---

4 「Porty Baths」，原名叫「波多貝樓公共澡堂」（Portobello Public Baths）。十九世紀末，有個地方名叫「波多貝樓」，要被併入愛丁堡市，後來為了紀念，就建了以原地名為名的澡堂。這個澡堂古色古香，有百年歷史，內含泳池和土耳其浴室。

5 這裡指的是「aerotone bath」，是一種舊式的英國浴桶，外型很像日本澡堂的浴桶，只不過不是木質而是金屬的，可以讓一人甚至兩人以上，整個人浸在桶中。

6 Jules Verne是十九世紀的法國作家，是現代科幻小說的先驅，作品包括《地心旅行》、《月界旅行》、《海底兩萬哩》、《環遊世界八十天》等。這個浴桶跟這個作家無關；變態男只是想要說，這個浴桶「太奇妙了，太科幻了」。

7 這些「機關」是設在浴桶之內的。這種浴桶裡頭並非空無一物的，而有這些機關。

友，我不會爲了你向她隱瞞事情，賽門。我不會對寶拉說謊。」

我停下手邊的事。「妳是什麼意思？」

「嗯，那個酒廠的克雷斯威爾先生，一個好人，他說上星期送來的貨，沒有付錢給他。我告訴他你會回來解決。」

我想了一下再跟摩拉說，「克雷斯威爾太愛擔心了，他是個待在大公司的人。他不懂，生意的運作就是建立在信用和現金的流動上。他不懂，他只會坐在他芳登橋的漂亮辦公室裡，假裝他懂得眞正做生意的方法。如果他眞正下海做生意[8]，就會要他的命。我會跟他談的。」我慷慨激昂地說完，進辦公室，趁著去酒吧當班之前，快速補充一條強力古柯鹼。

我通知大家今天傍晚在酒吧裡開會。天知道爲什麼要在今天開會，要讓大家知道事情的發展吧。更有可能是因爲古柯鹼正經過我的身體系統，我寧可在樓上開無聊的會，也不要在樓下幫那群老老少少的笨蛋送酒。我決定不叫佛瑞斯特來，想想看，如果他和懶蛋共處一室，一定會惹麻煩。當然啦，懶蛋他媽的不給我面子，根本就沒來。雷布陰沉沉地走進來，泰利一進來就馬上要求發表意見。突然間，每個人似乎都開始計較錢了。媽的他們以爲我是誰啊？一定是他媽的懶蛋，我打賭，他一定先打手機給大家，把意見灌進這些混蛋的腦袋。「對不起啊，泰利，沒得給喔」[9]，不然，叫我這樣說也行：「沒有就是沒有。」

「所以就這樣了事啊？我幹了活，卻分不到錢？」

「泰利，可以分錢的人，並不包括你，」我對他解釋：「你得到的酬勞，就是幹炮。我才是一直在統籌一切的人啊。」

「你是眞太公平啦，」他說，嘴角帶笑，讓我很不舒服。「事情就是這樣辦啦，嘿。」

以前，泰利夠熱心，所以他有一陣子是有用的同路人。他缺乏野心，表示他永遠無法在這一行混。我已經盡力了，我讓他們有機會學習和成長。其他的部分，就要靠他們自己了。他乖乖領受我的教誨，他太乖了。

好，我們來看看他如何領受我接下來說的話。「我們有個問題，」我簡潔宣佈，「顯然我們無法全員都去坎城，經費有限。所以，只有我、妮姬、麥蘭妮，和寇帝斯會去。主要卡司。懶蛋也會去，我需要他處理賣片子的事。其他人呢？現在我們的情況是，廚子太多了[10]。」

「反正我也不能去，」雷布說：「我有孩子，有課業，很多事要顧。」

泰利突然站起來，走向門口。「泰利，」我大喊，卻盡量不要露出太愉快的表情。他轉過頭說，「我拿不到錢，也去不了坎城，媽的你到底要我來這裡幹什麼？」說實話，我也想不出一個好理由，於是我保持沉默。他繼續說，「你他媽的在浪費我的時間。我得走了，我要去醫院看屎霸，」他咆哮離開了。

「我也要去，」雷布附議，站了起來，跟著泰利走了。這幾個人，如果不是輸家，是什麼啊？我想，雷布並不認識屎霸，所以我想他只是想走人，並不是眞的想去探病。

這時候，妮姬進來了，爲自己的遲到向大家說抱歉。她看到泰利和雷布離去，露出關切的眼神。我跟她說，「幹他們大便結塊的臭屁眼吧！我們根本不需要他們，以前就不需要他們。總不能讓小咖指導大咖吧，而且我也懶得一直讓他們保持自我感覺良好。」

8　原文為，如果對方「在礦坑（表示：髒兮兮的真實世界）待上一天」。
9　此句故意模仿他在服務酒吧客人的樣子（也顯出他很不耐煩）。
10　即「僧多粥少」之意。

克雷格看起來很緊張，烏蘇拉大笑，朗尼則咧嘴笑。妮姬、吉娜和麥蘭妮看著我，彷彿我應該多說些話。「等到片子賣錢，我們幾個人再來討論怎樣分錢，」我解釋，「嗯？總要等到有錢進來之後，我們才可以分錢吧！」

我對在場的人發表了一段演說，主題是這一行的經濟學，他們幾乎有聽沒有懂。然後，他們都走人了，只有妮姬留了下來。我看得出來，她對於我對待雷布和泰利的態度並不開心。我心裡發緊，因爲我心生一種極度蔑視；我的心思讓我覺得恐怖，因爲我可能愛上了這個女人。現在，她發現有點不對勁，和我說些五四三，告訴我她考慮要辭掉三溫暖的工作。我告訴她這樣做不錯，反正那種地方根本都是低級人種開的。但我開始懷疑，她是不是想跟我要錢。最後她終於去値班，我約她晚上再碰面。

我的工作人員現在好像都散去了，一時之間我才不想去管泰利這樣的蠻勇無賴。我進辦公室，把美味的古柯鹼切好一條，排好，結果這時候報社的白癡打電話過來了。「我可以和賽門．大衛．威廉森講話嗎？」

「威廉森先生現在不在，」我告訴他：「他好像在杰克．傑恩酒吧玩骨牌──不然就是在波提浴室吧。」

「他什麼時候會回來呢？」

「現在我並不清楚。威廉森先生最近都很忙。」

「請問您是那位？」

「我是法蘭哥．卑比先生。」

「嗯，威廉森先生回來之後，麻煩請他打電話給我好嗎？」

「我會幫你留話，但是賽門是個不拘小節的人，」我一面對著電話聽筒說，一面捲起一張五十英鎊的紙鈔，吸了一點古柯鹼。

「請確定他會打電話給我。這件事非常重要。我必須澄清某些事情。」對方堂皇的聲音喃喃地說。

「你去吸我坐過牢的臭雞巴吧！」我告訴他，摔了電話，古柯鹼的勁道卯上了脊椎。我把捲曲的五十英鎊紙鈔攤開，欣賞著這張鈔票的美。金錢可以讓人享受不擔心錢的奢華心情。你大可以覺得金錢又粗糙又俗氣，但是，你口袋沒錢的時候，再來嫌金錢粗糙俗氣吧。

首先，大事業正向我招手。讓我們進軍坎城吧——坎城！

66

# 阿姆斯特丹的婊子們第九部

我實在是受夠了「高維修」[1]的人際關係。可是，我現在卻回到了阿姆斯特丹，又回到一個高維修的人際關係。因爲變態男又在不爽了。

我們在城外雷藍的一個倉庫裡，這裡寒冷又多風。我們把錄影帶封面插入錄影帶套子，再把錄影帶放進箱子裡。這是米仔的地方，是個狗屎窩，各種垃圾從墊子堆疊到天花板。噁心的藍黃色日光燈管，在泛紅鐵鏽屋樑上懸掛的鋁板上搖晃著。我努力思考利潤：兩千乘以十英鎊，再除以二，等於一萬英鎊，但是要全部進帳要花幾百年，變態男並不開心。我忘記了這傢伙很有抱怨的功力，他爲了一點芝麻小事大聲哀叫，事實上這些芝麻小事只要自己吞下，沒多久就不在乎了。不過，我覺得他叫個不停也好，不然安靜的思考眞的會讓空氣沉重得像瀝青一樣。顯然他覺得做這種鳥事情對他來說實在不光彩，但是他忘記了，一旦我察覺到他在心煩，我就可以放輕鬆，享受他的發牢騷和苦瓜臉。

「我們需要工作人員，懶蛋，」他敲打擱在他腿上的一個箱盒子。「你的那個德國酸菜馬子呢？她現在一定出局了吧，因爲黛安進場啦？」

我保持沉默，堅守我一貫的原則：變態男和我的感情生活絕對要切割。這痞子現在的所作所爲，都讓我覺得我的原則是對的。「去你的。媽的別一直抱怨，趕快包東西，」我告訴他，同時心裡在想，該和他保持多遠的距離——我希望越遠越好。我低下頭，免得他從我眼中讀出任何訊息。

我可以感覺到大燈照得我的背發熱。「和黛安那個馬子重拾舊情，你要當心啊，」他說：「在義大利，我們有一句關於回鍋湯的諺語。回鍋湯永遠不會好喝。回鍋白菜，老兄。**米內斯爪達—里斯卡達大**[2]！」

我很想給這爛貨一拳。但是，我反而對他微笑。

然後，他好像想到了什麼事情，用一種堅定的贊同表情，點頭說，「不過至少，她的年紀很恰當。我喜歡她那樣年紀的女人。我從來不跟超過三十歲的馬子約會——她們都是脾氣差又有毒的母牛，還有心機。其實，最好是二十六歲以下。不過不要十幾歲的，她們有點太稚嫩了，而且交往一陣子就會搞得很不愉快。嘿，二十歲到二十六歲是馬子的黃金時期。」他解釋，然後開始細數他沉迷的東西——我以前最喜歡的東西有：電影、音樂、亞歷·米勒[3]、史恩·康納萊，現在我又有新的愛好：爛爛的曼徹斯特的燙髮型、快克婊子、艾立克斯·麥克李許、少西小子[4]、電視節目主持人、爛電影。

他嘮嘮叨叨說個不停，我懶得鳥他。媽的要叫我卯起來跟他說，〈飛向未來〉[5]一整個比〈2001太空漫遊〉[6]還屌，然後再叫他激烈反駁我，太累了吧。要不然，先讓他說，然後等我用另一個觀點跟他辯。叫我們這樣用挑釁態度大眼瞪小眼，好像要叫對方同意自己，就算對方眞的同意自己好了，這樣的

---

1 高維修（high-maintenance），在英文中用來形容很難搞定的情人（尤其女朋友），這種情人就好像是一直要花大錢維修的家電一樣。如，女朋友常要求吃高級大餐，常要刷男友的卡買名牌，就會被說成是「高維修女友」。

2 這個外來語，就是義大利文中的「重新加熱的老菜湯」。在義大利，這個詞也表示：炒回鍋菜（如，足球隊把以前的舊球員又找回來用）。

3 蘇格蘭足球教練。

4 這個球員在第六十四章被提過。

5 指俄國導演塔可夫斯基在一九七二年拍的科幻經典片「Solaris」，又名〈索拉力星〉，此片在二〇〇二年被好萊塢重拍，由史蒂芬·索德柏導演，喬治·克隆尼主演。

6 指英國導演庫柏力克在一九六八年拍的科幻經典片「2001: a Space Odyssey」。

場面會把我們搞得很像裝腔作勢的同性戀。我懶得跟他作對，我甚至懶得跟他說，我真的懶得理他。

我把一張印著妮姬屁股雙瓣的紙卡插進錄影帶盒子，我發現，我的耳洞開始關起來了。妮姬有一個可愛的屁股，這是不用懷疑的，但是把這樣的紙卡插進第三百個盒子的時候，吸引力就降低了。或許色情圖片禁不起重複觀看，或許色情圖片會讓人的敏感度降低，減少人的性慾望。變態男低沉的聲音開始增強：計畫，背叛，一個敏感男人的地盤被毒蟲、地下團體成員、廢料、酒鬼、婊子，和不懂得穿衣服的女人圍剿。

我聽到自己以平穩的贊同語氣吭聲，「嗯。」但是一會兒之後，變態男搖我的身體，大叫：「懶蛋！你他媽一整個是跟我搞牛肉[7]嗎？」

我現在有點跟不上雷斯的押韻俚語，我花了一點時間才理解。「不是啦。」

「媽的你聽好，你這個沒有禮貌的豬頭！說話！」

「什麼？」

「我說我要用骨瓷茶杯喝茶，」他告訴我，發現他終於又引起我的注意，媽的，我一整個不知道他在說啥。然後他四下看看，再把他的發言修整一番。「唉，我真正想做的事，是在一種對的地方喝茶，讓這個瓷器狗屁東西可以突顯出來。」他拿著一個阿甲克斯[8]的紀念馬克杯說，「骨瓷杯子就是不行。」他猛然說道，突然丟下了一箱錄影帶，站起身來。他的喉結在他脖子上凸起，看起來好像蛇腹中的一隻小豬。

然後他把那只杯子往牆壁上用力丟了過去，杯子砸得粉碎，讓我起了一身寒顫。「媽的，那是米仔的杯子啊，你這豬頭，」我告訴他。

「對不起，馬克，」他怯生生說：「我的神經不對。最近嗑了太多古柯鹼。我得用少一點。」

我從來就沒有眞正喜歡過古柯鹼，但是很多人很愛，仍然把古柯鹼吸進他們的鼻孔裡。只是因爲有貨，就把貨用了。人們消費對他們一點用也沒有的垃圾，只是因爲他們可以消費。期望毒品可以超脫現代資本主義邏輯，是太過天眞的想法。更何況，毒品作爲一個商品，正好可以定義這個資本主義邏輯。

我們又花了緊張又噁心的兩個小時，才完成我們的狗屎差事。我的手長了繭，我的拇指和手腕都在痠痛。我看著高高疊起來的錄影帶箱子。是啊，現在我們有了「產品」——變態男喜歡這種說法——坎城之行以後，我們就要準備發行了。我還是不敢相信，他竟然讓我們進軍坎城影展。並不是**那個**正港的坎城影展，而是一個成人電影的活動，只不過剛好和眞正的坎城影展同時舉行。我說這話時，變態男正在嘮叨講女人的事，他永遠都在講女人。我的話語突然擊中他的神經，他說：「不過，它**是**個影展，而且**是**在坎城。你他媽還有什麼問題嗎？」

我很開心終於可以離開倉庫回到城裡。我們這一次稍微放縱了一下，住進了萊茲廣場（Leidseplein）的美國飯店。我曾經在這裡喝過幾次酒，但是我從來沒有想過會在這裡住宿。我們坐在吧台前，瘋狂花錢。但是我們現在花得起錢，還可以闊綽好一陣子，嗯，至少我們當中有幾個人可以。

---

7 「搞牛肉」(beef)，為俚語，指兩人之間不愉快的意思。此處的意思是「你對我不爽嗎？」原文卻沒有寫「beef」而寫「Van Cleef」，是指「Lee Van Cleef」這個老牌演員；這個名字在倫敦俚語中，為「beef」之意。

8 阿甲克斯，為位於阿姆斯特丹的足球迷俱樂部。

67

# 天空頻道的足球賽

我正在等著凱特帶孩子過來，媽的等著她幫我弄飯吃，然後我就要去他媽的酒吧看「天空頻道」的足球賽[1]。她最好媽的快一點，因爲時間跑得很快。現在我坐著看大電視，電視從來不關機。媽的我有個「機上盒」可以用來看天空頻道，但是我晚上要去酒館看球。氣氛比較好。

我一直回想起復活節[2]，以及媽的那個戀童癖畜生[3]。那時電視也播了一點這個新聞，不過都只是很平常的屁話：有人他媽的看到一群年輕人離開酒吧嗎？吧啦吧啦都是鬼話……國定假日是把人幹掉的好日子。大家有很多別的事要想，沒人要去想那個媽的狗雜碎。有時候我他媽的也會想，但是我最好再去找一下查理[4]，還有那些死老頭[5]，確定沒有人他媽的給我洩密。

因爲我讓媽的這個世界變得更好，因爲他們媽的爛貨都該死，這就是他媽我的看法。對極了。如果警察夠誠實，他們也會跟你說同樣的話。我同意《世界新聞》的看法。告訴我們[6]，那些傢伙住在哪裡，我會跑過去找他們，把他們全部媽的消滅。馬上就把所有的問題解決。像那個頭腦壞掉的墨菲……媽的他應該是我的朋友……就像懶蛋以前……我他媽的要把他的心臟挖出來，在挖出來的洞裡小便。

然後你開始擔憂。擔憂有一天你也會變成和他們一樣。變成媽的那些怪物，就像在美國那樣。他們就是這樣說的。

然後你看了那本屁書，那本狗屁聖經。媽的在監獄裡一大堆人都看聖經。眞搞不懂怎麼會有人去讀那狗屁書；某甲做了某事，某乙生了某丙[7]，那種句子甚至不是媽的皇家英語。但是他們跟我說，聖經說上帝以他自己的形象造人。所以，我解釋這句話的意思就是，如果我不來當上帝，實在是他媽的冒犯了他老人家，我就是這麼想的。所以啦，我在教訓那個戀童的傢伙時，我就是在扮演上帝。你他媽的想怎麼樣？

我轉換頻道，但是每個頻道上都是那幾種人：性變態、戀童癖、狗雜碎，媽的多得很。有一個他媽發瘋的心理學家說這些人自己受過凌虐，所以他們才會這樣做。狗屁不通。一大堆人都媽的受過凌虐，但是這些人也沒有去侵犯別人啊。所以你可以說，我他媽的很可憐那個傢伙，因為他馬上又要被凌虐了，在監獄裡。媽的眞是全天下最好的下場。

待在屋子裡，簡直讓我發瘋，也不知道那個女人死到哪裡去了，我跑下樓去買《新聞報》。外面他媽冷得要命，我拿了報紙馬上又跑回家。報紙上一堆平凡無奇的狗屁，但是我看到了一個東西，整個人呆住了。

**大便**。

我的心臟在胸口狂跳；我讀這則新聞：

---

1　天空頻道（Sky Channel）是歐洲一家衛星電視頻道。

2　蘇格蘭固然常常以「復活節」作為地名或路名，但在這裡是指真的復活節。卑比回想起他在復活節之前殺了人。復活節在這裡，不免讓人聯想起基督教：基督在復活節之前死，然後在復活節重生；卑比又將自己想像為上帝。這一章故意指涉基督教。

3　指他殺的那個性罪犯。

4　之前命案現場的酒吧老闆。

5　命案當時的在場酒吧客人。

6　針對性罪犯（尤其戀童癖者）有個關於隱私權的大爭議：他們重犯率很高，有人便主張刑滿出獄的性罪犯，必須公布住處，不得享有此類隱私，他所居住的社區才有辦法防範他們再度犯罪。這個問題吵很久了。

7　他是指，聖經中「做了」、「生了」都用舊式的英文寫（即，「doth」、「begat」），跟現代人用的英文很不同。

**追緝市內殺人犯的新發展**

上個月雷斯一家酒吧內發生一起市民命案，警方至今仍在尋找線索。警方表示接到一通匿名的告密電話，提供了「很有用的情報」。警方要求這名通報者再和他們連絡。

復活節假期前的星期四，愛丁堡男子蓋瑞．奇修姆（三十八歲）在查理．溫特（五十二歲）所開的酒吧內，被人發現流血而死。溫特先生聽到酒吧傳來喊叫聲和尖叫的時候，他正在樓下的酒窖內更換酒桶。他上樓之後發現，奇修姆先生被割斷喉嚨，倒在空無一人的酒吧內，還看到兩個年齡約在十五到二十歲之間的年輕人奔離現場。他爲奇修姆先生急救，但爲時已晚。

關於新情報，警局探長ＤＩ[8]道格拉斯．吉爾曼說：「關於這個案子，我們確實得到了更新的情報；截至目前爲止這份情報或許有用，也或許沒用。我們請求這位在星期二傍晚打電話過來的男子，再跟警方連絡。」

此時，被害者的傷心家屬也和警方一起呼籲社會大眾站出來。被害者的妹妹，簡妮斯．紐曼（三十四歲）表示：「蓋瑞是個好人，他身上有沒半根壞骨頭。我不懂，爲什麼會有人爲了那個殺死我弟弟的惡魔掩蓋事實。」如果有人知道此案的任何線索，請打專線：0131-989 7173。

•

這是狗屁。一進監獄，人家跟你說的第一件事就是，如果警方開始放話，就表示警方媽的很猴急，媽的用這種方法把案子炒熱。然後我想起了第二獎那個傢伙，媽的他最近一直都沒和我聯絡。這個酒鬼的臭嘴，只會吐出大便……又是一個所謂他媽的好哥兒們……

**幹老天爺……**

我並不是他媽的不信教，但是在愛爾蘭，神父搞出來的麻煩，比媽的戀童罪犯還要嚴重。而且事實證明，那些神父才是世界上他媽最可惡的戀童罪犯。思考一下，這幾種變態的人都是湊在一起起來。媽的墨菲死定了：有些人從來不會他媽的花一點時間坐下來思考事情。他媽的沒有腦袋。

凱特走了進來，做好飯，放下孩子之後，她開始洗頭髮。現在她正在吹乾頭髮。真不知道她媽的幹嘛要洗頭，她都待在家裡啊。或許是因爲明天早上她得去那家狗屁服裝店輪班。我打賭，在她那家服裝店工作的什麼男人，或是在那個狗屁購物中心其他店家工作的男人，一定在注意她。有什麼媽的胖豬在肖想。變態男就是這種小白臉，吃軟飯的其中一個，這種人根本就他媽的沒良心，只會利用馬子。

只要她不要用**她的**眼睛去理會那種男人就好。這也讓我想到了一些事。「你記得我們第一次在一起的時候發生什麼事嗎？」

她眼睛向上看我，關掉了吹風機。「你是什麼意思？」她問。

「記得我們第一次上床？」

現在她看著我，好像她已經知道了我在想什麼。那也表示她也想過那回事[9]。「幾百年前的事啦，法蘭哥。你那個時候剛剛出獄。沒關係啦。」她說，臉孔扭曲了一下。

「現在當然沒有關係，但是如果有別人知道那回事，對我的關係可大了。妳沒有跟別人說過那回事吧，啊？」

她拿了一根香菸點了起來：「什麼……當然沒有人知道。這是你我之間的祕密，不干別人的事啊。」

「對，」我說：「妳沒有跟別人說吧，啊？」

8 DI是警方的一種官階。即「Detective Inspector」（偵探調查員）。

9 卑比剛出獄時，在床上會陽萎。

「沒有。」

「連那個媽的愛芙琳也沒說嗎？」我問。沒等她回答，我又說：「我知道女人在一起都會幹什麼。妳說了對不對？對，妳他媽說出去了。」

我看得出來，媽的她在好好思考。她最好媽的別跟我扯謊，否則她就沒命了。「我沒有說出去，法蘭哥，那是私事，而且是幾百年前的事。我甚至根本沒在想那事。」

是啊，所以她根本沒有想過那件舊事。她沒有想過，當時她跟一個男人在一起兩個星期，那個男人卻無法幹她。狗屁她沒有想過。「所以妳他媽也沒有說過，妳跟那個愛芙琳，還有妳另外一個朋友，媽的那個髮型……」

「蘭妲，」她謹慎說。

「狗屁蘭妲。妳敢說妳們他媽的沒有談過嗎？妳們在一起不談自己的男人啊？嗯？」

她瞪大眼睛，好像很恐懼。媽的她在怕什麼東西啊？「有啊，我們有談過，」她說：「但是並沒有談那種事啊。」

「沒有談哪種事？」

「沒有談太私密的事啊，我們不會談床上的事情啊。」

我直視著她的眼睛問，「所以，妳不會對妳的朋友談我們床上發生的事？」

「當然不會……怎麼回事啊？法蘭哥，你是怎麼了？」她問道。

我來告訴妳他媽的怎麼回事吧。「好，有一次我們一夥人一起出門，去黑天鵝酒吧，妳記得那一次吧？愛芙琳也有去，還有那個髮型的，妳都叫她什麼……」

「蘭妲，」她很憂慮說，「可是，法蘭……」

我彈了彈手指。「蘭妲，就是她。現在，妳記得吧，妳在我之前的那個男人，媽的那個被我在街上痛打一頓的傢伙嗎？」我問她，她瞪大眼睛。「我記得我們在黑天鵝酒吧的時候，妳說，反正那個男人在床上表現得很糟，妳媽的當時就是這樣談論那個男人的，妳記得嗎？」

「法蘭哥，別傻了……」

我指著她說：「媽的回答我的問題！妳他媽到底有說過還是沒有說過？」

「有……可是我當時那樣說……是因爲離開了那個男人，我鬆了一口氣……我鬆了一口氣，因爲我有了你！」

媽的因爲有了我，所以鬆了一口氣。因爲離開那個男人所以鬆了一口氣。「所以，妳那樣說，是媽的爲了製造效果，爲了給我和妳媽的朋友好印象。」

「對！就是這樣，」她說著幾乎要唱起歌，好像她就要掙脫魚鉤了。

她媽的不知道，她反而媽的把她自己和她說的垃圾糾纏在一起。就像那些不懂得閉上臭嘴的人；她越說，越把自己媽的搞進一個更深的黑洞。「好吧，所以妳說的話並不是眞的，媽的那個男人在床上的表現並沒有很糟。媽的他比我會幹。事實是不是他媽的如此呢？是不是啊？」

現在，她好像快要哭出來了。「不是，不是啦……我的意思是……那個男人在床上的表現並不重要，我那樣說是因爲我恨他……因爲我很高興終於擺脫了他。他在床上好不好，根本就沒有關係。」

聽她這樣說，我微笑一下。「所以，妳會那樣說，是因爲媽的你們已經分手了，你們的關係已經他媽的是歷史。」

「對啊！」

她說的都是狗屁話。根本說不通。「所以，如果**我們**分手了呢？如果媽的我們的關係也結束了呢？

妳會他媽的開始在雷斯媽的每一家酒吧裡，把我的事情統統講出來嗎？是不是這樣啊？」

「不是……不是……我不會那樣啊……」

媽的我好好跟她說清楚。「妳最好他媽的不要！因爲如果妳他媽敢給我亂講一個字，媽的妳這個人就會不會留在世界上了。媽的妳連曾經活過的痕跡都不會留下來……懂了嗎？」

媽的她朝孩子的房間看了看，又朝著我看了看。然後她突然哭起來。她以爲我要傷害媽的她的孩子，彷彿我是一個性侵害兒童的罪犯。「好啦！」我說：「不要哭了，凱特，別這樣啦……喂，我不是那個意思啦，」我說，然後我走到她身邊，把她抱在懷裡，「……只是有太多人恨我，妳知道嗎，有些人一直在我背後中傷我……我還收到過東西……收到寄來的郵件……不要給他們抓到我的把柄……我要說的媽的只是這樣……不要讓別人抓到我的把柄，用來對付我……」

然後，她抱著我說：「不會有人從我嘴巴裡聽到我說你的壞話，法蘭哥，因爲你對我很好，你不會打我，但是，求求你不要讓我恐懼，法蘭哥，因爲以前那個男人，就是這樣子對我，我無法忍受，法蘭哥……你和他不一樣，法蘭哥……他是個垃圾……」

我坐直身子，把她的頭摟進我懷裡。「沒關係，」我說，但是我心裡卻在想：母雞，妳根本他媽的不知道我是怎樣的人。我感覺我的腦袋開始在痛，媽的我的心跳也加重。我想到那些人：口風不緊的第二獎、列克索、懶蛋那傢伙，還有媽的骯髒的墨菲。對啊，墨菲這傢伙算是夠幸運的，我還沒有整個把他打爛。反正將來媽的還有機會。他竟然想設計我！他那種想法，就像是個媽的性罪犯一樣。他算是走了狗屎運。

而且，這豬頭好像知道奇仔那性變態的事情。我會查出來他是從誰口中知道的，用拳頭把他的話逼出來。他以爲我回去找他就是在救他。

媽的我去找他就是在救他。

媽的我才不要再回去裡面[10]，不然媽的我就完了。但是我現在必須小心一點。現在好像每個人都知道這件事了，而且即使我心裡知道媽的只是我的心理作祟，我就是知道，敵人開始在逼近了。我撥弄凱特的頭髮，但是我卻緊繃起來，媽的我必須出門去，因爲我不想爲我可能幹出來的事負責。於是我坐了起來，告訴她我要出門去看足球。

「好……」她眼睛看向電視，彷彿在告訴我：你大可以在家裡看啊。

我向電視螢幕點頭。「我最好去酒吧和朋友一起看。媽的看球賽必須有氣氛才行。」

她想了一下，然後說，「好吧，這樣對你也好，法蘭哥。你也應該出門走走，不應該一直坐在椅子上。」

我在想，媽的她說這話到底是什麼意思。或許整天窩在家裡，反而媽的讓人起疑心，我是已經叫了那個菲利普小子去芭爾頓[11]的一個人家幫我幹東西。因爲我叫他出力，所以我還給他兩個金幣造型的戒指。我應該出去。我跟你說，她眞是媽的巴不得把我趕出家門。她不能出去，因爲有孩子在，但是她可以找野男人到家裡來。「妳會一個人靜靜地過一晚吧？」

「是啊。」

「不和朋友一起過嗎？那個狗屎蘭妲？」

「不。」

「不找麥蘭妮出來混嗎？她一直在雷斯啊。」

---

10　這裡指的「裡面」，應是指「監獄裡面」。
11　為愛丁堡的地名，為中上階級住的區。這裡應是指卑比叫菲利普去打劫民舍。菲利普是那個大屌少年寇帝斯的朋友。

「不用，我只想留在家裡看書，」她說著把書秀給我看。看他媽的狗屁書。全都是垃圾，只會在人的腦子放進點子。「沒有人會過來嗎？」

「沒有。」

「好吧，晚點再見了，」我套上夾克出門，往寒冷的屋外走。幸好外面半個人都沒有。像變態男那種人，你知道他的腦袋是怎麼算的。要說動那個媽的麥蘭妮，你一定有一堆可愛的小朋友，都媽的很樂意一邊被人騎還一邊被人拍下來……

媽的……

我媽的重重捶了樓梯間的牆壁一下。

如果他真的試過，就會媽的知道他會得到什麼。

到酒吧的路上，我看到君恩在雷斯大道上，我故意裝作過馬路，跟在她的後面。我才不管那個禁制令[12]呢；媽的狗屁命令，規定我必須保持在那母豬的二十五碼之外。我只是想告訴她，媽的都是墨菲和變態男的錯，媽的把事情都弄混了。但是這女人轉身，跑走了！我在她的後面叫，要她媽的停下來，讓我解釋一下，但是這瘋女人走掉了。媽的傻婊子。

我打開媽的手機，提醒打電話叫他們都去那裡，尼利和賴瑞，因爲我知道馬基已經到那裡去了，媽的他人正在酒吧。馬基眞是酒鬼。一點也沒錯，他在酒吧，賴瑞和尼利媽的應該也快來了。問題是，這裡的氣氛也是一樣。每個人似乎都給你那種眼神，媽的好像在說，「嘿，我知道你幹掉了那個性罪犯。」這就是我們在這裡說的朋友，這就是所謂的他媽的朋友。

我們在看天空頻道轉播的西伯隊比賽。他們最近球運都不錯，只要是天空頻道轉播的球賽，他們都沒輸。那個紀坦利[13]很棒，頂球得分。三比一，媽的太帥了。可是每個人好像都還在談那個性罪犯。

而我呢，就坐在一邊，希望他們談些別的東西，但是同時我他媽的也很喜歡聽他們說。

「我跟你打賭，一定是那群小伙子當中的一個，那些戴金幣造型戒指的。」馬基說，「這痞子可能搞了那群人當中的一個，那一類的事，或者是某個小伙子年紀小的時候被那痞子搞了。小伙子長大了之後，忍無可忍，就給他砰砰砰。接招吧，你這個髒兮兮的性罪犯！」

「可能吧，」我說，向下看賴瑞，這傢伙臉上掛著一大個白癡的微笑。眞他媽的不知道他在開心個什麼。

現在，這傢伙講了一個爛笑話給大家聽：「有個菲輔[14]的雜貨店店員，在他店裡，天氣非常寒冷，他就站在電烤箱前面。有個女人走進了店裡，看看櫃台，然後對店員說：那是埃爾夏[15]燻肉嗎？這店員看著她說：不是，那只是我在溫我的手。」

我完全聽不懂這傢伙的幽默感在哪裡。馬基是唯一笑出來的人。

尼利轉過身來對我說：「跟你說，如果把媽的性罪犯幹掉的傢伙被我碰上了，我會馬上媽的買一杯啤酒請他。」

奇怪，他說話的那種語氣，讓我很想對他大喊，「那，把你他媽的錢包交出來啊，因爲幹掉他的人就是我啊媽的。」不過不管是朋友不是朋友，這件事還是越少人知道越好。我一直在想第二獎。你看，他又開始酗酒，開始胡說八道……賴瑞還在微笑，而我在這裡好悶，於是我跑去廁所，來一點媽的古柯

12 禁制令，不准某甲（如，打老婆的先生）接近某乙（如，被打的老婆），而必須保持在某乙的某個距離之外。禁制令是由法庭頒下的；可以想見，當初卑比和君恩鬧上了法庭，所以法庭才會不准卑比的人身接近君恩。

13 法國足球員David Zitelli。

14 Fife爲蘇格蘭北部地名，非常冷。

15 蘇格蘭西南部地名。

鹼。

回來之後，我坐下來，有些人已經開始喝第二輪的淡啤酒。馬基指著一個裝滿酒的杯子說：「那是你的，法蘭哥。」

我對這傢伙點點頭，喝了一大口，然後從杯口挑起眼睛看賴瑞，他瞪著我，臉上還是媽的傻笑。

「你他媽在看什麼東西？」我問這傢伙。

他聳聳肩膀說：「沒看什麼啊。」

他媽的坐在那裡看著我，好像媽的他知道媽的我腦子裡面裝的每個東西。尼利也發現了。我從桌子下面把一劑古柯鹼遞給尼利。「媽的這裡在幹嘛啊？」他問。

我的頭點向賴瑞。「這傢伙坐在那裡，擺出媽的蠢樣子，猛瞪我，好像我是媽的笨蛋。」我說。

賴瑞搖搖頭，舉起雙掌表示投降，「什麼啦。」尼利猛瞪他。馬基遙望酒吧那一頭。山帝·雷伊和湯米·佛德正在喝酒，還有兩個小伙子正在打撞球。

「你他媽要說什麼啊？賴瑞？」我問他。

「我什麼也沒說，法蘭哥，」賴瑞說，一副無辜樣。「我只是在想那個守門員，」他把頭點向我後面的螢幕，上面正在重播畫面。

於是我想，好吧，放他一馬，但是有時候，這傢伙眞的媽的太不懂規矩了，要倒楣的。「好吧，嗯，不要坐著擺出媽的傻笑盯我看，像個媽的笨蛋。如果你想說什麼，媽的就說出來。」

賴瑞聳聳肩膀轉開頭去，尼利跑去了廁所。這份古柯鹼很不錯，是從山帝手上搞來最好的貨。反正對我來說就是最好的貨。大家都知道，賣貨給我，就不能賣媽的摻雜質的。

「你的朋友變態男了不起呢，法蘭哥？拍色情電影呢。」賴瑞露出牙齒笑。

「別跟我提那傢伙的名字。那痞子搞了幾個小妞，在他酒吧的樓上打炮，他就自以為是媽的好萊塢大製片了。就像那個什麼狗屁史蒂芬．史匹柏之類的那種狗屁貨色。」

尼利從廁所回來，馬基看著他說：「媽的在搞什麼啊？」

但是尼利沒有理他，因為可以看得出來，他在洗手間裡面想到了什麼事情，現在正急著要跟大家說。「知道我剛才小便的時候在想什麼嗎？」他說，然後不等別人接腔，他馬上又說：「這裡的每個人都坐過牢，」然後他喝了一大口淡啤酒。幾滴啤酒流到了他的藍色班謝曼[16]上頭，但是這傢伙並沒有注意到。媽的髒鬼一個。

我們大家互相看，點點頭。

「誰從來沒有坐過牢嗎？你知道嗎？」他看著我。「我知道，」他指著自己。「你知道，」他看著馬基。「你也知道，」他看著賴瑞，賴瑞的臉上又露出了那個狗屎微笑。

問題是，我想到了那個大塊頭列克索，我腦子裡所出現的第一個人就是他，但是尼利的答案卻讓人驚訝：「艾立克．朵爾。他坐牢坐多久？一年？十八個月？媽的都不是。這傢伙的生活過得好得很。」

馬基很嚴肅地看著尼利。「所以你想說的是什麼？你想說，朵爾是個抓耙仔？」

尼利的眼睛用力瞪直。「我只是說，他過得很好。」

賴瑞的臉色變得很嚴肅。「你沒說錯，尼利。」他輕輕說。

「媽的我當然沒說錯，」尼利說，看起來好像煩得要死。

馬基轉過來問我：「你知道嗎？法蘭哥？」

---

16 Ben Sherman，英國高級服飾牌子。

我看著圍在桌子旁的每個人，直視他們的眼睛，包括尼利。「在我印象中，朵爾一直是個好人。你不能隨便說人是抓耙仔，除非你能證明。你得有事實證據。有他媽的確切事實。」

尼利很不爽，但是他也無話可說。他一點也不開心。我得留意這傢伙，因爲他尼利知道太多內情，不過我會他媽好好地看住他的。

「說得好，法蘭哥，」賴瑞點點頭，很滑頭地說，「不過尼利說得也有道理。」他說著，拿了尼利給他的那劑古柯鹼，跑去廁所了。

賴瑞一走，尼利馬上對我說：「我從來沒有說過誰是抓耙仔……但是想一想我說的吧。」他轉過頭，向馬基點頭。

對，賴瑞最好是好好想一下。這唯恐天下不亂的痞子。我就覺得這傢伙有問題，他最好小心點，不要他媽讓我抓到把柄。

嘿，我們現在每個人都嗑了媽的古柯鹼，正在決定下一攤要去哪裡。我們在藤酒吧喝一杯，然後又在史旺尼酒吧喝幾杯。這裡仍然是貨眞價實的雷斯，可是媽的一切也都在改變。我想到了完全被人亂改的雷斯大道飯店（Walk Inn）。眞是不敢相信，我曾經在那個地方度過幾個美好的晚上。我們又去了幾家酒吧，最後又回到了我們最先去過的酒吧。

菲利普這小子還在混，賴在這家狗屁酒吧。我不喜歡看到他和他的朋友在我光顧的酒吧鬼混。「你他媽的滾吧，」我告訴他。

「哦，我在等寇帝斯，他要坐車過來，」他說。然後他用媽的好期盼的語氣對我說：「你有沒有古柯鹼，啊？」

我看著這小子問他：「你他媽的怎麼會有錢買古柯鹼？」

「跟寇帝斯拿啊。」

哈，媽的我懂了。媽的，跟變態男工作的那一夥人，那些人媽的好像都很有錢。聽說又有人看到懶蛋出沒，在城裡出現。告訴你，如果變態男看到他，卻他媽沒有跟我講的話……

不過菲利普這小子還在這裡混。我對山帝．雷伊點點頭，他正和尼利一起坐在吧台。賴瑞和馬基都喝醉了，正在發酒瘋。山帝過來，給這小子幾克份量的古柯鹼，把他打發掉。那高個子，大老二的年輕人走了進來，然後他們兩個人一起進車，我聽見車聲掃過馬路。

尼利跑了過來，我們的視線掃向賴瑞和馬基。「賴瑞那傢伙整個晚上都吃定了我，媽的。」他說。

「是喔，」我說。

「我告訴你，法蘭哥，他很走運，他是媽的你的朋友，否則我馬上就會揍扁他。」他眼睛掃向賴瑞說，「他媽的爛貨。」

「不要讓人阻止你啊，」我告訴他。

於是尼利走了過去，把賴瑞的頭在吃角子老虎機上砸了好幾下。然後他把賴瑞轉過身來，媽的送他漂亮的一拳。賴瑞跌倒在地上，尼利還用腳去踹他。馬基跑過去，抓住尼利的肩膀說：「夠了。」尼利停手，馬基扶著賴瑞站起來，走出場。他眼睛在找尼利，嘴巴說了些什麼，舉起一隻廢手，想用手指指出個東西，但是馬基把他拖出了酒吧。

「媽的怪物，」尼利說，看著我。

我想著，我和尼利是朋友，但是馬上就會變成只剩他和我，這是可以肯定的。「那傢伙是他媽自找的，」我點頭說。馬基很快就回來了，「把他塞進計程車，給了他十英鎊，叫他趕快滾。他沒事，只是有點他媽的頭暈，嘿。」

「他沒有頂嘴啊？」尼利問。「因爲，只要他想打架，隨時有人奉陪。」

「對，小心這傢伙，尼利，」馬基說：「因爲他媽的愛玩扁鑽，而且他會記仇。」

「我他媽的也會記仇，」尼利說，但是可以看得出來，媽的他在想這件事的後果。明天早上一起床，他會說，「喔，媽的，我嗑了太多古柯鹼，竟然揍了賴瑞。」因爲他那種人需要古柯鹼和幾杯啤酒，才會幹出那種事。這就是他和我不一樣的地方。

68

# 第18751個念頭

每次我去妮姬家的時候，他總是在那裡，在她家廝混，跟那個黛安搞親熱，好像一個得了愛情熱病的白癡。有夠驚奇，我和他兩個人，各自約會的馬子竟然住在同一戶公寓。有一點像是過去的時光。現在懶蛋躺在沙發上，一面等黛安準備好出門，一面讀著一本關於色情、性工作者，還是什麼鬼東西的書。他找到了很合他的馬子；我可以想像他們兩個很知性地坐在一起討論打炮，可是卻從來不真的幹。我曾經建議他和他的新屄，和真正的玩家一起玩真的，但是他卻說：「我愛我的女朋友。我幹嘛還要那些爛遊戲？」你說什麼啊，嗑藥嗑得茫的大便先生。

他用手撐著薑黃色的笨腦袋說，「喂，賽門，我在找第二獎。你知道他在哪裡嗎？」

他的話把我嚇壞了。我巴不得躲第二獎躲得遠遠的。「你他媽的想找麻煩啊，幹嘛去找他？」

懶蛋坐了起來，身體向前靠，好像在想什麼，然後決定不說謊了。你可以看見他腦子的機關在動。「我要跟他把錢算好。以前在倫敦的那筆錢。我跟每個人的錢都已經算清了，只剩下第二獎，以及某個你知道的人。」

懶蛋是個白癡。我對他曾有恨得牙癢癢的敬意，可是敬意正在快速變少。我，竟然會被這樣一個流氓搶？唉，他只是個絕望、愚蠢，走過一次狗屎運的毒蟲。「你他媽的瘋了。浪費錢啊。你還不如直接開張支票給坦納加樂多尼安釀酒廠[1]。」

懶蛋站起來，黛安和妮姬走了過來。「我聽說他已經戒酒了。他現在一天到晚跟人傳教。」

「我不知道他在哪裡。你可以試試看教會，或者收容所。或者教堂。妓女出沒的地方，那些聖經狂最喜歡去，對吧？」

我得承認，黛安看起來很性感，不過顯然和妮姬的性感不一樣。（嗯，她要跟懶蛋出門去了。）「你們美呆了，女士們，」我微笑說，「我們兩人前世一定都是乖小孩，今世才有幸遇到她們啊。」我對懶蛋傻笑。

懶蛋用一種有點煩的神情回應我，然後走向黛安，親她的臉，「你打扮得夠漂亮了嗎？」

「合身啊，」她說。他們兩個人出門時，我喊，「證據就在眼前啊，漂亮得不得了。」

沒人鳥我。黛安這馬子一點也不喜歡我，而且她還和懶蛋一起跟我作對。我看著妮姬說：「他們兩人眞是一對。」我說，努力讓自己的聲音保持風度。

「喔！老天，」她很戲劇化地說：「他們是那麼的相——愛啊。」

我很想告訴她，小心妳朋友旁邊那條黏黏的、冷冰冰的北歐響尾蛇。不過我這個點子好像很沒品；既然我人在葛雷斯芒（Gracemount），就應該努力保持風度（graceful）才對。自從知道要去坎城的好消息之後，妮姬就自信滿滿，走到哪裡都很戲劇化的樣子，好像是個舊日的好萊塢女星。大家都注意到了。泰利開始叫她：妮姬．富勒—屎袘絲[2]。

她很自我陶醉，於是她又換了一件衣服，她穿了一件我從來沒看過的藍黑色。她這一件並不像她先前的那件衣服迷人，但是我卻假裝一整個很興奮的樣子，免得一整晚都得他媽的在屋子裡換衣服。她還一直在談坎城的事。「想想看我們會遇到誰！我啊——」我溜進黛安的房間，東看看西看看。我看到一份她正在寫的報告，於是我讀了一點。

隨著消費主義的擴張，性工業也和其他產業一樣，現在也投合特殊化的市場需求。誠然，貧窮、毒品濫用，和街頭娼妓之間，仍然存有關係，但是這種性產業在整個英國的性工業——英國目前最大、最多樣化的產業——之中只占了很小的一部分。雖然如此，我們對於性工作者的普遍印象，大部分仍然停留在「街角妓女」的刻板印象上。

現在的大學都在教些什麼狗屁啊？賣淫理論學位？我應該站出來，要來我的榮譽博士學位。

我和妮姬跑去城市餐廳喝酒，我暗中注意到泰利想和一個學生酒吧小妹搭訕。他似乎把這個地方當成了他的地盤。我對妮姬打了個信號，暗示她我們應該離開，改去ＥＨＩ[3]，但是她並沒有注意到，而現在，泰利看到我了。

「小變態和妮姬呀！」他嚷著，然後轉向酒吧小妹說：「碧芙，我的兩個要好老朋友要喝什麼，我請客，」他笑著抓住妮姬的屁股說：「媽的堅硬得像石頭，小美眉，妳努力健身喔。一點也沒有下垂的跡象。」

「其實我最近很懶，」她用懶洋洋，嗑昏頭的語氣說。她幹嘛讓那傢伙對她上下其手啊？接下來她就要讓他用老二幹她的屄啦。「嗯，好堅實的陰道啊。最近努力在做骨盆運動吧？」我瞪著泰利，彷彿

1 這家酒廠真的存在。變態男的意思是，你如果把錢給第二獎，他就會拿去喝酒。

2 Fuller-Shit，這是一語雙關。因為 Fuller 是 Nikki 的姓，可是俚語裡的 Fuller 又代表「滿嘴狗屁」。

3 愛丁堡的郵遞區號之一，指高級地段。

在對他大吼：「泰利，這是他媽我的馬子，你這隻會打手槍的豬頭。」

他根本沒看見我的眼神。「嗯，外表看不出來啊，我告訴妳。我只是很想五體投地，膜拜妳的小屁屁。所以，如果這個幸運的傢伙，」他竟然高傲地向我簡略點個頭，「讓妳不爽，妳知道妳可以找我。」

妮姬微笑，捏住泰利的肚子肥肉說，「我很了解你啦，泰利，你難道不想要求多一點嗎？只膜拜就夠了嗎？」

「對極了。關於這個，來參加色情片之夜吧！我去了醫院，已經完全復原了喔。」

「你在內褲上射光精子啦[4]？」我問：「一定是去四十五號診療室，看淋病的。」[5]

「所以我已經準備好上場了，我很願意上，也有這個能力上場，」他說，再一次不理我。

「嗯，泰利，我們有個小問題。」我把《新聞報》的事情講給他聽，告訴他我們在電影上市之前，必須保持低調。

「那，就在我家辦好了，我想[6]。不過，我們還是得為了坎城乾一杯啊。應該要放鞭炮啊！我眞為你們高興。」他的微笑卻讓我不寒而慄。然後，他把手搭在我肩膀上說：「抱歉我之前態度那麼兇，老兄，只是有點嫉妒。不過，不能嫉妒老朋友的成功啊！」

「要是沒有你，我什麼都辦不成的，泰利，」我說；他的寬宏大量讓我意外。「在葛雷斯芒（Gracemount），你對整件事都眞有風度（graceful），你眞好。只可惜經費有限，老兄。如果每個人都去坎城，就算只有幾天，就會花掉一大筆錢。只要錢進來了，我會馬上給你。」

「不用擔心啦。反正這段時間我還有一、兩件事情得忙。你也不用擔心雷布。我前天才跟他說過話，他忙著帶小孩，還有忙學校的事情，嘿。」

「他最近怎樣？」我問。

「應該不錯吧。我沒辦法過那種無聊的家庭生活，」他大聲說，「我試過一次了，我搞不來。」

「我也不行，」我承認，「我的個性不適合長久的牽絆。我是可以負責任啦，要我短期撐，我可以撐得很棒，可是長久的牽絆我行不來。」

「他總是欺騙女人呢。」妮姬滿足地低聲說道，酒精穿進她腦子，她還一整天都媽的在抽大麻。這個有大麻癮的女人，還搞不清楚自己爲什麼不能變成體操選手！「不過我們大家還是因此喜歡他。」

「只是有時候吧，」泰利說。

「對啊。他爲什麼會那個樣子？他爲什麼那麼會操縱別人？我想是因爲他從小到大，在家裡被溺愛他的女人包圍。對啊，義大利人的特色。他可以激發女人潛在的母性本能，」她說。

妮姬開始惹人煩了。她不會說出另一種話來。我不知道啦，她這種喜歡分析人家心理的習慣，久而久之就乏味了。我的前妻也愛做那樣的事，有一段時間，我還曾經喜歡她這樣。當時她分析我的心理，讓我誤以爲她彷彿很在乎我。然後我發現，她根本就愛分析每個人的心理，那是她的嗜好。畢竟她是漢普斯特區[7]出身的猶太人，她家在媒體界，所以你能期待什麼呢？所以到了後來，我被搞得很煩。

如今，妮姬也讓人煩了。現在我終於找到了不跟她在一起的理由。我認得警告訊息：我竟然會去看

---

4 這裡又有雙關語。泰利是完全出院（人出來），可是變態男故意把對方的話曲解為精液全部射出來（不是人出來，而是精液出來）。

5 變態男在鬧場。泰利去醫院，明明是要把他折斷的陰莖治好；變態男卻偏偏要說，泰利是因為性病而去醫院。這應該是變態男亂說的，因為之前沒有跡象顯示泰利患了性病。

6 即，色情活動可以改在泰利家辦，而不在酒吧辦。

7 位於倫敦。

比較醜、沒氣質、不優雅，沒智慧的女孩，可是我會看得一整個興奮。我知道只要再過一段時間，我就會爲了一個我會在五分鐘之內厭惡的女人，而把妮姬拋棄掉。而且，媽的她並沒有她自己想像中那麼美好，雖然她會那些體操垃圾技巧。有一個眞相：她是個懶惰的母牛。我是聽到鳥叫就起床，她卻總是睡著很熟，或者躺一整天，一副媽的學生德行。我本來就不大需要睡覺。我晚上睡個兩、三小時就夠了。我實在厭膩了半夜醒過來，老二脹得硬梆梆，卻只能去插一包溫熱的馬鈴薯袋。

但是，她的外表很美；爲什麼我現在寧可做其他的事，卻不肯把她帶回家打炮呢？我們在一起才幾個月而已。她已經被我玩膩了嗎？我的門檻眞的那麼低嗎？當然不是。如果是那樣的話，我他媽就完蛋了。

我們回到了她的公寓，她拿了些雜誌照片給我看，都是那些差不多是給男人打手槍用的雜誌，這種雜誌放在書架最上層，根本分不清楚哪一本是哪一本。另一本雜誌的封面，是曾經當過體操選手的女孩，卡洛琳．帕維特。妮姬認識這個女孩，很愛跟她計較。

「她很醜，」我很不屑地說，「只是因爲她參加過奧運，上過電視，所以很多男人就想跟她搞。媽的都是爲了炫耀，如此而已。」

「你還是會跟她打炮。如果她現在走過門口呢？你會忽略我，然後撲向她，」她說著，語氣眞的很不爽。

我實在沒辦法處理這種屁事。她在媽的吃醋，她在指控我在肖想別人，一個我他媽的從來不知道長什麼樣子的人，一個幾秒鐘前她才把照片塞到我前面的人。我站起來，準備走人了。「你振作一點吧，你像樣一點吧。」我邊想邊走人。她從我後面用力把門摔上，我聽到門後傳來了一長串讓我難忘的叫罵聲。

69

# 警察

唐納利那傢伙拿著一支扁鑽，朝著我砍了過來，我的手臂卻沒有辦法舉起來，沒辦法反擊，好像我的手被重物壓了下去，好像有人抓住我的手，或者在操縱我的手，現在那個性變態，那個奇仔朝著我過來，我想要逃跑，他卻說：「我愛你啊，老兄……謝謝你啊，老兄。」

可是我叫，「走開啊，你他媽的性罪犯，我他媽的宰了你……」但是我仍然他媽的無法舉起手臂，而這傢伙要過來了……有敲打的聲音……

我從床上驚醒了過來，她的頭壓在我的手臂上，媽的原來只是一場夢，但是敲打聲還在響，眞的有人在門外敲門，她醒了過來，我說：「去開門……」

於是她從床上爬了起來，沒睡醒的樣子；但是她回來的時候，卻滿臉媽的驚慌擔憂，她媽的輕聲對我耳語，「法蘭哥，是警察，在找你。」

幹他媽的警察……

一定有人媽的跟警察告密，把那個性罪犯的事說出去……墨菲……這傢伙可能已經死在醫院，或許媽的愛麗森那婆娘去告密……媽的第二獎……那群老狗屁……

「好……我馬上就準備好，妳幫我擋一下，」我告訴她，於是她又跑回去門口。

我盡可能快速穿上衣服。沒錯，一定是第二獎把那性罪犯的事跟警察說了！汝不該媽的殺人之類的大便[1]……或許是墨菲……他好像媽的知道整件事……

豬頭……豬頭……豬頭……豬頭……

我透過窗簾看外面，我可以從排水管爬下去，到後面走另一道樓梯。但是外面可能會有更多警察在警車裡……不行啊，如果我跑的話，一切都完了……可能仍然有機會脫身……找唐納森那個爛律師過來……我他媽的手機在哪裡啊？……

我手伸進夾克口袋裡……手機沒電了，我從來都沒有想過要充電……幹……

門口有人敲門：「卑比先生？」

媽的是條子沒有錯。「是的，稍待一下。」

不管條子說啥，我都保持緘默[2]，我要媽的打電話給唐納森。我深呼吸了一大口，走了出去。外面有兩個條子：有一個男的，耳子從帽子下面凸出來，和一個馬子。「卑比先生，」這馬子說道。

「是啦。」

「我們來這裡，是爲了這個星期稍早在羅恩街發生的一件事。」

我心裡想：奇仔並沒有住在羅恩街附近啊……

「你的前妻，君恩．泰勒小姐，提出告訴。你該知道你有一道臨時禁制令，開庭審理以前都有效。你必須遵守這道命令。」這個警察馬子說，一整個媽的盛氣凌人的樣子[3]。

「哦……是啊……」

我看她交給我的一份文件。「這份文件是命令條款影印本。你應該也收到過一份。我們要提醒你此條款的內容，」這女警講話好像在唱歌，「你禁止和泰勒小姐有任何接觸，命令立即生效。」

另一個條子插嘴進來：「泰勒小姐聲稱，你企圖在雷斯大道接近她，對她吼叫，並且跟蹤她一直到羅恩街。」

感謝媽的上帝！

原來是君恩那個女人！我他媽鬆了一大口氣，我開始大笑，他們看著我，好像我是他媽的白癡，然後我說：「是啊……很抱歉，長官。我只是在街上遇到她，我想要爲我對她所做的事道歉，告訴她那是一場誤會。我努力過頭了，結果我才會失控。跟你們說啦，」我說，拉起了我的襯衫，給他們看我身上的傷，「她用刀砍我，她還媽的有臉抱怨。」

凱特點點頭說：「對呀！她拿刀刺法蘭哥。看啊！」

「我都沒提起告訴，可是，」我聳聳肩膀說：「看在孩子的份上，你們知道嘛。」

女警察又說：「好，如果你要對你前妻提起告訴，是可以的。但是在這段時間內，你必須遵守條款，不能接近她。」

「不用擔心，」我只是笑著說。

另外一個條子，耳朵凸出來的，努力裝出媽的硬漢樣，好像他要吸引警察馬子的注意。「這很嚴重，卑比先生。如果你再騷擾你的前妻，你會惹上大麻煩的。我說得夠清楚嗎？」

我在想，我應該就直直看著這個媽的白癡的眼睛，瞪到他的眼睛流湯，然後看著他把眼睛轉開——我知道他一定會把眼睛轉開。但是我不希望被當成媽的麻煩鬼，這樣就火上加油了，於是我微笑說：「我會和她保持距離的，請不要擔心，長官。眞希望你十年以前就跟我講這些話，我們就可以省掉一堆

---

1 他在此引用聖經裡十誡的其中一誡：汝不可殺人。他會在此引用聖經，是因為第二獎已經成為聖經的信奉者。

2 他知道他有「緘默權」。卑比要有律師在場才說話，因為被捕時講的話可以當呈堂證詞。

3 這裡是指君恩已經提出告訴，法庭尚未審理或者受理，因此，發給卑比的禁制令才會是臨時禁制令，不是永久有效的禁制令。

芝麻小事。」

他們只是眼神嚴肅地看著我。我的意思是，你他媽試著展現幽默，但是這些可悲的傢伙卻媽的聽不懂。我會離那個君恩遠一點，可是有些人，我可不會遠離他們的。

70

# 開車兜風

愛麗森是個好人，我必須這樣說，她每天都來看我。我們告訴小傢伙，我發生了車禍，而「法蘭哥叔叔」救了我。她跑去找法蘭哥的哥哥喬伊談，告訴他沒有人會把事情說出去。不用說，我們怎麼敢跟外人說出眞相，可是就怕法蘭哥胡思亂想。我要愛麗森把錢留著，存進銀行。這是給她和孩子的，她可以隨意使用。

我的下巴被打碎，然後被接起來了，可是我完全不能夠吃固體。我斷了三根肋骨，鼻子也碎了，大腿骨也骨折。我的頭也嚴重瘀傷，縫了十八針。看起來好像我眞的發生了車禍。

我很快就要出院了，愛麗森跟我說想回到我身邊。但是我並不希望她和安迪來找我，因爲我和卑比可能還要打起來。我必須先跟他把事情搞清楚。眞是混亂，一整個混亂，但是詭異的是，我從這件事當中得到了教訓，老兄。我現在的人生比較有焦點了。我用柔和而愚蠢的語氣告訴愛麗森：「我最最希望的，就是妳能回來，但是妳說得對。我必須先解決自己的問題，我必須開始學習面對人生，還有整理家務、學會燒飯等等。一開始，我只希望你允許我過去探望你跟小鬼，帶你出去浪漫約會，這樣就好了。」

她笑了，親親我被打爛的臉，「好極了！不過你不能夠一個人回家的，丹尼，不可以。」

「我的傷都只有在表皮而已啦。我從頭到尾就認爲卑比私底下是個軟腳蝦，」我接合好的嘴巴咕噥說。

愛麗森要去接小孩放學，不過我出院的時候，我的媽媽以及雪安和麗茲都來到醫院，把我接回家去。她們升起了爐火，做了些家事，然後整個不甘願地要離開我家。「你一個人住眞是太傻了，丹尼，」麗茲說，「你來和我們一起住啊！」

「是啊，跟我回家去啦，」我媽說。

「不用啦！我沒事的，」我告訴她們，「不用擔心。」

她們走了，幸好她們都走了，因爲到了晚上，外面突然有人急促地敲門。我絕對不可能去應門的。

「你他媽的在家嗎？墨菲？」這傢伙大喊，打開信箱口看進來。雖然我關了燈，坐在黑暗當中，但是我還是可以感覺到那雙邪惡的眼睛掃過走廊。

「你他媽最好不在家，如果你在家卻不給我開門的話……」

我嚇得半死，但是我想，法蘭哥就在門外。如果我眞的開了門，會發生什麼事情呢？可是他沒有在外面待太久。

我睡在椅子上，因爲非常舒服，但是一會兒之後，我蹣跚走到床上，醒來的時候，已經是第二天早上了，外面又有人敲門把我吵醒了。我以爲是卑比，以爲他又回來了，不過並不是。

「屎霸……你在家嗎？」

是寇帝斯。我打開門，料想可能會看到卑比在門口，拿著一把刀架在這小子的喉嚨上。「嘿，好啦，寇帝斯小弟，我啊，現在整個人很低調。」

「是卑—卑—卑比幹的，啊？我知道，因爲我的朋友菲—菲利普常跟他混。」

「不是啦，小弟。是幾個我欠他們錢的傢伙。法蘭哥是來幫我解決問題的。你知道嘛，」我告訴他；他也知道我是個很沒用的說謊家，不過他知道我說謊的目的是爲了保護他，不要把他牽扯進去。

「所以，」我說：「我聽說你們要去參加坎城影展了，不錯嘛。」

「是啊，」他整個人很興奮，「不過，並不是眞的那個坎城影展啦，是色情電影的影展……」他解釋。祝他好運啊。寇帝斯是個很好的年輕人。我的意思是，他經常來醫院看我。他的那根大屌讓他享受美好的時光，但是他並沒有忘記他的老朋友，他這樣對我眞是夠意思啊。太多人都忘記了他們的出身，就像變態男那種人。對啊，他現在覺得自己做了大事業，但是這些事我還是不要提，因爲寇帝斯喜歡變態男。他現在的生活眞是不得了；跟美女打炮，還有錢可以拿。想一想，這眞的很不錯。我的意思是說，賺錢不容易啊。然後他說：「我們出去吧，我有一部車，我們去兜風吧。車子沒問題的。」

於是我們坐上他的老爺車，開到A1公路，朝著海丁頓駛去，我要他開快一點，他照做了，而我在想我可以拿掉安全帶，把我的腳架在剎車上，然後從車窗摔到車外。如果我好運，我就會終身癱瘓之類的。不過這樣對寇帝斯不公平，而且我也必須振作，因爲我有愛麗森和安迪，再不然，至少我還有機會回到他們身邊。杜斯妥也夫斯基。保險詐騙。眞是一堆胡說八道，你知道嘛。

我們開到了一家小型鄉村酒吧，離雷斯只有幾哩，不過卻是完全不一樣的世界。老兄，在這裡沒搞頭啦。有時候我會幻想：我們三個一起住在鄉下的小農舍，那會是多麼的美妙啊，但是我又想到，我一定會覺得無聊，並不是因爲愛麗森和安迪，而是因爲那樣的生活不會帶來基本的動力。

我向寇帝斯借了手機，打電話給懶蛋，跟他相約晚上去葛拉斯市場[1]的酒吧碰面。卑比一定不可能去葛拉斯市場，現在我們兩個人都很不希望碰到卑比，你知道嘛。

1 此地名，見第八章註八。

# 71 阿姆斯特丹的婊子們 第十部

屎霸看起來糟透了。他的下巴腫得像第二顆頭從他臉上長出來。他爬樓梯上蓋夫家，用盡了力氣。他仍然不願意說是誰揍他，他的爛下巴發出聲音，支吾其詞說是某幾個他欠錢的瘋子。莎拉看到了屎霸傷得這樣重，尤其震驚。如果是卑比幹的，那麼卑比仍然是個壞蛋，一點也沒有變好。蓋夫和莎拉陪我們出門喝了一杯，然後去看電影了。

「每個人看到我就閃人，」他小聲悶悶說，「一定是我人格有問題。不過，能夠跟你見面眞好，耶，馬克，」他整個熱切又充滿希望地咕噥說。

他冒出一個希望的小泡泡，我很不忍心加以戳破；我拿起啤酒杯，又放了下來，然後深呼吸，「聽我說，屎霸，我不會在這個地方留太久。」

「因爲卑比嗎？」他問，疲倦的眼裡突然出現了生命力。

「這也是一部分原因，」我承認：「不過不只是因爲他，我要和黛安一起走。她一輩子都活在愛丁堡，她希望生活有點改變。」

屎霸難過看著我，「也對……在你們離開之前，我想叫你把查帕帶回來給我。你可以幫我這麼忙嗎，馬克？我的肋骨都上了繃帶，而且我只有一隻手可以用，很難一個人搬貓籠，」他的頭可憐兮兮向他手臂的吊帶點了點。

「可以啊，沒有問題，」我告訴他，「我得請你幫我作一件事。」

「是喔？」聽屎霸的語氣，可以知道他並不習慣被當作可以幫忙別人的人。

「告訴我哪裡可以找得到第二獎？」

他看著我，好像我媽的是個瘋子，我想我眞的是，我已經讓自己陷入複雜的屁事了。然後他笑著說，「好。」

我們又喝了幾杯，然後我坐計程車送屎霸回家，但是我沒有下車，直接坐到黛安家，上床。第二天，我們做愛，待在家裡沒出去，又多做了一些愛。一會兒之後，我發現她有點緊繃而且心不在焉。她終於告訴我：「我必須起來趕論文。只能再做一次了。」

我不大甘願地出門，去蓋夫家，好讓她安靜寫論文。他媽的，天氣溼得像尿一樣，又冷。夏天快來了？狗屁啦；天氣還是媽的像在阿爾卑斯山。大衣口袋裡的手機在震動，變態男打來的；我跟他說我無法馬上去坎城，他聽起來就有疑心了。我告訴他反正米仔會在那裡，而且我得先回去阿姆斯特丹，處理酒吧的一些事。

到了蓋夫家，他告訴我**他**在城裡遇到了變態男和妮姬，而且請他們過來吃飯，也邀請我和黛安。他的計畫讓我拉下臉，我不相信黛安會有興趣。但是當我跟她說的時候，她說她沒有問題，或許因爲妮姬是她的朋友吧。

大家見面的時候，變態男展現出他最得體的樣子——或者是他盡可能得體的樣子。他和莎拉調情，動作很明顯，但是妮姬似乎並不介意，她只是很在乎蓋夫的反應，而蓋夫看起來很呆，好像他被設計捲進一個4P性愛遊戲——既然變態男和莎拉玩得起來，說不定他們眞的可以搞4P。

過了一會兒，變態男拉我去廚房說話。「我需要你去坎城幫我！」他哀叫。既然他一直希望坎城之行可以省錢，他這白癡可以先從我的旅費開始省啊。「我不能說走就走。我所有的東西都在荷蘭，我得去處理，不能落在賈德琳手裡，如果我不去處理，她就會下手。」

他比電視劇《加冕街》裡的德爾德還會嘖嘖作聲。「所以，你什麼時候可以抽身？」

「我最晚在星期四就會到法國南部[1]。」

「最好是這樣，我他媽的已經訂好旅館了，」他嗆我，瞪大眼睛，眼神帶著祈求，晃了晃酒杯裡的白蘭地。「拜託，馬克，這是我們的好時機啊，老兄。我們等了一輩子，就是在等待這個啊。雷斯男孩被請去坎城，媽的多酷！記者會報導我們。媽的這會是多麼棒的經驗啊！」

「也正是因爲如此，媽的我錯過這個好時機也沒關係。」我告訴他，「我只是得回去跟賈德琳把事情處理好。她很容易發作的……我不希望她砸爛我的東西。我也不能讓馬丁爲難啊。叫我樣跟馬丁說嗎——『對不起，老哥，我知道我們經營一家夜店，從無到有，經營了七年，但是現在我的老朋友賽門又出現了，他要我改行，和他一起搞色情電影。』」

他舉起雙手表示投降，頭低了下來。這時候莎拉端了髒碟子走進廚房。「好吧，好吧……」我占了上風，又說，「過去九年來，媽的我有我的生活。不能只是因爲你再一次將我當作你的**自己人**[2]，我就把過去的生活一筆勾消，好像關燈一樣。」我看莎拉快步走出廚房，彷彿腳下全是碎玻璃。

他又回了我幾句話，我們鬥嘴，數落對方，陷入僵局；最後我們發現彼此眼神中的狡猾神情，才爆出大笑。「我們不能再這樣鬧了，賽門，」我對他說，「以前年輕的時候這樣打打鬧鬧還可以，但是看看現在，我們倆開始像一對老皇后啦。你可以想像十年之後我們變什麼樣子嗎？」

「我才不要去想像，」他說，看起來我說的未來真的讓他覺得潰敗了，「唯一可以救贖我們的是東西是：一，有很多錢；二，有一排年輕馬子等我們用。二十幾歲的時候，你可以靠外表；三十幾歲的時候，你可以靠個性；但是到了四十歲，你就需要財富或名氣了。他媽的簡單定理。每個人都覺得我很有抱負，其實我沒有。我其實只是時時維修自己，做好危機管理[3]。」

他這樣子對我坦開心胸，很讓我騷動；在他那種虛無主義的誇大其詞底下，我看得出來，這傢伙一整個很眞誠。我不能偷走他騙來的錢，那樣好像對他太狠了。但是如果卑比抓住了我，**變態男他**又會拿走我的什麼東西跑走呢？喔，變態男是個豬頭。並不是說他是個大壞蛋，他只是他媽的一整個太自私自利了。和鯊魚一起游泳的時候，你自己必須是最大的那條鯊魚，你才可能存活下來。

但是很奇怪，他竟然很欣賞我的考量，認爲我離開英國是對的抉擇。「英國沒搞頭了；如果你沒有財富，沒有金錢，你就只能是三等公民。美國才是有搞頭的地方，」他說，「我自己應該到美國去，建立我自己的教會，好好耍一耍那些天眞好騙的美國人。」

妮姬走過來，揚起眉毛對我說，「賽門在廚房裡？眞是詭異！[4]」她看了看變態男說：「……你有乖乖的吧？」

「乖得不得了，」他說：「不過，走吧，懶蛋，我們回餐桌吧。我們不要把所有的女孩都留給蓋夫。」

我們回到餐桌，變態男和蓋夫開始爭辯羅傑·戴特利[5]的〈一切都是白作工〉（Giving It All Away）歌詞。

「歌詞是：我早就該知道，這一切都是白作工。」變態男認爲。

---

1 坎城就位於法國南部海邊。

2 原文為拉丁文，指「可以被對方接受的人」。

3 他的意思是年過四十，已經是損壞品，維持自己不貶值，只能時時維修，損控管理。

4 她的意思是，「賽門」和「廚房」這兩個詞根本湊不在一起。可能是指：賽門不會下廚做菜，進廚房能幹嘛？就是吸食古柯鹼啊。

5 Roger Daltrey，英國搖滾樂團The Who的主唱。

「不對，」蓋夫搖頭說，「歌詞應該是：我現在比較了解了。」

我對這兩個人不屑地搖搖手，「你們兩個人不同的意見，都只是書蟲的小爭執，跟這首歌的精髓無關。如果你仔細聽，眞的很仔細聽，你會發現歌詞其實是：我現在沒有比較好——現在**沒有**比較好。我還是一樣的人。我並沒有得到教訓。」

「狗屁，」變態男哼氣說，「這首歌是說，有個人有了後見之明，以成熟的心，回顧過去。」

「唉，」蓋夫同意：「就像是：如果我以前就知道我現在所知道的事，那就好了——這樣的意思。」

「不對，你們兩個人在這個地方都弄錯了，」我說，「仔細聽戴特利的歌聲，他唱的是輓歌，聲音中有一種挫敗感；歌曲中的那個人終於發現了自己的限制——我現在**沒有**比較好——因爲我仍然還是跟以前一樣，同一個搞砸生命的人。」

變態男對於我的意見似乎突然充滿敵意，他被激怒了，彷彿我們在吵的小事是件大事。「懶蛋，你他媽根本不知道自己在說什麼。」他轉向蓋夫說：「跟他講啦，蓋夫，你跟他講啦！」

我們的威廉森先生對於這件事似乎太大驚小怪了。我們的爭辯一直繼續，最後黛安打斷我們。「你們這些人怎麼爲了這麼一點屁事吵成這樣？」然後她對妮姬和莎拉說：「我很想在他們的腦子裡待上一天，只是想體會一下一堆大便在他們腦子跑來跑去的感覺。」她一隻手撥弄我的眉毛，另一隻手落在我的大腿上。

「我大概可以忍受一個小時吧，」莎拉表示。

「好吧，」變態男說；現在他察覺到了我們吵這些全都是在發神經，就微笑對我說，「在以前啊，我們的卑比會說：全部都是媽的屁話，我的奶頭被搞毛了[6]，所以現在媽的給我閉上臭嘴，否則我就把你的狗屎嘴打爛。」

「是啊，有時候太多的民主也是有害的。」蓋夫笑著說。

「這個卑比好像眞的是個狠角色呢？我想見見他，」妮姬宣稱。

變態男搖頭說，「不會，妳不會想見他的。我的意思是說，他不是眞的很喜歡女孩子，」他賊笑；結果蓋夫和我後來也幫腔了。

「男孩子他也不喜歡啦，」我又說，結果我們現在是自己嚇自己。

一會兒之後，妮姬開始談起了坎城，黛安告訴過我，坎城的機會對妮姬現在十分重要，而這時候，蓋夫和莎拉開始吵。黛安和我覺得，現在是告辭的好時機，她說她得回家把論文列印出來。可是很不幸，妮姬和變態男決定和我們一起搭計程車。

「那個莎拉媽的夠正點，」變態男說。

「老天，她眞的是。」妮姬尖聲說道；她喝了酒，臉色通紅，香汗淋漓。

「我建議玩４Ｐ，但是她不喜歡。」變態男的話證實了我的猜測。「我想蓋夫也有點不爽吧，」他又轉頭對黛安說，「我沒有找妳玩４Ｐ，黛安，不是因爲我不喜歡妳，可是妳和懶蛋是同進同出的，而我一想到懶蛋的裸體，我就……」

我其實早就和黛安坦白過，這傢伙**早就已經**試探過我玩四人行的可能。她用兇悍的眼神看變態男，然後開始和好像醉得很厲害的妮姬說話。我們上樓，各自進入不同的房間，我聽到妮姬和變態男——泰利喜歡把賽門叫做變態男——正醉酒爭吵。

趁著黛安去洗手間的時候，我開始閱讀她論文的最新版本。我一點也看不懂——我覺得這是好事——

6 這是俚語，用極度誇張的方式表示自己被搞毛了。

—不過這論文看起來，嗯，眞是有夠學術：研究證明，引用書目、註腳、延伸書目等等，而且讀起來很順。「好像寫得棒極了，」她進來的時候，我告訴她。「我的意思是，以我有限的知識來看，我覺得很棒。我是門外漢，可是我覺得它讀起來很順。」

「這篇論文算過關，但是可能不會得高分。」她語氣中卻不帶一點失望。

我們開始談，論文弄完之後，她想做什麼事；她吻了我說：「你剛剛提到門外漢。[7]」說著她拉開了我的拉鍊，把我正在發硬的老二抽了出來。她緊握著我的老二，舌頭舔著嘴唇。「我要做這個，」她告訴我：「而且要做很多很多很多。」

我在想：我們已經做得夠多了，不大可能更多了吧！

我們睡覺睡過了頭，醒來的時候，已經是第二天午後。我用馬克杯泡了兩杯茶，拿到她床前，決定現在要把所有的事都告訴黛安，全部的事。我告訴她了。我不確定她以前就知道多少，或猜到了多少，總之她聽了我的話並沒有驚訝，不過她從來就沒有爲什麼事驚訝過。我穿好衣服，套上運動夾克和牛仔褲，她仍然坐在床上。「所以，你要找到你十年沒見面的酒鬼朋友，把三千英鎊現金交給他？」

「是啊。」

「你確定，你仔細思考過這整件事了嗎？」她打了個哈欠，伸了個懶腰，問我。「我很少同意變態男的看法，不過如果你一口氣給他這麼多錢，可能對他沒有幫助，反而會害了他。」

「這是他的錢。如果他選擇喝酒喝醉到死，就讓他那樣做吧，」我告訴她，但是我心裡明白，我只想到我自己，**我需要**掙脫往事的負荷。

寒冷似乎滲透進都市的肌理之中。爛天氣就好像這個地方無法擺脫的疾病，因爲北海冷酷、結凍的寒風影響，永遠威脅著要倒退回去最徹底的冬天。雖然黑夜還沒有眞的降臨，愛丁堡皇家大道看起來就已經毛骨悚然。我沿著卵石路，蹣跚地走到瑪麗金街[8]。我沿路往下走到一個狹窄的巷道，看見小型黑暗的庭園，四周都是高聳的舊樓房。有一條小徑讓人沿著斜坡往下走到新鎮。

很多人擠在庭院裡，他們全部都在傾聽一個眼神狂野受傷的大鬍子老年人傳道和講聖經。這裡有很多酒鬼，但是也有戒酒戒毒的人；這些人本來渴求藥物，可是人家卻給他們一劑滔滔不絕的、福音教派的狂熱宗教信仰。我的眼睛掃了一下這群人，我看到他，變瘦了，臉刮得乾淨，他看起來是個戒癮的人，因爲就是這樣，他「正在戒癮中」的僵直狀態，「戒酒運動」[9]把他這個狀態刻在石頭裡了。他就是勞柏．麥克諾頓，也就是第二獎，我必須給他三千英鎊現金。

我小心翼翼地靠近他。第二獎和湯米很要好，湯米是我的老朋友，後來因爲愛滋去世了。他指責我帶湯米用海洛英，而且我甚至跟湯米一起用過一次。這個人身上總是有一種很清楚的個性。「第二……勞柏，」我快速改用他的本名。

他看了我一眼，一時露出一股輕蔑，然後他又把注意力轉回牧師；他熱烈的眼神，吞沒了那個人說出的每一個字，他適時吐出這個詞，「阿門」。

「這是怎麼回事？」我問他。

「你想要什麼？」他問，又短暫搭理了我一下。

「我有東西要給你，」我告訴他：「我欠你的錢……」我手伸進外套口袋，摸到鼓起來的那一大包

---

7 Lay persons指門外漢，但是黛安此處故意將lay當動詞用，get laid的意思，是把人搞上床。

8 「Mary King's Close」，愛丁堡舊市區的老街，以前以瘟疫、謀殺、鬧鬼出名，現在是觀光區。

9 指英國社會各界發起讓人少喝酒甚至完全不喝酒的行動，在別國和台灣也有。類似台灣的戒菸運動。

錢，我在想，這實在是太荒謬了。

第二獎轉過來面對我。「你知道你可以怎樣處理它。你們都很邪惡：你，卑比，那個拍色情片的賽門．威廉森，墨菲那個毒鬼，你們都很邪惡。魔鬼就住在我們雷斯港，你們都幫魔鬼作工。雷斯是個邪惡的地方……」他說，眼珠子轉向天空。

一種介於歡樂和憤怒之間的挫敗感在我心中湧出，我必須努力克制自己，不要告訴他，他說出來的這一切全是狗屁。「聽我說，我必須把這個給你，請你收下，我們下輩子再見面。」我告訴他，一面把那包錢塞進他的夾克口袋。一個帶著很濃的貝爾法斯特[10]口音，身材壯實的鬈髮女人跑了過來說：

「怎麼回事？什麼問題啊？勞柏？」

第二獎把那包錢從口袋裡掏了出來，在我的眼前揮舞著。「這個，這個就是問題！你以爲你可以用這些垃圾收買我嗎？你和卑比，想用這些讓我閉嘴？汝不可殺人！[11]」他眼睛噴著火，對著我的臉大吼；他的口水到處噴濺，把我的神經都撕裂了。「**汝不可殺人！**」

他把錢扔向空中，大筆鈔票在風中旋轉。人群突然知道發生了什麼事。一個全身是泥，穿著骯髒外套的男人，抓了一張五十英鎊的鈔票，放在光線下面看。有個龐克衝向卵石路，每個人馬上進入了貪婪的狂怒，根本不理牧師在說什麼。那個牧師看到鈔票在天空中飛舞，也忘了他的講道，跟著其他人一起找鈔票。我向後退，抓了幾把鈔票塞回口袋。我勸自己：我給了他這些錢，讓他隨便處理，但是如果他選擇救濟貧民，那我也無所謂。我沿著小巷子，朝著上坡路走出老街的街口，回到了皇家大道，心裡想，說不定我已經消除了這個城市一半的酒鬼人口，而且打爛了每一個戒癮個案的屁股。

回到了黛安家，變態男還在，他全身溼淋淋，身上纏著一條毛巾。「明天要去坎城啦，」他微笑說道。

「眞巴不得趕快跟你們會合，」我告訴他：「阿姆斯特丹的事，眞是他媽的煩人，可是我還是得回去處理。你的飛機幾點？」

他告訴我，早上十一點，於是第二天，我安排和他與妮姬搭同一輛計程車到機場。早餐的時候，他吸古柯鹼，在計程車後座又吸了一次，一路上吱吱喳喳談著少西小子。「這個人媽的是神啊。懶蛋，媽的眞是個神。我那天看到他從瓦佛納可羅拉餐廳走出來，手上拿著一瓶很昂貴的酒，於是我想，這就是復活節路這麼多年來缺少的東西，一種格調。」他胡言亂語，眼神狂野，而且磨牙。妮姬抽了大麻，茫得很厲害，仍然爲坎城而發狂發熱，她似乎並沒有注意到變態男的異狀。我看著他們下車，告訴他們我要搭十二點半的飛機回阿姆斯特丹。不過其實我眞正要去的地點是法蘭克福，然後轉機去蘇黎世。

瑞士是個他媽的超級無聊的地方。一聽說大衛．鮑伊住在瑞士，我對他的尊敬就全部蕩然無存。不過瑞士的銀行太棒了。他們眞的什麼問題都不問。所以當我在表格上簽名，要把錢從香蕉祖利公司的帳戶轉到我自己的花旗銀行帳戶時，沒有人眨一下眼睛。只有那個穿西裝，戴眼鏡，身材圓胖的銀行行員詢問我，「你還要保留原本的帳戶嗎？」

「是的，」我告訴他，「因爲我們拍電影需要即時現金週轉。但是只要我們找到下一部片的投資人，馬上就會把錢補回去。」

「我們提供電影製片財務的顧問諮詢，藍登先生。下一次你們資金用完的時候，你和你的夥伴威廉森先生可以和古斯塔夫先生談談，或許會對你們有幫助。我們可以在這家公司名下，開一個製片帳戶，

10 北愛爾蘭的著名城市。

11 他在這裡的用詞又是直接引用十誡的第五誡。

讓你可以馬上開支票，馬上還清債權人的錢。」

「嗯……很有趣。這樣做確實可以省掉許多工夫，如果我們可以一次完成。所以說，」我看著鐘，不想引起懷疑，但是更不想耽誤時間。「我們可以再談，不過現在，我得馬上去趕飛機……」

「當然……眞抱歉……」他說，然後迅速完成了轉帳。

就是這麼簡單。在我回愛丁堡的路上，我腦子裡只想到在坎城的變態男。

72

# 「……起伏的海浪……」

我們搭乘英航商務艙，從格拉斯哥直飛蔚藍海岸。抵達尼斯機場的時候，藍天清澈，地中海起伏的海浪拍打金色沙灘。飛機降落時的安全帶指示燈還亮著，但是賽門又去了洗手間——這是第四次去——從洗手間回座位的時候，按照一般的說法，他臉上潮紅，興奮，狡猾。「就是這樣啊，妮姬，就是這樣啊。妳想不想看看人家賣身，各式各樣的活動，以及交易嗎？」

「沒有特別想……」我眼睛從正在閱讀的《Elle》雜誌中抬起來，看到他的鼻孔一開一合。鼻毛上還沾了一點古柯鹼。

「那些傢伙絕對料想不到。他們從來沒有遇到過眞正的好貨，」他抽了抽鼻子，揉了揉鼻子。然後他幾乎以很痛苦的樣子看我，輕輕吻我的臉頰。「你是個藝術品，女人，」他說，然後他變色龍般的眼珠子轉動，原來他看到了一個鬈曲長髮的女孩，頭上掛一副墨鏡，穿Prada的夾克。「你看看，」他指著那女孩大聲說：「花了那麼多工夫，結果全被那曼徹斯特的燙髮髮型給毀了。可是她是搞公關的。她應該把她的髮型師炒魷魚……唉，她該一槍射死她的髮型師！」他說，下巴兇巴巴頂了出去。幾個乘客發出噓聲，把眼睛轉開。

我慈悲地笑了笑，我知道根本不可能叫他把音量放低。現在他對著我狂言亂語，把他一生的故事說給我聽。

「卑比丟出一個酒杯，把一個馬子的頭打破了……我以前曾經用空氣槍射過人……懶蛋小時候對動物很殘忍，他神經有問題……大家都以爲他長大之後會變成連環殺手……墨菲偷走了我的……我在他家找到嘉凡翠市足球隊[1]的大富翁遊戲[2]。我在他家找到，結果他說他剛好也買了，偏偏剛好在我搞丟之後……我的父母很窮……買這個東西是大手筆說……我的母親，一個正直、聖潔的女人。她問：『我買給你的新足球員模型玩具到哪裡去了？』……我能怎麼說呢？『媽，在髒鬼家裡。就算媽的我們說，那些玩具跑去一個小偷髒鬼的家裡去了，跑到人家又舊又爛的塑膠地板上，被粗枝大葉，喝醉酒的吉普賽人[3]的腳踩爛，被喝醉酒進門想找孩子出氣的吉普賽鬼一腳踩扁了……』我怎麼能夠跟她說這些呢？墨菲家，媽的垃圾堆……」

我很高興終於可以下飛機了，我們提領行李，賽門直接跑去排隊等計程車。「我們難道不該等其他坐易捷（easyJet）[4]的人嗎？」

「比較便宜嗎？」

「嗯嗯我才不要……」他小心翼翼地說：「聽我說，妮姬，耶，那個卡爾登飯店[5]已經客滿了，所以我只好安排他們去住比佛利飯店[6]。那裡也是在市中心啦。」

「可以這麼說，」他咧嘴笑，「我們的套房一天四百英鎊，他們的房間是一天二十八英鎊。」

我假裝表示不屑，搖搖頭，希望他不要看出來我的表情是裝出來的。

「我需要一個夠炫的房間來談生意……」他辯解說，「如果被人家看到我住在狗窩旅館，會破壞我的形象──當然，我不是說比佛利飯店是狗窩啦！」

「我相信比佛利飯店是狗窩，」我說，「你是在搞分裂，賽門，我們大家應該是一個團隊啊。」

「羅城和威斯海爾[7]是不同的。他們會有得享受啦！我在想他們啊，妮姬，如果他們跟我們在一起，他們會覺得很不自在啊。你真的能夠想像寇帝斯出現在卡爾登飯店？有刺青的麥蘭妮？不，我不會讓他們覺得難堪，我也不會讓自己難堪，」他傲慢地說，趾高氣揚，戴著墨鏡；我們推著行李推車，走向計程車招呼站。

「你真勢利，賽門，」我跟他說，大聲笑。

「胡說八道！我是出身雷斯的人，怎麼可能勢利？我甚至可以說我是社會主義者。我只是在玩商界的遊戲，如此而已，」他反駁我，然後又說了一次，「懶蛋最好不要放我鴿子，他的房間會被浪費掉……幸好我有先見之明，先取消了他卡爾登飯店的套房，讓他也去住比佛利……這傢伙不是好東西……」

「馬克不錯啊。他在和黛安約會，黛安是個可愛的女孩。」

「碰上他想要的目標，他可是很會花言巧語的。可是妳們不像我這麼了解他。不要忘了，我和懶蛋是一起長大的。我了解他，他是個痞子。我們都是痞子。」

「你給你自己的評價真是低啊，賽門！我都想不到呢。」

他搖搖頭，好像一隻剛剛從海裡爬起來的狗。「我講這種話是對他的稱讚，」他說：「不過我知道他的本性。如果妳真的是黛安的朋友，最好叫她看緊錢包。」

1 「Coventry City Football Club」，為英國的一支足球隊。
2 指Subbuteo，是一種桌上遊戲，很像我們熟悉的「大富翁」，只不過遊戲的主題都是運動比賽，球員的小模型充當棋子。
3 這裡的吉普賽人並不是真的吉普賽人，而是指人渣。應是指屎霸的父母。
4 指的是另一家便宜的航空公司。賽門的工作人員是搭這家便宜公司的飛機。
5 這家飯店是坎城最高級的飯店。坎城影展（指正式影展，而非成人影展）的主要交易都在這裡進行。
6 這個名字是個反諷。比佛利山（在美國好萊塢附近）是高級區，可是這家旅館似乎正好相反。
7 這兩個地名在書中偶爾出現過。都在愛丁堡。羅城是中下階級的地區，威斯海爾是上流人士的地區。在此是指，下流人和上流人就是不同。

我們搭上計程車，沿著車流擁擠的海岸公路，前往卡爾登飯店。「我本來想訂卡普飯店[8]，」賽門解釋道：「但是那裡離活動場地太遠了，我們會浪費太多計程車費。所以我們就會在小十字大道[9]上，」他一面告訴我，一面用很不錯的法語，斥責那位有氣無力的拉丁計程車司機：「**快一點！我在趕時間，有別的路可以走嗎？**[10]」

我們終於還是到了。跨出計程車，兩個門房直接過來拿我們的行李。「Check In嗎？先生女士？」

「**是的，謝謝你**[11]，」我回答，但是賽門還是站在飯店外面，眼睛看向大海，看著繁忙擁擠的人群，沿著小十字大道打轉，然後他轉回頭看白色、宏偉、閃亮的愛德華式建築風的飯店。「你沒事嗎，賽門？」

他摘下了雷朋墨鏡，插進黃色亞麻夾克上方的口袋。「讓我感受一下這個時刻，」他抽了抽鼻子，緊握住我的手，我看到他的眼眶裡湧出眼淚。

我們步入了飯店大廳，室內散發著讓人屏息的富貴氣息，金色和黑色的柱子主宰大廳。可以明顯看見三種層次的大理石：灰色、橘色，和白色，全都鑲滿了鍍金葉片。浮華的水晶吊燈是用巨大的銅鏈子懸掛起來的；大理石地板，白色牆壁，和拱形走廊，都在大聲宣示著財富和地位。

一進套房，厚地毯讓人覺得好像走在糖漿上面。床巨大無比，電視有五十個頻道。龐大的浴室裡，擺滿各種梳妝用品，冰桶裡放著一瓶免費招待的普羅旺斯玫瑰紅酒。賽門把酒打開，幫我們各倒了一杯，端到海景陽台上。我看向外面，你可以看到這家飯店眞是懾服衆人。人們沿著海邊走，目瞪口呆看著我們。賽門把墨鏡戴了回去，對著那些愛看人的遊客慵懶地揮揮手，結果，那些人互相推著手肘，竟然拿起相機拍我們！我在想，他們以爲我們是誰啊？

我們在陽台放鬆休息，這裡是世界的中心，心中充滿了滿足，喝著玫瑰紅酒。熱浪，我在飛機上得到的解脫感，以及昨晚在蓋夫家喝的酒，合在一起，讓我感到非常暈眩。

我們畢竟來了這裡。我在這裡。我是個女星，一個專門打炮的明星，來了這裡，坎城。「我眞好奇還有誰住在這裡？湯姆．克魯斯？李奧納多．狄卡皮歐？布萊德．彼特？他們可能就住在我們隔壁呢！」

賽門聳聳肩膀，啪一聲拿出手機說：「最好都配合得上我們的計畫，」他懶懶地說，開始按手機。「麥蘭妮，你們到了吧……太好了。寇帝斯有乖乖的吧？……好……你們自己玩吧，我七點撥電話給你們。電影放映完畢之後會有一個派對，我會弄些邀請函……不要喝太醉……好啊……去海邊走走或看看電視……我七點鐘跟你們在大廳碰面……好的，」他掛掉電話。「眞是忘恩負義，」他抱怨，然後模仿麥蘭妮說話：「我和寇帝斯都沒有錢，賽門，沒有錢怎麼逛街啊？」

我開始覺得非常疲倦了。「我要躺下來休息一個小時，賽門，」我告訴他，從陽台走回房間。

「好吧，」他說著也跟著我進去。

賽門從成人頻道的螢幕選單裡，挑了一部色情片。他選了一部叫做〈後庭樂，穿過外門〉（Rear Entry: In Through The Out Door）。「眞誇張，我以前都不知道齊柏林飛船[12]的專輯原來跟肛交有關[13]。

---

8 「Hotel du Cap」，也是著名飯店，海明威來住過。

9 「La Croisette」，坎城著名大道，就在海邊，沿路的大飯店包括卡爾登。

10 原文是法文。

11 原文為法文。

12 「Led Zeppelin」為一九六八年於倫敦成立的搖滾樂團。

13 〈In Through The Out Door〉是齊柏林飛船第八張專輯的標題。

這驗證了我對巴吉[14]的看法：他眞的算是有先見之明吧。妳知道吧，葛勞利[15]之類的那些大便。」

「你幹嘛看那個東西？……」我在暈眩中喃喃說道。

「第一，這讓我們興奮；第二，看一看我們市場的競爭對手是什麼樣子。你看！」

一個女人躺著被幹。鏡頭拉開，看到男的把她的腿架在肩膀上。這個姿勢，暗示男的得用力把女的身體往後按，以便插入她的屁眼，他眞的要插了。但是從這個角度，很難看出來他到底是在插她的屁眼還是陰道。我注意到的是，那女人的手腕上有幾道很深的瘀傷，有些還變黃了。這樣的畫面，與其說是讓我心癢，不如說讓我覺得討厭。我對這片完全失去了興趣，我開始想抽大麻。事實上，我根本不想看別人打炮，我覺得無聊。這張床很舒服，我穿著旅館提供的睡袍，就這麼睡著了——

醒來時，覺得有點冷，我的睡袍被解開了，腰間的帶子沒有繫上，而且我發現變態男趴在我身上，正在劇烈地打著手槍。我急忙拉回睡袍。

「幹……你壞了我的好事，」他不爽地喘著氣說。

「幹嘛啊……你對著我打手槍！」

「對呀！」

我坐直身體，警醒了。「我乾脆塗上藍色唇膏裝死給你看算了。」

「喔，不行，」他說：「我沒有戀屍癖，我純潔多了。我是在向妳致敬！老天爺，你沒有讀過《睡美人》的故事嗎？」

「你不和我做愛，卻寧可坐在那裡看色情片打手槍。請問你這算是哪門子的致敬？賽門？」

「妳不懂……」他抱怨道，鼻子出氣，冒出煙，然後回嘴說，「我需要一點……媽的，一點角度。」

「你需要的是他媽少用一點古柯鹼，」我叫著說，但是我不是認眞的，因爲我**真的**很想睡覺。

我試著再回頭睡去，卻聽到他的聲音在低沉迴盪著：「嘿……妳抽太多大麻了啊，亂講屁話，」他說：「可是我喜歡妳這樣子。不要改變。大麻很適合女生用，大麻和搖頭丸給女生用。我很高興妳不用古柯鹼。那是男生用的藥，女生不能用。我知道妳會說什麼，性別歧視。才不是，我的觀察是有基礎的：我承認男人和女人之間有差異性，承認女人有自主性，這樣的說法有女性主義的立場。所以鼓掌啊，寶貝，鼓掌啊……」他說著離開了房間。

我聽到了重重的關門聲，心裡想著：感謝媽的老天爺。

14 齊柏林飛船的吉他手Jimmy Page。

15 葛勞利（Aleister Crowley，一八七五～一九四七）為著名的英國「邪教」（occult）家（是不是邪，依人而定），對於英國的流行文化影響深遠。葛勞利去世的時候，巴吉根本還沒有發跡，所以兩人本來沒有交集。然而，巴吉後來住進了葛勞利以前的家，而且對葛勞利的宗教觀深感興趣，於是葛勞利影響了齊柏林飛船的音樂。

73

# 第18752個念頭

我漫步通過狹窄的後街，回到了小十字大道，仔細看察每樣事物，把這座城市的圖像深深烙印到我的腦海。我評估這個地方的潛力，彷彿我是一個經驗豐富的農夫，在伊士靈頓的皇家高地畜產展覽會[1]檢查牛隻。聽聽色情市場的馬子清脆笑聲，一掃視就可以全盤評量估價。公關人員頂著一臉僵硬的笑容對著手機匆匆說話；驕傲的買家和試手氣的背包客，他們都是「我隨便看看」眼神下猛烈獵捕的目標。

這場拍片遊戲只是一把尿[2]。爲什麼拍了色情片就自我感覺良好啊，爲什麼不向上提升，好好拍個電影呢？中個樂透來籌錢，就可以開工了啊。每個人都在搞。每個頂尖的幫派份子都知道，最屌的罪犯，是已經洗手不幹的罪犯。好好利用你的本事來賺錢吧，就讓公司合法化。你不必怕麻煩，監獄是卑比那種人去的地方，那種人，雖然很會擺架勢，其實都是失敗者和受害者。趁著年輕，花一點時間，六個月應該夠了，學習一些經驗。但是如果你學了六個月，卻發現自己不是這個料，你就他媽眞的完蛋了。沒有人喜歡監獄，可是有些可憐傢伙卻不夠痛恨監獄。

坎城是我想來的地方。它代表人有權選擇。但是坎城的意義，並不表示它不是雷斯，不是黑克尼，它並不是地理上的位置，它就是我。我現在不再是個自暴自棄的騙徒，不再是沒有任何本錢的人。我了解到，不論我過去多麼努力裝酷，我永遠擺脫不掉輕微的宿命感，總是在絕望的邊緣。我擺脫不掉，因爲當我的機會來臨的時候，當我就要上場的時候，我卻沒有本錢做生意。現在終於被我等到了：把一堆汗溼的肉體疊在一起，拍成電影，我終於有些東西可以販賣，是有價值的東西。我做的東西。賽門．威廉森有了產品，我不再是過去那個變態男。這是在商言商，無關乎個人。我隆重推出賽門．大衛．威廉森的影片。

回到了飯店，我想做一下人工日晒，放鬆一下，或許可以找幾個馬子搭訕。我們並沒有很多時間，飯店裡那個小丑讓我火大，一個晚上要價四百英鎊，我還得每天付十五英鎊，才能使用飯店前面的私人海灘，我好像就跟那些非住宿飯店的普通平民一樣，那些人應該滾開才對。

回到了房間，妮姬已經起床。因為時間很緊，我們就將就吃點飯店裡的食物充數。她昨天逮到我在她身上打手槍，但是她現在已經沒事了。我只是要讓她知道，我是向她致敬。馬子們聽好：我做的那回事，還會有別的意思嗎？總之，我們吃得心滿意足，動身前往那個爛旅館，接麥蘭妮和寇帝斯，一起去參加〈七兄弟大戰七淫娃〉的放映會。

我們的影片在後街上一個小而炫的房間放映。聽說賴斯．拉維許、班．多佛、琳西．茱兒，和妮娜．哈德麗[3]（妮姬的偶像）都會來到現場，但是我沒有看到任何一個我認識的人。出席狀況還不錯，我跟你說，而且燈關掉之後，還有幾個人溜了進來。我試著掃描全場的觀眾，想在這半滿的戲院中，評估一下觀眾的反應。

我非常興奮，所以我不需要古柯鹼。不過我還是用信用卡切了一劑來用[4]。

---

1 每年六月倒數第二個週末在蘇格蘭伊士靈頓舉辦為期四天的畜產展。
2 指「輕而易舉」。在美國，叫「只是一片蛋糕」；在英國，叫「只是一把尿」。
3 Nina Hartley，美國色情攝影演員和色情片導演。
4 這裡是說，他雖然興奮得不需要古柯鹼，還是用了一劑，用他的信用卡切的。就是切成均勻一條，方便吸食。一般常用指甲銼刀來切，可是很多人都直接用信用卡來切。

麥蘭妮和寇帝斯也是。當麥蘭妮在銀幕上第一次裸身的時候，我禁不住叫，「挖靠！」麥蘭妮開玩笑地戳了戳我的肋骨。不過驚艷全場的還是妮姬。從她脫下緊身彈性胸罩，露出修剪乾淨的私處，昂首闊步橫跨銀幕的那一刻起，就可以感覺到一股電流在空氣中竄動。觀衆席中爆出幾陣歡呼，我轉過頭，看到她羞澀的面孔，於是我捏了捏她的小手。而整部片眞正的大高潮，卻是寇帝斯，或者該說，寇帝斯的大屌。這根大屌首度亮相，觀衆就「哇」地叫出聲來。我轉頭看到我們男主角的大牙齒在黑暗中發光。

放映結束之後，我們在外面被人群包圍，大家忙著交換名片，大家叫我們去參加各種派對。我知道我要去哪一場派對，才不是一個色情片的小場子，而是色情業界在小十字大道的一個大帳篷內所舉辦的，所有的色情片演員業者都想去，我卻弄到了四張邀請函，而且我們都進去了。

幾杯之後，妮姬醉了，她開始找我麻煩。「你爲什麼要用那種奇怪的口音說話啊，賽門？」我正在跟一個媽的金色直髮的長髮辣妹說話，她顯然是福斯電影公司的大咖，可是妮姬突然插嘴進來。「他說我故意裝倫敦高尚口音，下了飛機之後，結果他自己也是用倫敦狗屁口音說話。」

這位福斯辣妹揚起一邊眉毛，我臉上的笑容瞬間凍結；「什麼口音啊？妮可拉？我都是這樣子說話的啊。」我慢慢地說。

妮姬用手肘推推麥蘭妮，說，「**我說話就樹這個樣指，妮可拉，我的名志是威廉生，詩蒙．戴菲．威廉生**。」

「而且又叫變態男！」麥蘭妮大笑著說，那些心理不正常、愛嫉妒、不登大雅之堂的惡婆娘，全部爆笑在一起，好像《馬克白》[5]中媽的那批壞女巫，結果，有個面目可憎的傢伙跑了過來，抓住福斯辣妹的手臂，把她帶走了。

她們小氣愚笨，搞得我很光火。「我們花了人生中媽的六個月的心血，拍出這支片，我努力搞關係，媽的想把這支片賣出去，可是，妳們卻要扯我後腿，」我簡單明瞭、滿腹怒氣，把話從齒縫中吐了出來，「妳們扯我後腿，有什麼好處啊？如果扯我後腿妳們也可以得到好處，我就整個爛掉好了。」她們面面相覷，沉默了一瞬。然後麥蘭妮說，「是喔……」結果她們又陷入狂笑。幹他媽的，我走進人群中，用我的目光搜尋那位我在獵捕的福斯女郎。

我跑去洗手間，準備吸一口古柯鹼，我看到幾個人走進一個馬桶間，我就加入他們，跟著他們吸了一排。我整個人充飽了電，走回會場，看到妮姬和麥蘭妮正在和幾個噁心的爛貨打情罵俏，嚇死人。寇帝斯好像不見了。我走向女孩身邊。一個正在和妮姬閒談的人看到了我，傲慢問我：「你是誰啊？」

我傾身向前，靠近他說，「我是馬上就要把你的鼻子打爛的人，因爲你跟我的馬子搭訕。」我說著就把手臂摟住妮姬。這小子有點當場傻住，訕訕離開了。但是很不幸，妮姬和麥蘭妮也離開了，她們藉口說要去拿酒，其實她們對我的剛才的表現很不以爲然。

我又回去洗手間，剛才把古柯鹼給我用的人之一，這回滿懷希望接近我。「抱歉啊，老兄，我要自己一個人用，」我告訴他。

「你這樣不公平啊……」他抱怨道。

「民主時代已經結束了，老兄，滾一邊吧！」我大聲叫道，在他了臉前面猛關上門，然後用鼻子吸白粉。

我很快又回到了會場，漫步遊走著，整個人精氣神飽滿，然後耳朵聽到一個唱歌般的聲音，打斷了我的漫遊。「賽——門！你好嗎？朋友？」

---

5 這部莎士比亞名著就是以蘇格蘭為背景。

原來是討人厭的米仔，既然他擺明了他自己沒路用，我就不要理他了，甚至可以對他兇。他卻說：「我要介紹一個人給你認識，」然後他的頭點向身邊一個高個子，留著小鬍子，看起來很眼熟的男人。「這位是賴斯．拉維許。」

賴斯．拉維許[6]在歐洲演而優則導的色情片導演之中，是一名佼佼者。他有辦法在這一行立足，是個傳奇，他也是「導演介入影片」色情電影[7]的始祖教父，他在巴黎、哥本哈根、阿姆斯特丹的街頭尋找馬子，慫恿她們到拍片現場，和他一起拍攝即興演出的色情影片。這個人談天瞎聊的天賦是非常有名的。他運用他的魅力、他的口才、他的錢，和他的屌，就可以把馬子誘騙上床。最近他和主流電影發行公司牽了一筆大生意，現在他可以做他想做的，也擁有完全的剪接權。換句話說，我整個人媽的被明星給嚇壞了。他是我的英雄，我的導師。我他媽無法思考，更是一句話也說不出來。

賴斯．拉維許。

「賴斯，」我跟他握了握手，我甚至一點也不介意他的另一隻手正挽著妮姬。

「很高興認識你，賽門，」他咧嘴笑著，看著身邊的妮姬說：「這個女孩眞是火辣。她是最辣的，眞的是最辣的！七個淫娃，老弟，這部電影拍得眞好！我想我們可以好好談一下這部片的發行。我甚至考慮在特定戲院上映。」

我樂翻了，上了天。「隨時候教，賴斯，隨時候教。」

「這是我的名片，你可以打電話給我，」他說著吻了吻妮姬，然後和米仔走進了人群，米仔回頭望著我，滿意地甩甩頭。

妮姬和我隨後開始了一場奇怪的討論，後來變得有點火爆。「爲什麼所有這些男性雜誌，例如：《上膛》、《男人幫》、《美星》，和那些色情雜誌，例如：《美菲兒》、《閣樓》、《花花公子》，都是一個樣，封面上的人穿很少，裡面卻是裸體？因爲男性雜誌都是給會打手槍的男人看，這也表示所有的男人——只有那些假裝自己不打手槍的男人才不會看。你怎麼可能享有一個性慾的想像空間而不打手槍呢？像懶蛋那種人會說出屁話，當他因某個東西激起性慾，他就會和他正直又成熟的女朋友，進行正直又成熟的討論，於是他們會在感性的氣氛下協議，以充滿愛意、相互扶持、彼此討好又彼此滿足的方式，實現這些性幻想……」

「不過……」

「**媽的狗屁一堆**！喂，我們需要乳房和屁眼，因爲我們需要隨手可得，可以被摸、被操，當我們打手槍時可以拿來看著幻想的東西。因爲我們是男人嗎？不對，因爲我們是消費者。因爲那些是我們喜愛的東西。那種喜愛可能出於我們的本質，也可能是我們被哄騙相信它們會帶來價値、解放與滿足。我們看重這些東西，因此我們需要知道它們隨手可得，即便只是幻覺。至於乳房和屁眼，可以替換想成是可樂、薯片、汽艇、車子、房子、電腦、品牌服飾、仿冒襯衫。這就是爲什麼廣告和色情那麼類似，兩者都在販賣讓人可以親身觸及的幻覺，以及消費無罪。」

「跟你說話眞的很無趣，」妮姬說著就走人了。

去他媽的。媽的我已經啓動全面性的作戰計畫，其他的每一個人，其他的每一件事，都得依照他媽**我的**計畫來。

6 虛構的人物，並無此人。

7 即英文的「gonzo porn」。

# 74
# 「……要人命的膀胱炎……」

賴斯．拉維許企圖把手伸進我的內褲裡。這些搞春宮電影的男人都很大支，不過他們都很糟糕，全心只有一件事。這些人很無聊，不過還是比跟賽門在一起有趣多了。賽門夠無聊了，是個腦袋被古柯鹼弄壞的討厭鬼。我不想對他太苛刻，因爲現在是他出頭的時刻，他應該好好以尊嚴之姿抓住這個時刻，享受他殞落以及各種阿里不達發生之前的尊榮。不過他眞的是煩得無可救藥。他想要搞爛眼前看到的每一個人，比如說他想要搞爛寇帝斯，這孩子眞的是幹到了他看到的每一個人[1]。俏麗的女孩子們都在排隊，他們看起來要死不活、緊張兮兮、扭扭捏捏，就是想要跟他的那根巨物合照；他的巨物，是整個帳篷派對的八卦內容之一。看到他昂首闊步的神氣模樣就知道，這個年輕人終於一整個人變成那根巨物。一夕之間從幫派小弟變成A片大咖[2]。

他帶著一個女伴，兩人失蹤了一會兒，現在他們才又出現。「你還好嗎？小寇？」

「好極了，」他把牽手的女孩拉了過來。她的眼睛凸出來[3]，幾乎無法好好走路。「眞是我一生中最快樂的時光唷！」

我實在很難質疑寇帝斯啦。

我把他拉過來，對著他的耳朵細說，「記得你以前說過別人對你不好嗎？你在學校的同學？他們取笑你，當你是個怪胎？你看，是誰說得對？還是誰說錯了？」

「他們說錯了，我是對的，」他說：「不過——眞可惜，丹尼[4]和菲力普無法看到我們在這裡的這一切。他們會喜歡的。」

賽門聽到了，插嘴說，「這就像是倫敦地鐵啊，老兄。在地鐵工作的人，都期待乘客乖乖聽話。地鐵站不放垃圾筒，你看，要乘客把垃圾帶著走。我不鳥，我就把垃圾到處丟。可是大部分的人還是會把垃圾帶走，所以，地鐵的人光靠那些聽話的大部分乘客就夠了，根本懶得提供垃圾筒。」

「我不懂你的意思……」

「我要說的是，老弟啊，你把垃圾隨手丟就好啦，不必帶在身上。把垃圾丟開的感覺，棒極了，」他很勢利眼地說。

變態男，老天，他在和那個叫做駱妮的女孩調情，他說這女孩是福斯公司的人。「駱妮邀請我們大家明天去參加福斯公司的派對，」他對大家宣佈。

我把他拉到一邊。「現在就把她帶回去，跟她幹一頓，賽門，她看起來很想幹啊。難道，你和她只是要搞一個單純的鼻腔[5]羅曼史？」

「別小家子氣了，妮姬。」他獰笑說，「我利用她，是要爲大家取得超級大派對的門票啊。」

他滿口屁話。派對結束之後，我們去酒吧混了一下，但是那裡人太多，我們被擠得動彈不得，於是

---

1　這裡用了「fuck」一字的兩個意思。一，賽門「fuck」很多人，是指他「搞爛」他和很多人的人際關係；二，少男「fuck」很多人，是指他和很多人「上床」。

2　原文為from burger boy to porn star，burger boy是Burger Boy Gang的縮寫，英國著名的青少年幫派。

3　眼睛凸出來，是俚語，代表非常吃驚，非常驚喜。

4　丹尼即屎霸。

5　鼻腔在此應該有兩個意思：一，用鼻子吸古柯鹼，一邊吸一邊做愛；二，或是用鼻子出氣（表示很勢利眼），以這種態度上床。

我們決定回去賽門和我的飯店套房。「這裡好棒，」寇帝斯說。這家飯店富麗堂皇，讓他拜服[6]。

我們這一小群人馬，被飯店門房擋道，他用傲慢的語氣問：「你們是這家飯店的房客嗎？」

「不是，我怎麼想，也不認爲我們是這裡的房客，」賽門用硬梆梆的語氣回答。穿著制服的門房正要把我們趕走，賽門卻亮出了房間的鑰匙，「因爲，一個房客必須受到某種水準的款待，某種最最基本的禮貌。我們的確是住在這家飯店，不過，我們受到的不是房客的待遇。」

警衛想說些什麼，賽門卻大手一揮，好像想揮掉某種臭味，賽門大搖大擺走在前面，我跟隨他，臉上帶著有點對人抱歉的笑，同行的其他人看起來也跟我一樣尷尬。我們回到套房，喝調酒。賽門對那位福斯女郎誇張奉承，咄咄逼人，看得我很火。他們倆卯起來吸古柯鹼的嘴臉，眞的很嚇人。

「色情電影——寇帝斯是主角？」她問，目瞪口呆看著寇帝斯。寇帝斯躺在沙發上；麥蘭妮搖著頭。

「是啊，嗯，當然，寇帝斯、麥蘭妮，和妮姬，都是主角。」變態男以高姿態來向她解釋。「女孩子在色情電影中通常都具有主控力量，但是寇帝斯具有某項天賦異稟，讓他的地位提高，遠遠超過了那些一根十吋屌只要十便士的演員！當然，我自己也有下海去演……」

「眞的啊……」福斯女郎說著，搓了搓變態男的手臂；這兩個人好像要用眼睛把彼此給吞下去。

他們火熱調情，讓我覺得我好像吃了太多棉花糖。我聽變態男滔滔不絕了一會兒，然後我就在床上睡著了。半夜醒過來的時候，我感覺膀胱很沉重，我蹣跚走進洗手間，尿了很久，尿中帶有酒味，尿道刺痛，可能是膀胱炎的前兆。小吧台已經空無一人，賽門和福斯女郎已經不見了，而寇帝斯和麥蘭妮癱睡在躺椅上，衣衫完整地抱在一起。

我坐在馬桶上，努力把毒尿排出膀胱外。我打電話要求飯店服務，請他們送一點鈕若芬止痛藥過來。還好，我的包包裡有一點西拉諾[7]，於是我服用一劑藥粉。眞的很痛苦；我無法入睡，又發燒冒汗。賽門回來了，發覺到我身體不舒服：「怎麼了？寶貝？」

我告訴他的時候，飯店服務生剛好送鈕若芬進來。賽門把止痛藥拿了過來。「吃了藥，很快就會止痛的，寶貝，別擔心……妳吃了西拉諾嗎？」

我虛弱地點點頭。

「我沒有搞那個駱妮，妳知道，」他急忙解釋，「我們只是去海灘散個步，因為其他人都醉倒了。我最近成了只對一個女人專一的男人，寶貝，嗯，至少我在沒演色情電影的時候只對一個女人專一。」

在海灘上散步。聽起來既然這麼浪漫，我眞希望他去那女人的飯店房間，快速幹上一炮。他看到了麥蘭妮和寇帝斯，走過去把他們搖醒。「已經快要早上了。你們可不可以回到比佛利飯店，讓我們有點時間獨處呢，兩位？拜託？」

麥蘭妮擺出了臭臉，但是她還是起身，「好啦……寇帝斯，我們走。」

寇帝斯站了起來，看到我臉上含著淚。「妮姬怎麼了？」

「女人的毛病。她馬上就沒事的。晚一點再跟你們見面吧。」賽門說。

寇帝斯不肯接受這種說法，他走到了床邊。「妳沒事吧？妮姬？」

我很感謝他的關心，他很甜地在我發燒的額頭上吻了一下，我用手臂摟他細瘦的腰身。然後麥蘭妮也過來，我擁抱、親吻她。「我沒事的，我想止痛藥已經開始發揮效用了。只是膀胱炎而已。喝了太多

---

6 注意，妮姬雖然被安排住在高級大飯店，寇帝斯卻被安排住在很爛的小旅館，所以少年才會有此反應。

7 Gylanol，某種抗生素的品牌名，台灣沒有現成翻譯。

紅白酒和烈酒。我想是那個有害的香檳酒也害了我的膀胱。」

他們離開之後，賽門和我上床睡覺，背對著背躺著，緊繃又緊張，我是因爲身體疼痛，他是因爲古柯鹼。

後來，我的疼痛減緩了，身體四肢也在床上鬆弛開來。一直睡到下午之後，我才被他吵醒。他過來坐在我的床邊，帶來一個飯店的托盤，上面放了可頌、咖啡、橙汁、餐麵，和新鮮水果。「覺得好些了嗎？」他問，然後吻了吻我。

「是啊，好多了，」我直望著他的眼睛，兩個人都沉默。

一會兒之後，他捏著我的手說：「妮姬，昨天晚上我的行爲很惡劣。不只是因爲喝酒和古柯鹼，也因爲場合不對。我太求好心切了，我是個控制狂，一個法西斯。」

「你說的話有什麼是我不知道的嗎？」我說。

「今天晚上我要補償妳，就在我們去參加福斯公司派對之前，」他眉開眼笑，露出牙齒笑著說。接著他說：「我有個超級好消息要宣佈。」

他容光煥發，讓我不得不問：「是什麼啊？」

「我們入圍了成人電影節的最佳影片獎。我今天早上才接到的電話通知。」

「哇！這眞是……眞是太棒了，」我聽到自己在說。

「媽的說得對極了，」賽門開心說，「而且，妳，和我，以及寇帝斯，都入圍了最佳新進類獎項。新進女演員、導演，和男演員。」

我感覺到一股洶湧的得意快感，幾乎要讓我沖上天花板了。

爲了慶賀我們入圍，賽門帶我去一家餐廳共進晚餐，他說這家餐廳是「最好的餐廳之一，不只是在坎城是最好的之一，也是法國最好的餐廳。也就是說，這家餐廳也是世界最好的餐廳之一」。

我穿上了豌豆綠色的Prada亮面洋裝，以及Gucci的高跟鞋。我把頭髮盤了起來，搭配一對金耳環，一條項鍊，和一些手鐲子。賽門穿了黃色棉西裝，白色襯衫。他看著我，晃了晃頭說：「妳就是女性氣質的代言人。」語氣中彷彿幾乎要被仰慕之情吞沒了。

我很想問他，昨天晚上他是不是也跟那個福斯女郎說過同樣的話，但我還是沒有說出口，因爲我不想破壞氣氛。我們畢竟身在這個地方、這個時刻，我知道此情此景不可能長存。

這是一家非常美妙的普羅旺斯風格小餐館，食物烹調達到高級藝術等級。從開胃菜，到碩美的藍蠔，黑松露佐碎羅勒，水煮雞胸淋黑松露汁，一直到主菜，一疊松露包住青脆的綠葉沙拉。美極了。

至於甜點，我吃了一份咖啡巧克力霜淇淋，附一杯嚇死人的巧克力醬，有法國蛋奶麵包用來沾食。整套美食都被一瓶香檳沖下肚子——路易王妃水晶香檳——加州林場酒園的夏東內白酒，以及，兩大支人頭馬干邑。

這裡的一切東西，都讓我們陶醉；我們兩人用不標準的法文，口齒不清地互相挑逗。賽門的手機這時候卻響了，是綠色手機。他永遠不關手機，眞的很煩人。「哈囉？」

「是誰啊？」我噓道。我們的獨處時光受到了侵犯，讓我很惱怒。

賽門用手捂住手機。有一會兒他看起來很在意的樣子，但是馬上爆出凶毒的微笑。「是法蘭哥。我忘記了他們雷斯牌局的天下大事。我眞是不小心，沒有再次確認過行事曆。」他平靜地在電話說，「我在法國啊，法蘭哥，參加坎城影展。」

電話另一端傳來一陣尖銳嘈雜的語音。賽門把電話拿得離他遠遠的。然後賊兮兮地對我眨眼睛，對著手機說，而另一隻手摀住耳朵：「法蘭哥，你還在嗎？哈囉？」

他把手放在通話口上面，咯咯笑說：「法蘭哥在胡鬧。我是說眞的，坎城影展和雷斯的牌局撞期。我眞的應該弄一架直升機，馬上飛到雷斯去，」他賊賊笑著，笑到肩膀亂晃，連我也開始大笑。「法蘭哥，你還在線上嗎？喂？」他對手機喊；「我聽不見你啦，你的通話要斷了啦。我晚一點再打電話給你，」他說著啪一聲掛掉了電話，然後把電話關機。「他眞是個豬，我甚至要恨他都恨不起來。」他驚歎地說，「這個人是愛不得，恨不得的……他根本就我行我素。」

然後他的身體橫跨餐桌，握住我的手說：「他那樣的人，和你這樣的人，怎麼會同時存在這個世界上？天地之間怎麼會一種米養百種人？。」

然後我們馬上哈起彼此了。賽門很傲慢地看了看餐廳各處，眼神很怪很凶，不過大部分時候我們狼狽爲奸的眼神在吃彼此，眼神在兩人的靈魂之內之外跳舞，戲耍。我們享受著這一份親密；現在如果打炮，反而會是反高潮。幾乎是會反高潮。

「跟其他人碰面之前，我們還有時間回到房間裡嗎？」我問他。

「我會安排的，」他說著，搖晃著他的手機。

我跑去洗手間，手指伸進喉嚨，把食物全部吐出來，拿出包包裡的漱口水漱口。食物很可口，但是份量太多，太油，無法消化掉。就像大部分有智慧的現代女性，我是個榮格[8]擁護者，但是佛洛伊德有件事做得對：他討厭胖的人。大概胖的人很開心，調適得很好，不像瘦巴巴的神經質人士一樣，所以佛洛伊德就賺不到胖子的錢。但是現在，在這個時刻，我很快樂。我吃掉了蛋糕，然後趁著蛋糕毀掉我之前，我又把蛋糕吐了出來[9]。

回餐廳的時候，聽到有人在爭執；我越來越不安，察覺是從我們那一桌傳來的。

「這張卡不可能刷爆，這是他媽不可能發生的事。」賽門吼著，他的臉因爲酒精而漲得通紅，也可能是因爲古柯鹼。

「可是，拜託您，先生……」

「我想你沒有聽懂我的話！這是他媽不可能發生的事。」

「可是，拜託您，先生……」

賽門的聲音變成低吼。「媽的你別耍白癡。你他媽的死豬！你還要湯姆．克魯斯來這裡嗎？你還要李奧納多．狄卡皮歐來這裡吃飯嗎？我跟比利．鮑伯．松頓（Billy Bob Thornton）約好明天在這裡見面談一個他媽的大型拍片計畫……」

「賽門！」我大叫：「怎麼一回事啊？」

「對不起……好啦，好啦。發生了一點誤會。試試看這張卡吧。」他拿出另一張信用卡，馬上就被接受了。雖然領班的臉很臭，賽門看起來自我感覺良好，而且理直氣壯。他不僅不留小費，離開餐廳的時候，還回頭對著用餐區大吼，「我不會回來的！[10]」

到了外面，我的心在兩種感覺之間遊移：剛才這整件事又惱人，又有趣；我仍然處在高度興奮狀態，所以我覺得這整件事好好笑，爆出了一陣帶著酒意、神經質的傻笑。

賽門酸苦地看著我，然後搖搖頭，也開始大笑。「這沒有道理啊，我用的那張卡是用香蕉祖利公司的帳戶。裡面有很多錢啊。所有用密碼一六九〇詐騙來的錢，都存在那帳戶裡面。只有懶蛋和我是簽署人，而他在阿姆斯特……」他停下來，沉寂了一秒鐘，然後一股冰冷的焦慮在他的眼睛裡化開。「如果

8 心理學家榮格對於當今的算命術影響很大。他和佛洛伊德不合。

9 此處顯然是在套用「cannot have the Cake and eat it」，英文俗語，指「魚與熊掌不可兼得」。

10 這句是法文。

是。那樣子。懶蛋。」

「別疑神疑鬼了，賽門，」我大笑。「馬克明天就會依照計畫過來跟我們會合。我們回去，」我在他的耳朵邊輕聲說道：「做愛……」

「做愛！做什麼屁愛？那個紅髮痞子會把我他媽所有弄來的錢全部搶走。」

「別傻了……」我求他。

賽門，看起來努力打起精神，伸了伸手臂說：「好吧好吧……我可能太傻了。跟你說，你先回去，給我十五分鐘整理一下頭緒，打幾通電話。」

我悶悶地皺了皺眉頭，但是他一動也不動。我走開，很不甘願地回到房間，幫自己倒了一杯酒，想像到他這混蛋和那個福斯公司的婊子在沙灘上漫步。

當他回來的時候，他已經冷靜下來，精神也恢復了。「你找到馬克了，我想是吧？」

「沒有，不過我跟黛安談過了。她說馬克剛剛才從阿姆斯特丹打電話給她，他晚一點還會再打電話給她。我告訴黛安，請她告訴馬克，要他馬上打電話給我，」他解釋道，然後懇求地說：「對不起，寶貝，我太神經質了。嗑了太多海洛英……」

我移動到他身上，從褲子外面，緊握住他的蛋蛋，感覺他的老二硬了起來。他的臉上閃過了一個大微笑。「妳這隻淫穢的小母牛，」他大笑著說，然後壓在我的身上，進入了我的身體，我們狂暴地做愛，比我們最早做的那幾次都還要火熱。

後來，我們跟麥蘭妮和寇帝斯碰面，一起去參加福斯公司辦的派對。派對剛開始非常無聊，後來出現了一個很棒的ＤＪ，讓場子熱了起來，我們又駭翻了天。派對結束之後，我們跑去一艘汽艇，前往「私人號」上的內部派對，這是一艘停泊在地中海的舊巡邏船改裝成的攝影棚。這是色情片演員的派對，裡面播放著嘈雜、低俗的歐式科技舞曲，而且還供應免費酒水。賽門顯然心神不寧，一直猛打手機，想要連絡到馬克。他故意假裝不在乎。「如果這種音樂不能夠讓妳想被幹屁眼，妮姬，那麼就沒有東西可以讓妳想要肛交了。」

「你說得對，」我告訴他：「沒有東西可以讓我肛交。」

我、麥蘭妮，和寇帝斯走進了舞池跳舞。寇帝斯一直突然消失，一會兒之後又再度出現，臉上帶著笑，身邊多出一個瘋狂的小女星。麥蘭妮和我一直被各種男人搭訕，包括賴斯．拉維許和米仔；我們很享受我們的權力感，把每個人都打了回票，但是我們卻瘋狂地調情，很邪惡地吊男人的胃口。我們甚至情不自禁，跑去廁所小間做愛，讓彼此爽到。這是我們第二次如此親密，而且旁邊沒有攝影機。

回到了舞池，我們很累，但是很滿足，對著彼此傻笑著，我們看到賽門，他還在不斷地尋找手機訊號。更多汽艇來加入了，船上塞滿了人。我從視線的邊緣看到一個留著金色長髮的瘦女孩，這並不讓人驚訝，但是和她說話的人的聲音，卻讓我想快速一探究竟。連賽門都驚訝地關上了電話。「……對，但是很多人以爲我叫做油水，是因爲我射精的鏡頭裡，噴出大量的精液。不過事實並非如此，那是很久以前，我曾經做過送果汁的工作，就是你們美國人說的蘇打，技術上的字眼是氣泡飲料。哦，聽我說，小美女，妳想不想去樓下喝一杯，遊覽一下這艘船？或許還可以多做些什麼其他的事！」

「羅生！」賽門大喊。

「變態男！」泰利吼著，然後看到了麥蘭妮和我。「妮姬！哇！麥蘭妮！太美妙了，」他轉向他的女伴說：「這位是卡拉，她也是幹這一行的。在洛杉磯山谷區拍片。再跟我說一次妳拍的那部電影的片名，小美女？」

「〈蜜桃城市之後庭大進擊〉（A Butt-Fucker in Pussy City），」這位美國口音的金髮女郎爽朗地微笑著說。

「對啊，畢瑞爾也在這裡，是當哥哥的那一個。他告訴我他要來尼斯看他老婆，所以我主動邀請自己，順便過來了。我坐火車過來，鑽入色情影展的派對帳篷。我跟每個人說我是〈七個淫娃〉中的油水泰利，然後就弄到了通行證，他指著一個橘色的徽章，上頭字樣是「私人成人電影／『油水』泰利．羅生／演員」。「我眞想趕快回到愛丁堡，把這玩意兒拿去西區浪女樂園酒吧，秀給別人看。」

「很高興你趕過來了，泰利，」賽門輕描淡寫說道，「對不起，等我一下，」然後跑到船的右側，用他的綠色手機打電話。

泰利一手抓住我的屁股，也對麥蘭妮做同樣的事，然後頑皮地眨眨眼，就和卡拉一起消失了，卡拉顯然以爲電影中的老二是泰利的。多虧賽門在〈七個淫娃〉的剪接技術——泰利在電影中的老二其實是寇帝斯的，「她會失望的，」麥蘭妮笑著說：「但是不會**那麼**失望。」

歐式科技舞曲節奏活潑，我幾乎想來點搖頭丸，不過我並不屬於搖頭一族。一會兒之後，激動不安的變態男過來報告另一個消息：「找不到懶蛋，所以他應該在來這裡的路上了，不過雀斑小蘿倫說黛安走了！至少我想她是這麼說的。這乖戾的小賤人不肯跟我說話，妮姬，妳打電話給她吧，」他說著，把**白色**手機塞給我。「拜託妳，」他催促著。

我撥電話給蘿倫，跟她講了一、兩分鐘，問她身體好不好。然後我問到黛安。掛掉電話之後，我告訴賽門：「黛安只是回她媽媽家去住幾天，如此而已。她身體不大舒服。」

「她媽媽的電話幾號？我得跟黛安講話！」

「賽門，你可不可以冷靜一點？你會看到馬克的，可能明天他就會出現？在飯店？他不可能錯過這件大事的！」我勸他，然後又回去和麥蘭妮一起跟著節奏跳舞。

但是賽門卻猛搖著頭，我說的話他一句也沒聽進去。「不……不是這樣……」他哀怨地說，然後用拳頭重重打在手掌上。「懶蛋那個傢伙……對了，王八蛋，我想到了！」他說著掏出了綠色手機。

「你打電話給誰啊？」

「卑比！」

麥蘭妮訝異地看著我。「為什麼他用綠色手機打電話給卑比，卻用白色手機打電話給蘿倫啊？」賽門曾經對我解釋過這件事，但是有些事情太可悲，還是不要說出來比較好。現在賽門好像在電話中聽到了什麼咒罵，越來越不耐煩，夕陽在他的背後漸漸落下了。他突然對著手機說：「別管那些屁事了，懶蛋回來了，就在愛丁堡！」

然後，短暫停頓，賽門滿臉驚愕，然後說，「什麼？他就在對面的街上？搞什麼…… 抓住他，法蘭哥！別讓他跑了！他拿了我的錢！」

他瞪著手中已經掛斷的手機，然後猛烈地搖著手機。「幹他媽的大白癡！」

米仔和賴斯．拉維許走了過來。他輕輕地碰了一下賽門的手臂說：「你知道，賽門，我們在想……」

賽門接下來的舉動把我嚇了一大跳，他轉過身，用力把頭撞在米仔的臉上，然後跳在可憐的米仔上面，猛力踹他，大聲叫著說：「你們這些荷蘭爛貨搶了他媽我的錢，你們這些骯髒的橘色死玻璃……」我們所有的人，再加上六個瑞典保鏢的力氣，才把他拉開限制住。泰利回到了甲板，看到賽門被推到另一艘船，樂得哈哈大笑。「你很幸運，我們的船上沒有警察。」一個保鏢對著賽門喊著說，寇帝斯、麥蘭妮、兩個女孩、泰利，卡拉和我，也跟著上了船。泰利小心翼翼地步上船的時候，偷偷地一拳重擊在那多話的瑞典人側臉上。「哭吧，豬頭，」他說。這個人呆呆站著，很痛地摸了摸下巴，看起來好像要掉下眼淚了，然後我們的小船駛離了大船。我還聽得到激動的米仔正在嚷著：「他瘋了！他是個瘋子！」而我們的船也漸漸駛向了岸邊。

泰利對寇帝斯說：「你的那根屌給我帶來了好處，」他說著把手搭在卡拉身上。然後他看了看寇帝斯，男孩的左右邊各有一個馬子。「告訴你，你自己得到的好處也不會少的。」

我注視著賽門，他正緊閉著眼睛坐著，渾身顫抖，兩隻手臂緊抱胸前，口中大聲喘息著吐出同樣的一句話：「……忍無可忍……忍無可忍……[11]」一次又一次地重複著。

「賽門，發生了什麼事？」

「我只希望卑比殺掉馬克．藍登。我祈禱這件事發生。」他一面說，一面在他胸口畫十字。

11 這句是義大利文。

# 75 牌局

喝完酒之後：酒力發作了，但是媽的我無法抵抗。有的時候，我覺得我又看見了他們，看到他們走進酒吧──就是唐納利那傢伙，和奇仔那性罪犯。問題就在這裡：有太多的事要忙，又有太多的時間胡思亂想，尤其是待在家裡的時候。這就是爲什麼我一直要出去，去酒吧混。告訴你，我去酒吧並不是要媽的找人聊天的。

尼利一整個人保持沉默，玩著手中的酒杯。「你他媽怎麼啦？」我問。「昨天晚上賴瑞打電話去我家。當時我在外面跟你們混。」他向馬基點頭。「我老婆一個人在家，帶著小孩子。他說：我要來找你們，你們所有這些人。然後他對我老婆說：如果妳還有點智慧，趕快回到曼徹斯特，或者他媽的隨便哪個家鄉……」

「妳老婆是威爾斯人吧？是不是？」馬基說。

「是啊，她是斯旺西亞[1]人。」尼利說著，一整個人很雞歪的樣子。「但是他並不知道。我跟她是在曼徹斯特認識的。不過你知道這變態傢伙後來說了什麼嗎？他在我答錄機裡的留言？」

馬基和我媽的搖著頭。

「我他媽的弄給你們看，」尼利說：「我他媽的給你見識一下這個和我們一起喝酒的痞子是怎麼樣的人。」他說著，用受傷的眼神看著我，好像是

1 威爾斯地名。

我把他和賴瑞弄在一起喝酒的。我他媽的一句話也不說，因爲我很想媽的放聲大笑。

於是我們去尼利家，聽他答錄機裡的留言。他把留言播放出來，那是賴瑞的聲音，沒錯，那種柔軟、怪異的耳語音調。「離開城裡，離開城裡吧，因爲我要來找你們了。我要從莫爾浩斯[2]過來你們家了。我要來跟你們所有的人吻別道晚安了。」

「這痞子他媽的看太多電影了，」馬基大笑。

尼利眼神淩厲地看著他說：「這個留言把我老婆嚇壞了。她說她要帶小孩回威爾斯娘家去住。她說發生這種事就是當時我們要離開曼徹斯特的主要原因。」

我看著尼利，但是我什麼也沒說。都是媽的馬基在說。

「我得解決這件事情，」他說：「如果他一直這樣惡搞，他就會掉進一個媽的黑洞，我告訴你們。」

他在媽的唬誰啊？他這輩子根本沒有把什麼人搞定過。他說他在曼徹斯特跟那群譚山幫搞出來的那些事，根本是在放狗屁。如果他在那裡闖出了名堂，那麼他幹嘛在媽的這裡混？

「跟你說，」馬基說：「這件事情很棘手，法蘭哥，你得跟賴瑞談一下，把事情解決掉。」

現在輪到這個他媽的馬基在告訴別人該做什麼，不該做什麼了，是不是啊？我們大夥他媽的看著辦吧。不過我又想，現在就照他的意思去做吧，於是我看向尼利說：「你要的話，我沒意見。」

然後馬基轉過頭對他說：「可是你必須對那傢伙說你當時失去控制，說你對酒吧發生的事情感到抱歉。」

尼利一言不發，我們兩個都瞪著他。然後他說：「如果他肯對他在我家留的那些他媽變態留言說抱歉，我才會他媽的抱歉揍了他。」

「好吧，」我說：「屁話說夠了。我們本來應該是好朋友的。這件事情得解決。牌局的那天晚上，就在變態男的酒吧解決吧。」

「賴瑞會出現嗎？」馬基懷疑。

「只要我告訴他，他就會他媽的出現，我走了。」

所以，現在變成我在做好事，當和事佬了，就和往常一樣。如果沒有我這種人站出來解決事情，這些惡棍會互相殘殺到你死我活。全是大便啦。這件事情把我搞得偏頭痛，於是在回家的路上，我繞到雷斯大道，買了點頭痛藥，順便買份報紙。然後我打電話到變態男的手機，提醒他牌局之夜的事情。

「我在法國啊，法蘭哥，我在參加坎城影展，」這虛僞的人說。

我推想，這傢伙並不是他媽的在開玩笑。「那麼我們的牌局怎麼辦？我他媽告訴過你我們會在你的酒吧打牌啊。」

「法蘭哥，你還在嗎？哈囉？」

**我們他媽的牌局怎麼辦啦！有人告訴我說看到了懶蛋！我要跟你談啦，你這豬頭！**

「你還在嗎？法蘭哥？哈囉？」

這痞子他媽在搞什麼鬼……？**「他媽我們的牌局呢！我要殺了你，豬頭！」**

電話線出現他媽靜電的爆裂聲。然後這豬頭說：「我聽不見你啦，你斷線啦。我晚一點再打電話給你，」然後電話就他媽的斷了。

爛人！

這豬頭以爲他可以把我當成垃圾對待，給我飛去法國，跟他那間淫穢酒吧裡的人，狗屁油水泰利，

2 愛丁堡郊區地名。

以及那些媽的變態狂媽的戀童癖玩小孩的媽的色狼浪貨……我他媽的會給這卑鄙的騙子好看……

吃過飯之後，我打電話給尼利、馬基和賴瑞，告訴他們賽門放我們鴿子，我們得約在中心酒吧碰面。我到達那裡的時候，只看到尼利和馬基，賴瑞根本他媽的沒出現。我打手機給他，他說他會晚一點到，但是他一定會到。我想他只是要給尼利一點心理壓力吧。看得出來尼利這傢伙緊張的很。總之，我們在一個包廂座位把牌拿出來了，也開始大口狂飲健力士啤酒。我很少到中心酒吧，可是每次去，不知道爲什麼，我都會狂喝健力士啤酒。

過了一會兒，賴瑞還是不見蹤影。

我聽到手機鈴聲響了起來，不過是變態男打過來的。我要修理他……我要他媽的宰了他……我跑到酒吧外面，室外收訊比較好。沒有錯，他媽的是變態男。他打回來給我，正好。「媽的你在哪裡啊？」我說，「我媽的有事要跟你談！我們媽的牌局！」

「別管那些屁事了，」他說；我正氣得要發飆，卻聽到他說：「懶蛋回來了，就在愛丁堡！」

所以，那都是真的了……我正在想著該說些什麼，眼睛向上一看，就在街的對面，懶蛋他媽的就在那裡！這紅頭髮的賊，就在提款機前面，就在對面的街上。「他……，」我他媽對著電話大吼：「**媽的他就在我對面的街上**。」

我聽到變態男在電話裡說什麼「抓住他，等我回來，我要見他……」然後懶蛋看著我，我啪一聲他媽的關掉了電話。

# 76 阿姆斯特丹的婊子們第十一部

我一回到愛丁堡就想起，媽的，屎霸那頭貓。我打電話給他，他告訴我他把他所有的現金都給了愛麗森，然後他說出我預料的話：他問我可不可以借他一點錢，三百英鎊。我能說不嗎？他現在躲在家裡，不敢出門。

於是我在機場叫了計程車，去黛安家拿貓。我花了好久的時間，才把這鬼東西裝進貓籠；我對貓過敏，一直媽的打噴嚏。於是我終於失去冷靜，一把抓起牠，牠卻抓了我的手臂，以爲報復。「別傷到牠，馬克，」黛安突然說；我剛好把這隻吐口水的大便貓塞到貓籠，把籠子的門拴好。黛安已經把行李收拾好了，我會先送她去蓋夫家。我們約好八點鐘在機場碰面，然後搭九點鐘最後一班飛機，飛去倫敦轉機，連夜飛到舊金山。

我可以瞭解爲什麼屎霸怕得不敢出門。然而我現在也出門了，坐在計程車裡，帶著屎霸這痞子的狗屁貓，朝雷斯的方向前去。我腦袋發疼，想想我幹了什麼好事：搶光變態男的錢。我在皮爾里格區下車，走向提款機。

克萊狄斯戴爾銀行的提款機好爛，一個格拉斯哥口音的灰髮男人很挫敗，猛踹提款機。媽的，附近沒有計程車。於是，我顫抖著拉下帽簷，繼續往前走，貓籠在我的腿上前後搖晃，弄得我很不舒服，我一路朝著雷斯大道底的海立法克斯區前進。貓咪喵喵叫出聲，像是在背叛我，違背我的心願，努力吸引別人注意我。這邊的提款機可以跨行領款：眞奇怪，經過這麼多年，我還是記得這些東西。我曾經覺得雷斯這裡是我的家，這裡曾經給我安全感，我以前越走進雷斯深處就越有安全感。但是現在，這好像是一條向下通往冥府的路。我在這裡不會停留太久；只要把這隻狗屁貓咪送走，我就要馬上跳上一部超快小黑去和黛安碰面，然後就要再一次上飛機啦。

我看雷斯大道的提款機前大排長龍，頓時情緒高昂。一個醉漢想要操作提款機。我小心翼翼靠近這個傢伙，焦慮感從我身體流出來。我聽到有幾個人在聯結街互相對罵。我在阿姆斯特丹的時候，就會懷念這種氣氛：偶發的暴力衝突以及火藥味，持續不斷的偏執表現，幾乎沒有被壓抑。這樣的事就不會發生在阿姆斯特丹。

拜託啊，老兄，搞定啊。

然後，我聽到一個熟悉的聲音——我整個人被切成了兩半。在一種意志的痛苦力量驅策之下，我回頭望向對街。

是卑比。

他正對著手機大吼。

然後他看到了我，張大嘴站在中心酒吧的外面。他一時震驚得無法動彈。我們兩個都是。

然後他啪一聲掛掉電話，大聲吼著：

**懶——蛋！！！**

我血管裡的血液凍結住了，我只看到法蘭哥．卑比正橫過街道，朝著我走了過來，整張臉被怒氣扭成一團，彷彿他要經過我的身邊，要找別人算帳，因爲他現在不認識我，而我也不再和他有任何瓜葛。但是我知道，他要找的對象就是我，這絕對是壞事，我應該拔腿就跑，我卻沒有這麼做。在那片刻幾秒當中，我的生命分裂成百萬片思緒。我回想起來，我學武，只是在作戲，多麼無望而荒謬啊。我所有的訓練和練習都將是徒勞，只要卑比的臉一發狠，我所學的一切就全部消散。我無法思考任何東西，因爲一捲童年錄音帶正在我的腦海中無情地播放：卑比＝邪惡＝恐懼。我的意志力完全癱瘓了。有一部分的我，正在施展簡易的和道流空手道招式，阻止他進擊，用我的手掌從他的鼻子打入腦門，從側邊踢他的肺，用手肘敲他的太陽穴——我是想要使出這些招式，但是這些衝動反應很無力，很容易就被正在和我慢舞的嚇人恐懼感給淹沒掉了。

卑比向我走來，我卻什麼招數也使不出來。

我無法吼叫。

我無法哀求。

我什麼也做不出來。

# 回家

愛麗森的妹妹凱思，從來沒有眞正喜歡過我，老兄，她並不想看見愛麗森和我復合。愛麗森只是想帶著安迪一起回家。我憂心得不敢出門，不過她卻過來找我，我們一起去看了電影。我下巴已經拆線了，所以我整個人都回復正常了，只是下巴還是僵硬得要命。愛麗森和我已經有好多年沒有像這樣親熱了，而我的下巴並不是唯一硬起來的東西。我想對她說，跟我回家一下嘛[1]，可是我想到，我早就和懶蛋約好在家碰面啦！

我只好走人，身上仍然酸痛，還是跳啊跳走到了雷斯大道，覺得很HIGH，但是也很小心，擔心被卑比碰到。外面有很多種關於他的傳聞，但可能只是八卦，你根本無從知道實情如何。懶蛋現在應該已經到我家了，我很擔心跟他錯過。到達雷斯大道尾巴的時候，街上有點騷動，有一輛救護車、一輛警車，和一大群人。一股冷顫侵襲我全身，彷彿我正在經歷海洛英的退藥階段——因爲當你看到一輛救護車，或者一輛警車出現在雷斯，嗯，幾個名字就會浮現在我的腦中，但是現在，我的腦子裡只有一個名字。我只是要**回家**，卻忍不住想，會不會是卑比逮到了馬克呢？

我的心砰砰地跳著。

**喔！幹！不會吧**……

我先看到了他，卑比。他倒在地上。卑比完蛋了！他倒在地上。法蘭哥！他倒了。我看到他躺在地上，他的旁邊站著許多救護人員，裡面有個紅髮小子特別明顯，看起來好像是……我的老天……是懶蛋小子，他看起來沒事。這是懶蛋和卑比……而且是……

不會吧。

不會吧……

看起來好像是懶蛋打倒了卑比，而且把他傷得很嚴重……我又感覺一股寒顫，因爲，我的貓咪在哪裡啊？老天爺，查帕在哪裡？

不能啦……老兄，我絕對不可以介入現在這個場面。他媽的絕不可能。但是我必須找到貓咪。我把領子拉高，拉下棒球帽，推推擠擠，鑽進人群當中。然後我看見尼利從人群中走出來，一拳打在懶蛋臉上。

懶蛋蹣跚地退了幾步，捧著下巴，尼利吼了幾句，退回人群中。一個員警走向懶蛋，馬克卻搖著頭，好像他並沒有對員警出賣尼利，然後他上了救護車，跟著卑比一起離去。

然後我看到牠：是查帕，我可憐的小貓咪，牠被丟在那裡，被丟在馬路上！於是我走過去，用我健康的那一隻手，把貓籠子撿了起來。之前有個馬子彎著腰，隔著鐵絲籠逗弄牠，她看到了我，給我一個很難看的臉色。「我知道這隻貓是誰的，」我告訴她：「我要把牠歸還給牠的主人。」

「這實在太亂來了；怎麼可以隨便把貓丟在街上，」馬子說道。

「是啊！你說得對。」我說，心裡只想趕快離開這裡，因爲情況太怪異了，我的神經已經亂成一團，你知道的。

然後，尼利看到了我，朝我走過來，用手指著我，發出噺聲說：「爛毒鬼。」

我從來就沒有喜歡過這個人，而且我也不怕他，雖然我是個大人渣也不怕他。我正想回嘴，卻看到

1　應是指要她和他回家做個愛。

一個人，一個我看過和卑比一起混的男孩，走到了尼利的後面，從後面襲擊他，並沒有打得很用力，然後這個人又蹦蹦跳跳地混入了圍觀人群中。尼利扭動身體，檢查他背後的傷口，看起來好像會癢，然後我看到他的手上都是鮮血。

我看到他的眼中充滿恐懼，那男孩則滿臉笑容穿過人群。他對我眨了眨眼，就消失了。我也是。我帶著查帕回到了家。我在想，馬克把貓咪丟在馬路上，實在很壞，他竟然如此殘酷；不過我又想到，他當時面臨著很大的壓力嘛，他遇到了法蘭哥啊。

不管了，重點是一切都回到我身邊了，查帕回來了，接下來愛麗森和安迪也會回來，一切都會比以前更好，這是一定的。

# 78 阿姆斯特丹的婊子們第十二部

我什麼也不能做。

我無法都做不出來：我無法喊叫，無法哀求，完全手足無措。

那部車上的人並沒有看到卑比。

我完全手足無措。

那部車猛烈撞倒了法蘭哥，就在我眼前幾尺。他彈到車頂，然後跌落在馬路上，躺在地上，沒有動彈，血從他的鼻子滴出來。

我走向他，媽的頭腦搞不清楚我是在幹嘛。我蹲在他旁邊，撐住他的頭，看著他忙亂的眼神匆忙燃燒，搖擺，充滿了一種發洩不出來的惡意。我並不要他這樣受罪，我眞的不要。我要他打我、踢我。「法蘭哥，我的天，對不起……我亂掉了……對不起……」

我哭了。我摟著卑比，而且我哭了。我想到所有過去的時光，那些美好的時光，我看著他的眼睛，那份仇恨敵意已經消失，彷彿一個漆黑的布幕被拉開，華美的光芒照射了進來，他的嘴唇扭曲成一個邪惡的微笑。

媽的，他在對我微笑。他好像要說話，說他始終很喜歡我。或許我只是聽到自己想聽的話。或許他講的跟我聽的，有部分吻合。然後他開始咳嗽，鮮血從他的嘴角流了下來。

我想說些什麼，但是我突然警覺到有人在我後面。我向上一看，看到了一張臉，這張臉既陌生又熟悉。我想起這個人是尼利．杭特，他把臉上的刺青洗掉了，我正準備說話，算是打招呼，他卻飛來一拳，砸在我的下巴上。

我的身體震驚搖晃，我的臉猛猛抽痛。幹他媽，是個白豬。我看著他跳回了一群像行屍走肉的人群當中；我搖搖晃晃爬了起來。有一隻手搭在我的肩膀上，我猛回頭，害怕我會被法蘭哥的黨羽打成肉餅，不過那只是穿著綠色外套的護理人員。他們把法蘭哥抬上擔架，然後送進救護車。我跟著要上車，但是一個員警擋在我前面，說我不能上去。另外一個員警先對醫護人員點頭，又對第一個員警點頭。他讓開路，讓我跳上救護車後座；他們關上車門，讓救護車離開。「沒事了，法蘭哥，我在這裡，老哥，」我告訴他：「我在這裡。」

我揉著下巴，被尼利的拳頭打爛的下巴，感覺到一陣酸痛。歡迎來到雷斯。歡迎返家，這招有夠妙。但是家在哪裡？雷斯……不是我的家。阿姆斯特丹……不是我的家。如果家就是心之所在，那麼現在，黛安就是我的家。我一定得趕到機場。

我捏緊法蘭哥的手，他現在失去了知覺，醫護人員把氧氣面罩蓋在他的臉上。「繼續跟他說話，」醫護人員督促我。

眼前的狀況顯然不妙。奇怪的是，這麼多年來，我一直以為我要的就是卑比完蛋的這個時刻，我甚至期待著卑比完蛋的這個時刻，幻想這個時刻，但是現在，我希望它從來沒有發生。救護人員根本不用提醒我，因為我的嘴巴想停都停不下來：「對啊……我的意思是，跟你一起，法蘭哥，挽回所有的事。倫敦發生的那件事，我真的感到很抱歉，但是法蘭哥，我當時沒有想清楚，我只是很想逃離一切，不再用藥。我去過阿姆斯特丹，但是現在我回來了，法蘭哥，我認識了一個好女孩……你會喜歡她的。我想過很多我們過去一起度過的歡笑時光，在高爾夫球場玩足球，每次我去你家的時候，你媽媽都對我很好，她總是讓我覺得是在自己的家。這些事情會永遠存在我心中。記得我們會在星期六早上，跑去匯合路的國家戲院看卡通，或者是去雷斯大道頂的爛戲院看電影，那家戲院叫什麼名字？……沙龍戲院！

有錢的時候，我們會在下午跑去復活節路足球場，你記得嗎？我們總是攔得到便車。然後我們的名字和『青年雷斯隊』噴在雷斯學校附屬小學後面，被警察抓到，當時我們才十一歲，都快要哭出來了，員警看我們這樣，只有放我們走。記得嗎？那時候是我、你、屎霸、湯米，還有克雷格．金凱。你還記得我們兩人同時都在泡凱倫．馬琦？還有那一次在馬勒維爾，你把那個大塊頭打得落花流水，那一次我覺得好爽！」

奇怪的是，我講述這些東西的時候，我一面回憶與感覺那些往事，我一部分的腦袋卻在想另一件事。我想到變態男是個天生的剝削者，利用他的直覺，是時代的產物。不過，他太愛計較得失，做得太過頭：他只愛算計，以及人生的社交那一面。他覺得人生斤斤計較很重要，真的有意義。所以他一整個人深陷了進去，卻從來不懂得停下來，坐下來回頭看，也不記得生命中也有簡單的事。

比如說，拿了錢就跑，這樣簡單的事。

當他發現那筆錢和我一起不見，一定會很不爽。他兩度被我騙錢，一定會讓他厭惡他自己，或許會讓他陷入某種精神崩潰。我最後可能永遠得罪他和法蘭哥了。法蘭哥……除了氧氣罩以外，他看起來還是和以前一樣。然後，我聽到他的身上發出鈴聲，原來是他夾克口袋裡的手機在響。我瞄向醫護人員，他對我點了點頭，於是我把手機拿出來，按下按鍵。一個吼叫的聲音衝進我的耳朵：「**法蘭哥！**」

那是變態男的聲音。

「**你抓到懶蛋了嗎？回答我啊，法蘭哥！是我啊，賽門！是我！是我！是我！**」

我掛掉電話，關機。「我想是他的女朋友想要打過來，」我聽見自己在對醫護人員說：「我會再打電話給她。」

我們到了醫院，我只會傻傻發呆；一個瘦瘦的、看起來神經質的年輕醫生告訴我，法蘭哥仍然昏迷不醒，不過這一點我早就知道了，他們把他送進了加護病房。「目前，我們能做的只是穩定他的生命跡象，檢查他受到什麼傷害。」他小心翼翼地說，好像他已經知道他們接受的這個病人不好惹。

我現在什麼忙也幫不了，但是我跑到了加護病房，看到一個護士正在他的手臂上做靜脈注射。我對她輕輕點了一下頭，她則回給我一個緊繃、簡約又職業性的微笑。我在想，眞希望趕快去機場和黛安碰面，我特別不想留在這裡，以免尼利和法蘭哥的朋友突然破門而入。「對不起，法蘭哥，」臨走之前，我對他說，然後我又回過頭，說了一句：「要堅強。」我離開了病房，沿著走廊往前走，步下大理石樓梯，我的腳掌幾乎在地面上打滑。然後通過兩道旋轉門，走過前廳，到達計程車招呼站。我們可以及時趕到機場，因爲交通並不繁忙，但是我還是遲到了。遲到了很久。

計程車停在機場出境處外面，我一眼就看到黛安對我揮著手，我趕快跑去和她會合。她站在原地不動，但是當我走近她，她的僵硬融化了，她看到我狼狽的樣子，原本可以理解的氣憤馬上煙消雲散。「老天……怎麼回事啊？我還以爲你去找了以前的炮友之類的人，然後放了我鴿子。」

我一下子差點笑了出來：「別擔心那種事，」我說著，抓住她的手，吸聞她的體味。我也努力地集中精神，因爲我必須趕上那班飛機，我迫切想要逃離的慾望，超過了我昔日想要用一劑藥的欲望。

我們兩個飛奔到航空公司櫃台，但是他們根本不讓我們登記。我們錯過了倫敦的飛機，當然也無法順利轉機了。我們只遲了幾分鐘幾秒鐘，但是我們還是錯過了。還好我們買的是開放機票，於是我們訂了第二天中午從倫敦轉機飛往洛杉磯的航班。我們倆都同意，我們無法再面對這個城市了，於是我們住進機場附近的旅館，我把發生的事情，一五一十解釋給她聽。

黛安和我，坐在紅綠床單覆蓋的大床上，我握著她的手，仍然處在驚駭當中。我撫摸著她手背上的青筋，一面敘述我的遭遇：「眞是瘋狂，但是那傢伙可能會殺了我……而我只能僵在那裡……我很懷疑當時我到底有沒有想過防衛自己……這件事最瘋狂的地方是……事後……我們好像還是朋友，好像我根本沒有拿走過他的錢，那些事都沒發生過。這實在是他媽的很詭異，好像我還是有點喜歡他……我的意思是，你是心理學家，這是怎麼一回事呢？」

黛安皺起嘴唇，瞪大眼睛沉思著。「我想，他是你生命的一部分。你覺得這場車禍跟你有關，因而心生罪惡嗎？」

一股突然而集中的冷意，撲在我身上迎面襲來。「不。他本來就不應該在那種情況下穿越馬路。」

房間裡有中央空調暖氣，但是黛安雙手捧著咖啡杯，彷彿要從中取暖，我很驚訝的發現，她也被法蘭哥嚇到了，雖然她並不認識法蘭哥。好像這股恐懼從我身上傳導到她。

我們試著改變話題，打起精神談起我們的未來。她告訴我，她沒想到那篇談論色情的論文竟然寫得相當好，無論如何她想休息一年。或許也可以考慮申請美國的大學。我們在舊金山要做什麼呢？只是到處晃吧！我可能會再開一家夜店，不過也不一定，夜店太繁雜了。黛安和我也可能架設一個網站，變成網路新貴。我們花了很長的時間計畫、想像這些事，不過現在這個時刻，我實在無法專心思考，我腦子裡想到的都是卑比，當然還有黛安。她已經長成了一個很酷的女人，不過她一直都很酷。反而是我顯得太幼稚，太不成熟，我害我們兩人沒辦法把眼前的事搞定。這一次，我們會安全度過難關，只要我們的愛——或者我們的錢可以持續。

第二天清晨，我們起了一大早，在房間裡吃過了早餐。我打電話去醫院詢問卑比的情況。還是沒有起色，他仍然在昏迷當中，但是X光片確定了他的傷勢；他的一條腿斷了，骨盆碎裂，肋骨也破裂，一隻手臂開放性骨折，頭骨碎裂，以及一些體腔受傷。他失去了行動能力，應該讓我鬆一口氣，但是發生的這些事仍然讓我覺得恐怖。而且，沒有錯，我現在覺得有罪惡感了。

我們奔向機場，黛安很興奮可以逃脫這個地方，我卻更加焦慮了，在這裡多停留一秒鐘，都不知道會發生怎樣的後果。

79

# 「……易捷……」

一整個早上，賽門都發了瘋似地在打電話。我們提早來到了機場，準備搭乘易捷[1]飛往愛丁堡的最早班飛機。泰利和他的美國色情片演員女友卡拉要來機場跟我們送行，因爲泰利要拿我們房間的鑰匙，這個房間還多出兩天可以住，可是賽門到最後一秒鐘，都不願意把鑰匙交出來。他一直用不加掩飾的懷疑態度盯著泰利——泰利正從機場商店走出來。「我眞的很感激妳和我一起回去，妮姬，」他說，「因爲其實你大可以和寇帝斯、麥蘭妮多留幾天，參加頒獎典禮和派對。妳也可能會上臺領獎。這是妳的時刻啊，妮姬。」

「親愛的，我們必須團結在一起，」我說著，抓緊他的手。

「不用擔心，變態男，卡拉和我會好好享用你的套房的，對不對啊？小美女？」泰利看著他的新女伴說道，然後又看了看我，顯然擔心我臨時改變主意。

「是啊……你們眞好……」卡拉開心地說。

賽門看起來一整個不舒服；泰利認眞說話的時候，賽門更沒在聽。泰利說，「我會當〈七淫娃〉的最佳公關，而且我買酒不會當作飯店開銷來報帳。」

賽門並沒有聽到他說什麼。他打電話回日光港口酒吧，跟愛麗森談話，

1　這家航空公司在第七十二章提及過。

結果，他變得比先前更洩氣。「妳他媽的在開玩笑……我不相信……」他對我和泰利說，「那些狗屁員警和狗屎海關人員去了酒吧。他們扣押了錄影帶……他們要把我的店關掉……愛麗森！」他猛然回去講電話：「什麼事情都不要說，只說我在法國，反正這是真的。妳有看到卑比或懶蛋嗎？」

賽門沉默了一下，突然大叫：「**什麼！**」然後喘氣說，「那傢伙住院了？他媽的昏迷不醒了？懶蛋？」

我的心幾乎要從嘴巴裡跳出來。馬克……「發生了什麼事啊！」

賽門把電話按掉。「懶蛋撂倒了卑比！他送卑比去醫院。卑比陷入昏迷，可能不會醒過來。屎霸是這樣告訴愛麗森的，他目睹了全程，昨天晚上在雷斯大道上發生的！」

「感謝上帝，馬克沒事……」我大聲說，賽門突然惡狠狠看了我一眼。「賽門，」我輕聲說：「他拿了我們的錢啊……」

「什麼錢啊？」泰利問，一對耳朵都豎起來了。

「只是我借給他的一點錢啦，」賽門搖著頭說，「總而言之，泰利，這是飯店的鑰匙。」他從口袋快速掏出鑰匙丟給泰利，酸苦地說：「好好玩吧。」

「再見了，」泰利說著摟住卡拉的腰。「不用擔心，」他眨眨眼睛說。然後他說，「眞奇怪，馬克竟然把卑比解決掉了。眞是一匹黑馬。我以爲學那些功夫都是狗屁，只是拿來炫耀用的。沒想到，」他微笑，「再見了，」說著他摟著那位色情女星，走過前廳離去了。我看著泰利慢呑呑地走開，他想要的都有了，整個人樂翻了天，享受美好的人生。而賽門，他本來應該像泰利一樣，現在卻苦著一張痛苦，因爲潰瘍而受苦的臉。泰利要在坎城多待兩天，而且是由賽門買單，這又是另一件讓賽門心煩的事。

在飛機上，賽門充滿了對這個世界的憤怒，到達愛丁堡機場時，他仍然騷動不安。「你現在還不知道馬克到底是不是拿走了我們的錢，所以放輕鬆一點。我們這段時間過得很美妙啊！電影也很成功！都是好事情啊！」

「哼，」他吐氣說著，他的墨鏡架在額頭，伸長的脖子東張西望，緊張焦慮地環顧四周。我們拿了行李，走去檢查證照和過海關。

然後，他突然停在半路，因爲就在五十碼外，馬克和黛安正站在那裡，準備通過出境門。

黛安先通過，馬克正把文件交給航空公司的官員，賽門放開喉嚨大喊：「**懶——蛋！**」

馬克看著他，微弱地笑了一下，揮了揮手，然後走進了出境門。賽門向他猛闖過去，像要跑過出境門，但是安全人員不讓他過去。「擋住！那個賊！」他大喊，馬克和黛安倒退了幾步。我跟了上去看著黛安，不知道她會不會回頭，但是她並沒有。「跟他們談啊，妮姬！」賽門懇求著我。

我站在那裡，驚駭到無法呼吸。「我該說什麼？」

他轉過去面對機場官員和安全人員。現在更多的官員出來了。「聽我說，」他央求道：「你得讓我通過出境門。」

「先生，你必須持有有效的登機證，」這位官員告訴他。

賽門努力控制呼吸。「聽我說，這個人偷了我的東西。我必須通過那道狗屁門。」

「先生，這應該由警方來處理。我可以用無線電通知航警……」

賽門磨著牙齒，搖著頭說：「算了。算——了！」他吐著氣，走了開來。我跟著他來到了出境時刻表看板。「幹！全部都在登機了。倫敦希斯洛機場、倫敦市機場、曼徹斯特、法蘭克福、都柏林、阿姆斯特丹、慕尼黑……他們到底會去哪裡呢……懶蛋和那條媽的邪惡小母牛！」他尖叫；他繼續撥冗當衆羞辱自己好幾分鐘，然後蹲在繁忙的大廳中央，把頭埋在手掌當中，整個人一動也不動。

我把手搭在他的肩膀上。一個橘紅色燙髮的女人過來問道，「他沒事吧？」我對她笑了一下，感謝她的關心。一會兒之後，我在他的耳邊輕聲說：「我們得走了，賽門，已經很多人在注意我們了。」

「是嗎？」他說，語氣中帶著小男孩的天真。「是嗎？」然後他站起來，大步走了出去，開始按手機。

我們來到計程車招呼站排隊等車，他關掉手機看著我，嘴唇掛著緊繃的微笑。「懶蛋……」他突然失聲啜泣，打自己的臉。「懶蛋拿走了我的錢……他把銀行的錢提光了……懶蛋把母帶放在阿姆斯特丹，所有完成的錄影帶全都在米仔的倉庫。有母帶的人就有這部電影的發行權。他有母帶，也有全部的錢！他是怎麼得逞的？」他傷心難過地哭泣。

我打電話給蘿倫，知道黛安把她的東西打包走了。我們跳進一部機場計程車，我悲傷地說：「雷斯。」

賽門把投靠在座椅上說：「他拿了我們的錢。」

他滿腦子想的都是錢。我得知道他是在想什麼。「那部電影呢？」我問。

「幹他媽的狗屁電影，」他突然發飆。

「可是，我們的那些理想呢？」我聽到我自己說，「那些色情電影的革命性——」

「全部都去死吧。那些電影一直只不過是給那些搞不到女人幹，只能在家裡偷打手槍的人看的垃圾，以及，給我們這些快要超過賞味期限的人打氣，讓我們向年輕健美的馬子進攻。世界上有兩種人，第一種人：我，第二種人：世界上其他的人。還可以再細分成兩類：聽我的話的人，以及多餘無用的人。這是一場比賽，妮姬，這只是一場比賽。媽的那筆錢！媽的懶蛋！」

後來，我們回到賽門的公寓，閱讀雷布帶過來的《晚間新聞》。他告訴我們員警查扣了酒吧裡所有的錄影器材和錄影帶，以及酒吧的帳。這篇文章說，警方和海關都在尋找賽門，而且隨後將會起訴他。報上還有另一篇報導，內容包括很負面的賽門簡介，內文談了賽門「販毒以及色情片的醜聞」，並且提到了員警對他這件案子的調查。

「他們要的只有我而已！只有我！那你們呢？」

「可能跟錄影帶包裝列出來的演職員名單有關吧，」雷布嘲諷說；我努力憋住不笑。

賽門似乎已經崩潰，他打開了一瓶威士忌。雷布認爲應該打官司。「我要跟大家團結一心，我要準備一篇演說，」他一面說，一面喝酒下肚。我發現雷布已經喝醉了，發作了。「妮姬，妳呢？」他問。

「我想先看看狀況再說吧？」我告訴他，慢慢喝我的酒。

賽門從我的手中把報紙搶了過來，他仍然不喜歡被人描述成一個色情片業者，「對於一個把成人情色當作一種藝術創作的人來說，這是個相當粗糙而愚昧的字眼。」他勉強用力說。然後他落魄悲哀地說：「這件事會讓我媽媽受不了的。」

他整個人一副要死的樣子，察看手機留言。有一個留言是泰利留的。「有好消息也有壞消息。寇帝斯拿到了最佳新進男演員獎。他出去慶祝了。可是一個法國人拿走了新進導演獎；最佳新進女演員，被卡拉那部電影裡的一個女孩拿走了。」

我感覺像個洩了氣的皮球很失望，賽門投給我一個緊繃的眼神，好像在說：「我告訴過妳，妳應該做肛交的。」泰利的留言說個不停，「不過這也不算是壞消息，因爲卡拉的那部〈蜜桃城市之後庭大進擊〉拿了最大獎。他們的陣容很不錯，我也有加入。」賽門恨恨地吐口水，正準備想說些什麼，但是下一通留言卻讓他閉上了嘴。那是他媽媽的留言，她很生氣，在電話留言裡崩潰。賽門站起來，拿起夾克。「我要去找我媽媽，把事情解釋清楚。」

「需要我陪你一起去嗎？」我問。

「不用了，我最好還是一個人去，」他說著就出門了，雷布急著要回家看老婆孩子，也跟在他的後面走了。

我鬆了一口氣，坐在沙發上，我的頭正在爆炸，想到了我接下來要做的事，我眞的緊張到幾乎要發抖。

80

# 第18753個念頭

我太震驚了。所有好的事情整個毀於一旦，其他事情則上下顛倒。我媽在答錄機裡留言哭泣，問我報紙怎麼可以亂寫，怎麼可以把她的兒子寫得那麼可怕。雷布找我，他顯然很開心，但是我根本沒心情理他。不過我去了我媽家，我得說服她，讓她知道那些惡毒的話都是嫉妒我的人造謠，而且我的律師已經在處理了。

剛才只是一種表演，我的怒氣耗掉我儲藏的能量，我自己都不知道我有這些能量。我離開了我媽家，腦子裡想著法蘭哥，這個痞子怎麼會他媽的把事情搞砸，把我和他自己一起賠進去了。

我一面回家找妮姬，一面想著是誰告的密。我的腦子裡出現了一張名單：懶蛋：**他媽太明顯了**；泰利：**可能是這痞子，因為我甩了他**；寶拉：**一直在暗中監視我的母牛**；摩拉：**她想把酒吧占為己有**；屎霸：**嫉妒心強的爛傢伙**；艾迪[1]：**愛管閒事的老鬼**；菲力普和他的狐群狗黨：**小王八蛋**；卑比：**「我他媽不會告密」的意思依我看來就是「女士卻過於激動地為自己辯護」**[2]；畢瑞爾：**第一個跑出來幸災樂禍的人**；不然還是懶蛋：**惡毒的傢伙耍賤招……**

我打電話給人還在坎城的麥蘭妮和寇帝斯，告訴他們我很快就會再推出

1 艾迪並不是書中重要人物；他只是常去日光港口酒吧的年老顧客之一，特別愛發勞騷。變態男竟然在此懷疑一個年老顧客，可見他的疑心很重。

2 這一句典出莎士比亞名著《哈姆雷特》。字義上的意思是：女士太愛發誓了；事實上，該女士過於激動地為自己辯護，可見她心虛。

新作，我只是需要一點時間療傷，並且找某個把我搞爛的人渣算帳。「然後我就會跟你們連絡。現在，你們盡量玩，盡量享受一切。只是在簽帳的時候要小心一點[3]。」我警告他們。

走到雷斯大道底，我買了一些鮮花，打算送給妮姬，想帶她去史托克橋餐廳吃晚餐，因爲她最近冰冷得像塊石頭，而我們倆就要落跑去倫敦了。回到家的時候，她已經出去了，我想她應該是出去買些食物回家做飯。不行，去他媽的員警海關，我也要出去，我要讓他們知道我沒有被打倒。這只是我暫時性的挫敗。

我看到咖啡桌上留了一張字條：

> 賽門：
>
> 我去找馬克和黛安了。你不會找到我們的，我可以保證。我們一定會好好享用你的錢。
>
> 愛你的妮姬
>
> PS：我曾經說，你是我遇過最棒的情人，那是我當時誇張的說法；不過當你努力嘗試的時候，表現還算不錯。記住，我們只是在作戲。
>
> PPS：就像你曾說過的英國人一樣，看別人倒大楣已經變成了我們最喜愛的娛樂。

我讀了兩次。沉默地看著鏡中的自己。然後，我用盡全身的力氣，朝著眼中那個笨蛋的倒影一頭撞了過去。鏡子砸破了，玻璃從鏡架上脫落，碎了滿地。我看著地上的玻璃碎片，看到鮮血滴出來，好像雨水打在玻璃上。「世界上還有比你更蠢的人嗎？」我注視著玻璃碎片上那張血淋淋的臉，慢慢地自問。「現在我要倒楣七年了[4]，」我大笑。

我在沙發坐下，再一次把字條拿起來看，拿著字條，手猛發抖，然後我把字條揉成一團，丟向房間角落。

世界上還有比我更蠢的白癡嗎？

有個人的臉在我腦中浮現。

「方斯華受傷了，」我冷酷地對自己說，模仿〈萬夫莫敵〉（Spartacus）元老院議員的語氣：「我必須去找他。」

我用繃帶包住頭，再用一條舊頭巾包在外頭。然後我前去皇家醫院的加護病房。走在外面的時候，我經過了醫院文具店，本來想到可以買張卡片，但是，我卻買了一枝很大的黑色麥克筆。

走過這棟建築物的維多利亞舊院區，通過漫長、荒蕪的走廊，想到這個痛苦地方曾經發生過的不幸和折磨。我的胸口一陣沉重，這個地方感覺冰冷了起來。他們在小法蘭西[5]建了一個現代感的新院區，這裡就被荒廢了。醫院的這一區光線黯淡，我爬上階梯，鞋子落地的每一步，都發出刺耳的聲音，我知道我在害怕。我的思緒在翻攪，我眞不知道他會變成什麼樣子。

到了病房，感覺輕鬆了些。病房裡好像只有一個護士在值班，總共只照顧六個病人，有五個是已經

3 因為大家的開銷是由賽門來付。
4 英國的一種迷信，打破鏡子的人會一連倒楣七年。
5 Little France，是愛丁堡郊區。

完蛋的老人，還有昏迷中的法蘭哥。他看起來沒有生氣，槁木死灰，好像已經是屍體了。他並沒戴上氧氣罩，但是很難用肉眼判斷出他有沒有在呼吸。他的身上接了三根管子，兩根插進去的管子，是爲了注射鹽水針和輸血，另一根管子則是排尿用的。

我是他唯一的訪客，於是我靠近他坐了下來。「可憐啊！可憐啊！方斯華。[6]」我對著那裹著石膏，包著繃帶，動也不動的身軀說道。卑比，就住在這團爛肉之中的某處。

他已經毀了。我看著他的病歷表。「看起來很糟糕啊，法蘭哥。」護士說：「他的狀況很不樂觀，他需要強大的精神力量才能度過這一關。」我告訴她：「法蘭哥是個鬥士。」

我看著血漿袋裡的東西流進導管，再進入他的血管。蠢蛋。我應該把尿撒在牛奶瓶裡面，然後接到那根管子上。不過我卻拿起了那枝麥克筆，在他僵硬的石膏上面，充滿熱情地塗鴉，一面跟他閒聊著：「他又搞了我一次，法蘭哥。我又搞砸了，我忘了最重要的教訓：永遠不要回頭。要向前走。你一定得向前走，否則結果就會像……就會像你這樣，法蘭哥。看到你這個樣子，感覺還眞的不錯，法蘭哥。知道這個世界上還有比自己更可悲、更一團糟的人，永遠是一件好事啊。」我微笑，欣賞著我寫的字：**屁精**。

「你記得我第一次遇見你的時候嗎？法蘭哥，你第一次跟我說話的時候？我還記得。那時候我在高爾夫球場公園，跟湯米以及住在公寓裡的那些人踢足球。然後你們那夥人走了過來。我想懶蛋和屎霸也在場。當時我們都還在上小學。那是西伯隊在復活節路球場被祖文特斯隊[7]以四比二打敗之後的那個週末。愛塔飛尼使出偷獵者的帽子戲法[8]。你問我是不是義大利人。我告訴你我是蘇格蘭人。然後湯米想要幫忙我，就說：只有他媽媽是義大利人，對不對，賽門？結果，你抓住我的頭髮，扭我的頭髮，說了些好笑的話，像是：『蘇格蘭媽的第一』，還有，『我們就是這樣對待骯髒的小義大利混蛋。』然後你把我拉著到處跑，讓我很羞恥地遊街，還對著我的臉嚷著：『在媽的戰爭拉大便啦』，之類的話。我想要大叫我是西伯隊的，我都在爲他們加油啊，石丹敦[9]讓我們以二比一領先的時候，我也用力加油了。但是沒有用，我得忍受，忍受你的粗野，忍受你無情的欺凌，直到你覺得無聊了，開始尋找下一個目標。猜猜看當時是誰在搧風點火，誰在鼓勵你當一個壞蛋，他的眼神還閃爍著冷酷的光。對，懶蛋咧著嘴的那個笑，就像維多利亞碼頭一樣大，那個王八蛋。」

不過，法蘭哥只是躺在那裡，他扭曲、惡毒，又白癡的嘴，緊緊地閉在一起。

「事情本來他媽進行得很順利，法蘭哥。你有沒有感覺到呢？法蘭哥？你本來在你自己的遊戲稱王，你不可一世，結果有人媽的騙了你一把？一定要有狗屁規矩，法蘭哥。就算是你，你也不會遵守你自己的規矩啦。我知道像我就不會。如果你有正派的事業，一家真正的公司，你就需要信任。我在社會混久了啦，法蘭哥；你永遠不會瞭解，事實上我遠比你有戰鬥力。我相信階級戰爭。我相信性別戰鬥。我相信我的族群。我相信有正義感、資訊豐富、有智慧的那群勞工階層可以對抗腦殘的低能大衆，又能對抗平庸，沒有靈魂的中產階級。我也相信龐克搖滾。我相信北方靈魂樂、迷幻浩室樂、摩登小子樂派、六〇年代的搖滾，我相信未受商業污染、充滿正義感的音樂，譬如饒舌與嘻哈，這都是我的宣言與信念，可是，法蘭哥，你始終不在其中。我很欽佩你法外之徒的本性，但是你那種神經病式的蠻勇，讓我實在無法恭維。你的粗暴庸俗，侵犯到了我高尚的品味。至於懶蛋啊，我以爲懶蛋和我的眼光一樣，以爲他是龐克版本的我。可是他在哪裡呢？骯髒墨菲加一顆腦袋，再減去一點道德，就變成了他。」

6 這一整句都是法文。
7 義大利足球隊。
8 帽子戲法是指單人一場連進三球。
9 為西伯隊的明星球員。

我不知道這傢伙是不是聽得見。不可能，媽的，他永遠不會再醒過來，或許他會變成百分百的植物人。「我很失望，法蘭哥。你知道那傢伙搶走了我什麼東西嗎？我用你的簡單語法告訴你：媽的六萬狗屁英鎊。沒有錯，你那三千英鎊比起來只不過是一小瓶啤酒罷了。不過這筆錢的意義不在此。他搶走的是我的夢，法蘭哥。你能瞭解嗎？你懂嗎？呼——囉？有人在家嗎？沒有，沒人在家。」

艾立克斯．麥克李許？

卑比的懲戒紀錄是罄竹難書的。我無法想像會有人給他任何新機會。

我知道那些思想正確的人都會同意這段評論，艾立克斯，老實說，我對他的評價還更壞，我要指出，是他讓這場比賽蒙上恥辱。至於法蘭哥這個話題，我們來聽聽另一個有名的法蘭哥——在雷斯拚命撈錢的法蘭哥．少西小子吧？

你說的都是眞的，卑比先生非常好鬥，這眞是媽的不公平。但是你不能把他個性中的好戰性格去除，因爲那樣就不再是他了。

我仍然在用麥克筆在法蘭哥的石膏上悠閒地畫圖，我今天就要跟他一起度過了。**我愛吸老二**。

「但是，我幫了懶蛋那混帳。我幫助他遠離你的魔爪。或許是因爲那次從倫敦回來之後，你發神經指控我跟他一夥。你揍了我，打掉了我的牙。你毀了我的容。我得戴牙套來美牙。你他媽的一聲道歉也沒有。但是我做錯了，我他媽不應該讓他遠離你。這種事不會再發生了。我要找到他，法蘭哥，我發誓如果你能夠從昏迷中醒過來，身體能夠恢復健康，你會是第一個，絕對是第一個知道他行蹤的人。」

我俯看這個媽的流口水的植物人。「快點好起來吧……乞丐小子[10]。我老想當著你的面這樣稱呼你……」然後我的心臟幾乎要從胸口跳了出來，有個東西抓住了我的手腕。我向下看去，他的手就像把鉗子般緊緊夾住我。當我向上看去，他的眼睛睜開了，眼中那股熊熊燃燒的恨意，直視著我受傷而懊悔的內在自我……

（全書完）

10 有時候變態男會在卑比背後叫他「乞丐小子」；「乞丐」和「卑比」兩者在英文中拼法類似。

國家圖書館出版品預行編目資料

春宮電影／厄文・威爾許（Irvine Welsh）著；但唐謨譯. - -初版. - - 台北市：商周出版：家庭傳媒城邦出版集團分公司發行, 2009.02
面；　公分. --（另翼文學；9）
譯自：Porno
ISBN 978-986-6472-18-3（平裝）

874.57　　98001155

另翼文學 9

# 春宮電影

作　　者／Irvine Welsh（厄文・威爾許）
譯　　者／但唐謨
企畫選書人／何穎怡
責 任 編 輯／黃靖卉、彭子宸
版　　權／林心紅、黃淑敏
行 銷 業 務／張媖茜、黃崇華
總　編　輯／黃靖卉
總　經　理／彭之琬
發　行　人／何飛鵬
法 律 顧 問／台英國際商務法律事務所羅明通律師
出　　版／商周出版
台北市104民生東路二段141號9樓
電話：(02) 25007008　傳真：(02)25007759
E-mail：bwp.service@cite.com.tw
發　　行／英屬蓋曼群島商家庭傳媒股份有限公司城邦分公司
台北市中山區民生東路二段141號2樓
書虫客服服務專線：02-25007718；25007719
服務時間：週一至週五上午09:30-12:00；下午13:30-17:00
24小時傳真專線：02-25001990；25001991
劃撥帳號：19863813；戶名：書虫股份有限公司
讀者服務信箱：service@readingclub.com.tw
城邦讀書花園：www.cite.com.tw
香港發行所／城邦（香港）出版集團有限公司
香港灣仔駱克道193號東超商業中心1樓
E-mail : hkcite@biznetvigator.com
電話：(852) 25086231　傳真：(852) 25789337
馬新發行所／城邦（馬新）出版集團【Cite (M) Sdn Bhd】
41, Jalan Radin Anum, Bandar Baru Sri Petaling, 57000 Kuala Lumpur, Malaysia.
電話 :(603) 90578822　傳真 :(603) 90576622
email:cite@cite.com.my
封 面 設 計／游筆文
版 型 設 計／洪菁穗
排 版 印 刷／前進彩藝有限公司
經　銷　商／聯合發行股份有限公司 電話：(02) 29178022　傳真：(02) 29156275
2009年2月初版
2017年2月23日二版1刷
定價420元　　Printed in Taiwan

 ISBN 978-986-6472-18-3

| 廣　告　回　函 |
| --- |
| 北區郵政管理登記證 |
| 台北廣字第 000791 號 |
| 郵資已付，免貼郵票 |

104　台北市民生東路二段 141 號 2 樓

英屬蓋曼群島商家庭傳媒股份有限公司城邦分公司　收

請沿虛線對摺，謝謝！

**書號：**BA6309X　　**書名：**春宮電影

請於此處用膠水黏貼

# 讀者回函卡

不定期好禮相贈！
立即加入：商周出版
Facebook 粉絲團

**感謝您購買我們出版的書籍！請費心填寫此回函卡，我們將不定期寄上城邦集團最新的出版訊息。**

姓名：＿＿＿＿＿＿＿＿＿＿＿＿＿＿＿＿＿＿＿＿＿＿ 性別：☐男　☐女

生日：西元＿＿＿＿＿＿＿＿年＿＿＿＿＿＿＿＿月＿＿＿＿＿＿＿＿日

地址：＿＿＿＿＿＿＿＿＿＿＿＿＿＿＿＿＿＿＿＿＿＿＿＿＿＿＿＿＿＿＿＿

聯絡電話：＿＿＿＿＿＿＿＿＿＿＿＿＿＿ 傳真：＿＿＿＿＿＿＿＿＿＿＿＿

E-mail ：＿＿＿＿＿＿＿＿＿＿＿＿＿＿＿＿＿＿＿＿＿＿＿＿＿＿＿＿＿＿＿

學歷：☐ 1. 小學 ☐ 2. 國中 ☐ 3. 高中 ☐ 4. 大學 ☐ 5. 研究所以上

職業：☐ 1. 學生 ☐ 2. 軍公教 ☐ 3. 服務 ☐ 4. 金融 ☐ 5. 製造 ☐ 6. 資訊
☐ 7. 傳播 ☐ 8. 自由業 ☐ 9. 農漁牧 ☐ 10. 家管 ☐ 11. 退休
☐ 12. 其他＿＿＿＿＿＿＿＿＿＿＿＿＿＿＿＿＿＿＿＿＿＿＿＿

您從何種方式得知本書消息？

☐ 1. 書店 ☐ 2. 網路 ☐ 3. 報紙 ☐ 4. 雜誌 ☐ 5. 廣播 ☐ 6. 電視
☐ 7. 親友推薦 ☐ 8. 其他＿＿＿＿＿＿＿＿＿＿＿＿＿＿＿＿＿＿

您通常以何種方式購書？

☐ 1. 書店 ☐ 2. 網路 ☐ 3. 傳真訂購 ☐ 4. 郵局劃撥 ☐ 5. 其他＿＿＿＿

您喜歡閱讀那些類別的書籍？

☐ 1. 財經商業 ☐ 2. 自然科學 ☐ 3. 歷史 ☐ 4. 法律 ☐ 5. 文學
☐ 6. 休閒旅遊 ☐ 7. 小說 ☐ 8. 人物傳記 ☐ 9. 生活、勵志 ☐ 10. 其他

對我們的建議：＿＿＿＿＿＿＿＿＿＿＿＿＿＿＿＿＿＿＿＿＿＿＿＿＿＿

＿＿＿＿＿＿＿＿＿＿＿＿＿＿＿＿＿＿＿＿＿＿＿＿＿＿＿＿＿＿＿＿

＿＿＿＿＿＿＿＿＿＿＿＿＿＿＿＿＿＿＿＿＿＿＿＿＿＿＿＿＿＿＿＿

【為提供訂購、行銷、客戶管理或其他合於營業登記項目或章程所定業務之目的，城邦出版人集團（即英屬蓋曼群島商家庭傳媒（股）公司城邦分公司、城邦文化事業（股）公司），於本集團之營運期間及地區內，將以電郵、傳真、電話、簡訊、郵寄或其他公告方式利用您提供之資料（資料類別：C001、C002、C003、C011 等）。利用對象除本集團外，亦可能包括相關服務的協力機構。如您有依個資法第三條或其他需服務之處，得致電本公司客服中心電話 02-25007718 請求協助。相關資料如為非必要項目，不提供亦不影響您的權益。】

1.C001 辨識個人者：如消費者之姓名、地址、電話、電子郵件等資訊。
2.C002 辨識財務者：如信用卡或轉帳帳戶資訊。
3.C003 政府資料中之辨識者：如身分證字號或護照號碼（外國人）。
4.C011 個人描述：如性別、國籍、出生年月日。

請於此處用膠水黏貼